U0657639

陈超诗文全编

唐晓渡 主编 第5卷/导读卷

当代外国诗佳作导读

陈超 著

作家出版社

陈超（1958——2014），当代诗歌评论家、诗人。生于山西太原，辞世前系河北师范大学教授、博士生导师。已出版的诗学和批评论著包括《中国先锋诗歌论》《生命诗学论稿》《打开诗的漂流瓶一一现代诗研究论集》《游荡者说》《精神重力与个人词源》《诗与真新论》《个人化历史想象力的生成》《20 世纪中国探索词鉴赏》（两卷本）《当代外国诗佳作导读》（两卷本）等；著有诗集《是的，热爱》《陈超短诗选》（英汉对照）等。

自 序

1996年，我开始招收现代诗学方向研究生。主授“现代诗学”和“西方现代哲学”课程。就现代诗学而言，我给自己设定的教学目标和方法是，在兼顾史与论的前提下，特别注重对现代诗的文本细读。在我看来，宏观的历史诠释和文化批评固然有助于我们放开眼量，考察世界范围内的现代诗潮的变化与迁移，但是它不能代替我们对诗歌文本奥秘和魅力的发现。一个自觉的批评家或诗学从业者，除此之外还应有能力深入到一个个具有差异性的诗歌文本中，对之作出泛修辞学批评的有效解读。一首诗说了什么？是怎么说的？诗人的个人立场，隐语世界，技艺环节又是何种形态？作为诗歌的内部问题，这些是必须回答的。这里，我用不着借用“由话语讲述的年代向讲述话语的年代转型”这一时髦理念为自己的立场张本，让我说得朴素一点，这本应是一个合格的诗学从业者的天职。这部书稿就是我的教学目标和批评目标重合的产物。

1988年我完成了细读专著《中国探索诗鉴赏辞典》。十年后这部书得以扩充、修订再版，更名为《二十世纪中国探索诗鉴赏》。其实，就在这部书的写作刚结束不久，我已开始了20世纪外国诗歌导读著作的资料准备工作，随后陆续写出并发表了一些文章。然而，时间匆忙地扫过。在紧张的写作期间里，我看到对20世纪40年代之前外国现代诗歌译介和鉴赏的文字，已大量出现并渐趋饱和；而对40年代以降外国当代诗歌的导读和评析则为数不多。它们给诗学理论界留下了很大的负荷。这样，我决定删除此书中原有的一部分内容，将视域收回到外国当代诗歌范畴。

“外国当代诗歌”是一个广大无边的概念。不同国家、不同种族和不同语种的具体文化和历史语境的差异，特别是审美性格的差异，使人们在对之进行宏观“总结”时心怀忐忑。一个便当的做法是“删繁就简”，专注于对西欧北美国家强势文化及诗歌脉向的把握，将外国当代诗歌编织进所谓“后现代主义”的图式或谱系之中作出描述。我也曾在序文初稿中从后现代性的“主体移心”—“消解精神等级制”—“稗史写作”—“世俗的权利”—“反讽和戏谑精神”—“松动文类界限”—“话语的欢愉”，这七个方面展开论述。然而，内心总有种隐隐的神异之声在不断“干扰”着我的写作。它提示我：这种做法貌似有力，但不期然中却有“讨巧”的意味。因为它不但会遮蔽众多处于“文化弱势”（？）国家中诗人们不凡的原创精神和审美想象力；而且它也会抹平欧美国家中不同诗人之间的巨大的差异性。再三斟酌后，我决定不再在序言和不同国别诗辑的正文前作泛而不切的“宏观概括”，而是回到诗人个体主体性的原点，把对当代外国诗史的认识融入到具体的导读文字中；并在导读文字前，增加对诗人生平、人文理念、写作母题、诗歌谱系传承、技艺个性的评介。而当我们厘定了一颗颗诗歌星座的位置时——我奢侈地想——我们或许将有可能真切地感受到更广袤的诗歌星空。

关于诗歌的价值确认方式，有种种说法。特别是对外国当代诗论而言，称其为“乱花渐欲迷人眼”一点也不夸张。我从事现代诗学研究和诗歌创作已有二十余年，我的诗学理念在联翩而至的冲击下也几经局部性地分延、调整乃至转化。然而，我对“诗性”的体认却一直是相对稳定的：诗歌是个体生命体验在语言中的瞬间展开，是散文的语言无法完全转述的特殊的话语方式。揭示生存，眷恋生命，流连光景，闪耀性情，是不同时代和种族的诗人们所共同具有的基本姿势和声音。虽然诗歌中的情感内涵和修辞方式会有变动不居的特点，但说到底，撬动诗歌的阿基米德点还是有着相对的一致性。在这部书中，我们会看到当代不同国别的诗人们，在彼此吟述着“相互补充”的生命情感体验，并邀约“地球村”中更多的人分享和同驻诗意光阴。人们永远需要这种真实而深刻的声音，充满热情和活力的声音，富于生存启示和命名力量的直抵心灵的声音，令人兴奋而迷醉的声音。在这个充满权力、科技图腾、商品化、自然生态失衡的世界上，是诗（狭义和广义），使人类的语言生活获得了弥足珍贵的深刻、澄明、自由、安慰和超越。只要人类存在，“诗意的栖居”就永无终结。在这部书稿的写作过程中，我一次次领受了诗的赐福，一次次被诗人们纯正的灵魂和丰盈的才智所照亮。能有将自己的心灵体验和读者进行交流的机会，在我就是最大的幸福。

2000 年 7 月，当诺贝尔文学奖获得者、爱尔兰诗人希尼得知自己的诗文集将在中国出版时，曾说过这样的话：

“我想对中国读者说，每当念及我们可以跨越语言、地理、文化的巨大距离，我就感到兴奋。这表明了诗的某种意义。不断发展中的诗歌是使我们继续做文明和敏感的人，做有亲昵行为的人的决定因素。诗歌是堡垒，是人类隐私的监护者之一；但它又是敞开的，是一种公众的艺术形式……诗实际上是为作为读者的你而写的，它召唤你向它靠拢。它放在那儿让你打开。它是一种造物，然而是内心的造物。所以，拥有中国读者这一事实表明，我们相信诗歌的公开性是有道理的，而我们感到作为帮助我们继续做敏感的人的诗之必要性，也是有道理的。”(《希尼诗文集》)

诗人是兄弟，希尼的话也会同时道出诗人们共同的心声。

我们的祖先曾云“诗无达诂”。西方某些智者也将解读现代诗戏称为“小孩拆表”。然而，就我个人而言，对“诗无达诂”的另一种解释是它在提醒人们：要做到“诂诗”与“悟诗”的统一。经验告诉我们，恰当而有趣的“诂与悟”的平衡，往往会使诗歌更为诱人。而对“钟表”，我们也不妨拆拆看，探询一下它的“秘密心脏”的魔力何在——但愿这个顽皮的孩子还能再将它完美地攒起来。我一直提醒自己尽力做到这些。至于我做到了怎样的程度，还要由读者朋友来衡估。

“序言”，其实是一部书稿最后落笔的文字。但在即将完成这篇短文时，我却没有以往杀青一部书稿后会有的那种单纯的轻快感——我的心竟有一种依依惜别的感情。是呵，那一个个与诗相遇的日子，那一个个与迷人的灵魂对话的日子，那日复一日充满欢愉和恭谨的写作行旅，随着书稿的完成就要离我而去了。现在，我的窗外正飞扬着入冬以来的第三场大雪，我的桌边正放着一瓶干红。还有什么比在大雪纷飞、酒入微醺之时，告别这部书稿——我灵魂的伙伴——更令人缱绻的呢？再见啦，我即将远足的伙伴，请你代我去问候那些同驻诗意光阴的读者朋友。

陈超

2001 年 2 月 4 日，立春，

石门犹在漫天飞雪之中

作者例言

一、本书是一部兼具专业性和可读性的诗歌导读专著，入选作品系 20 世纪 40 年代以降外国当代诗歌佳作，共收录 33 个国家 104 位诗人的诗作 283 首。

二、本书诗人作品的排列，以美洲、欧洲、拉丁美洲、大洋洲、非洲、亚洲为序；同一国家的诗人以出生年月为序。

三、本书所选诗作多为得到公认的名篇，一般侧重于短诗，亦酌情选录具有重大文学史意义的长诗。

四、本书导读文章采用“文本细读”与“审美感悟的评析”相结合的方法，力求实现对诗歌内在意味和形式的深层阐释。

五、本书在每位诗人的首页，简要介绍其生平，创作道路，写作母题，诗歌谱系传承和技艺个性。对诗歌大师或重要诗歌流派的核心人物，则进一步做出史、论、评的综合性论述。

六、本书所选择的译者，大多是专治不同语种诗歌翻译的名家。书中大部分译诗已发表过，也有部分译诗是译者专门为本书选译的。

七、本书导读文章中所使用的现代诗学和哲学术语，均力求在具体的语境中诠释明晰。

目录

美国

英国

法国

德国

希腊

西班牙

美国

罗伯特 · 潘 · 沃伦

罗伯特 · 潘 · 沃伦（Robert Pen Warren，1905—1989）生于肯塔基州，1925 年毕业于范德比尔特大学，后在加利福尼亚和耶鲁大学继续求学，1927 年获硕士学位。沃伦是当代美国诗坛承上启下的人物之一。十六岁认识兰色姆，参加“流亡者”诗派。在 20 世纪 30 年代成为“新批评派”重要批评家。他提出的“诗必须包含复杂的相互矛盾的因素”，反对狭隘的纯诗论，扩大诗歌处理复杂经验的范围，对当代诗人有很大影响。他与布鲁克斯合著的《理解诗歌》《理解小说》，是“新批评派”影响最大的著作。

沃伦长期在美国南方各大学执教，1950 年起任耶鲁大学教授，主持该大学文学系，是“新批评派”后期中心“耶鲁集团”核心人物。早期诗作语象曲折繁富，有较重的智性 / 玄学色彩，晚年作品清朗而内在，在处理日常经验中含有形而上品质。沃伦在诗歌、小说、文学理论、文学编辑等方面都有显著成就，他的作品体现了对生存 / 人性和技艺的双重关注。

沃伦的代表性作品有：诗集《诗三十六首》（1935），《同一主题的诗十一首》（1942），《1923—1943 年诗选》（1944），《龙族的兄弟》（1953），《自选集》（1981）。论著《理解诗歌》（1943），《文选》（1958）。长篇小说《国王的全班人马》（1946）等。1947 年获普利策文学奖（小说），1948 年获普利策文学奖（诗歌）。1985 年根据美国国会决定，沃伦成为美国第一位桂冠诗人。

未来的旧照片

那注意力的中心——一张幼稚的脸
多年以前（想必是）白里透红——
现已褪色；在相片里只剩一点
灰白，没有多少表情显现。

那注意力的中心，在白色襁褓里，
那是妇人的宝贝；她漂亮而年轻，
面带蒙福的讶异神色，偎依
那迸生出的神秘奇迹。

在稍后的地方，那雄伟的身材
朦胧浮现，脸上闪烁着成就和自豪。
穿着黑色外套，礼帽罩在胸前，他迫不及待
要向你保证世界太平——把烦恼抛开。

相片已经褪色得厉害。岂不合理？
到了七十五岁上下事事都显得老旧，
而这张相片正是那年纪。
那对夫妇，当然，已经不在人世。

他们带着剩下的爱情，并排躺
在绿草，或白雪，之下；那婴儿，多年后，站在那里；
旧景模糊，而他满怀罪咎地神伤

于无名的许诺未践，颓然莫可名状。

（彭镜禧　夏燕生　译）

［导读］

这首诗带有很强的叙述性。但它不是线条式的平铺直叙，其叙述时间在这里颇为讲究。它采取了倒叙、预叙、现在时叙述三者交错扭结的方法，使整体叙述的时间段不仅具有长度，更有着深度和幅度，成为既有现实经验重量，又有浓郁象征意义的对生存和生命情境的命名。

所谓“未来的旧照片”，是诗人叙述的基点之一。“预叙”在时态上提醒你，“我是预先向未来看的”。诗中所言“那婴儿，多年后，站在那里”缅怀双亲，暗示了生命虽有诸多偶然，但唯一的必然乃是人生命的衰朽和终有一死。人是世间万物中唯一能预知自己有“时间境域”的生物。

然而，奇异的是，诗人的“预叙”又与倒叙混而难辨，“预叙”的内容已被时光证实。这样一来，说话人的时间基点变得飘移不定，时间在此不是线性的物理时间，而成为主体经验着的时间；诗人穿插进行了三种暧昧的时态叙述，使作品在广泛的暗示功能中，具有着具体本真的特指性。这张照片上有一家三口人，是体面的中产阶级“成功人士”之家。你瞧，那年轻的父亲，有“雄伟的身材”，“脸上闪烁着成就和自豪／穿着黑色外套，礼帽罩在胸前，他迫不及待／要向你保证世界太平——把烦恼抛开”。那母亲，“漂亮而年轻／面带蒙福的讶异神色”，偎依着她的小宝贝——“那迸生出的神秘奇迹”。这里的“蒙福的讶异”和“神秘奇迹”，在措辞上模拟了圣经《新约》中玛利亚蒙圣灵之福受孕，耶稣降生的神秘奇迹。父母亲的意象用在这里，含着微微的反讽性质。早期自由社会的竞争理念和新教伦理已渐渐丧失了活力，今天，世界仍不“太平”，新的“烦恼”又滚滚而来，他们的“后代”已是“满怀罪咎地神伤／于无名的许诺未践，颓然莫可名状”。

“那注意力的中心”究竟是什么？既是指人生命的衰败，又是指人类精神历史荒诞的蜕化。但诗人不屑于采用滥情的方式说出，而是将三种叙述时间交错扭结，于冷静、克制中传导出了对生命和生存淡淡的缅怀和内在的宿命感。

爱的诞生

季节已晚，日子已晚，太阳刚落，天空
铁锌般寒冷但带着一朵盛开玫瑰的鲜艳，而她，
天空的颜色从水中跃出只有
她的动将它破碎，震颤着银色的碎片
伫立在初生的草丛上。在云杉新凝固的夜幕下，
赤裸闪烁，自胸怀和两肋
滴洒流银。人，
游出十臂远，此刻一动不动
悬在铁锌般的水中，双足
被深处的寒冷冷却，所有的
历史在他身上消溶，只溶为
一只眼睛。只一只眼睛。看见

身体带着有用的标志，时光
升起，在空气那急迅而不持久的元素中
摇摆、倾斜，扭住了池塘的岸。看见
女性难堪的姿势
怎样突然间变得优雅
那是乳房的一侧，由它们的重量和臀部的纯曲线鼓满
升起的月亮，在那膨胀的一体
都是银，和微光。于是，

身体竖起，她恢复了原状，无论
她的原状是什么，将浴巾的两端抓在两手
缓缓地来回曳拉越过背和臀，但
脸庞向着高空举起，那里
玫瑰已被洗得褪色。褪色了，尽管
没有星星在那里悸动。目光仍固定在空中。身体
侧对着云杉的黑暗，仿佛
要被它吸引，浓缩为它的白色，什么光
在天空仍依依不去，或者从
水中金属和抽象的严肃中提起。身体，
浴巾此时已从一只手中滑落，
是一根白色的茎管，脸庞从中向天空
郑重地开放。
这一时刻不会持续而且绝对，不接受
任何定义，因为它
为其他的一切归类，持续性、时刻
这些定义才会可能。女人

尚未抬起脸，裹在运动里，
仿佛站立在睡梦，
她身上的浴巾，盖在乳房以下
如湮没的埃及那种神圣的屹立
走上那条梯级陡峭的路，迂回
走进攀登和生物的交织。在
黄昏垂下的树叶网络中，白色
幽暗地忽闪而去。忽闪而去，男人

悬挂在他暗淡下来的媒介上，向上凝望
虽然什么也不见，但他知道她在动

他在心中呼喊，假如他有这般力量
他将伸出手放在她身上守卫，在她所有的
去和来中，阻止一切天空的冷酷
和世间的污染。他在心中
呼喊。在

云杉夜的高度和远山的喘息中，他看见
第一颗星星，蓦然诞生。它在那儿闪耀。

我不知道他许了什么诺言。

（汤潮　译）

［导读］

这首诗仍然带有叙事性。但优异的诗歌叙事不是只有单一的时空维度，它应饱含着超越叙事的寓言功能。这是一幅“窥视”浴女的场景，然而读后我们并不感到一丝猥亵。对生命之美、人体之美，诗人充满了纯洁的赞叹和深沉的省思。

“他”在深秋黄昏的河水中游泳，不期然中见到河畔草丛上洗浴的姑娘。她像铁锌般寒冷笼罩的时空中一朵鲜润的玫瑰，像人类远古时代的埃及美神。诗人限制了叙述速度，甚至分解了浴女的动作，使她的美、和谐、纯真，细腻地一点点呈现，令人凝神。“身体／浴巾此时已从一只手中滑落／是一根白色的茎管，脸庞从中向天空／郑重地开放”。这里，茎管的意象，表现了她与大地相连的蓬勃生命活力；而“向天空郑重地开放”，则昭示了生命和精神汰洗后的升华，她与“第一颗星星蓦然诞生”构成对称，互为隐喻。

“他”望着这一切，生命瞬时变得单纯而美好：“所有的历史在他身上消溶，只溶为／一只眼睛。只一只眼睛。”这是“绝对”的一刻，“不接受任何定义，因为它／为其他的一切归类”——守卫人类的爱、美、善、自由，这责任是绝对的，是从“水中金属和抽象的严肃中提起”的“向上凝望”。为了这些，人类要“在她所有的去和来中／阻止一切天空的冷酷和世间的污染”。至此，浴女已进入寓言范畴，像画家塞尚的名作《大浴女》（1805）一样，同时传导出渴望生命和灵魂双重洞开的澄明心境。

诗人最后说，“我不知道他许了什么诺言”。这个句型饶有深意。首先对诗中之“他”而言，这是无疑而问。但其潜台词对更广义的“我们、你们、他们”而言，则带有深深的祈使、质询乃至痛惜色彩。

世事沧桑话鸣鸟

那只是一只鸟在晚上鸣叫，认不出是什么鸟，
当我从泉边取水回来，走过满是石头的牧场，
我站得那么静，头上的天空和水桶里的天空一样静。

多少年过去，多少地方多少脸都淡漠了，有的人已谢世，
而我站在远方，夜那么静，我终于肯定
我最怀念的，不是那些终将消逝的东西，而是鸟鸣时那
　种宁静。

（赵毅衡　译）

［导读］

在美国文学的源头，我们常常看到诗人、作家对宁静的大自然和动物的赞叹，惠特曼写过“我愿意自己能回头，去与动物共同生活，它们是如此宁静和自足……全世界没有一头动物是有名望的或不幸的”（《自我之歌》）。而爱默生则说，“喜爱自然的人，其内、外的感觉一致；他把童年的精神状态保留到成年。与自然的交流成为他每日的需要。在那里我知道此生不会有什么遭遇——没有耻辱、没有困苦（只要我尚保持眼望自然的视力）：大自然会帮助解决”（《自然和

精神》)。不是说人生没有困苦，世事不再沧桑，而是说人心应有更内在的静谧澄明之境，与大自然开合注息，领悟那超逾世俗功利的宁静之美。

沃伦的诗也秉承了先辈的审美慧命。他更将抽象的大自然和统称的动物界凝缩成一只鸟，而且这还不够，又具体为“鸟鸣”，就更为智慧而准确地传达了对宁静的大自然以及与大自然对等同构的心境的缅怀与渴慕。多少年过去，见过的人已渐渐远逝，经过的事已随风而去，驿动的心已渐渐平息，“我最怀念的”，不是功利性的“世事沧桑”，“而是鸟鸣时那种宁静”，是人返回其自然之根时体验到的永恒之美。

伊丽莎白 · 毕晓普

伊丽莎白 · 毕晓普（Elizabeth Bishop，1911—1979）生于马萨诸塞州的伍斯特。她是“二战”之后美国“中间代”诗人中最负盛名的女诗人。1934 年她即将于伐沙尔学院毕业时，结识了女诗人玛丽安·摩尔。摩尔以对动植物生命体的细节描绘来展开诗歌隐喻的方法给了她很大的启示。她的第一本诗集《北与南》于 1946 年出版，引起广泛注意。此后，连续出版多种诗集，以意味和形式的优异质地建立了国际声誉。1952 年至 1969 年，诗人客居巴西，并多次游历了欧洲和非洲等地。

毕晓普诗歌的特性是避免浮泛的抒情、自我迷恋，她力求深入客观事象，既细致、准确、犀利地呈现它们，又于其中寄寓着揭示生存和生命的深刻的暗示性。正如西默斯 · 希尼在《数到一百：论伊丽莎白 · 毕晓普》一文中所说：“没有人比她更醉心于认识世界细枝末节的奇迹，也没有人更小心翼翼地容纳下那些共同阐释了生活的危险的负面因素”，“在滔滔不绝的方面，看来她证明了越少即是越多。借助于对传统的认知与分寸感，她创造了一种与往昔经典诗作保持连续性但又完全是个人的、当代的风格。她的写作技艺精湛、形式完美，从专业角度看炉火纯青，令人叹为观止”。

毕晓普的主要诗集有：《北与南》（1946），《诗集》（1955），《旅行之间》（1965），《诗全集》（1969），《地理第三册》（1976），《诗选：1927—1979》（1980）。1955 年《北与南》获普利策文学奖，1969 年《诗全集》获全国图书奖。

小习作

想想天空中徘徊的令人不安的风暴
像一只狗在寻找安身之处
听听它的咆哮

在黑暗中，那些红木门栓
对它的注视毫无反应
那粗制纤维组成的巢穴，

那里偶然有一只鹭鸟会低垂自己的脑袋
抖着羽毛，嘴里发着无人理解的自语
当周围的水开始闪亮。

想想林荫大道和小棕榈树
所有行列中的躯干突然闪现
像一把把柔弱的鱼骨。

那里在下雨。人行道上
每一条缝隙里的杂草
被击打、被浸湿，海水变得新鲜。

现在风暴再次离去，轻微的
序列，猛然照亮了战争的场景
每一个都在“田野的另一个地方”。

想想拴在红木桩或桥柱上的游艇中
某个沉睡的人
想想他似乎安然无恙，没有受到一丝惊扰。

（马骅　译）

［导读］

“小习作”这一命题有双重寓意。其一，从写作技艺上说，是诗人在进行某种修辞和结构实验。它的修辞实验体现在，诗人以冷静客观的态度，分别对独立的事象细节进行了素描，天空、小狗、鹭鸟、树木、杂草、海水、游艇、沉睡的人，无不形神毕肖，呼之欲出。它的结构实验体现在，几项彼此似乎是独立的事象，被结合在一个有机的话语场中，像一组群雕，以其空间感的均衡，“共振”出其内在的统一暗示性。在写作技艺的意义上，它的确是“小习作”（取其修辞与结构实验之意）。其二，反讽性克制陈述的寓意。我们注意到，诗中描述的事象在冷静的日常情境状态下却又充满内在的紧张感：天空中徘徊着令人不安的风暴，像狗在无告地咆哮着寻找安身之处。鹭鸟脑袋低垂，嘴里发出无人理解的自语。树木像一把尖利又柔弱的鱼骨。海水因涨潮变得新鲜，而某人还沉睡在游艇中。在此，平静感与不祥感奇异地反向拉开，诗中“和弦”般的隐喻系列使人既迷醉又惊悚。

这首诗写于1947年，“二战”的硝烟刚刚平息，“风暴再次离去”，但令人恐怖的惨痛经验已噬心地刻在人的记忆中，它们随时会在心象的“轻微序列，猛然照亮战争的场景”。有如超现实主义画家达利的名画《内战的预感》一样，对战争的恐怖甚至已点点滴滴侵入了人的梦境。在此，“某个沉睡的人／想想他似乎安然无恙，没有受到一丝惊扰”，就含有沉痛的反讽性。诗人祈愿“他”和平的不受惊扰的人生成为恒久的现实，而不是即刻的“小习作”。

在候诊室里

在伍斯特，马萨诸塞，
我和肯休洛姨妈一起
去见她预约的牙医
我坐在候诊室里
等她。那是个冬天。
天早早就黑下来了。
候诊室里坐满了
大人们，许许多多的
电灯和杂志，
保暖鞋和长外套。
我的姨妈还在里面
时间好像过了很久
我一边等待一边
在翻阅《世界地理》
（我看得懂）并且仔细
研究上面的照片：
黑黑的火山内部
堆满了灰烬；
然后是小溪一样的火流
喷涌而出。
奥萨和马丁·约翰逊
穿着马裤　扎着绑腿
戴着软木遮阳帽。

一个死者悬挂在杆子上
——“长猪”，船长说。
婴儿尖尖的头颅
一圈又一圈缠着细绳；
乌黑、裸身的女人　脖子
仿佛是灯泡的卡口
一圈又一圈缠着金属线。
她们的胸房十分骇人。
我一口气把它读完
害羞得不敢停下。
后来我又看了看封面：
日期，黄色的纸面。

突然，“哦”
从里面传来一声痛苦的呻吟
——姨妈的声音——
低微而短暂。
我一点也不吃惊；
那时我甚至认为她是个
愚蠢、小气的女人。
如果不是这样
我应该感到尴尬。
使我大吃一惊的却是
那就是我：我的声音，
从我的嘴里发出。
毫无疑问
我就是我那个愚蠢的姨妈，
我——我们——在坠落、坠落，
我的眼光粘在
《世界地理》的封面上

1918年，2月。

我自言自语：再过三天
我就七岁了。
我这样说着，试图阻止
坠落的冲动
从浑圆，旋转的世界
坠入寒冷，幽蓝的空间
而我感觉：你是一个我，
你是一个伊丽莎白，
你是他们中的一员
你为什么也应是某个人？
我不敢去看
去瞧　我的样子
我斜斜地瞟了一眼
——我不敢抬高眼睛——
那些灰暗的膝盖
裤子、裙子、鞋子
以及灯光下
各种各样的手掌
我知道没有任何怪事曾经发生
没有任何怪事曾经可能发生
为什么我应是我的姨妈，
或者是我，或是其他人？
是什么如此相同——
鞋子、手掌、喉咙里
家族的嗓音，或者是
《世界地理》和那些
可怕的悬垂的胸房——
将我们联系在一起　或者

将所有人仅仅变为一个人?
如何——我无法表述它——
如何“不像”……
我怎么来到这里
和他们一样，听到
一声痛苦的呻吟
为什么这声音
没有更大，更刺耳
候诊室内明亮
而闷热。它滑动着
在一个，又一个
巨大黑暗的浪头下

于是我又回到那里。
战争在进行。外面
是伍斯特，马萨诸塞的
暗夜，积雪和寒冷，
仍旧是1918年
2月15日。

（姜涛　译）

[导读]

优秀的诗歌关心的不只是可以“类聚化”的情感，更应是个体生命的经验。类聚化的情感只能“呼应”我们已有的态度，而个人经验才会“加深”乃至更新我们对生存和生命的感受与洞识。因此，我们在读那些优异的诗作时，会感到诗人是将自己的生命经验一点一点“捺”入文本中去。

《在候诊室里》写的是1918年2月的一天，七岁的毕晓普陪姨妈去牙科诊所看病的经历，它处理的是“童年经验”。毕晓普的童年是不幸的，还在她幼年时父亲就已亡故，母亲在连续数年的精神分裂症发作后，于1916年被送进疯人院。自童年起，母亲的一声声痛楚的尖叫、抽搐，就深深地将永不平息的骇人悲情嵌入了毕晓普的心中。此后，她一直由姨妈或姑母带大。1960年毕晓普曾致信给自白派女诗人塞克斯顿，她说："尽管我拥有'不幸的童年'这份奖品，它哀伤得几乎可以收进教科书，但不要以为我沉溺其中。"是的，毕晓普在许多诗中处理了童年记忆，但她从不沉溺于自怜的感情宣泄。她消化了痛苦，并将之转换成具有丰盈的暗示性的、质地坚实而优雅的诗歌，使读者获得了更为深刻的生命体验。

这首诗可称之为"对生命经验的精确复制"。在一个积雪的寒冷的夜里，姨妈害牙疼已入诊室，"我"在候诊厅等她，一边翻阅《世界地理》。"我"看到的是火山爆发的天灾，和同类彼此戕害的人祸，以及乌黑裸身的衰老女人。突然，"哦"的一声痛苦的呻吟，究竟是出自疼痛的姨妈？是出自被阅读惊恐所攫住的"我"？还是出自书中不幸的人群？至此已难以甚至无须分辨，它们构成了痛苦的"和声"。童年经验的内容之一，就是孩子不能应付成年人痛苦或罪孽的生存境遇时，所产生的逃避和拒绝心态。"再过三天 / 我就七岁了"，生命的成长也是在向成人世界的"坠落"，"我试图阻止坠落的冲动"，但内心明白，"我"迟早会成为苦难无告的"他们中的一员"——"所有人仅仅变为一个人"。在一个又一个巨大黑暗的时间浪头下，和他们一样发出喑哑而痛苦的呻吟。更何况，"战争在进行"……

这首诗意蕴深厚，诗人由个体生命经历中细碎的、闪烁的痛楚，折射出无边的生命和历史悲情。它的本真叙事性，使我们产生了"直接目击"般的刺激，而它超越事件之上的暗示性，又使我们的经验感受尺度陡然加深、加大。经验是"呈现的"，感情是"告知的"，对真正的好诗而言，"呈现"总是比"告知"的信息量更多，艺术的劲道更足。是呵，浪漫主义滥情诗歌的衰退早已警示过我们：允许写得不好的时代已经过去了。

鱼

我抓住了一条大鱼
用鱼钩钩住它的嘴角
我把它系在船边
一半露出水面。
它并不挣扎
一直完全屈服。
身体在浪中颠簸着
咕哝着　肃穆
而安宁。它棕色的
皮肤　像古老的墙纸
条条披挂　那
颜色较深的花纹
也如墙纸上怒放的玫瑰
因岁月而暗淡枯萎。
它周身斑斑点点
镶满甲壳和美丽的
石灰岩徽章
还寄生着
微小洁白的海虱
几缕绿色的水草
漂摆其上。
当它的鳃部翕合着
痛苦地呼吸氧气

——可怕的鱼鳃，鲜红
破碎，溢出血沫
伤得这么重——
我想到那白色粗糙的鱼肉
会像羽毛一样填充在它体内
那些大骨头和小骨头
那些花花绿绿
光滑的鱼肠
以及那花朵一样开放的
粉红色的鱼鳔。
我盯着它的眼睛
它们比我的眼睛大
而且浅　颜色昏黄
虹膜背后填充着
黯淡的锡箔
目光透过
那被擦伤的古老的鱼胶镜片。
它们动了一下，但
没有回应我的注视。
——仿佛斜睨着
一个光线所指的目标
我羡慕它呆板的脸孔
和机械的颚部
还看见
它的下嘴唇
（如果能将其称为嘴唇的话）
挂着四五条鱼线和一根
金属接钩线
潮湿、闪烁、武器一般
而线轴仍然与之相连

五只硕大的钩子
牢牢地嵌入它的嘴巴
一根绿线　末端磨损
已被它挣断　两根粗线
和一条结实的黑线
依旧紧紧地缠绕
如果拉断　它便可逃脱。
那五根智慧的胡须漂荡
在它伤残的颚边
如同奖章的绶带
浮动，破损。
我盯着它，一直盯着它
荣耀的光彩涂满这只
租来的小船　从舱底
生锈的引擎四周
一洼油污泼出的彩虹
到那锈迹斑斑的水斗
那阳光晒裂的坐板
那绳索捆绑的桨架
和船舷——所有一切
都是彩虹，彩虹，彩虹！
我放走了那条鱼。

（姜涛　译）

[导读]

毕晓普的艺术个性是沉毅的。这种沉毅既是面对世界与人生的神秘，而持有的优雅的审慎的态度，也是一种缄默的、恭谨的观察事物细节的风度；同时，审慎、缄默和恭谨，还体现了“写作的伦理”——诗人要避免给人以虚张声势号令般的专横压力，要删除那些突兀的刺耳的声音，为“音高设限”。希尼在《舌头的管辖》一文中谈到毕晓普的诗歌的特点时准确地指出:“仿佛她要强调她的诗歌……通过对细节的持续关注、通过稳定的分类和语调平淡的列举而与世界建立起一种可靠而谦逊的关系。”

《鱼》这首诗与毕晓普其他写动物的作品(如《矶鹞》《公鸡》《犰狳》等)有所不同，我认为它并无什么深层结构的象征性。它的神奇不体现在激活读者的“过度诠释”，引领你去联想；而是“限制”你的联想，使你直接触及对象，类似还原般地进入现象的细节。在此，诗人逼近事物时的专注、细腻精神，被读者“模仿”：我们欣赏这首诗的过程，似乎等于与诗人一起“再写一遍”，阅读变为一种充满陌生快意的“特殊类型的写作”。

此诗有如一个高速摄影(俗称“慢镜头”)的展示，以画面的极度精确、动态的缓慢持续性的变化，逼使我们凝神。从开头“我抓住了一条大鱼”，到结尾“我放走了那条鱼”，在限量的时空里，呈现了对鱼与钩线的精审洞悉。容易激动的读者或许会认为，她通过对受伤害的动物的痛惜之情，象征性地表达了对人世间残暴者的抗议。这当然也不算错。但在我看来，诗人的兴趣只在观察鱼，而它“没有回应我的注视”，我们既不能把鱼变成痛苦的精灵，也不必将人的品质加诸它们。鱼有自己的存在理由，在这首诗里，它不是为象征服务的筹码。它们从来就不是人，它们或许还会超出我们所能触及的范畴。让我们守卫住万类生机的缄默和美丽。

一种艺术

丢失的艺术不难掌握
不少东西本身就含有
任人丢弃的目的，失去它们并不是灾害。

每天都在丢失。房门钥匙丢了
一小时浪费了，早已满不在乎。
丢失的艺术并不难掌握。

接下去锻炼丢更大的东西，更快地丢：
到过的地方、认识的人，还有你本想见识一下的
地方。这也不会带来灾害。

我丢了母亲传给我的表。还有你瞧！
一、二，一共三幢我住过的楼房。
丢失的艺术并不难掌握。

我失去了两座城市，都很可爱。以及，更大的，
我从小熟悉的地带，两条河，一片大陆。
这些我都失去了，可是也不算灾害。

——即使失去了你（我那种开玩笑的声音
我最心爱的姿态），我也还不用掩盖。本来，
要掌握丢失的艺术不算太难。虽然丢掉这个
有点儿（写下来呀！）有点儿像是灾害。

（李文俊　译）

［导读］

有一些诗在你阅读时能打动你，但它似乎永远是一个“外力”，一个“他者”，它不会作用于你的生命。而另一些诗（噢，可惜不够多！）则不同啦，你读过后便忘不了，它会作用于你的生命，成为你的“生活伙伴”。

《一种艺术》就是这样的诗。它是诗人晚年的作品。1987 年我读到它，仿佛感到全身被照得敞亮，我会心于这种宽怀健朗之美。此后的日子，我常常默诵它，其意味其旋律早已“加入”了我的生活。人

的一生会有形形色色的“丢失”，所谓“患得患失”（对此词语准确的解释应为焦虑于得不到的，得到后又担心失掉）是我们生活的日常状态。但你瞧，诗人活得有多精彩！她鄙薄那种无谓的感伤，她说“丢失是一种艺术”。无论是丢失物品，还是丢失时间，无论是错过了美好的地方，还是因客观情势远离故乡（毕晓普晚年经常住在巴西，难得回美国，故有“我丢失了两座城市，都很可爱／以及，更大的我从小熟悉的地带，两条河，一片大陆”之语），这一切都没什么。诗人反复轻松地自语并告慰我们“失去它们并不是灾害”，“这也不会带来灾害”，“可是也不算灾害”，给我们带来了诗心善良的启示。人呵，你不要用那些永无可挽回的“丢失”再来惩罚自己，让我们也学会这“丢失的艺术”——虽然对大多数人而言它并非“不难掌握”。

但在最后一节，诗的语型和节奏发生了一些变化，与其相应，语义也显得有些美妙的迟疑。在诗人心目中，“丢掉这个有点儿、有点儿像是灾害”的东西是什么？“是我那种开玩笑的声音，我最心爱的姿态”——是一种达观健朗的人生态度！它是人生经验的赐礼（因其珍贵，故以“你”相称，使之对象化），是真正的“生活的艺术”。诗人诙谐地以反语提醒自己留神不要丢掉它。这首诗在闪耀的性情里融铸了人生的哲理，令人迷醉，令人宽怀，是为上品。

约翰·贝里曼

约翰·贝里曼（John Berryman，1914—1972）生于俄克拉荷马的麦克莱斯特。他的童年生活布满阴影，在他十二岁时父亲当着他的面开枪自杀，成为他终生难愈的心灵创伤。1936 年贝里曼毕业于哥伦比亚学院，毕业后结识了大诗人叶芝、奥登和托马斯等人，受益良多。他曾先后任教于布朗、哈佛等大学。1955 年后一直任教于明尼苏达大学，1972 年 1 月投河自尽。

贝里曼是美国诗坛“自白派”的重要诗人之一，1953 年他的成名力作《致布拉德斯特利特夫人》一出版，就以描写现代社会中个人精神危机的深刻性而引起批评界的广泛关注，被誉为“自《荒原》以来美国人写得最杰出的长诗”。此后，贝里曼继续沿着挖掘现代人精神之困苦、绝望、愧疚、滑稽、乖戾的方向走下去，以超人的耐力，深刻的洞察力，建构个人隐语世界的才能和对当代风格的敏识，历时十五年完成了巨型组诗——共 385 首的《梦歌》。其中的《七十七首梦歌》轰动文坛，成为“自白派”代表作之一。后来，整部《梦歌》又更名为《他的玩具、他的梦、他的休息》出版，在国际诗坛享有盛誉。贝里曼曾坦率地说：“我只对处于危机中的人感兴趣。”其实，这首长诗中的人物亨利亦可视之为贝里曼自己的“潜精神传记”。他将自我对象化，呈示并分析了自己灵魂中不为人知的悲剧以及讽刺喜剧性因素，使读者对生存和生命有了更为透彻、更为噬心的感悟。而作为一个技巧专家，他的诗歌深度的达成，并不以技艺上的让步作代价。

贝里曼的主要诗集为：《致布拉德斯特利特夫人》（1953），《诗集》（1942），《放逐》（1948），《梦歌》（1969）等。1965 年获普利策文学奖，1969 年获全国图书奖及波林根奖。

球 诗

那男孩怎么啦，他丢掉了球，
有什么法子？我看到球滚走
欢乐地蹦着，沿街跳走，最后
欢乐地翻过去——落到了水里！
“再买一个呗！”说这话没用：
震撼心灵的痛苦使男孩发呆，
僵直地，他站着发抖，越过他的
所有童年岁月朝海湾凝视，
球已落进海里。我不打扰他，
一毛钱，再买个球，没用。现在
他第一次感到在这需要占有的
世界上有责任感。人们买球
而球总是要丢失，我的孩子，
没人能把球买回。钱是身外物。
在他绝望的眼睛后他在学习
关于丧失的认识论，学会承受
每个人总有一天会认识，而多数人
已认识多年的事，学会挺住。
时间过去，灯光回到街道上，
口哨吹响，球再也看不见，
很快，一部分的我会探寻海港
那幽深的地板……我到处寻找
我痛苦地走，我的心灵在走

带着所有推动我之物，在水下
吹着口哨，我不是个小男孩。

（赵毅衡　译）

［导读］

这首诗语境透明但意蕴深远。它处理的乃是由日常情境激发的感悟。在语言上，有一种由讲究的口语所形成的诚朴自由的活力。贝里曼持久而专注地探究人的精神痛苦，他的诗都是与人的具体生存和生命状态密切相关的。这决定了他在使用“象征”方式时，很少选择那类“超验象征”，而更多采用“一组事物、一种情境或一串事件”（艾略特语），即有关“人事的象征”。作为一种流派的象征主义在它初期至中期阶段（19 世纪末到 20 世纪 30 年代），其重要诗人往往乐于选用“超验”的象征方式，他们认为在事物的表象后面，有一种更高级的本质观念，它是神秘的、藏而不露的，需要诗人以大跨度玄想、暗示的方式表达。因此，这一阶段的诗歌朦胧、艰涩。从后期象征主义诗歌大师艾略特开始，出现了“超验象征”和“人事象征”的混合使用，如《荒原》在整体的超验象征框架中也融入了一些日常生活情境的片断。

而 20 世纪中叶以降，从平凡的生活材料中萌发写作动机，使诗带上浓郁的当下气息甚至某种程度的社会性，是许多诗人的愿望。贝里曼不是象征主义诗人，但他对“人事象征”也深怀兴趣。《球诗》从一个孩子丢掉皮球这一庸常的生活事件开始，引出“在他绝望的眼睛后他在学习关于丧失的认识论，学会承受 / 每个人总有一天会认识，而多数人 / 已认识多年的事，学会挺住”这一深邃哲理，从而最终使之成为一首含有象征意味的有关人生中“痛失 / 成长”的诗歌（借用“成长小说”的说法）。

这首诗语境透明，叙述沉稳而完整，其潜台词无须我再多说，相信智慧的读者会深切领悟它简洁表述下的复杂意蕴。需略略提到的是，此诗前六行叙说的是日常情境，至第七行开始诗人作了一次“象征”的跳跃。但为避免人们在阅读习惯中痼疾般的“形而上迷狂”，诗人又犹豫着返回了日常情境。此后作品就交互穿插于这两种表述方式之间。至二十行后，诗人终于有把握奋起一跃，在丰富的“人事象征”意味中收束了全篇。

梦　歌（之14）

朋友，生活是令人厌倦的。我们不能这样说。
归根结底，天空阳光灿烂，巨大的海充满渴望，
我们自己也充溢着光芒和渴望，
不仅如此，当我还是孩子时妈妈对我说
（一而再地说）“要是你承认你已厌倦了
就意味着你毫无

内心的生命力”。我现在得出结论我毫无
内心的生命力，因为我已厌倦至极。
人们使我厌烦得要死，
文学也是如此，特别是伟大的文学
亨利也使我厌倦，包括他的困苦和压抑
像阿喀琉斯一样坏，阿喀琉斯

他爱人也爱勇敢的艺术，而艺术使我厌倦，
这宁静的山峦，这鱼网，看似一只大耙，
莫名其妙地有只狗
夹着它自己和它的尾巴小心翼翼地离开
进入了高山或大海或天空，在身后
丢下了：我，尾巴的摇摆。

（陈迈平　译）

［导读］

此诗选于《梦歌》第十四节。在“作者简介”中我们已约略介绍过贝里曼的《梦歌》。这首巨型组诗由一个虚拟的人物——美国中年男人“亨利”——贯穿起来。在诗中，亨利有时用第一人称，有时用第三人称，有时甚至还用第二人称或改成其他身份出现并谈论自己。亨利的语言也是异质混成的，时而用复杂的书面语，时而用断续的内心独白，时而用口语甚至俚语，时而又是谵想般的含混隐喻。贝里曼交叉使用了叙述、内心对话、呈现、沉思自语、心理分析、回忆、紧张、嘲谑等书写角度，多侧面多声部地探究了他充满细密痛楚和晦涩的心灵世界。

这样的诗，常有类“精神分析小说”的味道，因此我们要调整一下阅读态度，像读小说那样将诗中表达的意味视为诗中人物的心灵活动，而非作者完整的生活态度。有了这样的距离，我们会看到贝里曼是怎样以手术刀般的犀利准确，揭示出现代人精神的疲倦感、厌烦感，人“内心生命力”的异化，从而将“被遮蔽的存在”敞开的。

教授之歌

（……狂热或是蠢笨如牛。）让我来告诉你们
十八世纪的对句是怎样结束的。现在告诉我。
向我叙述布莱克《歌曲》——
上周留的作业——的来源。说，说吧，
先生们。（交头接耳不用心，好，快瞟上一眼。）
我想到中午就把这帮家伙全打发掉。
“那深刻而浪漫的巨大差别”，一种早期用法；
这个词来自法语，由于曾被我们滥用，
现在倒有点用滥了。（你们的眼睛都红了。呵，

是什么时候了？）
“一个诗人就是对人们说话的人”，而且我也
成了一名诗人，难道不是吗？
哈哈。请吧，散热器。那么又是什么呢？

活到现在——不——布莱克早就会写散文，
然而运动接着运动
最好到此为止，最多到此为妙，
正像侃侃而谈的莫扎特。十二点，该下课了。
直到我碰见你们，就在“上层地狱”
被震荡，不朽的鲜血泛着泡沫：再见。

（岛子　赵琼　译）

［导读］

这是一首含有嘲谑和反讽因素的诗歌，写于1948年。与贝里曼的其他作品一样，此诗也游走于叙述—内心独白—象征之间。我们知道，自19世纪末开始，人类精神史上出现了对传统中的客观主义、绝对主义、本质主义进行挑战的浪潮。整个20世纪思想史的主导倾向成为主观主义、相对主义、怀疑主义、多元主义。这种精神史上的“断裂”虽由知识精英引发，但恰好也正是他们承受着由挑战、断裂带来的内心困境，精神疲倦和灵魂分裂之苦。这是被矛盾缠绕的一群。《教授之歌》不会有“歌”的和谐、畅达，而是枯涩、滑稽、凡庸——构成了对“歌”的反讽。

眼前是一幅诗学教授上课的情景。他厌倦那些无知而自负的学生，在内心对他们的评价是“狂热或是蠢笨如牛”。他先讲解了“十八世纪的对句是如何消亡的”。为防止学生昏昏欲睡，他马上就提问刚才讲解的内容，这就等于说“把我刚才讲的再告诉我”。接着教授又检查上周作业，“向我叙述布莱克《歌曲》的来源”。他一再催促，但无人能答，大学生们有的交头接耳不用心，有的临时抱佛脚翻笔记。教授愤怒又蔑视地默语道，再熬一会儿“到中午就将这帮家伙打

发掉”。

布莱克（1757—1827）是英国大诗人，其作品无论意蕴还是技艺都表现了非凡的独创性。其杰出作品《天真和经验之歌》《洛斯之歌》《天堂与地狱的婚姻》《弥尔顿》《伐拉，或四天神》等，都具有深邃的历史启示性和神奇博大的象征预言力量。现代主义大师叶芝、艾略特，以及“垮掉派”诗人金斯堡都深受其影响。但这位教授的学生对布莱克似乎知之甚少，只能用“那深刻而浪漫的巨大差别”来敷衍一下老师（多可笑，他的回答等于说“那‘经验’而‘天真’的巨大差别”）。这种陈词滥调令教授哭笑不得，他又烦躁地默语：“什么时候了？”（是否该下课了？）而另一个学生的回答更绝，他竟懵懵懂懂地想起了诗人威廉·华兹华斯的名言“一个诗人就是对人们说话的人”企图来蒙混过关。他这句没有被理解了上下文的话，在此处等于废话。“（我也对人说话）我也成了一名诗人，难道不是吗？”——教授这样讽刺这个像“散热器”一般没脑子的学生。面对此情，教授既痛惜又调侃，他想：如果布莱克活到精神滑坡的“现在”，恐怕早歇手诗艺而改写世俗的散文啦。就到此为止吧，挨到了十二点，这节倒霉的诗学课也该下了。教授的心思既是自嘲的同时也是反讽的。

结尾两行是复义或双关的，首先它们与布莱克的诗歌语境构成“互文性”，同时又表达了教授对当下生存和文化状态的深深的矛盾心理：这个时代的确是平庸和分裂的，但它又是有其历史合理性和自由之美的“上层地狱”。迟疑、互否、反讽构成了教授“焦虑的喜剧性”，也为诗歌带来了新的修辞基础。

罗伯特·洛厄尔

罗伯特·洛厄尔（Robert Lowell，1917—1977）生于波士顿一个古老而显赫的世家。他的祖先中出过州长、法官、新教牧师和诗人。他先后就读于哈佛大学和凯尼恩学院，曾受业于新批评派著名理论家、诗人兰色姆以及著名诗人贾雷尔。1943 年因反对政府对平民区的疯狂轰炸，并拒绝服兵役而被判监禁一年。1944 年出版第一部诗集《不相似的土地》，反响平平。1946 年出版诗集《威利老爷的城堡》，受到广泛嘉许而一举成名，确立了他优秀诗人的地位。

1957 年洛厄尔在加利福尼亚朗诵诗作时结识了诗人艾伦·金斯堡，他对金斯堡的代表作《嚎叫》的写作立场及措辞方式印象甚深。他重新省察了自己的诗作，开始厌弃它们的“隔膜、充满暗喻的故弄玄虚”。他说：“我感到我过去的诗藏起了它们真实的价值，显得生硬，缺乏幽默感，甚至给人一种捉摸不透的外表。”很快，洛厄尔果断而顺利地完成了诗风的转型，扬弃了新批评及“非个人化”原则，开始用一种坦率、透彻、自然的方式，写出自己尴尬的家庭生活与矛盾痛苦的内心世界，并以此折射出西方文明的堕落。1959 年他的诗文集《生活研究》是其代表，自此开创了美国“自白派”诗歌的先河，并成功地将“反学院”的粗放诗风与学院诗风整合为一体。洛厄尔的许多诗是“自白”的，但他也同样坚信一个诗人应介入公共事件，承担知识分子作为社会良知的职责。他不但有力地写出了各种各样的社会题材的作品（如诗集《历史》），而且领导了 1967 年反对越战抗议的人群向五角大楼进军。他以杰出的诗歌才能和广阔的人文视野，成为美国当代诗坛最重要的诗人，也成为他那一代知识分子中最受尊敬的人之一。

洛厄尔的主要诗集有：《不相似的土地》（1944），《威利老爷的城堡》（1946），《生活研究》（1959），《致联邦死难烈士》（1964），《一天天》（1977）等。1946 年获普利策文学奖，1960 年获美国国家图书奖，1974 年获哥白尼文学奖，诗人去世后又获 1978 年国家图书文学评论奖。

黄鼠狼的时辰

——给伊丽莎白·毕晓普

鹦鹉螺岛上的隐士
嗣女仍在她那斯巴达式的小屋越冬，
她的羊群依然在大海牧放。
她儿子是位主教。她的农场主
是我们村第一任村长；
她已年老昏聩。

她渴望着
维多利亚女王时代
那等级森严舒适的幽居，
她竭力收买一切
对岸处不顺眼的地方，
并让它们颓废。

季节染病了——
我们失去了夏季的豪富，
它似乎从一个货目单上滑掉了。
它那九英尺长的帆船
拍卖给捕捞鱼虾的人。
一只火狐的尾巴遮住了蓝色的远山。

现在我们那神仙般的装饰家

把他的店铺布置得无比辉煌等待着开张，
他的鱼网挂满橘黄色的浮子，
鞋匠的凳子、锥子也是橘色的；
他劳碌而穷困
他甘愿结婚。

一个漆黑的夜，
我的福特车爬上了山顶；
我注视着情人们的车子，
车子并列排着，机身挨着机身，
坟场在市镇上空倾斜着……
我的头脑不正常。

车子里的收音机尖叫着，
“爱情，啊，轻率的爱情……”我听见
我染病的灵魂在每个血细胞里啜泣，
就像我的手掐住了它的咽喉……
我自己就是地狱；
没人在这里——

只有那些黄鼠狼在月光下
寻找一口食物。
它们的蹄迹印满了大街；
带白条纹的毛皮，神经错乱的眼睛闪着红火光，
躲在白垩色的三一教堂
那耸起的尖塔下面。

我站在我家
后门的台阶上吮吸着丰润的空气——
一只母黄鼠狼带着群崽痛饮污食桶。

她把自己楔形的脑袋插入
一个酸乳酪的杯子，垂下鸵鸟似的尾巴，
不再战战兢兢。

（岛子 赵琼 译）

［导读］

洛厄尔是“自白派”诗歌的开先河者。所谓“自白”，其基本意义是指以坦率的气度直陈自己的尴尬生活，剖露内心的矛盾和痛苦，为自己的生存境遇和生命状态命名。但“自白”一词，在印欧语系中还含有“忏悔”之意，和古代基督教主教、作家圣奥古斯丁的《忏悔录》是同一个词。然而，在宗教衰落的现代社会，“忏悔”已没有至高无上的倾听者，人已无处寻得神圣的“安慰”。所以，这首诗有一个句子在西方极为著名——“我自己就是地狱，没人在这里”。我们将上述有关“自白”的双重含义（坦露自省和忏悔）引入《黄鼠狼的时辰》，就不难理解它了。

这首诗在构架上饶有深意。开始两节，诗人以平静的语调为我们描述了鹦鹉螺岛既恬静又在衰落的“田园世界”。但是与之对称的结尾两节，则是既猥琐又具有顽健生命力的隐晦世界——“黄鼠狼的世界”。而整首诗就被挽歌式地搭置在了开头和结尾对称的两种情境的反讽张力之间——

“季节染病了”，但它染的不是自然中的季候病，而是社会文化及历史混乱的“心病”。你看，百万富翁几乎一夜间破产，他的豪华游船拍卖给了捕捞鱼虾的人。另一些新起的暴发户则无比辉煌地等着开张。鞋匠更劳碌穷困，“甘愿结婚”一句，道出了他的无奈、难以自持，又怀有一丝侥幸的心态。情人们应是美好的吧？但不然。他们幽会的地点距“在市镇上空倾斜着的坟场”不远，这是不祥的暗示；而在他们的汽车里，尖叫着的收音机播放的是“爱情，啊，轻率的爱情”（《轻率的爱情》是50年代美国的一首流行歌曲），又有如为他们的一晌贪欢作注……

的确，“季节”变了，“一切都四散，再也保不住重心／只有混乱

在世上蔓延 / 血染的潮水四处流溢 / 淹没了无辜的礼仪 / 优秀的人们信心尽失 / 坏蛋们则充满了炽烈的狂热”（叶芝《基督重临》）。但是面对此情，洛厄尔没有像前辈诗人叶芝那样呼唤“基督重临”，他深知“我（包括复数的‘我们’）自己就是地狱”，“我的头脑不正常”，“我染病的灵魂在每个血细胞里啜泣 / 就像我的手掐住了它的咽喉……”造成文明堕落，人欲横流，生活混乱的，只是“我们自己”。这里的忏悔，不是通向三位一体的“圣父圣子圣灵”，而是人类自身的噬心内省、文化批判、自我获启。

最后，诗歌语境由人间突兀地拉入“黄鼠狼的世界”。黄鼠狼的喻象，在此含有复义性。一方面它是猥琐的、阴郁的、惊恐而“神经错乱”的；另一方面它又具有顽健的生命力、机敏、胆量，乃至“母子”深情。诗人对这一喻象的态度是含混的，我们不能仅从前一方面理解它。在阅读时保持住诗歌话语的复义性，我们才能准确地体味出洛厄尔并不是一个自诩为占有“道德优势”的简单的社会批判家，也才能准确体味出他博大的忏悔精神和内在的信心。

这首诗的副题是“给伊丽莎白·毕晓普”。我们前面已介绍过，毕晓普擅长以客观冷静细致的笔调来书写动物世界（其代表作为《犰狳》《矶鹞》《鱼》《公鸡》《蜗牛》等）。洛厄尔从她那受到启发，写出了这首融自白、忏悔于一体的著名诗章。

尾声

那些该死的结构、情节和韵脚——
为什么如今对我全无半点帮助
难道我是想让想象高高地飞翔
不让那回忆苦苦地缠身?
我听见我自己的声音大呼小叫

那画家的眼光可不是一个镜头，
它哆哆嗦嗦地去拥抱光彩。
但有时我写下了万事万物
却用的是我眼睛的乏味艺术
就像一张快照，
苍白、急促、华俗，
从生活中搜集浓缩，
却被事实麻痹瘫痪。
全然是阴阳颠倒。
为啥不说出了毛病?
力图用精确和优雅
弗美尔把阳光的明丽
像大潮涌过地图
洒向他笔下的少女，使之栩栩如生、万古长青。
我们被贫乏的过去的事实
拘禁在照片中，
给每一个形象
以他活的名字。

（陈慧　译）

［导读］

在某种意义上说，洛厄尔是个“集大成”的诗人，他有丰盈的感性天赋，同时还具有精审的智性控制力。通过他的努力，美国“学院派诗歌”与“反学院派诗歌”暧昧地“握手”了。他在写作技艺和想象力绝不让步的前提下，又努力挽留或探询本真的生活经验，成就了一种杂语契合、异质混成的诗风。

“尾声”，在此具有双重含义。首先，这是洛厄尔诗集《一天天》中的最后一首诗，有以诗代“跋”性质。其次，也更重要的是它探讨了诗学中长期争执不下（即没有“尾声”／结论）的问题：“想象”与“事实”在诗中谁个更“重要”？在洛厄尔看来，诗歌应有能力与具体历史语境、生活经验对话，但在本质上，它仍是想象性的、被主体心灵浸润过的。因此，这场争执的“尾声”，不再是非此即彼的选择，而应是二者的平衡、包容、互动。现代诗的魔力也正应建置于想象与事实的张力关系中。

在此诗开头，诗人否弃了那种僵化的形式主义诗风：它们或是迷信“技巧就是一切”;或是简单化地要诗人在“想象高高地飞翔”和“回忆（事实）苦苦地缠身”之间非此即彼地“站稳立场”。这是一种蒙昧的诗歌意识，它缺乏现代诗的包容力量。接下来，洛厄尔表述道，即使诗人应该去处理本真的生活事象，他也不应以摄像机镜头般的方式照录生活。因为那是一种“眼睛的乏味的艺术／就像一张快照／苍白、急促、华俗／从生活中搜集浓缩／却被事实麻痹瘫痪”。诗歌毕竟是“心灵”的艺术，在这点上诗人与画家有相通之处，而与被动记录事实的“照相匠”深为不同（当然，如果是“艺术摄影家”，他又与画、诗血缘更近，而与照相匠更远）。对艺术而言，没有主体心灵的渗透和想象力的激活，其“事实”也可能是“阴阳颠倒”的。诗人赞美了真正伟大的艺术家，如荷兰画家简·弗美尔。他们既肯定“事实”的价值，精致地表现出风景和人物真实的美，但又不将风景和人物黏滞“再现”于一幅乏味的“地图”，或成为“拘禁在照片中”的形象，而是以伟大的表现力和洞察力抒发出艺术家审美心灵的潮涌。

洛厄尔对诗歌处理日常材料的必要性有足够的认识，但他同时也希望自己的诗有着审美想象力的高傲和心灵复杂的活力，从而给那些“拘禁在照片中”的形象，“以他活的名字”。是的，这是诗学争执中最理想的“尾声”了，它捍卫了诗的真实性和诗的想象力，使二者达成一种彼此激活的平衡。我想，“自白派”诗歌的魅力——或者说“魔力”——正在于此。

出 售

可怜而羞怯的玩物，
由过多的仇恨组成
我父亲在比佛利农场的小屋
只住了一年——
他死的那个月就拍卖。
空荡，宽敞，亲切，
那些城里式样的家具
那神情就像翘首盼望
殡仪馆老板后面
跟来搬家的人。
母亲早作好准备，但害怕
孤零零活到八十
她在窗口呆呆地看着
她像是坐在火车里
已经过头了一站。

（赵毅衡　译）

[导读]

每个人都难逃一死。然而，活着的人们认为，死去的人遭逢了一场噩运，他们向黑暗和恐怖沉陷，一切知觉化为乌有。但在这首诗中，自然死亡的人似乎并不是遭逢噩运，诗人并没有写父亲垂死的痛苦、孤独、畏惧，他去了，甚至带走了屈辱和仇恨。诗人集中描述的是父亲死后给母亲留下的悲哀的氛围，弯曲的时间。死者去矣，但在亲爱者的心里，他还活着，或者说痛惜之情使母亲不断在经历着父亲“重新去死”的折磨。这一世间常情，经由诗人冷静而高超的叙述，再一次加深并击疼了我们的心。

为避免睹物思人之痛，父亲去世当年，“我们”就拍卖了他住过的房子和家具。这是一次矛盾的拍卖：逝者的遗物有着纪念意义，应该保留；但也恰缘于此，为避免触目者的悲凉，又应拍卖掉。对这种矛盾心态，诗人没有以直陈方式道出，而是说家具在“翘首盼望殡仪馆老板后面／跟来搬家的人”。这提示我们，诗歌是呈现的艺术，在许多时候，静默的语象本身会比我们“说出”的更多。

时间对人而言，不仅是现实刻度，更是主体体验着的时间——生命和心灵的流程给我们的感觉从不是“嘀嗒嘀嗒”匀速的。在孤零零的母亲这里，终生伴侣撒手而去，时间也随之弯曲了：“她在窗口呆呆地看着／她像是坐在火车里／已经过头了一站。”如此沉静的表述，却令我们心碎。这首诗朴素而内在，重要的不是它传达了人类共有的经验，而是它传达的方式感动了我们。我们习见的许多悼亡诗都是哭天抢地、顿足捶胸式的，但由于缺乏诗性的技艺，反而将真情“出售”给“戏剧化”了。洛厄尔以自己外静内动的方式，保留了最深切最内在的感情，这感情是不会随着亡者的遗物一道被“出售”的。

弗兰克·奥哈拉

弗兰克·奥哈拉（Frank O'Hara，1926—1966）出生于巴尔的摩。他是美国当代诗坛“纽约派”的核心人物。奥哈拉青年时代曾受教于新英格兰音乐学院，第二次世界大战期间在海军服役，复员后又入哈佛大学学习，在校时结识诗人约翰·阿什伯利和肯尼思·柯克等人，彼此心意相投，50年代初，这些诗人聚会于纽约，以他们为首形成了“纽约派”。

“纽约派”带有鲜明的反学院化，乃至“反文化”特征，在这点上他们与当时风靡诗坛的“垮掉派”有一致之处。奥哈拉的诗有一种坦率、放松和幽默的风格，以带有生活“温度”和毛茸茸质感的口语入诗，准确地表现了大都市风貌、人们的生存状况及“另类”们的心声。但细辨之下，他（包括“纽约派”同人）的诗与“垮掉派”秉有的粗放浓烈的激情有所不同，他显得略为精致化和沉稳一些。到60年代，奥哈拉在原有的质素上又融合了超现实主义的肌质，因此，也有人将他视为广义的“新超现实主义”诗风一员。诗人曾担任过纽约现代艺术馆国际活动部主任、馆长之职。

奥哈拉的主要诗集是:《城市之冬》（1952），《紧急时刻的沉思》（1957），《第二街》（1960），《赋》（1960），《午餐诗》（1964）和他去世后出版的《诗选》（1967，1971，1974），《遗诗新律》（1977），等等。他还出版过一些美术批评专著、论文集。

文学自传

当我是个孩子
我躲在校园的
角落，自个儿玩
谁也不睬。

我讨厌女娃娃，
讨厌比赛，动物
不跟我好，鸟儿
远走高飞。

要是有人找我
我就躲在大树
背后，大叫：“我
是个孤儿！”

现在，瞧我，成了
一切美的核心！
写着这些诗章！
你想想看！

（赵毅衡　译）

［导读］

“文学自传”这一标题给我们的“阅读期待”是神圣不凡的。从习惯上说，似乎只有那些功成名就的文学大人物才有资格写文学自传。就诗歌谱系而言，人们耳熟能详的文学自传经典有《歌德自传——诗与真》，柯勒律治的《文学自传》，以及由后人著述的汗牛充栋的各类大诗人的传记。这些传记融事（史）、论、评为一体，成为诗人生涯及诗歌正途的典范。

“后现代诗人”奥哈拉滑稽模仿或是“移用”了前辈大诗人们的标题，但意在“消解”这一标题给人的阅读期待。一代诗人有一代诗人的审美理想和生活态度，在奥哈拉心中，诗歌应有能力表现普通人的真实生活和命运，诗人也大可不必以神秘、高贵、天才、博学的自传来自炫。因此，在《文学自传》里，他以幽默的心思，坦率的交代和爵士乐般的节奏，给笼罩在“文学自传”上的光环“祛魅”。在这里，我们看到了诗人的诚朴性格，他要把诗歌从“圣殿”还俗的艺术理想，他对口语、俚语的漂亮提炼。他要憨实而快活地告诉人们：瞧吧，一个平凡而不招人喜欢的孩子，日后也会成为“美的核心”！

诗

拉娜·托纳精神崩溃了！
我正快步地在街上走，突然
开始下雨和雪
你说是下冰雹
冰雹应当打头
所以还是下雪
和下雨，我急忙着
去看你，但是交通
表现得和天空一样
突然我看见头条消息

“拉娜·托纳精神崩溃了！”
在好莱坞没有雪
我曾去过很多酒会
表现得十分失礼
但我从没有精神崩溃
啊拉娜·托纳我们热望你爬起来

（郑敏　译）

[导读]

奥哈拉许多作品都冠以“诗”这个标题。对此，我们既可以将它理解为只在提示文体而无多深意，深意要从下面的文本中找；又可理解为奥哈拉对以往的诗作为“高雅神秘”文体的质询。仿佛诗人在说：瞧瞧吧，这就是诗！它就活在我们每天正过的日常生活中，诗不是什么“生活在别处”。

拉娜·托纳（1921—1995）是著名美国影星。一天，奥哈拉在去参加朗诵会的路上读报纸，看到拉娜·托纳精神崩溃的头条消息。他立即吟成这首诗并在会上朗诵。这首诗感情真挚，话语平实，阴郁寒冷的景物与人的心情自然地融为一体。诗人说：“我曾去过很多酒会／表现得十分失礼／但我从没有精神崩溃／啊拉娜·托纳我们热望你爬起来。”这暗示我们，所谓的“失礼”，只不过是诗人对“体面的中产阶级”趣味和规矩的不屑，这种健壮开朗的精神没什么可“崩溃”的！所以，备受流言折磨的拉娜·托纳，我们热望你也如此勇敢地爬起来吧！

的确，这就是诗。它与我们的生活、情感血肉相连。诗，如果不能沟通或安慰大地上的人与人，又算什么“诗”?!

与此诗相似，奥哈拉还有一首著名的哀悼歌星黛的诗歌：《黛女士死的那一天》。它比起《诗》来，叙述得更为绵密。在有如“催眠”般的平铺直叙后，更衬托了结尾的异峰突起，倾注了动人心魄的哀痛之情。我这里一并抄出，供大家欣赏他独异的“叙事”诗风（加重点的是专有名词）——

“是 12:20，在纽约，一个星期五／巴斯底日后的第三天；对了，／是 1959 年，我上街擦皮鞋／因为我要乘 4:19 的车，7:15 ／到车海浦吞，我径直去吃晚饭／并不认识那些请客的人

“我沿着潮热的大街往前走，开始出太阳，／吃了一个汉堡包和一杯牛奶鸡蛋糊／买了一份印得糟糕的《新世界写作》／看看加纳的诗人近来在干什么／我走进银行／静车女士（一次我听说叫林达）／这次破天荒不查我的存款账／在金鹰狮我买了一小本维尔伦／给柏赛，有着勃纳德的插图，虽然我想到／哈西奥 · 李奇门 · 拉第摩的译本，或／勃兰登·贝安的新剧，或珍耐的／《凉台》或《黑人》，但是，不，在拿不定主意中我／睡着了，在这之后认定选维尔伦

“麦克的礼物么，我走进公园街的／酒店，要了一瓶斯推加酒，／然后我退回到我所从来的第六街／和齐格菲大戏院的烟草店／随便地买了一条葛箩意丝和一条／碧加茵丝，和一份《纽约时报》，／有她的脸

“在上面，我立即出了一身汗，并想到／倚着第五夜总会的厕所门，／当她低声唱一支歌，弹着琴／对着马尔 · 瓦德伦和其他的人，我停止了呼吸。”

我怎么不是画家

我不是画家，我是个诗人。
为什么？我宁愿是个
画家，可我不是。哦，

譬如，迈克 · 格尔登伯格
刚开始作画，我走了进来。
“请坐，喝一杯。”他

说。我喝起来。我们喝起来。我抬头
张望。“你的画上有沙丁鱼。”
“嗯，是画上面总得有些东西。”
“哦。”我走了，过了些日子，
我又来了。那幅画
还没有画完，我走了，过了些
日子，我来了。那幅画已经
完成。“沙丁鱼呢？”
画上剩下的只有
字母，“用不着画上。”迈克说。

而我呢？一天我思考着
一种颜色，橘黄色。我写下一行
关于橘黄色的诗句。转眼间，一页纸
写满，全是词语，不成诗句。
接着又写了一页。应该
多写的是词语，是橘黄色
如何可怕，是生活，而不是
橘黄色。过了些日子。诗用均匀的，
散文体写成。我不愧是个诗人。
　我的诗
写完了，却只字未提
橘黄色。诗共十二首，题名为
“橘”。一天我在一家画展
瞧见迈克的大作，题名为：“沙丁鱼”。

（彭予　译）

［导读］

我们已介绍过，奥哈拉曾担任过纽约现代艺术馆馆长一职，他既是诗人，又是著名的美术批评家。此诗中的迈克·格尔登伯格是纽约知名前卫画家，奥哈拉的朋友，二人经常切磋艺术。

我们知道，在所有文学样式中，诗与绘画的血缘是最近的。这既是一首“以诗论画”，也是一首“以诗论诗”的诗。美术的本质是什么？在现代社会它发生了剧烈的变构，由于摄影（包括电影）艺术的成熟，以往的以模仿对象（或称再现视觉感受）为主要目的的绘画观念发生了动摇，点、线、面成为自主的表现力元素。先锋派画家们更重视自己的直觉和下意识活动，更倾向于表达一种简洁的抽象精神。绘画似乎“缩小”了自己的畛域，但实质上更扩大了本质的表现力——“说出”了那些只能经由绘画“说出”的东西。你瞧，迈克要画一幅《沙丁鱼》，“我”几次与他聚首，了解了这幅画的成型过程。画幅上先是有沙丁鱼的，可是最终剩下的只有色块和字母。——“沙丁鱼”呢？奥哈拉问。“用不着画上。”老迈克自信地说。

迈克的审美敏识力教诗人感慨和沉思。他想，诗固然是一种由语义支配的创造，但真正的诗之精髓，肯定也应有一些“超语义”的成分。“我”的诗想要表现“橘黄色”，但未必要直奔固有语义。“应该多写的是词语 / 是橘黄色 / 如何可怕，是生活 / 而不是橘黄色。”“我”的诗写完了，“却只字未提橘黄色”；迈克的“字母”涂抹好了，却又偏偏题名为《沙丁鱼》。奥哈拉通过这两个有意味的创造过程启示我们：真正的艺术家应具备一种原创精神，那种“看图识字”式的艺术创作和解读观念是蒙昧的。

罗伯特·勃莱

罗伯特·勃莱（Robert Bly，1926—2021）是美国20世纪六七十年代形成的“新超现实主义”诗派的主要代表。勃莱的父母是挪威移民，“二战”期间他在海军服役，战后毕业于哈佛大学，此后定居于明尼苏达马迪森市附近一个农场，主要靠写作、朗诵、翻译为生。从1958年开始，他与詹姆斯·赖特等诗人创办诗刊《五十年代》，此后依年份顺延《六十年代》《七十年代》《八十年代》。勃莱及同人认为，在50年代的美国诗坛，英国式的学院派知性/玄学诗风仍占主导地位，这种保守诗风形成滞塞，限制了新一代诗人创造的活力。他们反对学院诗风，提倡“自然语言”的清新神奇。在将拉美现代诗歌、法国超现实主义诗歌与中国古典诗歌的精髓吸收转化后，他们源于生命体验和本土大自然环境，写出了更为隐蔽、更为鲜活轻逸的生命境界。这样的诗有着“深度意象”，故“新超现实主义”诗派又称为“深度意象诗派”。勃莱是该流派的优秀代表，也是具有世界声誉的诗人。

勃莱的主要诗集有:《雪地中的沉寂》(1962),《身体周围的光》(1967),《牵牛花》(1969),《从床上跳下来》(1972),《睡者握起手来》(1973),《黑衣人转身》(1981),《爱情，在两个世界中》(1985),《诗选集》(1986)。勃莱还著有诗学论文集多部及译诗多卷。1968年他的诗集《身体周围的光》获美国全国图书奖。

冬天的诗

冬天的蚂蚁颤抖的翅膀
等待瘦瘦的冬天结束。
我用缓慢的，呆笨的方式爱你，
几乎不说话，仅有片言只语。

是什么导致我们各自隐藏生活？
一个伤口，风，一个言词，一个起源。
我们有时用一种无助的方式等待，
笨拙地，并非全部也未愈合。

当我们藏起伤口，我们从一个人
退缩到一个带壳的生命。
现在我们触摸到蚂蚁坚硬的胸膛，
那背甲，那沉默的舌头。

这一定是那蚂蚁的方式
冬天的蚂蚁的方式，那些
被伤害的并且想生活的人的方式：
呼吸，感知他人，以及等待。

（董继平　译）

［导读］

这首诗里有两个核心意象：冬天的蚂蚁，受伤害的人。按照习惯的解读方式，我们会认为蚂蚁在此只是人的比喻，离开对人的比喻功能，它并不具有独立的存在价值。但在“深层意象派”诗人看来，真正的诗歌既不能以描写纯然的外在事象为满足，也不能以人的主体性僭妄，去凌驾乃至取消世界万物的神秘生命。诗人应将内外现实看作处于同一变化中的两个潜在成分，使之彼此召唤，达成深层呼应，实现具体世界和心灵世界的同一性——凝合而成诗中的“绝对现实”。这首诗完美地体现了这种创作意识。

诗人以细致的笔触写出了“冬天的蚂蚁”和“被伤害的并且想生活的人”的方式。二者既独立，又有深层呼应。蚂蚁和人的处境与体验具有内在的同一性：受伤，沉默，隐忍，无助，坚韧，自为，等待，这是一切“弱势者”卑微而自尊的生命，酷烈生存的刀斧在他（它）们的身心留下了瘢痕，但绝不能教他（它）们绝望，生活的信心也绝不会在寒冽、压迫下宁息。他（它）们不是喋喋不休的只知自怜的诉苦者，他（它）们知道去“感知他人”的艰辛。他（它）们有“坚硬的胸膛”和“沉默”的舌头，他（它）们“几乎不说话，仅有片言只语”，他（它）们“藏起伤口”，叮咛自己：活下去，并要记住。

这首诗写得沉着而又峻刻，质朴而又神秘。两个深层意象都刻画得入木三分，既彼此呼应，又各具意味。最后二者有如和弦，在我们的心灵中共时鸣响，这比那些借助于客观物象去表达固定理念的诗，显然更纯粹，更生机勃勃。它是内／外世界一起打开，彼此照亮的沉思与眺望。正如勃莱所言：“我闭目坐着，思想突然射穿了我。我不漂流，我在搏斗……”

圣诞驶车送双亲回家

穿过风雪，我驶车送二老
在山崖边他们衰弱的身躯感到犹豫

我向山谷高喊
只有积雪给我回答
他们悄悄地谈话
说到提水，吃橘子
孙子的照片，昨晚忘记拿了。
他们打开自己的家门，身影消失了
橡树在林中倒下，谁能听见？
隔着千里的沉寂。
他们这样紧紧挨近地坐着，
好像被雪挤压在一起。

（郑敏　译）

［导读］

勃莱的诗既本真朴实又有一种幽邃的味道。他怀着善良又惊奇的诗心，体味着大自然及人伦亲情。读这首诗，我们感到宁静得心音清晰，却又有微微的怅惘涌动。短短十二行，时空交错，意绪纷飞，将我们引向了亲情—家—积雪的山谷—橡树林……甚至更远的地方。

在风雪的圣诞之夜，诗人驶车送二老回家。父母真的老啦，“在山崖边他们衰弱的身躯感到犹豫”，这种至为细腻的体察只会出自一个好儿子的心。诗句是最不能骗人的，它运行在诗人的血液里，脱口而出，随出即盛！一对相依为命的慈祥老人，悄悄地谈话，在琐屑的日常细节及难舍孙儿等“不重要的话题”里，恰恰涌动着最本真的亲情。诗人感受着这一切，温馨而伤怀：爹娘已过秋风迟暮之年，他们生命的旅程已是最后季节的沉寂冰雪，“他们这样紧紧挨近地坐着／好像被雪挤压在一起”。最后四行诗，在写实的场景中“深层意象”翩然跃起，生命与大自然构成了彼此的观照，直觉与推测凝而为一。这是诗人对自己诚朴而复杂的警醒：让“我”常常去看望他们，度过对二老来说已所剩不多的共同时空，因为“橡树在林中倒下／谁能听见？／隔着千里的沉寂”。

诗歌不应拒绝对日常生活的表现。但是诗歌不能成为枯燥的生活小型记事。一个诗人无论怎样对生活的召唤殷勤备至，他都不应放弃对艺术本身的信义承诺。这首诗不乏生活的力量，但更具有“挖掘语言奥秘”的艺术的魔力。这对我们如何写作“叙事性诗歌”，会有很大启示。

反对英国人之诗

风穿树林而来，
像暮色里骑白马奔驰，
是为了国家打仗，打英国人。

我不知道华盛顿是否听树的声音。
整个早晨我坐在深草里，
草长得能遮住我的眼睛。
我从树下抬头，听树叶里的风声。
突然我发现还有风
穿过深草而来。

宫殿，游艇，静悄悄的白色建筑，
凉爽的房间里，大理石桌上有冷饮。
贫穷而听着风声也是好的。

（王佐良　译）

［导读］

我们在诗人简介中已经谈过，勃莱认为，50年代的美国诗歌受英国知性／玄学诗风影响太大，这种“学院派”诗歌热衷于理念的叠加，繁冗的构型，但却忽视了人的情感和大自然的神奇。因此，他宁愿从陶潜、李白、杜甫等中国诗人及拉美现代诗、法国超现实主义诗歌中汲取灵动自由开阔的品质。直到1984年，勃莱还在撰文呼唤《寻找美国的诗神》。

这首诗题名为《反对英国人之诗》，其解读背景乃是如上所说。但诗就是诗，它不能以一种理念去反对另一种理念。因此，我们看到，在诗中勃莱没有以“申辩”性话语表达美国诗人的诗学理想，而是只写了一系列带有幽静、隐秘、清畅之美的大自然画面。伴着阵阵清风的吹拂，使我们领略了一种有着清风般活力和美质的诗学立场的真义。要注意，这里的“为了国家打仗／打英国人”，只是一种幽默的说法。在诗歌写作上，勃莱并不是一个狭隘的“民族主义者”，他的立场只是诗人的立场。他用来“攻打”玄学诗歌的“武器”，只是一个诗人洁净的心灵，惊喜的视线，敏锐的耳朵。

“贫穷而听着风声也是好的”，这句话意味深长。它既是自豪，又是反讽：对诗而言，那种连风声和自然之美也不听不看的“博学诗”，难道就真是“富有”的吗？那些丧失了对情感和自然的敏悟的诗人是“不好”的，而能“听着风声”的贫穷诗人，才是真正的富有呵！

冬日独居

1.

四点左右，几片雪花。
我把残茶泼到雪地上，
感到清新的寒冷中一丝愉快。
入夜时分，风刮起来，
南窗上的窗纱缓缓飘动。

2.

我有两间房子；但我只用一间。
灯光落在我的椅子、桌子上
而我却飞入我的一首诗——
我不能告诉你在哪儿——
像我随处出现，如今，
在潮湿的田野中，冬雪降着。

3.

每一天都有更多的父亲死亡。
这是儿子们的时辰。
稀薄的黑暗聚拢在他们身边。
那黑暗好似光的碎片。

4. 独坐

荒凉有如黑色的泥巴！
我坐在这黑暗里，唱着歌，
我说不出这喜悦是来自
肉体，还是灵魂，还是来自什么别的地方。

5. 听曲

这乐曲中有人生存，
耶稣、耶和华或众灵之王之类伪称谓
不能准确地将那人描摹。

6.

我醒来时又降新雪。
我是一个人，但另有一个人和我
一起喝咖啡，一起眺望雪野。

（西川　译）

[导读]

1993年1月，中国的《诗歌报》发表了勃莱《致中国诗人的一封信》，他说，“我自己的某些诗，如《与友人畅饮通宵达旦后，我们在黎明荡舟出去看谁能写出最好的诗》，就源于中国诗意，如同我的《午后飘雪》《冬日独居》一样。我从中国古诗中汲取的特征之一即是优美和幽居、隐秘和‘独处的时间’的力量。我仍然发现幽居是一种莫大的赐福”。“以我自己的方式，我们使陶渊明、杜甫、李白的某些风景适应了美国中西部和西部的风景，而这些风景的特征透过这个窗口比透过莎士比亚、济慈、丁尼生或者白朗宁之窗显得更为清晰。”

不要认为勃莱因是在中国刊物发诗、文，就礼貌地与中国诗歌谱系“套近乎”。勃莱心仪中国古典诗歌是有“历史”的，早在二十年前他就翻译过陶渊明、白居易等人的诗作，并在自己的诗中点化过更多中国古代诗人如李白、杜甫等的诗句、意境。中国古典诗歌中的滋味、神韵，已灵活地融化在勃莱的某些诗中；东方型的目击道存、天人合一、思与境偕，也像泉源一般滋养了勃莱某类诗歌的树干和花朵。

《冬日独居》的确像诗人坦言的那样，有一种“中国式的诗意”，在景色的描写中隐藏着深远的意境。这首诗在大的方面，对我们中国人而言，是不需要“导读”的，所谓“诗有别趣，非关理也”。但我想多提醒读者一点的是，勃莱在此诗中还体现了深层意象派的“第二重时间”，“第二种生命”。那是在现实景物之上或之内，由诗人的冥想、幻觉产生的时间和生命，这正是新超现实主义技艺使然。超现实主义诗人们相信：他们不仅是在外面而更是在自己的内心听到了“另一个声音”。它不是“此时此地”的声音，而是彼时彼地的声音，是生命之源的初始的声音，甚至是诗歌话语反过来“对我说”的声音：“我有两间房子／但我只用一间／灯光落在我的椅子、桌子上／而我却飞入我的一首诗——／我不能告诉你在哪儿。”“我说不出这喜悦是来自／肉体，还是灵魂，还是来自别的什么地方。”“这乐曲中有人生存……不能准确地将那人描摹。”“我是一个人，但另有一个人和我／一起喝咖啡，一起眺望雪野。”此诗中间断出现的另一个“我”，另一种“声音”，就将超现实的意味升腾起来了。“我”究竟是谁？是“我”在写诗，还是诗在写“我”？是“我”在观景，还是景在观“我”？这种双重时空互相穿插，彼此映照的境界，充满了神奇的意趣。而这些，与李白的“对影成三人”，陶潜的“悠然见南山”毕竟还不是一回事。勃莱的修辞基础仍是经过超现实主义洗礼而深富“现代性”的。

限于篇幅，我们不能再导读勃莱的诗。下面我为大家抄出他另一首有“中国风”的作品《菊·为爱菊的陶渊明而作》，供你欣赏：

今夜我奔驰在月光下／深夜才跨上鞍／马自己找路穿过荒芜的耕地／漆黑的影子引导着它∥离院子一里路马就直立起来／它太高兴。漫无目的地／穿越田野，无所事事，真叫人舒畅／肉体活着，就像一株花草∥从淡色的道路上归来／晾着的衣服多么安静／当我走进书房，门边／白色的菊花在月光下！

艾伦·金斯堡

艾伦·金斯堡（Allen Ginsberg，1926—1997）出生在新泽西州纽瓦克一个来自俄罗斯的犹太移民家庭，在帕特森长大成人。父亲是一位中学教师兼抒情诗人，母亲患有精神分裂症。金斯堡十七岁进入哥伦比亚大学，二年级时因在窗子上写粗鲁的词句攻击校长而被开除。他打过各种零工，后来又被哥伦比亚大学所接受。1948 年他以优异的成绩毕业，并作为文学研究生继续深造。在研究院就学期间，金斯堡长久地沉浸于 18 世纪英国诗人威廉·布莱克富于神秘气息的诗中，并开始出现幻听，加之他不断同警察发生麻烦，终被送进精神病院治疗八个月。

1954 年，金斯堡定居旧金山，与其老朋友、同学杰克·凯鲁亚克（垮掉派最著名的作家，《在路上》的作者）会合，并与弗林盖梯等人合办“城市之光”书店，聚集起一批同主流文化和体制格格不入的青年诗人、作家。他们组成了一个亚文化文学圈子，抨击美国的现实并讨论古老的东方哲学。

1955 年在旧金山的一次朗诵会上，金斯堡裸体朗诵了《嚎叫》。这首长诗以表现一代人痛苦的哀号、抗议、厌恶，激动了听众的心，引起了巨大轰动。1956 年，弗林盖梯出版了金斯堡的第一本书《嚎叫及其他》，使之声名远播。不久，有关方面指控此书涉嫌诲淫，状告作者。最终判决的结果多亏法官听取了作家和评论家们的专业判断，认为此书多少“含有诊治社会的价值”。这场被称为“有关文事法律里程碑”的诉讼，更使金斯堡名满天下。至今《嚎叫》已印行四十余万册，并将会继续出版下去。

作为“垮掉的一代之父”的金斯堡，60 年代初周游世界各地，特别是长期旅行于远东地区。在印度、日本等地，他体验着东方宗教的宁静、恢宏，拜访各种宗教圣贤，寻找人生的意义、生命的福慧之境。1965 年回国后，周游全国各地发表演说、朗诵诗歌，并成为嬉皮士反文化“自由活动集会”、反对越战和平示威和为五角大楼“驱除妖魔”之类活动的领袖人物。70 年代，金斯堡在科罗拉多州一所大学教授诗学。1984 年访问中国，并在北京大学、河北大学讲学。1997 年 4 月 4 日因肝病逝世。除《嚎叫》（1956）外，诗人的重要诗集还有《空镜》（1961），《现实三明治》（1963），《美国的堕落》（1972），《冥府颂》（1982）等。

金斯堡认为，自己的诗作在形式上师承惠特曼，在神秘气氛上师法布莱克。他力图在《嚎叫》等代表作中写出他叛逆的情感、思想，但不是用人们说话的调子，而是用飞动的视觉形象呈现出人在焦躁、痛楚或狂欢时，实际上所感觉所想的东西。这种有如长链滚动的粗放诗行，恰到好处地传达了一代人“别把疯狂藏起来”的信念。他说自己面对的是那些“不从道学方面着眼，而有意探寻人生真相的读者”（《你得救的唯一方式》）。

金斯堡在 1973 年成为美国文学艺术院成员，1974 年又获得了全国图书奖。他的诗更新了一代人的情感。他的写作及生活方式，不但给文学，甚至给四十余年来“叛逆一代”的摇滚音乐、政治以及抗议活动都注入了新的精神和活力。恰好是这位“反文化”的大诗人，为人们提供了新的文化成果，他那“反学院”的诗作，今天已隆重地进入了大学的课程表。

嚎　叫（选章）

我看见被疯狂毁坏的我这一代人的最好的头脑饥饿歇斯底里地袒露，

拖着身躯在凌晨穿过黑人街巷寻找愤怒的注射，

长着天使头脑的希比们在夜的机械中为了古老而神圣的交合在向星光闪耀的发电机燃烧，

他们贫穷潦倒衣服破烂眼睛凹陷高坐吸烟在期待着爵士乐的城市屋顶上飘过来的冷水公寓的超自然的黑暗中，

他们在高架铁路下向苍天袒露脑髓又看到穆罕默德天使们在光闪夺目的房顶上蹒跚，

他们穿过一所所大学闪亮的冷眼中幻现出阿肯色和战争的学者们中的布莱克式光亮的悲剧，

他们被各学院驱逐出境因为疯狂因为把猥亵的颂诗公开在头颅的窗叶上，

他们穿着内衣抖缩在没修饰的房室把钞票焚烧在废纸篓中又聆听恐怖穿过墙壁，

他们带着一裤带大麻穿过拉里多回到纽约时被当众逮捕，

他们在油脂旅馆里吞食火焰，或在乐园胡同饮服松节油，

用梦幻，用药物，用苏醒的夜魇、酒精，公鸡和无穷无尽的舞会，

大脑中战栗的云影与闪光的阴暗无比的街道跳向加拿大柱与佩特逊柱照亮了两点之间整个静止的时间世界，

各条通道中仙人鞭坚硬物，后庭绿树公墓端倪，屋顶那边醺醺醉气，临街店区茶馆领班驱车兜风霓虹闪烁交通灯，

大阳和月亮和树木的抖颤在布鲁克林的呼啸的冬日黄昏，灰镨的怒嚎与大脑的仁慈的圣光，

他们把自己拴在地铁上作无休无止的乘坐从柏特利到神圣的布朗克斯靠苯基丙胺维持直到车轮与孩子们的嘈杂把他们推倒抽搐着嘴巴残破苍白的脑髓稀烂一切都丧尽了辉煌在疲惫在末班车的亮光中，

他们通宵都沉浸在飘溢出来的毕克福德的海底光亮中坐完了漏了气的啤酒下午在凄凉的福卡泽店，聆听氢质自动电唱机上的毁灭之声，

他们连续交谈七十个小时从公园到吸毒窝到酒吧到贝勒维到博物馆到布鲁克林大桥，

一队迷惘的柏拉图式交谈者跳落到门阶上脱离救火梯脱离窗栏脱离纽约州脱离月亮，

喋喋喳喳的尖叫呕吐出窃窃低语的事件记忆和轶闻和眼球凹底和医院的休克和监狱和战争，

全部才智倾吐到长达七天七夜的完整的回忆中眼睛闪熠，肉食为了犹太教集会抛落在大道上，

他们消失在乌有的禅宗新泽西留下一串歧义的大西洋市政厅图明信片，

忍受着东部的血汗与丹吉尔的骨粉以及纽瓦克的修饰灰白的房中麻醉品中撤退下来的中国周期性偏头痛，

他们游荡在四面八方在午夜在铁路车场思考走向何去与曾去何处，没有留下破碎的心，

他们点燃烟卷在棚车中喧闹过雪地通向凄凉的农场祖父的夜晚，

他们研究了蒲鲁忒纳斯与爱伦坡与克鲁斯心灵感应派的圣·约翰以及疯狂爵士舞的神秘因为宇宙本能地颤抖在他们的脚下在堪萨斯州，

他们使宇宙孤独地穿过爱达荷的街道寻找幻觉中的印第安天使这些天使是幻觉中的印第安天使，

他们想他们仅仅是疯子当巴尔的摩隐隐地出现在超自然的狂喜中，

他们跳进小卧车和俄克拉荷马的中国佬一起凭藉冬天夜半街灯小城雨水的冲动，

他们闲逛饥饿又寂寞穿过休斯顿寻找爵士乐或异性或硝化甘油，然后跟随聪明的西班牙人去谈论美国和永恒，一种无希望的差事，于是坐船去非洲，

他们消失在墨西哥火山中身后只留下粗布工作服的影子与溶岩与诗歌散落在壁炉芝加哥市，

他们重新出现在西部海岸调查联邦情报局蓄着长须穿着短衣睁着大大的和平主义眼睛情欲在幽黑的皮肤里传递出不可理解的小叶片儿，

他们用烟头在手臂上烧出小洞宣扬麻醉的烟草资本主义的雾霭，

他们散发超级共产主义的小册子在联邦广场恸哭着裸露着这时洛斯阿拉斯的汽笛呼啸倒了他们，呼啸倒了华尔街，斯塔顿岛渡口也一样地呼啸，

他们抛锚倒下了号哭在白色的体操房裸露着颤抖着在别的骷髅的机械体前面，

他们咬伤了侦探的颈脖在警车中狂喜地嚎叫因为没有罪名只是自己的粗野的热烈的鸡奸与酗酒，

他们嚎叫跪在地铁里又被拖离这块栖身之地挥舞着生殖器与手稿，

他们让自己的屁股被圣洁的摩托骑手利用了又欢快地尖叫，

他们呼吸了人类的六翼天使，水手，大西洋与加勒比海的爱情的抚摩，又被这些呼吸了，

他们抚弄小球在早晨在晚间在玫瑰园与公共花园的墓地上的草丛中向走来的与能走来的自由地播撒生命种子

他们无休止地打呃企图咯咯地笑但是在土耳其浴室的格

板后以一声抽泣结束当碧眼金发白肤裸体的天使走来用一柄长剑刺穿他们，

他们把他们的爱情之子丢失给三个年高的命运悍妇一个注视着异性美元的悍妇一个注视着眨眼消失在子宫里的悍妇一个注视着无事地坐着并剪断巧匠们的织机的智力的金线的悍妇，

他们交媾纵情无度用一瓶啤酒一顿佳肴一包香烟一根蜡烛并且滚落床榻沿着地板直滚进过道最终昏厥在墙壁幻觉到一个无限幽深的洞孔然后来躲避知觉的最终的旋转发酵，

他们甜蜜了千万少女的部件颤抖在落霞中，然后早晨满眼猩红但准备甜蜜旭日的部段，闪现出臀部在粮仓下又裸露身躯在湖水里，

他们出去嫖赌穿过科罗达多州乘无数偷来的北卡罗莱纳夜行轿车，这些诗歌的隐秘的主人公，丹佛的公鸡男子与阿多尼斯——快乐地回忆起他献给姑娘们的数不清的抒情短歌在旷野上在进餐的后院中；在电影院歪斜的座排里，在山顶在洞穴或伴着憔悴的女招待在熟识的路旁在荒凉的衬裙隆起处与非常秘密的加油站盥洗室的自我放纵中，还有家乡的胡同里，

他们渐渐隐入无边无际的肮脏的电影、在梦幻中转换自我，当一个突然而来的曼哈顿出现时猛醒，从悬挂的基底上拣起自己用无心的托凯酒和第三大街铁梦的恐怖，而后蹒跚地走进失业办公室，

他们整夜行走鞋子里充满血液在雪堤码头等待东方河流的门打开通向一间充满汽热与鸦片的房室，

他们创造伟大的自杀戏剧在哈得逊河的公寓悬崖堤岸在月亮的战时的蓝色的洋溢之光中，他们的头颅会戴上被人遗忘的桂冠，

他们吃下想象的炖羔羊或消化坡维利河淤泥的河床上的螃蟹，

他们哭泣大街上的罗曼斯手推车里装满大葱和糟糕的音乐，

他们坐在箱子里呼吸在黑暗之中在大桥下，然后站起来在阁楼里建造羽管琴，

他们咳嗽在哈莱姆的第六层楼上头顶火焰在结核的天穹下被橘红色的神学包装箱围困，

他们通宵乱涂摇滚地舞完崇高的咒语在咒语中谈黄色早晨是神秘莫测的诗章，

他们烧煮腐烂的动物肺叶心脏脚蹄尾巴俄国菜汤与墨西哥无烤饼梦见纯蔬菜王国，

他们钻到肉食车下寻找鸡蛋，

他们从房顶上扔掉自己的手表好为时间以外的永恒投上自己的选票，闹钟们每天落到他们的头上，延续了下一个十年，

他们连续三次成功地割断了自己的手腕，认输了并且被迫开放了古玩商店他们想他们在那里衰老与哭嚎，

他们被活活地烧毁在自己清白天真的法兰绒衣服里在麦迪逊大街在铅印诗篇的爆炸中在时髦的铁军的酒醉的喧嚷中，在广告的同性恋男人发出的硝化甘油尖叫声中，在聪明的编辑的不详的芥子气中，或者被绝对现实中的酒醉的出租车撞倒，

他们跳下布鲁克林大桥真有这等事情然后没有人知道地而且被人遗忘地走进唐人镇硝化甘油胡同的幽灵般的迷雾里或走进救火车，连一杯免费啤酒也没有捞到，

他们唱出自家的窗口在绝望中，放弃地铁的窗孔，跳进污秽的巴赛克河，扑到黑人身上，哭遍街巷，起舞在破酒杯上赤着双脚打碎了怀乡的欧洲人的留声机唱片1930年德国爵士乐完结了威士忌然后吐出呻吟丢进血腥的厕所，耳中的悲叹声和震耳的汽笛的爆鸣，

他们高速行进在往昔的高速公路上驰向相互的高速汽车

殉难地孤独监禁看守所或者伯明翰爵士乐化身，

他们驱车穿越国土花七十二小时查实是否我幻想或你幻想或他们幻想找出永恒，

他们旅行到丹佛，他们死在丹佛，他们回到丹佛徒劳地等待，他们守望丹佛又孵化繁衍与孤独生存在丹佛然而最终离开它去寻找时间，而现在丹佛对她的英雄们来说是寂寥了，

他们跪在无望的大教堂里为相互的灵魂拯救与灵光与胸怀而祈祷，直到灵光一瞬间辉煌了它毛发，

他们撞击自己的脑袋在狱中等待不可能来到的金脑袋囚徒与他们心中的真实的符咒他们向阿尔卡特拉茨唱甜蜜的布鲁斯，

他们退居到墨西哥去修养一种情性，或到洛矶山去献身佛陀或去丹吉尔去养育儿童或到南太平洋去从事黑色牵引机或到哈佛大学去服侍那喀索斯服侍林间草地服侍菊花链或墓穴，

他们要求神智清醒的审判指控无线广播的催眠术，落得神智不清醒与双手与意见分歧的陪审团，

他们向议论达达派的纽约市政厅演讲者投掷土豆色拉然后在疯人院花岗石台阶上现身展示剃光的头颅与丑角的自杀言论，要求迅速切除脑白质，

他们缺乏胰岛素而被给予梅特拉佐尔电水疗法心理疗法职业疗法乒乓球和健忘症，

他们在没有幽默的抗议中推翻了唯一的象征的乒乓台，安睡在紧张症中，

数年之后回来真正地秃头了只有血腥的假发与眼泪与手指，回到这东部疯狂城的看守所的清晰可见的疯人末日，

香客州的洛克兰与格雷斯通的恶臭的大厅，和灵魂的回声闪现噩梦，身躯变成月亮一样沉重的石头，

和母亲最后……和最后一本书飞出房间的窗口，和最后

一道门关闭在早晨四点钟，和最后一个电话呼地摔到墙上作为回答，和最后一间备有家具的房屋搬空到只有最后一件患精神病的东西，一朵黄纸玫瑰缠在这间小屋里一根铁丝挂钩上，还有那想象的，除了可希望得到的一点儿幻觉外，什么也不留下了，

啊，卡尔，你不安全时我也不安全，而今你是真正地处在纯兽性的硝化甘油中——

他们因此奔跑穿过冰凌凌的街道突然间闪电式地迷上了炼金术迷上了椭圆目录计量尺和振荡平面的应用，

他们梦想和制造肉红色的空隙穿过并列的意象，和网套住灵魂的大天使在两个视觉意象之间然后加上基本动词和把名词与意识的破折号放到一起同父亲全能不朽宙斯一起跳动，

为了再创造句法和可怜的人类散文的规范和站在你面前不言不语机智精明羞惭地颤抖，拒绝了然而坦白出灵魂以便吻合他那颗光秃的无边无际的头颅的思维节奏，

这个疯子扭屁股而天使打击节奏，没有人察觉，然而留下了可以留到死亡后的时间里说出的话，

升起来新肉红色在爵士乐鬼魂般的衣服中在乐队的金角的阴影中然后吹奏起渴求爱情的美国的裸露的大脑的磨难吹奏成一曲我的上帝我的上帝你为什么遗弃我的萨克斯管呼叫这呼叫振垮了一座座城市直到最后一座电台，

而绝对的生命的诗的心灵从他们自己身躯上屠宰出精髓吃一千年。

（欧莎　译）

［导读］

《嚎叫》是“垮掉的一代”的圣经，美国诗人劳伦斯·弗林盖梯认为:“它是第二次世界大战以来，也许是艾略特的《四个四重奏》问世以来，美国出版的最有意义的一部单篇长诗。”

"Beat"在美国英语中含义很多：厌倦，疲惫，焦虑，耗尽；爵士乐、摇滚乐中的节拍，敲打；以及由 beatitude 一词引申而来的心灵的解放，坦率，原始生命力的直觉、感觉，宗教精神的至高至美之境，等等。将"Beat"译为"垮掉"有一定道理，但不能涵盖这个词另外的义项，而且还带有明显的否定性。近年国内有学者音义兼顾地将之试译为"鄙德派"，倒庶几接近它的实质。但"垮掉"的译法已为人们广泛采用，我姑且从众。

《嚎叫》最初是在 1955 年旧金山的一次朗诵会上与听众见面的。它以粗粝的语词，急喘喘的长节奏，发出了一代亚文化青年愤世嫉俗的粗犷哀号。这的确是一群"鄙德"的青年，他们鄙视的是资产阶级虚伪而"柔软的暴力道德"，反对的是压抑人的尊严和自由的政治—核军事—工业一体化的强权体制，并揭示了资本主义社会对青年一代的精神的摧残。为尽情表现内心的愤懑，实现"别把疯狂藏起来"的生命原则，《嚎叫》公开否定了一切扼制"自由""人性""快乐""激进"的"陈规陋习"，袒露了"被疯狂毁坏的我这一代人"放荡无羁、挑战传统的生活。

这里有吸毒、酗酒、性解放；有流浪、反校规、抗议开除和监禁；有超级共产主义、原始主义、反对金钱至上；有反对核武器和工业暴力的压迫，也有狂野的诗学、嘈杂的音乐、飞翔的精神快感……这些毫无顾忌的描述，虽然有"以堕落对抗堕落"的性质，但从整体上说，不如此便也难以显豁地表达这一代青年反抗阴沉体制的力度，以及原始生命欲望给人带来的冲击力与绝望的困苦。这首诗的抒情基础在开头第一行已经设定，"我看见被疯狂毁坏的我这一代人的最好的头脑饥饿歇斯底里地袒露"。下文展示的是被疯狂毁坏的头脑那噩梦般的生活与心态。正如批评家肯尼斯·帕钦所言，"这里的问题不是一部作品的优劣问题，而是社会的优劣问题"。——是的，如果一个自以为完满、自由的社会，却使"最好的头脑"像鬼魂一样游荡于地狱，那么，它的完满和自由不是大大值得怀疑吗？

这首长诗共三部分。限于篇幅，我只截取了它第一部分的主要内容。在诗的第二部分，诗人调整了节奏，以九十多个迅疾的惊叹句，集中控诉了造成社会压抑的元素：拜物主义，认同习气，导致战争的大机械化生产。第三部分，诗人将“被疯狂毁坏的我这一代人”凝缩为一个代表：青年朋友卡尔·所罗门。这个人最终疯了被送进疯人院，诗人痛惜他的命运，渴望有一天他“穿过美国满脸泪流地走向我的茅舍的门槛在西部的晚上”。

在世界文学史上，《嚎叫》的重要价值早已盖棺论定。80 年代中期，“鄙德”精神也深深影响了我国先锋诗歌和小说。在对高雅文学的雕琢矫饰进行猛烈冲击、拆解方面，在快意地抒发生命原始冲动方面，中国先锋诗人和先锋小说家都不会忘记金斯堡给予的这支“强心剂”。

现实的背面

在圣约瑟的铁路车场
　　我在孤零零地流浪
在坦克工厂前面
　　靠近扳道员棚屋的地方
我坐在一条长凳上。

干草上有一株花
　　在沥青公路上边
——这可怕的干草花
　　我想——它定有一根
发脆易碎的花茎
　　花冠淡黄满尘埃
花穗如耶稣的荆冠
　　中心则是一丛
污浊干枯的絮棉

　　好像用旧了的破刷
躺在垃圾下面
　　已有整整一年。

黄黄的，黄黄的花，和
　　工业之花，
坚韧的穗丑陋的花，
　　花终归是花，
你脑中浮现出
　　一株硕大黄玫瑰的形象！
这是世界之花。

（陈慧　译）

［导读］

现实的“背面”，标示了诗人目光的洞透力。他看到的不只是目力所及的表象，更是心灵的批判锋芒所抵达的事物的实质。诗人孤零零地流浪，坐在这样一个地方：一边是现代化大工业的铁路车场，另一边是为战争生产坦克的工厂。这样一个地方叫作“圣约翰”（与圣经中耶稣的父亲、玛利亚的丈夫同名），实在是莫大的讽刺！诗人望着沥青公路边上的一株干草花，心灵骤然袭来一阵疼痛。在“现实”中，干草花是可怕的（干草花是“枯草热”的病源）；而从“现实的背面”，即诗的隐喻上说，枯死的干草花正是后工业膨胀与战争狂热的美国的喻象。由这个喻象，诗人又想到了耶稣带着荆冠走向死亡，“他”已无力拯救这个“污浊干枯”的世界了。

“黄黄的，黄黄的花”是铁锈般的工业之“花”，战争之“花”，丑陋之花。诗人对社会的批判是毫不留情的，但他并不是一味沉陷于绝望之中。最后，他的“脑中浮现出／一株硕大黄玫瑰的形象”，这是人的生命，是有勃勃生机的大自然的隐喻。诗人让思绪凝止于此，意在反复凝视并呼唤它应能安慰我们一颗颗疲惫痛苦的心，这才是真正的“世界之花”呵！

中国支气管炎

几乎病了一个月
从床上坐起想一想我弄明白了什么。
河北省芸芸众生中
再不见把荒野当成福地的
和尚。“神秘的金色忘忧果”
已被“伤痕”文学取代，
谁也不再说起“默想肉欲的慰藉”
中国或美国的香烟吸得过火我患了
支气管炎；
老者的头发变白了头顶光秃了
我的络腮胡子露出了五十八个年头的秋霜。
长江三峡最后一道峡谷
急流在崇山峻岭间奔腾。
我听说“大跃进”把饥饿带进千家万户，
清洗资产阶级“残渣”的反右运动
把革命诗人一批又一批遣送到新疆
掏挖粪土，十年后文化革命，又把
万万千千的读者撵入
西北农村
在破旧的茅屋里挨冻受饿。
想入非非的上海姑娘做梦都想着
洛杉矶的老年电影明星。
一千多年前，张继夜泊苏州石桥

忧愁难眠寒山寺的钟声将他
唤醒。
小巷茶馆二胡笛子木头舞台。杭州
夕照下的金色西湖原本是一片黑色的烟煤。
广州市场吊着的红烧狗浑身是油眼鼓鼓的。
首长的意志仍然使人皱眉而
气功却已被马克思主义理论家认可。穿着
深蓝色服装的好汉们会给你单位递材料
报告他们听说你和某某某某乱睡觉。
街边竹竿搭起的脚手架上工人们
在劳作
连夜听到“杭育杭育！”
从秦始皇时代开始，绝大多数平民百姓
一直这样想：“我们不过是小人物，我们
算得上什么？”

（李桂德　译）

[导读]

1984年金斯堡访问了中国，并在北京大学和河北大学讲学，历时两个半月。在此期间，诗人写下了组诗《我在中国散步》，这首《中国支气管炎》即为其中之一。在金斯堡的大量作品中，此诗算不上太出色，但对中国读者而言，它或许会有特殊的意义，故选录此书。

“支气管炎”我们太熟悉了。这一常见的呼吸系统疾病，是由病毒、细菌感染，物理、化学刺激或过敏反应造成。但这个名称前的定语成分是“中国”，这就提示我们应从社会现实、文化形态的意义上理解它。诗人来到了陌生的中国，耳闻目睹了一些社会文化现象。从对这些现象的感受与评价中，我们感到了金斯堡对中国平民百姓的关切和热爱——他的社会文化批判与有良知的中国人的所思所感竟是如此接近——这种热爱的方式比那些为中国唱廉价颂歌的人显然更为真挚。“文革”之后的中国，百废待兴。虽有着外在因素和内在因素造成的“支气管炎”，但唯一的治疗方式是“加强锻炼，戒除恶习，打开窗户，呼吸新鲜空气”，坚持改革开放。

这首诗在写法上自然质朴，挥洒自如。它在即兴式的口语语感中，也自由地嵌进了深富中国文化意味的、密集的暗示性语象。金斯堡一贯反对故弄玄虚的晦涩诗风，希望将诗从少数“文化贵族”的沙龙里解放出来，“写法必须是纯粹的肉／别用象征主义调味品”（《评伯罗斯的小说》）。诗人随着思绪的自发流动，写下了对80年代初的中国的观感。在这种仿佛是“自动写作”的诗里，却又有着骨子里的结构自觉性和语象控制力。

詹姆斯·赖特

詹姆斯·赖特（James Wright，1927—1980）生于俄亥俄州马丁渡口。先后就读于肯庸和华盛顿大学，分别获文学博士和哲学学士学位。他曾到欧洲工作、游历，后任教于明尼苏达大学和纽约亨特大学。50 年代后期他出现在美国诗坛，先是以弗洛斯特为师，在到处填满工业“嘴脸”的时代，坚持歌咏大自然及它在人心中唤起的安宁、幸福感。后来，转而师法拉美现代诗、中国古典诗歌及欧洲超现实主义诗风，与勃莱一起倡导“深层意象诗”／“新超现实主义”。赖特是“20 世纪后半叶美国的主要诗人”（特鲁《美国当代诗歌：后现代派》），其作品既神清韵远、明心见性，又具有奇异的暗示、联想。在对大自然及动物的书写中，寄寓深永的情思。

赖特的代表性诗集有：《树枝不会折断》（1963），《我们相聚在门旁》（1968），《诗合集》（1971），《俩市民》（1973），《梨花盛开时节》（1977）等。其《诗合集》1972 年获普利策文学奖。

一次赐福

离去明州的罗契斯特公路不远
黄昏轻轻在草地上跳跃前进
那两匹印第安小马驹的眼睛
因为慈爱多情而显得沉郁
它们情愿地从柳荫深处走出
来欢迎我和我的朋友。
我们跨过铁丝网，进入草场
那里它们已经吃了一整天的草，单独地。
它们的身体紧张地微颤，不能抑制喜悦，
因为我们来了。
它们害羞地鞠躬，像湿了的天鹅；相亲相爱。
没有一种寂寞像它们的寂寞
它们恢复平静，又放松了
开始在灰暗中嚼着春天的嫩草皮。
我很想将那窈窕的一匹拥抱在两臂中，
因为她已经向我走来
并闻着我的左手
她是黑白两色的
她的长发纷乱地披在额前
微风使我去抚爱她的长耳
她细嫩得像女孩子手腕的皮肤
突然，我意识到
如果我能脱去我的躯体，我将

开放一树繁花。

（郑敏　译）

［导读］

赖特的诗总是在清澄明快中寄寓神奇的意味。他笔下的所谓“深层意象”，不是由文本表面艰深的修辞效果带来的，而是以简隽的画面、淡淡的内在启示完成的。因此，对“深层意象”之“深”，我们不妨将之理解为“透明的丰盈”之意。另外，赖特又被称作“新超现实主义”诗人，但其“新”也不是体现在更晦涩更激进上，而是更为自然，更为涵泳，更为言浅意深。

西方诗歌，从意象主义到象征主义、超现实主义，其修辞基础和基本艺术符号虽不尽相同，但又有类似之处：对私人隐喻（或象征）的倾心。所谓私人隐喻（或象征），是指诗人个人通过独特的想法和方式，建立起来的不同于“公共象征”的隐喻；训练有素的读者可以像密码破译员一样，在细读中破译其意味。比如，意象派大师庞德那首著名的短诗《地铁车站》：“人群中这些面孔幽灵般显现／湿漉漉黑树枝上的花瓣。”对这个私人隐喻的内涵有众多解释，莫衷一是。再如，在象征主义大师叶芝的诗中常常出现一个象征物：“旋体”，它究竟意味着什么？读者能感受却不理解。原来这是叶芝的私人象征，意指人类历史是从野蛮到文明，再从文明到野蛮……的无限循环。至于在超现实主义诗歌中，私人隐喻则更多了。

介绍如上情况是为了比较出赖特诗歌的差异性。在赖特的诗中，较少出现过于复杂的象喻，特别是60年代以来，他的诗歌语境是透明的，其文辞含义一般也不难理解，甚至可以说有一定的“公共性”。但也恰好是在文辞表层含义的可理解性背后，赖特又让我们一次次感到“陌生”。这种平而不浅的功力，也正是赖特诗歌的迷人之处。

在这首诗里，前21行以细致准确的笔触写了草场上的两匹马驹，它们慈爱多情，恭顺安恬地屈身于大自然的怀抱。当看到“我们”走来时，马驹身体微颤，“不能抑制喜悦”，人与自然、动物的关系本应是如此具有亲昵优美的诗意呵。“它们害羞地鞠躬，像湿了的天鹅；相亲相爱”，既写出了马驹的体态与神情之美，又写出了诗人对马驹的温柔感情。

诗人是将马驹当作与自己平等的生物来写的，你瞧，其中一匹黑白条纹的马驹向我走来，她“闻着我的左手”，美丽的“长发纷乱地披在额前”，一阵微风起了，似乎在催促我去抚爱“她”细嫩得像女孩子手腕的皮肤……这是多么宁静而迷醉的一刻，我们看到过，甚至也可能经历过类似的情境，但从未像诗人那样充满深情地体味它。这里用不着什么艰深的“私人隐喻”，这画面本身已足够令人销魂、沉思，它比“私人隐喻”说出的东西更多！而欲望时代中绝大多数人与人及人与自然关系的异化，也同时在此得到比照、微讽。最后三行，诗人的灵境突然洞开，写出珍贵的“深层意象”，更深入地照亮了全诗，令人叹为观止。而这种神奇的顿悟却是如此富于可理解性，如此朴实自然地“顺理成章”！

在明尼苏达松树岛威廉·达费的农庄躺在吊床上作

头上，我见到青铜色的蝴蝶
沉睡在黑色的枝头，
在绿荫中被风吹动，像片叶子。
山谷下，空房子后面，
牛铃一声接一声
走进晌午的深处。

我右边，
两棵松树下，铺满阳光的田里，
去年马匹遗下的粪堆

发出火光，变成金黄的石头。
我仰身向后，当暝色四合，
一只幼鹰滑过，寻找它的家。
我已经虚度了一生。

（赵毅衡　译）

［导读］

这首诗颇得中国古典诗歌的神韵（赖特喜欢李白、杜甫，特别是白居易的诗）。这不禁使我有一种微微的惆怅。我读过那么多中国现代诗人写的“田园诗”，它们大致有两种路子：其一是对所谓“禅诗”的仿写，但却以晦涩的诗意和诡异的措辞进入，实质上背离了“禅诗”在自然怡人中开悟的真髓。这一毛病，在台湾现代诗中体现得较为明显。第二种是把“田园诗”写成了“旅游诗”。我认为这是工业社会的人对大自然最虚伪的感情。与中国古典诗人不同，现代诗人们似乎只对被人工扮饰过的著名的“大自然景点”有兴趣，写这种诗几乎成为对自己“高雅的生活方式”的炫耀。这一点是许多大陆现代“田园诗人”的痼疾。

人是大自然中的一个音符，人与自然彼此开合注息，这本是中国古老的诗歌谱系之根。哪承想这“根”不是在中国而是穿越大洋竟接通了美国“深层意象诗”，怎不教我微微惆怅呢？

赖特这首诗写得本真自然，对景色的一往挚情如深层的湖水并不扬起波澜。他既不“遐想”，也不蛊惑，在他这里，人与自然是平等的，而自然中不同的场景也并无“精华／糟粕”之分。——青铜色假寐的蝴蝶是美的，马匹遗下的粪堆同样也是美的，它“发出火光，变成金黄的石头”。当暮色渐蓝之时，“一只幼鹰滑过，寻找它的家”，诗人恍然有悟——“我已经虚度了一生”。这里有着对自己淡淡的警醒。何谓“虚度”？诗人谦恭地不再说。但我们会想到，没有领悟到大自然一次次赐福的人生就是“虚度”的，只知争强斗狠博取“利润”“向自然开战”的人生就是虚度的。

呵，古老的中国诗歌中眷恋生命、流连光景、被性情之光照彻的平淡自然语境，却在明尼苏达松树岛的一只吊床上像新枝弹起……人在凝神观照中化为大自然的一部分，正如诗人在《宝石》中所慨叹的——

在我身后的空中
有这个洞穴
谁也不会触动它：
一个隐居地，一种寂静，
紧围着一朵火焰的花。
当我挺立在风中
我的骨头变成深色的绿宝石。

W.S. 默温

W.S. 默温（W.S.Merwin，1927—2019）出生于纽约，父亲是牧师。默温毕业于普林斯顿大学语言系，在校时学习中世纪文学和罗马语，并开始写诗。40 年代末到欧洲旅居，辗转游历、工作于法国、西班牙、葡萄牙等地，从事写作、翻译、教学。默温翻译过许多法语和西班牙语古典诗人的作品（如《骑士之诗》《罗兰之歌》）及超现实主义诗歌，并受到很大影响。60 年代回国后投入美国“新超现实主义”运动。默温的诗歌想象力奇异，形式开放，节奏微妙而富于个性。他所处理的日常经验时常带有无法还原的幻觉感，有如重新“发明”了新的经验。许多诗句像冷静而精纯的“特殊的个人化格言”，难以类聚却意味深长。

默温的主要诗集有:《守护神的假面具》(1952),《舞蹈的熊》(1954),《熔炉中的醉汉》(1960),《移动的目标》(1963),《寄生虫》(1967),《扛梯子的人》(1970)。其中《移动的目标》获 1968 年美国国家图书奖,《扛梯子的人》获 1971 年普利策文学奖。

挖掘者

如果一个男人扛着铁锹来到路上

如果两个男人
扛着铁锹来到路上
如果八个男人扛着铁锹
来到路上

如果十七个男人扛着铁锹来到路上
而我要藏起来
那时我想看这里的一切
是透明的

是的这就是我想看到的但我感到我自己
此时像我的手在我的眼前
像这只手正好挡在
我的眼前

而我愿试着把它放下来
在他们透过它并发现我之前

（沈睿　译）

［导读］

“挖掘者”有双重寓意。从诗的表层上看，扛着铁锹来到路上的男人们无疑是挖掘者。但更内在的寓意是诗人自己作为语言奥秘的挖掘者，对这一“挖掘”过程的体验。

前面六行，语义单纯但有着渐渐增加的载力。一个男人……两个男人……八个男人……十七个男人扛着铁锹来到路上，数量词不动声色地增加形成了强大势能，将简单的语境压得弯曲了。这告诉我们，诗歌重要的不是“说什么”，而是“怎么说”。诗歌是一种“特殊的讲述”，它并不仅仅有传递信息的功能（否则，说“十七个男人扛着铁锹来到路上”不就结了吗？），诗人在说语言，同时他也在“听语言自己说”，诗人在聆听、应和语言。在优秀的诗歌中，我们会看到语言要求着展露它自己。这六行使用了假设句式（“如果……”），延宕的“能指”使所指介于真相与幻想之间。对语言的挖掘就这样开始了，而诗的基本主题就是“写作”。

诗中的事实不是简单的陈述，而是“构成性的语言事实”（贝罗尔语），在这一事实呈现后，诗人说“我要藏起来”，让语言自己说话，“我”想看到它是“透明的”、去蔽的。但是，剥离遮蔽的过程是困难的，在“我说”与“它说”之间并没有一个明确的临界线，其临界线要靠诗人久经磨炼的写作经验和对话语纹理的敏悟画出。正是这些经验和敏悟，使写作中的诗人有时会感到话语的“不舒服”，“像这只手正好挡在我的眼前，”使诗质中的某些秘密深藏不露。最后，诗人表达了自己的愿望，“我愿试着把它放下来”，让纯粹自足的诗语脱颖而出，并无法再发现“我”的存在。这首诗像是寂静明亮又神秘的梦境，在这梦境中却有写作斫轮老手长年历练的经验的闪烁。正如诗人自己所说，“醒来触及的 / 是一个视觉的梦”（《给予》）。

冰河上的脚印

一年四季
风从峡谷里吹出来
磨亮万物
脚印就冻在那里，永远
向上指进寒冷
与我今天的脚印相似

昨夜，有人
在烛光上走动，走动
匆匆地赶着
痛苦之路
很久以后，我才听见那回声
与我的联在一起，消失

我凝望山坡，寻找一块黑斑
最近在这里
我的双手像盲人
在熔蜡上移动
终于，一个接一个
他们走进自己的季节
我的骨骼面面相对，试图想起
一个问题

当我观望时，万物静止
但这里，幽黑的树林
是一场大战的墓地
我转过身
听见越来越多的名字
离开树皮，向北飞去

（西蒙　译）

［导读］

默温的诗形式开放，容纳了超拔的想象力，这与他对欧洲超现实主义诗风的追求有关。但默温并不是个迷信所谓“自动写作法”的诗人，在其开放的形式中，葆有着精审的主题陈述和对精确语言的持久探寻。这使得他的作品既具有扑朔神奇的境界又不显得迷乱。他是个锤法翻飞灵动但着点准确的“手艺人”，一个了不起的语言铁匠。

这首诗写的是人类的孤独、痛苦和死亡。但并非在讲述“从死亡的方向看，人生结构是消解性的”这一陈腐又颠扑不破的“宿命”。诗人以时代见证者与置身其中者的双重身份，写出了人类对生存困境和宿命的抗争。所谓“冰河上的脚印”，是前行的勇敢者主动挑战困境留下来的，它“冻在那里，永远 / 向上指进寒冷”。作为他们的后继者，“我今天的脚印与之相似”。这脚印虽不免是“孤独”的，但更恰当地说它是挑战者的伟大孤傲。

诗人写道，在寒冷而黑暗的夜里，“有人在烛光上走动，走动 / 匆匆地赶着 / 痛苦之路”，烛光之路与冰河之路迭印在一起，这是思想者的痛苦、孤傲，是寒冷和白热的噬心的轮回。诗人祈愿自己，让“我”聆听那脚步的“回声”，并“与我的联在一起”。可敬的人们逝去了，“走进自己的季节”，就像烛光燃尽了，留下生命的纪念——“一块黑斑”，让“我”抚触这“熔蜡”，以锋钢般坚卓的骨骼继续追问那些未竟的“问题”。

如果说上面的孤独、痛苦和死亡，是人类奋勇不息地探询生命价值时必然的伴生物，那么在诗的结尾，诗人兀然“转过身”，写了另一种广泛的死亡——暴力死亡——“一场大战的墓地”。诗人代替战争中的死难者叩问着灾难的根源（“这无言者的行列，把他们的话交付我”，默温在《破晓》中如是说），并“听见越来越多的名字／离开树皮，向北飞去”。这种叩问，仍然是以见证者与置身其中者的双重身份发出的，它与“冰河上的脚印”的方向是一致的，都是对人类生存状况的犀利质询。或像他在另一首诗中所说，“醒来，我感到自己黑色的肺叶／飞到了世纪更深的地方”。

这就是默温式的“新超现实主义”。它意蕴复杂而连贯，语境开阔。但话语却又有着“风从峡谷里吹出来磨亮万物”般的精粹、硬朗、透明。

日出时找蘑菇

一天还没开始
我走在几个世纪的栗树枯叶上
在一个无忧愁的地方
虽然黄莺
从前生飞来警告我
说我是醒着

在黑暗中，当雨落下
金色的吟唱者从一个不属于我的睡眠中挤出来
叫醒我
因此我上山来找它们

它们出现的地方，我似乎来过
我认出了它们的栖息处，好像记得

我的前生

正是现在我也在那地方走着
寻找自己

（赵毅衡　译）

［导读］

对人生命中无意识部分的挖掘，对梦境的描述与“挽留”，是深层意象派（新超现实主义）诗人共同的愿望之一。如果说象征主义诗人将梦境视为“过去”经历的变形显现的话（与弗洛伊德精神分析有关），那么超现实主义诗人在很多时候更愿意将无意识和梦境看作与“未来”有关的预示。

这首诗，采用了对梦境的预示描述。诗人有如穿越了时间隧道，以未来“亡魂”的声音说话。“我”已经离开此生，“走在几个世纪的栗树枯叶上／在一个无忧愁的地方”，但游魂听到前生的黄莺啼叫，“我是醒着”。

“金色的吟唱者”蘑菇从地下探出，“叫醒我／因此我上山来找它们”。噢，这是前生童年的记忆？还是携手漫游的青春年华的一次踏青？恍惚、迷醉，“我似乎来过”，“好像记得／我的前生”。在世的生命历程中，我经过了多少次磨难、寻索、浮沉都淡忘了，但最珍贵的人与大自然的美妙相遇，却深深嵌进永难磨灭的记忆，甚至在梦境在“来世”。

最后，预叙式的梦境醒了。它带来的启示让诗人感慨万端，“正是现在我也在那地方走着／寻找自己”，重新厘定什么才是生命的真谛。默温还有一些诗采用了“预叙”的方式，令人迷醉，令人深思，比如著名的《写给我的死亡纪念日》——

一年一度，我竟不知道这个日子
当最后的火焰向我招手
寂静出发

不倦的旅行者
像黯淡星球的光束

那时我将发现自己
已不在生命里，像在奇异的衣服里
大地
一个女人的爱
男人们的无耻
将使我惊讶
今天，一连下了三日的雨后
我听见鹧鸪在鸣唱，檐雨停息
我向它致敬，却不知道它是什么

约翰·阿什伯利

约翰·阿什伯利（John Ashbery，1927—2017）生于纽约的罗切斯特，童年生活在父亲的农场里。毕业于哈佛及哥伦比亚大学。1955年赴巴黎留学，前后共居住十年，任法国《先锋论坛报》艺术评论员。1965年至1972年任美国《艺术消息》执行编辑，此后曾在大学任教。1976年后任《党派评论》诗歌编辑，他还是国家艺术和科学学院委员。

阿什伯利是"纽约派"重要诗人，也是国际上后现代主义诗潮的代表人物。他的诗风虽灵活多变，但总体上说具有强烈的实验性：具象中有奇异的抽象，细部清晰而整体艰涩，洞见与幽默共存，率真和神秘互动。在一次访谈中他说，"我为自己而写作，但不是用自我陶醉的方式"，"我大部分作品是通过'欺骗、说谎和做不该做之事'完成的，但它是否成功，要看完成后它是否能撑得住来证实"。"有时诗的词语在语境中创造出一种抽象画，把原本可能是鲜明的绘画的东西抽象化"，"那些使我困惑的经验比我已有的经验更使我感兴趣……当我写作时，我是想要移到某个另外的'空间'，这个空间也许我曾待过，但没有自觉地意识到它"(《与诗人甘杰尔的谈话》)。批评界认为，诗人的自述与其作品状貌是十分吻合的。

阿什伯利的主要诗集有:《一些树》(1956),《网球场上的誓言》(1962),《凸面镜中的自画像》(1975),《佛蒙特笔记本》(1977),《阴影的列车》(1981）等。诗集《凸面镜中的自画像》出版后，翌年连获普利策文学奖、国家图书奖和国家图书评论奖。

使用说明书

我坐着，看着窗外，
真不想写这份新出的金属制品使用说明。
我俯视街道上的人们，走着，每人心境宁静，
我羡慕他们——他们离我多远！
没有一人操心到时候得交出这份说明书。

而我，一如往常，开始梦想，手肘撑在桌上，
  身子微靠窗外，
梦到幽深的瓜塔拉华拉！玫瑰色的鲜花之城！
我最向往，但最不可能见到的地方，在墨西哥！
但在被迫写说明书的沉重压力下，我在幻想中
见到你，城市，你的广场和漂亮的小乐台！
乐队正在演奏里姆斯基－柯萨科夫
而在乐台周围，卖花姑娘捧出玫瑰色和柠檬色的花朵，
穿着红蓝条纹的衣衫（哦！多美的色调）每个姑娘都
  秀色动人，
附近有个小白棚子，穿绿衣的妇女卖给你青色黄色的
  水果。
一对对男女在游行，每个人都是过节的心情。
走在头里的是个衣冠楚楚的家伙，
穿着深蓝色的衣服，头戴白帽，
小胡子刚为过节修剪过。
他的妻子年轻而美丽，三色的围巾：玫瑰、粉红、雪白。

拖鞋是漆布的，美国款式，
手里捏把扇子，因为她害羞，不让人多看她的脸。
但每个人都围着自己的妻子或情人转，
他们未必注意到这位小胡子的妻子。
男孩们来了！他们跳跳蹦蹦，把小东西扔到
灰砖砌的人行道上。其中一人年岁较大，嘴里插根
　牙签。
他说得比别人少，装得对穿白衣的姑娘们毫不在意，
而他的朋友们却在意，他们大声嘲弄嘻嘻笑的姑娘们。
这一切很快会告终，当他们年岁日增，
爱情又会引他们来广场，目的却有些不同。
我一时找不到那插着牙签的年轻人，
等等——在这儿呐——在乐台的背后，
躲开他的朋友，在跟一个十四五岁的姑娘
认认真真地谈着。我想偷听他们的谈话，
但他们一直在耳语——可能是羞答答地表露爱情。
姑娘比男孩子略高，平静地俯视男孩真诚的眼睛，
她穿着白衣裙，微风吹动她的黑发，拂着她的方
　格布衣衫。
很明显她正在热恋中。这小伙子，插着牙签的男孩，
　他也在热恋；
他的眼睛流露深情。我把眼光移开，
我看到，正逢乐队演奏间隙，
游行的人四散休息，用麦管吸饮料，
（一个穿深蓝衣的女人从玻璃大罐中把饮料匀出）
乐师们也混杂其中，穿着白如冰淇淋的礼服，闲聊着，
可能在谈天气，或是孩子们在学校里的活动。
让我们抓住这机会偷偷走开，走进一条小街，
在这里可以看到一座此地常见的
白房子，绿色的门窗。看——我叫你看！

屋里幽暗，凉快，但院子里洒满阳光，
坐着一个老太太，身穿灰衣，轻挥着芭蕉扇。
她欢迎我们进院子，给我们端来冷饮。
“我儿子在墨西哥城，”她说，“要是他在这儿，
他会热烈欢迎你们，可是他在银行里做事。
瞧，这是他的照片。”
一个棕色皮肤的小伙子，从旧皮镜框里朝我们笑，
　露出珍珠般的牙齿，
我们感谢她的殷勤，天色不早了，
走之前我们还得登高处好好看看全城，
那教堂塔楼挺合适——淡红的，褪了颜色，背映着
　湛蓝的天空，
我们缓步走入门房，一个穿灰衣的老人，问我们来
　此地有多久，
是否喜欢此地。他的女儿在擦洗门阶——我们走过
　时她朝我们点头。
我们很快爬到顶，整个城市街道网呈现眼前：
那是富裕区，房子淡红浅白，阳台像层层鳞片；
那是贫穷区，房子是深蓝色的。
那是市场，人们在卖帽子，拍苍蝇，
还有图书馆，刷成淡绿到米色几个层次。
看，这就是我们来的广场，游人不绝。
这会儿气温升高，人也少了些，
但那小伙子还跟那姑娘藏在阴影里。
还有那所房子，门口坐着老太太——
她还坐在院子里，扇着扇子。
我们对瓜塔拉华拉所知多么有限，可又多么全面！
我们见到了初恋的爱，婚后的爱，老母亲的爱。
我们听过了音乐，尝过了冷饮，参观了刷色粉的
　房子。

还有什么可做？除了留下，而这我们办不到。
最后一阵微风使饱经风雨的塔楼分外凉爽，这时
　我转过脸，
又看到我的说明书，就是它，使我梦见了瓜塔拉华拉！

（赵毅衡　译）

［导读］

阿什伯利的诗大多艰涩难解，但《使用说明书》却是例外。这是他灵活多变的诗风中的一格，快放、幽默、健朗，口语化散漫的挥洒，随其所想，指点成诗，在轻松中寓深意，开放的结构却有内在的严谨，令人叫绝。

“我”得写一份“使用说明书”，而且还是“新出的金属制品使用说明书”。让一个诗人（也可将“我”视为诗人虚拟的戏剧性人物）来写这种枯燥的应用文体，那会更显滑稽和难受。我“真不想写”，望着窗外的人们，“我羡慕他们——他们离我多远！”

面对乏味的工作压力，“我开始梦想”。我的心愿之乡不在这个由机器、钢铁、利润、效率、竞争……充斥的“国际大都会”，而在有着生机和欢乐的“落后”的城市瓜塔拉华拉（墨西哥一座美丽的城市）。接下来，诗人以闪掠的梦想和真切记忆的奇特混合，写了这座被誉为鲜花之城的迷人景观：欢乐的广场，美妙的音乐会，五色斑斓的水果阵，蓝天下年轻人热烈或羞涩的爱情，僻静小街上色块跳荡的建筑，纯朴慈爱的老太太，背映湛蓝天空的教堂塔楼……如此等等。噢，热烈的墨西哥！印第安文化神话般的墨西哥！它“玫瑰色的鲜花之城”，安顿了这颗为生计所迫又厌倦“广告文案”的诗心。这对比太强烈了，它刺激着我们的思想、感官，也让我们反思这似被“金属制品说明书”同化了的僵硬的当代生活。

这首诗的意蕴不难理解。我想再提示大家的是，在它开放的构架、口语化的自由的叙述中，却有内在的严谨结构，和相对集中的焦点。全诗由写使用说明书开始，结尾又回到使用说明书，前后犹如绳索两端坚实的结扣，遥遥对称，抻起了中间繁丽纵横的梦想。诗人自

觉的结构感在此体现出来。这对写作中某些只知“自由”而不知“自觉”的诗人来说，具有警示性。另外，全诗的光景目迷五色、细节繁丽纵横，但实际上诗人还是有焦点的。稍稍细心些，你会发现其焦点，一是那个“嘴里插根牙签”、沉默寡言而眼中流露出羞怯的纯真爱情的小伙子；一是纯朴热情慈爱的老太太。焦点的隐隐设置，控制了诗思的速度，它不仅与其他语象一样打入了我们的眼睛，而且它还打入了我们的心灵。诗人不仅写了风光之美，也写了与风光一样美好的普通人的感情。

阿什伯利不愧为具有非凡创造活力的大诗人。他的诗无论是艰涩的还是日常化的，都成色十足，教人沉醉。最后我再抄他一首描写自己小女儿的有趣的短诗《一个女孩的想法》，供大家欣赏：

“这是多美的一天，我不得不给你写一封信 / 在塔里，来表明我并没有发疯 / 我只是滑倒在空气的肥皂块上 / 和掉进了世界的洗澡盆 / 你太好了，不必过分地为我哭泣 / 而现在我让你走。署名，矮子

“我在下午晚时经过 / 而微笑仍然停留在她的嘴唇上 / 好像已经有了几个世纪。她总是知道 / 怎样尽情愉快。哦我的女儿 / 我的爱人，我近来的雇主女儿，公主 / 祝你一路平安！”

词语的人

他的情况引起兴趣
却很少同情；它比最初
出现时要小。是最初的荨麻
造成了不同，当它长成
一个讽刺短文？三面关着，
第四面开向天气的冲洗，
出口和入口，姿态戏剧性地想要

不时介入像两面弯的草
当花园落满了雪?
哦，可这应该是另一个，完全的另一种
娱乐，没有金属的味道
在我的嘴里当我移开目光，浓密的黑暗像枪药
在草继续书写的角度，
玫瑰红在意想不到的地方像指印
在一本突然啪地合起的书上。

那些混乱的真理的版本
被淘汰，那咆哮裂开
在周围延伸。面具后面
仍是对美好事物的一种
大陆性欣赏，难得出现，当它出现时已是
在带它到话语的门槛的
微风中死去。那个故事因讲述而陈旧。
所有的日记都相似，清晰而寒冷，带有
继续寒冷的前景。它们被水平
放置，与地球平行，
像没有负担的死。恰是重读这个的时间
而过去滑过你的手指，希望你在那里。

（马永波　译）

[导读]

阿什伯利说过，“我为自己而写作，但不是用自我陶醉的方式”。熟悉欧美浪漫主义诗歌传统的读者会知道，阿什伯利说的“自我陶醉”所指何在。浪漫主义诗歌当然有其价值和魅力，但又有一个致命的缺陷：诗人在诗中美化自我，表现自己想成为的人生形象，将理想化的自我人格当作现实来歌咏。理想化的人生形象并不能保证写作本身的价值，一旦将之滥情化，反而极有可能伤害诗歌艺术。因此，现代主

义诗人有一个重要的创作理念，即“非个性化”，“逃避感情”，反对自我陶醉的浪漫主义。现代主义诗人反对滥情却又坚持写作的深度模式，以表现对“本质”的沉思，写作在这里成为严肃的甚至是伟大的事情。

而作为后现代主义诗人的阿什伯利，由于思想起源和写作技艺的差异，对上述这些均缺少兴趣。他既反对浪漫主义的“自我陶醉”，又悬置了现代主义对真理的“本质沉思”。在他这里，体现了一种对语言本身的“耽乐”或“游戏”精神。他要用语言搭置“另一个空间”，通过更纯粹的“谎言”（最高形式的虚构）创造语词的奇观。这首诗就表明了阿什伯利的态度。它的主题就是诗歌写作与阅读。

所谓“词语的人”，是指诗人隐身于词语之后，让语言（诗）自己说话。对习惯于浪漫主义诗学的人而言，阿什伯利这种崭新的写作能够“引起兴趣／却很少同情”（其实，在现代主义诗史上也出现过类似的情况。史蒂文斯就曾戏仿老派读者的口吻抱怨自己道，“这种激情我们能感受／却不理解”）。接着，诗人以顽皮的游戏精神“挑逗”读者，只打开了语言第四度“面向”（美国诗学家劳·坡林说过：诗的语言至少有四度，即理解度，感情度，感官度，想象度），将“三面关着／第四面开向天气的冲洗”。这样的诗成为针对保守读者阅读态度的“讽刺散文”。“后现代”的荨麻草在“继续书写”，像纷乱又健旺的生命体验；而浪漫主义用来自恋的原型语象“玫瑰”，如今却在“意想不到的地方”——这地方既不是自我陶醉，也不是深度观念的象征——它只是一个词语，“在一本突然啪地合起的书上”。

能指链“在周围延伸”，而“真理的版本被淘汰”。这样的诗可怕吗？它是否冒犯了“美”？诗人可不这么看。他认为，在作者隐藏的“面具后面／仍是对美好事物的一种／大陆性欣赏”，它只不过是为了避开那些因过度“讲述而陈旧”的故事，捍卫住写作陌生化的新趣味而已。诗人自信：后现代主义的零度写作，“带有继续寒冷的前景”。正如罗兰·巴特所言：“它毫无权势，有一些知识，一些智慧，以及尽可能多的趣味。”（《法兰西学院文学符号学讲座就职讲演》）最后，诗人吁请读者:“希望你在那里”享受“完全的另一种娱乐”。

这是一首以诗论诗的作品。“写作与阅读”就是它的主题。诗人在具象化的语境中创造出一种抽象精神，使我们在领悟一种创作理念的同时，也享受到语言“能指滑动”的乐趣。

安妮 · 塞克斯顿

安妮 · 塞克斯顿（Anne Sexton，1928—1974）生于马萨诸塞州纽顿城，自幼喜爱文学艺术，在当地上过私立和公立学校，但所受教育并不完整。青年时代做过图书管理员和时装模特。1957 年在波士顿大学参加诗人洛厄尔的诗歌写作讲习班，与另一位“自白派”著名女诗人普拉斯是同学、好友。1968 年被选为英国皇家文学院研究员。1974 年塞克斯顿与另外两位“自白派”诗人——贝里曼和普拉斯——一样，走上自杀之路。

作为“自白派”四大诗人之一，塞克斯顿的诗更为直率、犀利、紧张。她不惮于和盘写出自己极度的精神忧郁乃至精神分裂，她以令人惊骇的真实，写出了女性的爱情、堕胎、性经验、负疚、家庭生活压抑，以及对死亡的勘探、叩问。她是世界范围内的女性主义文学的先行者及代表人物之一，她那些令人难以承受的、合金刀片般硬朗尖利的诗行，既凝注着对生活的质询，同时又是对生命的奇异酷爱。她说，“我认为诗歌应该是对感官的一次威吓。它应该是能伤人的”。但塞克斯顿并没有因为情感的深刻、真实而放弃对写作技艺的探究，她从不敷衍为诗，而是非常注重诗歌精纯的结构，注重挖掘语言的奥秘。她的诗在叙述性与个人隐喻，尖利与润泽，率真与词采之间，均达成了令人叹服的平衡。

塞克斯顿的主要诗集为:《到疯人院而又半途而返》(1960),《我可爱的人儿》(1962),《离开你十八天》(1967),《生或死》(1967)。以及死后出版的《仁慈的道路》(1976),《告诉 Y 医生的话》(1978) 等。1967 年《生或死》获普利策奖。

她那一类

我走了出去，一个鬼祟的巫女，
在夜里更大胆，紧追着黑风；
梦想着做坏事，我轻轻飞过
普通的人家，一盏盏的灯：
十二个手指的孤独者，早已忘怀。
这样的女人不太像女人，
我一向就是她那一类。

我在森林里找到温暖的洞穴，
在里面放上煎锅，雕刻，绸缎，
橱子，柜子，无数的摆设；
给虫子和精灵准备了晚餐：
我呜呜叫着，把这混乱重新安排，
这样的女人总是被人误会，
我一向就是她那一类。

我一直坐在你的车中，赶车人，
我挥着裸臂答谢途经的村庄，
认定这最后的光明之路，幸存者，
你的火焰至今咬在我的腿上。
你的轮子转动，我的肋骨压碎。
这样的女人不会羞于死亡。

我一向就是她那一类。

（赵毅衡　译）

［导读］

我们知道，从古至今，人类的历史（特别是人文思想史、艺术史等等），是一部“男性中心”的话语史。还不唯如此，对女性的性别歧视、性别压抑、性别污染，更渗透在随手可触的日常生活细节中。男性文化霸权构成了庞大的价值体系，控制着女性在“淑女节妇”和“巫女祸水”之间进行选择和角色认同。对这些触目惊心的蒙昧、压抑，觉醒的现代女性进行了颠覆和否定。

作为女性主义的先驱，塞克斯顿挑战性地选择了“巫女”这一重要的性政治识别符号，并且在这首短诗中义无反顾地用复沓方式三次宣谕:“我一向就是她那一类”！她对一个侮辱性的性别符号进行了“解构”或颠覆，为反抗者正名，写出了这首感人至深的融悲诉、反抗与反省为一体的诗作。

我们在诗中看到的是一个被戕害被侮辱的形象，但她并不宿命般地认同既成的性别歧视的庞然大物。她的挑战是不计代价的，既然男权话语压迫已如此遍布于光天化日之下，“我”就要开辟另一重话语空间——“在夜里更大胆，紧迫着黑风”，“把这混乱重新安排”。诗人对不公正的人类性别压抑历史有足够的认识:“这样的女人不太像女人”，“这样的女人总是被人误会”，但她仍然勇敢而自豪地宣称“我一向就是她那一类”。这里，“类”的集合性称谓，体现了诗人对那些在不同领域中同步觉醒的女性精神解放话语谱系的创造和追寻者们的赞叹和自觉认同。

诗人深知，女性走上的对现实处境的反抗之路，争取改变命运的未来光明之路，将是一条艰辛的、漫长的、孤独的“幸存者”之路（蒂莉·奥尔森的名言:“每个写作的女人都是幸存者”）。因为，男权文化已渗入了历史乃至语言的每一个毛孔，女性已无法自然地使用既成的人文话语，那将会在不自觉中模仿男权的逻辑，掉入另一种“解放幻觉”的陷阱。因此，诗人同时反省了过往那种一厢情愿的逃离者的“解放幻觉”，揭示出它给女性以假扮的自由感。但从现实的可能性上说，彻底挣脱男权中心话语又是困难的，诗人的表述是如此深刻——“你的火焰至今咬在我的腿上／你的轮子转动，我的肋骨压碎”。欲奔赴自由的“乘车人”反被车轮压碎了肋骨，在这一诡异的悖论隐喻中，有着女性主义诗人对历史和当下处境的深刻的省思和批判力度。这首诗是诗人的代表作之一，它意蕴复杂、饱满、尖新、深刻，结构和修辞技艺同样相当完美，在“说什么”和“怎么说”上均令人折服。

赞美我的子宫

我身上的每个人是只鸟。
我拍击我所有的翅膀。
人们想把你切除下来，
他们办不到。
人们说你空得无法测量，
但你并不空。
人们说你病得快要死亡
但他们错了。
你像个小学女生一样歌唱。
你没有被撕裂。

可爱的重物，
赞美作为女人的我
和作为女人的我的灵魂
赞美这核心的生物，赞美它的喜悦
我为你歌唱。我敢于生活。

你好，精神。你好，杯子。
系住，盖好。盖住里面的东西。
你好，田里的土壤，
欢迎你，草根。

每个细胞都是一个生命
有足够的东西使一个民族高兴。
平民也拥有这些货物，这就够了。
每个人，每个集体都会说：
“真不错，今年我们又能播种，
盼望获得丰收。
预报说有枯萎病，但已经被消灭。”
许多妇女一齐唱着：
一个在鞋厂咒骂着机器，
一个在水族馆照料海豹，
一个在开福特车，心情沉闷，
一个在大门口收入场费，
一个在阿利桑那给小牛扎脐带，
一个在俄国拉大提琴，
一个在埃及换炉子上的瓦罐，
一个在把卧室刷上月亮的颜色，
一个正在死去，却想吃早饭，
一个在泰国，躺在席子上面，
一个在擦她孩子的屁股，
一个在火车窗前凝视着
怀俄明中部的景色，一个
在任何地方，一些，在每个地方，大家
似乎都在歌唱，虽然有些妇女
唱不出一个音符。

可爱的重物，
为赞美作为女人的我，
让我戴十尺长的围巾，
让我为十九妙龄少女击鼓，
让我捧着碗募捐，
（如果这是我的工作。）
让我研究心血管组织，
让我检查流星的角距，
让我吮吸花茎，
（如果这是我的工作。）
让我刻部落的雕像，
（如果这是我的工作。）
因为这就是我的身体需要的东西，
让我歌唱，
为晚餐，
为亲吻，
为正确地说一声：
是的。

（赵毅衡　译）

［导读］

对女性的崇拜更多是在文明史开端的事情，那时，人们是将之与富饶女神、繁殖女神和大地之母的神话编织在一体的。而进入所谓“文明史”之后，人类在对性别的看法上却变得不“文明”了。女性被视为次等的性别，从精神到身体都是贬值的。男性霸权建立了二元对立的精神—身体等级制度，女性被指认为是被动、孱弱、依靠、无理性而几乎可以忽略不计的存在。更堪忧的是，大量的女性也服从乃至加入了这一性别叙事，她们认同了不平等的界定、归类和擒服，既丧失了精神差异性的自信，又将女性性征视为卑下羞怯的不洁之物。可见，女性解放之路是多么艰辛。

在这种情势下，塞克斯顿以叛逆者的圣洁激情，发出了石破天惊的声音——“赞美我的子宫”。这首著名诗作，单纯而猛烈，其语型是经过提炼的有如阵阵排浪般的陈述性口语，读者了解了我在上面谈的社会—文化背景后，此诗已不用“导读”了。需要多说一点的是，这里的“子宫”，既是对女性生殖力的赞美，也是更广泛的对女性灵魂、行为、贡献的博大隐喻。对这一核心语象的派生、叠加、扩展，显示了诗人高超的统驭语境的技艺。女诗人骄傲地说：“赞美作为女人的我／和作为女人的我的灵魂……我敢于生活。”——面对同男性一样拥有伟大创造力的女性世界，让我们以良知与诗人一道“正确地说一声：是的”。

神

塞克斯顿夫人出去寻找神。
她开始遥望天空——
期待手持蓝树枝的颀长的白衣天使。

没有一个。

她接着留神于所读过的书籍
印刷字体藐视地向后仰着脸。

没有一个。

她向伟大的诗人作了朝拜
他的喷嚏打在她的脸上。

没有一个。

她在世界所有的教堂里祈祷过
占有了大量的文化。

没有一个。

她去大西洋，太平洋，为寻找真正的神……

没有一个。

她去佛陀，婆罗门，金字塔
得到许多大型明信片。

没有一个。

然后她旅行回到自己的家
世界上的一切神都关在她的盥洗室里。

终于！
她大声抱怨，
锁上了这扇门。

（岛子　赵琼　译）

［导读］

从19世纪末起，人类精神史中对上帝的信仰开始崩溃了（当然，此前并非没有信仰的裂隙，但没有发生大面积的坍塌）。对西方人来说，“上帝死了”是一场可怕的精神大地震。上帝之死，使彼岸的超验世界成为一个空洞，人的生活不再有绝对的永恒的背景和尺度。人们生活在危机的时代，必须自己来忧虑地探寻所“满意”的价值生活。

但与尼采对“上帝之死”那种决绝甚至有点“幸灾乐祸”的欢呼不同，塞克斯顿对此生存情境的态度是痛苦而复杂的。这首诗写了她寻找一个绝对的精神寄托，但最终不得不失望而归的过程。她从天空、文化、艺术、教堂……苦苦地上下寻索，得到的结果是“没有一个”。这一认知，不是源于对尼采哲学观念的简单认同，而是诗人痛苦而求实的自我获启。

宗教意义上的神的不存在，是现代文明的进程使然；而象征意义上的“神”的消隐，却是横流的人欲杀死了“他”。正如塞克斯顿在与此诗构成“互文性”关系的同期作品《睡眠时为上帝而作》中所说，上帝，“你是某人的过失”，“可怜的老囚犯”。因此，我们应从这种清醒认知 / 无言之痛的复合感受中理解这首诗，避免简单化。虽然诗人否定了神的存在，但她并不快意地呼喊。她说自己只是在“大声抱怨”。这是诗人对自己情感的复杂性及强度分寸感的准确命名。塞克斯顿经由严格写作训练获得的处理复杂经验聚合的功力，于此可见一斑。

艾德里安娜·里奇

艾德里安娜·里奇（Adrienne Rich，1929—2012），生于马里兰州巴尔的摩，在家乡接受中学教育，后就学于哈佛拉德克利夫学院。1951年大学毕业后到过马萨诸塞剑桥，去过荷兰，后定居于纽约。1984年起一直住在加利福尼亚，曾于东部各大学任教。60年代以来，里奇积极投身于社会政治运动，后来她的活动更多投入女性主义运动。作为女性主义运动的先锋人物，里奇就政治、教育、性关系导向和妇女权利问题发表过许多著名的演说，并打通公共生活和个人生活，扩大诗的题材，写出大量诗歌精品。

里奇在上大学期间开始写诗，曾热爱叶芝和弗洛斯特的诗风，她的早期作品受到奥登的称许并推荐出版。50年代末，里奇又接受了威廉斯和洛厄尔的影响，诗风由优雅平静变得自由而直率，鲜活的日常经验在经过提炼的口语和隐喻的交互表达中得到命名。

里奇成熟期的诗风，尽力避免繁冗的修辞和文学性装饰，期望使用直指人心的日常语言，将女性主义的情感和对不义现实的反讽引入普通读者的内心。但这并不意味着诗歌的粗鄙化，而是她力求使诗更为开放的信念使然。她说，“我认为一首真正的好诗不是结束一次成功的创作，而是为其他的诗作敞开可能性”。“词语在此处于一个力场中”。

里奇的主要诗集是：《世界的变化》（1951），《媳妇的快照》（1963），《潜入沉船》（1973），《日常语言之梦》（1978），《狂野的病人把我带起这么远》（1981），《门框的事实》（1984），《你的故土，你的生活》(1986),《时间的权力》(1989),《艰难世界的地形图》(1991),《合众国的黑暗领域》(1995) 等。主要批评论文集有《关于谎言、秘密和沉默》(1979),《女人的诞生：作为经验与制度的母性》(1976) 等。《潜入沉船》1973 年获美国国家图书奖。

失落者

（一个男人思念着他曾爱慕的女人：第一次是在她结婚的时候，第二次是近十年之后。

——题记）

I

我吻了你，新娘，我失去了你，
我离开奢华的圣礼回到家中，
我的双唇印上你依然冰冷的双颊
是为了表达我对你神圣的祝愿
和我所有的痴迷疯狂——
一如所有失落者总要学会的一样。

你的婚礼刺痛了我的双眼，
从此这个世界将沦为一片黑暗，因为
又一颗金苹果堕落地上，
悄无声息，不带半点反抗。
你已是被吹落的果实，而我们
将把你悬在枝头时的光彩遗忘。

美丽总是被蹂躏，如果
米格蒙的歌不是对着聋子唱，
更不能对着无动于衷的人唱。

你这样的脸蛋不会得到
持久和真诚的爱。
我们似乎已将它遗忘。

Ⅱ

啊，你比我想象的坚强。
在这样一个情人节的早晨，
衣服结着冰霜，整齐地挂在绳上。
你从吱吱作响的绳上取下衣裳，
竭尽全力承受巨大的重量，
我再心疼也不能帮忙。

你还是那么美丽，
虽然九年的寒风
将你变得僵硬而粗糙。
你有三个女儿，失去了一个儿子。
你所有的聪慧
皆体现在你的不屈不挠。

既然妒忌也属徒劳，
我只能回转头来为他祈祷。
他与你永远同居一室，
那用你心灵的皓光照亮的房间，
可他却用生活毁掉了你的美貌。
你在寒风中摇摇欲倒。

（金利民　译）

［导读］

里奇二十岁出头便结婚，三十岁之前，在四年之内生了三个孩子。这种密集而劳碌的烦扰体验，在较长时期里改变了她的生活和写作。一个怀有光辉的诗歌理想、力求自我实现的女性，却被烦扰的主妇生活包围，几乎无法写作。多年以后她仍对此痛苦经验记忆犹新，她说那时“我感到要么不得不承认自己是个失败的女人和诗人，要么必须认真分析一下我到底怎么了。最令我恐惧的是一种漂泊感，我觉得自己在一股自称是我的命运的激流中漂流，似乎失去了过去的我……如果你要像过去那样终日为人之母，在过去那样的婚姻中为人之妻，那么你必须抑制或放弃你的想象活动，取而代之的是一种保守主义”，“作为女人，我们有自己的事要做”（《当我们彻底觉醒的时候：回顾之作》1979 年）。

这首《失落者》，可以视为里奇的“潜传记”之作。乍看之下它想说一个女人由青春勃发到进入婚姻“围城”，直至缠绕于琐屑的家务后，那种精神的困惑、方向的阙如和对自我价值实现失落的萦怀之痛。但是，深入细辨，我们发现这首诗的主要意蕴绝不仅此而已。里奇在“叙述视角”（说话人）的设置上有着更深的寓意：她采用了一个男性的视角。第一部分是青春期男性视角，第二部分是进入中年后的男性视角，其间跨越了整整十年的距离，“说话人”的态度也发生了一些变化，但是变中更有“不变”。

里奇借此表达了女性主体意识以及男权文化对女权主义的显豁误读和缓慢的局部认同。里奇自陈，这首诗的角度是“一个男人思念着他曾爱慕的女人：第一次是在她结婚的时候，第二次是在近十年之后”。这个男人曾深深爱着姑娘。对爱情无以复加的赞美，是过去文学的经典主题。但里奇于此质询了这一经典主题的“合法性”。当深爱着姑娘的“我”（说话人）参加了姑娘与别个男人的婚礼后，“我”的爱情在刻骨铭心之下也隐藏着一丝怨毒。在“我”（为行文方便，下面称为“他”）看来，自己心爱的姑娘与别人结婚，这姑娘的精神和肉体的美质已经衰落、掉价乃至不洁了。虽然“你的婚礼刺痛了我的双眼／从此这个世界将沦为一片黑暗”，确是爱极而痛之语；但“你已是被吹落的果实，而我们／将把你悬在枝头时的光彩遗忘”，“你这样的脸蛋不会得到／持久和真诚的爱”等想法，则无疑是他隐性的怨毒之语。将女性视为男性的附属品，或承载男权话语的客体，男权话语以“纯洁”为掩护对女性从精神到肉体的占有欲与剥夺，在此暴露无遗。“永失我爱”之痛，在此大打折扣、甚至极为可疑了！里奇以手术刀般的准确、犀利、细微，一举剖开了男权话语隐藏在堂皇名目下的病灶。

那么，“九年之后”又怎么样了呢？姑娘成为三个孩子的母亲，“竭尽全力承受巨大的重量”，“九年的寒风／将你变得僵硬而粗糙”，“你在寒风中摇摇欲倒”。在冰雪的冬日洗衣晾衣这一“表人事的象征”，将一个少妇的烦恼人生写尽了。她的聪慧，只能体现在应付繁扰生活的“不屈不挠”上，而作为应有个体主体性的人，她失落了什么？没有人来关心！对男权沙文主义柔软暴力的抗议，在波澜不惊的揭示中更显得触目惊心。而那个一直爱着这女人的男人，经过十年的人生履历，似乎比过去变得公正、宽怀了。看着心爱的女人陷于家庭困扰，他“心疼”，并遗憾自己“不能帮忙”，他对女性的现实处境有了较深的理解，对女性应有的权利有了局部认同。

但极具敏识力的里奇还是在这认同中发现了他“误读”的成分。他对女性艰辛的付出虽然是痛惜的，但他没有质询而是肯定了这种付出，并以“坚定”“承受”“美丽”“聪慧”“不屈不挠”“心灵的皓光”等词语赞美她。这仍然是变格形式的男权话语，是男性霸权所期望和设计的另一个“贤妻良母”圈套。它微笑着迫使女性就范，使她们心甘情愿地无私、忘我、利他，以此消解两性平等的观念。——这就是里奇的批判深度。正如诗人所言，她的诗的意向是开放的，“为其他诗作敞开了可能性”。她捍卫了生存和生命以问题的形式存在，防止它被廉价地“解决”和抹杀。

这首诗话语纯朴，实现了诗人争取一般读者理解的愿望。但在叙述视角、结构，特别是在细致的对男权的文化心理的分析上，又有精湛的技艺和足够的深度。那么，“失落者”究竟是谁？只是女人吗？不，男人也是人性的失落者呵！

星云图

（想起卡洛琳·赫歇尔，以及其他人）

一个怪兽体态的女人
一个女人体态的怪兽
她俩布满天空

一个女人　　“在雪地里
站在钟表和仪器的中间
或用标杆勘测地面”

她九十八年的生命发现了
八颗彗星

她受月亮控制
和我们一样
骑着磨亮的透镜
飘浮进黑夜的天空

女人的银河，那里
正在为冒昧而作忏悔
肋骨僵冷
有这些心灵的　　空间里
一只眼睛

　　　　　　　　“雄劲、准确，绝对正确”
　　　　　　从**星云堡**的疯狂之网中
　　　　　　　　　　邂逅那颗**新星**

每一次光的冲击
发自那一个核心
仿佛生命飞出我们的躯壳

　　　　　　　　蒂柯临终喃喃地说道：
　　　　　　　　“别让我感觉是枉度了一生”

我们所看见的，我们看见
而看见就是变化

这令山峦起伏的光
这让人生动的光

脉冲星的搏动
心脏透过我的肉体流汗

电波的脉动
从金牛座泻下来
　　　　　　　　我遭到轰击　　仍然站立

我一辈子站立在此地
在作为信号的笔直的路径上
最精确地发出的信号恰恰是
宇宙中无法翻译的语言。
我是冰状的云朵，如此深邃　　如此
纷乱，一道光波需要十五年

才能将我穿透　　果真
这样　　我是一架女人形状的
仪器，用来将脉冲星
转译成影像　　为了肉体的拯救
为了灵魂的重建。

（剑钊　译）

［导读］

此诗题献给女天文学家卡洛琳 · 赫歇尔（1750—1848）。卡洛琳 · 赫歇尔是英国天文学家，天王星发现者威廉 · 赫歇尔（1738—1822）的妹妹。里奇有一次访问天文馆，在那里她仔细阅读了卡洛琳工作成就的有关资料，内心骤然感到骄傲和疼痛："她和她哥哥威廉一起工作，威廉名扬天下，而她却默默无闻。"一部历史，在某种程度上也是男性叙述史，它以权威和"真理"的面目出现，使性别歧视合法化；遮蔽女性对科学文化的贡献，是男权叙事犯下的可卑错误之一。里奇要质询这一可疑的历史，为女性正名。

在卡洛琳九十八年的生命中，她发现了八颗彗星，为人类的天文事业作出了显著贡献。诗人让她也成为永恒的星座，高挂天宇光照人间。"一个怪兽体态的女人 / 一个女人体态的怪兽"，是一笔两写。既写出了卡洛琳毕生投身天文事业，牺牲了个人安乐，有如一架"女人形状的仪器和标杆"（天文学家测量地面上标杆在阳光中的影子的长度和角度，以确定黄道点的移动）；又写出了男权叙事对投身科学文化事业的女性的轻视，认为她们不安于传统规范的妇道，其生活性状有如"怪兽"。一个意象压合了两种寓意，但总的倾向是诗人为同性精英而自豪。"她受月亮控制 / 和我们一样 / 骑着磨亮的透镜 / 飘浮进黑夜的天空"，又是压合了两种寓意的意象：既说出了女性精神的纯洁升华（在人类的隐喻符号中，女性属阴 / 月亮，男性属阳 / 太阳），又是指女性的经期与月亮的变化相应。是的，她"和我们一样"是女人，但她没有对当时庸俗的女性自我压抑就范，她生活得自觉而高尚，她与男人一样在探索着更辽阔的天空中的秘密。

下面，就紧紧围绕卡洛琳这颗永恒的女性之星的意象展开。她是自信的，又感到孤单寒冷像“冰状的云朵”。她不为传统文化所正视，但仍然“一辈子站立在此地”，“遭到轰击 / 仍然站立”！她发出了“精确的信号”，人们或许理解它在科学意义上的内涵，但女性生命的尊严、价值却成为“无法翻译的语言”。这无法翻译的另一种语言是什么？是女性“为了肉体的拯救 / 为了灵魂的重建”所做的一切。

这首诗结构端凝但思绪纷飞，语象单纯但义项层次极为丰盈。其中嵌入 16 世纪法国男性天文学家梯柯 · 勃拉赫著名的临终遗言“别让我感觉是枉度了一生”，是意在以对称的形式暗示——作为女性的卡洛琳，同样无愧于这一说法！里奇说，“公开而直接地作为女人去写作，表达女人的身体和经验，严肃地以女人的生存为艺术的源泉和主题，这是我终生渴望去做、必须去做的事情”。为女性的尊严、价值、权利而申辩、斗争，但绝不将诗当作简单的社会学文献的翻版，在诗歌技艺上精益求精，这是诗人里奇令人格外钦敬的地方。

临别莫伤悲

我旋转的愿望。你冰冷的嘴唇。
语法转过身来攻击我。
被迫写出的主题。
记号的空白。

它们给我一种药，推迟伤口愈合。

我走之前希望你能明白：
体验重复，就像经历死亡
批评无法确定疼痛的位置

公共汽车里的招贴宣称：
我的流血已经得到控制。

塑料花圈公墓里一株红色的树。

最后一次努力：语言是称为比喻的说话方式。
头发、冰河、闪电：这些形象没有上光；
当我想到风景，我是在想时间。
当我谈到外出，我是指的永别。
我能说：这些山岭自有一种意义
但我说不出比这进一步的意思。

做件很平凡的事，按我自己的方式。

（赵毅衡　译）

［导读］

“同题诗”是诗歌创作中常见的。同辈诗友之间就同一题目作诗，彼此唱和、互补，留下了不少诗史佳话。也有的同题诗是后代诗人借前辈诗人的名作，表达不同历史语境下的人生体验、价值确认方式的变化。前后两个文本产生了“互文”关系，有时新的文本织体既借助于旧文本织体的影响，又有意识地质询旧文本的方向，修正乃至解构其意蕴。

这首诗的标题借自17世纪英国著名玄学派诗人约翰·邓恩在西方耳熟能详的同题名作《临别莫伤悲》。在邓恩的诗里，产生了英诗中一个经典的隐喻，他将自己与爱人的暂时别离比作圆规的两只活动的脚，仿佛离开，但永远相连，二者本是一体：“我们的痴情如果是两个／那是和圆规的两只脚相同／你是固定的那只脚，显不出／移动，只在另只脚移动时，才移动∥这只脚虽然坐镇在中心／如果另只脚渐渐远离／它也倾斜着，倾听另一只／待那一个归来，这一个才会直立∥你对我就会这样子，我一生／像另外那只脚，倾斜绕着你

打转 / 有了你坚定，我就画正圆 / 我才会终结在开始的地点”。而在这首诗里，里奇涂擦、改写了这个题目。“临别莫伤悲”表达的已是现代女性结束不幸婚姻关系时的心情。她们再也不想陷于痛苦的踌躇中反复折磨自己，“体验重复，就像经历死亡”，“当我谈到外出，我是指的永别”。她们知道离开男人自己也能挺住，天不会塌下来。

现代女性不是被固定不移的圆规的金属脚，她有自己的权利、自由。独立的个体主体性的确立，本应是“很平凡的事”，只须“按我自己的方式去做”就是了。这是女性“被迫写出的主题”，因为此前男权控制的历史对此是长长的“记号的空白”。里奇对已成文本的犀利颠覆或者说修正，令人会心，同时，也使这首诗成为著名的作品。

加里·斯奈德

加里·斯奈德（Gary Snyder，1930—）生于旧金山。1951年至1956年，先后在里德学院、印第安纳大学、加利福尼亚大学读书，参与过垮掉派诗人的活动。从40年代末到60年代末，斯奈德经历奇特，他做过海员、加州大学东方文学系学生、伐木工、森林管理员、大学教师，并赴日本修佛十余年。回到美国后，他定居于加利福尼亚北部荒僻的山区，劳动、写作、思考生命的真谛。

斯奈德的诗中，有对大自然、体力劳动、纯朴生活的歌颂，有对东方型“天人同根”理想的寂静的神秘体悟，也有对自己游荡生涯的回忆。他说，“我力图将历史与那大片荒芜的土地容纳到心里，这样，我的诗或许更可接近于事物的本色以对抗我们时代的失衡、紊乱及愚昧无知”。他热爱中国诗人寒山、王维、苏轼的诗，对东方的儒、释、道文化深怀渴慕，并表示要做一个“与世无争、放弃自我、纯粹地生活”的诗人，以清洁的灵魂面对大自然，抛弃造成人类异化的现代大工业社会。斯奈德的诗，在简劲朴实明快中，又有自然的神秘感。其音乐性短语的设置，“受他体力劳动的韵律的影响”（伊哈布·哈桑语）。在对自然现象世界的体察中，伴随灵魂的启悟。

斯奈德的主要诗集是:《石砌的马道》(1959),《僻乡》(1968),《观浪》(1970),《龟岛》(1974）等。其中,《龟岛》获1975年普利策文学奖。

松树的树冠

蓝色的夜
有霜雾，天空中
明月朗照。
松树的树冠
弯成霜一般蓝，淡淡地
没入天空，霜，星光。
靴子的吱嘎声。
兔的足迹，鹿的足迹，
我们知道什么。

（赵毅衡 译）

[导读]

这首诗清冽、纯净，有如一块透明的蓝水晶。如果说在浪漫主义诗人那里“自然只存在于我们的生命里”（柯勒律治语），自然多是人情感的陪衬的话，那么，在斯奈德看来，以人为一切中心的观点有可能破坏人与整个自然的和谐关系。与人类在其他方面一样，在诗歌中，相信人可以凌驾驭使于自然之上的立场，有如一个不灭的“宗教”。从浪漫主义到象征主义、现代主义乃至某些后现代主义诗歌，在这点上，虽改头换面却又有一脉相承之处。将主体的体验“移情”于大自然，将自然变为隐喻，既打开了广阔的想象空间，但同时又可以说是扭曲甚或关闭了自然本身的神奇、博大。

面对大自然，我们的时代是否太喧嚣太自以为是了？是否缺少足够的宁静、谦卑、感恩和领受？斯奈德面对自然，胸怀被涤漱得纯净安详。在此诗中，他没有凌驾于自然之上，甚至未加主观的变形和暗示，他简洁地写了初春之夜蓝色的霜雾，天空中皎洁的月轮。而这些大自然美好的迢递，又是诗人透过松树的树冠看到的，在此天—地—人的和谐与呼应融为一体了。写出静寂、寒洁的场景后，诗人又写了声音。在此，人的靴子的吱嘎声，与兔的足迹、鹿的足迹是平等地叠合于一体的，人并不比它们更“高级”。诗人用不着戏剧化地表现什么发现大自然之美的惊喜，他只沉静地喃喃低语“我们知道什么”，就已道尽了他的感慨。正像他在另一首诗中写到在山谷中的生活，“我已经记不起我读过的书”(《八月中旬沙斗山瞭望哨》)。

据诗人自述，这是他最喜欢的诗作之一。并说与此诗相应的，是他心仪的中国古代诗人苏轼的七绝《春宵》(春宵一刻值千金，花有清香月有阴，歌管楼台声细细，秋千院落夜沉沉)。人类与自然万物的平等共生，不仅为诗歌带来了“美”，也会深深启示我们对异化的工业文明的洞察。

为孩子们而作

那些统计学上的
陡山，那些坡，
横在我们面前。
在每一件事情上的
艰难地攀登，往上爬，
往上，当我们都
在下降。

在下一个世纪
或下个世纪的下个世纪，

人们说，
是山谷，牧场，
我们能在那儿在和平中相遇
只要我们缔造它。

攀登这些即将到来的顶峰
告诉你一句话，告诉
你和你的孩子们：

待在一起
记住花朵
轻步而行

（唐荫荪　译）

［导读］

斯奈德迷恋东方风的清澈、淡泊，人在自然中静静开放的境界。但是，毕竟具体的历史语境变了，对这种诗风的追慕已不再可能只是体现简单的怀旧之魅力，它一定会打上新时代的印痕。事实也的确如此，斯奈德绝非一个闭目塞听的隐世诗人，这位目光远大的诗人是60年代以来环境保护运动的积极参与者、诗歌代言人。他在歌咏清新神奇的大自然时，也蕴含着对环境污染的后工业社会及“单向度的人”的批判。

《为孩子们而作》在单纯、硬朗的境界中，融入了诗人内在的隐忧和对未来的衷心的祈祷。后工业社会在科技取得惊人的进步的同时，也带来了同样惊人的环境恶化、人的异化问题。我们曾习惯于将人类文明的进步比作攀登山峰的“上升”，但今天，我们已很难斩钉截铁地说我们是在“上升”还是在“下降”。在斯奈德的诗中，“我们都在下降”，这种下降的加速度日甚一日，令人心慌，要力挽狂澜绝非短时期可以奏效。

他告诉今天和今后的孩子们，横在我们面前的“陡山”等待着人们攀爬，但这绝非什么“征服自然、利用自然”，而是保护它，使人与之和谐共处。“在下一个世纪／或下个世纪的下个世纪”，但愿人类变得聪明些，“缔造”新的生存状态，“山谷，牧场／我们能在那儿在和平中相遇”。他要告诉未来无数个世纪的孩子：“待在一起／记住花朵／轻步而行”。这言简意长的祈祷吁求人们：人与人之间，人与自然之间，要恢复并保持亲昵优美恭谨的诗意，这绝不是一个“统计学”问题，而是生命问题，心灵问题。

斯奈德对后工业社会异化的批判，并不是以峻急的“议论”说出来。这首诗写得轻盈明亮、温文尔雅，有着极为动人的美质。其话语姿势与他的另一首佳作是相同的：“感谢地球母亲，昼夜航行——感谢她的土壤：富有、珍贵而可耕／我等诚心所愿∥感谢植物，阳光照射的叶／和良好的根须；总是屹立在风雨中／谷物迎风摇摆就是他们在舞蹈／我等诚心所愿∥……感谢野兽，我们的兄弟，教给我们秘密／自由和方法，还把奶给我们分享／自我完善，勇敢而且能知晓／我等诚心所愿……”（《为富贵人家写的祷文》）这种祈祷的语型，给人的启示和美感是更能滋润于久远的，实现了生命与话语的合一。正如诗人自述的那般，不只是诗人在“创造”一首诗，“而是人性在对他们讲话”。

石砌的马道

把这些词儿像石头一样
放在你的思想前面
　　　　安放结实，用手
选好位置，放在
有意识的身体前
　　　　放在时间和空间里

树皮、树叶、墙那样结实，
　　　　这石砌的马道：
有银河里的圆石
　　　　有迷路的行星
这些诗，这些人
　　　　这些无主的马匹
拖着鞍具——
　　　　岩石般脚步稳扎。
这些星球，就像在无限的
　　　　四维空间中
下围棋
　　　　在薄薄的土层中
有蚂蚁，有卵石，每块石头都是一个词
　　　　一块溪水冲圆的石头
花岗岩；遍体渗透了
　　　　火和重量的痛苦
沉晶体和沉积层火烫地联结起
　　　　所有的变化，在事物中
也在思想里。

（赵毅衡　译）

［导读］

这是一首精纯的风景诗，又是一首“以诗论诗”的作品。前者无须我多言，我们重点谈谈后者。在许多人看来，斯奈德是“自然诗人”，不仅他的诗多写大自然，而且诗风也自然纯朴、生机萌动，有如从“当下”“即刻”“手边”信手拈来，属于“灵感派”。——这是对诗人深深的误解。

《石砌的马道》写出了诗人对诗歌技艺、语言、结构、经验承载力的自觉意识。写诗，是“技艺考验真诚”（庞德语）的功课。诗人要将每个词语“像石头一样／放在你的思想面前／安放结实”；对词语的语义积淀做“偏移”时也应有自觉的分寸感，“放在时间和空间里”掂量。要将“银河里的圆石，迷路的行星”，组织成坚实的有意味的棋盘般的沉晶体；要使“无主的马匹”，配上结构的鞍具，有方向感地行进，“岩石般脚步稳扎”；词语应有足够的生命体验的浸透，词语的石头应“遍体渗透了火和重量的痛苦”，使之既是事物，也是思想。只有这样，诗章才会成为“石砌的马道”，坚实、硬健、优美地通向读者的心灵。

我的“导读”太琐碎啦，它是否已以说教简化了这首精美的诗？还是让我们听听诗人自己是怎么说的吧。1977 年，保罗·杰尼森采访了斯奈德。针对人们对“自然诗人”和“灵感”的误解，斯奈德说了这样的话：

“在写诗之前，我通常会感到我在观察某些特定的事物，我必须了解它们，而它们开始在我的生命里发展，后来诗就从它们当中流出来了。我要透过表面，了解诗歌材料的结构与根本知识……作为一个诗人，我是从我自己的手艺的角度来理解的。我学习要成为一个匠人，真正需要掌握什么，专心致志真正意味着什么，工作意味着什么。要严肃地对待你的手艺，而不是胡来。……”诗的语言与它的历史环环相扣，作用在于沟通与我们自己深层无意识的联系——“这一点通过练习会有所提高。至于自我表现，虽然一开始这么做挺好，但‘自我’不会做出诗的表现”(《真实的工作》)。将这番自述与此诗对读，我们会更深地理解斯奈德的诗歌意识。

西尔维娅·普拉斯

西尔维娅·普拉斯（Silvia Piath，1932—1963）生于波士顿，父亲是波兰籍法国人，波士顿大学生物学教授，世界著名的研究蜜蜂的权威。母亲是奥地利人。童年的普拉斯就喜欢写诗作画，八岁时发表了第一首诗歌及钢笔画作品，十八岁发表小说及组诗。1955 年普拉斯毕业于史密斯大学，后到英国剑桥大学深造，1956 年出版第一本诗集。在剑桥期间，与英国著名诗人塔特·休斯相识相爱，1956 年结婚，生有两个孩子。但二人婚后感情不和，终致分居，这使普拉斯极为痛苦、孤寂，认为“生活是一场噩梦”，同时，精神分裂症也日甚一日地折磨着她。这些悲恸、恐怖的体验，写进了她的诗和小说中。1963 年 2 月 11 日，普拉斯吸煤气自杀，年仅 31 岁（其实，从青年时代起她已有过数次自杀未遂的经历）。

普拉斯是美国“自白派”代表性诗人之一。她的诗深刻地挖掘并惊人地表现了她精神的极度分裂和痛苦。她以迅疾的口语和犀利的个人隐喻的杂糅，写出自己对错乱、私生活、绝望、精神暴力的体验，将自白诗那种悲剧性的自我剖露推向了极端。但是，普拉斯的诗并不是只求宣泄的，她的诗艺高超，在对词语的个人化敏识，和结构的内在控制力上，表现得十分出色。洛厄尔对普拉斯的评价是审慎的，他说，普拉斯把自己的痛苦写得“太过分了”，是“一部发烧的自传”;但他又赞叹她“充满幻想的、崭新的、精妙的创造气质”，她在“少女般多情的魅力和巫女般的叙说”中，控制了幻觉，“她的艺术不朽正是生命的分裂”——或者说她生命的分裂带来了艺术的不朽。

普拉斯的主要作品集是:《巨人》(1960),《钟罩》(小说，1963),《爱丽尔》(1965),《涉水》(1971),《冬天的树》(1972)。其中《爱丽尔》获 1982 年普利策奖。

拉扎勒斯女士

我又干了一次
每十年就有一年要发生
我掌握着它——

一种行走着的奇迹，我的皮肤
透亮若纳粹的人皮灯笼，
我的右脚

一块镇纸，
我平凡的脸，美丽
宛如犹太人的亚麻布。

揭掉这块手巾，
哦，我的敌人
我使你惊惧吗？

鼻子、眼窟、满口齐齿？
这酸腐的呼吸
将在一朝之间稀释。

不久，不久这身
被墓穴吞噬的鲜肉
又要重归我的躯体

我，又是一个笑盈盈的女人
年仅三十
已九次要像猫一样死去。

这是第三次
每十年就得销毁
怎样一堆糟粕啊。

好一团千头万绪的纤维。
嚼花生的人群
拥进来　围观

他们松开我的手脚——
盛大的脱衣舞
先生们，女士们。

这是我的双手
我的双膝
我兴许皮包骨头，

然而，我依然是原来的那个女人，原原本本。
第一次发生时我才十岁
那是一次意外事故

第二次，我存心
一干到底，义无反顾，
我一晃就关闭了自己

像海贝。

人们无可奈何地喊叫起来
摘除我周身的蛆虫，仿佛黏乎乎的珍珠。

死
是一门艺术，像任何事情。
我要干得分外精彩。

我干它，感觉它像地狱
我干它，感觉它如此真切
我猜测，你们会说我听到某种召唤。

在地下室里干异常容易
干了留在原处也同样简单
死是戏剧性的。

在宽广的日子里归来
去同一地点，同一面容，同一个残害者
有趣的呼叫

“一个奇迹！”
它使我灵魂出窍
众人包剿而来

为了观赏我的伤疤，众人包剿而来
为了听听我的心脏——
它依然在跳动。

包剿，大规模地包剿
为了听一句或摸一下
或舔一滴血

或拔一根头发扯一角衣服
够了，医生先生
够了，仇敌先生

我是你们的杰作
我是你们昂贵的
纯金宝贝

熔化成一声尖叫
我颤栗，我燃烧
别以为我看扁了你们巨大的关怀。

灰烬，灰烬——
你闲荡，飘散
皮肉和骨骼，荡然无存

一块肥皂，
一枚结婚戒指，
一点镶牙黄金。

上帝先生，魔鬼先生
当心，
当心，

从灰烬里
我升起，满头红发
我吃人如呼吸空气。

（李震　译）

［导读］

普拉斯从青年时代起就数次尝试自杀，但都被抢救过来，直到1963年吸煤气撒手人寰。在美国文学史掌故中被称为“最著名的前所未有的漫长自杀”。

死亡，是普拉斯长久探究的诗歌主题。这个主题，不仅仅是事关个人的生命和精神处境发展到痛苦极致的反应，它本身也应是严肃地探究人生意义的人们思考的母题之一。诚如存在主义哲学家、作家加缪所言：“真正严肃的哲学问题只有一个：自杀。判断生活是否值得经历，这本身就是在回答哲学的根本问题”，“自杀的行动是在内心中默默酝酿着的，犹如酝酿一部伟大的作品。隐痛是深藏于人的内心深处的，应该在人的内心深处去探寻自杀”（《西西弗的神话》）。

这首诗带有较强的“潜传记”色彩，但我们不能将“潜传记”完全等同于真传记。诗人将“自杀”这一行为对象化出来，构成一个隐喻，它所涵括的意味更为深长了。“拉扎勒斯女士”本是《圣经·新约》中的人物，四次死而复生。诗人只是借用了这一宗教原型，表达出自己对死亡的看法，其中意味已与《圣经》没有多大关系。因此，也有译者将其试译为《苦难的夫人》，似乎亦有道理。

“我又干了一次，每十年就有一年要发生。”干什么？自杀。以如此平静的语势谈论自杀，透露出诗人对生存的疲惫和无告之痛。“我”尝尽了生活的颠连和痛苦，“皮肤透亮若纳粹的人皮灯笼”，而脸部是“犹太人的亚麻布”。两种尖锐冲突的人文意象被结合为一体，骇人地隐喻了心灵内部的自我分裂、厮杀。“我”的脸是平静美丽的，但隐藏在下面的却是惊恐和苦难，“揭掉（掩饰它的亚麻布）这块手巾”，它会使你们惊惧！西方传说中猫有九条命，哦，太多了，受不了！我“年仅三十／已九次要像猫一样死去”。

对人世的酸辛、人性的险恶、女性受到的屈辱，“我”有超量的领教，以致在生与死的临界点乃至死去后，仍然会看到那些无动于衷的看客和他们未压抑住的无聊的好奇的猜测，他们在“观赏我的伤疤”；他们在愚蠢地议论：“她听到某种召唤”，“一个奇迹！”——够了，生活！够了，人们！当心，上帝！当心，魔鬼！不要挽留“我”的生命，它之所以成为如此惨状，都是“你们的杰作”。一个青春的生命被“熔化成一声尖叫”消失了，但巨大的悲痛、屈辱并不会随着肉体的消失而带走，“从灰烬里 / 我升起，满头红发 / 我吃人如呼吸空气”。

有如加缪说想要自杀的人像在酝酿一部伟大的作品一样，普拉斯在此写道，“死 / 是一门艺术，像任何事情 / 我要干得分外精彩”。联系到普拉斯的生平（九岁丧父，青春期开始患严重的精神分裂症，以及痛苦的婚姻，几次自杀的经历），我们似乎不好过多责问诗人对死亡的痴迷。无疑，从主观上说普拉斯的心理是变态的。但造成这种变态也有深刻的外部原因，如现代社会文明的堕落、人性的异化、信仰的缺失、个人生活的不幸。对此，诗人像直率的报警的孩子，又像处于高度清醒与高度癫狂的临界线上的预言家（如尼采、荷尔德林、梵高、陀思妥耶夫斯基一样）。在她对生存和生命毅然决然的拒绝中，我们也可以看到她内心奇异的纯粹、脆弱，“眼里揉不得沙子”的光辉人生理想。有评论家将普拉斯的诗称为“光辉的痛苦与神圣的嘶喊”，这一命名在一定程度上是准确、内行的。但我们也在一定程度上接受洛厄尔的看法——的确，普拉斯将自己的痛苦和绝望有时表现得“太过分”了。

晨　歌

爱情使你开动，像一只肥胖的金表。
助产士拍击你的脚掌，你赤裸的哭叫
在风雨中落巢。

我们的声音回荡，夸大着你的到来。新的偶像。
在透风的博物馆里，你的裸体
给我们的安全投下阴影。我们站在四周，茫然如墙。

如同滴下一面镜子反映自身
被风的手慢慢擦掉的云
我不是你的母亲。

你飞蛾般的呼吸
在扁平的粉玫瑰中彻夜闪烁。我醒来谛听：
遥远的大海在我耳中波动。

一声哭嚷，我翻身落床，裹着维多利亚式的睡袍，
像笨重的奶牛，像花蕾。
你的嘴像猫的嘴洞开纯净。窗格

漂白且吞噬它黯淡的星。现在你试试
撒一把音符，
清澈的元音像气球飞升。

（唐晓渡 译）

[导读]

要真正理解《晨歌》，应该略略了解一下它的写作背景。《晨歌》写于1962年年底，其时诗人的女儿弗莉达刚刚两岁，小儿子尼克还不到一岁。这首诗的完成距诗人自杀只有两个月的时间，诗人的心挣扎于孩子的"晨歌"与自己的"挽歌"之间。我们知道，普拉斯在爱情婚姻上是不幸的，写此诗时她已与休斯分居，在她许多诗的情境中，对"丈夫"（乃至"父亲系统"——男性霸权）的形象有着怨愤。望着孩子尼克那纯洁而无辜的小脸，她一方面充满母亲温柔明亮的深情，另一方面又会因联想到其父亲，而产生出一丝的叹怨。特别是当时自己正处于是否撒手人寰的犹豫中，想着孩子今后痛苦而孤单的际遇，内心不禁一阵阵凄楚。这首诗就游走于温柔、明亮、叹怨和凄楚的复杂感情之间，但其基调似乎更倾向于温柔和明亮。

“爱情使你开动，像一只肥胖的金表”，孩子是父母爱情的结晶，但钟表又提示了以往爱情的流逝和生命时间的催促。诗人复杂的感情在一开始就显现了。孩子出生了，他的哭叫本是自然的反应，但对诗人彼时心境而言，他仿佛是在哭诉着自己降生在一个“风雨”飘摇即将破碎的家庭。正挣扎于“活还是死”的噬心纠结中的诗人，既钟爱自己的骨肉，又有一种深深的“陌生”：孩子的到来是对母亲、父亲珍贵的赐福，是博物馆中“新的偶像”；但也正因他的出世，动摇了诗人弃世的决心，给她的“安全”投下了阴影（普拉斯难耐生命的痛苦，屡次在诗中歌唱死亡带来的“安全”——“我的生命在拆解／通往安全的伊甸园”），使她“茫然如墙”。这种被围闭的感觉愈来愈深，竟使诗人发出令人难以理解的尖叫：“我不是你的母亲”。你的出世有如“我”生命汁液滴沥出的“镜子”，它映照了“我”的不幸，“我”的生命也是“风雨中的巢”，它终将被一阵悲风擦去。

对孩子，母亲的心是凄楚、愧疚的。望着他粉玫瑰一样的睡脸，听着他轻盈纯净的飞蛾般的呼吸，诗人的思绪一时安详温暖，一时又乱云飞渡。“遥远的大海在我耳中波动”，道出了诗人被毁灭冲动所激荡的灵魂（大海是普拉斯诗歌中隐喻死亡的核心语象之一，如“镜中的一场动乱／大海击碎了它的灰色”，“心脏闭合了——大海的浪潮涌来涌去”，“漩涡，把石头和天空／把一切铆固在一体”，“像一群蓝色的孩子／在无边的大网中呼叫／死神用它葳蕤的手／引诱他们走向末日”，如此等等）。

接下来，此诗的语境突然大面积迁徙了。如阵阵清风吹拂，一扫上面的艰涩、悲凉，而代之以清新、温暖的日常化情境。因为孩子睡醒了，“一声哭嚷”，抻回了母亲那颗苍凉远举的心。这是多么爱孩子又尽职的母亲呵，她马上翻身落床，给孩子喂奶，“像笨重的奶牛”，更像轻柔地绽开微笑的“花蕾”。孩子纯洁而无辜，像小猫一样张嘴吮吸乳汁。曙色渐白，新的一天开始了，孩子咿咿呀呀的声音，像撒出一把音符，“清澈的元音像气球飞升”。——诗人内心彼此纠葛的两种经验，暂时得以平衡，但内在的冲突张力，需要我们从戛然而止的“缄默”“空白”处探询。

普拉斯弃世后，她的妈妈奥勒丽娅·普拉斯说，“我女儿对我说过，‘我已竭尽全力来描述我的世界和这世界里的人，但却是像从扭曲的透镜里所看到的那样来描述的’”(《致纽约哈泼与洛出版社的信》)。的确如此，普拉斯竭尽全力挖掘了私心痛楚和隐秘经验，她扭曲的透镜有如在强烈阳光照射下形成的焦点，既点亮了她白热的诗，也将火灾……引向了自己的生命。

十月的罂粟花

今晨的云霞也做不出这么漂亮的裙子，
救护车里的女人也没有
她红色的心穿过大褂，怪怕人地开花——

一件礼物，爱情的礼物
完全是不请自来，
来自

苍白地，火苗闪闪地
点着了一氧化碳的天空，来自
礼帽下呆滞的眼睛。

哦上帝，我是什么人
能使这些迟来的嘴张口大喊，
在凝霜的森林，在矢车菊的清晨？

（赵毅衡　译）

［导读］

普拉斯的诗力求写出生命体验中绝对的真实。这个以“高烧 103 度”自况的诗人，逾越了常规道德的临界线，以骇人的坦率将私心痛楚、死亡本能、受虐心理、性体验乃至犯罪冲动一一写入诗中。如果说金斯堡的“垮掉”的嚎叫像压路机一样滚过的话，那么普拉斯的尖叫则像一根针凌厉地扎入。金斯堡们隆隆轧过了“道德”的路面，是伴有快意的、健壮的、男性的声音；而普拉斯的针尖却既扎向了“道德”，更深深扎向了自己，是疼痛的、自戕的、女性的。她的秘密就是公开秘密，她的针是双尖针。

《十月的罂粟花》表达了诗人的自戕冲动。罂粟是美丽的，它猩红、洁白和粉色的花朵像诡异的火焰在召唤着内心寒冷的诗人。但在它动人的哀艳里，却充满了剧毒的燃烧。普拉斯多年受严重精神分裂症的折磨，她多么想与罂粟结缘，来麻醉那颗破碎疲惫的心。在她看来，罂粟之美是云霞也比不上的，对“救护车里的女人”而言，它完全是“一件礼物，爱情的礼物”。不是“我”选择了罂粟，而是它与“我”彼此的选择和发现；那剧毒的燃烧和召唤，既来自花朵，也来自我“呆滞的眼睛”。诗人面对罂粟惊恐又迷醉地尖叫：“我是什么人／能使这些迟来的嘴张口大喊？”这一追问指向“上帝”，道出了诗人的无辜、屈辱、无奈和疯狂。有如耶稣气绝前的呼告：“上帝，你为什么抛弃我?！”

这首诗在一个核心语象中压合了两个形象：燃烧的罂粟，救护车中疯狂的女人。罂粟不是诗人生命体验之象征的“客观对应物”，二者也不是比喻关系，它与诗人是平行呈现、彼此激发和呼应的关系。这就使诗的结构不是线性的递进，而是有如矩阵般的紧密啮合。此外，与普拉斯许多诗比起来，这首诗速度相对慢些，这构成一种奇异的阅读效果——明明是尖啸救护车的速度，剧毒燃烧的速度，却以控制的语势说出，外缓内紧，更准确地表达了诗人处于自控与失控临界点上的心灵的真实。

与此诗同期，诗人还写有《七月的罂粟花》，仍是使用了“火焰”与“嘴”的象喻。她面对一支毒品安瓿（装注射剂用的密封的小玻璃瓶），渴望着它能给精神错乱痛苦不已的自己带来“淌血”“睡眠”“迟钝”“安静”。相信读者能理解至少是能体谅普拉斯在精神分裂中发出的痛苦尖叫——

小小的罂粟花，小小的地狱之火，
你会不会害人？
你闪烁着。我不能抚摸你。
我把手伸进火焰。没有一点烧伤。

看着你那样燃烧使我
精疲力竭，鲜红而多纹的火像嘴唇的皮肤。

一张血染的嘴。
小小的血红的裙！

那儿有我触摸不到的气味。
你的麻醉力在哪里？你那讨厌的安瓿在哪里？

如果我能淌血，或是睡眠该有多好！——
如果我的嘴唇能那样亲近伤口该有多好！

或是你的汁液在这小玻璃安瓿中渗透给我
使人迟钝使人安静

但没有色彩。没有色彩。

加拿大

欧文 · 雷顿

欧文 · 雷顿（Irving Layton，1912—2006）出生于罗马尼亚，幼年随家迁居加拿大。早年毕业于魁北克麦克唐纳学院，获理学学士学位。1942 年至 1943 年间在加拿大陆军部队服役，曾晋升为中尉。1946 年在蒙特利尔的麦克基尔大学获得文学硕士学位。他先后在多所中学、大学任教，后以驻校作家、诗人身份在大学校园专职创作。1969 年后，先后在加拿大和美国任《北方评论》《协约》《黑山评论》等期刊的编辑。

雷顿是加拿大著名先锋诗人之一，也是最多产的诗人。他的创造力极为旺盛，数十年来，每年均要出版一本新诗选集，同时，他还写有大量短篇小说和文学理论集。雷顿的作品，有很强的本土精神，但在形式上又有美国黑山派诗风及奥登诗歌的影响。他热衷于诗歌形式改革，反对经院习气，追求内容和形式的双重解放，取得了显著成就。这是一位热情奔放，喜欢“出格”的诗人，充满对生活和生命的奇思异想，既赞美爱情的伟大，想象的奇妙，又擅长于描述暴力情境和性爱。特别是他对性爱的直率表现，使他在加拿大诗坛领有惊世骇俗的开先河地位。除此之外，他的诗歌还热衷于以下三个主题：以冷嘲、反讽的笔调，揭露现代社会政治、文化、习俗的虚伪；歌咏加拿大酷烈雄奇的自然风光；探索语言内在的奥秘和创新的多种可能性。美国大诗人威廉斯在读了雷顿的诗后，曾撰文称许道，“他将成为西方的大诗人之一”。

雷顿的代表作诗集是《此时此地》(1945),《黝黑的猎人》(1953),《寒冷的绿色元素》(1961),《诗集》(1965)等。1957年获“加拿大联邦研究员奖”,1960年诗作获“总督奖”。

高效能望远镜

在我底下，城市成了一片火海：
最先救自己的是消防队员。我看见
教堂的塔尖倾倒在他们脚下。

我看见经纪人把孤儿院
烧焦的小尸体踢在一边，仔细
丈量土地，为日后的投资作准备。

一对恋人从狂热的拥抱中挣脱
愤怒地朝相反方向飞奔，
肘弯处还追逐着一团团火焰。

接着，显贵们驱车经过大桥，头上
这拱形火圈真是奇观，心里
暗记谁溜得比自己早，日后定严惩不贷。

剩下的市民，让这意外的好事
乐得咧歪了嘴，大叫老天有眼
帮自己出了气，他们但求

火光烧得更亮，好让他们
看清隔壁的仇家怎样走向灭亡。

透过高效能望远镜，我看到这一切。

（李文俊　译）

[导读]

“城市”，是现代主义诗歌的一个集中主题。自现代诗的发轫者波德莱尔以降，先锋诗人们很少有不热衷于开掘这一主题的。然而，我们很少看到诗人们以乐观的调子歌颂城市的速度、繁华，他们很少相信“现代化”许诺的进步幻觉。而更多是以反讽的笔调，揭露都市带来的混乱、欲望、罪恶、道德失范、灵魂无依。“城市”像一架巨大的加速器或搅拌机，既吸附人、激发人，又令人困惑、厌倦、难以摆脱。由此，“城市”在现代诗人笔下成为进行社会批判的基本隐喻之一。

《高效能望远镜》是雷顿最著名的短诗之一。所谓“高效能望远镜”，是诗人透过现象看本质的深刻的“批判目力”的隐喻。这首诗的总体框架是象征性的：“城市成了一片火海”。这里的火，不是真实的火，而是指欲望之凶焰、自私之恶焰、信念解体的非理性之野火、冷酷的仇隙之邪火、幸灾乐祸的心灵之鬼火……如此等等的象征。诗人将城市中种种恶劣心态及形状总结为“火”这一象征体，写出了它们的自戕速度、巨大危害；同时此诗也像一阵急促的火警钟声，令人震醒，去反思自己置身其间的险恶生存环境。所谓“火灾无情”是也。

透过社会批判的“高效能望远镜”，诗人反讽的犀利巨眸望着在“一片火海”的城市里所发生的一切：“消防队”本应是在火灾中救助公众的特种部队，但他们却是“最先救自己”，概括了城市机构中一副自私自利假公济私者的丑态；人欲之火焚烧了象征光明和升华的教堂，而人们却无暇正视、无动于衷地践踏在信仰的废墟上；“体面的”经纪人将“孤儿院烧焦的小尸体踢在一边”，忙着筹划怎样在灾变后的土地上投资发横财；本应同舟共济肝胆相照的恋人，在危难到来时却只顾自己亡命，爱情是多么脆弱；显贵们乘坐着保命的汽车，一边卑鄙地欣赏着火海“真是奇观”，一边暗记谁溜得比自己早，“日后定严惩不贷”；而那些庸俗的市民，则是幸灾乐祸，“乐得咧歪了嘴，大叫老天有眼／帮自己出了气”，他们甚至默祷让火光烧得更亮，“好让他们／看清隔壁的仇家怎样走向灭亡”……

“透过高效能望远镜，我看到这一切”。诗人以如此冷峻、简洁的措辞作结，表明这些是随时都发生在我们周边的丑恶、不祥的现实。诗人用冷峻的语调陈述之，是由于他对此深深地厌恶、不屑，甚至有些“见惯不惊”了。这是深度反讽带来的“克制陈述”，与那种表面化的激昂的指斥相比，它更会激起我们深长的思索。

寒冷的绿色元素

花园小径的尽头
风儿与它的仆从等待着我；
它们的用意我不会明白
　　除非我走到那里，
然而戴黑帽子的殡仪员

路过，瞧见我的心在草中悸动
他也要去那里。喂，我告诉他，
太平洋的一场大风暴将一个死去的诗人
　　冲出了大海
此刻正悬挂在城头。

人群离城时每天看见他，带着
怪相与不解回来；
倘若他的四肢在空中抽搐
他们就会坐在他的脚下

剥橘子皮。

我转过身子像恋人一样拥抱
一棵树的躯干，其中一棵
对它来说闪电已经过分
　　而且长出一个辉煌的
罗锅，戴着树叶的皇冠。

躲过药瓶标签的精神失调
都逃入了风；
我近来在一个老妪的眼中
　　瞧见了我自己，
流逝的溪水哀悼着我的成年，

在那些老学生的眼中太阳成了
宽阔的樟树叶上的血痕
从亘古的细枝条上垂下，
　　我被谋杀的自己
激发着空气像果实喑哑的

碰撞。一只黑狗在我的血液中嚎叫
一只黑狗长着一双黄眼睛
它也由于某个人的疏忽
　　瞧见了樟树阔叶上的
斑斑血污。

然而愤怒为我扫开一条通向蛆虫的路
蛆虫在一只知更鸟的喉咙中唱了半个时辰
一群男孩子的喊声使我误入歧路
　　我又成为

一个气喘吁吁的游泳者沉浸在寒冷的绿色元素。

（汤潮 译）

［导读］

这首诗表达了诗人复杂经验的聚合。它不是单向度的，而是几组不同的意向紧紧地压合在一起：新生与死亡，严寒与葱郁，颓败与欲望，寂静与嚎叫……人的生命和大自然一样，都处于这样一个生死不断转换的运动中，新生本身就意味着迈近终有一死，而死亡又是新生命的产床。

雷顿是喜欢“出格”的诗人，他不惮于渲染酷厉的事物，表达生命的极端化体验。加拿大幅员辽阔的土地上，冬日罡风的呼号，暴雷雨的冲击，寒冽中不屈生长的高大树木，冰雪下郁金香那坚韧的根芽……都曾在他笔下得到令人震悚又沉迷的表现。在他的诗中，人与大自然是彼此雕造的，大自然的酷厉没有压折人生命的顽韧强力，反而激发了人生命意志的高扬。这首诗也鲜明地体现了这些特色。

沿着花园小径，诗人一路所见乃是“寒冷的绿色元素”。以“寒冷”作为“绿色”的修饰成分，使人感到死亡与新生的漫长较量。在这悲慨的情境中，诗人心里没有过多的感伤，他的强力意志在啸叫，他要用灵魂去感应在生死轮回中所体现的天地和生命之道。比如，“戴黑帽子的殡仪员”与诗人共赴一个死亡现场，但他们的心态全然不同。面对“太平洋的一场大风暴将一个死去的诗人／冲出了大海／此刻正悬挂在城头”这一情景，殡仪员看到的是一个生命的终结，而诗人则看到了生命虽死犹生、虽败犹荣，像一面肉体的旌旗高挂城头！在此，死亡吹响的本是强力意志永生的号角，正如狄兰·托马斯所言：“而死亡也不得统治万物／赤裸的死者会同风中的人／西沉的明月中的人合为一体／尽管他们沉落海底，他们还会升起……”（《而死亡也不得统治万物》）诗人还看到被雷电劈伤的大树，它布满疤痕的躯干像“辉煌的罗锅”，但它并不能被摧折，仍然“戴着树叶的皇冠”。这又是一个死亡与新生轮回转换的意象和弦。诗人知道，生命自身内部已包含有死亡的种子，一切皆流，无物常驻，“流逝的溪水哀悼着我的成年”。然而，天行健，生命的真义不也正在于人敢于“向死而生”，充分释放短暂此生的全部能量吗？

诗人更为深切地写道：“一只黑狗在我的血液中嚎叫”，它不是在哀鸣，而是暴烈不屈的，它在愤怒地抗议“通向蛆虫的路”。最后，诗人终于顿悟——人，应喜万物大化轮回之大喜，不要只沉溺于自我哀叹的狭小范畴。“我”（亦泛指一切个体生命）将老去，但“一群男孩子的喊声”却昭告着“死亡也不得统治万物”，新的生命涌流不息，它永远催促着大地和人寰的宏伟演进，它使我灵魂放旷、不畏挫折，使“我又成为一个气喘吁吁的游泳者沉浸在寒冷的绿色元素”。

在古往今来的“常规”诗歌中，生命强力的伟大与死亡之力的不可抗拒，多是作为两种主题而分别开掘的。而现代诗人则多将二者凝结于一，以诗人的复杂经验穿透力，去表现创造者与毁灭者永恒轮回、不可分割的整一性。这样的诗带给我们的是更为紧张和神奇的感受，它直接打击你又激励你，让你在极端的生命体验中，顿悟天地、自然与生命之道。正如雷顿在另一首诗中进一步阐发的生死转换——

缓慢、注定的死亡
与这些相对：
身体这炽热的太阳
发出的呼吸
你玫瑰般可爱的脸颊
还有想象力中
神秘的生命
从劳役和石头中
追求和创造着自由。

（《死的出场》）

母　亲

当我看见冰冷的枕上母亲的头颅
瀑布般的白发倾泻在她沉陷的双颊上，
想起她曾爱过上帝，也放肆地诅咒过上帝的创造物
悲哀在我的心头悄悄地萦绕回荡。

她嘴里最后吐出的不是水却是诅咒，
一个小小的黑洞，宇宙间一处黑色的裂纹，
她诅咒绿色的大地、星辰和悄然无语的树木
以及那不可逃避的日益衰老。

我记得她不曾有过安适，只有伤时骂世、
无知、得意等等；我相信
她曾无休止地夸耀过自己的黑眉毛，眉毛的浓密，
直到惯于剽窃的死神躬下腰把它们拿去装饰自己。

我将无法复得她毁坏了的尊严
以及她冥顽狭隘的心中愤怒的火焰；
此刻无人再会摇动那琥珀珠链骂上帝是瞎子，
或是戴在她一度那么热情奔放的胸前。

呵，她曾是那样地疯狂、吝啬、刻板，
然而我此时想起了她那晃动的金耳环，
耳环发出的自豪肉欲的断言和她充满青春活力的歌声

而这时她红血管的河流全都涌向了海洋。

（汤潮　译）

[导读]

先锋派诗歌曾被人们视为“与传统决裂”的诗歌，甚至是以“反诗意”为指归的诗歌。这种认识从表面上看有其合理性，但实际上却是狭隘的皮相的。何谓“传统”？如果它是指古典主义文学理论所说的“真善美”相统一的原则，那么的确，先锋派诗歌更关注生命体验之“真”，而不愿过多涉入世俗伦理的“善”；先锋派诗歌对美的理解也与古典审美趣味大不相同，它不是以和谐而是以“反和谐”（冲突）为美。

但“传统”本是个广大无边的概念，并不等于“古典主义”。若从传统的源头之一古希腊诗歌看，比如在《荷马史诗》中，我们就很难说特洛伊战争敌对双方中的阿喀琉斯与赫克托耳谁善谁恶，诗人是在褒谁贬谁。实际上荷马对双方都有由衷的赞叹和讥讽。诗就是诗，它不是道德教条，它关心的是生命和生存的力量与真实性，而非简单的善恶评判。这不就是“传统”吗？甚至是更古老更本质的“传统”！由此看来，先锋派诗歌并没有“与传统决裂”，它返回了更本原更古老的传统根脉之一。

至于说先锋派诗歌以“反诗意”为指归也是不确的。何谓“诗意”？它难道仅仅是指那些唯美的陈词滥调，诸如玫瑰、夜莺、小河、田园……和那些自我迷恋或淡淡哀伤的丽人与俊儿的低语吗？我认为，“诗意”是一个发展着的扩大着的实践概念，它并不只存在于那些“美丽”的景色、“纯洁”的人与事物之中。艺术的美不取决于素材洁癖。由此可见，先锋派诗歌的“反诗意”实际上扩大了诗意的内涵，化腐朽为神奇，使诗具有了生活和生命真相中粗粝的质感和温度。我们毋宁说它是“返诗意”的。

这里，我之所以如此繁复地为先锋派诗歌的“与传统决裂”和“反诗意”申辩／正名，是由于它事关我们对《母亲》一诗的理解。这首诗写了弥留之际的母亲。按照常规诗歌的写法，诗人应赞美母亲的种种美德，诸如善良、宽厚、辛劳，对儿女无私的奉献，对上帝的虔诚，如此等等。我们固执地认为，母亲——值得写入诗中的母亲——就“应该”是这样的。我们没有反思过，我们心中认可的“母亲”概念，其实是所谓的“诗意”强加给我们的共性概念；“她”不会指向我们个人的心灵，而是指向抽象空洞的“诗教”。

而雷顿笔下的母亲，是活生生的“这一个”母亲，有着人性的真实和深度。她有各种常人难免的性格缺陷，她诅咒过上帝的创造物，她伤时骂世，冥顽狭隘，她无知又得意，喜欢追求虚荣，她常显吝啬和刻板……但这样的母亲又有什么可指责的呢？要知道，她不是神，也不是“楷模”，她只不过是一个普通的女人，和千百万普通人一样！诗人以真实而沉静的笔调回顾了母亲的生平，也让我们省思一番：作为凡人，我们谁比这位母亲更好一些呢？

现在，母亲已听到死神轻叩着生命的大门，她苍白的头发倾泻在曾经饱满红润如今已沉陷的双颊上。时间在催促，她“红血管的河流全都涌向了海洋”。望着母亲的面容，“悲哀在我的心头悄悄地萦绕回荡”。因为，这个曾充满活力的生命即将离世，这个奋力追求幸福的人，却在一生里都“不曾有过安适”。诗人不为长者讳，他极为真实地写出了自己心目中的母亲，使诗歌具有了更为感人至深的真实力量。正如法国宗教哲学家薇依所言：“虚构的善是令人厌烦的，也是不道德的”（《重负与神恩·文学与道德》），而真实地揭示生存和生命，显现人性的内在的“纹理”，才有生活和艺术的双重力量。

艾尔·珀迪

艾尔·珀迪（Al Purdy，1918—2000）生于安大略的伍勒，在特伦顿度过少年时代。十三岁开始练习写诗，十六岁便逃离学校，在社会上开始了独自闯荡的生涯。他先在温哥华一家垫子厂做工，后又在多家工厂工作。第二次世界大战期间，参加过加拿大皇家空军部队。珀迪只有初中学历，但他靠刻苦自学和广泛游历而成为博学的诗人。从青少年时代就开始在社会底层独自谋生的经历，使他非常了解劳动人民的生活和思想感情，并常常在诗中为他们代言。除本国各地外，珀迪还游历过许多国家，如日本、意大利、法国、土耳其、希腊和非洲一些地方，所见所闻大大丰富了他诗歌的内容。后来珀迪是自由撰稿人、专栏作家，并时常以驻校诗人身份，在大学专事创作和举办文学专题讲座。

作为一个热衷于写“事物”的著名诗人，珀迪的诗受美国现代派诗人威廉斯和奥尔森诗歌技巧的影响。他是以对“事物”充满个人化的丰盈的想象力，以及独特的诗歌结构和语调赢得了大量读者的。他的诗题材广泛，既有当下社会生活乃至政治题材，也常常涉及远古的化石，史前人的生存，神话传说，动物和植物学等内容。他在日常口语、俗语、俚语与书面语的混合使用中，显露出游刃有余的才智。他说，自己追求“开放”的诗歌结构，不喜欢让诗有“结尾”，以求更好地激发读者二度创造的想象力。他认为，诗本身便是一个过程，即与感情和经验产生共鸣的过程。一个优秀的诗人，思维必须“如触火电”似的跳跃，他的诗“应有超越分析的性质，他的思维中跳跃、迂回、撤退、滑稽的那一部分，是非逻辑的”（《诗歌问答》），这样他所经历的事物的丰富性，才非日常经验所能限制。

珀迪的主要诗集是《迷人的回声》(1944),《卡里布马》(1955),《马鹿》(1967),《燃烧建筑物中的爱情》(1970),《没有别国》(1977) 等。1956 年，他的诗作获得加拿大“总督奖”。

北极圈的树

十八英寸高
或者更矮小
在地衣间蔓延
在岩石下匍匐
弯曲，卷缩，躲避
缩小自己的身体
寻找新的办法藏匿
怯懦的树
瞧见这副模样
真使我生气
不为自身而自豪
却在气候面前屈服
小心地顾及自己
担心着天气
生怕露出自己的肢体
活像一对维多利亚式的夫妻

我想起了伟大的红杉
我看见高大的枫树挥洒着翠绿
栎树像上帝在秋天的金色里
整个地平线丛林般幽暗
我在那漫漫长夜下拜伏在地
而这些

甚至安大略低矮的灌木丛
也嘲笑它们
怯懦的树

然而——然而
它们的籽荚闪着光亮
宛若纤巧的灰耳环
叶子长出了脉络
交织如微型的风雪大衣
大约三个月
它们可以保住种子不死
它们就是这样度过了时日
不理睬人类的批评
只是一个劲地挖掘
把根须扎下、扎下、扎下
你可晓得原来
　　　　在一英尺左右的地底下
那些根须必然触到永久性冻土
永远都是冰
而它们以冰做养料
以死来维持生

我明白我已经昏了头
竟蔑视这些矮树
我的判断多么愚蠢
无论什么生物，夺走了尊严
尽管不会听懂
　　　　这嘲弄的话
也是将生命本身变得卑微
将你自己变得

无足轻重

我曾在一首诗中讲了蠢话
我并不打算进行修正
而要让那愚蠢永远留在那里
就像这些树
在一首诗中
这巴芬岛的矮树林

（汤潮　译）

[导读]

有一次，采访者问珀迪："作为一个描写'事物'的诗人，你对外在世界有何反应？"珀迪答道："外物与我的关系，其实极其主观化。任何时代任何诗人在写外在客观世界时，都必须是主观的——无论他怎样以客观的面貌出现。我更有兴趣的是客观与其他事物的关系，与人的关系。"(《诗歌问答》)

的确如此。诗人之所以有选择地专注于某些外在物象，是因为它与人的内心有契合点，激发起了别具深意的暗示性。我们常说某些诗有"弦外之音，言外之意"，就在于诗人写出了他的灵魂对物象最独特最丰盈的感兴、体验。它是殊异的又是恒久的，是创造的又是天然的。诗歌之真实，乃是生命体验意义上的"真实"，而非实用指称意义上的真实。

这首诗咏述的是加拿大西北地区北极群岛中巴芬岛上的矮树林。我们知道，北极圈是北寒带和北温带的分界线，常年为冰雪覆盖，自然环境极为酷烈。北极圈的树，就生长在这一片辽阔的永久性冻土地带。而诗人咏述这些倔强不屈、以微薄的养分求生的树，是有着更深远的寄托的。以树为隐喻，诗人表达了他对一切卑微者不畏艰辛、顽强奋争，忍受着误解、诋毁，去追求生存和创造的坚定人格的向往。

这个"主题"并不新奇，但为何此诗感人至深呢？原因在于，诗人找到了自己独特的说法——他并不是直赴既成的"结论"，而是尽心、尽力真实地写出了自己对物象进行生命体验的全过程。诗人"说"

的方式感动了我们。珀迪认为，一首诗写好“过程”极为重要，正是这个“过程”，令人信服地接受了经验与物象彼此的渗透、契合，令读者产生共鸣——仿佛诗的“过程”是诗人与读者共同经历的。

诗人采取了“先抑后扬”的咏述策略。一开始，他并不赞美甚至还厌恶这些卑微寒碜的树丛。你看，它们的身躯是如此矮小，“在地衣间蔓延 / 在岩石下匍匐 / 弯曲，卷缩，躲避”。这些冻土地带的树，与其说在“生长”，莫如说在“藏匿”。诗人认为，这是一些“怯懦的树”，“不为自身而自豪 / 却在气候面前屈服 / 小心地顾及自己 / 担心着天气 / 生怕露出自己的肢体 / 活像一对维多利亚式的夫妻”。——在历史上，“维多利亚时代”的人，普遍有一种画地为牢、自我摧残的禁欲“意志”。他们将个体生命原动力的喷发视为道德上的“不洁”。这是一种病态的自我压抑的人格，其伪道学之陈腐历来为后人讥嘲。弗洛伊德精神分析学对“力比多压抑”的重视，正是基于维多利亚时代对人原始生命力的压抑带来的病态现实而发。这里，珀迪使用了一个敏感的“人文语汇”来描述北极圈的树，更深刻地表明了他的不屑。我们几乎要接受诗人的观点了……但这只是“过程”而已——

“然而——然而”，诗歌运思的转折就在这个愧疚的双声叹息里展开。诗人在沉思、内省中恍然悟到了自己以前想法的独断和愚蠢：与那些享受着足够的阳光、沃土和雨露的红杉、枫树、栎树相比，这些北极圈的树是更称得起既勇且韧，甚至是“威武高大”的啊！它们被“命运”夺走了尊严，抛弃在极为恶劣的环境中。但它们没有屈服，没有怨言，默默地“一个劲地挖掘 / 把根须扎下、扎下、扎下”，不死的树根穿越永久性冻土，“它们以冰做养料 / 以死来维持生”，这是何等高迈而坚强的意志和品质呵！

诗人面对这卑微的树丛，由物及人，拷问着自己的灵魂，“我已经昏了头 / 竟蔑视这些矮树 / 我的判断多么愚蠢”。我竟是以现象上的“成败论英雄”，而忘记了更本质的生存和生命的真实价值和底蕴是什么！最后，诗人以深挚的自审精神说，“我曾在一首诗中讲了蠢话 / 我并不打算进行修正 / 而要让那愚蠢永远留在那里”，让它作为永久的提醒和镜鉴去时时纠正我的肤浅，加深我对受难而不屈的坚强灵魂的洞识力。

这首诗围绕着一个核心物象展开，人对物象发生“移情”，达到象征的高度，语势端凝，线条硬健。诗人没有直奔“主题”，而是真切地写出了他对物象逐渐深入后才转变认识的曲折“过程”。正是对认识“过程”的描述，牵动着我们的心，让我们与诗人一道反省自己，一道沉思默想。诗歌结构技艺的精湛与生存启示的深刻性，在此过程中同时圆满地完成了。

和此诗相应，珀迪还写过一首有名的短诗《局部图》，与此诗恰成咏树诗的双璧。《局部图》歌颂了一棵在被歧视、被损害中顽强生存的“苹果树”，构成生存的启示，生命的命名。全诗如下，供您对读欣赏——

在那所倒塌的石屋旁
有一棵古老的苹果树
农夫把它留下
把别的东西全都带走了
它每年结苹果
没人照看长满了蛀虫
结的是没人要吃的
苦涩的小苹果
这一点小孩比谁都明白

在去特伦顿的路上
每个月有两次我走过这棵树
整整一个冬天
注意到这些苹果如何抓住树枝
任凭狂风吹刮
有时候戴着积雪帽子
像些金色的小铃铛

也许别的过路人
都不朝那个方向看
但是我并不想给它们以任何寓意
只是说它们存在而已

由于某种原因我必须记住
并经常想起那棵没有树叶的树
和它受寒风侵袭的果子
一月下旬的一周
当大风把太阳从天空吹落
大地震撼像一个没人能住的
寒冷的房间
滴水成冰
无声的金色小铃铛
孤独地在暴风雪中飘摇

苗圃木

这些是我的儿女
这些是我的孙儿女
他们长着绿色的头发
他们和我骨肉相连
下雨时他们喝天空中的水
我是他们的妈妈和姥姥
我是他们的过去
我生长了一千年也等了他们一千年
这些是他们的记忆

根据我体内的统计
四百年轮前
曾发生火灾
我被点着燃烧
被自天而降的蓝色火焰点着
天空很低
火在我树枝间嘶嘶作响闪闪发光
接着下雨
三百五十年轮前
久旱无雨
持续了许多个生长的季节
但是等雨真的下起来时我听见
整个森林一片喧哗
有多长一段时间
我回忆不起来但是我记得
有一些长颈的动物吃我的叶子
而一种有血盆大口的动物又把它们吃了
一切都互相吞食
都想知道活着是否就是为了吃
后来大鸟飞来
是长着坚韧宽阔的翅膀
样子像爬行动物的怪鸟
振翅穿过我的身体
它们化为蓝色
橙色绿色和黄色的小点
和在我体内休眠的小太阳
当我们大家做梦时
我在梦中经常回忆这件事
仿佛我是一个被反复讲得老掉牙的故事

讲给我听了以后我又经常复述
现在这些绿色的小家伙
灵巧地排成一行
有些喜欢阴凉有些喜欢晒太阳
还有一棵长得歪歪斜斜
但是她到时候会长直的
有一棵长得比其他的慢些
因而受到我的偏爱
这些小家伙棵棵都长得不一样
他们绿色的头发闪闪发亮
他们在阳光下昂首挺胸
他们在下雨时低头弯腰
一起向某个曾经记得后来又被
　遗忘的地方靠近
我们就像一个从这个地方产生的问题
就像一个问题而问题的答案
现在已没人记得
没有一个人能记住……

（王式仁　译）

[导读]

如果说《北极圈的树》写出了作为“永久现在时”的生命的不屈生长，那么《苗圃木》则写出了生命代代相承的“历史性”。苗圃，是培育树木幼株的园地，小小的苗木可由种子繁殖，也可以用嫁接、插条等方法取得。苗木是清新灵巧而美丽的，它们仿佛是刚刚降生的绿衣小天使，备受呵护，没有经过严酷的风霜雪雨，更没有受创的“历史记忆”。然而，珀迪说过：一个真正的诗人，“他的一只耳朵始终都是耸起的”，他要有能力接收来自被湮灭的年代发出的恒久信息。这是这种自觉意识，使他从刚刚降生的苗木幼株上，感悟到了树的家族代代相承的“历史”奇迹。

要准确地理解一首诗，首先应辨认出“诗中的说话者”是谁，他、她或它所处的场合如何？他、她或它的语气有怎样的感情色彩和经验含义？人们一般认为，诗中的“说话者”就是诗人本人。泛泛而言这并不错，因为诗无疑是诗人写的嘛。但是，从更精当的阅读范式来说，这种认识毕竟有些“外行”。因为在许多诗中，“说话者”未必是诗人本人，他、她或它可以是一个虚拟的戏剧性人物，一个动物或一株植物，甚至是一块石头，一面镜子，一滴水珠。诗人与之保持着某种距离，以便加深诗中的“对话感”。这个“我”之外的“他、她或它”，有自己独特的性格和精神历史，携带着其个体的感情和经验独自对我们发言。用不着过多举例，比如艾略特的《普鲁弗洛克的情歌》，普拉斯的《镜子》，麦克贝思的《睡前话古》……都不是诗人，而是普鲁弗洛克、镜子、老马蜂本身在“对我们讲话”。

《苗圃木》中的“说话者”是一株千年老树。它望着苗圃里的“绿色的小家伙”感慨万千——“我是他们的妈妈和姥姥 / 我是他们的过去 / 我生长了一千年也等了他们一千年”。像人类中慈祥的、历尽沧桑的老外婆一样，这株老树也喜欢向儿孙讲述自己的历史。在漫长的一千年里，它经历了火灾，暴风雨，久旱，动物的噬食，怪鸟尖爪的抓扣……但它仍顽强地生长着，在它体内有着“休眠的小太阳”，有着将世界广被绿意的渴望。一代代生命不正是“和我骨肉相连”地穿越了艰难险阻，将自己的枝条永恒地伸向天空的吗？

这位阅历丰厚的、慈祥的绿色“姥姥”还深情地说，在苗圃里“有一棵长得歪歪斜斜 / 但是她到时候会长直的 / 有一棵长得比其他的慢些 / 因而受到我的偏爱”。像家长最疼爱那个受到挫折和病痛折磨的孩子一样，这位有着博大爱心的绿色“姥姥”，相信她某些不幸的后代终会战胜痛苦，健康地长大成材：因为生活和历史已屡次告诉了她，生命就是在种种磨难中倔强地生长的。

这首诗不是由诗人直抒胸臆，而是巧妙地让树自己站出来“说话”，平添一种神奇而幽默的味道。树的言语，既没有脱离它自身的植物特性，又时时给人以强烈的暗示性。它启示我们，不能割断历史，它令我们想起人类的生命和传统渊源，令我们“一起向某个曾经记得后来又被遗忘的地方靠近”，令我们起于问题，终于更高的问题……这种奇异而强烈的审美感受，是那种简单化的“托物言志”的诗歌难以完成的。

迈克尔·布洛克

迈克尔·布洛克（Michael Bullock，1918—2008）生于英国伦敦。40 年代参加过布勒东倡导的超现实主义诗歌运动，后成为英国著名诗刊《表达》的创办人。1968 年移居加拿大，担任多所大学英语系及创作系教授，除创作大量诗作、小说、译诗外，还担任英国和加拿大一些文艺刊物编委，文艺组织理事等。1983 年退休，居家创作。

布洛克的诗深受法国“超现实主义”诗歌运动影响，注重对人潜意识、幻觉、错觉的挖掘，注重对梦境的描述与探询，视角奇诡，跳跃度很大。他认为，“诗歌的作用就是暗示，陈述则应留给散文”，“超现实主义是人类精神中一种特殊的元素，凡是想象君临之处就有超现实主义”。此外，布洛克对中国古典诗歌及日本俳句亦深怀兴趣，曾翻译过王维诗作。这使他的作品，在超现实主义风格中融有东方的禅意，可称之为“禅的超现实主义”。

布洛克的主要诗集有《变形录》（1938），《黑林中的线条》（1981），《雨的囚徒》（1983）等。

雨

雨水前来从我的眼里
冲走黑色星星
黑色人行道上的反影
在天上绘画

那融合又分开的绘画

行走在湿淋淋的树林中
我听到被践踏的青苔的低语
鸟翅从哭泣的树叶上
溅落雨滴

那反映湿淋淋的世界的雨滴

我的手握住水
我的心是一条水流
推转一轮空磨
水草即寡妇之草

在流水中招摇

穿着一件薄雾的斗篷
我隐退在黄昏之中

进入一个漂浮在河上的
影子的世界中
这条河流离大海

（董继平　译）

［导读］

雨，是布洛克喜欢吟述的事物，他的代表作诗集之一就命名为《雨的囚徒》。雨水使天地浑然如一，使人恍如置身于现实与梦境的临界点上。雨中，一切都变得朦胧、闪烁、湿润、葱郁，线条纷乱而奇异，这种境界正合一个超现实主义诗人的向往。诗人写过一首有名的短诗《雨中巴黎》，诗曰："巴黎的面孔／隐藏在雨的蛛网后面／她的笑容缠着结／像一只被捕获的苍蝇／我们徒劳地／等待她的嘴唇去刺破面纱／贪吃的云朵／咬掉了那能够／分开幕帷的手指／巴黎的嘴唇在它的后面／以沉默的嗓音说话。"这里，大自然的清新与城市的沉闷构成对照，既有淡淡的压抑，又有打破压抑的力量在跃动。诗歌语境就在这种奇妙的张力中缓缓拉开，令人低回，令人沉迷，有如雨水所唤起的……

如果说《雨中巴黎》尚有一脉忧郁的意绪在萦绕，那么《雨》则是鲜润美好、涤漱肺腑的诗歌清音。前者像忧郁的小提琴在低语，后者像明快的小号在顿奏。雨，是大自然给人的一次赐福，不唯人的身体，人的灵魂也在雨中完成了健朗的沐浴："雨水前来从我的眼里／冲走黑色星星／黑色人行道上的反影／在天上绘画／那融合又分开的绘画。"一个"前来"，道出了诗人的惊喜之感，仿佛雨水是有灵性的，它听到了人的祈唤，如期而至了。它亲昵地冲干净了我眼中的阴翳，使我看到了世界和生命的鲜润美质。雨丝，接通了天空和大地，它们彼此映衬，天上有地，地上有天，人的影子倒映在水洼中与天空融为一体，就像在天上行走……这是多么奇妙的"绘画"，是看不见的神的大手展示的"融合又分开的天上的绘画"，而我——多么喜悦——就是这"天上绘画"的一部分！诗人行走在湿淋淋的雨中密林，他灵境洞开，竟听到了"青苔的低语"，看到了鸟儿喜极而泣从碧叶上溅落雨滴。人，动物，植物……都沉浸在蒙蒙的甘霖之中，应和着大自然晶亮的合唱队的声音！如情似梦的雨水，刷新了世界，涤漱了诗人的心。

以上是写雨景和心境的合一。它的修辞特性是超现实主义的想象力，但又有极为准确鲜活的对现实情境的吟述。将“内心风景”与现实风景融为一体，正是布洛克诗意的魔力所在。最后，诗人稍稍脱离了对现实情境的描述，让心灵更快地腾跃起来，他要“跟随”着流水，进而“握住水”，彼此传递着力量去推动巨大的水磨；他的心要快放地融入“泛神”化的大自然，“漂浮在河上的影子的世界中”，一直奔流到大海——甚至流离大海溯回到更遥远更辽阔的天空。

超现实主义诗人都有一种“向现实索回想象的巨大财产”的心愿。他们认为，梦境、直觉、潜意识所具有的价值和能量，比理性要强大得多。不仅仅是因为梦境、潜意识等能给人以冲破时空限制的巨大自由，更因为梦境、潜意识本身就是人生命体验中最“根本的现实”成分，或如布勒东所言，“梦境的想象乃是趋向成为现实的东西”。布洛克深深赞同超现实主义的艺术观：“何谓美？神奇总是美的，不管哪一种神奇都是美。甚至可以说，只有神奇才是美。”（布勒东语）因为神奇总是伴以“发现”的欢愉。在《雨》中，随着诗人笔锋所至，我们也与他一道进入了奇妙的“语言／现实”风景，处处激荡着神奇的发现，有如回到事物和生命的本源，以往见惯不惊的景象都粲然焕发出新意。那些原是我们心中沉睡的部分，被所谓“正常”语义所遮蔽的部分——现在，诗人写出了它们，我们也模仿着诗人的方式体验它们，并且“再一次”于自己心中“写”出了它们！

回 忆

回忆的罩上面具的脸
邀我去你花园的水域中游泳
白鸽们在那里死于蒺藜间
红百合侵入寂静的领地

手钉在每棵树上
对分离的情侣们挥别
无头的园丁们
给花儿浇上沥青

墙外
饥饿的人群贪婪地等待
废物的每日发放

当风琴的音乐
伴随蜜蜂那狂乱的交媾

被埋葬的财宝就乞求被发现
如人类的头发从土壤中发芽

（董继平　译）

[导读]

华兹华斯在《抒情歌谣集·序言》中有一个著名的说法："诗歌，

起源于在宁静中回忆起来的情绪。诗人凝神专注这种情绪，直到经过某种反应趋于平静，逐渐消失；此时有一种与诗人先前凝神专注的情绪相似的情绪逐渐发生并持久地存在于诗人的心中。一首成功的诗作一般都开始于这种心情，并在其中展开。”

以上是为历代诗人广为引述的一段话。但许多诗人看重的并不是“宁静”二字，而是“回忆起来的情绪”这个短语。的确，以抒情为要的诗歌多与“回忆”密切相关。施塔格尔在著名的《诗学的基本概念》一书中，恰当地将诗歌分为三大类，即抒情作品、叙事作品和戏剧作品。而与之分别对应的特性是：“抒情诗：回忆”，“叙事诗：呈现”，“戏剧诗：紧张”。由于抒情诗乃是诗歌家族中最主要也是最常见的形式，所以“回忆”就成为诗学中的关键概念之一。让我们看看这个简单的句子：“噢，那曾萦绕我心的教堂钟声”，它带有强烈的抒情性和回忆的魔力。如果将之稍作变动：“下午我来到此地，听到了教堂的钟声”，就是一种客观叙述与呈现了。这里，我们不是要让抒情诗与叙事诗比个高下，而是在说它们之间的差异性。大家知道，在真正优秀的诗中，回忆／呈现／紧张本可以扭结一体来表达。但在内行眼中，施塔格尔大胆而干脆的划分，仍然是更为有效而精当的。但要注意的是，与叙事性作品不同，抒情诗之“回忆”，涉及的不是某个具体的生活事件，而是长久萦绕诗人心灵的“情感中的时间”。它在诗人心中氤氲着、沉默着，直到有一天它涌出来要求一个表达。往事在回忆中失去了具体的轮廓，它被一种情绪吸收、容纳，转换为诗行。

布洛克的《回忆》正是如此。诗人所回忆的东西，不是具体的生活事件，而是一种情绪。这种情绪也不具备华兹华斯所说的“宁静”感，而是忧郁的、压抑的、痛苦的，甚至是骇人的。在诗中所回忆的情境里我们看到：人是“罩上面具”的，他们失去了本真情感的交流；象征着和平与纯洁的白鸽子，也“在那里死于蒺藜间”；而“红百合侵入寂静的领地”。我们知道，百合的球形鳞茎大部分是白色，只有少数呈浅红色，而它的花朵则是洁白的。这里，“红百合”使我们看到了某种带血的不祥，诗人更以“侵入”来指称红百合的动作，进一步加深了冥冥中的“危局”体验。再看，“手钉在每棵树上／对分离

的情侣们挥别 / 无头的园丁们 / 给花儿浇上沥青……”这里，无论是动词“钉”，“挥别”，“给花儿浇上沥青”；还是名词词组“无头的园丁”，“分离的情侣”等等，都让我们感到空前的恐怖和压抑。联系诗人的经历，我们可以认为，他的“回忆”指向的是第二次世界大战的灾难岁月；他看到过一切美好的东西都在铁与血、欲望与疯狂的战争里给毁了！

昔日的“花园”已狼藉一片，只有蜂儿在“狂乱的交媾”，那么外边又怎么样呢？——“墙外 / 饥饿的人群贪婪地等待 / 废物的每日发放”，肉体和心灵都在饥饿中哭号的人们，明知等来的是“废物”，但他们仍在焦巴巴地伸着手，因为他们留恋生命，他们不想死去，他们在无望中喘息，在死亡逼近的寒光中屈辱地等待着……战争，毁掉了人的生活，毁掉了文明和信念的价值基础，毁掉了千百万人的生命。这是诗人记忆中最噬心的部分，是历史和个人的双重见证！

最后，诗人的沉痛记忆化为语义双关的表达：“被埋葬的财宝就乞求被发现 / 如人类的头发从土壤中发芽。”一方面，这是深度反讽，被埋葬的财宝不会出现了，一如死于灾难的人们头发不会发芽；另一方面，它也道出了诗人的祈愿——愿人类永远记住这场灾难，记住千百万死难的同类，记住还有更多的人死于心碎；并将痛苦的记忆化为“财富”，让它时时提醒我们历史的悲剧、浩劫绝不能重演。

这就是布洛克式的“回忆”：它是幻象的、碎片的、情绪浸渍过的，同时它又有着内在的暗示性、连贯性和真实感。从艺术家的运思方式上看，这首诗令我们想起画家戈雅的《战争的灾难》，毕加索的《格尔尼卡》，达利的《内战的恐怖预感》，蒙克的《呼号》……与这些画家一样，诗人也是对战争带来的恐怖感进行了变形的、幻象的处理，它使我们的心受到更深刻的震悚。可见，在优秀的诗人笔下，“超现实”并非逃避现实，而是要表现更强烈更内在的“心灵的现实”。

玛格丽特·阿特伍德

玛格丽特·阿特伍德（Margaret Atwood，1939—）生于渥太华。中学时代开始写诗，并广泛阅读了欧美文学作品。1961 年毕业于多伦多大学，后在哈佛大学取得文学硕士学位。毕业后在加拿大几所大学教授英国语言文学。60 年代以诗歌创作为主，60 年代末期逐渐转向小说创作，至今笔耕不辍。1982 年当选为加拿大作家协会主席。

阿特伍德是加拿大当代最著名的诗人、作家、批评家之一，作品被译为多种外国文字，具有广泛的世界影响。她擅长将日常经验提升到形而上的层次，其诗不仅具有女性特有的细腻，而且富于深刻的洞察力和开阔的文化视野。在修辞特性上，阿特伍德具有某种程度的超现实主义色彩，注重对生命中隐秘层次的挖掘，将梦幻、臆想与现实交织于一体。但与欧洲超现实主义诗歌比照，她的诗又显示出鲜明的智性特征，力图在潜意识与沉思的彼此激活与接引中，揭示生存，剖析灵魂，探询语言命名力的边界。

她的诗歌，题材极为广泛：原型神话，女性经验，大自然的神秘，爱情，孤独，时间，文化和历史批判，都是她涉及的主题。她说，“写作不仅仅是自我表现。如果你赖在自我表现上，写出一点东西后，你将把自己大量地耗尽——除非你过着广阔的生活”。在论及文学艺术的特殊使命和诗人作家的原创性时，她说：“任何思想体系对文学艺术家而言都是不可忍受的，无一例外。因为思想体系都有一种‘应该’如何的性质。但文学艺术家是人类中偏执的一支，他们永远不喜欢将自己的脚塞进那些特定的思想体系的鞋中。写作是探索，探索是进入一块你可能发现的未知领域。”“我写作就是建造能容纳我和动物，混乱与分裂的建筑物。我以为自己是个探索者，从事那些先人尚未进行的语言试验，或创造一些新的话语形式。”(《不仅仅是自我表现》)

阿特伍德的主要作品是：诗集《圆圈游戏》(1967),《那个国家的动物》(1968),《地下铁路的手续》(1970),《强权政治》(1971),《你是快乐的》(1975),《诗选》(1976),《真实的故事》(1981)。长篇小说《可食用的妇人》(1969),《浮生》(1972),《女预言家》(1976),《男人面前的生活》(1979),《肉体的伤害》(1981)。理论著作《幸存：加拿大文学概论》(1973)。1966年诗人获加拿大文学大奖“总督奖”。2000年，其小说获得“布克奖”。

九　月

1

这造物正跪着
被雪弄脏，它的牙
在一起磨着，旧石头的声音
在一条河的河底。

你把它牵向牲口棚
我提着灯
我们弯腰看它
仿佛它正在出生。

2

这只羊被绳子倒吊着
像一个饰着羊毛的果实，正在溃败
它在等死亡的马车
去收获它。

悲痛的九月
这是一个想象
你为我而虚构了它，
死羊出自于你的头脑，一笔遗产：

杀死你不能拯救的
把你所不能吃的扔掉
把你所不能扔掉的埋葬

把你所不能埋葬的送掉
而你不能送掉的你必须随身带上
它永远比你所想的要沉重。

（沈睿　译）

［导读］

法国宗教思想家西蒙娜·薇依在《重负与神恩》一书中的《不幸》一章里尝言："出于本性，我们躲避受苦，寻求欢乐。仅由此，欢乐作为好的形象，而痛苦作为恶的形象。然而，欢乐和痛苦事实上是不可分离的。苦难——教育和转化。苦难中的激情，既表示我们痛苦，也表示我们在转化——甚至转化为不朽者。"

如果将薇依言说中的基督教意味淡化，使之成为一种抽象的生命经验，那么《九月》所体现的情调，就与薇依所言有着内在的一致性：它是一种苦难"玄学"，灵魂在苦难的熔炉里冶炼、转化、升华。作为奇异的自我灼伤，它当然通向沉痛；但同时也通向了灵魂的澄明之路，在令人战栗的瞬间洞悉了生存的真容，灵魂变得淬砺而纯正。这亦可称之为存在主义式的"苦难与欢乐轮回转换的辩证法"。这首诗以整体象征的方式给我们以启示。诗中出现的羊——借用的与宗教燔祭仪式有关的隐喻——是诗人选取的"客观对应物"，但是阿特伍德并非表达另一种"灵修"体验。她要表达的是此在生命和历史记忆的苦难经验，以及"抗拒遗忘"的主题。

"死羊出自于你的头脑，一笔遗产"，"你为我而虚构了它"。这里所说的"虚构"，就是指以具体的物象作为灵魂的"客观对应物"，诗人在羔羊身上倾注了强烈的暗示性，使之成为苦难生存的象征。这是一头被屠宰的羊，它的一生是卑屈而寒碜的。现在，它跪在地上，毛皮肮脏，它的牙齿磨砺出干涩的旧石头般的声音。它被牵向屠宰木架，用绳子倒吊起来，很快，生命离开了它，它只是“一个饰着羊毛的果实”……望着这无辜的动物，诗人心间陡然袭来一阵痛楚和眩晕，她联想起了世上无数苦难而卑微的生命，他们不正是像羊一样清贫、不争、默默度日，而最终却难逃战争和专制的悲惨命运吗？

无数生命受尽颠连，一个个涌入死亡之门。而今天，每一个经历过战争和恐怖体制的拥有反思能力的人，都或显或隐地有着“幸存者”的身份。死去的同类在我们灵魂内部构成了层层叠叠的黑暗，他们在吁求着通过我们的嘴发出抗拒遗忘的声音。我们在他们痛苦逝去的土地上继续存活，他们的忧伤、无告、惊恐将永远伴随着我们，“把你所不能埋葬的送掉／而你不能送掉的你必须随身带上／它永远比你所想的要沉重”。

躲避苦难，寻求欢乐，这似乎是某些“幸存者”无须思考只凭本能就会选择的生存之道。然而，他们的生命正是在此遭逢了“不能承受之轻”。躲避，并不能遏制战争和专制的强迫性周期重临。自觉的人，应直面历史和当下生存的苦难，将之转化为“随身带上”的一笔噬心的“遗产”，接受它的教诲，警惕生存恶魔的再度肆虐。在苦难中完成灵魂的转化和升华，这是另一种灵魂的“欢乐”，不惮于永不消歇的自我拷问，在拷问中人才会获得生存的自明。阿德伍特曾如此表述过她的心迹——“通过眼泪，这个世界的实情被看得很清楚。为了更清楚地看，不能退缩，不能转身走开。这是痛苦的挣扎，眼睛挣开绷带，离太阳仅有两寸。这首诗必须被写出，好像你已经死了，好像没有更多的可以去做，或者说拯救你自己吧”（《为一首永远不会被写出的诗所做的注释》）。

在修辞基础上，这首诗糅合了象征主义和超现实主义的写作技艺，但实际上它比那些现实主义诗歌更真实更深刻地揭示了生存。在现代诗中，“真实”是指真正呈现生存和生命的实质，而非对历史情境和生活事件的简单追摹、还原。就这样，一只无辜而就戮的羔羊，永恒地悬挂在我们的视线中，捺进了我们的心。经由诗人之手，它也成为每一个有历史意识和生存敏识的读者的苦难“心象”！

“睡”的变奏

我愿意看你入睡，
也许你根本睡不着。
我愿意睡意蒙眬地，
看着你。我愿意与你
一起入睡，进入
你的梦境，当它那柔滑的黑波
卷过我的头顶

愿和你一起穿越那片透亮的
叶子黑蓝、摇曳不定的树林
那儿有水汪汪的大阳和三个月亮
走向你必须下去的那个山洞，
走向你最最担心的惊恐

我愿递给你一支银色的
树枝，一朵小白花，一个字
保护你，当你陷进
梦的深处的忧虑，
和忧虑深处的中心。
我愿跟随你再一次
走完那道长长的楼梯
变成一条小舟
小心地载你回来，做一朵

双手捧住的火焰
引导你回进
睡在我身旁的
你的躯体，让你
悄然回去如同吸进一口空气

我愿做那口空气
在你身体里做片刻的
逗留。我多愿自己也是那样的
不受注意，那样的须臾不可分离。

（李文俊　译）

［导读］

“变奏曲”是音乐术语，全称为“主题与变奏曲”（theme with variations）。它是由一个主题与根据这个主题写成的一组变奏曲组成，作曲家可新创主题，也可借用现成曲调，然后保持主题的基本骨架而加以自由发挥。其主要手法有装饰变奏、对位变奏、曲调变奏、音型变奏、卡农变奏、和声变奏、特性变奏等。变奏曲可作为独立的作品，也可作为大型作品的一个乐章。

在我们知晓了“变奏”的基本含义后，对《“睡”的变奏》的结构方式和意蕴处理程式就会明了于心了。这首诗写了一对亲爱的夫妻在渐入睡眠时的情态。女主人公望着丈夫沉入睡眠的蒙眬姿容，心中翻涌着爱情的柔波。诗人经由对“睡”和“爱”主题的一系列变奏（一系列“我愿……”句群的承续与变异）道出了夫妻之间肝胆相照、唇齿相依的刻骨深情。

这首诗从情感上是逐层深化的。一开始写的只是日常事实的睡眠，“我愿意看你入睡／也许你根本睡不着／我愿意睡意蒙眬地／看着你，我愿意与你／一起入睡”。很快，诗人就由日常事实跃入隐喻的高度，写出我愿进入你的“梦境”，让柔滑的夜的波涛覆盖我们。梦境，是人潜意识的最重要的呈现形式，它是对生活中被压抑的本能在摆脱了意识控制后的释放，它曲折地揭示出人生命深处秘而不宣的本质。那么，“进入你的梦境”，就是进入你生命体验中最隐秘的部分，与你化为一体——

那是怎样的梦境呢？作为阴沉的生存的变形投影，人的梦境也充满压力和不祥。像《神曲》中但丁描述的那样，他们穿过“叶子黑蓝、摇曳不定的树林”，看到水汪汪的太阳和三个月亮的异象，到达了“必须下去的那个山洞”，“走向你最最担心的惊恐”。然而，比但丁幸运的是，这里不是一场骇人孤旅，而是与“贝阿特丽采”携手漫游的心路历程。诗人对自己的爱人说：亲爱的，不要害怕，在黑暗的洞穴里有我在你身边，“我愿递给你一支银色的树枝，一朵小白花，一个字”。我的伴侣，“当你陷进梦的深处的忧虑和忧虑深处的中心”，不要感到焦虑和恐惧，“我愿跟随你再一次走完那道长长的楼梯 / 变成一条小舟 / 小心地载你回来”！诗人借助梦境的隐喻，深切地道出了他们之间风雨同舟、患难与共的爱情。

与诗人逐层扩大的情感相比照，诗中的隐喻场景却是奇异地逐层“缩小”的。这是一种博大性与精确性之间的辩证法。诗人笔下由大到小（亦可内在地称之为由小到大）的隐喻踪迹是这样的：柔滑的黑波—摇曳不定的树林—太阳、月亮—山洞—长长的楼梯—一条小舟—双手捧住的火焰—悄然回到你身体里的一口空气。随着诗意的变奏速率越来越高，最终“我与你”融为一体，成为你吸进的一口空气，“须臾不可分离”。真正的爱情就是如此，它不唯是美酒，更应是沙漠中的泉源；不唯是清氛，更应是平凡生活中须臾难离的空气。诗人的变奏技艺令人叹服，从表面看隐喻的阈限似乎越来越小，但实际上其内涵却越来越坚实博大；在此，“小就是大”，“少就是多”，现代诗的经验承载力不是体现在材料体积的宏大，而是认识力的深邃和命名力的精确、锐利。

阿特伍德诗歌最为人称道的就是“擅长把日常经验提升到形而上的境界”，将女性细腻的直觉、梦境与智性洞察力融为一体。这首诗无论在直觉的敏锐，梦境的深度挖掘，还是在结构变奏技艺和语象的坚实上，均令人满意。下面，我趁便为大家再抄录她一首有名的诗作

《大街上，爱情》，诗人由大街上的巨幅美女广告画生发开去，深刻揭示了现代“广告体制”在膨胀的蛊惑性和垄断性的媾和中，造成的对现代人精神和情感的软性捆绑乃至抽空——

大街上
爱情
如今
不是食尸鸟
的事儿
（把死变成生）便是
（把生变成死）
食肉兽的事儿

（那个广告牌美人
有涂了白瓷釉的
牙齿和红
瓷釉的爪尖，在捕捉

　　男人
　　当他们从她身边经过
　　从未想到是自己给了她
　　生命，她的
　　身体原是用硬纸板制成，
　　血管里流着他们情欲
　　枯竭的血液）
（瞧，那个灰色的男子
他的步履轻盈
像法兰
绒，正步下他的广告画

贪婪的女人，看到
他那么潇洒，
轮廓分明有如刀刻
眼光清澈而又
犀利，像遒劲的书法，
都想得到他
……你是死的吗？你真是死的吗？
她们说，但愿……）

亲爱的，这些天
在大街上我们该怎么办
我怎么
了解你
你又怎么了解
我，怎么知道
我们不是那种
人：用胶把纸片粘起来
等待有朝一日
获得生命

（有一天
当我抚摸你咽喉处
温暖的肉，却听见一阵
纸张轻轻的窸窣声

而你，原以为
对我脑子里的想法
了解得清清楚楚，却在我的舌尖
尝到黑油墨的味道，发现
就在我皮肤底下
印着密密麻麻的小字）

最初，我有几个世纪

最初，我有几个世纪
可以等待，在山洞里，在皮帐幕里
知道你永远不会归来

接着速度加快，只有
几年时间，从你
全身披挂进山，到那一天
（又是一个春天），送信人来到
把我从绣花架旁惊起。

那样的事发生过两次，说不定
更多，有一回，不太久之间，你打了败仗，
坐在轮椅里回家
蓄了小胡子，晒得黧黑
我简直认不出你。

上一次再上一次，我记得
足足是八个月，从我
提起裙子在火车旁边奔跑，把
紫罗兰塞进车窗，到
打开阵亡通知书；二十年里
我眼看你的照片变黄。

这是上一次（我赶到机场
来不及换下工作服，扳钳
也忘了取出，插在后裤兜，你在那里
拉上拉锁，戴好头盔
预定行动的时间已到，你对我说
要勇敢）至少三星期之后
我才收到电报开始悔恨自己。

可是近来，夜晚让人提心吊胆
从广播里发出警告
到爆炸，只有几秒钟：
我的双手
都来不及伸向你

这几个晚上比较平静
你却从椅子上
跳起，晚饭一口没有动
我来不及与你吻别
你已跑到街上他们已经开始射击

（李文俊　译）

［导读］

我们都熟悉这样的说法：诗歌应有个体生命的深切体验，不要成为各类“体制话语”的传声筒。这种说法本是正确的。然而，在许多人的理解中，所谓个体生命的体验就是“表现自我”，这样他们就将诗的功能缩减了。个体生命的体验，应是指诗人独立思考独立感受广阔的生存和生命中的问题，并以个人的话语方式表达它们，而非指只写自己。有价值的诗歌，在传达个体生命体验时应具有更广阔的包容力，不能陷入狭隘的自我中心。

阿特伍德对此有足够的警觉。她说，“如果你认为写作仅仅是自我表现，那么你将永远被自己的角色所缠住，或者性格特征极像自己……试着去想一想另外的一个人会怎么想，或者去想一想他们感觉的方式”（《不仅仅是自我表现》）。这首诗有很大的叙事成分，诗中的“我”，是一个多元第一人称，用来指代那些在战争的灾难岁月里顽强生存、盼望亲人能平安归来的女性们。等待的焦灼以及丧夫之痛，是贯穿全诗的情感。

我们发现，诗中描述的情境，特别是时间状语是饶有深意的——它的叙事时间跨度极大，从“最初，我有几个世纪”，到“二十年”“几年”“不太久”“八个月”“三星期”“近来”“这几个晚上”“晚饭时”“几秒钟”……叙事时间自由变化，诗中的“我”已被多次置换，成为古往今来那些苦苦等待亲人从战争死亡线上归来的妻子们的共相。诗人深入了她们苦难而坚贞不屈的灵魂，写出了“几个世纪”以来女性经历的艰辛历程。她的咏述是如此逼真动人，她为女性的生存处境进行了有力的命名。这样的杰作“不仅仅是自我表现”，而是经由“个我”灵魂的体验，写出“她我”乃至“一切我”。阿特伍德诗歌的开阔感和洞察力于此可见一斑。

与此诗自如地游移的时间跨度形成对照的是，它的叙事细节却极为具体、稳定而鲜活。从对山洞、皮帐幕、绣花架等农耕时代生活情境的展示，到对火车站、照片、飞机场、广播电台等现代生活情境的描述，都历历如在眼前。不同的时代迅速地推移，但女性的苦难心灵历程却庶几相似。我们仿佛看到了遥远的年代里，加拿大人民为摆脱异族统治争取自治所进行的一次次斗争，仿佛看到了两次世界大战的炮火硝烟，以及人民的英勇抵抗斗争……我们看到了在这一场场惊心动魄的历史灾变里，女性所承受的痛苦、丧失，和她们坚韧不屈的生存意志力。在这里，历史被有力地“总结”起来——“在山洞里”的女人，“从绣花架旁惊起”的女人，推着伤残者轮椅的女人，“提起裙子在火车旁边奔跑”的女人，“打开阵亡通知书”的女人，赶到机场与丈夫匆匆诀别的女人，空袭之夜“提心吊胆”的女人，“来不及伸向你”“来不及与你吻别”的女人……共同构成了一幅年代模糊但情感却又高度统一的“共时性”的苦难女性谱系，令人视之心痛、思之泪滚！正如诗人曾经在另一首诗中所言："所有的事件只是一件"。

诗人历史想象力的原型就是这样"杂于一"的。她以巨大的想象才智和组织力，将共相的历史图式与具体的个人命运恰切地糅为一体；在叙事时间的自由与细节的准确控制之间，达成了奇异的平衡。这首诗也为我们如何扩展诗性叙事的包容力，以及寻求事态与情绪的彼此浸润，提供了很好的启示。

迈克尔·昂达奇

迈克尔·昂达奇（Michael Ondaatjie，1943—）生于斯里兰卡，1962年移居加拿大。先后就读于多伦多大学、皇后大学，获文学硕士学位。大学期间开始发表文学作品。毕业后曾执教于西安大略大学，70年代以来，文学创作甚丰，现任约克大学格伦顿学院英文系教授。

昂达奇是加拿大新一代移民中产生的著名诗人、作家，具有广泛的国际声誉，作品被译为多国文字。虽然他最具影响力的作品是获“布克奖”的长篇小说《英国病人》，但是，他的诗歌也与小说一样被人们认为是高水准的。昂达奇的创作理念与超现实主义和后现代主义的影响有关，对传统的话语方式进行了反叛或颠覆。他为加拿大现代文学的两个领域——诗歌与小说——都带来了活力和贡献。他的诗作注重挖掘人秘而不宣的无意识领域，使诡异而精审的隐喻语象，成为现实经验与童年记忆（如在斯里兰卡的家庭生活）的曲折投射。他仿佛要把一个个瞬间“定格”下来，好似一系列快照；然而在他精微细致、栩栩如生的刻画或反讽中，事物和心灵的“纹理”得到了更为内在的呈现。而他的小说，往往打破文体界限，将诗歌、笔记、传记、医学档案、新闻报道的语段“拼贴”或“嵌入”小说文本，视阈开阔，诙谐而深刻，成就了一种“跨文体”的后现代写作。有趣的是，他许多作品给出版商固有的文学书籍分类方式“添了麻烦”，他们只得将其作品分为“散文”与“诗歌”两大类出版。由于昂达奇杂糅而富于魅力的写作，被西方批评界誉为“风格的熔炉”。

昂达奇的主要诗集是《挑剔的怪物》(1966),《七个脚趾的男人》(出版时间不详),《这是我在学着做的一个用刀的花招:1973—1978》(1979)等。小说代表作为《英国病人》《经过斯洛特》《世代相传》。他的诗歌曾两次获得加拿大“总督奖”。

桦树皮

暴风雨后一小时桦树湖上
岛竖起了杉发
岩石。叶子仍然飘落。
在此刻，闪电之后
我们放下一条独木舟。
水的静默
比岩石的静默更纯洁
桨自在地划。我们感到莫名的欢欣
感觉到河水的肌肉，桨片
在幽黑的水中编织。

此刻每个意外的词都精确地挑选
从船头传到船尾，仿佛
倾着身子传递一个餐盒。
水的回声、反射。
我们在绝对的风景里
在自身叠起的名字间
围绕着岛意味着目睹
一只苍鹭从树丛中释放的
尘土。
于是对话就像
潮水一样滑动
这飞行的友谊线

我们插入的一首旧日的歌
不需要所有的词。

我们已赶不上为乡村命名
没有我们，没有水的浩劫
暴风雨后的树林
那里就永远没有倒影。

（汤潮　译）

［导读］

这是一首与河水有关的诗。它使我想起了诗人另一首写河水的作品："一支桨／对波浪翻出的一切／感到陌生／无论你去哪儿／在内心／寂静得到见证。"（《沿着玛兹纳河》）一支桨为何会对波浪翻出的一切感到"陌生"呢？这是因为，在超现实主义诗人看来，世界是神秘的；我们不能以通过单纯的客观外貌认识世界为满足，而要从探索人的内心世界入手，将"内／外现实"看作处于同一变化中的两个潜在成分——揭示出具体世界和抽象世界的同一性。生活中，我们只是看到了波浪的表面，但它所"翻出"的东西，却绝不是自在的，而是与我们神秘的主观体验密切相关，"在内心，寂静得到见证"。

这首诗同样如此。它写的不是事物的表面，而是人与事物相遇后在内心激发的"超现实"回响。请看，"暴风雨后一小时桦树湖上／岛竖起了杉发"，前半句是写实，时间、地点都确凿无疑，而后半句就迅速进入心理活动，岛竖起杉发（岛的头发；主动格），写出了暴风雨后人对清新的山岩和树木的坚卓旺盛的生命力的主观体验。树木与人交感注息，物象具有了人的特征，成为人的"心理现实"的一部分。在骤雨初歇、闪电之后，"我们放下一条独木舟"，岩石、水面、桦树林……一切都是静谧的，"桨自在地划／我们感到莫名的欢欣／感觉到河水的肌肉／桨片在幽黑的水中编织"。这里，"莫名的欢欣……"与前面所言"一支桨／对波浪翻出的一切／感到陌生"相似，它不仅以神奇的体验呈现了波浪的状貌，更主要的是表现了人内心的感受。

诗人心情快放，他要将此时此刻的体验传达出来。但如何传达“具体世界与抽象世界的活动的同一性”？诗人拥有的只有“词”。在先锋派的诗歌观念中，一切现实说到底只是“语言的现实”。语言在诗中不是工具，而是与诗人的生命体验同时到场的“绝对现实”（布勒东语）。亦如海德格尔所言——“语言是存在之家。我们依靠不断穿越此家园而到达所是”（《诗·语言·思》）。昂达奇是一位自觉的诗人，他深知语词内部的奥秘，他写道：“此刻每个意外的词都精确地挑选／从船头传到船尾，仿佛倾着身子传递一个餐盒”。这个句群道出了他对语言命名能力的信任和谨慎挖掘，语言被喻为承载着诗人灵魂的粮食的东西。

如同超现实主义“掌门人”布勒东将诗歌话语作为“绝对现实”一样，昂达奇将自己笔下主客观统一“叠起”的风景称作“绝对的风景”。在这美好的“心物合一”的状态中，几位友人泛舟河上，“对话就像潮水一样滑动”，木桨划出的波纹成为“飞行的友谊线”。快放的心境与事件得到合二而一的精彩表达。而在对话暂停时，我们共同哼起一首旧日的老歌，往昔岁月的记忆被这旋律唤起，呵，不需要歌词，那曲调已经足以筑成心与心相通的最近的道路。

于暴风雨后泛舟河上，享受美丽的岛屿、波浪、桦林、苍鹭构成的美景，在工业化急剧膨胀，人们疯狂地追求“利润”“效率”的时代，几乎像是一种奢侈。我们只不过是短暂地逸出常规生活，只不过是在“旅游”。——“我们已赶不上为乡村命名”一句，就写出了诗人对工业化造成的人与大自然的分离感到的错失之痛。然而，即使如此，我们能够保持一颗对大自然的渴慕之心，能够领悟到并写出短暂的“诗意栖居”的体验，毕竟也是令人欣悦的。最后诗人说“没有我们，没有水的浩劫／暴风雨后的树林／那里就永远没有倒影”，就道出了心灵与大自然共同溯回和谐本源的惊喜感和超现实主义诗歌话语鲜润的魔力。

这是一首奇异的诗。诗人把对具体物象细节的展示与抽象的心灵颤动化若无痕地融为一体，使我们瞥见了一个陌生的世界：一个大自然、心灵、官能、语言……自动和互动的诗意的新世界。

日 期

显然我错过了伟大的时机
我的诞生没有任何预兆
只逢温斯顿·丘吉尔的结婚纪念。
没有纪念碑淌血，这一天
没有签订特别的条约
这是季节性平淡无奇的日子。

我用母亲的八个月自我安慰
当她在锡兰因怀孕汗流浃背
一个仆人从甬道缓步而来
端着一盘加冰的冷饮，
一伙朋友来看她
抚慰她的形状，而我
吮吸着生命线，
华莱士·史蒂文斯在康涅狄克州安坐
桌上摆着一杯橘子汁
天气很热他只穿着短裤
在一封信的背面
开始写《长着胡须身着盛装的人》。

那一夜我的母亲已入睡
她非凡的肚皮
由屋里的风扇吹凉

史蒂文斯把词放在一起
让它们生长成句子
将它们修改
整形，那页纸突然
成为一个前所未有的思想
他的心指示他的手
随心所欲地移动
他看见他的手在说
思想永不完结，不，永不
而我在母亲的肚皮里生长
就像康涅狄克窗外的花瓣。

（汤潮　译）

［导读］

这首诗具有双重主题。其一是诗人叙写想象中母亲在锡兰（今斯里兰卡，是昂达奇出生和度过青少年时代的地方）孕育"我"的过程，并歌颂母爱；其二是通过对象征主义诗歌大师史蒂文斯写作方式的描述，表达出诗人对诗歌"发生学"的独特认识。两个主题彼此交织，互为比拟，其完美的结构，令人叹服。

由于诗歌话语特有的暗示力，"日期"，对诗人们来说往往具有特别的含义。我们熟悉许多浪漫主义诗人、艺术家的传记，他们喜欢给自己被孕育和出生的日期涂上一层神秘不凡的色彩。或是有重大历史事件，或是有神奇的预兆发生。更有趣的是，有许多诞生日本是平淡无奇的诗人，也要查年月，查星座，硬要将自己与过去历史上的某位杰出人物联系在一起，以显示自己的不俗。更有趣的是甚至还有人称："我与 ×× 大师虽远隔万里，但却是处于同一纬度的！"

然而，作为一个带有后现代主义倾向的诗人，昂达奇对这类故作神秘、攀附名人的"日期"蛊惑者，进行了解构和"祛魅"。他诙谐地说："显然我错过了伟大的时机 / 我的诞生没有任何预兆"，"没有纪念碑淌血，这一天 / 没有签订特别的条约 / 这是季节性平淡无奇的日子”。为了增强诗歌反讽和解构的深度，诗人亦不免“淘气”一下，他说，他的诞生日“只逢温斯顿·丘吉尔的结婚纪念”。将英国首相丘吉尔的结婚纪念日与一个斯里兰卡初生的婴儿硬联系在一起，这八竿子打不着的“联系”，实在令人大跌眼镜！这正是昂达奇对那些故作风雅、制造“自我神话”者们的滑稽模仿（戏仿）/反讽。

“我”的孕育和诞生是平淡无奇的。其实，谁的诞生又不是如此？而从另一重更深刻的意义上看，每个人的孕育和诞生又都是不平凡的。是母亲孕育和生下了我们，怀孕和分娩对任何女性的身体来说都等于是一次重创。世上一切慈祥而无私的母爱，就这样在平凡中放射出了伟大而恒久的光芒。诗人对母亲怀着深深的敬爱和感激之情，他想象出母亲“因怀孕汗流浃背”的漫长时日，想象出作为胎儿的自己，怎样“吮吸着生命线”，“在母亲的肚皮里生长”。诗人用笔简省而深情存焉。以上是此诗的主题之一。

与此相应，这首诗的第二重主题是有关“诗歌发生学”的（即诗的“孕育”和“分娩”）。诗人引入了对美国象征主义大师史蒂文斯诗歌创作方式的描述。史蒂文斯（1879—1955）被称为“诗人中的诗人”，与庞德、艾略特、威廉斯齐名。他特别强调艺术想象力的作用，认为想象力能使混乱的世界获得秩序。他的诗总是在纯粹而神奇的形象中，富含抽象的哲思，他说，“诗的理论就是生命的理论”（《纽黑文的一个普通夜晚》），诗由诗人孕育而生出，既是抽象的“最高虚构的笔记”，又与具象的现实生存密切相关。昂达奇信任这个说法。在他看来，写诗乃是一种创造、生育，诗固然令人幸福和迷醉，但它们却是诗人对词语艰辛地寻找和孕育的结果。这一点正与女性的怀孕、生产相似。如同母亲在燠热的锡兰经历身体的阵痛，史蒂文斯也在燠热的康涅狄克州经历着将感受化为墨迹的“阵痛”；如同母亲“无中生有”地将我带来世界，诗人也经由想象力“无中生有”地给世界带来一首精纯的诗歌！——“史蒂文斯把词放在一起/让它们生长成句子/将它们修改，整形/那页纸突然/成为一个前所未有的思想”，就道出了诗人对诗歌神奇的发生学领悟后的惊喜之情。最后，诗人说“我在母亲的肚皮里生长/就像康涅狄克窗外的花瓣”。此为一笔两写。诗歌的双重主题在结穴处完美地扭结一体，带给我们有关生命感受和审美洞识的双重深度感。

这首诗写得诙谐舒展又优雅精审，使我们得以在反讽中听到严肃，在紧张中感到幸福。诗人以非凡的能力，使公共化的生育经验与私人化的写作经验恰切地平行比拟，彼此交织和延续——最终又聚焦于对“原创力”“原生力”的探究与吟述，其诗歌神秘的自律性和创造的自由快感同时得以呈现。正像史蒂文斯喜欢在诗中处理“写作”主题（以诗论诗），但又避免了诗歌说理的枯燥一样，昂达奇这首“关于诗的诗”，也将理论的洞见建立在对直觉的鲜活捕捉中，从而使这首诗在经验包容力、审美魅力和诗学理念诠释上均令人赞叹。

最后，让我们欣赏一首史蒂文斯“以诗论诗”的名作——《坛子的轶事》。在这首诗中，“坛子”是艺术想象力的象征，荒野乃现实的象征。诗人认为正是艺术想象力赋予凌乱的现实以一种和谐完美的秩序：

我把一只圆形的坛子，
放在田纳西的山顶。
凌乱的荒野，
围向山峰。

荒野向坛子涌起，
匍匐在四周，不再荒凉。
圆圆的坛子置在地上，
高高地立于空中。

它君临四界。
这只灰色无釉的坛子。
它不曾产生鸟雀或树丛，
与田纳西别的事物都不一样。

光

午夜暴风雨。树木愤怒地越过田野走开去
光着身子在闪电的火花里。
我坐在白色游廊中棕色的吊藤椅里
手里拿着咖啡面对仲夏之夜午夜暴风雨。
悠悠往事，朋友和家庭，都漂流到阵阵豪雨里。
幻灯片里根据陈旧的、须拍一分钟的相片翻拍的
我特别喜爱的那些亲属
现在他们站在我的墙上复合模糊斑斑点点。

这是我的叔叔。他骑着一头大象
跑去行他的结婚大礼。他是个牧师。
这个穿淡色茄克打领结外貌腼腆的男子声名狼藉。
他出去喝酒时就揪住妻子长长的美丽金发
把金发的一端锁在碗橱里
然后丢下她拴在扶手椅上。
他恐怕她说不定跟人通奸
他就这般平安幸福地活到去世。
这是我的祖母。她穿着薄纱衣裳去跳舞
逮住萤火虫藏在薄纱里，闪闪发光
妙趣横生。这平静而美丽的脸
设法安排疯狂的热带表演节目。
邮递员犯了谋杀罪审问时嘲弄法官
又从法庭上被丢了出来

她竟把他藏在她的屋子里。
她的儿子在英国王室法律顾问。
这是我那六岁的弟弟。跟他堂兄和妹妹
跟那摔在小刀上弄瞎了眼睛的庞·德·沃斯在一起。
这是我的姑妈克里斯蒂。她知道哈罗德·麦克米伦
　是个特务
利用报纸上的照片跟她通信联络
她相信每张照片都在请她原谅他
他的猎狗眼睛正在恳求哩。
她的丈夫在锡兰当医生菲茨罗伊大叔一脑门的回忆
锋利的解剖刀一直回忆到八十高龄
虽然我从未打扰他啥也没问过他
——当时我对博比·达灵的新唱片更感兴趣。

这是我母亲和她那穿花衣服的哥哥诺埃尔。
她们才七岁和八岁，一张着色的照片。
这是我收藏的最早的照片。我最喜欢的一张。
我的小淘气们在诸圣节前夕的一张照片
具有同样的手足之情和欢笑。
我舅舅六十八岁死了，我母亲晚一年死也是六十八岁。
她告诉我舅舅死了，他临死那天
他的眼睛一扫病态竟仿佛一眼
就看透了房间和医院她还说
他看见一些东西那么清晰而优美
片刻之间他的整个儿身体变得青春焕发，
她记得当时正给他的田径衫缝上标记。
她讲给我听时声调快乐脸上发光神清气爽。
（我那萤火虫祖母也在六十八岁时咽气。）

这些就是我所保存的她们的生活片断，

今夜暴风雨里，狗儿们在游廊上焦灼不安。
当年他们青春年少生气勃勃嘻嘻哈哈疯疯癫癫。
一个聚会上我喝醉了的父亲
试图解释一个给鸡做的手术
手术过程中他竟把鸡宰了。客人们
一个钟头后才用正餐，我父亲却呼呼大睡
小淘气们瞧着仆人们收拾
草地上乱七八糟的鸡嘴巴和羽毛。

这些就是他们留下的生活片断。我全都记得，
我要知道他们更多的轶事。在镜子里在我的小淘气们身上
我在我血肉之躯上看到了他们。无论我们在何处
他们总是在我头脑里游行，扩展的故事
则与墙上斑斑点点灰色照相相结合，
当他们闯过电光来临，举着酒杯，或二十年后
抱着孙子，同心爱的狗一起摆好姿势。
一个钟头以前，暴风雨击毁了电流，
一棵树倒在公路旁
所以此刻小淘气们在室内烛光下玩多米诺骨牌
外边这里密密阵雨凝固我点燃的火柴星光；
树木离开我越过田野，清清楚楚的，
孤寂地披着刀伤牛啃的树皮
向一秒钟前的黑暗天空挥舞着手臂一样的树枝，
却冻僵在锯齿形的电光里仿佛奔跑时拍的快照。
事实上它们当时像我一样并未移动，
一英寸也未曾离开过我。

（吴岩　译）

［导读］

昂达奇生于斯里兰卡，并在那里度过了青少年时光。他的许多小

说和诗歌，都与对故乡的回忆密切相关。他非常推崇法国著名先锋派作家普鲁斯特，对其意识流小说《追忆逝水年华》更是赞叹不已。他在《水中的普鲁斯特》中，这样表达对大师的敬意："自你的口中释放出空气，月亮挟在你的腋下，大脑的滴答声沉没了……我们喜欢那些消失又被发现的东西，那些骤然失落又变成一支利箭的生灵。而母语是我口中捕获的一个泡沫，释放着一种语言的空气。"普鲁斯特的《追忆逝水年华》摒弃了传统的小说的结构形式，主要以回忆和联想的意识流方式来表现主人公复杂的内心世界。在此，传统的物理时空秩序已完全被作品中人物的主观心理时空观念所取代，随着主人公马赛尔的追忆，他青少年时代的"逝水年华"，以细节的、碎片的、不断自由联想闪回的直觉印象浮现出来。在作家看来，这种对生活细节的本能的潜意识的感受，才最能体现人的精神世界的本质，表达出心灵变化不居的丰富性。受普鲁斯特影响，昂达奇的小说代表作之一《世代相传》也是一种"追忆逝水年华"的努力。在这里，他追述了自己在故乡斯里兰卡的成长过程，"那些消失又被发现的东西，那些骤然失落又变成一支利箭的生灵"，都在他富于洞察力和幽默感的叙述中翩翩跃起，令人沉迷。

与此相应，《光》可视为一部诗体的《世代相传》。诗人在午夜暴雨和闪电的强光中，忆起了故乡斯里兰卡的悠悠往事。家人，亲戚，景物，日常细节……像潜意识的水域中自由升起的一团团"泡沫"，经由"语言的空气"释放出来。正如批评家认为，读《追忆逝水年华》"犹如观看幻灯片的投影，影象不断闪动，变形重叠的印象时时出现"(《外国文学名著赏析辞典》)，昂达奇同样在诗中写道："幻灯片里根据陈旧的、须拍一分钟的相片翻拍的／我特别喜爱的那些亲属／现在他们站在我的墙上复合模糊斑斑点点。"这告诉我们，诗人倾心的乃是对过往的人与事的"印象"。这些印象是"宣叙调"式的，它以自由的、朴实无华的口语语流，保持心灵印象叙述的连贯性和生动感。

这是一个怎样的家族呢？噢，用不着我来饶舌，因为一个个事件，细节，人物性格，生存和命运，已被诗人写得如此鲜活、不加虚饰，读者自己去欣赏好了。需要提示的是，我们不必以简单的道德评判去对待这些或惊世骇俗，或冥顽不化，或令人捧腹的奇人逸事。诗人是观察者，不是道德家。他既不是在“歌颂”也不是在“批判”，他要做的只是钩沉往事，在文本中唤回逝去的时光而已。这些人与事或许并不“高大完美”，但却焕发着某种野性的、豁达的活力。诗人以富于敏识力和幽默感的笔调，写出了一个快活、健旺的家族，以及它的成员们，在挣脱乏味的生活藩篱时所做的种种有效或荒唐的努力；同时，他在自己的“血肉之躯上看到了他们”，血缘亲情与文化归属感使他找到了自己诗歌的根子——对一首好诗而言，这也就足够了。

英国

威廉 · 燕卜荪

威廉·燕卜荪（William Empson，1906—1984）生于英格兰约克郡。1920 年入温彻斯特学院学习，1925 年进剑桥大学攻读数学，后改攻文学。燕卜荪的导师是著名的文学理论家瑞恰慈，燕卜荪一边写诗，一边研究诗学。1930 年 24 岁的燕卜荪写出了影响深远的诗学专著《含混的七种类型》（又译《复义七型》）。这部揭示诗歌话语特殊魅力的著作，震动了西方文论界，被批评家作为界标，称此书问世后，“西方文论应分为前燕卜荪时期和后燕卜荪时期”。另一位诗学大家兰色姆说，“没有一个批评家读过此书还能依然故我”。1931 年至 1934 年，燕卜荪任日本东京文理科大学文学教授。1937 年他来到中国，任北京大学西语系教授，平津失陷后，随北大迁往昆明西南联大任英国文学教授，我国著名现代诗人穆旦、郑敏、袁可嘉、杜运燮都亲聆过他的诗学课。1940 年回英国任英国广播公司中文编辑。1947—1952 年重返北京大学任教，1953 年回国任谢菲尔德大学文学教授，1978 年被晋封为爵士。1984 年去世。

燕卜荪作为“新批评”著名理论家的巨大名声盖过了其作为诗人的影响，但他为数不多的诗作却是复义饱满、形式严饬、哲思涌动、视角新奇的。他倾心于表现现代知识分子的精神困境，“二战”后世界文明的衰落，探询此在生命的归宿。其诗歌材料带有较强的社会性，但写作技法和思想起源又是充分个人化的。

他的代表性诗集是《诗歌》（1935），《酝酿中的风暴》（1940），

《诗集》(1955)。其他主要著作有《含混的七种类型》(1930),《田园诗的几种变体》(1935),《复杂词的结构》(1951),《弥尔顿的上帝》(1961),《使用传记》(1984) 等。

错过的约会

慢慢地，全部血流里积满毒质，
不是奋斗也不是失败使人疲劳。
废物积存，废物积存而致人于死。

不是靠你的体系或你的明智
去细细研磨，以符合生活需要；
慢慢地，全部血流里积满毒质。

他们把老狗放血换血，可是
靠年轻狗血壮阳没几天功效；
废物积存，废物积存而致人于死。

是中国坟地和堆积如山的渣滓
霸占了土地，而不是土地退休告老。
慢慢地，全部血流里积满毒质。

若没有火，就成了吱嘎叫的皮子。
全面火烧是死亡。而局部火烧
废物积存，废物积存而致人于死。

你失去的是诗，错过的约会
留下了灾病，于是心的末日将到。
慢慢地，全部血流里积满毒质。

废物积存，废物积存而致人于死。

（飞白　译）

［导读］

这首诗在结构上是回环的，我们读着它有如在听一阕阴郁的谶语，那固执的声音复沓缭绕不息：“慢慢地，全部血流里积满毒质”——“废物积存，废物积存而致人于死”。死，是生命最后的、必然的事实，只要我们“活着”就无法不面对这最终的命运。诗人若只在强调这一事实，便无多大意义了。那么，诗人在谈什么？他是在谈另一种死亡——“心的末日”——肉身犹存，而精神却缓缓地先死于冷漠、僵化。

人的一生，会遇到各种烦恼和磨难，渐渐产生了冷漠、厌倦。即使是那些“成功人士”，也会由于生存意志或欲望的无休止膨胀，使得发展扩大“成功”、战胜他人、攫取更多的利益的驱动力，一刻不休地支配着他们。“成功”，带来了新的饥渴、盲目、贪婪、冷酷和占有欲，所谓“奢欲无边”“欲壑难填”。但燕卜荪没有像叔本华那样否定生存意志的合理性，他说，“不是奋斗也不是失败使人疲劳”。他只提醒人们，除却世俗意义上的成功之外，人的生命还需要更内在更美好的感情滋润。否则，生命的流动会被欲望的冷漠毒质所淤塞，欲火燃烧后留下的层层废物将使人的精神超越能力窒息。如果人的生命可以比作一片生机盎然的原野，那么，那些没有精神超越性的人生则是堆满了坟丘和渣滓的废地。靠物质的“输血”绝不能挽救精神的衰亡。

超越之途何在？作为诗人和文学批评家的燕卜荪为我们指了一条路，即“审美的人道主义”。血流中的毒质和废物的积存日甚一日，这是为什么？因为“你失去的是诗，错过的约会／留下了灾病，于是心的末日将到”。这里的“诗”，既可理解为狭义的一种文体，但骨子里它指的是一切文学和艺术乃至美好的人性，即人生中诗意的东西。海德格尔说，语言是存在之家，诗人是这一家宅的守护者。诗意让“敞开”发生，实现对存在的澄明朗照。劬劳功烈，然而人诗意地栖居在大地上。在这里，诗与思融和了，它并不是一种无关紧要的遣兴，而成为对生命真理的本质言说。因此，燕卜荪将那种没有诗意的人生，看作“灾病”，“错过的约会”，“心的末日”，是并不夸张的。

这首诗涉及了三个彼此相关的问题：捍卫新感性的、审美的人道主义——以审美之维介入社会文化批判——用审美纠正乃至重建我们的心理结构。但诗人并未以枯燥的说教去“启蒙”人，而是平等的对话与沟通。如果你理解燕卜荪善良的诗心，会感到慢慢地那复沓的阴郁的谶语，就变成了灯下交心林中漫步般的亲切提醒：让我们把握住诗意对人生的赐福，不要“错过这约会”。

掴奥登一个耳光

等末日来到，乖乖，等末日来到。
有什么好做，有什么好当？
你或我又变成了什么模样？
我们是真诚，还是善良？
一对对坐着，乖乖，等末日来到。

要我建一座塔楼，乖乖，
明知道时刻一到，
它就会崩裂，乖乖，等末日来到？
要我摘朵花儿，乖乖，
要我节省点，还是全花掉？
一切糟透了，乖乖，等末日来到。

要我发一封电报，乖乖，
发给什么地方好？
一切都着火了，乖乖，等末日来到。

要我当爹爹，乖乖，
要我找一个相好？
柴火堆里肥膘烧，乖乖，等末日来到。

要我给他们讲清楚，乖乖，
让大伙儿都知道，
连那些不想听的，乖乖，等末日来到，
明知道它就要到了，乖乖，
还想假装不知道，
坐在寒冷的恐怖里，乖乖，等末日来到？

瞧所有的聪明人，乖乖，
他们能抵挡，能自保？
他们能不嗷嗷叫，乖乖，等末日来到？
你们尽可以选自己的圈套，乖乖，
任人啄，挨人讥嘲，
所有聪明全丢掉，乖乖，等末日来到。

要咱们发海底电报，乖乖，
说得准确又周到，
明知道咱们，乖乖，等末日来到，
能与通天塔相比，乖乖？
基督不会降临了，
他在马厩里隐藏着，乖乖，等末日来到。

要咱们吹个肥皂泡，乖乖，
亮晶晶地膨胀了，
避开咱们的烦恼，乖乖，等末日来到？
你们在瓦砾上建设，乖乖，
大自然会给你加添废料，

增一倍，二倍，乖乖，等末日来到。

要咱们编个故事，乖乖，
说形势必然会变好，
讲得神气活现，乖乖，等末日来到？
它一出生就是死胎，乖乖，
发出恶臭，令人难熬，
未衰先死，乖乖，等末日来到。

要咱们都疯疯癫癫，乖乖，
全成废物，让他们来亡羊补牢，
学孩儿嬉戏，乖乖，等末日来到？
一切皆已编排好，乖乖，
历史自有它的风潮，
咱个个都是座孤岛，乖乖，等末日来到。

马克思说什么来着，乖乖，
他作了什么思考？
当花花公子并不好，乖乖，等末日来到。
知识阶级背叛了，乖乖，
帷幕就要下垂了，
灯熄光灭，乖乖，等末日来到。

等末日来到，乖乖，等末日来到，
再没有调和的机会，乖乖，局势可得注意了，
想想贩卖政见者，想想咱如何走道好，
等末日来到，乖乖，等末日来到。

（袁可嘉　译）

［导读］

这首诗戏仿了市井俚曲的调子，有如“愚人节”上的戏谑狂欢，群众合唱队反复唱着“乖乖，等末日来到”，主唱人宣叙一些具体内容。但与这种滑稽模仿形成对照的是它的反讽和沉痛的笔意。外在的戏谑和内在的痛楚被如此天衣无缝地结合在一起，显示了诗人的功力。

所谓“掴奥登一个耳光”，是一个复义的反语。奥登是继艾略特之后，英国文学中最重要的诗人（他的生平与创作情况，请参看本书奥登部分），燕卜荪本是敬重他的。奥登精神中带有左翼倾向和弗洛伊德的影响，他对时代有一个准确的命名——“焦虑的年代”，并认为在这时代里，信仰缺失，价值失范，文化沙漠化，人置身于孤独痛苦之中，人像履行一个毫无意义的仪式一样终其一生。但是，与艾略特一样，对基督教英国国教高派教会的皈依，又使奥登认为世界是可救赎的，“爱”就是拯救人类的力量。

这种混合着人文主义、左翼立场的基督徒之爱，使奥登的诗在焦虑忧郁中也透射着某种明亮的背景。燕卜荪说要“掴奥登一个耳光”，其复义性表现在：其一，他不同意鼓励人们去信仰基督教，认为它并不能拯救世界，在《弥尔顿的上帝》一书中他还驳斥了基督教。其二，他又不反对奥登对时代的深刻批判，认为时代加速沉沦的势能，使奥登“爱”的期冀成为“肥皂泡”了，一切在沉沦，连“基督也不会重临”。诗人就陷于自我矛盾的“复义”缠绕的语境中——说到底是谁在掴奥登耳光？主要还是无法回避的生存本身！面对世界的暗夜，有人在焦虑、反省，也有人像强迫型自戕欣快症患者一般高叫“乖乖，等末日来到”。读这首复义的作品令我们坐立不安。明快的语型、舒服的耳感却寄寓着深重的忧患和反讽，给我们以更陌生化也更强烈的震悚。

温斯坦·休·奥登

温斯坦·休·奥登（Wystan Hugh Auden，1907—1973）出生于英格兰约克郡一个名医之家。他 15 岁开始写诗，20 年代后期在牛津大学上学时，与同窗、青年诗人路易斯、麦克尼斯、司班德一起登上诗坛，形成艾略特之后的重要诗歌现象，被誉为“奥登的一代”。大学毕业后，奥登赴德国学习，在德国对马克思主义和弗洛伊德主义深感兴趣，并成为 30 年代英国左翼青年运动领袖。奥登关心下层劳动人民的不幸，反对法西斯主义，支持同佛朗哥作战的西班牙共和政府。“二战”时期他以记者身份来到中国，写诗文反映中国人民的抗日战争。1939 年奥登赴美定居，并皈依基督教。1946 年加入美国国籍，担任过许多大学的教授。1973 年于维也纳逝世。

奥登的诗对艾略特一代的智性 / 玄学诗歌既有区别又有继承。他主要不满于艾略特一代政治上的保守主义和写作上的绅士派头，他主张诗要反映当代生活，描写公众关心的事件，以作品支持人民的反法西斯斗争。但在诗歌方式上，他对智性 / 玄学诗风的复杂奇异的语言是接受的；不过，他希望诗歌语言在保持智性的同时，力求明朗健旺些，并加入更多反讽因素，使之能够负载较多的当代题材乃至工业、科技词语和俗语。

奥登既写严肃的题材，也写诙谐的短调。不过他写得最出色的作品，还是对当代知识分子心灵奥秘的洞开、分析，以隐喻的方式表达出深邃的思想寄托。虽然奥登对置身其中的时代是失望的（所谓“焦虑的年代”），认为这个时代价值失范、文明堕落、人心麻木，庸俗而孤独，但他相信“爱”终会成为拯救人类的力量。奥登成功地尝试过各种不同的诗体、语型、语调，他是个充满创造活力的，在“诗与思”上均令人钦佩的诗人。

奥登的主要诗集是:《诗》(1930),《死亡之舞》(1933),《诗》(1934),《看，陌生人》(1936),《西班牙》(1937),《另一个时间》(1940),《两面人》(1941),《暂时》(1944),《诗汇集》(1945),《焦虑的年代》(1947),《无》(1951),《阿基里斯的盾》(1955),《老人路》(1956),《短诗结集 1927—1957》(1966),《长诗结集》(1968)。以及文学理论集《染匠的手》(1963) 和《第二位的世界》等。《焦虑的年代》获 1948 年普利策奖。1967 年诗人荣获“全国文学勋章”。

一片片树叶纷纷下降

一片片树叶纷纷下降，
乳妈的花朵不再开放；
乳妈们已进入坟冢，
一辆辆童车却继续滚动。

左右隔壁的饶舌的邻居，
夺走了我们真实的乐趣；
敏捷的双手准会冻僵，
孤独地放在单个的膝上。

身后的死神势头凶猛，
冷酷地监视我们的行踪，
傲慢地举起直挺的臂膀，
以虚假的爱的姿态进行刁难。

林中的树木叶儿光秃，
饥肠辘辘的野人牢骚满腹；
歌喉嘹亮的夜莺成了哑巴，
美丽的天使也不再顾及它。

刺骨的寒冷使人难以忍受，
高山不可能提前昂起可爱的小头，
它某一天会撒下白花花的瀑布，

但愿能解除游客最后的痛苦。

（吴德艺 译）

[导读]

此诗写于1936年，是奥登短诗中极为著名的一首。这首诗的自然场景是深秋迟暮，但自然场景只是诗人孤独痛苦心灵的隐喻。美国当代诗论家伊丽莎白·朱在《诗歌理解和欣赏最新指南》一书中指出："奥登这首诗是通过'心灵的眼睛'看到的幻景，没有离群索居、远离尘嚣的极乐感，只有与世隔绝的痛苦折磨；诗人意识到的只是没有任何友情和伴侣的感觉，而不是他与自然神交的知觉。这是个人在一个破碎的世界里绝望的一瞥，这个世界上没有信仰，没有中心，谁也不能放心地依靠一个稳定的社会和它的传统。"对这个时代，奥登毫不过分地命名为"焦虑的时代"，这首诗在私人隐喻中，负载着更为普遍的社会意义。

此诗开始一节，写出了无中心无信仰的时代发生的加速度坠落的场景。悲风扑打落叶，花朵凋零，乳妈已死掉入葬，但无人照管的童车还在继续滚动。"乳妈"在此喻指曾经安顿过人类心灵的稳定人文价值感，现在它消失了，死掉了。"童车却继续滚动"，隐喻着无知并缺少精神皈依的人们，在惊恐中逃亡，人在迷失方向的时候，往往跑得更快。伊丽莎白·朱准确地指出："真正的悲剧在于：没有新的成熟的独立自主来代替已逝去的一切。乳妈离去了，个人和民族仍坐在他们的童车里，没有足够的能力去支配自己的命运。"（出处同上）

对整个时代进行了宏观命名之后，诗人进入了具体细节。在此时代，人与人彼此隔膜、木讷和空虚，没有温情、理解和沟通。仿佛是一个个自闭症患者，"敏捷的双手准会冻僵／孤独地放在单个的膝上"。人们在活着，但心灵已濒临"死亡"，"身后的死神势头凶猛／冷酷地监视我们的行踪"，它甚至还傲慢地抬手招呼我们，这虚伪的"抚慰"是对活不好又不甘死去的犹豫的人们的"刁难"。

秋风迟暮过去后，就是更可怕的严冬。从"一片片树叶纷纷下降"到这里的"林中的树木叶儿光秃"，不过是转瞬间的事，时代的坠落已无法挽救。那些“童车里的孩子”，灵魂愈加焦渴，他们生在文明社会，但却精神匮乏，像“饥肠辘辘的野人牢骚满腹”。文艺复兴以来的人的主体性的高扬不见了，艺术和宗教也不再能滋润人的心田，“歌喉嘹亮的夜莺成了哑巴／美丽的天使也不再顾及它”（在西方诗歌语义积淀中，“夜莺”隐喻爱情、歌唱、罗曼蒂克的想象力；而“天使”则是宗教中启迪人类心灵的“吹号者”）。时代的“时令”已是“刺骨寒冷使人难以忍受”，但提升救赎它的可能性是否纯系空想呢？面对这一问题，奥登心怀忐忑，最后一节语义迟疑，亦此亦彼，他犹犹豫豫地述说内心的一点希望：现在山峰垒满了冰雪，但愿能有一日春光来临，烫化这冰雪，淌下纯洁清冽的瀑布，洗濯时代的污垢，清洁人类的精神。这正是基督徒的奥登既洞识生存丑恶又不甘于时代定局，企图以爱来升华人类的信念之体现。因为，爱是如此重要，“我们必须去爱否则死亡”（奥登《1939 年 9 月 1 日》）。

这首诗在具体的感情体验中凝注了深刻的智性内涵，使具象与抽象化若无痕地融为一体，成功地体现了智性诗歌将“思想知觉化”的创作追求。

爱得更多

抬头望星星，我很清楚，
若它们愿意，我可以下地狱，
但在尘世上冷漠是人类或野兽
最不令我们感到可怕的东西。

要是星星用我们不能回报的激情
为我们燃烧，我们有何话说？
如果感情不能平等，

让那爱得更多的人是我。

虽然我常觉得我
是星星的仰慕者，它们并不在乎；
不过现在看到它们，我也不能说
我整天把一颗想得好苦。

要是所有星星都陨落或失踪，
我将学会眺望一个虚无的天空
并感到它那全然黑暗的庄严，
虽然这可能要花我一点儿时间。

（黄灿然　译）

［导读］

“爱”——我们前面已介绍过——是奥登持久关注的主题，他将爱看作拯救人类的力量。这种爱，是抽象的精神境界与具体的人类行为的结合。因此，无论是作为知识分子诗人，还是作为基督徒的奥登，其诗中的“爱”不是指个人的爱情、亲情。他说的是一种伟大的社会理想，一种升华的博爱精神。正如美国教授、理论家麦吉尔主编的《名著提要》所言，“奥登总把爱写成拯救人类的力量，但他几乎没有关于个人关系的描写，甚至所谓的爱情抒情诗如《躺下你疲惫的头，我的爱人》，也是极为抽象的”。

在奥登生活的时代，人类的信仰危机日甚一日，形形色色的极权主义、物质崇拜和历史决定论，使有良知的知识分子感到空前的压抑、迷茫。爱，在过去一向被人们视为对人生困境的解答，但今天它却成了一个问题。面对此情势，奥登忧患深重几近绝望，但他最终没有放弃对爱的探询、呼唤。这首诗就综合表现了他的落寞，他的自勉，他揭示心灵困苦的坦率和坚持理想的情怀。

在昏暗的生存中，爱是高天的星光，天黑透了，我们更能清晰地望见它。对比无边的黑暗，星星是明亮的，但它又是多么孤单、渺小。诗人望着它，痛惜而骄傲。为这种仰望，“我可以下地狱”，因为尘世间的冷漠我已充分领教，它比地狱也差不了多少——“冷漠是人类或野兽／最不令我们感到可怕的东西”。本应是人类意识和感情之精华的“爱”，有如星光在无望地照耀，但是它得不到人类广泛的“回报”响应。面对此情，诗人痛楚又坚定地自勉：“如果感情不能平等／让那爱得更多的人是我”！

对爱的执着是一种付出，它不应是自炫的工具和道德优势的表演。因此，诗人马上又谦恭地说，“虽然我常觉得我／是星星的仰慕者”，但“我也不能说／我整天把一颗想得好苦”。

置身于迷惘的时代，奥登的思想肯定是极为复杂的。几种不同向度的经验在冲击着他，常常使其诗语呈现出互否性的张力。与前面的《一片片树叶纷纷下降》在最后一节犹豫地表达的微弱希望不同，这首诗在结穴处，他迟疑地表达了对时代的绝望，以及“爱”的星光终将陨落的可能性结局。既然已置身于虚无和黑暗，“我”就不怕“眺望一个虚无的天空／并感到它那全然黑暗的庄严”：置身地狱，以犀利的诗揭示它的黑暗，为它命名，尽一个知识分子诗人的本分。

最后一行“虽然这可能要花我一点儿时间”，迟疑的转折语气表达了要适应这虚无和黑暗的艰难，和诗人的心有不甘。这是复杂经验的聚合，含混的语义像全息摄影般完整地呈现了诗人矛盾的内心。但奥登毕竟是有信心的，正如他在著名的《暂时》一诗中所言：

空间需要我们的爱去充塞；
时间是我们怎样爱和为何爱的选择

前者是绝对的，而后者则表现出诗人对爱的追问—思考—理性洞识。“让那爱得更多的人是我”毕竟还是此诗的主旋律。

悼念叶芝

（死于 1939 年 1 月）

1

他在严寒的冬天消失了：
小溪已冻结，飞机场几无人迹，
积雪模糊了露天的塑像；
水银柱跌进垂死一天的口腔。
呵，所有的仪表都同意
他死的那天是寒冷而又阴暗。

远远离开他的疾病
狼群奔跑过常青的树林，
农家的河没受到时髦码头的诱导；
哀悼的文辞
把诗人的死同他的诗隔开。

但对他说，那不仅是他自己结束，
那也是他最后一个下午，
呵，走动着护士和传言的下午；
他的躯体的各省都叛变了，
他的头脑的广场逃散一空，
寂静侵入到近郊，
他的感觉之流中断：他成了他的爱读者。

如今他被播散到一百个城市，
完全移交给了陌生的友情；
他要在另一种林中寻求快乐，
并且在迥异的良心法典下受惩处。
一个死者的文字
要在活人的腑肺间被润色。

但在来日的重大和喧嚣中，
当交易所的掮客像野兽一般咆哮，
当穷人承受着他们相当习惯的苦痛，
当每人在自我的囚室里几乎自信是自由的，
有个千把人会想到这一天，
仿佛在这天曾做了稍稍不寻常的事情。
呵，所有的仪表都同意，
他死的那天是寒冷而又阴暗。

2

你像我们一样蠢；可是你的才赋
却超越这一切：贵妇的教堂，肉体的
衰颓，你自己；爱尔兰刺伤你发为诗歌，
但爱尔兰的疯狂和气候依旧，
因为诗无济于事：它永生于
它辞句的谷中，而官吏绝不到
那里去干预；“孤立”和热闹的“悲伤”
本是我们信赖并死守的粗野的城，
它就从这片牧场流向南方；它存在着，
是现象的一种方式，是一个出口。

3

泥土呵，请接纳一个贵宾，
威廉·叶芝已永远安寝：
让这爱尔兰的器皿歇下，
既然它的诗已尽倾洒。

时间对勇敢和天真的人
可以表示不能容忍，
也可以在一个星期里，
漠然对待一个美的躯体，

却崇拜语言，把每个
使语言常活的人都宽赦，
还宽赦懦弱和自负，
把荣耀都向他们献出。

时间以这样奇怪的诡辩
原谅了吉卜林和他的观点，
还将原谅保尔·克劳德，
原谅他写得比较出色。

黑暗的噩梦把一切笼罩，
欧洲所有的恶犬在吠叫，
尚存的国家在等待，
各为自己的恨所隔开；

智能所受的耻辱
从每个人的脸上透露，

而怜悯的海洋已歇，
在每只眼里锁住和冻结。

跟去吧，诗人，跟在后面，
直到黑夜之深渊，
用你无拘束的声音
仍旧劝我们要欢欣；

靠耕耘一片诗田
把诅咒变为葡萄园，
在苦难的欢腾中
歌唱着人的不成功；

从心灵的一片沙漠
让治疗的泉水喷射，
在他的岁月的监狱里
教给自由人如何赞誉。

（查良铮　译）

［导读］

这是奥登具有国际影响的名作之一，被誉为“20世纪最杰出的挽歌”，写于叶芝逝世的当年（1939）。因其影响之巨，以至于1973年奥登本人逝世后，家人、朋友为他选择的墓志铭就是此诗中的句子：“在他的岁月的监狱里 / 教给自由人如何赞誉”。

为更好地理解这首诗，需要了解一下叶芝的生平与创作概况。叶芝（1865—1939），伟大的爱尔兰诗人、剧作家，诺贝尔文学奖获得者，后期象征主义诗歌大师，本世纪初爱尔兰文艺复兴运动的领导人之一。叶芝以持续的努力在自己的诗中创立了一种象征体系，一种具有深邃内涵的精神幻象。虽然这一体系和幻象与唯灵论、玄学、神学乃至巫术的构架有关，但最终诗人使它成为“历史的一部分和人的灵魂”（叶芝《幻象·献词》），表现出人类在时代生存中的境遇。叶芝的一生是纯正的一生，他坚持相信并身体力行着“永远向善”这一内心戒律，同时他对时代堕落的生存状况也不乏批判精神。他将个人与历史、艺术与政治、激情与反讽、民族性与人类性、信仰与怀疑，作了深刻的综合处理，其诗歌意识影响了几代诗人。在艺术上，叶芝的作品象征内涵深厚，但又尽力做到语言的精审、简洁和明澈。他的诗歌在英诗发展史上具有承前启后的重大意义，是浪漫主义到现代主义演变的标志性人物。诺贝尔文学奖在“得奖理由”中称叶芝“经由灵感的引导，将民族的精神以高度的艺术形式表现于诗作中”。

奥登一生热爱并受其影响的诗人先后有：哈代、布莱克、艾略特和叶芝。叶芝的逝世深深震动了他的心，引发了他对诗与人生的思考。此诗第一部分，写叶芝逝世带给自己的巨大悲痛，和对其诗歌将会永生的歌颂。“水银柱跌进垂死一天的口腔／呵，所有的仪表都同意／他死的那天是寒冷而又阴暗”，既写了叶芝逝世的自然时令，更写了惊悉诗人逝世，人们的心也已降到水银柱的冰点。但伟大的诗歌是不会死去的，“如今他被播散到一百个城市／完全移交给了陌生的友情”，“一个死者的文字／要在活人的腑肺间被润色”。在第二部分里，诗歌从意象，人称，到语调都发生了微微的逆转，在挽歌的调性中加入了对麻木时代的讥讽。仿佛诗人与逝者在进行一场同行间会心的交谈，二人对诗的“无济于事”和“诗的永生”，诗人在世俗意义上的“蠢”和精神高度上的“超越”……均有着相同的看法。这个时代诗人处境的难堪和诗歌精神的高贵在这交谈的语境中体现出来。

第三部分，诗的境界猛然开阔，语调变得镇定而明亮，形式也是有规律的坚卓与平稳。“挽歌”与“颂辞”已化为一体，既是对叶芝个人伟大诗歌精神的颂赞，更是对作为人类伟大精神共时体的诗歌的价值与使命的确认。这些诗句是在欧美诗歌界最广为人知的句子：“跟去吧，诗人，跟在后面／直到黑夜之深渊／用你无拘束的声音／仍旧劝我们要欢欣／／靠耕耘一片诗田／把诅咒变为葡萄园／在苦难的欢腾中／歌唱着人的不成功／／从心灵的一片沙漠／让治疗的泉水喷射／在他的岁月的监狱里／教给自由人如何赞誉。”诗的声音是从人类共享的“器官”发出的，诗人是人类的祭司和歌手。他们不会放弃诅咒那些扼制真理、自由和美的强暴势力，但从根本上说，他们是在为人类的自由、良知和美而歌唱！他们将“诅咒变为葡萄园”，“在他的岁月的监狱里／教给自由人如何赞誉”。在伟大的诗人那里，“我不相信……”和“我坚信……”，“诅咒”和“歌唱”，总是互为因果的。

这首诗，既悼念了叶芝，又超越了这一具体情境，成为对诗人自己乃至一切真正的诗人的心灵史的表达。在形式上，三个部分使用了“三种极为不同的风格”(《名著提要》，麦吉尔主编)，使诗的经验更具包容力，使诗的情境、语感、旋律等，在阅读中得到了灵活的调整。这种别开生面的“挽歌”写法，会给我们深刻的启示。

巡回朗诵

跟着远洋旅客，
迷失在他们猥亵而自负的路上，
去马萨诸塞，密歇根，
迈阿密或洛城。

我乘坐空中交通工具，
每夜都注定要去实现
哥伦比亚—吉辛—管理公司
那深不可测的愿望。

经过他们的评选，
我把缪斯的福音
带给原教旨主义者，修女，
异教徒，犹太人。

一天又一天，每周七日，
所到之处都来不及熟悉，
从演讲地点到演讲地点，
都劳驾喷气或螺旋桨。

虽然我到处受到热情款待，
但实在换得太频繁、太快，
我简直闹不清前天晚上
我到底在什么地方，

除非碰上特别的情况，
让你不能不留下印象，
一句不折不扣的蠢话，
一张勾魂摄魄的面庞，

或遇到天赐场合，充满欢乐，
完全未经吉辛计划的安排：
譬如，这里一个托尔金崇拜者，
那里一个查尔斯·威廉斯迷。

所谓成就，于我如粪土，
我也就大大咧咧上讲台，
说真的，千万别问我
报酬是不是太多。

精神可以镇定自若
不断重复同一套老话，
肉体却怀念起纽约
我们那套舒适的公寓。

一个五十六岁的人，见到
午餐时间一变就完全受不了，
更远远谈不上迷恋
恼人的豪华酒店。

《圣经》无疑是本好书，
我总能读得津津有味，
不过我真的不敢恭维
希尔顿的《不用客气》。

也无法若无其事忍受
学生汽车里的收音机，
早餐的背景音乐，或（拜托！）
姑娘在酒吧演奏风琴。

慢着，更糟的是，每当我的飞机
开始下降，亮起“请勿吸烟”的讯号，
这念头就老往心头上冒：
喝酒该上哪儿去？

难道这就是我的处境
（多像格林的小说！陷得多深！）
非得我赶紧往口袋里
抓出一瓶兴奋剂？

另一个早晨来了：我看到
又一批听众的屋顶
在我的飞机底下越变越小，
而我再无缘见到他们。

上帝保佑他们，虽然
我记不清哪个是哪个，
上帝保佑美国，如此广阔，
如此友好，如此富足。

（黄灿然　译）

［导读］

奥登是充满创造活力的诗人，他既处理深沉严肃的题材，又写带有亲历性的日常经验。前者多为隐喻修辞，后者多为口语化的诙谐小调。这首诗属于后一种，亲切，幽默，顺势而下，又有深意存焉。

1939 年奥登赴美定居。从 40 年代中期以降，他的诗名如日中天，美国同行及读者对他深为尊敬。这首诗作于 1963 年，诗人已 56 岁了。它以密集的叙事性成分，写了诗人在美国“巡回朗诵”的情况。诗人曾说过他的心情是复杂的，对公众的热情欢迎，既有点欣慰又有忧虑。欣慰于自己诗人的魅力，又忧虑如此之多的听众是否真的理解他的诗？是否真的为诗而来？这种复杂的心情最终落定到“调侃”这一态度上。既调侃听众，更调侃自己。双向的调侃使奥登显得可爱，他并不是自命清高藐视众人的酸腐“大师”，而是亲切的好老头。他对懵懂听众的调侃没有刻薄成分，对自己的调侃也充满“大大咧咧”的快活。这正是一个“所谓成就，于我如粪土”的真人才会有的态度。

“一天又一天，每周七日 / 所到之处都来不及熟悉 / 从演讲地点到演讲地点 / 都劳驾喷气或螺旋桨”，“虽然我到处受到热情款待 / 但实在换得太频繁、太快 / 我简直闹不清前天晚上 / 我到底在什么地方”。读着这俏皮又准确的句子，我想起了戴维·洛奇《小世界》中对当今学者、作家乘喷气机忙着全世界“赶场”开会的讽刺描写。它们令人捧腹，也令人思考：今天，艺术和学术会不会以另一种“舒服”“狂欢”的方式而变得无足轻重？这或许也是奥登的忧虑所在。

狄兰·托马斯

狄兰·托马斯（Dylan Thomas，1914—1953）生于威尔士海港斯旺西一个中学校长的家庭。19岁时出版第一本诗集，引起诗坛关注。20岁离开家乡到伦敦专门从事写作，当年出版第二部诗集《诗二十五首》获得更大成功。此间对乔伊斯、神学及弗洛伊德的阅读，更激发了托马斯自觉的创作意识。青年时代的托马斯是生活放纵的大顽童，对烟、酒狂嗜无度，不惮于任何极端性体验。他很早就预感到自己活不长，自称要创造一个“紧迫的狄兰”。1946年他的诗集《死亡与出场》出版，把对生命的神奇体验和“二战”后的生存境况综合处理，引起诗坛更大的震动，成为英国诗坛在奥登之后最重要的诗人。1947年至1949年，托马斯先后访问了意大利、捷克等国家。1950年至1953年，他先后四次访问美国，举行诗歌朗诵、演讲会百余场，以奇异的诗意、铿锵闪亮的节奏引起极大轰动。但是，就在第四次访问美国时——1953年11月9日，托马斯因严重酒精中毒死于纽约，年仅39岁。

托马斯被人称为“疯狂的狄兰”，在他初登文坛之时，英国诗界和知识界正陶醉于艾略特和奥登的智性诗歌中。托马斯一反这种深奥又显得郁闷的文化诗，而以浓烈的生命体验，展示了他独异的诗歌主题和风格：赞美人的原始冲动，生命与死亡既对抗／对称又轮回的关系，大自然强韧而神异的生机，爱情、神性的光芒朗照；并表现人类在恐惧、磨难、失败中激发的博大生命力。他的诗在感情强度上甚至超过了浪漫主义诗人，但在语言的修辞特性上，人们认为他是个超现实主义者。他的诗避免了由抒情性带来的单义解读，而是具有坚实的隐喻、互否，意向间彼此冲撞的深邃饱满的暗示意味，富于神秘的生命和生存启示性，以及超强度的感官震撼。将生命力的宣泄与内在的灵魂洞透力糅为一体，体现了托马斯天才的原创力。他说，“诗的重要之处全在于给人以享受，尽管它完全是悲剧的。重要的是诗的背后那永恒的运动，人类悲哀、愚行、伪装、狂喜或无知的巨大暗流，无论诗的旨意是否崇高……诗的乐趣和功用现在是、过去也是对人的赞美，也就是对上帝的赞美”(《带着被文字感动的神秘返回》)。

托马斯的主要作品集是:《诗十八首》(1934),《诗二十五首》(1936),《爱的地图》(诗文合集，1939),《艺术家作为一条小狗的画像》(自传，1940),《死亡与出场》(1946),《诗集》(1952)。1953年《诗集》获威廉·福亥尔奖。

通过绿色导火索催动花朵的力

通过绿色导火索催动花朵的力
催动我绿色的岁月；炸裂树根的力
是我的毁灭者。
而我喑哑，无法告知佝偻的玫瑰，
同一种冬天的热病压弯了我的青春。

催动水凿穿岩石的力
催动我鲜红的血液；使波动的溪流枯干的力
使我的血流凝固。
而我喑哑，无法告知我的血管
同一张嘴怎样在山泉旁吮吸。

搅动池水的那只手
扬起流沙；牵动风的那只手
扯动我的尸布船帆。
而我喑哑，无法告知被绞的人
我的泥土怎样被做成刽子手的石灰。

时间的嘴唇紧吮泉眼；
爱滴落又汇聚，但落下的血
将抚慰她的创痛。
而我喑哑，无法告知气候的风
时间怎样在繁星周围滴答出一个天堂。

而我喑哑，无法告知情人的墓穴
同一种蛆虫怎样在我的被单上蠕动。

（王烨　水琴　译）

［导读］

这是狄兰·托马斯早期最优秀的诗作之一。此诗标题直译应为“通过绿色的茎管催动花朵的力”。但“茎管”的义项，在英文中又可引申为点火的捻子、引信使用。考虑到整体诗歌语境蕴含的生命力与死亡共生或轮回的意味，青年翻译家王烨、水琴将之译为“绿色导火索”，我认为自有传神之处。

按照麦吉尔主编的《名著提要》的说法，“这首诗的主题是：自然的力量类似驱动人的力量，这些力量既能创造，也能毁灭”。的确，在托马斯看来，大化流行，无物常在。但他看重的不只是悲哀的宿命，还有生生不息的生命的活力。生命与死亡在轮回，生与死是共生于一个转换系统中，单纯的悲哀和乐观都是愚蠢的。

这首诗中，新生和死亡，两种不同向度的力在摩擦、互否、冲突中扭结为一体。但我们不能认为它们构成了“复调”。复调中的不同声部是混响／平行的，其结构手法是对位和转调，在此，不同声部有着相对的独立性，所谓“多音齐鸣”。而在托马斯的诗中，“新生和死亡”本是像一个“和弦”一样凝为一体的，是诗人复杂的生命体验在瞬间的结晶。它要么以一体出现，要么不出现。春天的创生力、有限性，与青春的生命冲动、破坏激情有相同之处，两者都运行于“从春到冬——从生到死”的时空隐喻之中。诗人为何五次强调“我喑哑，无法告知……”？这乃是暗示我们，“生命／死亡”，“开花／凋落”，“流动／枯涸”，作为一个和弦是无法分解的。这种对生—死转换的持续命名，是托马斯诗歌的重要元素。他的名篇《当我敲击子宫之前》《我梦见我的创生》《时间像一座奔跑的坟墓》《而死亡也不得统治万物》《拒绝哀悼死于伦敦大火中的小孩》《挽歌》……都有类似的主题。这种认识非关“教化”，而是不可回避的生命体验的真实。

托马斯曾说过，“诗歌是竭其体力和脑力去建立一个形式上天衣无缝的词的框架……用它来保留创造性的大脑和身体的一些真实动机和力量。对我来说，诗的冲动和灵感仅仅是一种突如其来的体内能量，向构造和技巧能力的转化”（转引自伊丽莎白·朱《诗歌理解和欣赏最新指南》）。是的，托马斯的诗想象奇诡，才思奔逸，但同时做到了结构严谨；具象和抽象，智慧和激情达到了天衣无缝的融合。我们常说，诗歌是生命的泉涌。从发生学意义上看，这说法也许不错。但是，我们还应知道，生命的泉涌并不等于诗。诗之所以从语言中脱颖而出成为高贵而难能的艺术品，就是因为诗人拥有卓异的“构造和技巧能力”。因此，正确的表述应是——诗是一道被技艺护持的生命泉涌。

我与睡眠结伴

我与睡眠结伴，它吻着我的脑筋，
让时间之泪垂下；睡者的眼睛
朝向光，像月亮照着我。
布置好紧跟，我沿人们飞翔，
跌入梦或向天空。

我逃出地球，全身裸体；攀登天空，
到达远离星辰的第二极；
那儿我们哭泣，我及另一个死魂，
我母亲的眼睛闪耀在高高的树梢；
我已逃离大地，轻若羽毛。

我父亲的球叩响轮毂与合唱。

我们踩着的土地也是你父亲的土地，
我们踩着的这土地承受了一群天使，
他们羽翼中父性的脸如此甜蜜。
这是些做梦人，呼吸并凋零。

凋零，我肘部的幽灵，母亲的眼睛
吹动天使，我失落于云的海岸，
那里紧靠唠叨的坟墓的阴影；
我把这些梦者吹上床，
他们继续沉睡，不知魂魄。

活跃于空气中所有的物质
提高了声音，在词汇之上攀登，
我用手和头发拼出我的幻象。
多么轻，睡在这沾泥的星星上。
多么深，醒自这满世界的云层。

那长高的时间的梯子升向太阳，
鸣响爱情或丢失，直到最后一次。
人的血一寸寸嘲弄。
一个老而疯的人仍在攀登他的亡魂。
而我父亲的亡魂在雨中攀登。

（柏桦　译）

［导读］

托马斯被西方批评界归入超现实主义诗群——虽然他自己并不以为然——是有一定道理的。他的诗想象奇崛而汪洋恣肆，其对潜意识和梦境的挖掘，对分析思维和经验主义的冲击，对隐喻的暴力并置和自由转换，对人生命中原始冲动的展示……都与欧洲超现实主义诗歌运动有很大关联。

《我与睡眠结伴》写的是诗人的梦境。在梦中，他“逃出地球，全身裸体，攀登天空／到达远离星辰的第二极”。在那里，他体验到了漂泊的自由，见到了逝去的人们，悲喜交集。因此，这首诗的维度是上／下维度，大地上的一切皆为在天空“俯瞰”所得。“母亲的眼睛闪耀在高高的树梢”，“父亲的亡魂在雨中攀登”，他们也同样有飞翔的愿望。在此，失重的自由感和大地永恒的引力，给诗人带来一种既轻盈又滞重，既迷醉又悲慨的复合感受。“我已逃离大地，轻若羽毛”，但这毕竟是梦境呵，“我”是人，“人的血一寸寸嘲弄”，人只能在大地上生活。上／下维度构成了两面拉开的力量，人就活在灵魂的离心力和肉体的向心力之间。

这种自由漂泊之梦终会醒来的，但一个诗人的天职就是要用笔挽留人类的自由之梦，使之定型，“在词汇之上攀登／我用手和头发拼出我的幻象”。在此，“攀登天空”与“在词汇之上攀登”重合了，现实和梦想的冲突，在诗歌写作中实现了和解。在精神分析看来，人的梦幻是人被压抑住的潜意识的曲折呈现，它释放出了人的本能乃至人灵魂深处秘而不宣的本质。因此，超现实主义“掌门人”布勒东才说：对梦境和潜意识的认识，是“人生的主要问题”。

这首诗乍看之下会让我们的感悟力造成崩溃，但深入细辨，它又是维度清晰、结构坚卓、意味澄明的。自由闪灼的意象、开阔的语境，像满天风筝一样美丽，但它们的线绳却被稳稳抓在诗人手中。我们知道，风筝有合适的载重，风筝线上的拉力保持很好，它才会迎着飘逸的风力的冲击越飞越高。写诗也同样道理。

回到开头，托马斯为何不愿被批评家称为“超现实主义”诗人呢？他说，“我不在乎一首诗的意象从何处挖来：如果你喜欢，你可以从隐蔽的自我之海底打捞它们；但是在抵达稿纸之前，它们必须经过所有的理智加工。而超现实主义者却把从混沌中浮现出来的词句原封不动一股脑地堆放在稿纸上，在他们看来，混沌即形状和秩序。我否认这一点。诗人的艺术即是把源于潜意识的浮现物变得清晰可懂，智能的主要作用之一即从杂乱无章的潜意识意象中选取那些能够促进他尽可能写出最好的诗的东西”（《带着被文字感动的神秘返回》）。托马斯既汲取了超现实主义的合理内核，挖掘潜意识和梦境的真义，又虔诚地对待诗歌这一古老而伟大的“手艺”，他的成功会给我们深刻的启示。

婚日纪念日

天空已被撕破
这褴褛的结婚纪念日
在合拍的三年中
双方徘徊在誓约的路上。

现在爱已不存在
爱及他的病人在锁链上哀号
来自于每一件真实，每一座火山口。
卷着阴云，死亡撞击他们的房间。

错误的雨中，他们太迟了
待在一起爱却分开。
窗户灌入他们胸中
房门在他们头脑里燃烧。

（柏桦　译）

［导读］

“那个人孤零零的，这是不好的；我想要为他创造一个适合于他的伴侣”——仁慈的上帝望着亚当默语。当他睡熟时，上帝从他身上取下一根肋骨创造了一个女人，二人是“骨中之骨，肉中之肉”的亲密和谐关系。

这圣经故事多么优美呵！可惜，“上帝”是不存在的，徒然留下了这个美丽的传说。于是“寻找到自己的另一半”，成了世上罗曼蒂克的人们的生命意义。退一步说，即使这传说是真的，在茫茫人海中找到自己“另一半”的概率也几乎是零。再退一步说，即使找到了，也未必能使爱情持久。在绝大多数情况下，人们是将夫妻间的伙伴亲情和伦理约定当作爱情了。这是悲剧吗？不一定。它不过反映了生存和生命的真实。而诗人，是从不忌惮说出真实的。

“婚日纪念日”应是幸福的，至少是安恬的。但这对夫妻却不然。他们结婚三年了，从表面看日常生活也是“合拍”的，但他们的心在说不，“三年中／双方徘徊在誓约的路上”。爱情早已不存在，“誓约”（西方人的婚礼在教堂举行，双方向“神”发誓“永远爱他／她”。同时“誓约”还包括对恒常伦理的遵从）已变成了“锁链”，使“病人”在内心哀号着。日常碰撞中每一件伤心的往事被暂时压抑住，像静寂的“火山口”在聚积爆发的能量，“房门在他们头脑里燃烧”；又像沉重的积雨云在天空漫卷，从“窗户灌入他们胸中”。——“待在一起爱却分开”，爱情的“死亡撞击他们的房间”。

这首诗写的是人们的日常经验。但它比日常经验更强烈、更使人警醒。诗人以“被撕破的褴褛”天空，锁链，火山口，阴云，死亡撞击的房间……等隐喻，暗示出人心灵的巨大痛苦，充满了被压抑的爆发力。在托马斯的作品中，像此诗这样日常化的、限量的表述方式是较少的。但即使是这首诗，也让我们感到了在“日常化”和“限量”中，诗人那巨大的超现实主义想象力跨度，块垒峥嵘的结构感，隐喻的变奏和巧妙承接。

羊齿草的山

现在我在玲珑小屋旁的苹果树下
年轻，坦荡，幸福似青翠的芳草

幽谷的上空群星璀璨
时光令我欢呼，雀跃
眼中的盛世金光灿烂
享誉马车群中，我是苹果镇的王子
在时光之下，我像君王享有树木和绿叶
河岸上长满雏菊和大麦
河水上微风吹拂洒落的阳光。

青翠的我无忧无虑，在幸福的庭院旁的谷仓中
声名赫赫，一路欢歌，农场就是家园
一度年轻的阳光下，
时光让我嬉戏，蒙受
他的恩宠，金光灿烂
青翠，灿烂，我是猎人，我是牧童，牛犊
昂首歌唱，山坡上的狐狸，声音清越，冰凉，
静寂轻轻鸣响
在圣溪的鹅卵石中

整天阳光明媚，它在奔跑，那么美丽
山楂地像小屋一样高，烟囱中飘出乐曲，
那是空气
嬉戏，美丽，湿润
火焰青翠似青草
夜空中的星星那么天真
我骑马回家睡觉时，猫头鹰正将农场背走，
整夜月光皎洁，我在马厩中聆听欧夜鹰
衔干草飞走，而一匹匹骏马
飞奔进黑夜里。

复尔醒来，农场，像归来的天涯浪子

身披白露，肩负雄鸡：一切的一切
　　　闪烁，那是亚当和少女
　　　　天空再次聚合
　　　那一天太阳变得浑圆
这肯定是在质朴的天光诞生之后
在最初回旋的地方，入魔的马群
　　　　奔出青翠的马厩
　　　驰向美好的旷野。

快乐的小屋旁，我名震狐狸和野鸡
在新造的云朵下欢快无比，心灵悠长，
　　　一次次复生的阳光下
　　　　我狂放不羁
　　　我的祝愿越过高及屋脊的干草
我毫无顾忌，思绪天蓝，时光和谐地旋转时
竟只能唱那么寥寥几首晨歌
　　　　孩子们青翠，灿烂
　　　随他走出恩宠，

我毫无顾忌，在羊羔洁白的日子里，时光
拉着我的手的影子，走上栖满燕子的阁楼
　　　不断升起的月光下
　　　　从不驰向睡眠
　　　我应该听到他与高高田野齐走
醒来却发现农场永远逃离了没有孩子的土地
啊，我在他的恩宠中年轻，坦荡
　　　　时光赐我青春与死亡
　　　尽管在镣铐中我还是像海一样唱歌。

（王烨　水琴　译）

［导读］

故乡威尔士乡村是诗人童年的天堂。托马斯许多诗中的语象，都与强烈的童年记忆有关。我们知道，一个诗人的经验之圈／隐喻视界只有一部分来自阅读，更多的还是来自他从童年时代起积累的感性生活。在托马斯青春期的写作里，童年记忆往往以变形的方式呈现出来，青春期生命剧烈的骚动和玄思，使其语象摇曳、惝恍，主观性强。但步入中年后，诗人的心境渐渐变得镇定、澄明，视野打得更开，童年经验以更清晰、自如的方式“溯回”诗中。这时，怀旧之情被沉淀得透明了。被“还原”的记忆，似乎“摆脱”了诗人，有了自己“进一步工作”的能力。与《通过绿色导火索催动花朵的力》等诗相比，后一类诗体现了另一意义上的生命奇观。

《羊齿草的山》（包括《在约翰爵爷的小山上》《梦中的乡村》《这些布谷鸟月份中的古老分钟》等）是托马斯中年以后的作品。这首诗很少有对潜意识和玄想的挖掘，物象也几乎很少变形。对这样的诗，我们只消打开感官深深浸入、放声吟咏即可，未必要去“破译”什么“密码”。我们进入它，有如进入威尔士葳蕤、葱翠、辽阔无疆的原野，心儿像清风中的苹果在纯洁地跳荡。噢，我甚至想拎起来“抖一抖”这首诗，它准会发出单纯悦耳的“泠泠”声响！虽然诗的最后四行仍旧回到了诗人一贯热衷的“生／死共生”主题，但由于整体语境的压力，使它就像一个生命“溯回”童年过程中的美妙小涡流，更激励了诗人快放、辽阔地“像海一样唱歌”。

戴维 · 加斯科因

戴维 · 加斯科因（David Gascoyne，1916—2001）生于英国索尔兹伯里，曾就读于索尔兹伯里天主教歌咏学校，后就读于伦敦雷格街理工学院。上大学期间他深受法国超现实主义诗歌影响，曾发表《超现实主义简论》及超现实主义风格的作品。30 年代法国超现实主义分裂后，1935 年在英国出现了一个“英国超现实主义小组”，主要活动者就是诗人、理论家戴维·加斯科因和诗人休·赛·戴维斯等。狄兰·托马斯也曾参与过他们的超现实主义文学活动。1936 年，加斯科因、耶宁斯、佩恩罗斯等人在伦敦举办了“超现实主义展览会”，在文学艺术界产生了较大影响。

加斯科因对超现实主义诗歌的写作方法极为推崇，在他的诗歌里，“无意识写作”“梦境记录”“意象的突兀并置、自由转换”等实验，被推向极端，使读者的理解力几乎崩溃。他认为只有如此才能激发读者的无意识冲动，使他们在寻找诗句的意义徒劳无功后感到一种“惶恐中的惊喜”。但是，对真正的艺术创造而言，不存在无条件的“绝对自由”这回事，加斯科因在“无意识写作”实验期写了《这形象》等诗歌后（“一架飞机的形象 / 咸肉片是螺旋桨 / 厚厚的猪油是翅膀 / 文件夹做成的尾巴 / 飞行员是一只黄蜂”——引自《这形象》），逐渐也开始考虑在诗歌中涉入一些经验因素及可感性。这样使他的诗既神奇、怪诞，又有依稀可感的意向性和结构意识，受到大量新锐读者的称许。

加斯科因的主要诗集有：《罗马露台及其他诗作》（1932），《人生就是这块肉》（1936），《荷尔德林的疯狂》（1938），《一个漂泊者及其他诗作》（1951），《夜思》（1956）等。

为人道主义辩护

悬崖面上黑簇簇地站满了爱恋的人。
他们上面的太阳是一袋铁钉。春天的
最初的河流，藏在他们发间。
巨人把手伸入毒井里。
低下头，觉得我的脚，在他脑中走过。
小孩子们追着蝴蝶，转身看见他，
他的手在井里，我的身体从他头中生出，
他们就害怕，丢下捕网，如烟走进墙里。

平滑的原野与它的河流，听着岩石
如妖蛇吃着花。
小孩子们在扩地的阴影中迷失。
向镜子叫着求救。
“盐的强弓，记忆的弯刀，
写在我的地图上，每一河流的名字”。

一群旗帜奋斗着，出了
叠进的树林，
飞去，如鸟向着炙肉的声响。
沙土落入沸腾的河流里经过望远镜的嘴，
凝成明净的酸滴，带着转舞火焰的花蕊，
纹章的兽，涉过行星的窒息。
蝴蝶从它的皮里挣脱，长出长舌如植物。

植物如云游戏，穿着甲胄。

镜子把巨人的名字写在我前额上，
那时小孩子们已死在圹地的烟里，
爱恋的人如雨从岩上流下。

（杨宪益 译）

［导读］

这首诗的画面是快速转换的，有如不断推移着的电影镜头。我们看到了一系列目迷五色的“蒙太奇”组接，它们彼此穿插、闪回，自由流动。但是，诗人对这些活动的分镜头并不是平均使用力量的。其中感情和意向负荷最重的画面是：悬崖上站立的爱恋的人。河流。镜子。巨人。井。孩子们。圹地。我。——这些画面（隐喻）贯穿了整个语境，屡屡复现、承接、变奏，显示了诗人对“人道主义”的诗意“辩护”。

人道主义是文艺复兴以来典型的西方政治—社会—伦理价值体系。它提倡关怀人、尊重人、以人为中心的世界观，所谓“自由”“平等”“博爱”。作为一个意义广泛变化的词，人道主义与人本主义、人文主义有很大重合之处。但从 19 世纪末以降，人道主义被各种悲观论、相对主义和非道德主义倾向质询。即使是那些坚持人本主义的思想深刻的知识分子，也认为人是无能为力的，人不但不是宇宙的中心，甚至也不是自己的中心，人只能听凭不可知的命运的安排、支配，人生是孤独的，苦难的，前途惨淡。但也有浮泛地高喊“人道主义”的天真汉（“小孩子们”），其实他们对“人道主义”的呼唤只是简单化的“道德理想主义”。

加斯科因这首诗对这些观念质疑。在这里，“人道主义”不是可人的道德高调，不是洁身自好地悬空于“悬崖上的爱恋”，而是具体的行动。真正有效的人道主义坚持者，要敢于面对危险的生存情境，像文艺复兴以来的“巨人”那样，“把手伸入毒井里”，挖到生存的病根。让“他的手在井里，我的身体从他头中生出”，“镜子把巨人的名字写在我前额上”。诗人呼唤“一群旗帜奋斗着”走出迷惘的树林，呼唤那些“悬崖面上站满的爱恋的人”也能够加入这奋斗者的行列，“爱恋的人如雨从岩上流下”。

超现实主义诗歌是天然地拒绝“释义”的。诗人的用意就是要揭示和预言“另一个世界”。如果可以用“已存世界”来解释它，就违背了诗人进行彻底的“意识革命”的初衷。但我还是“解读”了这首诗，因为词语固有的意义积淀，诗歌整体语境的方向感，特别是因为它处理的是人类精神历史中重要的一环。但愿我的解读不致使这首神奇的诗变得无趣，妨碍了读者那“惶恐中的惊喜”。

囚　笼

在渐醒的夜里
森林已停止生长
贝壳在倾听
水塘里的阴影变得灰暗
珍珠在阴影里消溶
而我回到你身边

你的颜面刻画在钟的表面上
我的手在你的头发下面
假如你标记的时间放飞了鸟儿
假如鸟儿飞向了森林
那时刻便不再属于我们

我们的时刻是雕琢的鸟笼
是满盈盈的一杯水

是一本书的序言
而所有的钟都在嘀嗒
所有的黑屋都在移动
所有的空气都裸露着神经。

一旦飞逝
那长翅的时光便不再返回
而我也将离去。

（傅浩　译）

[导读]

这首诗的标题为我们暗示出语境中各局部细节的流向，或者说它宛如磁石，使诗中不同的语象向“囚笼”这个圆心趋赴。我们读它有如在读一首“意象派”作品，它完全符合“意象派”的写作信条：直接处理“理智和感情在瞬间的复合体”；结构坚实，决不使用任何无助于表现的词语；诗的节奏采用音乐性短语，而不是节拍器般的机械重复；短小、干脆、强烈、精确。在加斯科因的诗中，这样明朗、直接、简隽的文本是不多见的。顺便一说的是，不少人认为超现实主义诗人缺乏有效的结构训练，因此他们不得不“自由”。我认为，这是一种奇怪的、缺乏起码辨异能力的说法。

此诗语象都与温柔的巢穴、覆庇，即“囚笼”有关：贝壳里的珍珠，水塘里的幽影，头发，鸟笼，书中的言辞，黑屋、神经……如此等等。它们隐喻着“我与你”的关系，那是爱情的小巢，令人踏实，沉浸其中。但这种沉浸中又有潜在的不安，时间在流逝，生命也在衰退：“你的颜面刻画在钟的表面上”——“所有的钟都在嘀嗒”——“一旦飞逝，那长翅的时光便不再返回”。温柔巢穴覆庇的空间隐喻，被钟表飞逝的时间隐喻所威胁，诗人的体验充满了内在的紧张感。

从根本上说，人的存在是时间性的，时间乃是领悟存在的可能境域，在时间之外的存在意义无从探讨，当然也包括“爱情”。人们往往将爱情当作了神话，认为它是时间流动中永恒不变的东西，加斯科因以对存在的领悟，重新省思了“爱情”。这种真实的体验可能离我们的“美好愿望”很远，但它离“存在”很近。

菲力浦·拉金

菲力浦·拉金（Philip larkin，1922—1993）生于英格兰考文垂，1943年毕业于牛津大学。在大学期间与同学们组织名为“运动”集团的诗歌活动，建立了他新一代代表诗人的声誉。大学毕业后先后在几所学校图书馆工作，1955年起就职于赫尔大学图书馆，后任赫尔大学图书馆馆长。拉金还担任过《每日电讯报》爵士音乐评论员。

拉金50年代初开始登上英国诗坛，他是“运动派”核心人物。拉金及其同人反对艾略特一路智性玄学诗歌的艰涩，也不满于狄兰·托马斯诗风的巨大激情和幻想气质。他们推崇一种沉静、自然、明朗的诗风，以类似旁观者的姿态，诚恳地叙说日常际遇给诗人的观感。拉金诗歌有独特的风格，在其中既有具体真确的叙述性，又有内省和反讽精神。他追求将传统的形式感（结构、节奏、韵律）与口语的亲切、放松糅为一体。拉金诗歌不乏反讽的锋芒，但这锋芒是内在而含蓄的，它们多针对生存中的乏味、孤独、庸俗化、虚荣和伪善。他善于给高涨的情绪“降温”，以求在更为冷静、准确的世风描述中，完成对人精神困惑的揭示。拉金诗歌的修辞特性是“场景—内心独白”型的，既具有深度，又有可信感。因此，他的诗发现了“存在”，而不只是还原人的日常生活。

拉金的代表性诗集是:《北方船》(1945),《诗集》(1954),《受骗较少的》(1955),《降灵节婚礼》(1964),《爆炸》(1970),《高窗》(1974)。小说集《吉尔》(1946),《冬天一姑娘》(1947)。20世纪70年代中期，诗人曾先后获得了英国皇家文学会“本森银质奖章”和英国“女王金质诗歌奖章”。

上教堂

我先注意里面有没有动静，
没有，我就进去，让门自己碰上。
一座通常的教堂：草垫、座位、石地，
小本《圣经》，一些花，原为礼拜天采的，
已经发黑了；在圣堂上面，
有铜器之类；一排不高而紧凑的管风琴；
还有浓重而发霉的、不容忽略的寂静，
天知道已经酝酿多久了；无帽可脱，我摘下
裤腿上的自行车夹子，不自然地表示敬重。

往前走，摸了一下洗礼盘。
抬头看，屋顶像是新的——
刷洗过了，还是重盖的？会有人知道，我可不。
走上读经台，我看了几页圣诗，
字大得吓人，读出了
“终于此”三字，声音太大了，
短暂的回声像在暗中笑我。退回到门口，
我签了名，捐了一个硬币，
心想这地方实在不值停留。

可是停留了，而且常常停留，
每次都像现在这样纳闷，
不知该找什么，也不知有一天

这些教堂完全没有用处了，
该叫它们变成什么？也许可以定期开放
几座大教堂，在上锁的玻璃柜里
陈列羊皮纸文稿、银盘、圣饼盒，
而听任其余的被风吹雨打，或给人放羊？
还是把它们作为不吉利的地方而躲开？

也许，一等天黑，会有莫名其妙的女人
带着孩子进来摸某块石头，
或者采集治癌的草药，或者在某个
预定的晚上来看死人出来走路？
总会有一种力量存在下去，
在游戏里，在谜语里，像是完全偶然；
可是迷信，一如信仰，必须消灭，
等到连不信神也没有了，还剩下什么？
荒草，破路，荆棘，扶壁，天空。

样子越来越不熟悉，
用处越来越不清楚。
我在想谁会最后跑来寻找
原来的教堂？那些敲敲记记的人，
懂得什么是十字架楼厢的一群？
在废墟里找宝，贪求古董的人？
过圣诞节有瘾的人，指望在这里
找到仪式、管风琴乐和没药味道的那些？
还是一个可以代表我的人，

感到闷，不懂内情，明知这鬼魂的沉积
早已消散，却还要穿越郊区的灌木，
来到这十字架形的地方，因为它长期稳定地

保持了后来只能在分离的情况里——
结婚，生育，死亡，以及它们引起的思绪——
找到的东西，而当初正是为了它们才造了
这特别的外壳？说真的，虽然我不知道
这发霉臭的大仓库有多少价值，
我倒是喜欢在寂静中站在这里。

它是建在严肃土壤上的严肃屋子，
它那兼容的空气里聚合着我们的一切热望，
热望是被承认的，虽然给说成命运。
这一点永远不会过时，
因为总会有人惊异地发现
身上有一种要求更严肃一点的饥饿，
总会带着这饥饿跑来这个地方，
因为他听说这里人会活得明智，
如果只由于有无数死者躺在周围。

（王佐良　译）

[导读]

这是拉金最有影响的诗作之一。诗中的“说话人”——“我”——是一个20世纪50年代的青年人。诗人将叙述性、内心独白、沉思、心理分析扭结一体，反映了当时青年一代对宗教的迟疑态度。

作品没有夸张地展示他剧烈的内心冲突，而是诚朴甚至“沉闷”地讲述了他（“我”）在教堂中真实的所见所想。这个青年人面对宗教，已没有了前辈那种虔敬的心情，他的口吻是懒散的、略含讥讽的。既讥讽宗教迷狂，又讥讽今日庸俗的生活。在那里，他注意的是教堂中的物品，想的是在今天它们究竟用途何在，而不是什么“忏悔”，“精神升华”。

但是，这青年人的讥讽又是温和的，甚至还有那么点怅惘。他并不是那种快意地高呼“上帝已死，我教导你们要做超人”的强力意志的信徒，而是个敏感、内向又朴实的凡人。他不相信神的救赎，认为“迷信”应该放弃；但又认为世俗社会中的人，总还应有一点点“严肃”“热望”，而生活的节制和人性的良善，“这一点永远不会过时”。因此，他的态度是：今天的教堂应不再是震慑人心或抚慰人心的，高不可问的人／神交流“圣殿”，而应是安静的、“严肃土壤上的严肃屋子”，是供人沉思反省、自我获启的场所。人不能活在迷信中，可也不能活在狂热的自我中心之中。他追问“等到连不信神也没有了，还剩下什么”？人应活得“明智”，“我倒是喜欢在寂静中站在这里”。

拉金的写作技艺令人赞叹。他在有分寸感的沉着叙事流程中，同时展示了人物内心的自我争辩。他将一个人的生活态度和自我意识，总结成了特殊的有意味的时代生存情境。他保持了人复杂经验的纠葛，但又不惮于使用平实的人际交流话语，将线索交代得那么明晰。有兴趣的读者不妨将此诗与艾略特的《普鲁弗洛克的情歌》作一比较，后者虽有叙述性、虚拟的“说话人”，但其中有不少宗教隐喻、幻象和经典作品的引文嵌入，显得较为晦涩难解。而这些正是拉金要“清除”的东西。

降灵节婚礼

那个降灵节，我走得很晚
要到了一个阳光普照的
星期六下午，大约一点二十分
我乘坐的那辆空了四分之三的火车才开出去。
所有的车窗关着，座垫暖烘烘的，匆促的
感觉也消失了。我们驰过
一幢幢房子的后面，穿过一条街
街上窗玻璃亮得耀眼，闻到了点码头味儿

平平坦坦流开去的河面开始了，
那里天空、林木和水相接。

整个下午，穿过那持续好多里的
沉睡在内陆的高热
我们保持着一条缓慢向南的开开停停的弧线
宽阔的农场过去了，影子短短的牛群
还有浮着工业污染物的运河
孤零零的暖房一闪而过：树篱此起
彼伏、时而有草地的芳香
替代了车厢上扣着的椅套的气味
直到下一个城市，新的、难以描写的
用成亩的废汽车来迎接我们

一开始我没注意到婚礼
发出一片什么样的响声
在我们停下的每一个车站：阳光
毁去了那发生在荫影中的一切的兴趣
下面凉爽的长月台上的欢呼和尖叫
我以为只是搬运夫在玩弄邮件
于是我继续读我的书，但是车开动
我们面前掠过一些笑着的、涂了发油的姑娘
学时髦又学得不像，高跟鞋加面纱
怯生生地伫立着，看我们离开

仿佛外出某件事结束后
而留下的什么东西
挥手告别。吃了一惊，我
在下一站就快一点探出头，也更好奇些
这才又一次在不同的意义看到了一切

穿套装的父亲们系着宽皮带
额上全是皱纹，胖母亲们嚷嚷不停
一个大声骂着脏话的舅舅；然后是新烫的发
尼龙手套、种种假冒的珠宝
柠檬黄、淡紫色、橄榄似的淡黄褐色衣料

并不真正地把姑娘们与其他人区分开来
从车场外的
咖啡店和宴会厅和插满彩旗的
旅游团的休息室来看，结婚的日子
已近了尾声，一路下去
都有新婚夫妇上车：其他的人站在一旁
最后的五彩碎纸和建议都抛上了
随着我们向前行去，每一张脸似乎解说
他看到的离去的一切：孩子们对某件乏味的事
皱着眉头；父亲们从来没尝到过

如此巨大的成功，可真是好玩
为人们分享着
秘密，如谈一场愉快的葬礼，
而姑娘们，把手提包抓得更紧，盯着
一幅宗教上的受难图，总算是自由了
满载着他们所看到的一切的总将
我们的火车向伦敦疾驰，吐出一团团蒸汽
现在田野成了建筑工地，白杨树
在主要的公路上投下长影子，大约
有十五分钟，似乎有足够的时间

来整一整帽子，说一声
我几乎活不了啦

于是十来对男女开始了夫妇生活
他们眺望风景，肩并肩坐着
一家电影院过去了，一座冷却塔
某个人跑来扔板球——却没有人
想到那些他们再也见不到的人
或怎样在阳光下展开的伦敦
挤得密密的邮政编码像一块块麦田，

那里是我们的目的地，当我们快速驰过
闪闪发亮的轨迹交错
驰过伫立的普尔门式卧车、长满黑藓苔的
墙近了，这次旅行几乎已告终，一次
偶然的遇合，它所持有的后果
正待以人生变化的
全部力量奔涌而出。火车又慢了下来
当刹车完全刹住时，升起
一种降落的感觉，像一阵箭
从看不到的地方降落，在某些地方成了雨

（裘小龙　译）

[导读]

这是拉金广受嘉许的诗作，写他一次火车旅行所见。降灵节（又作“圣灵降临节”）本是宗教节日，这一天教堂唱诗班会集体诵唱:“上主之灵，恳求降临我心。默化我心，潜移私念俗情。垂怜卑弱，显主大力大能。使我爱主，尽力尽心尽性。”但这首诗写的却不是“圣灵降临”，却是人间烟火，“私念俗情”。

趁降灵节的吉利，许多恋人举行了婚礼，然后新婚夫妇在车站等车外出旅行。诗人恰好乘车，他看到了这一切，以置身事外的淡漠笔调，写了一对对新人和送行的亲友的情态。诗中恰当的细节选择，个性化的语调，游移的态度深深吸引了我们。

与热烈的婚礼参加者不同，“我”只是个沉静的旁观者。“我”虽未被他们的情绪感染，但也蛮有兴致地观察着这一切。瞧，欣慰的父亲，兴奋得嚷嚷的母亲，粗鲁的舅舅，窃窃议论着的女眷，新娘那显得有些“硌”的崭新装束和虚荣的假珠宝，新郎夸张的焦急……所有的婚礼像一个婚礼，既落了俗套又显得崭新。诗人是“过来人”，他知道这一切马上会变旧，但他没有什么伤感，一切本应如此，就像密集的箭，落下来变成了雨。

有西方评论家认为，这首著名的诗反讽了生活的琐屑、无意义，“虚无感”占据了诗人的心灵（见麦吉尔主编《名著提要》）。我想，这说法有道理，但又言重了。诗人大致还是以宽和的心灵面对人间烟火，“私念俗情”的，而且不乏对婚姻的期待，“一次偶然的遇合，它所持有的后果／正待以人生变化的全部力量／奔涌而出”。人生像火车一样，虽说它的路线是无多新意的，但沿途也会有不同的风景。还是英国批评家吉姆·亨特说得好：“拉金的诗歌锋芒多针对我们生活的这个日益疲倦、庸俗化、泯失个人情感的世界；但同时他似乎又与这个世界在情感上难舍难分。使他感兴趣的或许正是人类在庸俗的环境中表现出来的品格。”（《当代诗人（第四集）》）另外，此诗八个诗节，每节十行，采用了五步抑扬格，但复杂的节奏、韵律一如日常口语般自然亲切。因译文没有机械照搬，以免因韵损意，故对这首诗的“耳感”特征，我们不必涉及。

婚礼－风

风在我的婚礼日一直刮个不停
我的花烛之夜更是个大风之夜
一扇结实的门在来回撞击，一下又一下
他只得去关紧它，留下我

在烛光中傻坐着，听着雨声
望着绞花形的烛台映出的自己的脸
却又视而不见。他回来了
他说是马儿们不肯宁静，我难过
我觉得别人或者动物都不该缺少
那一晚我所拥有的幸福

　　此刻白天
一切都已被风在太阳底下吹散
他去察看潮汐，而我
提着一桶碎石来到鸡栏，
放下桶，凝眼望。四处是风
在云朵和树林间穿逐，
翻扑着我的围裙和挂在绳上的衣服。
这样听任风将未知的事物呈现于心中
由于快活我的动作奔放，能承受住吗
如同一根串珠的线？我是否该入睡
让眼前这永恒的早晨和我同床？
难道死亡竟能干竭
这些新焕发起来的湖泊？竟能终止
我们牛一般地在这广渺的水边跪饮？

（张真　译）

[导读]

与《上教堂》相似，这首诗中的“说话人”也并非诗人，而是一位虚拟的乡村新婚女子。诗人选择了她在婚期的所思所行，写出她既敏感、自怜，又多思、坚韧的性格。在诗中虚拟另一人物口吻的好处是，避免诗的主观滥情；能客观而深切地探询人的内心世界。同时，诗人与诗中人物亦可保持潜在的“对话”关系，扩大诗歌经验的包纳量和世俗活力。

“风在我的婚礼日一直刮个不停／我的花烛之夜更是个大风之夜”。对隐喻过度迷狂的读者或许在风中看到了“不祥的”隐喻，但我想，这儿的“风”就是自然界的“风”。拉金对事物的专注使之吝啬于隐喻的密布，他对艾略特一路的隐喻诗歌是“敬而远之”的。但现象意义上的风已足够让新娘心有所动啦，你看，风伴着雨撞开了门，小伙子去关门，并顺便看了看牲畜，而“留下我在烛光中傻坐着，听着雨声／望着绞花形的烛台映出的自己的脸”。小伙子回来了，他只说马儿们不肯安静，一瞬间“我难过”刚才自己被忽视了，但又完全知道这是没道理的自怜；这“难过”很快变成幸福，“我”叹息还有许多人没有这种幸福。拉金细腻的心理刻画功力，教人叹服。

花烛之夜过后的白天，细碎的日常生活走上了既定的轨道，两个新人各司其职。风还在刮，使远方潮汐翻滚，也在“翻扑着我的围裙和挂在绳上的衣服”。朝阳开道，爽风释怀，“风将未知的事物呈现于心中／由于快活我的动作奔放”。她想，未来的生活也像这风一般透明又充满跌宕吗？我“能承受住吗／如同一根串珠的线”（上面挂在绳上飘荡的衣服是其转喻）？但这个敏感多思的女子并不乏坚韧和对未来的期望，“眼前这永恒的早晨”给了她深深的启示。最后三行，诗思轻快跃起，以反问的句式表达了她对生活的镇定和宽怀。正如诗人汤姆林森所说：“这首诗终归承认的是人类会成功的可能性。”（《论当代英国诗人》）

拉金动人而诚恳的诗风，使作品能在平淡的日常生活中发现其内在意义。即使他不乏忧思，也总能保持饱满的兴趣来观赏这个凡人的世界。

塔特·休斯

塔特·休斯（Ted Hughes，1930—1998）出生于英国约克郡密索姆罗亥德市。50年代在剑桥大学读书时开始发表诗作，在那里与美国女诗人西尔维娅·普拉斯相爱，1956年结婚。但两人后来感情破裂，离异。1963年普拉斯自杀。不幸的婚姻对两人的心境造成极大影响，从传记批评的角度看，这些在他们各自的创作中也有着或显或隐的反映。休斯曾参过军，当过园丁、守夜人、编辑，后专事写作。

休斯与拉金被公认为第二次世界大战后英国最重要的两位诗人，但两人走的诗之路完全不同。拉金的诗讲究传统韵律，感情自然平实并略含反讽，以很强的叙述性，对日常情境加以准确具体的描写。而休斯的诗多为半格律半自由体，笔锋酷厉，情境紧张，隐喻尖新。他善写动物世界，尤以写凶猛禽兽著称。他认为是暴力在统辖着自然界和人类社会，诗人应表现生存和生命的严酷的真实。各种恐怖力量的压迫和它能激起的不屈反抗经常是休斯诗歌的主题，但这一主题并非简单的道德姿态，它具有二重性：其一，表现本能生命的力量，在残酷的环境中激发出的生存意志的顽健、壮硕。其二，以对暴力生存环境的揭示，反映诗人内心的忧患，引起人们的警觉。他在谈道格拉斯的诗时说："在死亡投出的光线里，是所有人类矫饰的烧毁。"其实这更像休斯在自陈创作理念。因此，对西方批评家称休斯为"暴力诗人"，我们应兼顾以上两种含义。美国诗人洛厄尔说休斯的诗有如"霹雳"，具有悍厉和震醒的双重效果。休斯并不平面地描写动物世界，他既以精确、鲜活的质感呈现动物的体态，又以奇崛刚劲的隐喻写出它们的"灵魂"。他是在以强有力的象征性和寓言色彩，展示自己对生存的思考。

休斯的诗集有:《雨中鹰》(1957),《会见我家里人》(1961),《乌鸦之歌》(1970),《诗选集》(1973),《四季歌》(1976),《沼泽城》(1979),《诗选 1957—1981》(1982),《河》(1984)。1985 年休斯荣获“英国桂冠诗人”称号。

马　群

破晓前的黑暗中我攀越树林，
空气不佳，一片结霜的沉寂，

不见一片叶，不见一只鸟——
一个霜冻的世界。我从林子上端出来，

我的呼吸在铁青的光线中留下扭曲的塑像。
山谷正在吮吸黑暗

直到沼泽地——亮起来的灰色之下暗下去的沉渣
　　——的边缘
把前面的天空分成对半。我看见了马群；

浓灰色的庞然大物——一共十匹——
巨石般屹立不动。它们呼着气，一动也不动，

鬃毛披垂，后蹄倾斜，
一声不响

我走了过去，没有哪匹马哼一声或扭一下头。
一个灰色的沉寂世界的

灰色的沉寂部分。

我在沼泽高地的空旷中倾听。
麻鹬的嘶叫声锋利地切割着沉寂。

慢慢地，种种细节从黑暗中长了出来。接着太阳
橘色的，红红的，悄悄地

爆了出来，它从当中分裂，撕碎云层，把它们扔开，
拉开一条狭长的口子，露出蔚蓝色，

巨大的行星群悬挂空中。
我转过身

在梦魇中跌跌撞撞地走下来，
走向黑暗的树林，从燃烧着的顶端

走到马群这边来。
　　　　　　　　它们还站在那里，
不过这时在光线波动下冒着热气，闪烁发光，

它们下垂的石头般的鬃毛，倾斜的后蹄，
在解冻中抖动，它们的四面八方

霜花吐着火焰。但它们依然一声不响。
没哪一匹哼一声，蹬一下脚。

它们垂下头，像地平线一样忍受着，
在山谷上空，在四射的红色光芒中——

在熙熙攘攘的闹市声中，在岁月流逝、人面相照中，

但愿我还能重温这段记忆：在如此僻静的地方，

在溪水和赤云之间听麻鹬叫唤，
听地平线忍受着。

（袁可嘉　译）

［导读］

面对这首诗像面对一组冷酷、犷悍的青灰色钢雕，它攫住了我们的视线，使我们屏住呼吸，仿佛听到冻僵的大气发出坚忍的坼裂声。诗人在破晓前的黑暗中攀越树林，四周一片砭骨的寒冽和死寂的恐怖，令人难以承受。俄顷，地平线隐约露出一丝光亮，他看到了震人心魄的生命——马群。由于“我”刚经历过像“梦魇中跌跌撞撞”的心境，所以诗人为马群注入了“自觉”的灵魂，使之与“我”隐隐对比。面对同样的境况，它们是那么镇静、顽韧，把生存意志那无表情的“表情”，深深地捺进自己的肉体、骨骼、血管和大地之中。

但我们不必忙着去寻找此诗的象征意义（虽然它有这意义），那会减弱它的震撼力。有效的阅读还是让这钢雕般的马群对你直接“打击”。我们注意到，这首诗里有两组不同的意味系列，构成了结构中骇人的张力。其中的一组是向内冷凝的，沉郁而压迫的，它拒绝流动：黑暗的森林。结霜的死寂。人呼出的气息冰结成扭曲的塑像。灰暗的大地沉渣。悬垂的行星。更重要的是，在这背景映衬下的马匹——“巨石般屹立不动”，“下垂的石头般的鬃毛，倾斜的后蹄”，“它们依然一声不响”，“像地平线一样忍受着”。而另一组意味则是隐忍中的爆裂、沉暗中的闪光：山谷在吮吸黑暗。一线微弱的天光开始把天空分成对半。麻鹬的嘶叫声锋利地切割着沉寂。太阳爆出，撕碎云层，将天空划开一道口子。马的身体冒着热气闪烁发光，鬃毛在解冻中抖动。霜花吐着火焰。——这两组不同的意味紧紧啮合于一体，经由凌厉准确的言辞，完整地表现了诗人对生命意志的命名。

这真是一个“永恒时空”！诗人的生命于此得到锤打、淬砺，他告知自己：“在熙熙攘攘的闹市声中，在岁月流逝、人面相照中／但愿我还能重温这段回忆”，顽韧、不屈、沉默地承受生存带来的一切，像马群那样活下去，活到底，活到连厄运也无法把我抛弃……

狼　嗥

是无边无岸的。

它们拖得长长的嗥叫声，在半空的沉寂中消散，
拉扯些什么东西出来了呢？

这时孩子的哭声，在这死寂的林间
使狼奔跑起来。
中提琴声，在这灵敏如猫头鹰耳朵的林间
使狼奔跑起来——使钢陷阱咯咯响，流出涎水，
那钢用皮包着免得冻裂。
狼那双眼睛从来弄不明白，怎么搞的
它必须那么生活
它必须活着

任天真无邪落入地下矿层。

风掠过，弯着腰的狼发颤了。
它嗥叫，你说不准是出于痛苦还是欢乐。

地球就在它的嘴边，
黑压压一片，想通过它的眼睛去观察。
狼是为地球活着的。

但狼很小，它懂得很少。

它来回走着，拖曳着肚子，可怕地呜咽着。
它必须喂养它的皮毛。

夜晚星光如雪地球吱吱地叫着。

（袁可嘉　译）

［导读］

与前面的《马群》相似，这首诗也表达了对生存意志的赞美。

生存意志是世界的自在之物，不光人、动物，连植物都顽强地表现出生存意志。植物往上长是在争取更多的阳光，根往下扎是要汲取更多的水分和养料，这都是生存意志的体现。你瞧，即使是被戕割后扔在角落的土豆、葱头等等也会倔强地发芽……但只有人才能将生存意志对象化，在心中观照它，为它命名。而诗人作为语言的“炼金术士”，他们的命名就格外精彩！

“狼嗥”在这里就是“狼嗥”。我想我们不必将动物们也分成什么“好的”和“坏的”，那是道德寓言家和儿童文学家喜欢干的事。虽然休斯也写过《栖息着的鹰》《鼠之舞》等少数以动物隐喻社会批判的作品，但是总的来看，他的动物诗还是对生命力的歌颂。世上万物都有自己的生存意志，以及由此支配的生命方式，从本源的意义上说，我们不能认为哪种生命方式是必需、可爱的，哪种是不必需的、可恨的。休斯这首诗写了在艰辛环境中生存的狼，对它们充满赞叹乃至敬意。它们长长的嗥叫，“你说不准是出于痛苦还是欢乐”，只是证明生命的顽强存在；它的生存意志是钢一般坚硬，“那钢用皮包着免得冻裂”；狼不是寓言中的坏家伙，它是“天真无邪”的，“它懂得很少”，不知怨愤；“狼是为地球活着的”——生存意志是地球上一切道理中的“总道理”！狼嗥“是无边无岸的／它们拖得长长的嗥叫声，在半空的沉寂中消散／拉扯些什么东西出来了呢？”——拉扯出了生存意志的宣告，使天和地同时回应它："星光如雪 / 地球吱吱地叫着"。

针对有评论家称休斯的动物诗太沉迷于"暴力"，休斯不得不出来自我申辩："每只动物都有着快乐的新生，它们持续不断地处于一种充满活力的状态，而人类只是在发疯时才会这样充满活力。这些精灵或自然力是不可能服从任何人为的粗暴安排的，事实上，动物在现代世界经历了极为艰难的岁月。人是精力充沛的动物，而在文明的驯顺角落里他们却都找不到任何外溢的出口。假如我不是生活在英格兰，也许我不会被迫走极端写动物。我的诗写的并非暴力而是生命力。动物并不凶暴，它们比人类更有节制，更能适应它们的生存环境。"（转引自汤姆林森《论当代英国诗人》）我国著名学者、诗人袁可嘉先生在谈到休斯诗歌中的"暴力"时说："他的一个中心思想是认为现代文明片面强调理性，反对自然和本能的力量，以致造成人性分裂和人际关系的矛盾冲突，亟须通过艺术和想象来沟通理性和本能，使人性得以健全。"（《访英归来话英诗》）二位诗人的话，值得我们深思。

限于篇幅，不再导读休斯的诗，这里我再为大家抄录他的《乌鸦的最后据点》，这里的乌鸦也不是"阴郁、不祥的象征"，它的生存意志同样让诗人赞叹——

烧呀
　　烧呀
　　　　烧呀
　　　　　　最后有些东西
大阳是烧不了的，在它把
一切摧毁后——只剩下最后一个障碍
它咆哮着，燃烧着

咆哮着，燃烧着

水灵灵的在耀眼的炉渣之间

在蹦跳着的蓝火舌，红火舌，黄火舌
在大火的绿火舌蹿动之间
水灵灵，黑晶晶——

是那乌鸦的瞳仁，守着它那烧煳了的堡垒的塔楼。

法国

圣－琼·佩斯

圣－琼·佩斯（Saint-John Perse，1887—1975）生于加勒比海岸法属瓜德罗普岛，父亲是种植园主兼律师。十一岁起，佩斯从此地回到法国上中学，中学时代便发表诗作和古希腊诗人品达诗歌的译作。1910年毕业于波尔多大学法律系。1914年入法国外交部成为外交官。1916—1921年，先后任驻中国上海领事、北京法国大使馆一等秘书，在京期间完成代表作之一《远征》。第二次世界大战期间，佩斯反对维希傀儡政府向纳粹德国的妥协，遭当局免职、迫害，被迫流亡到美国。后任美国国会图书馆法国文学顾问，并继续写作诗歌，完成了《流亡》《雪》等名篇。在美期间，他还进行了哲学、历史、地质学、考古、音乐等方面的学术研究。1957年重返法国，定居于南部的日昂半岛继续写作，并发表了《编年史》等重要作品。1975年逝世于吉尼斯。

佩斯的诗在20世纪诗坛独树一帜，他是一位视野极为开阔的诗人，很难归属任何一派。约略来说，他既有古希腊品达颂诗的恢宏庄重，又有象征主义，特别是超现实主义诗歌的奇崛、华彩与晦涩。他将浓郁的史诗风格和飞速跃动的幻象融为一体，抒发了收尽万象又吐出万象的壮烈胸怀。佩斯的诗歌主题繁富、气象纵横。其主要作品的基本母题是：赞赏人类勇敢的挺进精神，歌颂人类开拓历史、探索宇宙的博大生命力。在他看来，人类虽历尽艰难困苦，时常陷于悲剧之中，但任何险恶的境遇都不能摧折人类的神圣开拓意志。在他诗中，大自然是充满灵性与活力的，它与人的生命彼此开合激励、动荡不息。他的诗“以振羽凌空的气势和令人激奋的丰富多彩的想象，将当代升华在幻想之中”（诺贝尔文学奖“获奖理由”）。

在形式上，佩斯的诗多采用不分行的散文体式，有如激荡的排浪，节奏强劲，跌宕起伏，与诗的内容相得益彰。诗人巨大的原创力也使得那些普通读者难以理解其艰深的作品，他可能是本世纪大师级诗人中读者量最少的人。但佩斯在诗人中受到崇敬，被誉为“诗人中的诗人”。1930 年艾略特翻译了他的《远征》并给予高度评价。针对普遍认为佩斯诗的晦涩，艾略特说：“他诗的晦涩是由于略去了链条中的连接物，略去了解释性的东西，而非不连贯。读者需让意象沉入记忆，到头来一个总的效果得以产生。这种意象和思想没有混乱，不仅有概念逻辑，也有幻想逻辑。”佩斯的作品以深刻的意义和艺术上决不妥协的探索精神，最终赢得了人们理解和赞叹，驰誉全球。

佩斯的主要诗集有：《颂歌》（1911），《远征》（1924），《流亡》（1942），《雨》（1943），《雪》（1944），《风》（1946），《海标》（1957），《编年史》（1960），《鸟》（1962）。1950 年，诗集《流亡》获美国学院大奖，1958 年以整体诗歌成就获国家文学大奖，1958 年获比利时国际诗歌奖，1960 年获得诺贝尔文学奖。

远　征（选章）

四

这就是这世界的情形，我除了赞美别无可言。这城市的根基。岩石和古铜。黎明蒺藜之火

　　袒露这些奇峨壮观的

绿石，可胶粘则犹如神殿寺院和公共便所的底层，而我们烟雾所及的海上水手见到整个大地换了形状远瞥见那大片烧焦的大地开渠引水于山峦。

　　这城市就是在清晨这般建起并得以安置，在发出清晰响亮名字的管风琴声伴随之下。山坡上的营帐被抹杀，在那儿木廊里的我们

　　光头又光脚，在这世界一片崭新灿烂之中。我们该嘲笑什么呢？当我们静坐，面对少女和众多的骡纷纷上岸。

　　我们该嘲笑什么呢？

　　自那黎明之后，关于航驶的人们要说些什么呢？——谷物运来了——天空翱翔的白色云雀下，高高超越伊利翁的船只穿渡沙洲，起伏于漂浮一匹死驴的这死水之中（我们必须注定这黯然失色、毫无意义的河流的命运，蚱蜢之色在它们的液体中挤碾）

　　在远岸喧闹的强者中，铁匠们是火焰的主人！在新街上鞭击的劈啪声中卸下了整车未曾完孵的罪愆。哦，

众多的骡。我们的阴影就在铜剑之下！四个倔强的脑袋缠结于拳头，一片蔚蓝中是生气勃勃的一簇。而救济院的创办人聚会于树下，择选了落成之址。他们教导我关于这建筑物的深远意义与重大目的：正面装饰一新。后面单调粗糙；图书馆有着红土的走廊，黑砖前厅和清澈的水池；药铺的货物有阴凉的贮地。那时就来了挥抖成串钥匙的银行家们。而在街上一个人已在吟唱，他是那些额上画着神记的人们中间的一个（此处空地和垃圾中的虫子却不停地噼啪作响）……而这是无暇告知于你，无暇于彼岸的人们与我们结盟；皮肤呈现出水滴，

为了码头上的活征用骑兵，王子们则用鱼货来偿付（一个孩子悲哀宛如猿之死——可他有着一位绝色的大姐——在玫瑰色绸缎的一只拖鞋里向我们展示一只鹌鹑）

……寂寞！一只巨大的海鸟遗下蓝色的蛋，清晨的海湾遍地金色的柠檬！——这是昨天！鸟儿飞去了！

明天那狂欢的节日和热闹的喧哗，大街上栽满了结果的树，黎明时分，清洁工拖走大段枯死的棕榈树，还有巨翼的残片，……明天那狂欢的节日。

港口官员的选举，郊外众音的荡漾，在湿润所酝酿的风暴下，

黄色的城镇，阴暗处的头盔，姑娘们的围裙悬挂窗口。

……在第三个太阴月，那些一直在山峦之顶警戒的人们折叠起他们的篷帐。沙洲里焚烧一具女人的身躯，而一个男人则朝着沙漠的入口迈进——他父亲的职业：香水推销商。

七

我们不会久居在这片黄土，我们的享乐……

比王国更辽阔的夏季在空间悬挂出层层气候。灰烬下，无边大地滚流它苍白的炭火——蜜色，硫黄色，不朽事物之色；覆草的莽原处处燃起去冬的枯麦秸——一棵孤树笔立。任天空在它绿绵中啜吸棕郁的汁。

云母石处所！风的胡须中寻不到半粒纯种子。光吗？它滑腻如油。眼帘的缝和远峰的线凝合而为一；我谙晓那充满谛听的石，那光之窝中无声的峰群。突然，我心胸触动，对一族蝗虫发生关切。

剪毛时驯服的雌骆驼们，浑身补丁着暗红的伤痕。依山峦运行在农业的天空之下，默默运行在原野的白热之上。然后跪下来，在梦幻的烟雾里；那儿，人族灭迹于大地的死灰。

悠长的线条安然蔓延到天边那似有似无的青蓝葡萄枝，某些角落正成熟着暴风雨的紫罗兰。干涸的河床间升起了孤烟，仿佛是整片整片的世纪依然在飘游。

哎，低声点更低声点在白昼光里；更低声点为了让死者们听见。人心里盛满了温情，这温情终将达到适度吗？……“灵魂，我向你述说！——因马的浓香而沉郁的灵魂！”数只陆鸟展翅向西；它们是海鸟的忠实模仿者。

苍白天空东方，有如盲人衣巾封闭的圣地。安详的云舒展处，转动着樟脑和角质形成的瘤块……风和烟争执。伫候中的大地漫生胡须，啊，滋生美妙的大地！

正午，当枣树把坟墓根基爆烈开来，人合上他双目，在忘年中觅一丝沁凉。梦幻的骑兵部队在死灰中，咳，徒然的路毛发散乱，在吹向我们的大气中。何得真战士看守联姻时喜庆的河流？

汹涌在大地上的河流。大地的白盐在梦幻中颤抖了。喊声，何处传来的急骤喊声？起来，河畔白骨堆上光耀如镜的部落，让他们超越世纪相互召唤吧！起来，石块们，献给我荣耀的石块，献给沉默的石块！在宽广古道上，青铜骑士将捍卫疆域。

（一只巨鸟的影拂掠我面而过）。

（程抱一　郭惠民　译）

［导读］

长卷《远征》写于中国北京（这里只节选了第四、七节）。当年佩斯结束了驻北京法国大使馆的工作回到巴黎，他的朋友著名作家及诗人纪德、瓦雷里、拉尔博等人来看望他，并询问为何这么久看不到他的近作，佩斯打开了一个装满文稿的旅行箱，捧出这部作品。朋友们读后赞叹连声。一部杰作问世的消息传遍了巴黎先锋文学圈子。关于这部心爱的诗，佩斯对朋友们说："这等于将我的个人生活公诸于众"。这里的所谓"个人生活"，有双重含义：其一是它产生于佩斯的东方之行，特别是1920年他穿越蒙古直至戈壁沙漠的所见所想。其二，"个人生活"指作品呈现了个人的世界观，他灵魂的秘密，情感，意志，幻想及对历史的认识。它是佩斯灵魂的宏伟展示，也是他为人类贡献的精神史诗。

这部长卷是宏伟叙述和宏伟抒情的结合。诗中的主要“说话人”，是一个虚拟的类似于成吉思汗或亚历山大那样的伟大的远征者。诗歌描写的是他与他的远征队伍，以磅礴的探险精神，穿越过一片片凝恒、苍凉又充满生机和神秘的土地（主要是亚洲沙漠地带）的经历，此诗的线索就是远征者的行旅。

我们看到，“他”（头领及其队伍）并不像是个凶猛而无知的征服者，他更热爱的不是残酷的掠夺，不是铁与血的格杀，而是人对未知世界的探索，对各种艰难困苦的挑战；他迷恋于陌生的大自然环境的奥秘，和不同地缘环境的人们神奇的生存方式。一路上，他们建筑理想中的城市，颁布新的法律，与诸族结盟，欣赏各地百姓的勃勃生机和民风民俗……他们在领略了征服伟大神奇的土地的同时，也领略了人类自我超越、向极限挑战的生命意志的真义。因此，这首诗的主题是抽象的“生命意志”和大自然的伟力。正如佩斯所言，“诗首先是生命的形态，而且是完整无缺的生命形态”。

这首诗体现了佩斯的价值观、世界观。远征的队伍除了象征人类的生命意志外，还象征着人类历尽艰辛、追求理想的历程，即“肩负着永恒的重担的人类是值得赞美的”（《诗歌》，佩斯）。这双重象征是互为因果的。读这首诗，我们应不为物象所驭，而是从深层把握住它象征的人类的乐观精神，人类开拓历史、探索大自然奥秘的生命意志。在这一总体精神的笼罩下，我们才能更好地欣赏诗人那挥浩流转，万物归怀一般的气势，跌宕鲜活的场景，和融叙述、抒情与幻想于一体的语言。否则，为繁富的意象所驭，我们很可能因欣赏局部的音符，而忘掉整个宏伟的乐章。我想，那些责备佩斯诗歌晦涩的读者，或许正是因此而迷失了方向。

海　标（选章）

而你们，海

而你们，海，更广博之梦的解说，你们就于黄昏时舍我们于城市之坛前，于广场碑石与铜葡萄藤之中央？

噢群众，更壮大之麇集于不衰世纪之坡的观者听者；而海，伟梧而碧澄如晨曦之向人类的东方，

海，庆典中穿行之步履如岩石之颂；前方之守夜与狂欢，嗫语及人类极致之欢狂——海乃我们之守夜，如灵圣之宣谕……

玫瑰送葬之气息再不攻向坟冢之栏格；棕榈之生之时刻再不使异乡人之灵魂暗默……苦吗？活人的唇曾否及此？

我曾见过咯咯而笑于浩海之火的伟大庆典之事物：海若我们梦中之庆典，如绿草与降灵节，如我们庆祝之宴日，

所有的海祝颂其无垠之舒伸，于白云之豢养下面，如免税之国，如世袭之土，如孤篷投注之远方……

噢风，溢没我之生，让我恩惠及于广大学生之竞技场！正午之标枪在欢乐之门前颤索。虚空之鼓拜伏于光之芦笛。重洋之四方踏着死玫瑰之重量，

钙之阳台上它高伸铁达勒克之头颅！

高矗的城市燃焰于太阳沿海之滨……

高矗的城市燃焰于太阳沿海之滨，昂大的石建筑浴于张

开之海的金盐中。

港务员会商着一如前方之守卫：通行税征与海水浴场之协议；路之权益的条例与限制之和解。

我们等着腾腾高海之全权大使。啊！联盟终于属赠我们！……而群众聚向白水的海墙之头，

至常用的斜岸与边缘，直向平于海的峭岩之岬，巨石图案概念之剑与靴刺。

何种角嘴状的欺骗之星模糊了数字，逆转了海洋之桌上的符号？

于商业祭师紧闭之盘湾一如于炼金土与漂布人污臭之桶

贫白的天空惨淡着大地之遗忘与黑麦田……白鸟污渍着高墙之脊。…………

在别地故事较为模糊。低卧的落座于五岳与铁鹿中之城市在海之无知中繁荣；

或以数人之步，随担架之骡，税征人之队旅，穿草而上行，至峰上之民，什一税之沃土广阔之坡。

有些人，因厌倦而背靠水之延展，以他们避难所与听悔室之高墙，各种茴香之色泽，贫民的橐吾草之色泽。

有些人，流血如女母，足满鳞之斑，眉额满苔疹的，降临于港口之泥房一若负废物之群妇。

晾漂衣衫支柱之港，垃圾车子浅水湖沿岸，于灰土与黑炭之柱顶线盘。

我们熟知这些迂径与狭路之尽头；这些拖船停泊处，这些荒穴，破碎楼梯倾倒它石之字母的地方。我们见过你

在孩童之瞳前清道女于一个黄昏时移去她们每月的布。

这黑色凝块凌乱的人们之凹室。正直之海洗去它的污迹。而这是母狗之舐于石之大蛀上。一软层细紫藻如水獭之皮毛来到缝合之线间。

无拘束地高临铺砌黑金绿夜一若珂尔齐斯的母孔雀之

广场——叛乱后时日的伟大之黑石玫瑰与人类为雄鸡流血的铜嘴之喷泉。

异乡人，你的帆……

异乡人，你的帆曾无尽地移过我们的海岸（而有时，
在夜间，我们还听见你滑轮的叽嘎），
你能告诉我们何种痛楚迫使你于一个巨大的温热之黄昏插足于我们这驮负习俗之土地？

“于流血的季节黑色大理石镶白翅的海湾中，
帆是属于盐的，而光是水上禽爪之痕，然后。如此多之天空对我们是梦吗？
甲鳞，柔软之甲鳞取自神圣之面具
而微笑远届伟大圣灾之海……
比落自翅翼的羽毛更为自由
比与黄昏同逝之爱更为自由
你见你的影，于成熟之水上，终于解脱了年龄，
而你让锚制作法律于海底之牧歌中

一根白羽毛在黑水上，一根白羽毛向荣耀
突然给我们巨大的刺伤，如此白，如此奇异，在黄昏之前……
羽毛漂荡于黑水上，强者之战利品，
他们会告诉你吗？噢。黄昏，谁曾完成于此地？

风挟着槟榔栗子与死灭炉床之味自高原长途驰来。
海崎上辉煌秀丽之贵妇向黄昏之火展示穿金之鼻孔。
而海在伟大的步履下再次是温文的。
命运之石手会再次降赐我们吗？

此乃渐渐成熟的海事，在你的海边
此肉之味，肉之最愉快之味
而大地从泡沫热切之黑莓与蓬勃之玫瑰间它的多孔
　　的堤岸
呼出，我们的光之物，更昂贵之事体

较之梦中女人之亚麻织品，较之梦中灵魂之亚麻织品。”

（叶维廉　译）

［导读］

《海标》是佩斯构思七年写出的巨型精神史诗（这里系节选）。他的目的是力图“以诗来伴奏大海的光荣的吟诵，以诗来协助大海辽阔的进行曲”（佩斯语）。诗人在这首诗中展示了大海原生的澎湃，说它是宇宙中“永恒之力的水库”在啸吼。它既裹挟人类、震悚人类，又升华人类和激励人类。大海是一切生命的开始，文明的最初摇篮。虽然人类是在陆地行走，但在他们的灵魂和肉体中，深深铭刻着从远古至今积淀下的大海那无穷漫射的“遗传信息”。

与前面的《远征》以“线性”的行旅为结构线索不同，这首歌颂大海、歌颂生命不息的运动的长诗，采用的是“定点抛射”结构。它的写作背景是一个坐标点——“海标”。这一坐标的设置意味深长。何谓“海标”？海标是指大海与陆地上的人的临界线。这条线以潮汐到达的最高点为标志。人类在海标线上观照他们的大海母亲，领略生命博大的冲击力。同时，对航行于大海上的水手而言，海标又是用来测定位置的陆地目标。这首诗就建置于大海和人类的奇异张力关系上，诗人认为，大海不仅是万物之源，还是一种启示，一种可能，既可激励人类的生命力、创造力，又可毁灭人类，关键是怎样顺应和把握它，将其可怕的原生冲动引向人类希望的方向。大海既是实指，又是一种永恒的抽象精神，它激发并解释着古往今来的原始伟力、创造、毁灭、欲望、爱情。

由此可知，佩斯笔下的大海，并非单纯的对自然之海的歌咏，而是同时凝注了他对整个历史、生存、生命感受的思考，以及人对自身完善的追求与超越。“他的主要目的是要表现人类，捕捉所有的多样性和连贯性”（奥斯特林语）。诗人在这里告诉我们：原始生命力应有合适的导引，它的价值是相对于人类的选择而体现。这首渊深而浩瀚的诗歌，构成了自足的文本世界，我们在阅读时，先要体会大海原始冲动之伟力，它是令人恐惧又崇高的；又要探询这个象征体内部的矛盾纠结。这正是佩斯诗歌博大的“经验包容力”的体现。它不是现成的生活结论，不是被演绎了的思想。我们进入这个由文本世界所统摄的大海与人类生命力浑融于一的壮丽场景，在领悟诗人的意图时，也要展开想象力得出自己的结论。这才是体验佩斯海潮般强劲的语言所描绘的“广博世界”的最好方式——诗人召唤读者共同完成一首诗。

编年史（选章）

七

最后，我们站在高处，一边整理好一件更宽阔的粗毛布织成的摆裙，一边集合所有地球上的伟大事实。

在我们背后，顺着年代山坡那边，整片大地井然起伏，且向四处拓展，仿佛牧羊人宽大的斗篷，盖到仍幼嫩的下巴……

（我们必须——因为事物的海洋围困我们——遮盖前额与面孔吗？就像在最高海岬处，我们看过带着伟大梦想的人，暴风雨时将头隐藏于麻袋，以便同上帝交谈吗？）

……肩膀上，直抵我们，我们听到这股流动在全世界的水道上，除去海水。

到处，大地织着褐色兽毛，仿佛海上的丝绸；而前进，到平原的尽端，那些伟大的五月蓝影，悄悄地在地面上引领天空的一群游牧牛群……

喔大地，同“检察官”相较，你的年代纪是完美无缺的！我们是未来的牧人，而整个辽阔的泥盆纪之夜，都不足以支持我们的赞美……我们是吗，啊，我们好吗？——或者我们曾经是——在那一切之中？

……而那一切为我们产生善，为我们产生恶；移动的大地就在其时代与非常崇高的语言中——在航道与运送中浮沉，放逐于西方且不得结果的远离航线，且在它层层水面之上宛如河口的沙洲与海面澎湃的波涛，以它陶土制的嘴不断前进……

喔大地上显著的面孔，让你听得到的一声呼唤，最后飘进我们的赞美之中！爱情使你的野草莓变硬，喔比摩尔人的忧愁更多波动的大地！喔记忆，人类心灵中，丧失王国的记忆！

西天俨然回教国王身穿红袍，大地以矾土的红色涂抹葡萄，而人类沐浴在黑夜的醇酒中：桶匠在酒桶前，铁匠在风箱前，车夫弯向水泉的石槽上。

荣耀归于我们饮酒用的水盘！皮革厂是祭献之地，群犬血染到屠宰场的废物；但是对于我们夜晚的梦幻，橡树的剥树皮者曝晒阳光之下，发出更低沉有力的腔调，肤色如摩尔人的头部。

……喔记忆，想念你的盐的玫瑰。黄昏的伟大玫瑰仿佛金甲虫在它的胸脯留宿一颗星辰。除去睡眠的传说，这是人类承当繁星的抵押！

伟大的时代，你赞美着。妇女们在平原上站立起来，大步迈向生命的红色铜制炊具。

几世纪以来的游牧民族打从那儿经过！

八

……伟大的时代，瞧我们——我们的人类脚步朝向出口。仓库储存太丰足了，是到了我们的打谷场风干与光荣的时候了。

明天，掠夺食品的大骚动，工作时的闪电……天上的雨蛇交错神杖下来把它的符号烙印在地面上。联盟缔结了。

啊！地面上挺立的高大树木，让精英人才也站起来，仿佛伟大灵魂的民族，且邀我们参加他们的会议……黄昏的严肃夹其温柔之证明，沉落于薰衣草闪亮的热烫石子路上……

接着，在沾黏琥珀的至高树梢上微颤，由于象牙色萼端上若即若离的至高花瓣的缘故。

而我们的行动在他们的闪电果园内回避了……

叶纹石与熔岩之间，需要他人构建。城里的大理石，有待他人竖立。

已经为我们唱出更高度冒险的歌。新手开出道路，而火势由此山峰延到彼山峰……

这些绝非闺房内的纺织歌，也不是称做“匈牙利皇后之歌”的守夜歌，以家传古剑的锈刃剥掉红玉米时唱的歌，

而是更严肃之歌，是另一场战争之歌，就像荣耀及伟大时代之歌，是领袖之歌，黄昏时，独自在灯火前为自己开路时唱的歌。

——在灵魂前灵魂的轩昂，而灵魂的轩昂在伟大的蓝剑之中逐渐形成伟大。

我们的思想已经在黑夜里浮现，像住在帐幕的男子，破晓前左肩扛着马鞍，迈向赤红的天际。

瞧那些被我们放弃的地方。我们的墙下是地面的果实，我们的水槽装着天空的火，而砂上置放云斑石做成的大磨盘。

喔黑夜，供品要献到哪儿呢？而赞扬要向谁信赖呢？……我们尽力举高双臂，仿佛新生羽翼的孵化，在手掌上，这颗人类的阴暗心灵是贪婪的，是热情的，以及如许多隐秘的爱……

谛听，喔黑夜，在荒凉的中庭内与孤寂的拱门下，在神圣的废墟与粉碎的残旧白蚁窝之间，谛听磊落灵魂所发出的

至高而伟大的跫音，

俨然一头野兽徘徊于青铜色的石板路上。

“伟大的时代，瞧我们。请以人类的心灵来衡量。”

（莫渝　译）

［导读］

在一次回答“你为什么写诗？”这一问题时，佩斯说：“为了更好更久远地生活！”“更久远”是指对人类的过去、现在、未来的共时纵深挖掘，“集合起所有地球上的伟大事实”，展示于诗歌中。诚如法国著名理论家加洛蒂所说：“读佩斯的诗我们跨越了所有时代。它是人类在经历了所有经验和文明后产生的伟大史诗。”

因此，《编年史》（又译为《年代纪》）并非通常意义上的历史叙述话语的历时性文体，它是共时性的。在佩斯看来，诗歌能以等值的感觉形态及精神形态，完成历史、科学所能达到的功效，甚至比它们更深入更有震撼力，“诗包括了所有过去和未来，容纳了人类以及超人的事物，囊括了地球的空间与宇宙的空间”（诺贝尔文学奖“受奖演说”）。《编年史》就是这样的对人类生存和精神履历的综合性命名。诗人回望人类走过的历史，百感交集。尽管人类时常会陷入悲剧当中，但总起来说，人类是崇高的，向前的，神圣的：“伟大的时代，瞧我们。请以人类的心灵来衡量。”

诗人有着与伟大时代相称的代言人般的嗓音。这首诗有如赞歌与悲歌两种调式的轮唱，但最终悲歌的声部让位于金属般嘹亮的赞歌。在诗人看来，“诗歌给人最好的教导乃是乐观主义”，从洪荒时代跋涉到今天的人类，并未置身于“无出路”的境遇，那种历史悲观主义只不过是孱弱者的浅见陋说。人是自己命运的牧人，面对自身的历史和可能的未来，他们不必羞愧或胆怯地掩住脸！他呼唤人类“站在高处”，接受生命和历史的衡量。

佩斯这首诗意蕴深刻、真力弥满、吞吐万象。他既深入命名了人类精神历史，又突入了生命体验的未知领域。他追求的“时代感”，是精神型构和话语方式的时代感，而不是物质主义和科技暴力的表面化的时代感。由这种时代感制导的“编年史”更为真实、宽阔，吸摄了过去和未来，人类和大自然共生的复杂讯息。因此，他能够高傲地说——

“面临着核能，诗人的泥土足以照亮他的目标吗？是的，如果人类记住泥土的话。对于一个诗人来说，他如果没有愧对该时代的意识，便足够了”。（诺贝尔文学奖“受奖演说”）

亨利·米肖

亨利·米肖（Henri Miehaux，1899—1984）生于比利时，父亲是法国人，母亲是比利时人。米肖在布鲁塞尔接受教育，后来当过水手、公务员、书店职员和中学教师。1922年，他和一批比利时作家创办了文学杂志《绿色唱片》，1923年发表处女作《梦与腿》受到同行好评，遂正式开始了创作生涯。1930年到1931年，米肖漫游东方，到过中国、印度、日本、锡兰、埃及诸地。后来他到出版社工作，编辑《海尔梅斯》文学季刊，并大量发表诗作。米肖与夏尔、蓬热被人称为法国诗坛“三剑客”。

米肖的诗歌风格与超现实主义诗歌有很多接近之处，但他却没有加入过超现实主义集团。他在审美性格上更倾心于东方文化那沉着中的博大和以简驭繁的神奇。他敏感到西方文化中令人窒息的一面，而寻求从印度佛教、神秘主义，中国道家和儒家，以及中国古典诗歌、戏曲、书法、水墨画中探索美的奥秘和生命的自明。他诗中那种内心省悟的明澈，境界的神秘，生命内在的飘逸，均与他对东方文化的渴慕有关。但从根本上说，东方审美精神对他而言只是对一种异域文化有益营养的“嫁接”，他的诗体现了东西方文化的巧妙融合；而他对梦幻、潜意识、变形感、荒诞感和幽默品格的挖掘，又是与欧洲当时的现代主义审美风尚合拍的。他认为，“现实生活是堆积性的，直线朝前的。诗是跃进的，骤然转向的。转向的效果是启发（或爆发）内心所掩饰埋藏的，是揭露生命不可思议的一面，是给予超越的可能。诗是驱魔工具。诗也是认识工具：对自己的认识，对事物的认识，对人和事物关系的认识”（《和米肖晤谈记》，程抱一）。

米肖的诗集有:《我从前是谁》(1927),《厄瓜多尔》(1929),《骚动的夜》(1931),《一个野蛮人在亚洲》(1933),《远方内部》(1937),《面对牢门》(1954),《无限的骚乱》(1957)等。1965年米肖以全部作品获得法国国家文学大奖，但他拒绝接受此奖。

回　忆

像自然、像自然、像自然
自然而然，自然而然
像羽毛
像思想
在某种方式上
　　也像地球
像错误、像甜蜜，也像残忍
像不真实又不停止的东西，像钉入的钉子尖
像你越想想别的它越抓住你不放的困倦
像一首外语歌
像一颗疼痛而警惕地
　　留下来的牙齿
像把枝杈伸向内院
　　的南洋杉，
不露声色也不做艺术批评地
　　构成一种和谐
像夏日的尘土，像一个
　　颤巍的病人，
像淌着泪珠并用泪水
　　冲洗着自己的眼睛，
像层层迭迭把天边变得
　　狭小但使人想到天穹
　　的云彩，

像夜间当人们到来时
　　当人们不知道是否还有列车时
　　车站的灯光
像一个没有到过印度的人
　　在大街小巷到处遇到的
　　印度词
像人们讲述的死亡
像太平洋的一片帆
像午后的雨中躲在
　　香蕉树下的一只鸡
像对巨大疲倦的爱抚，像一个
　　长期有效的诺言，
像蚁穴里的物体运动
像兀鹰把一只翅膀放在高山
　　谷坡时的另一只翅膀
像一片混沌
像胆怯同时又像谎言
像一棵新竹同时又像
　　压倒新竹的猛虎
最后像我自己
更像不是我的人
By，你是我的 By……

（葛雷　译）

［导读］

《回忆》所展示的是诗人“经验”的涌流状态，而非确指的对某种“经历”的回忆。对经历的追忆是相对完整的、“固化的”；而经验的涌流则是连续不断、变异不定，像溪流一般自然淌开。它是“液化的”、原始的混茫感觉。固化的经历具有很大程度的公共性，而液化的经验则是更多带有私密性，所有的经历可以积淀为经验，但并非所有的经验都可还原为经历。

这首诗对经验的处理采用了极为本真的“涌流”式书写。诗的开头是有如瑜珈术催眠般的絮语：“像自然、像自然、像自然 / 自然而然，自然而然”，这昭示了诗人放松而散朗的内心状态。在这种状态下，往昔的经验被接引出来了，像生命流程中的水泡次第涌现。比起智性的书写，这种涌现真实吗？它更为真实。因为人的潜意识平时受到理智的压抑，但它并未泯灭，它蛰伏于你的内心，是你存在而又不为人知的基本“现实”，用米肖自己的表述就是“股股湍流本源于同一座山峰”（《意识》）。而让人的基本现实释放出来，是诗人的天职。

从这首诗自发涌流出的经验中我们认识了“这一个”更真实的个人：他对生存和生命抱着一种相对主义和怀疑主义的态度。在他的生活细节里充满了无言之痛、彷徨无依感。他想说服自己与生存讲和，但又觉得孤寂和自明才是理想的生活方式。他企图将生命遭到的重创记忆化为一缕轻轻飞逝的羽毛，但他失败了，那记忆仍像一颗疼痛而警惕地留下来的牙齿。他的生活充满尴尬、荒诞、错失，但在“回忆”中，这些体验却奇异地变为一种抚慰人心的东西。当自己的潜意识站出来“说话”时，已不是诗人写诗，而是诗写诗人了。“这是我么”？诗人既迷醉又惶惑，我非我，确是我，“最后像我自己 / 更像不是我的人”。回忆呵，你既是我的命运伙伴，又是我自己，二者叠合了，永不会分离。

米肖的话语方式既有超现实主义的惝恍、神奇，对潜意识和幻象的挖掘；又有东方神秘主义如道家相对思维、印度古典奥义静心理论的渗入。他反对绝对知识，反对头脑对心灵的干扰，但他又提供了发现本真生命“知识”的线索——挽留记忆，深省吾心，轻步而行。

字　母

在死亡移近的寒冷中，很像是最后一次，我注视事物，深沉地……

和这冰的眼光相触，所有非基本的成分均顿然消逝。

可是我继续搜索事物，希求抓住点什么连死亡都无法分解的。

事物减缩，最终简化为一种字母：在另外一个世界都可通用的字母。在任何世界都可通用的字母。

于是我解脱了，从大恐惧中解脱，我那当初怕会和活过的一切永远隔绝的恐惧。

因获得这个字母而坚强，而不屈。我观审它，当血潮又称意地流回我的粗细血管。从容不迫地，我重登生命大开的那一面。

（程抱一　译）

［导读］

在西方有个人们耳熟能详的神谕——“太初有道”。道（the word），常被人理解为神道、圣经、福音等。但是，“道”的原义是指字、词、语言。它告诉我们，人之所以成为人的标志，乃是他们有使用语言的天赋，发现语言的潜能。诗人对字、词、语言，更有常人难以体会的感情。由于常规语言在公共流通中已将内在的含义损耗了一部分，诗人要为经验与冥想进行更内在更准确的命名，就不免时常处于与语言既亲和又搏斗的关系中。诗人与生存的交锋，是发生在语言中的；生存经由语言的命名，遂闪烁出澄明无蔽的光芒。语言乃是诗人的氧气，是存在的家宅，所以，如果任凭语言处于层层尘垢的包裹下，对诗人而言，就等于是“遗忘了存在”，就是他精神的“死亡”。

米肖的《字母》就表达了如上意念。“在死亡移近的寒冷中，很像是最后一次，我注视事物，深沉地……”面对生命的流逝，诗人有一种危机感、紧迫感：还有那么多事物在渴求和呼唤着命名的光芒，我看到了它们，但无力深刻地说出。有限的生命在催促着，我与语言的交锋日趋紧张。在持久的努力中，我先剥离了语言的层层尘垢，“所有非基本的成分均顿然消逝”；但那本真的言辞暂时还深藏不露，“我继续搜索事物，希求抓住点什么连死亡都无法分解的”。这是每一位真正的诗人都会体验到的“舒心的痛苦”。

多幸运，与生存同构的话语渐渐水落石出，“事物减缩，最终简化为一种字母”。诗的命名呈现了，将生存固置于字母和词语之中。它不是一时一地的唯美主义灵感，而是与无限时空中人的存在密切相关的。生命有限，诗的命名不死，它是“在另外一个世界都可通用的字母。在任何世界都可通用的字母”。

至此，诗歌语境结束了上面那寻找的困苦、摩擦力的滞涩，转换成明朗、欣慰、镇定。诗人终于找到了个人的内心词源，完成了折磨着他的工作，得以自豪地长叹一声：“我解脱了，从大恐惧中解脱！”这种恐惧是什么？就是无法以恰切的言辞命名“被遗忘的存在”；写作遇到了困境，这种体验有如置身于“死亡移近的寒冷中”。诗人把对语言的发现看得重于自己的在世生命，在只有一次的生命中，他要加速度地为存在命名。如果说他害怕肉体之死的话，那也是因为“怕会和活过的一切永远隔绝的恐惧”：未被命名之物有如巨大的欠账，而死使我与之永远隔绝。但是现在，人们，多么好！“我解脱了，从大恐惧中解脱”，我寻找到了本质的言辞，有如死而复生！

望着这些字母（词的最小单位：词素），我变得坚强、不屈。我观审它，生命的血潮又流回我的脉管。语言命名了事物，也“从死亡移近的寒冷中”拯救了我那颗诗人的心。是的，我重获新生，要一直写下去，写到底。即使终有一死，我已不怕向死而生，让我先行到对死亡的命名中去，“从容不迫地，我重登生命大开的一面”。

米肖对语言与诗人之间生死攸关的关系的认识肯定是深刻的。但更让我们感兴趣的是，他用来叙说这种认识的方法。在这里，我们领略了诗歌“说什么”和“怎么说”不可分的二而一的关系，是的，“技艺考验真诚”（庞德语）。

在不幸中休息

不幸，我的伟大的耕耘者
不幸，你坐下
休息一下
你和我休息一下
你找到了我，你感受了我，你为我感受了我
我是你的废墟
你是我的大舞台，我的避风港，我的炉膛
我的金窖
我的未来，我的真正的母亲，我的前途
在你的光明里，在你的广袤里
在你的错误里
我沉湎了。

（葛雷　译）

［导读］

米肖深深心仪于中国古代文化人格的超然气度、乐感精神。他说，“中国人有简朴自约的传统。在哲学上，在生活上，他们寻求处于生命的根底层次。幸福的时候不过分高傲自满；灾难的时候也能承担得起”。“我当初到中国去，并不是去寻觅什么异国情调，而是被内心本能需要所驱使。我所获得的，也不限于一些题材，而是一种新观照、新语言。”(《和米肖晤谈记》，程抱一）

这首诗可视为米肖对“不幸”的一种老庄式的新观照。人的一生会充满种种不幸，“不幸”本是人生命的必然。但是智慧的人应做到“道法自然”。人叹怨自己的不幸是情理中事，但长久处于叹怨自怜之中，就不是智慧的态度。不幸已惩罚了我们，我们为何还要再一次……无数次自己惩罚自己呢？认识到这一点，会使人心平气和，所谓“退一步海阔天空”是也。

米肖说，“不幸，我的伟大的耕耘者”，这体现了他的生命智慧和宏朗心灵。面对不可把握的不幸命运，这是老庄式的“退道若进”的省悟。在此，不幸成为我亲切的命运伙伴，我“欣赏”它的不可类聚、难以与别人通约，它只是属于我一个人的。在不幸中，我领略了生存的真义，我曾经跌倒的地方，对我个人渐渐地变得富于回味甚至是“观赏”趣味，“我沉湎了”，学会了“在不幸中休息”——而这些，又难道不是常人难以体验到的智慧生命之“大幸”吗？米肖就是这样一个“随遇而安”的逍遥者，因其悟透世态，“欲求”在减少，而心灵在扩展，《载我去吧》正表现了他的“在不幸中休息”的另一番状貌，堪与此诗对读——

载我去吧，在一只帆船中
一只古老而温柔的帆船
在船首，或如你愿意，在泡沫里，
让我迷失在遥远的地方，遥远的地方。

在另一个时代的马车里，
在冬雪骗人的天鹅绒中，
在汇聚一起的狗的气息里，
在落叶精疲力竭的队伍中。

别弄碎我，载我去吧，在热吻中，
在鼓起来呼吸的胸脯中，
在手掌的绒毯上及手掌的微笑里
在长的骨骼及关节的过道中。

载我去吧，或者埋藏我。

弗朗西斯·蓬热

弗朗西斯·蓬热（Francis Ponge，1899—1987）生于法国南方蒙彼利埃城的一个资产阶级家庭。青少年时代，他在欧洲作过广泛的游历。青年时代开始写诗，早期诗风接近超现实主义。第二次世界大战期间，参加抵抗运动，和萨特、夏尔、格诺等合办《行动报》，蓬热负责编辑《行动报》文学版，诗风也开始转向现实。蓬热与米肖、夏尔并称“法国诗坛三剑客”。

蓬热对客观真实地描写“物”深怀兴趣，他认为诗歌不应以强烈的主观性来扭曲或强加于物，“客观物”本身就含有诗性，而将之接引出来就是诗人的工作。蓬热的诗多为咏物诗，他凝神观察客观事物，将之细致鲜活地呈现于笔下。在超现实主义诗风大行其道的情势下，这种客观诗反而显得充满“另类”般的新意和独创性。他说，“物，即诗学。我们的灵魂是及物的，需要有一个物来做它的直接宾语。问题之关键在于一种最为庄严的关系——不是具有它，而是成为它。人们在物我之间是漫不经心的，而艺术家则直接逼近这种物态。是的，只有艺术家才懂得这个道理。它是完美无缺的。它是我们内心的清泉”(《物，即诗学》)。他的观点对萨特和“新小说”派的格里耶也有一定影响。蓬热的诗歌语言有极强的塑型性，冷静准确地呈现物象，于不动声色中显露新奇。其语型是诗与散文的结合，恰到好处地完成了诗人对物象的精细描写和沉思。

蓬热的主要作品集是:《散文十二篇》(1926),《对事物的一知半解》(1942),《松林诗抄》(1947),《诗集》(1949),《表达的疯狂》

（1961），《诗全集》（1961）。理论著作《马雷伯新论》（1965），《怎样和为什么构成言语之新貌》（1977）。1972 年获法兰西学院诗歌奖，1981 年其全部诗作获法国国家诗歌大奖，1985 年获法国文学艺术家协会文学大奖。

阿维尼翁的回忆

1

窗上一夜银白的闪电。
所有的公园里沙砾飞鸣。
大门边一阵喧哗是谁去送一封信。
望不见许多人。

水洼的大街，一定得走人行道。
可是，我们到哪儿去呢？铁锁已独自睡去。
尽是栅栏。几丛毛茸茸的小树
有暗淡的昏黄色调。

2

肉店老板的白色和血红条纹的大帐篷。
商店里别的什么也看不见。
一只狗总是搜索在小溪边。
自行车一蹬，我们就到了圣吕夫镇。

在大营房，许多小白房子前面，
有几所莳花人的花圃。
教授家有一座浓荫如盖的露台。
香蜜面包和胡桃糖之类在无数圆柱底下发霉。

栏杆上层层叠叠铁锈色藓苔，
这些是石阶中间的绝妙风采。
仿佛大街的一片碧绿
已经爬上那油光水抹的木屋。

3

离房屋几里之外柴堆已经熄灭。
大路上有夏托勒纳尔的驿车走过，
靠着蒙上了一层白霜的栅栏堆着准备过冬的
　木柴。
离这里几公里远，
那讨厌的地区蒸发出强烈的
扔在垃圾堆上死狗的气味，
和腐烂的卷心菜残根的味道混在一起，
这气息像钟声似的一阵阵传来。

4

从这杯溅出了碟子的黑咖啡里，我又看见了你，我亲爱的奥古斯塔。这位给旅馆里缝缝补补的洗衣女人从前就住在我们院子里。她的家只有一个房间，冬天壁炉里是冰冷的。我多么熟悉她那被针戳得伤痕累累的手指：每逢她替我穿短外裤时，常常弄得我像陀螺似的转动。我坐在她膝头上，紧靠着那些还没有熨过、皱巴巴的衣裳包包，也不怕她像穿针引线似的紧眯着那双眼睛对我凝望。她的丈夫是花匠阿尔托，听说这人很爱喝酒，还会打她，因而她常常唱起一支抒情歌曲，歌中说的是一个女仆把手帕赠人留作纪念，还有一个兵士的遗孀摇晃着她已经死去的孩子。她老家在迪涅，偶尔她还收到几张上面绘着下阿尔卑斯地区风景的明信片。从这时起，每当我读到《悲惨世界》头几章的时候（书里故事发生的地点离她老家不远），往往就想起那里。她是天主教徒（这还是因为黑咖啡而想到的），兴许还是那位在银烛台被窃后仍然显得那么宽宏大度的主教大人的羔羊吧。但是关于这我又知道什么呢？有的时候，一个大铜子儿从她围裙里滚落到街上；当时我经常集邮……

……

我听见大人们把一摞银餐具再放进抽屉时的声音。钟不停地在响。这时我们爬上了我们的大船——暖房的屋顶，那是一个狭长的长方形处所，俯临在丛生的绊脚草之上。我们有一张小踏步梯、绳子，还有几个小小的陶制碗盏，我们在里面拌了些泥土和树叶做菜肴，再吐上点口水作为调味。我们端起橡实的壳斗畅饮。我知道为什么现在我那么喜欢吃椰枣了。椰枣要比橡实好吃得多，但模样儿极其相似。起风了。我们把衣裳挂上去当作旗帜或是帆篷。我们想象自己正置身于一艘飞艇的吊舱里。在公园的另一角落，有一个已经废圮了的小亭，样子很像一辆既没轮子又没窗玻璃的有轨电车。从前我曾在那里面阅读儒勒·凡尔纳的《机器岛》。四周围，大自然的景物洋溢着一派真正的印度风情，满是青藤、蜘蛛网和刺极尖锐、味道极苦涩的巨大芦荟。

（徐知免　译）

［导读］

这是一个跨文体写作的文本，诗歌话语与散文体话语是“混编”在一起的。诗人回忆了他童年时代居住的地方阿维尼翁，那儿特有的自然风光，建筑物上的细节，童年游荡的自行车，街区的细部特征，空中具体的气味，他熟悉的穷苦善良的女佣，他童年的一件件玩具，某几本读物……如此等等，宏细状貌都十分清晰、生动。

这些回忆，几乎很少有主观性，诗人不是对意识而是对现象（物质或事态）进行着不断深入细密的描述和挖掘。它引起了我们的关注，或许还有淡淡的怅惘。诗人控制着自己的文本，并不去表现什么“怅惘”，但对童年记忆的精细捕捞，本身就会使我们发出“童年永不再、永不再回来！”的感叹。

此诗的话语是“浮在表面”的。我们知道，童年记忆的强度取决于事象的有趣性，而并不取决于事件或物体本身对人是否“具有重大意义”。现象固有的意味，使诗人感到人没有“特权”去改写它或使之拟人化。没有人，现象仍然是“在场”的。这首诗中的叙述与情节化的叙事不同，它没有一个稳定的有意味的焦点。对各种局部的精细展示虽分散了我们对整体的注意力，但生活的细节却水落石出——我们在此有如直接“目击”到了一个更实物化更直观的世界。客观的体察代替了主观的幻化，但奇怪的是诗反而因此显得神秘和不确定了。它排除了任何先验成分，让物“说话”，物本身有了它们自己的生命。

眷恋生命，流连光景是诗人们的天性，蓬热的诗也体现了这一天性。但他的交代却是独特的，情感几乎是“零度”的，文体性质也是模糊的。当我们看到这些“琐屑”的细节：“公园里沙砾飞鸣”。“谁去送一封信”。“水洼的大街，一定得走人行道”。“铁锁已独自睡去”。“白色和血红条纹的大帐篷”。“一只狗总是搜索在小溪边”。“教授家有一座浓荫如盖的露台”。“柴堆已经熄灭”。“驿车走过”。“死狗的气味和腐烂的卷心菜残根的味道混在一起”。“她那被针戳得伤痕累累的手指”，“她替我穿短外裤时，常常弄得我像陀螺似的转动”。“一个大铜子儿从她围裙里滚落到街上”。“椰枣要比橡实好吃得多”……对细节的质感、纹理的鲜活呈现令人叹为观止！在此，整个童年的回忆变得充满了质感、体温甚至毛茸茸的抚触感。诗人当然会有选择，但像用一只网眼细密的筛子，他要尽量挽留住记忆中的细节。随着作品从诗歌话语到散文体话语的过渡，筛子眼越来越小。可见，诗人运用跨文体写作是与他处理的材料的性质密切相关的。

有人说，在写作中诗人思考的深度决定了作品理性的强度。但蓬热不这么看。他说，“欢悦的复归，回忆的清新和对物的感觉，这三者就是我称之为生活理性的东西”。这首诗就很好地说明了蓬热旺盛的创造力和独具一格的“生活理性”。

雨

我凝望着院子里正在下着的雨，雨以千千万万，变幻不同的姿态降落。中央是一幅纤细的断断续续的帘幕（或者是一张网吧），水异常充沛，但是那些轻盈的水滴陨落时相对地说略略显得有些缓慢……离此不远的地方，左边和右边的墙带着硕大的水滴在倾泻。这儿雨点像麦粒那么大，那儿像豌豆般大小，而在别处，有弹子大。在金属杆上，在窗扶手上，雨顺流下注；在同样的障碍物下面，雨珠像饱满的水果糖那样挂悬在空中。

雨的每一形态都具有它特殊的风姿，并总有一份特殊的音响与之相应。一切都好像一套复杂的机械似的激烈地活动着，准确而偶然，仿佛一座大钟，那下冲的蒸汽推动着连在发条上的巨大锤体，在摆动。

无数直线的涓涓细流着地时发出一串串铃声，落水管咕噜咕噜的响声，还有轻微的铜锣声同时齐鸣，纷至沓来，杂然成响，既不单调，亦不乏精妙之处。

发条松开，某些齿轮还有一阵子在继续滑动，渐渐地缓慢下来，然后整个机器都停了。这时如果太阳又重新露面，一切便立即消失，无限灿烂的景物烟消雾散：雨过天晴。

（徐知免　译）

［导读］

《雨》是蓬热的名篇之一，被选录各种选本。雨，是古今中外的诗人们喜欢的题材，但蓬热的《雨》给人留下了不凡的、与众不同的深刻印象。我们已熟悉在大多数诗人笔下，雨往往象征或暗示着人的某种心情，或以隐喻的方式将雨作为滋润心灵、汰洗精神、普养万物的抽象“功德”的客观对应物，如此等等。

这样写雨当然也不乏佳作，但千篇一律的角度也使人厌倦：首先，这样的“雨”成了惰性的符号，它可以置换成清泉、河流、圣水、雪、濯洗、沐浴、除旧布新、荡涤……因而它丧失了具体特指性和形象的独立自足品质。其次，作为游动“能指”的雨反而消失了，剩下的只是固定的所指。最后，这种写法往往大而化之，直奔所谓“主题”，把丰富具体的世界及其鲜活密集的细节抹杀了。从这样的诗歌中我们看不到事物在动态“过程”中的趣味，仿佛大多数词语都可有可无，它们的用途是临时的、为最终的象征“主题”服务的——各细部词语的丰富性被遮蔽乃至“删除”了。

而蓬热这首诗中的雨，不是什么主体“移情”的产物，他尽心尽力尽性地书写了一场自然现象的具体的雨，对纤毫毕见的无数细节都充满了本真的“命名”。为了避免惯常的阅读习惯，即以象征性压抑物质性，诗人说雨是“一种极度圣洁的创造物”，但这“圣洁”不是什么精神、本质的东西，而只是“纯净大气现象的一种极度圣洁的创造物”。气象学意义上的限制成分，彻底消解了误读的可能。然而还不够，诗人要继续消解它的“人气”或主观性，他将雨转喻为一架无知无觉的天空的冰冷大机器，它自发地运行着，最后整个机器停了下来：雨过天晴。

在这首诗里，诗人既提供了几乎不含有主观成分的本真自然之美；又提供了一种陌生化的“说法”，一种全新的“冷客观”的措辞方式。我们常说，“诗是命名”，这话不错。但忘记了诗不仅为“我”的经验命名，它还应向现象敞开，为物自体命名。后一种命名常常是更为困难的，它意味着你要将观察力、专注力和书写力突入到物体的未知领域的可能的极限。

雅克·普列维尔

雅克·普列维尔（Jacques Prévert，1900—1977）生于巴黎，曾从事过许多种职业，社会交往广泛，从文人到五行八作均有众多朋友。他喜欢游荡于巴黎街头、酒吧，观察和了解大众的生活及心态，从中汲取写作诗歌和电影剧本的素材。1924 年，因与超现实主义“掌门人”布勒东交好，普列维尔曾参加过超现实主义诗歌团体活动，写有超现实主义风格的作品。1930 年他彻底脱离超现实主义，另辟蹊径，以明快诙谐的口语，干净利落的节奏，处理现实题材，表现大众生活。他喜欢将自己写好的诗先在酒吧朗诵给听众，然后才正式发表。他的诗往往发表前已在大众口头流传，发表后更是家喻户晓。他被誉为“街头诗人”，“大众诗人”。其代表作《歌词集》在当时就售出了 200 万册。

普列维尔的诗有深沉的感情和浓郁的幽默感，但他并不是只追求表面幽默趣味的诗人。他与大众心心相印，对周遭现实始终保持着正义感。他参加过抵抗运动，他用诗讽刺形形色色的权力主义者，谴责社会的不公正，嘲笑教会的伪善，并以“含泪的笑”表现了失业工人、流浪汉的尴尬生活。他的一些儿童诗也写得妙趣横生，对天真的“嘎小子（小妞）”们充满诗心善良的欣赏，与成人世界的虚伪相比，他们发乎本心的“嘎”自有促人沉思的一面。普列维尔还写有大量爱情诗，融诙谐与挚情于一体，读后令人难以忘怀。

普列维尔的诗歌观念是反对博学诗、文化诗，也反对圈子化的先锋派，反对唯美诗风。他力图使诗回到民间。但他绝不是个粗鄙的“民间写手”，而是现代诗人。他讲究精巧的构思，对音义的巧妙破格使用，对材料的精审斟酌，对节奏的恰当安排。因此，他的诗做到了透明而不失奇异，通俗又意味深长，放肆又不失深情，看似不大经心，实则功力甚深。他不但受到大众，而且也受到前卫诗人们的一致称许。

普列维尔的主要作品有:《歌词集》(1945),《故事》(1946，与韦德尔合写),《雨天和晴天》(1955),《杂烩》(1966)及几部电影剧本。

血泊歌

世界上有大片的血池
这遍地的血往哪里流
难道是给地球喝的吗？喝得醉如泥
这可说是那么明智……那么单调的酗酒
难以置信而且稀奇
不，地球不会酩酊大醉
运转不会偏离
它推着四季小货车正规地转动
雨……雪……
冰雹……晴空……
它从来不曾喝醉过酒
偶尔有
一次不幸的小小的火山爆发
地球运转着
它运转连同它的树木……它的花园……它的房屋……
它运转连同它大片的血泊
一切有生命的东西跟着它运转而且流血
它不管
地球运转
而一切有生命的东西都在叫喊
它不管它运转
不停地运转
血也不停地流……

这遍地的血往哪里流?

残杀的血……战争的血……
贫困的血……
在牢里受折磨者的血……
被爸爸妈妈安安静静折磨的孩子们的血……
还有疯人院里人头上流淌着的血……
在屋顶上滑倒了掉下来的
屋面工的血……
还有刚生下来的婴孩
和叫喊的母亲
同时流出的大量的血
婴孩哭……鲜血流……地球运转
地球不停地运转
血不停地流
这遍地的血往哪里流?
被棒击者的血……被侮辱者的血……
自杀者……被枪杀者……被判死刑者的血……
还有那些无端屈死者的血
活人在路上经过
所有的血都贮存在体内
他突然死去了
所有的血都流到体外
其他活人要消灭他的血
他们转移尸体
但是血真固执
死人躺过的地方
总是有血迹
时间一长变得很黑……
凝固的血

生锈的生命，生锈的躯体

像牛奶一样发酸的血
像牛奶一样变了质
牛奶变质变酸
像地球的运转
地球运转连同它的牛奶……
它的奶牛……
它的活人……它的死人……
地球运转连同它的树木……它的活人……它的住屋……
地球运转连同婚礼……
葬仪……
贝壳动物……
部队……
地球运转运转再运转
连同它的流成巨川的血，血的巨川。

（沈宝基　译）

[导读]

这首诗语境透明，节奏强烈，读起来极为流畅。但这种流畅并非平滑如镜的一路写开，我们读着它会感到不时被尖刺挂一下，不时被钝器击一下，在形形色色的苦难中穿越了血泊的地球。原来，诗的强烈节奏和流畅语感与诗人所要表现的核心语象——血泊漩流，地球运转——是密切相连的。地球上充满被侮辱被戕害者的鲜血，血的巨川一刻不息，语感的流畅与鲜血汩汩的流淌在此是同构的。这是高水准的音义协调，足见普列维尔的生存洞见力和艺术表现力。

表现这个充满战争、贫困、囚禁、屠杀、灾难和死亡之血的世界，可以有各种方式。但诗之所以为诗，就在于它应能更紧张更集中地在瞬间展示人类痛苦心灵曲线的最高峰值。普列维尔找到了这个最高峰值，设置出以无穷“现在时”的方式流淌的鲜血和它们浸渍的地球这个语象，就格外强烈地震悚了我们的心。诗中虽然也列数了各种各样的流血（包括大自然的灾变地震造成的死亡，和母亲的生产之血），但我们发现诗人的用力处只是在控诉更多的本不该流血，却偏偏鲜血横流的人类遭遇。诗人没有孱弱地哀哭，他是在愤怒地举证和批判。他牢牢地记下了这些流血的原因，“血真固执”，它不会阒无声息地消失。地球喝血喝得烂醉，但人是清醒的，那汪洋的血海将永远铭记在人们心中。

这首诗主题深刻，想象力超拔，令人过目难忘。它告诉我们，在写作中互为因果的两个方面是缺一不可的：只有深厚的感情并不足以保证诗的成功，诗人还应找到宣叙这感情的卓异技艺；同时，一个诗人永远应对周遭现实保持正义感，甚至在诗歌的想象力可以重构现实的时候。

午　餐

他把咖啡放在
杯子里
他把牛奶放在
咖啡里
他把糖放在
牛奶咖啡里
他用一把小茶匙
不断搅动
他喝了牛奶咖啡
然后放下杯子
不跟我说话
他点燃起

一支烟
他张开嘴
吐出许多烟圈
他把烟灰弹在
烟灰缸里
不跟我说话
也不看我
他站起身来
他把帽子
戴在头上

因为天正下着雨
他穿上雨衣
接着他走出去
在雨地里
也不说话
也不看我
而我呢我把脑袋
拿在手里
于是我哭了。

（徐知免　译）

[导读]

这真是一顿令人压抑的午餐。为何事而压抑？诗人没有说。但是从“枯燥”的语境中我们能感到，那个就餐的中年男子在冷漠、木讷的行为下，似乎掩藏着重重心事。诗人以琐屑的细节一点点叙述（乃至是“动作分解”叙述）了他从调咖啡、喝咖啡、吸烟、喷烟圈、戴帽子、穿雨披、走出去的过程。但这一切动作像是隔着厚厚的玻璃窗，没有一点声息，甚至他“不跟我说话／也不看我”。当他终于走出去，“我”（妻子）才用双手托住痛苦的脑袋，哭了。

诗人不去写这一对夫妇因何事而压抑，只是叙述了今天甚至在家庭生活中，人与人的交流也变得极其困难和罕见。男主人的一系列动作本是日常化的，但在总体语境的规约下，这一系列动作更像是源自于他心灵的疾患，机械、空虚、漠然。这究竟意味着人与人的隔膜越来越普遍？还是仅仅表明了男主人没有勇气告诉妻子他面临的沉重压力？我想，诗人的命意是双重的。他更喜欢陈述这个事实，而事实的奥义却要由拥有不同经验的读者来赋予。这就是诗歌话语多向度的魅力。普列维尔的诗总是能在日常情境中揭示它不为人知的各种可能性。不管压抑是由于何种原因，它的结果是一样的：痛苦又压抑的人将脑袋埋于双手而默默流泪了。人们呵，让我们尽量减少这样的泪水吧！

不用功的孩子

他摇头说不
可心里说好
对老师说不
要玩去就好
老师向他提问
他站着直发愣
一问三不知
突然一阵子傻笑
将数目和名词
日期和名字
句子和圈套
一股脑儿抹掉
同学们都哄堂大笑

老师也气得发脾气
他竟然毫不顾及
在不幸的黑板上
居然用彩色的粉笔
勾画出幸福的容貌

（高行健　译）

［导读］

这首诗明白如“话”，它截取了小学生课堂上的一个小片断，刻画了一个又嘎又纯朴、又笨又机灵的可爱的孩子。这孩子对事物的看法很简单，一是“不”，一是“好”。他喜欢的只是玩，能玩就好；剩下的都是“不好”。上课尤其更“不好”。老师提问他，他的玩心还没收回来呢，一问三不知。但他并不紧张，反而“突然一阵子傻笑”。这傻笑并不是在掩饰自己的窘迫，“突然”一词告诉我们他是在走神的瞬间想起了什么有趣的玩法，再也抑不住内心的快活。这笑声极富滑稽的感染力，课堂像开了锅，小伙伴都随他开心地大笑。老师急了，在呵斥大家。这位嘎小子，却闲里偷“忙”，乘机拿起老师的彩色粉笔，在黑板上“勾画出幸福的容貌”。什么是幸福？就是玩。“幸福的容貌”是什么样子的？噢，“幸福”长得就跟这淘气的孩子一个样儿吧。

这首诗情趣丰盈，人物从形貌到精神都呼之欲出。它启示我们：应将儿童诗写得富有活力、热情、趣味，它不应是枯燥的道德教训。诗人们在很多时候不一定比孩子们聪明，因为孩子的言行是源于本真心灵的，而本真的心灵本来就是诗、画和音乐呵。我国儿童诗大多是变相的道德寓言，有严重的成人化倾向。而成人化的儿童诗是令人生厌的，因为它说的一切都“太对了”。而这首诗所欣赏的孩子，似乎是“不应该”欣赏的，但诗人恰恰于“不应该”处揭示了童真的动人美质。学习一下普列维尔写儿童的“手艺”，有助于我们写作质地的提高。

下面，我再为大家抄录他一首《练习课》。这次，诗人写的不是一个，而是一班淘气可爱的孩子——

“二加二四／四加四八／八加八十六／再念一遍老师说／二加二四／四加四八／八加八十六／可是那时候／空中飞过一只琴鸟／孩子看见了／孩子听见了／孩子呼叫它道／救救我吧／同我玩吧／小鸟／于是鸟儿飞下来／同孩子一起玩／二加二四……／再念一遍老师说／那时候孩子正在玩／鸟儿正在同他玩……／四加四八／八加八十六／十六加十六多少／什么都不是／十六加十六／怎么是三十二／总之就是这个样／这个数字溜跑了……／孩子把琴鸟藏在书桌里／于是所有的孩子／听见鸟儿叫／所有的孩子／听见音乐了／于是八加八也跟着溜掉了／四加四二加二／它们也逃走了／而一加一既非一亦非二／一加一也同样跑掉了／于是鸟儿玩／孩子唱／老师喊／你有没有尽捣蛋／但是所有别的孩子／他们都在听音乐呢／于是课堂的墙壁／安安静静塌下来／于是窗玻璃又变成砂／墨水又变成海／书桌又变成树木／粉笔又变成山岩／笔杆也变成鸟”。

勒内·夏尔

勒内·夏尔（René Char，1907—1988）生于法国南方沃克吕兹省的伊尔城。他父亲是伊尔城的市长。夏尔毕业于马赛商学院，在校期间开始写作。1927 年夏尔应征入伍，此年出版第一本诗集《地中海人》。1929 年，他创办了文学杂志《子午线》，并结识超现实主义诗人布勒东、艾吕雅、阿拉贡等，参加过超现实主义诗歌运动。1930 年，他与布勒东、艾吕雅合出过一本诗集《缓行，前面施工》。1934 年夏尔逐渐脱离超现实主义诗歌运动，走自己的诗歌之路，虽然诗风仍有较浓重的超现实色彩。第二次世界大战期间，他勇敢参战抗击法西斯，担任了阿尔卑斯地区游击队首领，并写下大量作品记录其战斗经历。40 年代中期以后，夏尔的思想与存在主义产生强烈共鸣，特别是存在主义作家加缪和存在主义哲学家海德格尔的思想，给夏尔以较大的启示，他也与此二人建立了私人友谊。对人的存在的探索，使夏尔的诗歌有了更为开阔的视野，深刻的主题。

作为法国诗坛“三剑客”之一，夏尔诗歌风格独特，无论是写严峻的“存在”命题，还是写优美的田园诗，都极为简劲、神奇、精美。虽然他笔下的诗思跳跃性很大，但内在的情理线索还是较为清晰的。他往往采用“迷人的压合”方式，将复杂的思想、诡谲的意象群，浓缩到尽可能简洁的表述中，而避免繁冗的过渡。这也正是缺乏训练的读者感到夏尔作品晦涩的原因。

作为诗人，夏尔对生存和生命的沉思虽有存在主义哲学意识，但说到底，他还是坚持直觉、体验、瞬间领悟，而反对单纯的理智认知的。夏尔在诗歌语言上有高度的自觉意识和极大的原创才能，在他的诗里，我们看到“语言”绝不仅是表意的工具，语言的创造也是写作的主要目的之一；而语言的丰盈也就更有力地为“存在的现身和领悟”提供了最理想的场所。夏尔技艺精纯，但不是形式主义者，他同时关心诗的深刻的意义，他的诗在语言技艺上称得起炉火纯青，而深度也令人满意。

夏尔的代表性诗集有：《地中海人》(1927)，《飘过心房的钟声》(1928)，《武器库》(1929)，《没有主人的锤子》(1929)，《伊普诺斯书页》(1946)，《愤怒和秘密》(1948)，《早起的人们》(1950)，《致激怒的安详》(1951)，《群岛上的谈话》(1962)，《失去的裸体》(1971)等。夏尔还写过许多诗学札记、论文，收集在诗学文集《诗论》(1957)中。

诗　人

在瓶子的阴影里，文盲的痛苦
车匠无法觉察的不安
深深污泥中一枚硬币
在铁砧似的小船里
诗人孤独地生活
沼泽地里巨大的独轮车

（周海珍　译）

［导读］

诗人的孤独是双重的。首先，作为诗人往往更内倾，专注于主观体验，向内探求自我的真实存在，并将这种对存在的领悟固置于个人修辞的语言之中。其次，诗人写出了“存在”，期待它进入可交流的话语空间，但是这种期待常常落空，人们或漠然置之，或道一声“读不懂”就掉头而去。体验和交流的“双重孤独”是许多诗人写过的题材，但是像夏尔这首著名的《诗人》写得如此刻骨、深邃的诗，却殊不多见。

夏尔虽然为诗人的双重孤独而叹息，但他没有也不屑于以降低诗歌话语的含金量，或减缩它的意义向度，来取悦于公众。他坚持了审美的傲慢，捍卫了深度写作自身的价值。因此，这首诗既有叹息，又有高傲。这两种情绪轮回着，最终审美的高傲成为主导情绪。

诗歌话语是否晦涩，涉及一个审美敏识能力的问题。在公众看来是匪夷所思的诗句，在诗人那里或许是最为精确的语言。诗人要表达出自己生命复杂体验的瞬间形态，其语言与这种体验构成了相互选择、相互发现、相互照亮的关系——要么就以唯一恰当的语言说，要么就不说。诗人不能迁就公众，他没有捷径可走。夏尔曾表述过这样的意思：写作有如诗人进入了秘密隧道，完成个体生命的探险；诗中各局部肌质的内容是隐秘关联着的，像一盘手风琴孔眼，会发出不期然的，却又是浑然一体的复合共鸣声。诗人写作是一种“个人的历险，不计代价的历险”（见《先行者之歌》《诗论》），这历险是主动寻求的历险，是真正的诗人难以也不应该绕开的。我们重温这些理念，有助于更深刻地理解这首诗。

对诗人而言，他的话语是清澈、坚实、光润、浑然一体的，其质地像“瓶子”。但公众“读不懂”，他们不是以直觉的方式面对“瓶子”，而是硬要寻求文本外的固定“所指”——瓶子的阴影。这样的非审美的读法，对诗而言就是“文盲”，其“痛苦”也没有价值。诗人的孤独感愈加沉重，但他审美的高傲也伴随着这孤独而同步增加。美是高贵的、不可消解的，是“深深污泥中一枚硬币”，污泥腐蚀不了它，在污泥映衬之下，它反而闪出了更炫目的光彩。诗人孤独而坚定地生活和写作，“铁砧似的小船”这个语象，准确地道出了他的文本质地和淬砺奋发的精神世界……

然而，泥水中的“硬币”和“小船”的隐喻都还不够！夏尔要用一个更孤独更博大的语象来命名诗人——“沼泽地里巨大的独轮车”。它的孤旅是漫长而艰辛的，它不为人们理解，但仍坚持着“不计代价的历险”。这历险甚至连少数会心的读者也难以充分体会，因而是“车匠无法觉察的不安”。

这首诗精微、简劲，意象间跳跃幅度很大，但内在的情理线索是明晰的。夏尔没有将诗写成对“双重孤独－创造”这一理念的急切诠释，他采用了迷人的压合法（复杂意味的“和弦”），以层层深入的私人意象，在瞬间照亮了我们的心智。

纷乱的话语

如果你大声叫喊，世界就沉默：它远去，带着你自己的世界。

应该永远更多地付出那些你不可能重新索回的东西。并应将此忘却。这才是圣洁的途径。

想使刺变成花朵，就是想使闪电变成圆形。

雷电仅仅是一栋房舍，它有许多条小径。在不断加高的房舍，没有面包屑的曲径。

毛毛细雨使叶丛欣喜，然而它匆匆而过，没有说出自己的名字。

我们可以是由蛇群控制的狗，或者不说出我们的身份。

傍晚摆脱了铁锤的束缚，人仍然受自己心灵的奴役。

鸟儿在地下鸣唱地上的哀情。

仅仅只有你们——疯狂的树叶，在使自己的生活充实。

一根火柴就足以使海滩燃烧，有一本书来到那儿消亡。

狂风中的树荒僻孤单。风的驱使更使此情此景依然。

就像不予推敲的真理可能是苍白无力的东西一样，如果没有红色的防波堤筑于远方，那么眼下的疑虑和定论也就不会牢记在心上。我们昂首向前，抛却一切诺言，自我赋予这种权限。

（江伙生　译）

［导读］

夏尔被人称为“格言诗人”，他的许多作品像一束束心灵的闪电，突然发生，光芒炫目，令人久久回味沉思。但这里的“格言”不是指常规的理性固定投射，他从不去演绎“已知”的事物，他摸索的是未知的事物，他说，“诗人留下的不是论证，而是引导的足迹”(《诗论》)。因此，他的“格言”不是“总结问题”，而是重新激活重新“打开问题”。

这首《纷乱的话语》鲜明地体现了夏尔格言诗的特色。这些话语片断有如一扇扇打开的门，它通向更开阔的视域；它又是可以自由出入的。它们所包含的洞见，我想每个智慧的读者都会有自己的领受，无须我饶舌。需要说明的是，它在“纷乱”中拥有内在的整体性共鸣效果。我们发现，这些纷纭的格言像“群岛上的话语”（夏尔自语），对抗而共生，共同的地基表面看上去裂开了，但在底部却是相连的，彼此呼应、折射着奇异睿智的个人经验。夏尔喜欢使用微小的材料表现博大的思想，在此，“小就是大”——不是材料体积的巨大，而是认识力、直觉穿透力的宏大。他说过，“蜂群、闪光和弃绝是同一顶峰的三道斜梁”(《先行者之歌》)。这告诉我们，攀登诗歌真理的顶峰，要借助于微小、白热、透彻的直觉洞识，以及诗人的批判否定精神，这样才能用“一根火柴使整个海滩燃烧起来”。

夏尔还写过一首著名的格言诗《日子》，我趁便抄出供您欣赏他电光石火般的睿思——

“我将我的信念联在这些日子那些日子上才使你的存在长成。我让我的岁月倚在这广阔的力量上，向他们讲授新的课程。我将束缚我升腾的暴力开除，我毫不声张地抓住节令的手腕，神谕对我却毫不再有威力。不管我感受到与否，我都是在机运里。

威胁是彬彬有礼的。海滩每个冬季都有成堆叛逆的传奇和伸着沉甸甸荨麻枝般胳膊的巫女，它向那些呼救的存在摊开救援之手。我知道冒险的意识对于刨子之类毫无畏惧。"

雨　燕

翅膀特别宽广的雨燕，一边绕着屋子盘旋，一边叫出他的
　　喜悦。他就是心。
他催于雷鸣。他在晴空播种。一旦触及地面，他就会擦伤
　　撕碎。
家燕是他的对立面。他憎恶"家"性。塔上的花边有何价值?
他栖息于最阴暗的岩缝。再没有比他住得更狭窄的了。
光照长昼的夏天，他穿过子夜的百叶窗，迅速地潜入黑暗。
没有一双眼睛能捕捉他。他的叫声就是他的全部存在。
　　小小的火枪就要击中他。他就是心。

（飞白　译）

[导读]

《雨燕》选自夏尔的代表作诗集《愤怒和秘密》，它完成于第二次世界大战结束不久。如果说《伊普诺斯书页》是夏尔对战斗生涯的诗性记载，那么随后完成的《愤怒和秘密》则更多是存在主义式的对人存在意义的追问。

在存在主义的理念中，人的存在首先是"思维着的自我意识"的存在，在一定条件下，人本质就是由这种主体意识自行选择和造就

的。人是自由的，但这种自由常常并不使人欣悦，它是人必须承担的最噬心又最严酷的“义务”。虽然人生的结局是烦扰、孤独、荒谬、失败，但真正自由的人还是要“介入”，要“行动”，要“反抗”。人要为自己的自由选择而负责，“英雄是自己成为英雄，懦夫是自己成为懦夫”（萨特语），这就是悲喜难辨的存在主义的“人学辩证法”。

雨燕，是诗人使用的隐喻——“他就是心”。他（它）存活于荒谬的生存境遇中，但他是加缪所说的“反抗者”，孤高、纯洁、不屈地鸣叫，要喊出他心中神圣的东西。他拒绝随俗的“沉沦”，拒绝集体性地沉浸于“家”“众人”（海德格尔语）的异化巢穴中，“家燕是他的对立面，他憎恨‘家’性”。

反抗是对荒谬、痛苦、庸俗生活的激烈抗议，在这里很难找到“适度”的边界，一切都是危险的，随时可能被“擦伤撕碎”，甚至“小小的火枪就要击中他”。但反抗者的内心有良知的奇异之声在催促，他知道勇敢和受创是扭结一体的，是“非如此不可”的！他是孤独的，“栖息于最阴暗的岩缝”；在长昼的夏光中，他潜入子夜的黑暗，是为了不就范于“大写的‘众人’的独裁”统治，保持自己本真的生存体验。“他的叫声就是他的全部存在”，这里既没有上帝，也没有决定论，孤独反抗的个体用话语和行为完成了他的超越性。

夏尔是存在主义作家加缪的好友。在加缪逝世时，他写了《加缪永生》一诗，对加缪反复命名的“反抗者”道路，诗人充满缅怀和敬意地说：“人世间不再有直线，不再有离开我们的这个人所走的光辉道路。”那么，我们也可以说“雨燕”那看似斜刺弯曲的道路，从根本上说是“直线”的——捍卫人的尊严、价值、自由的权利，这不是人心所有道路中最直的道路吗？

阿兰·博斯凯

阿兰·博斯凯（Alain Bosquet，1919—1998）生于乌克兰，有比利时血统。他祖父是商人兼诗人，父亲也翻译过不少诗歌。博斯凯中学时代开始写诗，喜读象征主义诗人作品。1942年在美国结识布勒东，转向热爱超现实主义诗风。博斯凯早期诗作具有超现实主义色彩，注重对梦幻和潜意识的挖掘，意象奇崛而自由并置，话语的游戏色彩较浓。1945年后，对二次世界大战的痛定思痛，特别是原子弹在日本的爆炸带来的噩梦般的生存现实，促进了他诗风的转变。他的诗写得冷静、反讽、深刻、悲凉，有如对人类生存境遇的寓言式命名。但博斯凯不是那种抒发"激情"的诗人，他力求将不动声色的冷嘲和幽默融入明晰的语境，既激发读者对严肃问题的思考，又有"后现代主义"诗歌的谐谑风格。正如他自己所说，"我总是有两个脑壳：大的装着忧愁，小的贮着快活。我总是有两颗心：一个为了爱，另一个为了淡漠。我总是有两个影子：一个为了鼓掌欢迎我，一个为了斥责我"(《诗》)。

博斯凯的主要作品集是:《死去的语言》(1951),《怎样被遗忘的王国》(1955),《第一个遗嘱》(1957),《第二个遗嘱》(1959)，以及60年代后期诗选《关于孤独的100个注释》《马儿鼓掌欢迎》等。

父亲：大理石

父亲：大理石。
母亲：玫瑰花。
出生地点：你心深处。
日期：无年之年。
学校：热风、马月学校，拒绝白色的雪学校。
住址：想住而又绝不该住的地方。
职业：说大话，有时折磨大话。
宗教：海洋，当它驯服时。
爱好：在绝对中来回旅行。
特征：你太久的沉默。

（胡小跃　译）

［导读］

这首诗“戏仿”了一种应用文体——“个人情况调查表”。“戏仿”，是后现代诗人常用的修辞策略，他们在文本中刻意设置模仿因素，这些因素包括被仿对象的观念、文体格式、话语细节，如此等等。但从总体态度中我们可以看出，后现代诗人模仿的用意是对其反讽、戏谑和颠覆，体现出后现代诗人消解种种惯性的蒙昧主义和陈腐权势的意图。

常规的个人情况调查表貌似准确可靠，但实际上漏洞百出。作为僵化的档案制度的构成部分，它们藐视个体生命状态的差异性，使所有人都填（生活）得像“一个”人。最应该填写的东西在一律化的表格中，反而无处落笔。因此，个人情况调查表恰恰成为最没有个人性的东西。博斯凯对此不以为然，他戏仿了表格的形式，却拯救出了个人化的内容。在他填写的文字中，一个诗人对父母的观感，对受教育学校的失望，生命履历中的经验、愿望、意志、信仰、写作状态……都鲜活地凸现出来。虽然“填表”时他使用的是诗人特有的话语方式——隐喻，但从心灵角度衡量，它们比应用文体更准确、更真实，也更有趣。读罢此“表格”，我们看到了一个活生生的个人。最后一项关于“特征”的填写意味深长：“你太久的沉默”。这是基于一个诗人对话语的审慎。首先，他要选择生命体验中最内在最深刻的话语，而在这个语言日益平面化、变薄变滑的时代，诗人的工作是艰难的，他时常不得不“沉默”。其次，这沉默也是对权力主义的讥讽。沉默是拒绝顺役的，是坚定而自明的，这正是诗人的“特征”。

最后的自由

这是最后的自由。
明天，时间就要结账。
玫瑰可以自由地不当玫瑰；
星星自由地睡觉、出现或消失，
过去和未来，可以在此，也可以远离此处。
世界从容不迫，
如同目光上抹去的梦，
目光前去寻找它的眼睛。
一只翅膀对夜莺说：
“我真想属于你。”
夜莺答道：
“先等我成为鸟儿再说。”
某片花瓣在希望，

却不知希望是什么：也许是条河，
也许是缕阳光，
也许是水果当中的一艘船，
水果像蛇一样又黑又灵活。

这是最后的自由。
明天，空间就要结账：
目光在诚实的眼里，
眼睛在脸的深处，
脸在野兽的顶上，
这野兽将得到这巨大的幸福：神确定了它；
这野兽将得到这巨大的不幸：
神让他
在生死之间作出选择。
这是最后的自由。
明天，火、水獭，春天，
露水和准备服务他人的岛屿，
再也不能像人们那样相爱，
人们在眩晕中相爱，忽而变成自己，
忽而变成他人，
忽而像黄叶飞掠的水塘那样
露出微笑
忽而像关在豺狼心中的蓝天那样
满腹狐疑。
世界从从容容，
不相信世界有存在的必要。
明天，精神将用锁链
锁起海洋、鸟儿和信天翁。
只有岛屿能够取消它的天际，

因为它永远也不会准备服务他人。

（胡小跃　译）

[导读]

这首诗追问了“自由”的限度。“自由”，是人类为之奋斗的目标。从文艺复兴到法国大革命以降，自由的含义是清晰的。它与人的主体性的觉醒、正义、平等、和平、个人谋求利益的权利、言论和出版的解禁、法律和现代国家体制的超阶级性、自由贸易、自由竞争……都有关系。这里的自由是有前提条件的、相对的，它与人的理性、道德自律、价值关怀有着连动性。它带来了文明的发展，人类的进步；但在不期然中也忽视了感性而强化了人思维方式的客观主义、绝对主义、一元主义的独断倾向。20世纪以来，这种唯理独断论遭到挑战和瓦解，主观主义、相对主义、怀疑主义、多元论渐渐占据了知识舞台。从尼采到弗洛伊德，从存在主义到“西马”，以及形形色色的后现代文化，虽然内质不尽相同，但都强调“自由”的绝对价值，以感性对抗理性，使人的本能、情绪、欲望、意志空前得以彰显。

就其对人精神和肉体的解放来看，20世纪人强调更充分的“自由”是有意义的。但将其推向极端，流弊也十分明显。世界仿佛进入了一个无深度的平面，“怎么都行”已成为后现代知识分子们最心仪的口号。仿佛一切都处于随意性、离心性、断裂性之中，中心瓦解了，呼唤“自由”的主体却悖论性地带来了“主体性的死亡”，清除形而上学的努力却又出现了“后形而上学”的新八股。

博斯凯的《最后的自由》反讽的就是这一情势。诗人认为，自由若无边界，它就成为“最后的”伪自由——自由的终结。你瞧，在“明天，时间就要结账”，“明天，空间就要结账”的时空神话里，人与世上万物都置身于一场闹剧，置身于六身无主、中心消解、彼此皆是非、界限模糊、基础塌陷的愚人节般的狂欢之中。这种“自由”狂欢带给我们的是一种眩晕、混乱和难堪。既然人们赋予自由以没边没沿的绝对高度，那么这些眩晕和难堪只能由自己承受，打掉牙咽肚里，怪不得世界的：“世界从容不迫，如同目光上抹去的梦 / 目光前去寻找它的眼睛”——“世界从从容容 / 不相信世界有存在的必要”。

但我们要注意的是，博斯凯并不是一个想以文化批判而引起人注目的自我膨胀者。他也不想占据道德优势的制高点去斥责别人。他采取的是快乐写作的戏谑或反讽的立场，有如朋友之间的打趣，让那些狂热的“解构爱好者”稍稍驻步反思一下自由的悖论。诗人的忧思是深刻严肃的，但话语形式又有调侃、饶舌、善意的人情味儿。他绝不是要回到以往的绝对主义、一元主义、精神等级森严的“崇高”时代，他很可能更喜欢“世俗化”的当代（有他的许多作品为证）。他的理想或许是，人是应追求自由的，但也应适当控制自己的举止，不要太欢实而在不期然中把自由发展成新的柔软的精神锁链。

成为一

由于成为一之前我曾是二：
所以成为一我感到痛苦。
由于成为一之前我曾是三：
所以成为一我痛不欲生。
由于成为一之前我曾是千：
所以一死了以后我就是上帝。
由于——我忘了——
由于在成为一之前我曾是零：
所以我现在幸福而自由。
由于——我忘了——

由于在成为一之前
我曾是燕麦、河流，
被瓜分，被分成许多份，

鸟，云：
成为一
是自知责任过于重大。

（胡小跃　译）

［导读］

博斯凯的诗总是具有饱满的趣味，让我们读着它感到快活。但这种趣味却有深意藏焉，读者在阅读的快活之后不得不深思。这是一个朋友般的诗人，他不想教训我们，他与我们是平等相处的。他将自己的奇思异想和深刻的反思一股脑儿托给我们，在轻松的交流里安慰了我们，更重要的是开启了我们的心智。

这首诗虽以单数第一人称“我”来讲说，但这个“我”其实是复数的“我们”。选择单数的“我”，表明诗人的反思是从“我”开始的，这是诗人的谦逊和诚朴的自省。诗人先写道，人总是不满足自身角色的现状，患得患失，处于叹怨及失落情绪之中。“由于成为一之前我曾是二／所以成为一我感到痛苦。”失落了二分之一，人只是痛苦的，那么失落了三分之二呢？“我痛不欲生”。

接着诗人与叹怨不休的“我”开了个假设性玩笑，“由于成为一之前我曾是千／所以一死了以后我就是上帝”。但人人知道，根本没有上帝；即使有，自己也不是上帝。况且“一”是基础，没有它何来“千”呢？那么兄弟，请返回来想想，“由于在成为一之前我曾是零／所以我现在幸福而自由”。人没有变，是思考问题的角度变了，这就是智慧的乐观主义者与狭隘的悲观论者的区别。诗人善意地两次提醒我们，这样返回来想问题不是自欺，而是“由于——我忘了——”。诗人告诉我们，能成为一个人，是命运的一次赐福，燕麦、河流、鸟、云等自然物象没有自我意识，虽被分成许多份，但仍是类聚化的。而作为个人却是独一无二的。完成你的价值，做好你自己的角色，这本身就是成功：“成为一／是自知责任过于重大”。

伊夫·博纳富瓦

伊夫·博纳富瓦（Yves Bonnefoy，1923—2016）生于法国西部图尔市。在大学里攻读的是哲学专业，同时对考古学有深入的研究，写过有较大影响的研究古希腊、古罗马文化的专著。博纳富瓦于20世纪40年代中叶走上诗坛，曾受到超现实主义诗风的影响。但此后，因他不满于超现实主义的“自动写作法”，这种影响并未形成主导。从根本上说，他的诗歌脉息是既与波德莱尔、瓦雷里、马拉美们的象征主义传统接通，又有自己独特的原创力。他认为，诗人应对知性未能发现的财富保持敏感的内心深处的体验，写作不是单纯描摹世界的表象，而应让存在现身。他以写鸟为例说道：“诗歌真正的厚度是：当我们再看不见鸟的羽毛，因为，鸟已与我们在一起。如果说鸟的身躯，飞翔的姿势，鸣唱等特征是可见的，现实的真相必须是，‘隐而不可见’：诗歌既开向那连续不断的表象的深渊世界，但同时也开向那隐藏的表象的深渊世界。你不再照相，另一个东西抓住你的注意力，但可见的东西并未被抹去——它从它自身中解放出来。诗人要唤起的是那看不见的鸟，而非禽学家的鸟。诗的意趣不在世界本身的形象，而在这天地演变成的境界。”（《“现身”与“缺席”》）

博纳富瓦的诗，无论是写人的生存还是写大自然的神秘，都有诗化哲学的宏阔背景，和对美的深刻的发现。现身和缺席（有与无）的玄秘转换，成就了他诗歌中经验和直觉糅合一体的浑然境界。他的诗语型严谨，但指意向度丰富，含混性与透彻感奇妙地彼此激发，使“诗与思”共同饱满地呈现出来。

博纳富瓦的主要作品集有《论杜弗的动与静》（1953），《昨天，一片荒漠》(1958),《写字石》(1965),《在门槛的圈套里》(1975),及一些文艺理论、诗学专著。1987 年以其全部诗作获“法国文人协会诗歌大奖”。1981 年起，博纳富瓦荣任法兰西学院诗歌理论和比较诗学教授，成为该院自文艺复兴时代成立以来继瓦雷里之后的第二位讲学的诗人。

真正的名字

你是城堡，我要把它称为荒漠，
夜里只有这声音，看不见你的面目，
当你倒在贫瘠的大地
我要把承受过你的闪光叫做虚无。

死亡是你喜爱的一个国度。我走来，
但始终要经过你那阴暗的道路。
我摧毁你的欲望、形状、记忆，
我是你无情的冤家对头。

我把你叫做战争，我要在你
身上取得战争的自由，我手里
似乎捧着你那阴郁而看得透的面孔，
我心里是一个雷电交加的国度。

（葛雷　译）

[导读]

“真正的名字”，从语法上看是一个肯定性的名词词组。用“真正”来修饰和限定“名字”，似乎是排除了伪名、模棱两可等情状。但是，在这里诗人真正要表达的是“命名”的困难，“真正的名字”是隐而不现的，诗人需要艰辛地追询，不断地修正、涂抹和擦拭词语，以求“脱险”将它挖掘出来。博纳富瓦曾说过，“一种多向性的诗学，代替了‘我思故我在’的旧有观念。它是精神领域里的一个巨大事件，人们必须懂得去迎接这个精神挑战”(《诗歌创作回答》)。那种认为生存能被一劳永逸地命名的人，是天真的“儿童式形而上学者”。

诗人选择了两个人文积淀非常深厚的词语——“城堡”，“死亡”——展示他自己的探询。无论是古代诗人的城堡、中世纪诗人的城堡、塞万提斯笔下堂·吉诃德的城堡，还是浪漫主义诗人笔下的城堡，它们都与对文明事物的隐喻有关，意味着理智和结构，安定和幸福。但今天的诗人看到了这个隐喻命名的失效感、虚妄性。在他看来，这“城堡”也可称为“荒漠”，“我看不见你的面目”，你已倒在贫瘠的语言上，那些“承受过你的闪光叫做虚无”(我们会想到卡夫卡的小说《城堡》。主人公 K 为了进入城堡徒然努力着，那城堡是个似有似无的陌生世界，它近在眼前，却永远也走不到。它是一个实体，又是一个影子。它是权力主义者无处不在的统治的象征，貌似森严公正、稳定而理智，但骨子里又是虚妄胆怯的)。

人们对“死亡”的命名也是如此不确。没有任何活人见过自己的死亡本身，我们所谈的不过是一个概念或至多是别人的死去。哲人与诗人大谈死亡，仿佛“死亡是你喜爱的一个国度”。但这些谈论，不过是在抽象地讲人的必然归宿之路而已。人不喜爱死亡，它是人的“冤家对头”，谈论它是力求避开它、摧毁它。可见，死亡那“真正的名字”其实是隐而不现的，要命名它实在太困难了。

最后一节，诗人谈到了写作就是与隐而不现的“真正的名字”的搏斗：一场话语的“战争”。战争，按照可公度的词典意义是指：“民族与民族、国家与国家、阶级与阶级、集团与集团之间的武装斗争。战争是政治的继续，流血的政治，是解决政治矛盾的最高斗争形式。”但诗人要使这个词个人化，“我把你叫做战争”(尽管别人不这样叫)——“我已卷入了与语言的搏斗”(维特根斯坦语)。我要在词语身上取得战争的自由，使事物“真正的名字”脱险而出，既阴郁又“看得透”。这是一场激烈的语言命名的历险，因此“我心里是一个雷电交加的国度”。

这首诗令人深思。一个真正的诗人，会终生处在对事物“真正的名字”的寻找中。正如海德格尔在《诗·语言·思》中这样表述：更冒险者是诗人，是这种诗人——他的歌声使我们被遮蔽的存在转向敞开。这种诗人的标志是，对他们而言，诗意的本性具有追问和本真命名的价值。而真实就出现于遮蔽与澄明的基本冲突中。

水　云

飘过河床，拂过轩窗，飞过幽谷，舒卷长天，
转眼间展示了它铺天盖地的瑰丽气概，
倾倒，雨的爪子在玻璃窗上乱抓着，
仿佛虚无在给人世签字画押。

在我的冬梦里，
闪电的火焰点燃了陈年的种子，
在这千补万纳的大地闪出生命的绿焰，
但愿我们的赤脚像潺潺的清溪
去给它们滋润而不是给它们蹂躏。

朋友啊，
我们的心贴得这样近，
任光阴的利剑去挥舞吧，
要割断我们的情缘只是枉然。

（葛雷　译）

［导读］

水云是自由飘拂而又有重量的。有自由而无重量，这种自由是廉价的；有重量而无自由，其实是被动地为重量所压垮。诗人以积雨云作为隐喻，抒发了对追求价值理想的人生的向往。

水云飘过河床，拂过轩窗，飞过幽谷，舒卷长天。它绝不是彩云般轻飘的、悠闲的、自恋的，而是迅疾地“转眼间展示了它铺天盖地的瑰丽气概”。是的，只是厚重的积雨云才称得上有气概。它像是提起了江河，倾倒到大地上，使“雨的爪子在玻璃窗上乱抓着／仿佛虚无在给人世签字画押”。虚无而有气概并能签字画押，这句话对大多数人而言可能颇为费解。这里需要多说几句。博纳富瓦是学哲学出身的学者型诗人，从《水云》的整体语境看，这里的“虚无”并非常识意义上的虚无主义，而是哲学上的命名。我们知道，诗人的同时代人、法国存在主义哲学家、小说家萨特的哲学代表作名为《存在与虚无》。“虚无”，在这部知识分子耳熟能详的法语著作中的基本含义，是指意识的本性和人的存在特性。即存在之“虚无”意味着，人先是存在着，他的存在是非定型化的，具有着尚未显现的无限可能性的本质。“虚无”正是人自由的超越性的前提，人在任何先验的规定性之前存在着，然后才赋予自己本质。人的存在既然是虚无的，可以自由填充的，那么你要成为何种本质的人，要由你自己创造出来，所谓“存在先于本质”。因此，虚无就是自我超越、自我实现的可能性。此诗中“虚无”赋予自身的本质便是“自由而有重量”的人生。

望着沉雄而自由创造的水云，诗人找到了自己生命的“客观对应物”，“闪电的火焰点燃了陈年的种子，在这千补万纳的大地闪出生命的绿焰”。生命力被激发起来了，但它应投向有价值的创造目标，“自我选择又自我负责”；因为，“人必须始终在自身之外寻求一个解放自己的或者体现特殊理想的目标，才能体现自己是真正的人”（《存在主义是一种人道主义》，萨特）。诗人愿意有水云般的创造品格，但去除它的暴烈，使自己的生命力、创造力，给人类文明带来“滋润而不是给它们蹂躏”。

最后一节，诗人将隐喻话语变为直接的呼告，他对与他有同样心性的朋友说，“我们的心贴得这样近／任光阴的利剑去挥舞吧／要割断我们的情缘只是枉然”。

这首诗哲思深广繁富，但意象清明可人。既有象征主义智性诗歌的精密、严谨，又有直接强烈的情感拍击力，实现了诗人“和语言一起返回自身的存在”的愿望。

火蛇的地方

那受惊的火蛇冰结
而装做死亡。
这是从意识化作石头的第一步，
最纯粹的神话，
大火闪过，那是精灵。
火蛇那时爬上了
半道的墙，在我们的窗射出的光中
它的凝视只是一块石，
唯我能见它的心在永恒跳动。

啊我的同谋者，我的思想，
一切纯粹事物的寓言，
我多爱这：能忍于它的寂默，那就是
欢愉的唯一力量。

我多爱这：以它自己整体的重量
献给群星，
我多爱这：在等待它胜利的时刻
而屏息着，紧贴地面。

（叶维廉　译）

[导读]

在诗人简介中，我们介绍了博纳富瓦对写作的一个看法：写作不是描摹世界的表象，而是让“存在现身”。诗人不应照相式地反映事物，而要潜入对象的内部，将对象“从它自身中解放出来”，让他所创造的世界替他说话，达到心与道合的天地同参之境。

“火蛇的地方”，是诗人与火蛇“神遇”的地方。望着一条一动不动似乎冻结的火蛇，诗人刹那间神骸俱消。但这不是恐惧，而是洞透肺腑的顿悟。“大火闪过，那是精灵”，它有火焰的色彩和迅疾，但它是内敛而不动声色的；它是“最纯粹的神话”，仿佛“意识化作石头”，但“它的心在永恒跳动”；它受惊时没有慌张地逃遁，而是“屏息着，紧贴地面”。

这条火蛇与诗人的经验猝然相遇，他再次领悟了生命中勇敢和隐忍，喧嚣和沉默，寂静和欢愉之间内在的转换关系。火蛇是“我的同谋者，我的思想／一切纯粹事物的寓言”。在严酷的环境中，请让我也能临危不惧、凝视生存、仰望群星、等待胜利。

这首诗的神秘性不在于诗的措辞（从措辞上看它反而是朴实明澈的），而在于存在本身的神秘。诗人没有去制造更多的玄想，他对着火蛇凝神领悟，直到对象向他走来，并“要求”着展露它自己。

博纳富瓦总是以他灵敏的感觉发现“存在”的神秘。与“火蛇的地方”相应，诗人还写了一首《牡鹿的地方》，是为“动物诗”的双璧。这里趁便抄出，请君欣赏：

一只最后的牡鹿
消失于林间，
沙粒被不速之客践着，
将因而反响。

室内有声音的颤波
交叉地划过，
垂暮的白书的酒精

将于瓦上扩散。

我们初以为牡鹿已受围
它竟然突脱，
我遂感到这日子已令
你的追逐徒然。

德国

伊万·戈尔

伊万·戈尔（Yvan Goll，1890—1950）生于阿尔萨斯－洛林，1912 年至 1914 年在斯特拉斯堡大学攻读法学。第一次世界大战爆发后移居瑞士，在那里结识了阿尔普和其他达达主义者，并与女诗人斯图德结婚。戈尔曾是亚里、阿波利奈尔的追随者，他在大量写先锋派诗歌的同时也写了几部实验性剧作。戈尔曾长期在法国居住，“二战”期间法国被占领，1939 年他流亡到纽约，与诗人圣－琼·佩斯、布勒东、米肖等人一起坚持文学写作，并创办文艺杂志《半球》（1943—1946）。戈尔最重要的作品集是《没有土地的让》《领袖》等。1947 年他返回巴黎，1950 年患白血病逝世，死后出版三卷本《戈尔文集》。

戈尔主要用德语和法语写作，其作品“形成了法国超现实主义与德国表现主义之间的联结”（《现代主义》，布雷德伯里主编）。它们时时呈现悲哀和紧张的“表情”，有如“用癌症形象来表现潜在的非理性，这种非理性透过无数缝隙，侵蚀着僵化城市的井然有序的表面”（《语言的危机》，理查德·谢帕德），但骨子里却是对人性和生存异化的痛惜。他的诗艰涩、“超现实”，但绝不是话语游戏。他深刻表现了人类生存的“幽暗面”，以对梦幻和潜意识的深度展示及想象力的爆发性，令读者震惊。库尔特在德国表现主义诗选《人类朦胧时代·序》中谈到戈尔等人的诗作，认为它们充满了对于“人类苦难的哀叹和对人类未来的向往”。“人的精神抖落尘封，感染着宇宙间的一切事物，或者潜入万象，从中发掘出它们的神性……他们并非出于对反叛怀有兴趣，而是为了通过反叛毁灭那具有毁灭性的和被毁灭的东西，从而使具有拯救作用的东西得以发展。”戈尔的诗无愧于这种评价，他那源于心灵力量的奇幻语言，也同步完成着朝向伦理的伟大转折。

戈尔的戏剧也影响广泛，《超现实主义戏剧二种》等是他最有影响的剧本。他的剧作中嵌有影片和机械装备的演员，剧中人可以奇异地将自我分成截然不同的三个部分出现。在革新戏剧观念上，他进行了令人难忘的先锋性实验。

悲哀的鱼住在……

悲哀的鱼住在
古代的海洋中
畏惧鱼类的上帝。

其间我们用我们的桨
梳理年轻的波浪，
粉红色的山丘舞蹈
如圣经中的山丘
在泡沫之马群上摇动
一股轻风。

在我们古代的眼睛上
一朵金色的微笑：
然而一种悲哀的恐惧却住在它的下面。

（维平　译）

［导读］

戈尔的诗在“表现生存的幽暗面”上达到了骇人的深度。他的诗歌语境的确较为艰涩，但这种艰涩在许多时候是为了更内在更精确地揭示艰涩的生存。因此，我们似乎可以说，表现一个幽暗的时代，应当使用一种深刻的幽暗艰涩的话语。淡化和逃避幽暗，有违写作的伦理。

“悲哀的鱼”，这个语象深深击中了我们的心。还有什么形容词能比“悲哀”更准确地用来形容鱼吗？鱼不会发声，只能缄默，它生活在漫漫无边的幽暗的水底，穿行于黑暗的礁石间。鱼不能抗议，甚至连它的死亡都是无声的。这首诗是在说“鱼”吗？不，它是在写人——那些被侮辱被损害而只能沉默的弱势群体的人们。

“悲哀的鱼住在／古代的海洋中／畏惧鱼类的上帝。”这里的“古代”是隐喻一种专制独裁的恐怖统治，它的压迫是无边的、从古至今的。“鱼”（人）之噤声而卑贱地活着，是由于“畏惧鱼类的上帝”。

有弱势的沉默的（鱼群）人群，也有对权力主义、恐怖主义不买账而去争取自由的人们。“我们”正是这样一群人。“我们”航行于悲哀的海面，“用我们的桨／梳理年轻的波浪”。太阳照耀着海浪和我们的眼睛。波涛幻化着仿佛自由伊甸园的山丘在舞蹈，我们体验了瞬间快放的自由，有如跨上了波浪的野马群；我们的眼睛也被阳光镀上了“金色的微笑”。

但是，“我们”毕竟是航行于悲哀幽暗的海面。“金色的微笑”是暂时的，我们知道更浩大的“一种悲哀的恐惧却住在它的下面”。

这首诗初识之下给人以晦涩感。但深入细辨，它又是由精确、迅疾、果断、尖新的语象构成的。这里不是修辞的机巧把戏，而是表现主义的深刻洞察。“悲哀的鱼”不仅是比喻性地唤起了诗人内在的真实自我的共鸣，而是它本身就是这“内在的真实自我”。像表现主义作家卡夫卡笔下的甲虫和鼹鼠，奥尼尔的毛猿、大蠕虫一样，梦魇般的神秘隐喻都出自于生存最内在的真实。

下面，请再读戈尔具有表现主义色彩的《猫》，这只猫既是怀疑论者同时又是那疑团，它身上浓缩了当代知识分子那迟疑、虚无、清醒、坚定等异质扭结的“斯芬克斯”之谜：

“你是斯芬克斯，虚幻的幽灵：／你狐狸般眼睛的黑色金子／使夜晚的寂静燃烧。//黑暗扩大你的视野／适应的环境出卖自己／用蓝色的光束／你照亮世界的心脏／用炸药你爆破夜晚／而你对我透露什么？／那在每堵墙后甚至也在我们的星星后／打哈欠的虚无”。

第七朵玫瑰

第一朵玫瑰是花岗石
第二朵玫瑰是红葡萄酒
第三朵玫瑰是云雀的羽毛
第四朵玫瑰是铁锈
第五朵玫瑰是怀念
第六朵玫瑰是锡
而第七朵
最为娇嫩
那信仰的玫瑰
那夜之玫瑰
那姐妹般的玫瑰
只有在你死后
它才会长出你的棺材

（维平　译）

［导读］

意象的自由并置、自由转换，是超现实主义诗歌的基本技巧之一。在这里，诗歌语言的性质由“美”变为“惊愕”了。这首诗要写七朵“玫瑰”，前面的六朵玫瑰是物与物之间的换喻。诗人的换喻是突兀的，没有过渡，凌空劈下，让人在惊愕之余产生联想。由于词义在历史的使用中已积淀下其人文内涵（无论是公众交流话语还是诗歌话语谱系），受过训练的读者不难为之补充精神蕴意。虽说如此，它们大跨度的跳跃仍令人感到艰涩和结构的松弛。

但对《第七朵玫瑰》，诗人结束了意象的自由并置，将“发想”凝为“聚想”，尽心尽力清晰地写出了它的隐喻所指——“信仰”。这才是“最为娇嫩”暗夜中的玫瑰，玫瑰中的玫瑰。它是人要用一生去培植、坚持的东西。你生命中有没有伟大的信仰？你是否矢志不渝地捍卫了它？这要到你离开人世后才能肯定地衡鉴：“只有在你死后 / 它才会长出你的棺材”。

某些超现实主义诗人的作品之所以未能流传下来，是因为他们太过迷信“自动写作法”。我认为，局部性打破语言常规，谋求词语的意外冲撞、暴力组合，会增强语言的活力。但若将之推至极致，成为一种迷信，受损害的恰恰是诗语本身。戈尔汲取了超现实主义诗歌的活力，但又在“自动”与自觉中谋求平衡，使“它说”与“我说”互相激发，写出了这首“美—神奇—意义”相映生辉的佳品。这首诗使我想到了超现实主义诗人艾吕雅那首著名的作品《自由》。这首诗共 85 行，前 84 行是一系列的意象自由并置，“在……我写着你的名字”，迅疾飞闪的意象既令人惊愕又有如催眠般的迷醉，但最后一节诗是由仅仅一个词构成的——“自由”。这个词像在黑暗的大厅中我们突然找到的灯绳，一道强光照亮了诗章，也照亮了我们的心智。可见，人们常说的“审美的自由”并非偏正词组，审美和自由是互动 / 互制关系，它们是共时存在的。对于想写好诗的人们而言，无条件的“自由”肯定是虚妄的。

奈莉·萨克斯

奈莉·萨克斯（Nelly Sachs，1891—1970）出生于柏林的一个富裕的犹太工厂主家庭。父亲对文学及音乐很有修养。萨克斯从青少年时代就喜爱文学和舞蹈、音乐，并开始练习写诗。15岁生日那天，她收到一件珍贵的礼物——瑞典女诗人塞尔玛·拉格洛孚的诗集，这影响了她一生的道路。1921年她出版了第一本诗集《传说和故事》，模仿了塞尔玛的浪漫主义诗歌风格。1933年希特勒上台，开始残酷地迫害犹太人，萨克斯在排犹的恐怖中隐居了七年，此间研究希伯莱及德国的神秘哲学和神话故事。1940年在塞尔玛的帮助下，她与母亲逃出纳粹德国，流亡至瑞典，而家中其他亲人全部死于集中营。初到瑞典，萨克斯做过洗衣妇、抄写员，不久后恢复从事翻译和诗歌写作，并加入瑞典国籍，定居于斯德哥尔摩。萨克斯的诗主要是描写欧洲犹太人在法西斯统治下的遭遇，并表现犹太民族坚韧的殉道精神和宗教传统。这些诗战后才得以发表，引起了极大反响。

萨克斯用德语写作，她的诗在精神气脉上“承续了德国诗的传统——该传统乃是由荷尔德林、诺瓦利斯、里尔克等大诗人传递的”（艾德菲尔德为诺贝尔文学奖撰写的《萨克斯作品阅读报告书》）。她那种熔苦涩美和精神升华于一炉的抒情哀歌，的确使我们想到了那些德语大诗人。但同时，萨克斯又以深邃的象征语言，体现了与犹太同胞的精神内核及圣经《旧约》情怀的认同。在“无根的、流亡的萨克斯诗歌中”，我们真切地看到了犹太民族的悲剧和漂泊命运。

萨克斯的诗歌感情真挚而哀伤，意象锐利而神秘，节奏果断而和谐。她那象征意味浓厚的语言奇妙地融合了精深的现代语汇和圣经的隐喻、典故。她创造出一个意象的国度，不避讳死亡集中营等恐怖真相；但她的诗又不仅是对迫害者的仇恨，她呈现出面对人类鄙行所感到的真诚哀痛，她思考着更为深广的“劫后余生”的人类共同的生存和命运，正如诗人在《逃亡》中所言，“我掌握着全世界，而非一个乡国的蜕变”。

萨克斯的主要诗集是《在死亡的寓所中》(1946),《星辰暗淡》(1949),《无人再知晓》(1957),《逃亡与变迁》(1959),《无尘之旅》(1961),《死亡依旧在庆生》(1962),《炽热的谜语》(1964),《寻找生存者》(1971)等。1966年，她因“以杰出的抒情诗和剧作感人至深的力量，表现了以色列的命运”，获得诺贝尔文学奖。

蝴 蝶

多么可爱的来世
绘在你的遗骸之上。
你被引领穿过大地
燃烧的核心，
穿过它石质的外壳，
倏忽即逝的告别之网。

蝴蝶
万物的幸福夜！
生与死的重量
跟着你的羽翼下沉于
随光之逐渐回归圆熟而枯萎的
玫瑰之上。

多么可爱的来世
绘在你的遗骸之上。
多么尊贵的标志
在大气的秘密中。

（陈黎　张芬龄　译）

[导读]

萨克斯诗中的隐喻，往往来自她和她的犹太种族心灵的伤痕。在她的诗里，漂泊的命运，生存的戕害，以及心灵的不屈和上帝福音召唤的超越性，被凝聚成一个个尖新又苦难的个人语象。蝴蝶，是她喜欢使用的隐喻，在诺贝尔文学奖“致答辞”中，她还引用了自己另一首诗里“蝴蝶”的隐喻——“生病的蝴蝶，就要重获海的消息”（《逃亡》）。

如果说《逃亡》中的蝴蝶是受难而不屈的漂泊者，那么《蝴蝶》中的蝴蝶，则是对苦难生命的超越和灵魂的再生。诗人所表达的“来世”的瑰丽与轻盈，虽然与其宗教中的“神圣公理”意识有关，但说到底她还是相信“此世”的——因为能够“穿越大地”的苦难的心已然得到了自我获启、自我升华的命运赐福，“预支”了来世的福音。正如诗人说过的，甚至“逃亡是何其盛大的接待”。

“多么可爱的来世／绘在你的遗骸之上”。蝴蝶是转世的灵魂，它死于不死。它被福音引领穿越了大地炼狱那“燃烧的核心”，一只曼妙的精灵与石质外壳的大地构成了对称和对抗，生命之轻与灵魂之重在此得到神奇的衡鉴。历尽苦难而能捍卫灵魂的纯洁与美丽的人有福了！高飞的蝴蝶减轻了他们肉身的重量，万物都跟随着它进入“幸福夜”。它的翅膀有如扇动的玫瑰（玫瑰在有宗教色彩的诗歌中多喻指仁慈、爱和美，如但丁、邓恩、布莱克、艾略特及里尔克都反复处理过这一原型意象），随着慈光的召唤走上“回忆”之途：“如果我的皮肉被摧毁，我将用灵魂去见上帝。”（《圣经·约伯记》）

这是一只置身于生／死转换临界点上的秘密的蝴蝶，它穿行于告别与新生之网的两侧。而谁能将一张网的两侧分开？诗人将巨大的伤痛与澄明的升华之境综合展示给我们，《蝴蝶》，你是一个人乃至一个民族“多么尊贵的标志／在大气的秘密中”。

多少海水消逝于细沙中

多少海水消逝于细沙中
多少细沙被热烈地祈祷入石中
多少时光被哭泣掉
　　于贝壳吟唱的号角中

多少必死的见弃
　　于鱼儿的珍珠眼中
多少晨间的喇叭于珊瑚中
多少星星的花纹于水晶中
多少笑声的种子于海鸥的喉中
多少思乡的细线
　　横贯于星座的夜路上
多少丰饶的土地
　　来做字根
您——
在所有坍裂的秘幕后
您——

（瑛子　译）

［导读］

这首诗的写作背景，缘于对历经磨难至今其生存犹然遭到威胁的犹太民族的“怀乡”之情。但是也正如诗人所说：“我觉得自己首先是一个人。当一个人经历过如此多的恐惧之后，他就不可能仅仅视自己为某一特定国家的人了。”（获诺贝尔文学奖后《与记者的谈话》）萨克斯的诗虽有特定的情感、身世触发点，但她对整个的人类生存是雄怀广被的。因此，仅将她的作品还原为“民族意识”（虽然这很必要）是远远不够的。

读这首诗，我们会感到连贯峻急的旋律压迫过来，一个个设问像排浪的冲刷，又像阵阵骤雨的敲打。这是一个受尽压抑的泪眼模糊的形象在倾诉，但她并没有采用直抒胸臆的浪漫主义方式。这首诗中的喻象多与对隐藏、消逝、痛苦、压抑、见弃、死亡的体验有关，它们是诗人哀恸的生命履历和情感经验的结晶体。这些结晶体是卑微的、细碎而孤寂闪烁的。如果说“一个民族的悲哀是大海”的话，那么每一个个人就分担着、承受着最具体的骨肉之痛，像大海中的细沙、石块，贝壳，雨，珊瑚，水晶……这是共同场域中共同的命运。“多少……”的连续叩问，从语义到语感上拓开了浩瀚无涯的苦难之海。

我们还注意到，诗中排列的喻象都是能够细碎而孤寂地“闪烁”出光芒的东西，这光芒构成了一条条“思乡的细线”彼此交织折射，横贯于“星座的夜路上”（十字星辉也是宗教题材的诗歌中特定的语象）。这夜路通向哪里？诗人没有说，她只暗示给我们一个字根——“在所有坍裂的秘幕后”的字根——“您”。它是家乡的圣地？是永恒的拯救者上帝？还是永不泯灭的希望？一切都不确定，但一切都在其中了。我们应保持住这种神秘的张力，似乎不必将“您”仅仅坐实为“以色列”，那样会缩小诗歌的广阔内涵。

夜的年代

夜的年代
深埋于此块紫水晶中
而早先对光的记忆

点燃了当时仍流动
哭泣着的
忧郁

你的死亡仍然闪耀着
坚硬的紫罗兰

（陈黎　张芬龄　译）

［导读］

像蝴蝶、星星、沙一样，石块、紫水晶、琥珀也是萨克斯独有的个人隐喻系统中的物象。她曾说，“死亡赋予我语言。这些将我带至死亡和黑暗边缘的恐怖经验是我的老师。我的隐喻即是我的伤痕，只有通过这些，我的作品才能被理解”。

水晶，品质高贵，质地纯粹，是坚贞心灵的象征。但这里的水晶是紫色的。那是重重伤痂的颜色，坚硬、沉郁，对内部的幽暗充满隐忍的力量。或者说，它以幽暗而自尊的方式收回光芒，像水，但它拒绝妥协和流动，它是只剩下骨骼的泼不掉的“水”。这一颗表面上结构坚实的水晶内部有着无数裂缝，但又是看不见的，仿佛一些伤口不再流血，成为凝结的无字碑铭。整个苦难而黑暗的“夜的年代”，被诗人“深埋于此块紫水晶中”。它永远记得曾经有过的水的流动——哭泣出的泪水。现在，它穿越了“死亡”，转世再生成为“坚硬的紫罗兰”，黑暗的夜的年代，不能再一次杀死它！它将永远生长在自己的大地上，带着花朵般的温柔和悲伤，提醒人们记住往昔的苦难，也“愿被迫害者不会成为迫害者”（萨克斯语）。

像前面的两首诗一样，《夜的年代》中的紫水晶仍然与诗人对以色列苦难命运的命名有关。与紫水晶意象相似，在另一首诗中，诗人还将一枚夹有不幸昆虫尸体的琥珀，作为本民族苦难和不屈命运的双重隐喻的碑铭。这些意象，具体、坚实、精确、强烈，是萨克斯感情和智性在瞬间的凝合体。但它们的指意向度往往是双重的，它们所暗示的精神图景是博大的。

君特 · 艾希

君特 · 艾希（Günter Eich，1907—1972）生于奥得河畔的莱布斯。父亲曾是农庄管理员，后开办法律顾问事务所。1925 年艾希进柏林大学学习汉学，并开始诗歌创作。1927—1931 年在莱比锡、巴黎和柏林继续学习汉学和法律。1929 年发表第一部广播剧，1930 年处女作《诗集》问世。1931 年开始成为自由职业作家。第二次世界大战爆发后，被征入伍，1945 年在前线为美军所俘。1946 年获释后定居于巴伐利亚州，继续从事诗歌创作，影响日益远播。他还写有影响极大的广播剧，翻译介绍过中国文学。艾希是“四七社”主要成员，也是“四七社”文学奖的第一个获得者。1953 年与奥地利女作家艾格结婚，1963 年迁居奥地利。1972 年在萨尔茨堡病逝。

艾希早期诗作有强烈的表现主义诗风，关注自我体验，语言幽秘，造境奇诡。“二战”的经历特别是美军战俘营生涯，使艾希开始反思时代历史，诗风向现实批判转化。他尖锐揭露了纳粹给世界人民和德国人民带来的灾难，成为战后德国“废墟文学”的代表人物。他号召诗人们采取介入的立场，并且自己身体力行地以文学创作抨击时弊，谴责世间一切不公平的、强暴的、罪恶的行为。他呼吁人们铭记和平的来之不易，不忘在今天世间仍有广大的人群在忍受着疾苦。但是，他从不因“介入”的迫切性而降低诗的艺术性。他成熟期的诗作，语言简劲、结构坚实、节奏富于个性，在口语的朴素形式中蕴含深刻的思想。德国评论家将他这种简劲的风格称为“砍光伐尽”派。与阿多尔诺“奥斯维辛之后写诗是野蛮的”的著名说法相似，艾希说“夜莺的歌唱听久了，也只有耳朵不好的人才能忍受”。

艾希的主要诗集有《偏僻的农庄》(1948),《地下铁道》(1949),《雨的消息》(1955),《存卷》(1964),《机会与假山花园》(1966)等。1956年获毕希纳文学奖，1965年获慕尼黑文学促进奖，1968年获席勒纪念奖。

清　点

这是我的帽子，
这是我的大衣，
还有刮脸用具
放在麻布袋里。

装食品的罐头：
我的碟子、杯子，
我的白铁皮上
刻着我的名字。

我刻字用的是
我珍藏的钉子，
我不让看见
免得别人眼馋。

干粮袋里放着
一双羊毛袜子，
还有我不对任何人
透露的一些东西；

夜间我就拿它
当作我的枕头。
在我和地面之间

铺着一块厚纸板。

我最心爱的乃是
我的铅笔芯子；
白天它给我写下
我夜间想好的诗。

这是我的笔记簿，
这是帐篷帆布，
这是我的手巾，
这是我的缝线。

（钱春绮　译）

［导读］

《清点》写于 1945 年美军战俘营中，是德国战后“废墟文学”开先河的作品之一。它通过一个卑微的战俘清点他可怜的“财物”，深刻地揭露了法西斯战争在给别国人民带来灾难的同时，也给本国人民带来的灾难和荒唐“生活”。它没有正面写战争，也没有直接议论式的反思，而是列数着一个个物象，就更为惊心动魄地将一个受动于不义战争、为法西斯所利用的小人物——盲目的牺牲品——的心灵、肉体、物质的艰难困苦表现出来了。从这个受害者身上，我们看到了一个民族、一个时代的缩影。

评论家称以艾希为代表的诗歌风格为“砍光伐尽派”。而这首诗就被誉为“砍光伐尽”派的开山之作。所谓的“砍光伐尽”，是对艾希诗歌话语特性与写作者心理特性的统一概括。疯狂而痛苦的战争留下了无数废墟，与人的物质生活一样，人的心灵也是荒芜贫瘠的。使用简劲甚至“干枯”的口语写作，恰好达成了语言与生存现状的合一。这里，诗歌内容与形式是互为表里的。

你瞧，这个卑微的战俘，在机械木讷地“清点”他那根本无须清点就可一目了然的可怜“财物”：除了遮体的破衣服和睡觉时充作“褥子”垫的烂纸板外，还有什么呢？——一只破罐头盒既当杯子也当碟子，这是“我”个人的财产，为防被“盗”，“我”得用一枚钉子在它的白铁皮上刻上自己的姓名。而那枚钉子更属我的“细软”，别人望着它眼馋呢，“我”得藏匿好。在这些“财产”中，有“我”最心爱的东西——一截儿铅笔芯。夜里“我”心潮翻涌，想着痛苦的诗句，白天它帮“我”记下来……

这首诗仿佛系客观纪实，没有任何多余的话语，但内中饱含着沉痛的感情。一个个物象代替诗人“说话”，客观纪实与内心独白混而难辨了。“砍光伐尽”派诗歌中强劲滋生的骨肉沉痛之情，于此可见一斑。

谦恭未免过晚

我们整好了房间
挂好了窗帘，
地窖里有足够的储备，
煤炭和油，
在皱纹中间用小药瓶
把死亡藏起来。

从门缝里我们看见世界：
一只被剁掉脑袋的公鸡
在院子里到处跑。

它践踏了我们的希望。
我们在阳台上扯起了被单
表示投降。

（绿原　译）

[导读]

“谦恭未免过晚”，这标题就告诉人们，对世界血腥战争的发起者和参与者而言，为败势所迫仅仅谦恭地“在阳台上扯起了被单 / 表示投降”是不够的。他们必须挖掘导致荒唐、罪恶战争的根源，痛彻地反思、忏悔，以免人类历史的灾变再一次出现。

这首诗写得极有层次。第一节是战争的准备。它貌似战备物资储藏丰富，殊不知，死亡的可能也在同步积累着。第二节写战争那疯狂残酷的非理性性质：“一只被剁掉脑袋的公鸡 / 在院子里到处跑”，这个骇人的意象，将战争的性质说尽了。这可怕的一刀，其实既砍向了全世界无辜的受难者，也砍向了挥刀的人群。第三节写战争给物质和精神遗留下的无穷的灾祸。物质的灾祸毕竟可以弥补，那难以弥补的是“它践踏了我们的希望”。

是的，“谦恭未免过晚”，但愿人今后不要在制造了巨大的灾难后再被迫谦恭，而是要时时保持对理性、和平、慈爱的恭谨敬护。艾希的诗总是在极度简省的笔墨里倾注着直指人心的力量。死亡的小药瓶——剁掉脑袋疯跑的公鸡——阳台上投降的白被单，这三个精审的意象，以其严密的历史逻辑和痛苦的情感，不仅为“二战”也为一切血腥的战争进行了命名。诗人反思的深刻和诗艺的精湛一同呈现出来。

下面，我们再欣赏艾希一首同类的作品《垃圾场》，看看他是怎样写出被战争践踏了的爱、希望、信仰的——

越过荨麻丛的那边，/ 开始了人世间的哀伤，/ 无人听，却又人人听到，/ 风吹动席梦思的弹簧。// 画上葡萄和花纹的杯子，/ 上面的金字已模糊不清，/ 我却读得出来，——哦，多么 / 使我触目惊心：爱、希望、信仰。// 啊，是何人将这些碎片 / 如此拼成尖刻的玩笑？/ 透过瓷釉，像透过一颗心 / 荨麻的火焰熊熊燃烧。// 余水积在生锈的钢盔里，/ 供漫游的鸟儿们洗澡。/ 迷惘的灵魂啊，不管你离开谁，/ 有何人发善心将你拼好？

约翰内斯·波勃罗夫斯基

约翰内斯·波勃罗夫斯基（Johannes Bobrowski，1917—1965）生于靠近立陶宛边界的东普鲁士的一个小镇，大学时代攻读艺术史，并开始诗歌创作。第二次世界大战开始后，被征入伍，后在俄国前线被俘，战后回到东柏林定居，继续从事创作。波勃罗夫斯基既是诗人也是小说家，他出版过两部长篇小说和三部短篇小说集。作为 20 世纪中期德国重要诗人之一，他是大器晚成的，直至本世纪 60 年代初才得到国际声誉，被公认为战后最优秀的东欧诗人之一。他的诗在抒情性中熔铸着智性因素，高度概括了现代人在生存困境中的痛苦与反思。他的诗歌风格是包容性的，既有传统抒情诗的影响，又有象征主义、超现实主义的因素，语言简洁，意象新奇、透彻，结构严谨，韵律自由流畅。诗人对语言的提炼十分倾心，在他看来，“语言在通往邻居的无穷之路上，已被厌倦的嘴磨损”（《语言》），而诗人应保持特立独行的原创精神，拯救出更本真更丰富的语言。

波勃罗夫斯基的主要诗集有:《萨尔马提亚时间》(1961),《影子之地》(1962),《临近的风暴之预兆》(1966),《在风的下层灌木丛中》(1970)。

拉脱维亚的秋天

致命的颠茄的密丛
敞开，他步入
空旷地，母鸡们围绕
桦树桩所跳的舞蹈被遗忘，他
走过那苍鹭绕其而飞的树，他
曾在牧草场上唱歌。

呵，那一排干草，
他置之于明亮的夜里，
可能会被风
吹散在岸上——

当河流不再醒来，
它上面的云，鸟儿的
嗓音，呼唤：
我们将不再来临。

于是我点燃你的灯，
我看不见它，我把双手
放在它上面，握拢那
火苗，它静止不动，
除了夜晚，它在万物中并不显
出微红色

（像那在山坡上坍塌
于废墟中的城堡，
像那穿过河流的
生翅的光芒的小蛇，像那
犹太儿童的头发）
并不焚烧我。

（董继平　译）

［导读］

这首诗的语境是互否性的。一开始语境透明鲜丽，展示了东欧国家拉脱维亚美好的秋日风光。这里没有迟暮秋风的景致，而是硕果累累、祥和宁静的。秋天，“致命的颠茄的密丛敞开”，“致命”暗示了植物生长期的艰辛，茎叶彼此缠绕似乎遮蔽着什么；而收获的秋天，它向着人们敞开了，清明和丰饶尽收眼底。一个劳动者步入秋天的旷野，桦林、鸡群、苍鹭、牧场的绮丽风光使他情不自禁地歌唱。他叉起干草，垛在明亮的夜里。虽然可能会有秋风将一些干草吹散在河岸，但那又有什么关系呢？自然仿佛在与人逗趣，人与自然亲昵优美的诗意在这“漫不经心”的言说中已道尽了。秋日的河流是宁静澄澈的，犹如辛劳了一年而睡去的汉子不愿醒来，只有水云和鸟儿在呼唤。让大自然安恬地渐渐浸入冬梦吧，“我们将不再来临”。

望着这祥和美好的风光和人，诗人思绪起伏，互否性的语境出现了。他点燃了心灵的“灯盏”。“我看不见它／放在它上面／握拢那火苗／它静止不动”，这本是沉思的思想之灯，火焰微红但“并不焚烧我”，反而使“我”警醒、反思。“我”想起了刚刚结束不久的战争中坍塌的城市和废墟，想起了不得不隐身活下去的生命，想起了在战火的煎迫下死去和流亡的、被侮辱被损害的犹太儿童……这一切痛心的记忆，与前面的和平、自由风光构成刺目反差。诗歌语境中的互否或断裂留下的空隙，促人深思。

是的，这反思的灯焰“在万物中并不显出微红色”，但在“夜晚”，人们应独自面对灵魂的拷问，坐下来审判自己——让犹太儿童被战争的火焰烧焦的头发，也永远焚烧着那些铸下大错的、忏悔着的人们的心。

波勃罗夫斯基的诗是有“历史记忆”的诗，下面让我们再看一首《水》，诗人经由对“水”的互否性处理，揭示了即使在和平时期西奈山（以色列犹太人心中的圣山）仍然燃烧着痛苦记忆的火焰——

你依然说
水，你说，
你小步穿过
风下的灌木丛；
风在黑暗和那月亮在其中
行驶的小船后面、
在干草垛里寻找河流，
你听见它说：
这里是柳树
这里是猫头鹰的房子。

然而月亮面对西奈的火焰。
然而水听见霜自斯基台而来。
然而鸟群在森林之上升起。
然而雪对着天空竖起它的屋顶。

火焰之地

我们看见那片天空。黑色
在水上移动，火焰
扑打，带着颤动之灯的

黑暗在岸上的树林面前
向前迈步，动物们藏在林中。
我们听见
叶簇中的嘴唇。

天空静止
不动。并且由风暴
构成，把我们向前撕扯，
我们尖叫着看见大地
带着田野、河流和森林
上升，飞翔的火焰
麻木。

河流保持深沉。湿草的
刺激味
升起。蝉的嗓音
在我们身后升高，在我们身后
有一棵树，
黑色的桤木。

我们看见那
在黑暗中消亡的天空，田野
和飞翔的古代小树丛的
天空。脚步
越过沼泽而来，它们
踩灭火焰。

（董继平　译）

[导读]

波勃罗夫斯基的诗总是在单纯的情境中包含复杂的经验。对这样的诗，阅读的过程并不显得艰涩，但掩卷之后却余音不绝，形成了诗歌纵身一跃“进一步运转”的魔力。

这首诗共26行，前23行写尽了暴烈又阴沉的“天空”和被大火烧灼的黑色土地、河流之惨状。大火中植物在忍受，动物在藏匿，人被风暴撕扯而尖叫着逃离。但他们能逃到哪儿去呢？逃向天空吗？而天空本是“风暴构成”的核心，他们的逃亡之路真正是路路断绝呵！这有如一幅噩梦般的超现实主义画面，使我们想起了超现实主义画家达利的《内战的预感》，那里也有一个企图逃向天空但被一只邪恶的大手凶猛地撕扯住的烧焦的人体。

这些惨状形成了巨大的经验势能，使我们顺着阅读惯性走下去几乎要低头默认：绝望的人不会再有出路了。然而，不然。在最后三行，诗人力挽“危局”，涉入了一个与之对抗的意象，“脚步／越过沼泽而来，它们／踩灭火焰”。人是不能逃离也是无处可逃的，他们要有在绝境中生存的勇气，“踩灭火焰”，重建家园。这是一种不计代价的“绝望中的勇气”，即使不能踩灭火焰，这样的人也承担起了自己的命运，肯定了自己的价值，创造了他们之所是。从存在主义的意义上说，他们同样是西西弗式的勇敢的自为者。

赫尔穆特 · 海森毕特尔

赫尔穆特 · 海森毕特尔（Helmut Heissenbfütel，1921— ）生于西德，中学时开始写作，第二次世界大战爆发后，被征入伍并受重伤。“二战”结束后，入大学修习建筑学、艺术史和德语文学，继续写作诗歌、小说及文艺理论著作。1959 年在斯图加特任广播电台编辑。海森毕特尔是德国先锋派诗歌“具体主义”的代表诗人之一。他及其同人们认为，诗歌语言要有高强度的“实验性”，文字不再具有确定的语义，只是一种与其语法职能或地位无关的符号，甚至文字可以由诗人构成某种直观的视觉图形。对语言成规的这种激进反抗，一方面使他们的诗变得有些不知所云，但另一方面也可能会使语言本身的质地呈现出来——词语不再是负载“内容”的工具，它呈现了它自身。

这里需要多说几句。按照德国理论家的研究，具体主义诗派的理论与实践多少受到了逻辑实证主义哲学家维特根斯坦“不问意义，只问用途”的语言理论的影响。维氏认为，语句的意义不在于它是反映事实的图画，而在于说出和写出它时的特殊情况、环境，即“用途”。语句的用途就是它在其中扮演一个角色的“语言游戏”。语言是人的一种现实活动，它像游戏一样没有本质；语言的使用、词的功能、上下文关系，都是有无穷无尽可能性的。虽然怎样使用词语总有一定规则（就像打网球是一种游戏必有规则一样），但规则也没有处处限制游戏的多变，并且规则在一定意义上是人随意提出的。海森毕特尔同意这种理念，但是他并不想做一个彻底消解语义的极端的“实验诗人”，他成熟期的一些诗作尖锐地讽刺批判了纳粹主义，并呼吁人们警惕希特勒及戈培尔的阴魂不散；另一些作品还表现了“后现代”式的相对主义和怀疑主义精神；还有些作品进行着“探询沉默边界”的语言实验，有较深的含义和奇异的趣味。

海森毕特尔的主要诗集是《组合》(1954)和《风土记》(1956)。另著有长篇小说《达朗贝之死》(1970)。文论著作《论文学》(1966),《何谓诗的具体性》(1969),《论现代性的传统》(1972)等。

那又怎么样

正派人证明是腐败的
老实人证明是告密者
活力证明是萎软
贞节证明是纵欲
清醒者证明有癖好
负责者证明不负责任
大度证明是小气
纪律证明是混乱
爱真话证明是好撒谎
无畏证明是懦怯
正直证明是残酷
肯定生命的人证明是不敢露面的浪子

腐败的人是唯一的正派人
唯有告密者是老实人
唯有萎软有活力
纵欲是贞节的唯一方式
唯有癖好是清醒的
不负责任的人是唯一的负责者
小气是唯一的大度
只有混乱守纪律
谎话是唯一的真话
只有懦怯是无畏的

只有残酷的人是正直的
不敢露面的浪子是肯定生命的唯一者

谁正派谁就腐败
谁装作老实人谁就告密
谁想显得有活力谁就顾虑萎软
谁想显得贞节谁就在纵欲
谁清醒谁就有癖好
谁愿负责谁就不负责任
谁想显得大度谁就小气
谁守纪律谁就混乱
谁讲真话谁就撒谎
谁无畏谁就是懦夫
谁愿正直谁就残酷
谁肯定生命谁就是不敢露面的浪子

正派得腐败或者腐败得正派
老实的告密或者爱告密的老实
有活力的萎软或者萎软的活力
纵欲的贞节或者贞节的纵欲
因清醒而有癖好或者近乎癖好的清醒
有责任感的不负责任或者不负责任的责任感
大度的小气或者是小气的大度
守纪律的混乱或者混乱的纪律
真实的谎话或者撒谎的真实
无畏的懦怯或者懦怯的无畏
正直的残酷或者残酷的正直
不敢露面的肯定生命或者肯定生命到不敢露面

So what

（绿原　译）

［导读］

“那又怎么样（So what）”，有三种含义。其一，我们的生存中充满了伪善者光天化日之下的表演，我们却不能把他们怎么样。其二，我们对受到诬陷的正直的人们，虽干着急可又能怎么样？其三，更难办的是，伪善者和正直的人们在不同的具体语境的表述中，又是含混难辨、彼此缠绕的：面对语言自身的悖论，人又能怎么样？这三种含义共同完成了社会批判和语言批判两个主题。

这首诗写得很调侃、放松，但骨子里是反讽的、严肃的。从结构上说，它犹如借用了音乐的变奏和对位手法。它的核心语词是不变的，但在不同的话语单元中，其语义则是变化的，造成意味的逆转和震惊效果。全诗四部分均遥遥对位，它们互相追逐、遇合、飞跃与消解，词序的微妙变化呈现了尖锐的反差。有趣的是，我们读着它，本以为要按照音乐的程序走完“期待”→“实现”或是“挫折”→“解决”的路径了，但是诗人最后捍卫了生存的难题，以“So what”作结。与诗人这种直面困境的意识比照，那些一厢情愿地判定、解决问题的做法，很可能在客观上抹杀了问题、减缩了思想的分量，只许诺给人们一张廉价的理想主义的门票。它其实是新的理想主义教条，貌似客观的独断论。它对世界的荒诞是一无所触的。

这首诗又是“语言批判”的作品。它对那些主张只从语言—逻辑的角度来判定问题之真伪的“学者”提出了讥讽。此诗中每一个句子，从逻辑上分析、检验都没有问题，它们有语法上的严密性、正确性，符合“形式的科学”，它的真假或价值似乎要由逻辑形式来决定了。然而诗人对此“新知识”充满了警惕和反讽，他强调了经验和思想的实证分析的力量，指出如果将逻辑法则强调到绝对的程度，会给世界带来不期然中的荒唐和灾难。我不由想起了那个让人失笑又令人深思的悖论句式——

> 下面这句话是错的；
> 上面这句话是对的。

表述可以表述的一切

表述可以表述的一切
了解可以了解的一切
决定可以决定的一切
达到可以达到的一切
重复可以重复的一切
结束可以结束的一切

那无法表述的
那无法了解的
那无法决定的
那无法达到的
那无法重复的
那无法结束的

不要结束那无法结束的一切

（河筏　译）

[导读]

早期维特根斯坦说过一句著名的话：“对不可说的东西，应保持沉默。”这句话对早期的维特根斯坦而言具有确指性：坚持经验证实的原则，认为语言是表达经验事实的，凡是经验事实都是可说的；而超经验的东西是不可说的，对这部分内容应保持沉默。

但是，许多人将维氏的“不可说”误读并普泛化了，他们把“不可说”的东西等同于“不存在”“无意义”。我们知道，语言把握不住的东西肯定也是存在的，且不说你说不清未必别人也说不清；就是各种宗教、信仰、神秘的灵魂体验、大自然呈现的“混沌”场域乃至气功等……我们虽“不可说”，但能简单地否认它们的存在吗？因此，维特根斯坦又说过，“世界是神秘的”，“上帝”也有存在的道理。

具体主义诗人深受维特根斯坦理论的影响，这首诗就与上述理念有关。它由两个意义群落构成。上一部分是讲，诗人应全力呈示自己的经验世界，对可说的一切进行命名。下一部分是说，诗人也不要认为只有“经验世界”才是诗歌表述的一切，经验世界和灵魂世界还不完全是一回事，前者关乎“真”，后者更时常关乎人的超越能力和精神想象力。对后者也可以部分地说出，或者是谦恭地“保持沉默”，但我们不要认为它们不存在、无意义，从而“结束”人在沉默中展开的探询。“不要结束那无法结束的一切”，要知道，沉默是表达的另一半，这就是诗人的想法。

君特·格拉斯

君特·格拉斯（Günter Grass，1927—2015）生于但泽市。父亲是德国商人，母亲为波兰人。1944 年，尚未成年的格拉斯被征入伍，1945 年负伤住院，“二战”结束时他落入了美军战俘营。战后当过农工、矿工、爵士乐师，并先后在两所艺术学院学习石雕和造型艺术。1956 年后成为职业作家、诗人，兼事雕刻、版画创作。1979 年格拉斯曾到我国访问。

格拉斯是“四七社”成员，在政治上反对极权和暴力，主张永恒的改良。在艺术上反对作家立足于狭隘的意识形态立场，而主张思想开阔，关心并揭示人类共同的处境。他的诗歌受表现主义和超现实主义的深刻影响，意象干脆而诡谲，心理时空自由跳跃。他用怪诞、反讽的手法和强劲的节奏，将现实、激情、幻想、寓言扭结为一体，表现了对人类生存的犀利洞察。他的小说既有现实的真实性，又有表现主义的主观性，作品中人物多为畸形人或拟人化动物，在光怪陆离的反讽中，揭示了社会历史和人物心灵的双重真实。

格拉斯的主要作品有：诗集《风信鸡的优点》（1956），《三角轨道》（1960），《盘问》（1967），《崇拜玛利亚》（1973），《啊，比目鱼，你的童话有个坏结局》（1983），《亮出舌头》（1988），《四十年》（1991），《十一月的国家》（1993），《为不读书人发掘的东西》（1997）等。长篇小说《铁皮鼓》（1959），《猫与鼠》（1961），《狗年月》（1963），《蝶鱼》（1977），《母老鼠》（1986）。荒诞剧《洪水》（1957），《恶厨师》（1961），《平民试验起义》（1966）等。1958 年获“四七社”奖，1999 年获诺贝尔文学奖。

致所有园艺家

为何你们禁止我吃肉?
现在你们带着花前来
为我烹调翠菊
好像秋天的遗味还不足。
让丁香留在园子里吧。
杏仁还是苦的,
煤气表
你们是这么叫饼干的——
你们为我切着
直到我说要牛奶。
你们说:菜——
就把玫瑰论斤卖给我。
棒啊,你们说着想到郁金香。

我可以把毒菌
同小花束一起
加些盐巴这样吃吗?
我会死在君影草边上吗?
百合在我的墓上——
谁会维护我的素食主义?
让我吃肉吧。
让我和骨头相处,
这样会消失羞耻,展示赤裸。

一旦当我从盘上拿开
且尊敬号叫的牛，
然后一旦园门开启，
我就会来卖花——
因为我喜欢看它们枯萎。

（李魁贤　译）

[导读]

格拉斯的作品不乏深刻的悲剧精神，但他却奇异地在悲剧的背景上创造了自己的“喜剧”体系。与他的小说中的畸形人一样，这首诗中的“我”也仿佛是个精神障碍症患者。借着这个特异的形象，诗人以反讽、幽默、变形、谵语的方式，更犀利地抒发了他对权力主义者的痛恨。读后我们感到，“病人”并没有病，他甚为清醒；而真正有病的是压抑人的生存现实，和随流扬波混世的“智者”们。就像鲁迅先生笔下的“狂人”，正是缘于“疯狂”，他才冲破了社会禁忌，道出了传统文化的“吃人”本质，喊出了最清醒的“救救孩子”的声音。

在这首诗中，相互冲突的两种力量的比例是悬殊的。一方是由权力主义者和社会文化禁忌构成的庞然大物——“你们”，一方是单数的、坚持个人立场的“我”。“你们”（大写的匿名的权势执掌者）“禁止我吃肉”。吃肉，在诗中是核心隐喻之一，它既关涉到人的精神要求强壮、丰富营养，以及坚持对个人生存方式的独立选择的寓意；也涉及到人与真实相接触的权利：“让我吃肉吧 / 让我和骨头相处 / 这样会消失羞耻，展示赤裸。”

但是，权力主义者是要求一切人“统一意志、统一行动”的。在他们的控制下，你不但不能“吃肉”，你甚至也不能什么都不吃，而是你必须去吃他们命令你吃的东西。人被异化为非人，“园艺家”们给人带来的都是非人的食物，有园中被戕害的花卉，甚至还有煤气表。人的悲剧化的生存，在此被赋予了荒诞喜剧的形式。“我”置身于一场噩梦之中，望着“你们”为我切着煤气表——你们管它叫着“饼干”的东西。这种意象的突兀并置，表面上给人以谵妄症患者思维的混乱感，但骨子里却是真实而沉痛的对荒唐生存的控诉。

迫于生存的恐怖压力，“我”也曾试图顺役地活下去。“我”战战兢兢地请求“你们”：在我同意吃非人食物的前提下，能否加上毒菌和盐，“我”可否有一点点自我了断生命的“自由”？但是不行。“你们”命令“我”按你们的要求活着，不能“自绝于社会”。最后，路路断绝的“我”被强制地同化于“园艺家们”，面对鲜花，竟然也“喜欢看它们枯萎”了。

格拉斯的诗有表现主义的刻骨痛楚和超现实主义的怪诞、幽默。他坚决拒斥形形色色的权力主义对个人的伤害和控制，但他采取的是冷酷而悲愤的冷笑声。在这冷酷而悲愤的冷笑中，社会的病态暴露无遗。这首诗中，不可理喻的谵语恰好道出了真实严肃的东西；而可“理喻”的体面的“园艺家”制度，反而更显得荒诞不经。

在蛋里

我们住在蛋里。
我们用猥亵的图画
和我们敌人的名字涂抹
蛋壳的内侧。
我们在被孵化。

无论谁孵化我们，
他同时孵化我们的铅笔。
一旦从蛋里爬出来，
我们马上会画
一幅孵化者的肖像。

我们承认我们被孵化。
我们设想一个好脾气的禽类，
并且写学校的作文
论孵化我们的母鸡的
毛色和品种。

什么时候我们才破壳而出？
我们蛋里的预言家们
为了中不溜的薪水在争论
孵化期的长短。
他们假定是某一天。

出于无聊和实际需要
我们发明了孵化箱。
我们十分关怀我们蛋里的后辈。
我们乐于向照料我们的那一位
推荐我们的专利权。

但我们头上有个屋顶。
年迈的鸡雏，
懂多种语言的胚胎
整天谈着
还讨论它们的梦。

如果我们不被孵化呢？
如果这个蛋壳从不裂缝呢？
如果我们的地平线只是我们
涂沫的地平线而且永远是这样？
我们希望，我们被孵化。

即使我们只就孵化而言，
也仍然害怕会有人
在我们壳外，觉得饥饿，
把我们磕进锅里，撒一撮盐。——
那么我们咋办，我蛋里的兄弟们？

（绿原　译）

［导读］

哲人们曾将现代人的生存处境比喻为走入了一条歧路；象征主义诗人则进一步将之隐喻为人类已置身于孤独的“荒原”，似乎连歧路都不存在，四周一片无边的虚无。而到格拉斯这里，人的生存更加逼窄，甚至连广阔的荒原都是过于“宏大”的隐喻，人们只是住在一只鸡蛋里。人类精神的封闭、思想的蒙昧、处境的脆薄、彼此的挤撞和仇视，都在这个举重若轻而又痛苦荒诞的寓言中表现出来了。

人和人紧紧靠在鸡蛋里，他们可以安静地沉思一下自身的处境了吗？没有。在这里，可悲的人们也没有忘记彼此仇恨地攻击、诽谤，“我们用猥亵的图画／和我们敌人的名字，涂抹／蛋壳的内侧”。人类一方面制造假想敌，另一方面又期待着能有“微笑的极权人物”出现解救（孵化）自己，人们对他唱着感恩歌——这正是蒙昧主义的两大特征。“无论谁孵化我们／他同时孵化我们的铅笔／一旦从蛋里爬出来／我们马上会画／一幅孵化者的肖像”。人的精神已愚昧地被减缩为二极对立形式，除了盲目地仇恨，就是盲目地搞个人崇拜。就像奥威尔在《动物农场》中所表述的：一帮“起义”的动物，推举聪明而邪恶的猪为领袖。它们的“言行宪章”可以愚昧而疯狂地减缩为两句话——“两条腿，坏！四条腿，好！”

“我们”不知道解放、自由和成长是人的基本权利，“我们”将之当作一种“大人物、大救星”给予我们的恩赐；我们天真地设想这只庞大的母鸡是“好脾气”的，这还用得着怀疑吗？于是，我们的争执焦点既不是怎样自己解放自己，也不是警惕微笑的极权强人在孵化我们后同时再带来新的“柔软”压迫、封闭，而是“什么时候我们才破壳而出？”“他们假定是某一天”。这种蒙昧的乐观主义使人类精神不断进入一个又一个大小不同的蛋壳，生下一茬又一茬“蛋里的后辈”；并将统治后辈的“专利权”，也拱手给了极权强人。

但人类中还有一些较为清醒的怀疑主义的“智者”。他们虽然也难以逃出蛋壳，但却是聚集在“我们头上屋顶”的蛋壳内。他们的讨论，更有价值些。他们理性的忧思和怀疑，摆脱了两极对立的思维，展开了对险恶生存中种种可能性的质询、追问——“如果我们的地平线只是我们／涂抹的地平线而且永远是这样？”比起蒙昧主义的乐观，这种悲观的怀疑论显然更有深度些。但这也只是比较而言。他们仍然是狭隘的宿命论“智者”，其前提性论域也旋转在“如果我们不被孵化呢？”“如果这个蛋壳从不裂缝呢？”的表层问题上。

最后一节，诗中出现了“说话人”（诗人）的声音。他提醒蛋壳内的人们：只就蛋壳的裂开而言，还可能存在着另一种更可怕的形式——被不再微笑的权力主义者的一只凶狠的大手磕进锅里，吃掉。这样的事情发生后，“那么我们咋办，我蛋里的兄弟们？”诗人意在警示人们：人是不应住在精神的蛋壳内的，无论是被迫还是自愿；人要在更为广阔的精神中自己解放自己，因为只要是住在蛋壳内的人，最终都不配有任何好的命运。

这首诗在奇妙的寓言形式中洞透了人类的生存境遇。诗人辛辣的反讽不仅指向微笑的或凶恶的权力主义者（从本质上说，二者是一回事），也指向了受精神拘役而不察的众人。他的幽默是悲愤的，他的冷酷是源于对同类的爱心。

星期五

我拿着
报纸裹着的青鲱

回家。

天气严寒
晴和。
管家撒着沙子。

上了楼梯间
鲱鱼才开始
浸透报纸。

于是，开膛之前，
我必须剥去
粘在鲱鱼上的报纸。

鱼鳞脱落
引我注意
因为阳光，泻入厨房。

一边取出鲱鱼内脏，
我一边阅读那张
又湿又旧的报纸。

七条鲱鱼留着鱼卵，
四条满载鱼白；
报纸却是星期二出版。

世界的局势糟糕：
拒付贷款。
我却用干面粉裹着鲱鱼。

当鲱鱼在锅里惊慌，
我也郁郁寡欢，
不愿谈起锅的话题。

可是，谁
会给青鲱
宣讲沉沦毁灭？

（刘华新　译）

［导读］

这首诗在岑寂冷漠的叙事中稳稳展开，诗人是被一个日常生活片断所触动了。标题“星期五”，指出日常记事的时间，似乎无多深意；但它与一张星期二的旧报纸“相遇”，说明诗人对时局的厌倦：如果不是商贩用它包着几条青鲱鱼塞到“我”手中，“我”是懒得阅读糟糕的“世界局势”的。

星期五这天，“我拿着报纸裹着的青鲱回家”。由于天气严寒，青鲱已冻硬，到了家中冰水才稍稍融化，青鲱黏附并浸透了报纸。“我”开始收拾鲱鱼，剥去黏附在它身上的报纸，一部分鱼鳞与黏附的报纸一起脱落。这样，报纸才“引我注意”了。“一边取出鲱鱼内脏／我一边阅读那张／又湿又旧的报纸”。青鲱的“命运”是不幸的，作为深海鱼，为了安全它们只在产卵时才游到近海。但没想到这样一来死得更快，它们还没来得及产卵，就被捕捞了，“七条鲱鱼留着鱼卵／四条满载鱼白”。那么，世界的“命运”比之青鲱又怎么样呢？价值混乱、经济危机、权势横行，同样地不幸而“糟糕”。“我”因厌倦而逃避读报，没想到这“糟糕”的消息终于还是追上了“我”！“我”不再读报，开始支锅烧鲱鱼。但由鲱鱼命运和旧报纸引起的思绪，使“我也郁郁寡欢／不愿谈起锅的话题”：像锅中“惊慌”的鲱鱼一样，人不也同样置身于另一口更大的焦虑惊慌之“锅”中吗？最后一节，鲱鱼与人已是互为指涉关系，诗人沉痛地感慨道：“谁会给青鲱／宣讲沉沦毁灭？”

这首诗语调从容不迫，但情感却渐趋焦迫而紧张。诗人的叙述是极为节制的，没有枝蔓，紧紧围绕着青鲱与旧报纸交替展开。在对日常生活细节的本真叙述中寄寓辛辣而深刻的思想，比那些大而无当的“终极关怀”的宣谕更能触动现代人的心。是的，“越小即越大”，诗的博大常常不在于材料的博大，而是诗人认识力的博大。

爱尔兰

塞缪尔 · 贝克特

塞缪尔 · 贝克特（Samuel Beckett，1906—1989）生于都柏林一个犹太人家庭。学生时代去巴黎游历，结识了侨居巴黎的爱尔兰作家乔伊斯，后来还担任过他的秘书，人称“小乔伊斯”。1927 年，贝克特毕业于都柏林三一学院，1928 年至 1930 年担任巴黎高等师范学院英文讲师。此间将乔伊斯的一些作品译成法文。1931 年回都柏林，在三一学院讲授法文，同时研究笛卡尔的著作，获硕士学位。1932 年之后，贝克特漫游欧洲大陆，并不断为先锋派杂志撰稿。他因对爱尔兰“神权政体”和“书籍检查制度”不满，1938 年去法国定居。第二次世界大战爆发后，参加了巴黎地下抵抗组织，与纳粹占领军进行斗争。1942 年被盖世太保通缉，贝克特逃匿乡村。1945 年曾回爱尔兰参加红十字会工作，战后回到巴黎继续写作。

贝克特从上世纪 20 年代末开始诗歌创作，1930 年出版诗集《婊子镜》。1931 年出版理论著作《普鲁斯特》，1938 年出版长篇小说《莫菲》。这些小说、诗歌受乔伊斯的意识流主观叙事方法影响，在对无意识、潜意识的描述中，揭示人精神的尴尬、凄楚、忧思的内在真实。战后，贝克特和存在主义哲学发生了共鸣，在他最有贡献的领域——荒诞剧作品中，倾力表现了人存在的无意义、孤独、痛苦，揭示出世界的荒诞和冷酷。其有全球影响的代表作是：戏剧《等待戈多》（1952），《最后的一局》（1957），《啊，美好的日子》（1961）。长篇小说《马洛伊》（1951），《马洛纳之死》（1951）及《无名的人》（1953）。

贝克特的文学创作，将敏锐的想象力与对生存的洞察力相扭结，达到一种深刻的荒诞感，表现了人道的堕落、人生的无意义。但是，正如基耶罗所言，“如果了解人的堕落会加深我们的痛苦，则我们更认识了人的真正价值。这就是内在的净化及来自贝克特的黑色悲观主义的生命力量”（诺贝尔文学奖颁奖辞）。1969 年，贝克特因“他的具有新奇形式的小说和戏剧使现代人从贫困境地得到振奋”，获得诺贝尔文学奖。

无　题

我想做些啥没有这乏味而虚假的世界
去哪里维持仅有的片刻的生命　哪里有真空
每一瞬间都溢出久远的无知
没有波浪　最终
身躯和影子将被在何处淹没
我想做些啥没有这吞没窃窃私语的寂静
没有为了呼救或爱情的喘息与狂乱
没有尘土铺地的大地上
耸立的天空

我想做些啥我昨天前天又干了些啥
凝视的眼睛寻找
另一个像我这样的游逛者远离所有生命
在一个痉挛不停的空间里
寂寞的喧闹
蜂拥着
我的秘密

（海岸　一土　译）

［导读］

这首诗写于1948年的巴黎。贝克特亲历了第二次世界大战，面对战争带来的灾难，以及战后西方文明和文化基础的加剧坍塌，内心充满了危机感和荒诞感，这些使他与存在主义思想产生了深切共鸣。

存在主义是一种特殊的人道主义，它把个人的生存当作哲学研究的对象，从人的意识活动（主要是非理性的内心情绪和体验）中，挖掘人的存在状态。与德国哲人带有悲观论色彩的存在主义不尽相同，法国以萨特为代表的存在主义虽然也认为世界是荒诞的、恶心的，但又主张发扬人的主观能动性，自我设计自我选择并勇于负责；他们启示人要在对生存不断的介入中，创造自己的本质，实现自为自由的人生价值。

《无题》正是一首有存在主义意味的哲性诗歌。诗中反复强调了“我想做些啥”，赋予自身创造的价值和意义，这是它的主旋律。但是，世界是“乏味而虚假的”，它充斥着“无知”“窃窃私语的寂静”，它在“喘息与狂乱”中“痉挛不停”。面对这个孤独、荒谬、令人恶心的世界，人应该怎么办？他们要遁世、拒斥、反抗乃至撒手尘寰吗？贝克特反对这种做法。世界的不良境况是他清醒地思考问题的前提，但经由这一前提，他得出了自己的结论：人永远无法回避存在的烦恼与痛苦，否则他就不是有自我意识的“自为者”，而是无生命的“自在之物”了：“没有这乏味而虚假的世界 / 去哪里维持仅有的片刻的生命？”在一系列“没有……”的设问后，诗人更坚定了用“凝视的眼睛寻找”生存意义的信心。

是的，在人的生存中，“哪里有真空”？除非你不再是人。在孤独的生存中承担起“最荒谬最严酷的义务”——创造自己的独特本质，这个过程本身就体现了人的超越性、价值感。在此，悲观主义的前提被导向了净化精神的行动主义结论：人不应自欺，他的本质并没有全部为荒谬所规定。他还有“另一个我”，精神的“游逛者”，那是“我的秘密”。“我”选择了“他”（另一个我），这种选择的后果才更真实地呈现了我的本质。

这首诗以放松的口语形式恰到好处地表现了诗人意识深处的真实活动。但贝克特诗歌中的“意识流”并不是支离破碎的原始杂陈。他对准了智性的焦距，内心独白中的情理逻辑是连贯而深刻的。这种写作意识，会给我们很大的启示。

多德蒙特人

荷马的黄昏神奇地
漫上教堂红色的尖顶
我没有表情，她雍容华贵
赶往紫色的灯火赶往妓院的靡靡之音
她站在我前面明亮的座位旁
撑着荡妇碎玉的身子
一身结疤的皮刺无比纯净
眼睛黑黑的直到变音的东方
将长夜的乐句分解。
然后，被人遗忘
消亡的辉煌扩散
漫延到我这里，哈伯库刻先知：
　一切罪人都应奉神。
叔本华死了，妓女
将她欲望的笛子搁在一旁。

（海岸　一土　译）

［导读］

法国象征主义诗歌有其完备的理论基础、系统的文学主张和特定的修辞风格。虽然贝克特的精神血缘主要是乔伊斯式的爱尔兰先锋文学传统，但他长期生活在法国，波德莱尔们的象征主义诗风对他也有很大影响。这些诗人认为：客观世界是人主观心灵的象征；写作是苦闷的象征；象征的方式有两种——破译世界神秘密码的“超验象征”，和表现现代人生存状况的“人事象征”（通过一组事物、一种情境或一串事件，暗示出特定的主观情感）。贝克特的《多德蒙特人》综合使用了“超验”和“人事”象征，像波德莱尔的“恶之花”一样，写出了人的痛苦、堕落，现代城市的“病态”和“不幸”。

“多德蒙特”是法国西部的一个现代工业城市。但我们不必将此诗限定于这个具体的城市和人群，它只是贝克特选定的一个“表人事的象征体”。在这里，“荷马的黄昏神奇地／漫上教堂红色的尖顶”。诗人是以欧洲文明发源地希腊诞生的诗歌之父荷马，再加上神圣的基督教文化产物的教堂，来简洁地象征欧洲文明传统的两大支柱。但是，在今天它们也只能无奈而怅惘地在高空俯望了。

地下是另一番情景：紫色的霓虹灯、妓院的靡靡之音成为都市之黄昏的主宰。“我”（诗中虚拟的说话人）表情麻木地步入妓院，望着“雍容华贵”的妓女“撑着荡妇碎玉的身子”。“碎玉”既写出了妓女胴体的美丽，又写出了她的堕落和备受蹂躏，她看上去是纯净的，但在本质上是“一身结疤”。妓女在此有双重暗示：一是指本来意义上的被生活蹂躏的妇女；二是以妓女来象征现代文明的堕落、生存的基本状况。

丑恶的长夜过去了，白天已“将长夜的乐句分解”。但到来的白天却是由“欲望的笛子”吹出的“变音”。它没有荷马诗歌中黎明大海的轰鸣，也没有宗教中吹号天使的晨安鸣奏，这些已是“消亡的辉煌”。这“消亡的辉煌扩散到我这里”，使“我”忆起了公元前七世纪希伯莱的一位宗教先知哈伯库刻的箴言：“一切罪人都应奉神。”在这样的情境下想起这句话，可真是天大的讽刺。

最后，诗人写道“叔本华死了，妓女将她欲望的笛子搁在一旁”。叔本华是“生存意志哲学”的开先河人物，他认为世界的本质是生存意志。人的生存意志就是人本能的盲目的冲动和欲望。这欲望是没有边沿、随得随生、永难满足的，这就决定了人永远生存在类似“口渴”的痛苦状态中。因此他指出，明智的人的出路只能是否弃欲望，通过哲学、艺术和宗教来“洗涤意志”，走向内在的自我超越（脱）之路。但今天，“叔本华死了”，没有人听从他的忠告。今天的世界仍是人欲横流。妓女倒是“将她欲望的笛子搁在一旁”了，但那是因为丑恶混乱的夜晚结束了，她需要休息一下，以迎接很快到来的又一个堕落的夜晚。诗人的反讽是尖锐而谐谑的，但内中的沉痛更为刻骨地表现出来了。此诗中超验象征与人事象征化若无痕地交互运用，使我们领略了贝克特精湛的写作技艺。

白色长袍

清晨前你将会到达这里
但丁、逻各斯、每一级地层的奥秘
以及烙上印记的月亮
远离音乐的白色平面
清晨前你将置身其中

温情忧郁的雨丝吟唱不已
低降到槟榔树的黑色天空
飘落在如烟的竹花垂柳小径

尽管你垂下满带同情的手指
握紧这遗骸
但谁会增添你的风采
那些美丽在我身前只像一条裹尸布
它的自白叙述暴风雨般的象征
没有太阳没有揭幕仪式
没有主人
仅有我和那条裹尸布
以及大批尸体

（海岸　一土　译）

［导读］

这首诗在一个隐喻中包含了两个彼此抵制的喻义。在第一节中，"白色长袍"是纯洁的、理性的、升华的隐喻。但丁是中世纪最后一位诗人，也是人文主义最初的一位诗人，其代表作《神曲》既包容又超越了宗教范畴，是一部从哲学本体高度来观照人类存在和道德问题的寓言性总结。而"逻各斯"（Logos），是指实在的有意义的结构、语言、定理，它力图本真正确地阐明每件事物是什么，从而认识世界的客观真理。贝克特将它们二者喻为清洁的"白色长袍"，并反复说"清晨前你将会到达这里"，"清晨前你将置身其中"，表示了对它们的期待和敬意。

但第二节诗思发生了变化，清晨带来的却是淫雨连绵的"黑色天空"，这就为第三节隐喻的"转向"作了过渡。在第三节，"白色长袍"变为"一条裹尸布"。那些曾经美好的宣谕、应许，仿佛成为今日"暴风雨般的象征"。第二次大战后的今日世界，文明解体、价值虚无、人欲横流，它"没有太阳没有揭幕仪式 / 没有主人 / 仅有我和那条裹尸布 / 以及大批尸体"。人类精神历史发展的坎坷，在这个新的隐喻中得到了深刻表现。但是，我们不能简单地认为贝克特仅是在诅咒昔日"白色长袍"的虚妄性；他用意更深的一面是在揭示和批判当下生存的堕落。他对"白色长袍"时代的消逝是感情复杂的，他"握紧这遗骸"：一方面认为它的确有虚妄的东西，另一方面他对之又"垂下满带同情的手指"，认识到它局部的合理性和价值。这首诗就在这种既痛惜又怀疑，既向往"真理"又不得不面对"真相"的纠葛中展开，带给我们复杂经验的隐喻聚合。

正如基耶罗在谈到贝克特的作品时所说：我们曾眼见前人所未见的人的堕落，如果我们否定了一切价值，堕落的证明就不存在了。但我们明白一件事，无论经历怎样的折磨，有一种东西是永远拿不走的，那就是希望。的确如此，这首诗中，贝克特勇于指出生存的真相和理性、崇高在今日的失效，但他并不是快意而狂妄的"摧毁价值"者，他在无出路的状态中坚持痛苦地思考，成为人类生存伟大的提问者，而非自诩的真理在握的"启蒙者"。

西默斯·希尼

西默斯·希尼（Seamus Heaney，1939—2013）生于北爱尔兰德里郡一个信奉天主教的农民家庭。祖父挖泥炭，父亲种白薯，希尼少年时代也参加过不少体力劳动。1961 年他毕业于贝尔法斯特女王大学英语系。1966 年第一部诗集（一个自然主义者之死）出版，希尼一举成名，出任母校英国文学讲师，此间，除创作大量诗歌外，还写有英语诗人研究著作。1972 年他从北爱尔兰移居到爱尔兰共和国，1976 年在都柏林一所教育学院任教。从 80 年代起，受聘于美国哈佛大学和英国牛津大学，任英国文学教授。从 60 年代中期至今，希尼的诗歌创作持续精进，他不但被视为叶芝之后爱尔兰的一位最重要的诗人，而且是具有巨大国际影响的诗歌大师。

希尼的诗具有鲜明的民族背景和地方色彩，在对北爱尔兰乡村生活本真细节的追忆中，展现了人的生存之根，熔铸了朴素而恒久的对生命和道德的哲思。在他笔下，家族的血缘谱系与民族的历史文化谱系糅合在一起；在对这种“民族性”谱系持久的追溯里，他同时展开了更为广阔的时代精神和世界性的眼光。希尼对现代主义和后现代主义诗歌都有极为深入的体悟和研究，他吸收各种诗歌的精华，但他从不是一个天真的追摹者。他力图找到“个人的诗泉”，挖掘出个体生命内在的回声。他的诗歌话语，朴素、扎实、澄明，许多作品表面上看近乎“老派”，但骨子里却是更为新奇和感人至深的。在谈到诗歌的功用时他说，“诗歌证明我们的独一性，它们开采并掏出埋藏在每个个体生命基础上的自我的贵金属。在某种意义上，诗歌的功效等于零——从来没有一首诗阻止过一辆坦克。但在另一种意义上，它又是无限的”(《舌头的管辖》)。

希尼的主要作品集为：诗集《一个自然主义者之死》(1966),《进入黑暗之门》(1969),《痛苦的冬天》(1972),《北方》(1975),《农耕》(1979),《斯威尼的迷惘》(1983),《斯特森岛》(1984),《山楂灯》(1987),《观察》(1991),《夜半裁决》(1993),《酒精水准器》(1996)。诗学理论集《专心致志》(1980),《舌头的管辖》(1988),《写作的场所》(1989),《诗歌的纠正》(1995)。1995年，“由于他的诗歌充满抒情的优美和道德的深度，使日常的奇迹和活生生的往事得到了升华”，希尼获得诺贝尔文学奖。

挖 掘

在我手指和大拇指中间
一支粗壮的笔躺着，舒适自在像一支枪。

我的窗下，一个清晰而粗粝的响声，
铁铲切进了砾石累累的土地：
我爹在挖土。我向下望
看到花坪间他正使劲的臀部
弯下去，伸上来，二十年来
穿过白薯垄有节奏地俯仰着，
他在挖土。
粗劣的靴子踩在铁铲上，长柄
贴着膝头的内侧有力地撬动，
他把表面一层厚土连根掀起，
把铁铲发亮的一边深深埋下去，
使新薯四散，我们捡在手中，
爱它们又凉又硬的味儿。

说真的，这老头使铁铲的巧劲
就像他那老头子一样。

我爷爷在土纳的泥沼地
一天挖的泥炭比谁个都多。
有一次我给他送去一瓶牛奶，

用纸团松松地塞住瓶口。他直起腰喝了，马上又
　　干开了，
利索地把泥炭截短，切开，把土
撩过肩，为找好泥炭，
一直向下，向下挖掘。

白薯地的冷气，潮湿泥炭地的
咯吱声、咕咕声，铁铲切进活薯根的短促声响
在我头脑中回荡。
但我可没有铁铲像他们那样去干。

在我手指和大拇指中间
那支粗壮的笔躺着，
我要用它去挖掘。

（袁可嘉　译）

［导读］

这是希尼最广为人知的诗作之一，他自己也认为“这是我写的第一首我认为感觉和感情进入文字的作品”（《进入文字的情感》）。在这首诗中，他将三重时间一场景叠合在一起：爷爷在挖泥炭——爹爹在挖白薯——我在挖词语，一个“挖掘”的动作打通了三代人。他们挖掘的东西是不同的，但那种献身劳动的专注，胸怀的明澈、憨实和手上的韧劲儿，却是一脉相承的。不错，此诗中希尼的“挖词语”是一个主要的隐喻；但是，我们不能因此而将爷爷与爹爹的挖掘视为陪衬这一主要隐喻的东西。希尼从来就不是那种自恋的诗人，认为只有诗人的“挖掘”才更重要，在他看来这太可笑了。他满怀深情和恭谨地回忆着祖辈父辈的劳动生涯，对这一劳动者家族谱系的自觉认同，使他意识到自己生命和写作的根在哪儿，他要做一个无愧于“挖掘者”前辈的后人。

挖白薯、挖泥炭本是北爱尔兰乡村劳动的日常情景。扩而大之，

对类似的挖掘劳动，我们早已见惯不奇了。但读这首诗，我们却被深深地吸附进去，有如置身于生命本源的奇迹般的景象中。我们没有想到，本真的劳动场景会被提炼成如此深刻而崭新的诗歌力量。我想，一个真正成熟的诗人，并不应神经质般地到处只看到“象征”，他还应有准确敏锐的对具体事物的叙述能力。这首诗中，爹爹和爷爷挖掘过程的动作细节，被鲜活而精确地“分解”叙述出来。如描写爹爹挖白薯的句子，“花坪间他正使劲的臀部／弯下去，伸上来”，“粗劣的靴子踩在铁铲上，长柄／贴着膝头的内侧有力地撬动／他把表面一层厚土连根掀起／把铁铲发亮的一边深深埋下去／使新薯四散／我们捡在手中／爱它们又凉又硬的味儿”。再如写爷爷挖泥炭及间歇中喝牛奶的细节，“有一次我给他送去一瓶牛奶／用纸团松松地塞住瓶口／他直起腰喝了，马上又干开了／利索地把泥炭截短，切开，把土／撩过肩，为找好泥炭／一直向下，向下挖掘”。这类细密扎实的叙述，不是妙手可著的“象征”，而是源于对生活的精细观察及过人的还原能力。或者说，它无象征又无不象征，无哲理又无不哲理。

作为劳动者的后代，“我”走上了另一条挖掘之路。祖辈父辈挖掘的声音，“在我头脑中回荡”，“在我手指和大拇指中间／那支粗壮的笔躺着／我要用它去挖掘”。诗人要做无愧于“挖掘者”称号的后代，他的笔要像铁锹般锋利闪亮地飞舞着，他挖掘出的词语，也要有新鲜白薯那清凉坚实的质地，也要有泥炭那从被淹没的年代召唤回来的有力的“咯吱”之声……

自我的赫利孔山

——给马克尔·朗利

小时候，没有人能阻止我去看水井，
还有那旧式吊桶打水机和盘绕的井绳。

我爱那深落的黑暗，我爱那陷在井中的天
　空，我爱那
水草，真菌和潮湿苔藓的气味。

一口砖厂中的井，腐朽的木板遮着头。
我深深地回味那水桶在绞绳一端
骤然坠落时浓厚的轰鸣。
那么深的井，你看不见倒影。

一口生在干枯石渠下的浅井，
却像养鱼池一样有丰富的生命。
当你从软软的覆盖物下拉出长长的根，
一张苍白的脸在井底徘徊。

其他的井都有回声，把你的呼唤传回
伴着清新的乐音。有一口井
令人害怕，那里的羊齿草和高高的指顶花中
猛然蹿出一只老鼠践踏了我的倒影。

如今，再去窥探根的深处，用手指抓出泥泞
如大眼睛的那西索斯，瞪视着泉水
有损成人的尊严。所以我写诗
为了凝视自己，为了让黑暗发出回声。

（吴德安　译）

［导读］

这首诗题献给马克尔·朗利。朗利（1939—）是希尼的好友，爱尔兰知名诗人，多年担任北爱尔兰艺术联合会主席。希尼将此诗题献给他，自有与同行加知己交流“甘苦寸心知”的意味。赫利孔山（Helicon）是希腊神话中诗歌女神缪斯居住的地方。那儿有一口灵感的水井，因此赫利孔山用来喻指诗的灵感之源泉。按照这个神话，也有中文译者将此诗标题意译为“个人的诗泉”。

诗人在“赫利孔山”前面加上“自我”这一限制性定语，意在强调：诗人之间没有可以通约的灵感之源，写作是经由个体生命对生存的探索，它寻求经验的本真和书写方式的创造性，诗人的心灵词源来自他从童年到现在积累的感性经验和智性敏悟。

与赫利孔山上那口清澈优雅远离俗世的“水井”不同，希尼写的几口“水井”是充满人间气息的。在它们中，有的上面有旧式吊桶打水机和盘绕的井绳，有的在井沿的羊齿草和高高的指顶花丛中还会蹿出一只老鼠。有的井下面长满了水草、真菌和潮湿的苔藓，也有的布满浮游生物。吊桶骤然落入深井时，会发出浓厚的轰鸣声；在深落而黑暗的井中，你看不到自己的倒影，而在那些浅井被水草遮蔽时，你虽也看不到自己的倒影，但当你打水时拉起吊桶的绳索，藻类散开，却会“从软软的覆盖物下拉出长长的根／一张苍白的脸在井底徘徊”。诗人尽心尽性地描述了各不相同的几口井，他惊人的描述和造型能力令人叹为观止。与此同时，他也不着痕迹地暗示出他“个人的诗泉”，乃是源于对内在生命体验中被遮蔽的、深暗而充满活力的经验的“打捞”。在他这里，诗歌的“美”与“活力”是一回事，它源于个体生命的经历和对广阔生存的关注，而非源于表面的唯美修辞技巧。希尼告诉我们，写诗不是对素材洁癖的展示，有活力的诗常常在素材上是“不洁”的。诗人也不应像希腊美少年那西索斯那样，自恋于水中的倒影憔悴而死；诗人应有“成人的尊严”，为了凝视内心，“为了让黑暗发出回声”。

我们可以将此诗看作“以诗论诗”的作品，它告诉我们“如何学会在诗的井中转动绞车”（希尼自语）打出生命之水。“以诗论诗”的方式是许多诗人喜爱的。但不幸的是，那么多的诗人将“以诗论诗”写得极为枯燥乏味，成了变相的“诗学讲义”。他们一路议论着直奔“主题”，以诗的下驷去逐诗学的上驷，结果往往是“两不靠”。而希尼这首诗，坚实而纯粹，并不急切贴向诗学理念。这种如盐溶水的写法，会给我们有益的启发。

惩　罚

我能感觉到绳索
在她的脖子上
牵引着，风掠过
她那裸露的前胸。

风使她的乳头绽开成
琥珀珠花，
摇动着她肋上
脆弱的骨架。

我可以看见她沼泽中
淹死的尸体，
尸体上压重的石头
和那漂浮着的柳条，树枝。

在石头和树的枝条下
她曾是一棵剥了皮的小树
现在被挖出来
橡木似的骨头，小木盒似的脑。

她被剃了的头
像收割后的黑谷地，
眼睛上蒙着的布是一条脏污的绷带，

脖子上的绳索是一个戒指

蕴藏着
爱情的记忆。
一个小淫妇，
在人们惩罚你之前

你有淡黄色的头发
营养不良，你那
如此美丽的脸庞现在却黑如柏油，
我可怜的替罪羔羊，

我几乎爱上了你
但是我知道，在那时我也只能站在
惩罚你的人群中沉默如石。
我是艺术的偷窥者

正看着你暴露的大脑
和它黑色的沟回
窥视你网状肌肉
和你所有标着数字的骨头。

如今我也无声地站着看过
像你一样的姐妹们背叛了集体的行为标准
被头涂柏油，
在栅栏边示众哭泣，

我会默默地赞许
文明的人反对这种暴行，
同时也领悟这种仪式性的，

族群的，情欲的报复。

（吴德安　译）

［导读］

这首诗源于一个特定触发点：某日，希尼看到了画报上的一帧照片和报道——一具两千年前的女尸。这个年轻女子因通奸而遭到族人处以沉潭的惩罚。两千余年过去，她的尸体几乎完整地一直被储存在沼泽地中。

面对这幕悲惨的景象，所有有良知的人都会哀恸得心潮起伏，而不会仅将之欢呼为“考古”的伟大发现。但是，诗也并不是简单化的道德“表态”，它还应深入到事件秘而不露的各个晦涩角落，使消逝的事件浮现出内部的各种意义，并具有活生生的质感和温度。同时，它还要返回诗人内心，设身处地真实地追问自己的灵魂。在诗中，诗人说自己“是艺术的偷窥者”，他要坚持“诗就是诗”的信念，写出新闻报道性语言无法代替的生命话语。

希尼的心灵深度和写作技艺令人钦佩。诗中那两千年前的往事，被奇异地导入了“过去时”与“现在时”混合的叙述。那个因追求爱情而横遭厄运的女子，在混合时态的叙述中本真地呈现在我们面前。诗人是克制的，他没有加入煽情的议论，他相信形象本身的力量会比“议论”说出的更多。我们仿佛与诗人一起看见了她沼泽中下沉的身体，那脖子上套着的绳索，她羸弱的前胸，她被羞辱地剃出沟棱的淡黄色头发，她眼睛被蒙上的那条脏污的绷带，她身体上用来压重的石头和族人围观者那石头般阴郁的面容……诗人噬心的哀痛，都渗透在这貌似“不动声色”的真实叙述中了。真可谓痛极而不言哀者实数倍其哀啊。

然而，这还不够，接着诗人锐笔振起，展开了对自己灵魂的追问，“我几乎爱上了你／但是我知道，在那时我也只能站在／惩罚你的人群中沉默如石”，“如今我也无声地站着看过／像你一样的姐妹们背叛了集体的行为标准／被头涂柏油，在栅栏边示众哭泣”。这既是沉痛的反思，也是与自身生命真实的残酷“照面”。诗人没有在危局过后装扮成道德英雄，安全地说些“大义凛然”的空话，他是不计代价地追求诗的诚实的。他的心灵活动是全方位的——他既反对古代社会不文明的暴行，同时也在思考着这场暴行秘而不宣的本质：其一，普遍受精神和生命欲望压抑的族人，在这暴行中扭曲地发泄了他们“对情欲的报复”，他们同样是可悲的一群。其二，作为对有违诫命者的一种惩罚，其实它的“仪式性”与古老的宗教以及族群的社会习俗密切相关。我们既要直言事物“应该是怎样的”，也要正视在具体的历史语境中，事物“只能就是那样的”。这是多重视角展现的残酷的诗的真实。面对这种真实，正像希尼所言，“我们已经支持不住了，可是审问仍在继续进行下去”(《翻译的影响》)。

铁道孩子

当我们爬到土堆的斜坡上
我们便与那些电报杆的
白顶和叽叽作响的电线齐眉

它们像可爱的自由之手向东向西
蜿蜒千里万里，松垂着
因为背负了燕子的重量。

我们年幼并且以为不懂得什么
值得一提的事情。我们以为词儿旅行在
这些闪光的雨滴的口袋里

每滴雨都布满了天光的
种子，线条的微光，然而我们

缩成无穷小的规格
我们可以流过针之眼。

（张枣　译）

［导读］

这是诗人追忆童年时代生活的名作。那个时代，北爱尔兰德里郡乡村还不够发达，在有着白薯田、煤泥沼泽、缓丘、山楂林、亚麻和桤树丛的地方，才开始有了铁路，并架起了低低的蜿蜒的“干”形木架低压线。敏悟的诗人选择了“初见电线”这个有着鲜明时代特征的画面（想想看，今天的山楂林与昔日的山楂林，今天的野兔与昔日的野兔并没有什么不同），它以极大的心理强度激活了诗人对昔日生活的真切怀恋。

一群“铁道孩子”（在这个儿童发明的称谓中，有多么稚气而自豪的“炫耀”，那时它会使那些住处远离铁道的孩子羡慕煞也）爬到土堆的斜坡上，便与低低的电报杆的白顶，叽叽作响的栖落着燕子的电线齐眉了。乡村的孩子刚刚接触到“电信”这奇妙的东西，只隐约知道经过电话可以与千万里远的地方“说话”。而这是怎么回事呢？那些“词儿”装在哪儿？（噢，这让我也想起自己的幼年时代，曾偷偷拆了家里的“美多”牌木壳收音机，想抓出里边说话的“小人儿”。结果“抓出”了爸爸的一顿好打。）不会是装在这根黑线里吧？那么一定是“词儿旅行在／这些闪光的雨滴的口袋里”！这种童稚的想象力清纯而美好，令人如闻天籁。这样的孩子是天生的诗人呵！“每滴雨都布满了天光的种子，线条的微光”，可爱的铁道孩子凝视着这条横越山河装满了晶亮水滴的“词儿”的电线珠串，他们小小的心儿被“收”入了雨滴，流丽颤动着“可以流过针之眼”。

这真是一支奇异的童年之歌，它属于希尼所说的生命中无法抹去的“指纹”。面对如此本真、天然、意趣饱满的歌吟，任何哲学、心理学的诠释都不得不谦卑地告退了。它是一次垂直降下的纯洁的濯洗，为诗洗去了那些不必要的玄学负重；它是一口温煦的吹息，呵得我们如梦初醒。真正的诗的种子，就在我们时时经历着的平凡岁月中，甚至在那些我们“以为不懂得什么值得一提的事情”的童年经验里。“铁道孩子”多么美好，恍惚中我也曾置身其中！

希尼还写过一首儿童诗《给麦克尔和克里斯托弗的风筝》。但与《铁道孩子》充盈着的童趣不同，这首诗以成人经验的重量，使风筝变成了生命的象征。这里一并抄出，供您领略两首诗不同的劲道——

整个星期天下午
一个风筝飞过星期天，
像一张拉紧的鼓面，一片吹起的谷壳云。

我看到它曾是灰色的，在制作过程中打滑。
当它干透了变成白色而坚硬，我轻轻拍试
　它是否紧绷
我把报纸做的蝴蝶结
系满它那六英尺长的尾巴。

它现在高高在上像一只小小的黑云雀，
用力拉着，似乎那条垂着肚子的线
是一根湿重的粗绳
要拽起满网的鱼。

我的朋友说：人的灵魂
与一只小鸟的重量差不多，
可是那停泊在天上的灵魂，
那下坠再上升的线，
却沉重地好像一条地球的犁沟要被拉进天堂。

在风筝落入树林之前
在这条线还没有变得无用
把它握在你的两手中，小家伙们，去感受那

绷紧了弦的振动，感受那种蒂固根深，和
　那长尾巴拖着的悲忧。
你天生能胜任它。
站到这儿来在我面前
抓住其中的紧张。

意大利

朱泽培·翁加雷蒂

朱泽培·翁加雷蒂（Giuseppe Ungaretti，1888—1970）生于埃及的亚历山大城，父母是意大利人。少年时代在家乡接受法语教育，能用法语写作。1912 年到巴黎求学，同几位法国象征主义文人和阿波利奈尔结识，又与意大利未来主义者帕拉泽斯基相交，从此开始诗歌创作。1914 年到意大利后，开始在未来主义刊物上发表诗作。第一次世界大战期间曾任步兵军官赴前线作战。1921 年在意大利外交部任新闻记者。第二次世界大战期间，为逃避法西斯统治，1936 年流亡巴西，在圣保罗大学教授意大利文学。1942 年返回意大利，在罗马大学教授意大利现代文学，并继续诗歌创作。翁加雷蒂还先后翻译过莎士比亚、拉辛、马拉美等的许多作品。1962 年他被选为欧洲作家联合会主席。1964 年去美国，任哥伦比亚大学客座教授。1970 年因患肺炎在米兰去世。

翁加雷蒂是意大利“隐逸派”（又译为“奥秘主义”）三大诗人之一，意大利现代诗歌的先驱。隐逸派的理论与创作，受法国象征主义的影响较深。诗人注重抒发自己忧患的内在生命体验，捕捉瞬间的感受、幻想；在对自然和心灵奥秘的隐喻性描述中，寄寓着形而上品质。翁加雷蒂的诗歌经由对个人心灵孤寂、哀痛和希望的隐秘展示，也抒发了同时代人的悲剧感和对战争灾难的控诉，他说，“生命对我来说，只是一块梗在喉底的叫喊的岩石”（《我已失去了一切》）。他偏爱富于节奏和刺激的短诗，在象征主义诗艺（包括某种程度的未来主义诗艺）和意大利古典抒情诗品质的交织中，成就了一种简洁而柔韧、神奇而澄明的个人风格。

翁加雷蒂的主要诗集是:《覆舟的愉快》(1919),《时代的感情》(1933),《悲哀》(1947),《福地》(1950),《呼喊和风暴》(1952),《老人笔记》(1960),《对话》(1968)等。

大 地

夺目的光闪在
大镰刀上，声音逐步的

自岩窟里返回，误向
迷失，风
和其他的盐质使眼睛发红……

你们听见龙骨入水
移出海上
或一只愤怒的海鸥啄食
猎物遁驰，镜子……

日与夜的谷粒
你们双手满盛的展出

在泰兰尼祖先的
隐秘的墙上
看见
涂漆的海豚
船的后面
飞逐
而，大地啊你还是属于
日夜无眠的发明者的灰烬

橄榄叶小心翼翼的簌音
将随时惊醒催眠状态中的
蝴蝶
你们将热烈的为灭去者守丧
作缺席者日以继夜的干预
灰烬的力量——银色
猛烈地摆动下的影子

风仍然呼号
由棕榈到枞树，喧声
永远荒凉，而死亡寂然地呐喊
更加响亮

（叶维廉　译）

［导读］

翁加雷蒂说过，诗人应该是“宇宙中一条柔韧的纤维”。这句话意味深长。通常人们认为，诗中的“象征”无非就是借一个具体的形象来表达抽象观念，在诗中形象是处于从属地位的，目的是表达观念。这是一种误解。对真正的象征主义诗人而言，整个宇宙就是一座“象征的森林”，外界事象与人的内心能够发生神秘的感应与契合；因此，“象征”不是一种一般的“修辞”技巧，而是内外现实的“相遇”“相融合”。诗中的形象绝不是从属的工具，它自身拥有自足的价值。在此，主客体不再区分，不是诗人外在地描写“宇宙”，而是他自身就是“宇宙中一条柔韧的纤维”。

这首诗中的“大地”是充满灵性的，它与人有一样的心意，既生机勃勃，又带着死亡的气息。它目睹了过往的一切，“为灭去者守丧”，又眺望着未来，“日夜无眠”。与大地相对称的是“大海”。诗人将大地视为有灵魂的东西，而大海则是由大地看、听、嗅和思考的对象。将这种关系弄清后，这首奥秘的诗或许就不难感知了。

此诗中的自然意象沉郁又锋利，既具有强烈的现场目击感，又奇异地带着远古年代的讯息。诗人采用联觉或通感的方法，将各种感官彻底打通了。把太阳照在大海湾流中的光比作“大镰刀”，化视觉、温觉为触觉，盛大的丰收和锋利的死亡被奇异地压合在一起。海浪冲刷岩窟又落下，在此被比作迷路知返者，化视觉、听觉、触觉为冥觉。大地犹如一个沉默的巨人恒久地看着这一切，“风和其他的盐质使眼睛发红”。

这首诗还选取了一些远古的意象，增强了它的历史幅度和纵深感。如“龙骨入水”（龙骨，既可指船只的支撑或承重构架，又可指远古巨型哺乳动物骨骼的化石）。再如泰兰尼祖先在墙上涂饰的动物图腾……大海凶猛地冲涌，地轴默默地转动，时光飞逐，生命遁驰。一代代人逝去了，日与夜像谷粒一样被大地的盘子满盛地托出。诗人对短暂的生命虽然充满了忧戚，但他并没有导向绝望。有永恒的大地在为死去的祖先守丧，他们虽是今日的“缺席者”，但在我们心中他们还活着，“死亡寂然地呐喊／更加响亮”。

读这样的诗，我们应保持其主客体感应契合的混茫感、气韵贯通感，体会“宇宙中一条纤维”对整个母体的归依与致敬，而不必时时停下来去破译什么概念性的“暗码”。在此，我们领受到大自然母亲的神圣肃穆，领受到人类“其生也柔韧、其死也坚强”就可以了。隐逸派诗人在孤独中含蕴的内在的劲健、高蹈，于此可见一斑。

休憩的时刻

谁将伴随我去田野

阳光散射在
低头弯腰的草上

水珠
闪耀金刚石的光彩

在宁静的宇宙
俯下身子时
我十分温顺

在丁香花的一抹阴影里
山峦膨胀
随天空飘移

在这微小的天穹里
魔力遽然中断
我陷落在自我里面

我隐藏在我自己的窝里

（钱鸿嘉　译）

［导读］

富于音乐短语的节奏感，意象坚实鲜亮，语义猝然而优雅地转折，这些是翁加雷蒂短诗的一贯特色。这首诗鲜明地体现了诗人的高超技艺。

“谁将伴随我去田野”？一开始，这个问句单作一节，调动起我们的好奇与期待。它有如抛出了一个晶莹的石子，优美的弧线一闪，而落点却在我们一时看不到的更隐秘的地方。且让我们先不表它。

在休憩的时候，诗人只身一人漫步田野，没有人伴随着他。眼前是一幅多么美好的大自然画卷——阳光散射在小草上，压弯草叶的露珠闪耀出金刚石的光彩。阳光和雨露赐福于小草，它“低头弯腰”仿佛在谦卑而感恩地鞠躬。望着这一切，诗人的灵魂受到触动，他也像小草一样面对生命之源，温顺地“俯下身子”。再往远看吧，吸满了丁香花气息的山峦，因感激爱意而身体膨胀、轻盈，欲随天空飘移……

在这澄明美好的一瞬间，万物与诗人的心灵融合了，只有你先忘掉自我，与自然融为一体，你才将获得真正的自我。在此诗人顿悟了“低头弯腰”的人生姿态所拥有的内在的博大与自明。在大自然展示的“魔力遽然中断”后，他已能够返回清明的本心。现在，我们看到诗人在起句时抛出的晶莹石子，在结穴处终于有了明确又隐秘的落点——“我隐藏在我自己的窝里”。它是我的心窝，在一个人们争强斗狠比着抒发刻薄和阴晦之情的世界上，请让我保持一颗清洁的谦恭的心，说出“世界呵，我鞠躬，我赞美”！

欧杰尼奥·蒙塔莱

欧杰尼奥·蒙塔莱（Eugenio Montale，1896—1981）生于意大利北部港口城市热那亚一个中产阶级家庭。青年时代开始写作，并酷爱音乐，立志做一名歌唱家。第一次世界大战爆发后，他中断了大学学业应征入伍。战后从事进步出版物的编辑工作并坚持诗歌写作，1925年第一部诗集问世，一举成名。1938年，由于他坚决反对法西斯党，被解除佛罗伦萨图书馆馆长职务。第二次世界大战期间，诗人流亡瑞士，在反法西斯斗争的高潮中参加抵抗运动，并创作和翻译了大量诗歌。1947年返回祖国，担任《晚邮报》编辑。由于蒙塔莱文学成就卓著，1967年被意大利总统萨拉嘉特授予“终身参议员”称号。1981年病逝于米兰，意大利政府和人民以沉痛的心情为他举行了隆重的葬礼。

蒙塔莱是意大利隐逸派最杰出的三大代表诗人之一。他的诗风基本上属于象征主义范畴，他善于创造个人化的隐喻，在对自然万象的神奇描述中，同时将自己对生命和生存的敏锐体验传达给读者。他的诗避免了唯智性诗歌的干涩（“我不垂青纯哲理诗”），而具有鲜润蕴藉、刚柔相济的抒情美质和流畅的节奏。蒙塔莱的心灵是忧郁的，他说，“我行走在时代强加于我的道路上”，对战争灾难和时代生存的洞察力使他的诗总是有着低沉的旋律，“他的态度接近于悲观论者，然而，他的悲观色彩，包容着一种对生命本能可以继续求进的信心”（诺贝尔文学奖颁奖辞）。诗人对以感官刺激为特征的“文艺工业”生产方式持批判态度，他认为，这是一种混乱的丧失了本质的艺术；大众传媒，广播，特别是电视，都试图消灭人安静与反思的可能性。而那些优秀的诗歌，则是安静内省与纯正锤炼的艺术，“伟大的抒情诗可能死亡，再生，再死亡，然而它始终是作为人类心灵所企及的一个顶峰而留存下来”（诺贝尔文学奖“致答辞”）。

蒙塔莱的主要诗集为:《乌贼骨》(1925),《海关及其他》(1932),《境遇》(1939),《暴风雨及其他》(1956),《罪犯》(1966),《萨图拉》(1971),《1971—1972诗选》(1973)。主要论文集为《在我们的时代》(1973)。1975年蒙塔莱获诺贝尔文学奖。获奖理由是——“由于他独树一帜的诗歌创作，以巨大的艺术敏感性和排除谬误与幻想的生活洞察，阐明了人的价值”。

正午时歇息

正午时歇息，淡然入神的
紧靠着灼烧的花园的墙
在荆棘和枝桠间听
黑鸟的嘎嘎，蛇的骚动

在龟裂的缝里，在野豌豆藤间
窥一列一列的红蚂蚁
溃散然后再穿织
在小堆小堆的峰顶

穿过疏枝密叶去观察
遥远的海之鳞的悸动
而蝉的抖抖的嘶叫
自光秃的山头升起

移入头昏目眩的太阳
在忧郁的惊异里感到
所有的生命及操作
都依从一堵墙
墙上，锋锐的破瓶的碎片

（叶维廉　译）

［导读］

蒙塔莱在《自白》一文中说："让我谈论自己，尤其是向公众谈论自己，我深感无能为力。我的诗作全是树林中自生自长的蘑菇；它们被人采集、吃掉。有人发现它们是有毒的，而另外一些人则断言它们是可以食用的。"

在这段话里，一方面，诗人对自己的作品和读者的反应，抱着一种谦逊的态度；另一方面，他也抱着一种审美的高傲。他不再解释，因为认定它们"有毒"的人，是永远无法理解它们，也无法接受解释的。一如艾略特的《荒原》，有许多人只看到了阴森，而思想深刻、审美敏识的人却看到了承担绝望的勇气。

《正午时歇息》选自蒙塔莱的成名作诗集《乌贼骨》，它是蒙塔莱最有名的短诗之一。诗中写了一个人在正午时歇息，他靠着葳蕤的花园，眺望蓝色的大海……如果按照阅读惯性，人们几乎要将它归入"牧歌"情境的作品了。但是且慢，一行一行读着，我们的心仿佛缓缓地被什么东西拽了几下，最后又被什么东西深深地划伤了。我们终于可以认定，它不是什么"牧歌"，而是对牧歌情调的消解，甚至像意大利批评家所言，它是一首"反牧歌"！

诗中描述的是这样一幅情景：有人在宁谧的夏日正午时歇息，这个游荡者"淡然入神"。他靠着暴烈的阳光灼烧的花园围墙，凝神于周围的东西。在荆棘和枝桠间他只听到黑鸟嘎嘎鸣叫，蛇窸窣蹿动，更觉环境的岑寂和隐隐的不安。他不再谛听那不给他安慰的声音，而蹲身凝视脚下。他穿过野豌豆藤，看到在大地龟裂的缝里，一队队红蚂蚁时溃时聚，在徒劳地"征服"小土堆的"峰顶"。这渺小的卑屈者的景象唤起了他的什么联想，使他愀然。他转而向远方眺望，大海在悸动，翻滚着波浪的鳞片。鱼才有鳞，而鱼在海中。说海浪翻着鳞片，这个比喻属于"近距离措辞"，本是诗家大忌（瑞恰慈认为，优秀的诗人应善于将异质的东西扭合于一体，以"远距交易原则"造成更大的语境张力）。但它用在这里恰到好处地暗示了人疲倦淡漠的心情，海在不安地悸动，它埋藏着的生命也同样如此。再看山，光秃秃的，蝉儿刺耳而令人烦躁的嘶叫抖颤着升起，无尽无休……

这位想在正午海滨花园歇息的游荡者真的“歇息”了吗？没有。他的心更加岑寂、不安、愀然、疲惫、烦忧。在令人头昏目眩的阳光下，他起身上路，没料到一个更令他震悚而痛楚的形象深深地划进了他的心：“一堵墙／墙上，锋锐的破瓶的碎片”！它围闭、冰冷、防范而尖锐，“所有的生命及操作／都依从一堵墙”。这首诗中隐喻内含最丰富、情感负荷最沉重的语象，就是这面顶部插满碎玻璃片的围墙，它深刻地象征了整个时代的生存状况，以及人处处受挤压的现实命运。这个隐喻也是被西方诗论家们屡屡谈及的，它无论是在尖新深刻上，还是在个人独创性上，都达到了极高的层次。

蒙塔莱的心是忧郁的，他采用了“移情”方式，将自己的感觉、情绪、思想及意志活动“移入”或“灌注”到客观物象中，使这些物象也染上了忧郁的主观色彩。脆弱的读者或许认为这忧郁和绝望是“有毒”的，不足为训的；但那些深刻的读者却会看到诗人承担生存的勇气和不惮于洞察生命真相的意志力；并会从中汲取教益。就像诗人在《失眠是我的痛楚》中所期冀的那样：这些黑暗的来客不会带来愉悦，但或许竟会带来唯一的真实。

柠　檬

请听我说，朋友
高贵的诗人们仅仅钟爱
人们未曾熟悉的花树：黄杨、莨菪。
而我，更喜欢消失在翠绿水渠边的道路，
一个男孩在路边浅浅的污水坑里
打捞，偶而猎获些瘦小的黄鳗；
我也更喜欢穿越沟壑野坳，
微风拂过丛丛芦苇的小径，

把我带向栽着柠檬树的田园。

多么美妙，如果鸟鸣的盛典已经停止，
让青天把身影吞没，
如果几乎忘记摇曳的枝叶
发出的喁喁私语
在空中清新地飘荡，
如果田野不息地
舒散的缕缕撩人的芬芳
悠悠地沁入胸臆。
这儿，寻欢作乐的欲念
奇迹般地停止了纷争，
这儿，贫穷困苦的人们
也分享一份微薄的财富——柠檬的馨香。

请凝望，朋友，在这沉寂里
万物陶醉了，似乎要吐露
它们的全部奥秘，
似乎要揭开
大自然的谬误，
世界的支离破碎的平衡，
逻辑的沦亡，
最终引导我们去把真理寻访。
目光远望四方，
思绪在分解、组合与膨胀，
当白昼倦怠
清芬漫溢的时候。
在这沉寂里
每一个人的灵魂
全浸润于超凡脱俗的神圣。

唉，这终究不过是幻觉，
时间把我们带回熙攘的城市，
那儿，高墙飞檐肢解了蓝天，
那儿，雨水的劈击叫大地疲困了。
冬日的烦闷沉沉地压着屋脊，
阳光黯然失色，心灵悲苦荒凉。
啊，有那么一天，从虚掩的门扉
庭院的树丛间
柠檬的金黄燃烧着
心湖的坚冰被融化
胸膛中迸涌出
太阳欢畅明朗的
金色的歌。

（吕同六　译）

［导读］

每个诗人在其漫长的写作生涯中都免不了写一些“关于诗的诗”。这类诗一般不求表述中教条式的“全面”“客观”，但求个我心灵的真实，个性化美学理想的坚定。它们像是内凝的漩涡，有力地发诸内心并返回内心，是诗人心灵最本真的自画像。蒙塔莱的《柠檬》，就是这样一首真挚动人的诗。

蒙塔莱是思想深刻、技艺超群的大诗人。在他心中，诗就是诗，它产生于平凡生活中那些本真而持久的意愿，“一种用某些话语来表现自己的需要”；而不是产生于“高贵的诗人们”热衷书写的不食人间烟火的唯美景象和学识（当然，“高贵的诗人”自有他们的写作动力和价值；但蒙塔莱只是抒发自我的诗歌理想，不求教条式的“全面”）。在《自白》中，他说：“我不会置身于人民之外；相反，我是一个只念过中学的普通老百姓。因此，我始终以为我需要投身于富有生命力的传统之中，即是说需要穿过于我来说唯一可以通行的大门。所以我自信是以满腔的真诚来表现自己的，我也不企求获得别的什么承认。”

这首诗设置了一个虚拟的“受话者”——“朋友”。这样做的好处是避免了对众人宣谕式的夸夸其谈，而有着与友人林中漫步倾诉衷肠式的诚恳与直率。“请听我说，朋友”，诗人说道，“高贵的诗人们仅仅钟爱 / 人们未曾熟悉的花树：黄杨、莨菪”，这些词语已构成僵化的唯美“词库”，与我们的生活十分隔膜，已没有旺盛的活力和生命经验的重量。与这些自诩为高雅的东西相比，“我更喜欢”写我亲历的俗常的东西：每天走过的道路，路边浅浅的污水坑里那个捕捞瘦小黄鳗的男孩，以及家乡遍地生长的柠檬树园。这里的小路、泥坑、孩子都是平凡的。而这里的柠檬也不是什么人间稀有的缪斯的唯美珍果，而是随处可见的卑微者的财富，“贫穷困苦的人们 / 也分享一份微薄的财富——柠檬的馨香”。

诗人吁请道，“请凝望，朋友，在这沉寂里 / 万物陶醉了，似乎要吐露 / 它们的全部奥秘”；那些有钱人“寻欢作乐的欲念”在这些善良百姓的平凡的生活信念比照之下，显得多么卑劣与支离破碎。并不是在那些“高贵的花树”中，而是在这卑微的生活里我们找到了心灵的真理，和另一意义上的诗学的“超凡脱俗的神圣”。

但诗人的灵魂即使在“清芬漫溢”的时候，也没有回避揭示出当下焦虑、乏味、肢解与喧嚣的城市中（工业—利润—效率构成的新“霸权”），人们心境的悲苦与荒凉。他将这黯淡的悲苦荒凉与闪烁出太阳般金黄光芒的柠檬扭结一体表达，形成反差，暗示了一个真正的诗人出淤泥而不染的明澈情怀。——是的，诗歌不应是沙龙里矫揉造作的“高贵”，而是平凡生活中心灵感悟的“迸涌”，像酸涩又微甘的柠檬一样，完整地表达出诗人几味俱全的心灵体验。

一九六八年的终了

有月亮的周遭
我望见微小的行星
涵括哲学，神学，政治学
黄色书刊，文学和科学
玄学，或者其他
人类也一样（包括我自己）
一切仿佛很怪异

几个钟头以后即将进入午夜，而一年
即将在香槟软木塞的砰砰响声
和爆竹，炸弹或者更糟的爆炸声中
终束了……
但不是在这里，远方有人死掉了
没关系，只要没人知道他
只要他已远远地离去……

（杨渡　译）

［导读］

这首诗写在 1968 年 12 月 31 日，再过几个小时这一年就过去了。在这辞旧迎新的时刻，老诗人思绪纷飞却又心意平和。时光还是按照注定的步伐走着，不会为这激动人心又使人疑惑的年份多带来、多留下什么永驻不衰的东西：一切有意义的喧嚣与无谓的骚动，对永恒的时间而言不过“有如一声枪击间或划过寂寥的田野”（《是的，生活》）。

1968年乃是世界的"多事之秋"。美国和西欧大学生的反抗运动形成了空前的高潮，与城市贫民区的黑人运动结合后更为波澜壮阔。1968年由巴黎大学生引起爆发了震惊全世界的"五月风暴"，影响遍及西欧乃至整个西方世界，一时间各种思潮纷至沓来，知识分子几乎悉数卷入。这些青年知识分子集造反精神、性解放、感性革命与无政府主义于一体，既对发达资本主义社会进行了冲击、批判，同时也显出了自身的狂欢性和不成熟。如"要做爱不要作战！""要做爱不要做工！"这些破天荒的口号，对性欲的解放，对好战的霸权主义和劳动异化的批判，肯定有意义；但"无休止的本能革命"带来的后果同样会是灾难性的。今天，西方青年知识分子由"嬉皮"向"雅皮"的转化，是否说明了成熟的智性和生命经验对他们的双重提醒？

斯宾诺沙说过这样的话："不哭，不笑，但求理解。"这是一个智者的求实精神的体现。而真正的"理解"，应有一个超越的"事外"的更广阔的角度。蒙塔莱这首诗就设置了这样一个独具匠心的角度："在月亮的周遭／我望见微小的行星"，这微小的行星就是我们生活的地球。诗人是从另一空间向地球看的。在地球上面，这个时代产生了如此繁富、歧义迭出的"怪异"的哲学，神学，政治学，黄色书刊，文学，科学，玄学……不一而足，"人类也一样（包括我自己）一切仿佛很怪异"。但对此不要急于哭或笑，不要急于判定这"怪异"的是与非，让我们先多去理解，再审慎地评判那些理解了的部分。

再过几个钟头，这充满活力和难题的一年就要过去了。诗人说，既让我们如斯祷祝，打开砰砰爆响的香槟酒木塞；也让我们如斯诅咒炸弹和比炸弹更穷凶极恶的爆炸声。世界存在着，一切烦忧与欣悦和过往并无多大不同，甚至"创世纪"以来的所有矛盾至今仍然未有令人满意的答复。我们活着庆祝新年，也有人在远方告别了人世。人的生命是有限的，它与死亡形影相伴，只要不是死于"更糟的爆炸声"，让我们也祝福亡者们安静地"远远离去"……

读着这样诚恳又泰然的"新年献辞"，我们有如与友人聚谈，我们的心柔软安顿下来。它说出了许多东西，但又仿佛什么都没肯定或否定。而这是更真实也更动人的。因为对那些超越局部是非和眼前利益，力图将一切放到更广阔视域观照的诗人智者而言，“蜂蜜和苦艾酒如今是一般的滋味”（蒙塔莱语）。诗歌应是人与人之间平等的交流与对话，在浪漫主义诗歌之后，仍然固持于诗人是“世间未经确认的立法者”，是僭妄的、自我夸大的。

小小的遗言

晚间，
我思绪中发出的亮光，
像蜗牛的珍珠似的金壳
或者金刚石似的玻璃碎屑
那并不是教堂或者工厂的光芒，
哺育那些
穿红袍或黑袍的神职人员的光芒。
我只能留给你这些彩虹
它将替我日夜为之奋斗的信仰作证，
它是希望的证据
这希望像炉中最硬的木块
燃烧得最为缓慢。
当所有的灯都熄灭
小镜中还留着它的余香
黑暗有如地狱
黑影似的魔王乘船游遍
泰晤士河，哈得孙河，塞纳河，
煽动累断的黑色翅膀
对你说：是时候了。
不是遗产，而是吉祥的护符

才能经得起季风的吹动，
但是，历史只不过在灰烬中持续
存在只不过是覆灭。
预示总是正确，谁能看清它
就不会在寻找你时失败。
每个人都承认自己的预兆，
骄傲不是逃避，
谦虚不是怯懦，
那里擦亮的弱光不是火柴之光。

（刘儒庭　译）

［导读］

蒙塔莱后期作品，虽然一如既往地有着他个性化的忧郁低回的调子，但与前期和中期相比，修辞中的幽秘、惝恍减少了，渐渐导向了明净和沉郁。这些诗流露出了诗人对自己走过的人生之路的深深依恋和温和质询；它们又像一个老人在静静地挽留什么，叹息什么，叮咛什么。人生的经验已被漫长的时间吸收，浸渍，沉淀得波澜不惊。珍贵的哲理像晶石般水落石出。像《此时此刻》《一九六八年的终了》《我的缪斯》《我的生活》及这首《小小的遗言》等，就是这类广为人知的作品。

“遗言”的直接语义是指“将撒手人间之人生前留下来的表达最后意愿的话”，它时空的特殊性决定了它的重要性。但蒙塔莱始终是耽于自我灵魂完善，寻求自我获启的谦逊的诗人，他不想僭妄地为别人“启蒙”“指路”。因此，在“遗言”前加上“小小的”这个修饰和限制成分，意在强调它只是“我”个人的经验，并不“重大”“深刻”，更不是“真理”；或许它还有自相纠葛之处；但它们发自“我”历尽沧桑后真诚朴素的心，现在请让“我”轻声说出它，与你们对话、交流。

诗人告诉我们，在广阔的世间，一个人虽是渺小脆弱的，但他不应自卑，更不该自暴自弃。他要坚强地活着、活到底，像脆弱而不屈的蜗牛或渺小的玻璃碎屑一样，发出珍珠似的亮光。人应秉有自我反省自我获启的尊严，不要对形形色色的强势的庞然大物盲目地认同。无论它是“现代性神话”的工业之光，还是宗教“穿红袍或黑袍的神职人员的光芒”，都不能取代或删除我们自己对生命感知的小小辉光——卑微而自尊，自我获启又自我完善，这就是我的信仰，“我只能留给你这些彩虹”。如果说圣经中洪水劫难之后，上帝是以“彩虹”作为与人类“立约”的证明;那么“我”将以蜗牛壳上的渺小彩虹，“替我日夜为之奋斗的信仰作证”。诗人认为，任何未经自我反省的东西都是可疑的，没有经过灵魂追问的生活是不值得过的，因为这些东西燃烧得快冷却得也快。而只有真正从你生命底渊中升起的信仰，才是生命的“炉中最硬的木块／燃烧得最为缓慢”。

诗人是真诚善良的好老头儿，他不想用冠冕堂皇的“遗言”大话来欺骗我们这些后来者，许诺给我们一张“未来美丽新世界”的空头支票。他真实地告诉我们：“预示总是正确”，历史和世界的过去、今天与未来都同样有着广阔的黑暗，覆满了地狱般的灰烬。人要改变这一“宿命”是难的。但更重要的是，即使这世界已变得堕落，一个人也应坚定地返回内心，保持自己的信仰，耽于自我完善的希望——这是你“吉祥的护符”。这样做不是“逃避”，不是“怯懦”，而是“骄傲”、是“谦虚”！是的，“那里擦亮的弱光不是火柴之光”，而是一个个体生命的尊严之光、自我确立自我把握自我持存之光。

这首《小小的遗言》却有着博大而诚朴的内涵。在这里，诗人灵魂的真、善、美得到了彼此映照、相互生成的体现。特别是当世界上充满了以“真善美”作幌子，实施庞大的道德压迫、意识形态压迫和“圣词”压迫的时候，诗人历尽沧桑的“小小的遗言”更为教人沉思。一个真正的诗人的姿态，就是自我确立，自我获启的姿态，正像蒙塔莱在《生活之恶》中表述的：

我时时遭遇
生活之恶的侵袭
它似乎喉管扼断的溪流
暗自啜泣，

似乎炎炎烈日下
枯黄萎缩的败叶，
又似乎鸟儿受到致命打击
奄奄一息。

我不晓得别的拯救
除去清醒的冷漠
它似乎一尊雕像
正午时分酣睡蒙眬，
一朵白云
悬挂清明的蓝天，
一只大鹰
悠悠地翱翔于苍穹。

萨尔瓦多雷·夸齐莫多

萨尔瓦多雷·夸齐莫多（Salvatore Quasimodo，1901—1968）生于西西里岛的锡腊库札一个铁路职员家庭，幼年时代就十分喜欢文学艺术。早年于帕莱尔莫的技术学校毕业，1921 年进罗马工学院学工科，两年后改读古希腊、罗马文学，不久因生活贫寒而辍学。他曾当过绘图员、管理员和建筑技师等。1928 年开始写作，翌年结识蒙塔莱，并为进步刊物《索拉里亚》撰稿。1930 年出版第一部诗集《水与土》一举成名，又继续精进，以大量优秀作品成为"隐逸派"三杰之一。反法西斯抵抗运动展开后，诗人跳出了以深奥的隐喻表现自我心灵隐秘颤动的诗歌天地，开始投入更广阔的生活，写出了忧国忧民、揭露法西斯本质的"社会诗歌"。夸齐莫多除写诗和文学论文之外，还是一个优秀的翻译家，译有大量古希腊古罗马诗歌、剧作，以及莎剧和聂鲁达诗歌的代表性作品。1939 年，诗人担任米兰威尔第音乐学院文学教授，此后又被聘为墨西哥大学文学教授、牛津大学名誉教授。1968 年因脑溢血突发逝世。

夸齐莫多的诗歌道路可分为前后两段。前期作品，追求诗质"纯正而沉醉"，长于捕捉个体生命中哀伤忧愁的隐秘体验，描绘瑰丽神奇的自然风光，有着象征主义和意大利传统抒情诗糅合的优雅曲折风格。40 年代之后，他在保持诗歌内在肌质的浓度和纯度的前提下，更热衷于处理带有社会性的题材，关注祖国和人类的命运，诗歌语境也变得更为劲健而开阔。他说："新的诗歌应力求'对话式'。不应是'独白式'。应富有戏剧性和史诗性的气魄，而不应格言连篇或宣传社会学。"（《诗论》）夸齐莫多将个体生命的孤独、哀愁，扩展为对人类命运带有悲剧感的诗的承担，写出了大量思想和艺术相映生辉的诗歌精品。

夸齐莫多的主要诗集为:《水与土》(1930),《消逝的笛音》(1932),《桉油树的芳香》(1933),《厄拉托与阿波罗》(1936),《瞬息间是夜晚》(1941),《日复一日》(1947),《生活不是梦》(1949),《虚假的绿和真实的绿》(1956),《乐土》(1958),《给予与获得》(1966)等。1958 年获意大利国家文学最高奖维阿雷乔奖，1959 年因“以高贵的热忱，表现了我们时代生活的悲剧经历”，荣获诺贝尔文学奖。

海边游憩地常常……

海边游憩地常常
闪烁着暗淡的星光，
硫黄色的蜂房在我头上
摇晃。

蜜蜂们的时光；而蜂蜜
在我的喉中
再次新鲜而喷香；
正午一只渡鸦徘徊
在灰色沙石上。

激动的空气：在这里太阳的宁静
教授着死亡，而夜
诉说着沙的

家园——已丧失。

（沈睿　译）

［导读］

夸齐莫多前期诗作给我们最突出的感受就是“沉醉”。我们遇到过许多很好的诗，或以精警的启示撼动读者，或以饱满的挚情浸渍读者，或以绮丽的自然景色娱悦读者……但我们读后，总感到有什么地方诗人没有“够”到。其原因就是这些诗缺少关键的诗之为诗的秘密劲道——一种超敏感性的纯粹的“沉醉”。而恰恰是这一点，才给诗带来了难以为启示、挚情和自然风光娱悦所代替的东西。夸齐莫多是“沉醉”的，沉醉于身边的各种事物，沉醉于由此激发的哀愁或欣悦，沉醉于细腻的诗性体验，沉醉于词语组合的奇妙效果。而达到诗的核心后，即使是哀愁的情绪也会有着“沉醉”的特性。在此，如果我们试着剥离掉启示、挚情和景物的娱悦(他的诗并不缺少这些)，“诗本身”也可以带着不可消解的魔力赤裸裸地一跃而起。

《海边游憩地常常……》没有深奥的哲理和情感，诗人谋求的不是认知的“深刻”，甚至不是情感的“深刻”，而是诗性的沉醉的纯度和浓度的“深刻”。“海边游憩地”本身已有了大海的背景，诗人知道不再描写海，海也已经在读者的感受屏幕上存在了；否则，很可能因多余的话语而冲淡诗性沉醉的浓度。他转而描写了大海上空几点暗淡的星光，岸边枝杈上随海风摇晃的硫黄色的蜂房，和灰色沙石上的一只渡鸦。面对时空无垠而躁动的大海，诗人却偏偏凝神沉醉于小小的蜂巢，赞叹“蜜蜂们的时光”。内行的读者知道，对世界细枝末节奇迹的专注和命名能力，是对一个诗人超敏感性的检验，真正的诗的张力恰好就在这沉醉的小小聚焦点上。沉醉的体验是物我浑融的，纤细的物象不再是传达“我”理念的工具，而是唤起并放大了“我”感官的体验尺度：“蜂蜜在我的喉中 / 再次新鲜而喷香”。

从清晨、正午直到黄昏降临，诗人一直徘徊在海边游憩地。晚潮开始冲涌，斜日之光渐渐收势，在精神的乡愁袭来时，仿佛连空气都“激动”了，“在这里太阳的宁静 / 教授着死亡”。整整一天，感官的筵宴结束了，暮色四合，人迹阑珊，鸟蜂归巢，只剩下无家可归的沙，怅惘地听着“夜”对它的抚慰和诉说。注意在这里，动词“激动”“教授”“诉说”的发动者不是“人”，而是“物”。这正是由“我说”向“诗自己说”的奇妙深化。诗人“够”到了最纯粹的诗的肌质或核心，诗本身展开了自己的工作，而诗人已彻底隐身，并沉醉于艺术的“无知之知”中……

死寂的吉他

我的故乡在河边，临近大海，
没有一处能听到
这般轻歌细语的声音，
在爬满蜗牛的芦苇丛中
我徘徊不定。

秋天确已来临。
萧瑟秋风折断了吉他的琴弦
撕裂幽晦的琴腹，
却有一只手把断弦拨弹
用火焰一般的手指。

在明镜般的月华下
少女们打扮梳妆
酥胸沐浴着橙红的霞光。

是谁在呜咽涕泣？
谁在朦胧的雾霭中策马而行？
我们从一片绿茸茸的草径走过
在岸边站定。
心爱的，你莫要把我引向那明镜；
澄澈如镜的月色中
颤动着亭亭直立的树木，
绵绵的涟漪和歌咏的少年。

谁在呜咽涕泣?
请你相信，那不是我。
河面上响起急促的鞭声
骏马飞奔，星火点点。
我绝不会哭泣。
我的同胞们拿起了刀剑，
明月的银辉下刀光剑影闪动，
燃起了炽烈飞腾的火焰。

（吕同六　译）

［导读］

夸齐莫多在《我的诗学》一文中说:“我的故土代表着一种‘能动的痛楚’，每当在我的内心深处发生同遥远的，或许已走向情感彼岸的心爱的人的对话时，这能动的痛楚便不由然地跃动于我的记忆。也正是这个缘故，我构想中的对话者就居住在我的山谷，就沿着我的河流漫步。……1946 年，战争的烽火刚刚熄灭，我作了一次至今仍具有现实意义的演说。我主张，诗歌的使命在于重新造就人。”

《死寂的吉他》选自诗集《虚假的绿和真实的绿》，是标志着第二次世界大战期间夸齐莫多诗歌道路转型的作品。所谓“转型”，并不意味着对前期诗歌道路的抛弃，而是一种“扬弃”:吸收它细腻隐秘的咏唱性，和抒情场域的“本土性”（故乡那“能动的痛楚”）；扬弃它太多的自我哀伤、涕泣，由“独白式”转为“对话式”，使诗有着“重新造就人”的伟大功能。参照上面的诗人自述，我们会更好地理解夸齐莫多诗歌创作道路在变异中的某种连贯性。

这首诗写了第二次世界大战期间意大利人民的反法西斯统治运动。但它没有直接描写在法西斯专制下祖国和家乡阴云密布、黑暗凄惨的景象，在诗人笔下，临近大海、依傍长河的故乡和故乡的少女仍然有着清新、明媚、美丽的品质。只是，在这种清丽明媚中，又有深深的时代的哀伤。在诗人看来，此时的故乡，已不适于用吉他那美妙柔曼又忧伤涕泣的音色来表现了，“萧瑟秋风”（作为严酷战争氛围的隐喻）折断了吉他的琴弦，撕裂了琴腹。今天的吉他应是宁死不屈的吉他，只有火焰的手指才能将这“断弦拨弹”。诗人写了在雾霭中，在苇丛边的草径上，在明镜般的月色照耀的河岸上，一队抵抗战士正策马而行：“谁在呜咽涕泣？请你相信，那不是我。”诗人思念着故乡心爱的人，他与构想中的“她”在遥遥对话：“心爱的，你莫要把我引向那明镜”，我热爱家乡的一切，但为了使它自由与美好，我必须去战斗。“我绝不会哭泣／我的同胞们拿起了刀剑／明月的银辉下刀光剑影闪动／燃起了炽烈飞腾的火焰”。

这首诗是刚柔相济、雄婉并存的，深受读者喜爱。故土带来的“能动的痛楚”和“重新造就人”的乐观战斗精神，在此融合为一。对这种精纯的诗，我们很难说它是惨痛还是坚韧，是豪放还是婉约，是华彩还是淳朴。它不是粗鄙化的战斗宣言，不是观念的简单化说教，而是“由直接的具体性和独树一帜的诗人的精神立场”（诺贝尔文学奖“致答辞”）写出的精纯诗篇。在强调诗歌社会功能的同时，不在美学上做出让步，这正是夸齐莫多带给我们的启示。

雨已经与我们一起

雨已经与我们一起
摇动着静静的空气，
燕子从水面上掠过
在伦巴底湖上，
像鸥鸟追逐小鱼似的飞翔，
在花园栅栏外，干草的味飘来。
又一年燃烧过了，
没有悲叹，没有一声哭喊
升高了嗓门赢得我们——突然——又是一天。

（沈睿　译）

[导读]

对孤独的深刻体验，是夸齐莫多诗歌的一大特色。但他的孤独不是无聊的面壁伤怀，也不是懦弱者渴念集体生活的呼求，而是来自人本体内部的生命体验，是人对有限与无限、瞬间与永恒、自为与自在之关系洞彻后的慨叹。夸齐莫多有一首最著名的短诗名为《瞬息间是夜晚》："每个人都孤独地站在大地的心脏／被钉在一束阳光下：／瞬息间是夜晚。"在这里，人的孤独、无助和人生命意志的坚韧，被置于天地的无限背景中，从而给人"瞬息间"的生命完成了悲壮的"定格"。

《雨已经与我们一起》也是一首融孤独无助与独立不倚于一体的好诗。诗人将置身的时代，命名为"燃烧"的时代。"燃烧"既喻指战争的硝烟和工业时代的灼热竞争，又可喻指在追逐、焦虑中人的欲望之火。对这些气势汹汹的燃烧，深刻的人敏识到了它的异化性质。他们不加入这燃烧的"进军"，反而更加孤独地耽于内心生活。而与"燃烧"相对称或对抗的隐喻则是"雨"，"雨已经与我们一起"，让我们到它静静的清凉的世界安歇。诗人写了雨中清新可人的自然意象，燕子、湖水、花园、干草的气味，这些自由、美丽、朴实、宁静、和平的意象，隐喻着人心灵的美好，在"燃烧的年代"，它们确有"清心败火"之味道。是的，"又一年燃烧过了／没有悲叹，没有一声哭喊／升高了嗓门赢得我们"，而那真正能赢得我们心灵呼应的，却是有如在静心默祷的绵绵细雨声。在这样美好的心境中，每一天都是教人留恋、惊喜的，"突然——又是一天"。

这首诗语境单纯，喻象明净而深切，节奏在协调的匀速行进中，结尾突然发生转捩，恰到好处地表达了心灵在顿悟中升华的状态。这里的孤独，是一颗坚强有力的心灵的孤独，它不仅指向个人，而且指代了所有自明者的人生姿态。正如诗人自己所申辩的："诗歌产生于孤独，它从孤独中出发，但向各个方向辐射，从独白趋向社会性"。(《诺贝尔文学奖受奖演说》)

维多里奥·塞雷尼

维多里奥·塞雷尼（Vittorio Sereni，1913—1983）生于伦巴地区瓦雷泽城。早年在米兰大学学习，毕业后做过教师和编辑，并为隐逸派诗歌刊物撰稿。第二次世界大战期间被征入伍，曾在希腊、西西里等地作战，后被美军俘获。释放后返回米兰任教师，后任米兰蒙达多里出版社主编，继续诗歌创作并有大量译诗问世。塞雷尼是著名的后期隐逸派诗人，与夸齐莫多等诗人有较多交往。他的早期诗作与“隐逸派三杰”有相似之处，以隐喻的方式表现内心细微的情感，语象精审而飘逸，旋律优雅。后期的一些作品，题材变得广阔，揭示了意大利的社会现状，反映了在表面的繁荣稳定下，人们内心深处的创伤。他的诗具有国际影响，多年来一直是诺贝尔文学奖的候选人。

塞雷尼的主要诗集有：《边界》（1941），《阿尔及利亚日记》（1947），《人类的工具》（1965），《变幻的星》（1981）等。1982 年获意大利国家文学最高奖“维阿雷乔奖”。

恐 惧（之一）

几多年的日日夜夜
每一条胡同
也许每一个角落
全是想暗算我的刺客的藏身之地。
向我开枪吧
向我开枪吧——我对刺客说
让他瞄准我的胸脯腰部背脊——
结果了我也就了结了这一切。
我这么大声嚷嚷
却发现我竟是在自言自语。
　　　　　　　　　　　然而
这无济于事。无济于事。
我独自审判我自己
怎能取得胜利。

恐 惧（之二）

夜阑人静
从临近公寓的大街上
一个声音呼唤我

确确实实是呼唤我
可并不叫人心惊肉跳：
这是瞬息间苏醒的和风，
是匆匆抖落的细雨。
它呼叫我的名字的时候
无意历数我的过失
无意谴责我的过去。
甜蜜的声音（维多里奥，
维多里奥）解除了我的武装，
却又武装我反抗我自己。

（吕同六　译）

［导读］

美国现代文论家、诗人兰色姆对现代诗的性质有个简洁而著名的说法——“有罪的成人的诗”。所谓“有罪”，既有西方人基督教信仰“原罪说”的影响，但更多的还是指现代人的自省、自审精神。而“成人”，是指摆脱了自我美化、自我迷恋的浪漫主义“孩儿国”诗风，在诗中揭示出“成人”精神世界的复杂性、矛盾性、可变性，更自觉地涉入追问、沉思和互否因素。塞雷尼的《恐惧》（之一，之二）正是这样一首自我追问、自我反抗的诗。

这首诗（亦可视为两首诗）由两大部分构成了双声部的“对话”。清醒的现代人常常会处于内心的焦虑和恐惧之中，让我们扪心自问，在漫长的生活中谁没有铸下过大错？谁的心没有背负过大大小小的负疚之感？也许塞雷尼在表达自己的“恐惧”时有较强的身世感（“二战”期间，诗人曾为法西斯利用，盲目地充当过法西斯的炮灰），但我们也完全可将诗歌话语放在更为广阔的人类生存背景下来理解。背负罪孽、负疚而同时拥有良知的人，会有一种复杂矛盾的心态：一方面处处恐惧自身的阴暗被昭揭于世；另一方面又时时企望它们快些昭揭于世，早日忏悔以求“了结”这持久而噬心的良知重负。这首诗上半部分就用暗示的方式准确地表达了这种矛盾心态：“我”对“刺客”

（在此系中性词，暗喻一种审判者）的态度是互否性的，既害怕又渴望。但那个能够“结果了我”的人并未出现，是“我”矛盾的心灵在“自言自语”。“我独自审判我自己”，这可能奏效吗？“无济于事。无济于事”絮叨的重复，更强化了诗人的疑问。

此诗的下半部分就围绕这个疑问展开。没有人来“结果了我”，使“我了结这一切”；相反，“我”置身于宁静的和风之中。但“我”常常会听到“一个声音呼唤我”，叫着我的名字：“维多里奥，维多里奥”，那声音是和风细雨般温和的，“并不叫人心惊肉跳”，它“无意历数我的过失／无意谴责我的过去”。这是指内心良知的神异之声，它亲切又严峻地跟着你，你无法回避！诗人终于解除了时时防范外在威胁的恐惧的“武装”，“却又武装我反抗我自己”，在良心的法庭上，自我审判——“历数我的过失，谴责我的过去”。

这首诗采用了“场景—自我对话”的结构，以双声部的设置准确地表达了现代人复杂的噬心经验。诗语的魔力与伦理的载力同时得到体现，堪称是将感性与智性融为一体的佳作。

阳　台

蓦然，暮色笼罩
那时你不知道
湖的对岸是何方
只有一阵低低的细语
掠过我们的生命
在那悬空的阳台下

那个晚上
在鱼雷艇的闪光下

我们都为一桩
没有说出口的事
而提心吊胆
鱼雷艇窥伺我们后
又掉头离开

（钱鸿嘉　译）

［导读］

塞雷尼的许多作品喜欢将两种异质的情绪压合在一起处理，以造成诗歌语境的更大张力。新批评派理论家们认为，一首优秀的诗要有不同经验的摩擦、龃龉，在“不同冲动的异质性中”取得复杂的平衡。而诗的张力就处于相对立的力、冲突或意义彼此争辩又彼此关联之处。沃伦将此理念作了更清晰的表述：“一首诗要成功，就必须要赢得自己。它是一种朝着静止点方向前进的运动，但是如果它不是一种受到自身抵抗的运动，它就成为无关紧要的运动。”（《纯诗与非纯诗》）

“阳台”这个语象在整体的诗歌语境中有彼此扭结的双重意义：其一，实指闲适而亲切的“我们”的幽会之所；其二，隐喻人类“悬空的”生存处境。我们站在阳台上，感到天色渐蓝—渐紫—渐暗了……人们都有这样的经验，谁也看不到天光与暮色的临界线，在主观感觉上，似乎一眨眼工夫，“蓦然，暮色笼罩”了。诗人准确而微妙地展示了人这一主观经验，同时也为诗中“人物”在心理上的莫名的怅惘与激动做了气氛的渲染。暮色降临，他们望着茫茫的湖对岸，应是倾吐衷肠的最佳时辰。但“湖的对岸是何方”？他们感到了一种含混难辨的甜蜜、忧伤和迷惘的情绪。这里，不同经验被压合在一起了，那“一阵低低的细语／掠过我们的生命／在那悬空的阳台下”，就既有安谧、陶醉之感，也有内在的惶惑与紧张之感。这“细语”是高不可问的宿命，还是此在生存的危险力量？诗人给我们留下了疑问。

接下来，这疑问被打开。一艘鱼雷艇静静地驶入了他们的视线，“鱼雷艇窥伺我们后／又掉头离开”。在这宁静的湖滨，在这闲适甜美的阳台下面，却有着如此不和谐的战争的机械，它像静静的阴影一样跟踪着人们,“窥伺”着和平的生活。这里的和平似乎更像是某种“天鹅绒宵禁”,使人的心灵处于“悬空”般的紧张与恐惧。(“鱼雷”的语象颇富意味,它是一种可以隐藏在水中自行推进、自行控制方向和深度的炸弹,它的运行是“静静”的,待人发现它的瞬间,也正是舰艇和海港建筑物被爆炸的瞬间。)至此,那“一阵低低的细语”成为令人“提心吊胆”的“没有说出口的事”。它不是高不可问的宿命,而是此在的生存中令人恐惧的战争的阴影!

这首诗,将闲适甜美与内在的迷惘紧张混合于一个语境之中,表面上两种经验均趋向于“静谧”,但其指意向度却恰好构成与“静谧”的摩擦、冲突。诗歌在这种张力中“赢得了自己”,形成了充满自足活力的文本空间。

希腊

乔治·塞弗里斯

乔治·塞弗里斯（George Seferis，1900—1971）生于小亚细亚的斯弥尔纳城。父亲是雅典大学的国际法教授，也创作和翻译诗歌。1914年，塞弗里斯迁居雅典，中学毕业后曾赴巴黎学习法律六年，并访问伦敦等地，广泛结识西欧现代诗人，开始了诗歌创作。1931年首部诗集《转折点》出版，引起很大反响。此后塞弗里斯一边从事外交工作，一边勤奋写作并连续发表诗作，声誉日隆。第二次世界大战期间，诗人随自由希腊政府流亡国外，到过非洲及欧洲数国，在工作之余，坚持写作并发表了大量优异的诗作。1948年后，他先后被调任驻土耳其、英国、黎巴嫩、叙利亚、约旦、伊拉克等国的外交官。1957年至1962年任驻英国大使。1962年退休回国。塞弗里斯还是著名的翻译家，成功地翻译过艾略特、庞德、叶芝、麦克利什、艾吕雅、纪德等人的作品。1960年诗人获剑桥大学荣誉博士称号，此后又获得牛津大学、普林斯顿大学荣誉博士和美国艺术科学院院士称号。1971年，塞弗里斯逝世于雅典。

塞弗里斯的诗歌与欧洲象征主义诗歌有密切关系。其早期诗作受法国象征派诗人马拉美、瓦雷里影响，强调表现内心的梦幻、暗示性和音乐纯度。其成熟期作品又受英籍美国诗人艾略特影响甚深，采用“非个性化”方式，让诗歌本身（或虚拟的叙述人）现身说话。虽然在技艺上他糅合了象征主义、意象主义和玄学诗人的特点，但总的说，塞弗里斯的诗歌之根还是深深扎在有悠久文明的希腊土地上。古希腊的诗歌精神、神话传说、哲学思想、历史典故，与今天的生存—

文化现实，在他新奇的隐喻中被和谐地融为一体。他使伟大而古老的传统，成为活的“今天的传统”。探求生存和生命的真相，是塞弗里斯一贯的诗歌信念，他说，“俄狄浦斯在去忒拜途中遇到了怪物斯芬克斯，解答了它的谜语是‘人’。这个解答打败了怪物。今天，我们仍需负起驱逐怪物的重任和使命，面对各种怪物，让我们记住俄狄浦斯的解答”（诺贝尔文学奖“受奖演说”）。

塞弗里斯的重要诗集有《转折点》（1931），《水池》（1932），《神话和历史》（1935），《航海日志·三部》（初编 1940，二编 1944，三编 1955），《“画眉鸟”号》（1947），《三首秘密的诗》（1966）等。1963 年，由于他“优秀的抒情作品不仅强有力地反映了希腊文化的优点，也唤起人们内心深刻的共鸣”，塞弗里斯荣获诺贝尔文学奖。

我的历史神话（选章）

2

我醒来，双手捧着大理石头像
使我的手肘疲累至极。何处可放？
正当我从梦中脱身，它刚坠入梦中
我们的生命就合一，如今难以分离。

我瞪视着眼，不开不合，
我对着始终欲合的嘴巴说话，
我压制着已突出外皮的脸颊。
我再也无能为力了。

我的双手失去，又回到我身上，
残缺不堪。

3

我们不认识他们。
　　深藏我们内心的希望说道
我们从小就认识他们。
我们可能见过他们两次；他们就上船了；
煤货、粮货，和我们的朋友
永远消失在远洋外。

黎明发现我们在微弱的灯火旁
在纸上笨拙而费力地绘出
船，船头雕像和贝壳。
黄昏时，我们下到河边
因为河向我们指出通海之路
而我们在柏油味道的地洞过夜。

我们的朋友已去
　　也许我们从未见过他们，也许
我们只有在睡眠仍然引导我们接近
气喘的浪涛时才遇见他们。
也许我们追寻他们是因为我们追寻着
超越雕像的另一个生命。

4

雨中的花园及其喷泉
你只能透过毛玻璃后面
低低的窗才能看见。你的空间
没有光，但炉边的火焰
和偶尔远去闪电的光芒会显示
你额头上的皱纹，老友哟。

花园及其喷泉，在你手中
是另一生命的旋律，超越破裂的
大理石和悲剧的巨柱
和靠近新筑的石坑，夹竹桃丛间的舞步
罩雾玻璃会自你的末日把它切掉。

你就不能呼吸；大地和树根

会自你的记忆冲出，敲打
这片玻璃，被世界外面的雨
敲打的这片玻璃。

5

海向西连接山脉。
左方南风吹，逼得我们发狂，
这阵风要剥肉露骨一般。
我们的房子在松树和皂荚之间。
大窗。大桌
供写信，这些月来
我们写给你的信，并落
在我们之间的空隙，加以填满。

清晨的星星，当你低垂着眼
我们的时间和季节比涂在伤口的油
还甜，比口盖上的冷水
还要欣喜，比天鹅的羽毛还要安然。
你用空手掌握我们的生命。
吃过流亡的苦头后，
夜里只要我们站在白墙边
你的声音就像温火的希望传来；
而风又对着我们的神经
磨利它的剃刀边缘。

我们每个人都对你写同样事情，
每个人在别人面前保持沉默，
我们每个人分别注视着同样世界，
山脉上的光和影

还有你。
谁会从我们心中起出悲伤?
昨夜下了一场豪雨。今天
又是阴翳的天。我们的思念
像昨天雨后的松针
堆在我们门边，且徒然
试图造塔，瞬间崩溃。

耸立在我们面前的山脉，把你隐藏，
但裸向南风的岬上
这些被杀戮的村落中
谁会清算我们的决心遗忘?
谁会接受我们在此秋末的奉献?

7

在此朝圣之旅动身的我们
注视着破碎的雕像
我们忘了自己并说生命
不是那么容易灭绝;
死亡有未绘在海图上的道路
和它本身的正义。

在我们挺身垂死之际，
变成石头群族之一，
硬的和脆的都结合在一起
古代的死者已逃出限圈，重又苏醒
在奇异的沉默中微笑。

8

再多一点
我们就会看到盛开的杏树
在阳光下闪耀的大理石
海，掀浪。

再多一点
让我们再站高一点。

（李魁贤　译）

［导读］

《我的历史神话》（又译为《神话与历史》）是塞弗里斯写作进入成熟期的作品，受到国际诗坛的广泛称赞。它既可视为一首长诗，也可视为由 24 首彼此相关又可独自成立的短诗所构成的大型组诗。限于篇幅，我们只选择了其中的六章。

这首长诗（或组诗）在结构、修辞基础和主题上与艾略特的长诗《荒原》有类似之处。诗人在《我的历史神话》中，扭结展示了希腊的历史典故、神话原型、哲学理念和当下的生存状况。如果说艾氏的“荒原”是以渔王患病寻找圣杯的神话框架，以及沙碛的燃烧来喻指着现代人精神的干涸和文明的解体，并进而寻找救赎之路的象征的话；那么塞弗里斯笔下的核心语象如大理石、石柱、雕像、大海，则是对逝去的、被埋没的希腊传统的“精神家园”进行挖掘、回忆的象征。

诗人对古代神话、历史记忆的回溯与探询，是与对 30 年代上半叶现代人生存灾殃、失败和拯救勇气的展现联在一起的。但它又不是简单的借古喻今，而是使传统精神“生还”，成为活生生的今天的一部分。因此，如果说艾略特的救赎之路通向基督教精神的话，那么塞弗里斯的救赎之路则通向希腊民族传统中积极的生活态度——探求真知，坚持正义，普施爱心，升华灵魂。这首长诗隐喻繁富，但又有内在的连贯性。它像一个旋转的锥体，有不同意蕴的维面。我们很难说它的基调是乐观还是悲慨的，它体现了诗人组织复杂经验的过人能力。

在诗人的精神深处，伟大的古希腊精神并没有死去，“我醒来，双手捧着大理石头像”，“它刚坠入梦中／我们的生命就合一，如今难以分离”。诗人认为，造成伟大传统消失的原因，不是它本身的乏力，而是我们精神的“残缺不堪”。而今天我们追寻这伟大的传统，也并非简单的怀旧，更非考古学的癖好，“我们追寻他们是因为我们追寻着／超越雕像的另一个生命”，即形而上的伟大精神的生还。在诗人能动的挖掘中，传统和今天构成了“共时性”存在，那些逝去的东西被召唤醒来，犹如我们置身其中的“雨中花园”，喷泉、大理石雕像和悲剧的石柱近在眼前，我们与它们之间不过只隔着一层“毛玻璃”。然而，这薄薄的一层却有无法想象的漫长。今天的奥德修斯们的漂流／还乡之路是更为艰辛的，他们不仅要忍受“剥骨露肉”的海上狂风对身体的冲击，还要忍受“家园”破损的精神飓风“对着我们的神经／磨利它的剃刀边缘”，我们踏上的是一条“未绘在海图上的道路”。

但是，历史无可回避，传统必须“生还”，走上这伟大的“朝圣之旅”是奥德修斯的后代的使命和宿命。为复活“破损的雕像”，我们必须准备不计代价的精神历险。“在我们挺身垂死之际／变成石头群族之一／硬的和脆的都结合在一起”，那伟大的传统将会生还，那逝去的伟大祖先流出的血将会返回上界，“古代的死者已逃出限圈，重又苏醒／在奇异的沉默中微笑”。诗人呼唤道，精神家园“闪耀的大理石”就在我们心中，要瞭望到它，不仅需要向下的挖掘，更需要“我们再站高一点”。

这首诗，以对逝去的伟大文明的缅怀与向往，体现了今天的希腊人重铸文化辉煌的理想主义精神的冲涌。此诗的主导精神是新奥德修斯的还乡之路，既高贵、辉煌，又艰辛、黑暗。它展示了智性的坚实力量，又将之和谐地融汇于隐喻的激情和想象之中；它将宽阔的语境和强烈连贯的局部肌质共时呈现，将悲慨的缅怀和朗照的理想主义前景化若无痕地衔接在一起。正如诺贝尔文学奖颁奖辞所言，塞弗里斯的诗构成了“希腊民族积极的生活态度中不可磨灭的一切的永恒的象征”，读这样的诗，我们有如听到“一支来自古代希腊合唱队的隐隐回声”。

决定忘记

谁来为我们计算我们决定忘记所要付出的代价?

——乔·塞弗里斯:《大海向西》

在那寂静的湖边停步吧，过路人;
那水波荡漾的大海和历尽折磨的船只，
那环抱群山和产生了星星的道路
都在这辽阔的水面上终止。

如今你能安静地观察那些天鹅，
瞧它们:全都那么洁白，像深夜的睡眠，
一无所碍地在薄薄的平波上滑行，
平波利索地把它们举起，高出水面。

它们像你，陌生人，这些静止的羽翼，并且你
　　了解它们，
当那石狮的眼睛盯着你，
那大树的叶子在天空仍保持生机，
而笔尖刺透了牢房的墙壁。

不过正是这些而不是别的鸟儿屠杀了乡下姑娘，

鲜血染红了石板路上的奶浆，
她们的马匹默默地向木槽里
抛下了像熔铅般难以辨认的东西。

于是黑夜突然在它们弯弯的颈项周围缩紧，
它们并不歌唱，因为要死也没有门径，
只好抽打，胡乱地摔打着人们的尸骨，
而它们的翅膀使恐惧为之镇静。

那时发生的情景也像你现在所看见的这样宁静，
同样的宁静，因为已没有留下一个灵魂让我们
　　思考，
除了那种在石头上刻几个记号的才能，
而记号如今触动了我们记忆的底蕴。

我们也同他们一起，已经远离，很远很远了
　　——停步吧，过路人，
在这寂静的湖边，同这些洁白无瑕的天鹅，
它们通过你的心像些白绸片一样旅行，
唤起你注意那些你经历过但已忘记了的情景。

你也忘记了，当你读着石头上我们的文字，
即使这样，你和你的羊群一起仍大为惊奇，
而羊群用它们的毛扩充了你的身体，
于是你觉得你的血脉里有个牺牲的消息。

（李野光　译）

[导读]

此诗选自诗人代表作诗集《航海日志（一）》（1940）。第二次世界大战期间，墨索里尼的法西斯军队占领了希腊，塞弗里斯随自由希

腊政府流亡域外。国难当头、身世飘零的际遇，使诗人反思历史，探询现实，瞩望未来，写下了大型组诗《航海日志》。这一组诗，在文脉上与1935年的《我的历史神话》有相通之处，不过更平添了一种由苦难现实所激发的俯仰慨叹、凄楚悲壮、上下求索的情怀。如果说《我的历史神话》是写新奥德修斯们的还乡之路，那么《航海日志》则是在新一轮被迫的流亡中的频频返顾“家园”。对现实深层的认识、对历史文化的反思在诗中占据了主要地位。

这首诗的核心隐喻是洁白、高贵的天鹅。我们知道，“天鹅”是象征派诗人反复吟咏的对象，它象征着那些纯洁、典雅、美丽的事物。但是，在这首诗中，诗人为其注入了反向的意蕴。在一个疯狂的“大铁鸟”（轰炸机）狂轰滥炸的时代，那袅然游移、高贵假寐的天鹅显得多么孱弱。诗人对天鹅的态度是复杂的，一方面痛惜它在今天的命运，另一方面又对这种超然的唯美和冷傲展开质询。“正是宁静如‘深夜的睡眠’的洁白的天鹅，使善良的人们居安而忘了思危，从而付出了血的代价。诗人的启示是：民族沦亡的过去与现实的危机，决不能忘记！”（《诺贝尔文学奖获奖作品精华集成》）

“决定忘记”在此是一个反讽，诗人的用意是展示“忘记”后的代价。诗中写道，在寂静的湖边，牧羊的“过路人”为一群洁白的天鹅所感动，这神秘的有如在假寐的天鹅，正行于波澜不惊的水面。但是，“正是这些而不是别的鸟儿屠杀了乡下的姑娘”，它使人恍如置身于永恒的和平、自由，而忘记了深层的危机和战争劫难。诗人提醒人们，在我们凝视天鹅的眼睛之上，还有一双更大更隐蔽的眼睛在同时盯视着我们——那是“石狮”怪物斯芬克斯的眼睛。意识到这一点，我们的笔再也不能安恬地沉浸于高贵的情景中，我们的“笔尖刺透了牢房的墙壁”。

今天的天鹅，是并不歌唱的天鹅，它的翅羽在抽打在挣扎，因为“黑夜突然在它们弯弯的颈项周围缩紧”。过路人呵，在现实生存中，在艰难困苦的历史道路上，我们没有留恋“寂静湖边”的权利。贪图安闲而忘记真实的生存处境，就会遭到不测的灾难。让我们铭记住这“经历过但已忘记了（决定忘记）的情景”，将它镌刻在石头上，让它深入我们的血管，让我们在“血脉里有个牺牲的消息”。

这首诗以“颠覆”的方式使用了一个人们熟悉的原型象征，使之发挥出反讽的警策力量。精妙柔美的抒情牧歌调性，与紧张严酷的意义融为一体，构成了对“牧歌”的最后叹惋和深刻质询。在欧洲文学史上，牧歌（Setting）是指背景、人物和词藻都有着传统规定的一种写作手法。古希腊的传统牧歌，多选择田园风光和阿卡狄亚（古希腊一山区）的淳朴景象为题材，对后世诗歌影响很大。塞弗里斯选取了牧歌的背景（天鹅、湖水、草地、群山、马匹、牧羊人、羊群），却反其意而用之，这种“反牧歌”写作，更增添了诗语的现代性张力和反讽的深度。

扬尼斯·里索斯

扬尼斯·里索斯（Yánnis Ritsos，1909—1990）出生于小亚细亚的蒙瓦斯拉，父亲是一位地主。1924年希腊军队被土耳其击败，他的家产也被洗劫一空。后来，母亲与哥哥均死于贫病交加，父亲也患了精神病。1924年，里索斯来到雅典，靠抄写法律文件和打杂工勉强维持读完中学。17岁时他患了严重肺结核，有五年时间在疗养院度过。此间开始写诗和绘画，并接触到马克思主义理论，促成他终生信仰共产主义。病情稳定后，里索斯在雅典剧场担任过演员工作，1934年出版第一本诗集《拖曳机》，有较大反响。随后又连续出版诗集和长诗，并翻译过大量进步诗人的作品。旺盛的创造力和高质量的作品使他一举成名，成为希腊著名诗人之一。

里索斯的诗歌因揭露社会的压抑，为受难的民众代言，而遭到美塔克沙斯集权统治的焚毁。第二次世界大战期间，里索斯旧病复发，有近十年时间几乎是在不离病床中度过的。但他没有停止写作，他诗歌中批判一切不义势力的锋芒一如既往。“二战”后，希腊又连续爆发两次内战，里索斯支持“民族解放阵线”，遭到当权者逮捕。在集中营度过的四年中，他坚持秘密写作，将诗藏于瓶子里。1952年被释放回雅典，从事编辑工作。1967年，因为政治信仰又遭希腊军事政权逮捕。这次逮捕立刻引起国际关注，成千的作家、艺术家为他签名声援，其中包括毕加索、格拉斯、亚瑟米勒、聂鲁达、萨特等人，遂迫使军事当局次年改将他流放到摩萨斯岛，直至1970年。1972年检查制度取消，里索斯的大量作品才得以面世。

里索斯是被东西方广泛认可的世界著名诗人。阿拉贡称许他是

“最伟大的当代诗人”。直至1990年逝世前，他三次被诺贝尔文学奖提名。他的诗歌风格既有象征主义特别是超现实主义成分，又有希腊传统（特别是“哀歌”）及民间歌谣的影响。他的诗笼罩在一种复杂、深思而悲郁的抒情气氛中，但其语境又是与当下被极权压抑的时代生存密切相关的。诗人不回避诗歌中政治因素的介入，在他看来，“诗是一种活下去的方式”，它应成为受难者彼此沟通、鼓舞的媒介，他说“每个词都是一扇门，通向一次会晤，一次经常取消的会晤”(《简单的意义》)。在他的诗里，日常生活意象和“警哨嗅鼻下”的噩梦隐喻融为一体，避免了超现实主义诗歌由专注于潜意识的开掘带来的混乱。

里索斯的主要诗集有《拖曳机》(1934),《金字塔》(1935),《墓志铭》(1936),《月光奏鸣曲》(1956),《死屋》(1959),《窗》(1960),《在山的阴影下》(1962),《盲者圣经》(1972),《远方》(1975)等。1956年获希腊国家诗歌奖，1977年获苏俄列宁奖金。

关门的马戏团

头一个月他们查禁了交通和娱乐。没船出现海面。

关门了的马戏团当然比我们都更难受。有一天
两个小丑出来了，穿着更宽松的戏服，戴着小丑帽。
七彩的小丑帽，搓粉的鼻子，画着几滴眼泪。
他们在街道中央表演，用小手鼓盛放铜板。
但没人发笑。于是他们痛心地哭了，
冲走了他们画上的泪，弄脏了整张脸。
一个傍晚
他们被逮捕了，双手遭绑，他们被带去巨大的建
　筑里。
第二天
睡醒时，天浓云；广场的帐篷已移开，包括笼
　子和马车。
一个孩子在树下发现一绺湿了的胡子，如此而已。
他犹豫地戴上胡子。“我要留下来给圣诞老人”，
　他说。

（谭石　译）

［导读］

里索斯的许多作品书写了个人身处极权统治下的经验。但他从不以直接议论的方式写作，也没有外露的泪眼滂沱的形象。他善于通过叙述日常生活中的一个片断、一组细节，以寓言化的方式暗示出在军

事极权统治压迫下人民度过的凄楚的梦魇般的生活。这样的作品深深地打入了我们的灵魂，令人想起卡夫卡的寓言。正如他在一首诗中表达的——不仅仅写鸟的翅膀，更重要的是写出头脑中“巨大翅膀的阴影充满了房间”(《几乎是一个魔术师》)。

“马戏团”应是欢乐的、天真的，与其他娱乐形式相比，马戏是没有任何意识形态意味的，它对任何统治者来说都是无害的。但是，即使是这样一个天真欢乐的团体，在极权体制下也难逃厄运。极权主义既有肆无忌惮疯狂压迫的一面，又有色厉内荏极为虚弱多疑的一面。他们实行恐怖主义统治，查禁了海陆交通，并封锁了人们的娱乐活动。这个马戏团被关闭了，但是人们生活的信心是无法被查禁被封锁的。有一天马戏团两个小丑溜了出来，希图给处于压抑和恐怖中的百姓带来一点点快乐。可是百姓中“没人发笑”，被噩梦控制的人们此时再也无法笑出来。面对无辜而受难的人群，善良的马戏团小丑痛心地哭了，这哭泣无言地传达了人们的心声。

而在统治者看来，小丑的言行是一个抗议，因而是一项罪责。他们五花大绑逮捕了这两个小丑，并拆除了马戏团的帐篷，没收了他们的一切道具，使欢乐的场所变成一片可怕的空地。然而事情并未到此结束，“一个孩子在树下发现一绺湿了的胡子，如此而已 / 他犹豫地戴上胡子 / ‘我要留下来给圣诞老人’，他说”。这结尾的一笔举重若轻，又凄楚又明亮，它的暗示性是丰富的：湿了的胡子是马戏团遭劫后唯一遗下的东西，它浸满了人和大地的泪水；一个天真的孩子戴上它并说“要留下来给圣诞老人”，既是对统治者的嘲讽，同时又表达了人们对和平、仁慈生活的不灭的期冀。这个细节让我们的心灵紧缩而又思绪纷飞，在噬心的压抑中会感到美丽纯真的向往所具有的巨大力量。

里索斯通过对日常生活的寓言化处理，更深刻地揭示了生存和生命的内在真实。至此，我们可以更深入地理解他说的“诗是一种活下去的方式”的真义：诗是受压迫的人们之间沟通的媒介，是他们的呼吸；但是，诗也必须首先是诗，它应有精湛的技艺，使它能够自足地“活下去”。

下面，我们再引他著名的短诗《搜查》，它写的是一次被警察抄家的经历。诗人以叙述的方式展开，小小的细节和对话带来了更深的意味——

“进来吧，绅士们——他说。／没什么不便。审核一切吧；／我没有什么可藏的。

这里是卧室，这里是书房，／这是厨房。这儿？——藏旧物的阁楼；／东西都旧了，绅士们；满满的，东西都旧了，用旧了，／也是这么快，绅士们；

这个？——针箍；——妈妈的；／这个？妈妈的油灯，妈妈的伞——她爱我爱得异乎寻常；

——但这个伪造的身份证呢？这珍宝呢，别人的吗？这脏毛巾？／这张戏票？这穿洞的衬衫？血迹？／这张照片？他的，对了，戴着一顶女人的帽子，覆满花朵，／题赠给一个陌生人——他的手迹——／谁把这些窝藏在这儿的？谁把这些窝藏在这儿的？谁把这些窝藏在这儿的？”

变形

这位妇人有好几位爱人，而今
她厌腻了；她不再吹干头发；她不再
用镊子一根一根除去嘴边的细毛。
她躺在宽大的床铺直到中午十二点。
她将假牙放置枕头下。男人们
在房间之间赤身穿梭来去。他们经常
走进浴室，小心关上水龙头。
穿过时趁机放一朵花
挺直在桌面中央，悄然，骇人，如今已没压力，

没有不耐与鲁莽了——压力毕竟是
濒死时最容易辨识的。他们浓厚的体毛
逐渐疏薄、衰颓、斑白。躺卧的妇人
合上眼睛，以便不用再看到趾头
充满了茧，变形的——这位一度雍容华贵的妇人。
她甚至没法如愿地闭上眼。
臃肿，沉溺在她的肥胖里，松懒，
就像革命数年后的那些诗。

（谭石　译）

［导读］

《变形》可视为一首“以诗论诗”的作品。所谓“以诗论诗”，也就是以诗本身作为诗的题材，用诗的形式来做诗学的探索。这样的作品，我们已见过很多了。但是，大部分诗人写的此类作品过分专注于“论”字，而那个更致命的“诗”却被漠然悬置了。里索斯这首诗之所以被广大读者珍爱，原因就在于它首先是精彩的诗，然后才以诗来“论”诗。

读这首 17 行的诗，我们会得到“诗”与“论”的双重的享受。前面 16 行，诗人以细腻而讽刺的笔触，写了一位迟暮的贵妇人和围绕在她身边的那些表面高贵文雅实则猥琐无聊的献媚者。这是一幅没落贵妇腐朽生活的写照，自恋、自怜、自炫、机械、空虚、厌腻、了无生气。读着这情景，我们会感到这种生活早该结束了，但由于庸俗的惯性，它还运转着。

当我们领略了诗人对此极为犀利、诙谐的反讽后，诗人的笔锋陡然一转，在最后一行写出这情景“就像革命数年后的那些诗”，令人哑然失笑又怵然沉思。里索斯提醒我们：对腐朽没落的生活，诗人们多是厌恶的；但诗人们想过没有，他们有可能在不期然中也写下了类似情调的诗作？！里索斯堪称智慧过人，他没有直通通地斥责那些故作风雅，视颓废为高贵的诗风，而是以一个场景来暗示它，这就使“以诗论诗”更具刺激力和启发性，它的结论要由读者（“以诗论诗”

的读者多为诗人们）自己得出。这是一首一笔两写的佳作，它让某些“高贵的”诗人脸红耳热，在苦涩的微笑中反思自己的写作。这种同行间的交流既不失原则又是善意的沟通，各种风格的诗人们对这首诗均有会心之处就说明了这一点。

单身汉之夜

单身汉的房间里家具那么凄楚。
桌子是一头四足冻僵的牲畜，
椅子是一个在大雪覆盖的森林中迷路的孩子，
沙发变成了被狂风吹倒在庭院里的又一棵光秃秃的树。

然而用不了多久，在这里
一种圆形的、半透明的沉寂就会形成，
犹如渔船上玻璃底面的鱼舱，
而你痛苦地弯下腰伸入其中，
透过玻璃盯着透明发亮的大海深处
那些水晶，那些深绿色的裂缝，
那些奇异的海生植物，
死死地盯着玫瑰色的、冷漠而巨大的海鱼以及它们宽阔
　而华贵的动作
而你竟不知它们是在埋伏或在搜索，是在隐蔽或在做梦，
因为它们的眼睛睁得太大看起来仿佛紧闭。

归根结蒂这并不重要
难道还不够么，——它们的动作美丽而静止？

（马高明　译）

［导读］

里索斯因坚持一个诗人的良知，与极权压迫者进行了多年的斗争，他的作品遭到禁毁，他的生活也曾经历了危险、隐藏、追捕、流放和贫病。他有不少作品写了自己的流浪汉生涯。但这些作品从不过度地渲染个人心灵和生活的困苦，他知道自己是为了自由的理想，才付出了肉体和灵魂的高昂代价。因此，他的诗在真实地表达苦难生活的同时，洋溢着一种既勇且韧的男子汉的乐观、坚定的敞亮感。

他有几首著名的短诗都写到了流浪汉的房间。如《归来》《松落的百叶窗》和这首《单身汉之夜》等。在《松落的百叶窗》中，诗人写自己流放归来，在一所废弃的破房子栖身，他找到木匠、瓦工、电工等等，请他们帮助修理一下破房，至少修好灌着寒风的松落的窗子。但无人能为他修，他们说，"我们没有这权利"，实际是说我们不敢得罪当局给自己带来麻烦。那么里索斯会为这悲惨的生活流泪么？没有。他说，"任随那百叶窗去吧，任它随风砰响传越花园／传越长满蛞蝓和蜥蜴的空水池／还长有蝎子的那些空水槽、破裂的玻璃／这声音传给我一个看法，允许我长夜安眠"，凶残的统治者已不能让"我"更加悲惨了！

《单身汉之夜》也是将苦难与乐观精神融于一体的男子汉之诗。这首诗时隐时显地采取了第二人称叙述的方式，"你痛苦地弯下腰伸入其中……"，诗人从"我"中分裂出另一个我，有如"我"与我的内心在对话，在彼此激励，避免了第一人称叙述必然会有的过度的扼腕神伤之感。开始，诗人没有写人的心态，却将单身汉屋中仅有的几件家具做了"移情"以及拟人化处理，"桌子是一头四足冻僵的牲畜／椅子是一个在大雪覆盖的森林中迷路的孩子"，沙发则是狂风吹折的一棵光裸的树。这是"凄楚"的家具，更是"凄楚"的心灵的写照。但诗人没有顺着这种悲伤之情写下去，在第二节，诗歌的情境变得沉静而"半透明"。矮小而破败的房间，像"渔船上玻璃底面的鱼舱／而你痛苦地弯下腰伸入其中"。你在黑夜的溟蒙光线中更真切地看到了自己的心！那是一片辽阔的、透明发亮的大海，有纯洁的水晶，有被恶浪的刀斧砍下的不屈的裂缝，有奇异的海底花草，也有玫瑰色的、冷漠而巨大的海鱼……你的心思是怎样的辽阔呵，那些曾使生命摇曳、心灵清醒、涡流频起、浪花飞渡的斗争的生活，令你一言难尽！你说不清自己是在躲避危险还是在搜索生命的真谛，是在隐蔽追捕还是在做理想之梦，是大睁着眼睛还是紧闭着眼睛。是的，“归根结蒂这并不重要／难道还不够么”——在动荡而寒冷的生存中，你有能力保持心灵的美好和独立不倚的信念的坚定！

这首诗在隐喻和第二人称的自我“克制陈述”中，恰恰传达出了更内在的心灵体验。它使我们压抑的灵魂在为之震撼后，又放出灼热的理想主义光华。这使我们想到，有许多诗人在作品中不厌其烦地诉说自己心灵的苦难，但并不能打动读者。这些诗人会责问：“我说的还不够吗？”——让我们回答说：“不。一个致命的原因恰恰是你说的太多，而‘诗’说的太少。”

奥季塞夫斯·埃利蒂斯

奥季塞夫斯·埃利蒂斯（Odysseus Elytis，1911—1996）生于克里特岛的伊拉克利翁城一个富人之家，1914 年全家迁居雅典。早年他在雅典大学攻读法律专业，后留学法国巴黎攻读文学。十八岁时读到法国诗人艾吕雅的作品，深受触动，并认为这种超现实主义的诗风能够与悠久的希腊传统相融汇，自此他与超现实主义结缘。1935 年埃利蒂斯开始发表诗作，很快以《爱琴海》《蓝色记忆的年代》《疯狂的石榴树》等清新俊逸且奇幻而丰盈的诗句引起了广泛关注。1940 年处女作诗集《方向》的发表，使他成为新一代诗人的佼佼者，和继塞弗里斯之后希腊诗歌迈向新高度的标识。是年，墨索里尼军队入侵希腊，诗人作为希腊陆军中尉参加了在阿尔巴尼亚的反法西斯战争。在“二战”期间，他继续进行“革新派”诗歌创作，歌颂希腊光荣传统，讴歌反法西斯的英雄，写下了具有爱国主义崇高感和超现实主义修辞技艺的杰出长诗《英雄挽歌》等代表作。

战后十多年，诗人虽一直潜心创作，但没有急于发表作品。在此间他发表了大量研究当代社会与文化批判的文章和一些美学、诗学论文，并担任过雅典国家广播机构的节目指导人，希腊芭蕾舞团理事会主席。1948—1952 年，他旅居巴黎，曾任“国际日内瓦会议”的希腊代表。1959 年，代表埃利蒂斯诗歌创作更新高度的诗歌长卷《理所当然》出版。这首长诗通过个我体验，总结性地展示了本民族乃至全人类在受难中不屈地斗争和创造的历史，歌颂了世界万物和光明的未来，对人类从“创世”到今日的伟大历程进行了深刻的命名。它不仅是希腊诗坛也是 20 世纪世界诗坛中的瑰宝。

埃利蒂斯被人们誉为“新希腊诗派之父”。在60年代，诗人访问了苏联、美国等地。1967年，希腊发生军事政变，诗人移居巴黎，继续写作并从事现代拼贴艺术。70年代后，诗人宝刀不老，又继续出版了一些诗集及译诗集。1996年逝世于雅典。

埃利蒂斯是追求“光明和澄澈”的诗歌大师。他将超现实主义诗风推向了一个新的高度，并对其“自动写作法”的缺失进行了纠正。他说:“诗歌是一个充满革命力量的纯洁源泉。我的使命就是要将这些力量引入一个我们的理智不能接受的世界，并且通过更迭不断的变形，使这个世界与我的梦产生和谐。”(《光明的对称》)的确，他自如地运用超现实主义创作手法，将之与希腊的现实和文化传统完美地融合，写出了神奇的具有现代话语“魔力”的光明和澄澈的诗篇。他诗歌中的理想主义气质，使他触摸到了一个光明、和谐、充满希望的新世界。但这绝不是廉价的空洞的乌托邦，而是以对人类历史的洞察及宏伟的内心世界结构为基础的。

诗人认为，在这个以“阴暗”为神秘的写作时代，坚持对“光明的神秘”的挖掘是更为困难的，而且误解重重。但是，在今天，诗仍应具有崇高的光明的品格，诗的崇高和光明是指对真实的生存和生命体验的深化和升华;诗人要“双手捧着太阳而不被灼伤，并把它像火炬般传给后来者”(《诺贝尔文学奖受奖演说》)，超越此在境遇的“实用主义”的局限，将人类的眼量放得更为开阔。这是一种澄明朗照，是宏伟的“去蔽”，同时他也对欧洲超现实主义诗歌中某些混乱梦魇进行了扬弃。

埃利蒂斯的主要作品集为:《方向》(1940),《太阳第一》(1943),《英雄挽歌》(1945),《理所当然》(1959),《对天七叹》(1960),《太阳老爷》(1971),《纳塔希亚别墅》(1973),《阿妮达·哈吉娅》(1974)等。1979年，诗人荣获诺贝尔文学奖，获奖理由是“他的诗以希腊传统为背景，用感觉的力量和理智的敏锐，描写现代人为自由和创新而奋斗”。

疯狂的石榴树

在这些刷白的庭园中，当南风
悄悄拂过有拱顶的走廊，告诉我，是那疯狂的石榴树
在阳光中跳跃，在风的嬉戏和絮语中
撒落她果实累累的欢笑？告诉我，
当大清早在高空带着胜利的战果展示她的五光十色，
是那疯狂的石榴树带着新生的枝叶在蹦跳？

当赤身裸体的姑娘们在草地上醒来，
用雪白的手采摘青青的三叶草，
在梦的边缘上游荡，告诉我，是那疯狂的石榴树，
出其不意地把亮光照到她们新编的篮子上，
使她们的名字在鸟儿的歌声中回响，告诉我，
是那疯狂的石榴树与多云的天空在较量？

当白昼用七色彩羽令人妒羡地打扮起来，
用上千支炫目的三棱镜围住不朽的太阳，
告诉我，是那疯了的石榴树
抓住了一匹受百鞭之笞而狂奔的马的尾鬃，
它不悲哀，不诉苦；告诉我，是那疯狂的石榴树
高声叫嚷着正在绽露的新生的希望？

告诉我，是那疯狂的石榴树老远地欢迎我们，
抛掷着煤火一样的多叶的手帕，

当大海就要为涨了上千次，退向冷僻海岸的潮水
投放成千只船舶，告诉我
是那疯狂的石榴树
使高悬于透明空中的帆缆吱吱地响？

高高悬挂的绿色葡萄串，洋洋得意地发着光，
狂欢着，充满下坠的危险，告诉我，
是那疯狂的石榴树在世界的中央用光亮粉碎了
魔鬼的险恶的气候，它把白昼的橘黄色的衣领到处伸展，
那衣领绣满了黎明的歌声，告诉我，
是那疯狂的石榴树迅速地把白昼的绸衫揭开了？

在四月初春的裙子和八月中旬的蝉声中，
告诉我，那个欢跳的她，狂怒的她，诱人的她，
那驱逐一切恶意的黑色的、邪恶的阴影的人儿，
把晕头转向的鸟倾泻于太阳胸脯上的人儿，
告诉我，在万物怀里，在我们最深沉的梦乡里，
展开翅膀的她，就是那疯狂的石榴树吗？

（袁可嘉　译）

[导读]

埃利蒂斯有一篇广为人知的文章——《光明的对称》，它是诗人创作理念的表白。这里，我们先简单总结一下他的基本观点，有助于更好地理解他的诗作。

诗人认为：他并不是超现实主义流派的彻底追随者，超现实主义对谵语和“自动写作法”的迷信，他无法接受。然而，超现实主义有极大的合理之处和创造价值，它冲破了统治西方的僵化的理性主义传统，将人们的头脑和感觉洗刷一新，给垂死的世界注入了生气。而这些合理成分可以吸收和转化到希腊文化的光明之中。

在具体的写作方法上，他从来不乏味地还原事物，而是接受由想

象力激发的语言的奇异指引，道出一种内在生命的感觉。这种超现实主义诗歌使人惊愕、迷醉，在瞬间开放心智、感官："突然感到像一股电流流过全身"。他强调自己一直在追求诗作的"透明"，这种透明非关理性和逻辑的清晰，而是诗人的生命意志与自然邂逅中达成的超自然的"光明的神秘"。在此，透明是指澄明朗照的生命诗学之光，它"在某个具体事物后面能够透出其他事物，而在其之后又有其他，如此延伸，以至无穷。这样一种穿透力正是我努力追求的"。诗人相信，这种透明将具有摆脱陈旧束缚的现代魔力，引导我们发现真正的现实——一种与永恒的光明相互吻合的世界的正义。

《疯狂的石榴树》是诗人早期的名篇之一，对照上述说法，我们可以感到他一生的写作是有方向感的，有如从一个根茎上长成的伟岸的"光明树"。这首诗有浓郁的超现实主义色彩，诗人笔力纵横、神思迸涌、真力弥满、语调高亢。但是，我们会感到诗中所有的奇幻语象都紧紧围绕着一个核心语象——"疯狂的石榴树"——展开，而且有着统一的设问句语势，它并不使人陷入某些超现实主义诗歌的混乱的"意象随意并置"之泥淖。"疯狂"，既指石榴树在风中激烈摇荡的身姿，也指诗人快放而热烈的生命意志的喧哗与冲动。它的"疯狂"舞蹈朝向一个奇异而博大的引力源："太阳"。此诗写了几个与"石榴树 / 阳光"有关的意象群，但结构线索却是"透明"的：从时间上是由清晨到正午；从空间上是由庭园—草地—奔马—大海—飞鸟—天空……以至到达更远的地方；从维度上则是旋转式地"向上"的飞升。总体把握了这些后，我们似乎不必再时时伫足于局部的华彩音符，而应吻合作品强劲掀动的总乐章语流，体验诗人滂沛的气韵贯通感，和欢乐而迷人的奇思异想。

"石榴"是象征主义诗人喜欢观照的物象之一。它是对诗歌中智性结构细密和经验鲜润饱满的隐喻。而埃利蒂斯是相信超现实主义式的非理性穿透力的诗人，他歌咏的不仅是石榴，更是带着累累石榴果实的"疯狂的石榴树"。也可以认为，他要挖掘的是比人的智性（石榴）更为深邃、更具活力的原始生命力之源（石榴树）。我们要注意，在这里，石榴树并不只是欢快地舞蹈，它还要战胜诸如"百鞭之笞"，"下坠的危险”，“魔鬼的险恶的气候”，“恶意的黑色的、邪恶的阴影”等等，即生存中那些阴晦的“下吸”的力量。向上的光明之途由于有着类似于“地心”引力的牵制，更充满了两面拉开的博大张力。

诗人通篇以设问句的方式表达，其用意之一乃是呼唤人们：告诉我，在艰辛的生存斗争中，我们能否“不悲哀，不诉苦”，像“那疯狂的石榴树／高声叫嚷着正在绽露的新生的希望？”当此贫乏时代，向上之路的危险和光明的神秘的召唤，正“不停地在这世界的命运中出现，互相平衡彼此牵制”（诺贝尔文学奖受奖演说），然而，一个真正的诗人就是要按照内心的尺度，在这种张力中捍卫着他灵魂的圣洁和超越精神。

蓝色记忆的年代

橄榄林与葡萄园远到海边
红色的渔舟在回忆中更远
八月的金蟋蟀之壳正在午睡
蚌贝与海草躺在它身畔
新造的绿色船壳浸在平静的海水里
“上帝会安排”的字样还隐约可见

岁月像树叶和石子一样经过
我记着那些年轻人，那些水手
他们出发时在自己心灵的映象上
绘着彩帆，歌唱着天涯海角
他们胸脯上刺着北风的利爪

我在寻觅什么呀，那时你向我走来

头戴朝霞，眼含古老的海水
浑身是大阳的热力——那时我在寻觅什么
在辽阔梦乡中那深邃的海底
一阵无名的忧郁之风吹皱了感情
在我心灵上镌刻着海洋的标记

我的指头上有沙，我就握拢手指
我的眼睛里有沙，我就抓紧拳头
这是痛苦呀——
我记得那是四月，是头一次
我向你那凡人的躯体摸索
你那有血有肉的凡人体魄

作为我们在大地上的第一天
那是孤挺花节日，但你受了苦情
我记得，嘴唇咬破了，血迹很深
那永远烙着时间印记的皮肤上
也有深深的指甲痕

然后我离开了你

一阵咆哮的风刮起那些白房子
那刚刚粉刷在天上的洁白的云涛
而天空曾经以一丝微笑将万物高照
如今我要在身边留一罐永生的水
作为模型，象征着自然的风暴
以及你的那双使爱情受苦的手
以及你的那个与爱琴海相呼应的贝壳

（李野光　译）

［导读］

埃利蒂斯既有“饮日诗人”的美称，又有“爱琴海歌手”的嘉誉。其实，太阳与大海在此是相互融合彼此生成的。正像希腊批评家所说的，这是对荷马史诗中“阳光融入海水”这一原型意象的发挥、变演。是的，埃利蒂斯从来不是那种浅薄地叫嚷“彻底反传统”的浮夸的诗人，他诗歌的根脉，深深地扎在有磁石般引力的伟大的希腊文明传统之中。他把对时代生存的个性化体验融入了对传统的重新洞开和发现中，写出了超现实主义与祖传的神话之间激动人心的遇合的诗篇。“如果使我们陶醉的是一块磁石，我们知道它……我们源于一个优秀的祖先”(《整日我们漫步田野》)。

《蓝色记忆的年代》是诗人立足今天的现实对逝去的传统文明的追溯和召唤。开始一节，诗人以几种鲜丽单纯的色彩“平涂”或“拼贴”出爱琴海绮丽明媚的风光。这种富于“装饰性”的画面（埃利蒂斯本来就是个出色的拼贴画画家，曾参加过超现实主义美术展），给我们以深深的“当下感”。但从第二节至第五节，诗由当下溯向光辉而苦难的过去。单线平涂的物象暂时隐匿了，代之以冥视构成的超现实“心象”。诗人在“透明的延伸”中看到了祖先——那些迎着北风的利爪出海的年轻汉子们。“你向我走来／头戴朝霞，眼含古老的海水”，正是对“阳光／海水”这一古老原型意象的追忆、承接和变演。在诗人这里，传统与今天是一个互动的或说是“彼此走来”的过程。传统是因为我们的存在而存在的，它有迹可寻不只是因为有雕像、圆柱和古老的神话、哲言，更重要的是这雕像、圆柱和话语就在我们“今天”的精神“指纹”和创造行为中活跃着、生长着。与“遗产”不同，传统是一种可能，和无所不在的启示。因此，“我”与那些逝去的被掩埋的祖先是既融为一体又一道生还的，我也“指头上有沙”，“眼睛里有沙”，“在我心灵上镌刻着海洋的标记”。

诗人对伟大传统的追溯是全方位的，既有自豪也有悲慨。希腊作为人类文明发祥地之一，它的命运却历尽了劫难，它曾先后沦陷于马其顿、罗马、土耳其等国的入侵，直到19世纪30年代才获得独立。对这些苦难历史的记忆，诗人说“我记得，嘴唇咬破了，血迹很深／

那永远烙着时间印记的皮肤上／也有深深的指甲痕”。接下来的第六节由一个突兀的单句构成——“然后我离开了你”。以单句构成诗节，在这里有双重作用。首先，它以绵延的时空的纵深感、幅度感，沉思或反省着长期的偏见对传统的简化和遮蔽。正如诗人所言，“我与我同代的诗人同行在千方百计地寻找希腊的真实面目。因为迄今为止，它一直被欧洲人眼里的那个希腊冒充着”（《光明的对称》），而“我”也曾是对之茫然认同的人之一。单句诗节强化了感情的沉痛和时空的绵长。其次，这个单句构成的诗节还起到了干脆有力地使诗思转捩的作用，从追溯传统转回“当下”。最后，诗人承接前面“阳光／海水”融为一体的意象，写出了它的变奏意象：“微笑将万物高照的天空”和“我要在身边留一罐永生的水”。它成为传统与今天彼此打开的永恒的象征，浓缩含纳了诗人对“蓝色记忆年代”的深情，和作为一枚“贝壳”永远与蓝色爱琴海文明相呼应的内心律令。

这首诗以精心的结构和坚实有力的语辞，表达了诗人对“新希腊世界”的探询、激活和发现。他发现的不是奥林匹斯山上的众神，而是世世代代普通的人民，“头一次／我向你那凡人的躯体摸索／你那有血有肉的凡人体魄”。在这里，他找到了“蓝色记忆年代”的主体，唱出了今天的“阳光融入海水”的超现实主义颂歌。

英雄挽歌（选章）

四

他躺倒在烧焦的斗篷上
让微风在寂静的头发上流连
一根无心的嫩枝搭着他的左耳
他像一所庭园，但鸟儿已突然飞走

他像一支歌曲在黑暗中钳口无言
他像一座天使的时钟刚刚停摆
当眼睫毛说着“孩子们，再见”
而惊愕即变成石头一片……

他躺倒在烧焦的斗篷上
周围的岁月，黑暗而凄冷
与瘦狗们一起向可怕的沉默发出吠声
而那些再次变得像石鸽的钟点
都来注意地倾听
但是笑声被烧掉，土地被震聋
也无人听到那最后的尖叫
整个世界随着那尖叫而顿时虚空。

在那五棵小松树底下
没有其他像蜡烛般的东西
他躺在烧焦的斗篷上
头盔空着，血染污泥
身旁是打掉了半截的胳臂
他那双眉中间
有口苦味的小井，致命的印记
那儿记忆已经冻结
在那黑红色的小井里。

不要细看啊，不要细看那地方
那儿生命已经沦丧
不要细说啊，不要细说是怎么
梦的轻烟是怎么上升的
因为就这样，那一顷刻，一顷刻
就这样啊，一顷刻将另一顷刻抛弃

而永恒的太阳就这样从世界走开了。

一二

在茂盛的芳草上迈着清晨的步履
他独自上升，满脸霞光熠熠……

采花的顽皮姑娘们偷偷向他挥手
向他高声说话，声音在空中化为雾气
甚至树木也爱抚地向他低首
将枝头的鸟巢撩入了两腋
枝叶浸在太阳的油彩里
奇迹——怎样的奇迹呀，下面大地上
白种人用天蓝色的犁头切开田野
山脉如电光在远方闪耀，而更远处
是春天的群山那不可接近的梦寐！

满脸霞光熠熠，他独自上升
喝醉了阳光，亮透了一颗心
以至在云中也能看见真的奥林匹斯山
而朋友们的荷散那在周围浮沉……
现在梦比血液跳得更快了
动物在羊肠道两旁聚集成群
它们像蟋蟀般吱吱叫唤
仿佛说整个世界实在是庞大无垠
是一个逗弄自己孩子们的巨人。

水晶之钟在远处长鸣不歇
明天，明天，他们说，是天上复活节！

（李野光　译）

[导读]

《英雄挽歌》副题为“献给在阿尔巴尼亚战役中牺牲的陆军少尉”。这首300余行的长诗写于1943年，出版于1945年。1940年，墨索里尼军队入侵希腊，埃利蒂斯作为一名希腊陆军中尉，并且是最先实施总动员密令的两名军官之一，参加了在阿尔巴尼亚的反法西斯战争。这首诗的写作背景就是这场战役。

在诗中，诗人没有采用叙述性话语交代战争场面，而是以对现实的感受加上超现实想象的变形和融合，写了一个为正义战争而捐躯的陆军少尉，以及他的战友、人民乃至天地同参的万物对他的哀悼、缅怀和颂扬。在这里，挽歌—赞歌—圣歌凝为一体，作品思想的深刻与技艺的精湛均令人叹服。我想，恐怕没有任何一个真正优秀的诗人会反对诗歌反映时代、表达诗人立场。但是，这一切必须是以诗自身的方式来“反映和表达”。那些以粗鄙的分行“纪实”和标语口号式的诗句去行使诗歌社会功能的人，既是对诗的亵渎，也是对时代的不恭。“技艺，考验着真诚”，这“真诚”是指向诗艺也同时指向诗人情感的。正如诺贝尔文学奖颁奖辞所言：“埃利蒂斯在前线参加了抵抗墨索里尼疯狂进攻的残酷战斗。他为哀悼那位体现着希腊迄未完成的生存斗争的阵亡少尉而写的优异的诗篇，比起那种空喊文学任务的人的作品，有着更为真实而惨痛得多的意义。”

因篇幅限制，我们这里只节选了长诗中的两章。这首诗不难理解，所以我在下面仅做一些阅读提示。

第一，“挽歌”是一种古老的诗歌体裁，起源于古希腊、罗马时代。后来这个术语被一般化了，与“悼歌”“悲歌”“葬歌”“怨歌”相重合。顾名思义，挽歌的题材与风格都是有特定范畴的：死亡与哀思。一般地说，“挽歌”的内容多倾诉死之哀怨，世界之苦难，以及对神灵慰抚的祈求。但埃利蒂斯笔下的“英雄挽歌”对此作了偏离／创造。这首诗的风格是崇高壮烈的，它哀而不怨，苦难而无悔；而且无须外在神灵的慰抚，牺牲的战友本身就完成了神圣的升华——“他独自上升，满脸霞光熠熠”，“明天，是天上复活节”。这就是埃利蒂斯创造的挽歌—赞歌—圣歌的异质混成的结合。

第二，诗中没有以叙述性话语交代陆军少尉的牺牲，而是采用了现实感受与超现实想象的结合，达到了诗人内在体验与具体事象难分彼此的更高水准的“真实”。诗中写道，那个色雷斯群山的儿子牺牲了，微风在他寂静的头发上流连，一根嫩枝搭着他的左耳，在他的眉宇间那口苦味的小井冻结了，乃至太阳遁驰，万物呜咽；“他像一所庭园，但鸟儿已突然飞走 / 他像一支歌曲在黑暗中钳口无言 / 他像一座天使的时钟刚刚停摆”，这些既写出了他牺牲的悲壮，又写出了这牺牲的伟大意义。这正是感情、智性与物象在瞬间凝合后的精彩表达。比起那种简单“记叙”或滥情的诗歌，不知要深入多少倍！英雄死于正义战争，他的死是伟大的永生，用不着神灵的慰抚，他本身就是云中新的奥林匹斯山的神祇。诗人还采用了隐喻的变奏与回旋方法，如前面写过的“一根嫩枝”，至后来已成为茂密的林木向他垂首；前面那“突然飞走的鸟儿”，至此已返回，“将枝头的鸟巢撩入了两腋”；前面的“一支歌曲在黑暗中钳口无言”，至此已成为“朋友们的荷散那(指希腊人用来赞美神圣的歌声——笔者注）在周围浮沉”；前面的“天使的时钟刚刚停摆”，至此已成为“水晶之钟在远处长鸣不歇”；而前面写的“太阳就这样从世界走开了”，至此已是“满脸霞光熠熠，他独自上升 / 喝醉了阳光，亮透了一颗心”……

如上隐喻的变奏和结构上的精心承接，使“超现实”在此完成了超越现实表层直抵其核心的任务，或者说内 / 外现实达成同一，抽象世界和具体世界凝成了更神奇的“绝对现实”。这首诗的语言神奇而精警，结构宏伟而严密，气度与想象力均矫矫不凡。它无愧于阵亡的战友，无愧于风云激荡的时代，同时也无愧于诗歌——作为一种古老而常新的人类神圣话语方式——的英名。

西班牙

豪尔赫·纪廉

豪尔赫·纪廉（Jorge Guillén，1893—1984）生于巴利亚多利德。曾先后就学于马德里和格拉纳达等大学，获哲学博士学位。第一次世界大战前夕赴德国。战争结束后在巴黎生活了五年，在此期间开始文学创作，结识了著名诗人希门内斯，受到了他的指点，诗艺大进，并成为《西方杂志》的经常发稿人。纪廉还曾应聘在姆尔西亚、塞维利亚及英国的牛津大学任课，讲授文学和哲学。1927 年，他与洛尔卡、阿尔维蒂、阿隆索、迪埃戈、塞尔努达等诗人作家为纪念贡戈拉诞辰 300 周年举行活动（“27 年一代”由此得名），成为“27 年一代”的杰出代表。“二战”期间（1938 年后）流亡美国，先后在美国、加拿大、墨西哥、哥伦比亚、波多黎各等地讲学。

纪廉的诗在西班牙、欧洲和美国颇受好评，其诗风对西班牙新一代诗人有很大影响。他主张诗的“纯粹”，称自己的诗为“圣歌”。但这种“纯粹”并非唯美主义式的雕琢、繁缛，而是清新天然，在波澜不惊中蕴藏着揭示生存和生命的深意。他说过：“生活就是诗。”但他从不被动地摹写生活，而是写对生活的心灵体验。在这种“纯粹”“朴素”的诗歌中，诗人探索了自我和存在之谜，正如他所说的“于我的思想底层，我原来的我在等我”（《降临》）。

纪廉的主要诗集有《圣歌》（1928，1945，1950），《呐喊》（1957，1960，1963），《我们的空气》（1968），《其他诗歌》（1973）等。1976 年获塞万提斯文学奖。

活生生的自然

桌子的桌面板，
那么准准确确的
平坦的水平面，
这片平原，有一个观念

始终锲而不舍：纯洁，多才，
对于智慧的眼睛来说
就是智慧！一种肃穆
这时候，要求接触，

它抚摸着细察着
平原如何担负起
丰富而沉重的压力，
那核桃树的森林，

树干，枝条。核桃树
信任自己的结节
和脉络，信任自己的
许多许多时间的存在，

倾心专注于这个
巍然不动的威力，
把平面的材料化成

永远永远的原野！

（王央乐　译）

［导读］

桌子、稿纸、笔，这些简简单单的东西，是作家诗人最亲密的工作伙伴。在许多作家诗人的文字里，我们会看到他们满怀深情地叙说着与这些“伙伴”的“故事”。有些作家竟由此生出一种可爱的“怪癖”或曰“依赖性”，离开了他那张书桌，竟然写不出满意的东西来。纪廉的书桌是“核桃树”做成的，木材坚韧而闪亮，结构坚卓而平整。而核桃树的果实，又会使我们联想到许多诗人常用来拟喻的坚实饱满而成熟的人的大脑。这首诗就建置在本真的生活经验与深奥的隐喻之间。

桌面，“那么准准确确的／平坦的水平面”，对许多人而言只意味着做工的精良。但对纪廉而言，桌面却有如一个空旷的“平原”，在激发和召唤着诗人将它填满。它像一个有待诞生的“观念”，“始终锲而不舍”地与人“肃穆”对视着，考验着诗人的纯洁、多才和智慧，并“要求接触”。在此，“空旷”既召唤我们，又给我们以压力。在开头的两节诗中，诗人没有凝滞于物，而是迅速进入心理活动，道出了写作者们常有的工作经验。

然而，真正有价值的写作并非“面桌”玄思，它应与充满活力和困扰的生存密切相关。纪廉坚信“生活就是诗”，而那些缺乏生活的鼻息、心音和“丰富而沉重的压力”的诗，是不足道的。他将这种创作意识融化在对平原—核桃树的沉思之中。平原担负起核桃树森林，而核桃树也没有辜负平原的承载之情，它的树干、枝条生得茂盛，它的果实饱满而顽健。它“信任自己的结节和脉络／信任自己的许多许多时间的存在”。

正是在对平原—核桃树的沉思之中，诗人获得了启悟——“我”的诗也要具有平原般博大的承载力，核桃树般“巍然不动”的生命力。那么好吧，亲爱的书桌，就让“我”在你的空旷之上工作，将你填满，“把平面的材料化成／永远永远的原野”！在“我”心血滴注的文字之上，会出现“活生生的自然”，因为我的“书桌”的根深深地扎在生活泥土里！

这首诗的材料虽源于本真的生活，但诗人以超拔的想象力使之具备了形而上的意味。对桌子—平原—核桃树之间回旋曲式的联想，使全诗线索清晰，以简寓繁；而最终这一切又都聚集辐辏于对“什么是真正的写作”这一问题的命名。这首诗从意味到形式都引人玩味，对于写作和生活，它带给我们诸多启示。

桌子和桌子上

在桌布上发亮的玻璃器皿
　　更加洁白——更加赤裸。
我随着变得黄而带红。
　　为了我而改变颜色。

最后的水果。一道光线嬉戏
　　在我们的牌局中，
显出了亲密的轮廓。我出了牌。
　　色彩，轮廓，思索！

更大的乐趣中，思索把我们改变，
　　从朋友到朋友
返向我所追求的运气：
　　轻易的常态。

慷慨的夏季就这样抛洒
　　它的力量给予

这全部滋味的交响乐！我的世界是真实的。
　　这个家连同我的希望。

偶然的谈话啊，从意外的光芒
　　照上空虚的光芒，
彩虹的起端在这个
　　优美的时刻：上帝所喜欢！

透过一只玻璃杯，更多的阳光
　　把我们召唤，崇高的伙伴！
快乐的杯子有如此多的阳光
　　答允我们以荣誉。

烟雾升向大阳。空气凝固：
　　是我描绘成的灰色布絮。
它默默无声地潜入一种
　　谨慎的荣华的喜悦。

时间在友谊的闲情逸致
　　所照亮的一种烟雾中
消融，难道这不算是典范
　　为最细微的心所渴念？

杯子的边缘越来越圆，
　　头脑也是同样。
它在咖啡前面生辉，奉献于眼前
　　拥抱着真理。

生活的占有，多么甜蜜
　　又多么强力把我捆锁！

成熟的日暮的完整灵魂
向何处攀登？

（飞白　译）

［导读］

这是纪廉广为人知的一首诗。对只习惯于接受浪漫主义“戏剧化”情感的读者而言，这首诗可能令他们困惑：它有什么“深刻的激情和意义”呢？它非关“升华”，更非关“社会使命”，它不过是对朋友相聚时的酣饮、牌局及家居环境的记述。这种困惑的产生与我们狭隘的诗歌观念有关。其实，诗是人生的亲密伙伴，它的功能在于挽留了生命过程中那些细碎而美好的瞬间，它“留恋（流连）光景”，并让它一再从纸上“重临”。诗有了这样奇异的功能还不够吗？而且，在平凡的日常体验中也常常会含有耐人咀嚼的深意。

在铺着漂亮桌布的桌子上摆着发亮的玻璃杯，水果。明媚的阳光穿过窗户温煦地照着一圈好朋友，他们在悠闲地吸着烟打牌。那牌局也并不激烈，朋友们更像是借着打牌的由头聚在一起聊聊天，那“偶然的谈话啊／从意外的光芒／照上空虚的光芒”。这是多么美妙的时空，“时间在友谊的闲情逸致／所照亮的一种烟雾中消融”。望着这一切，诗人陶醉在友谊中，他的心在默语：“我的世界是真实的，这个家连同我的希望。”

是的，这就是“常态的力量”，和日常生活的魅力。可惜的是人们在匆忙而功利的生活中遗忘了对常态的享受。人们总是渴望着虚荣的“成功”“占有”，殊不知真切的幸福往往就在他们的“当下”“手边”默然地消失了。温煦的家庭、友情、阳光、牌局、水果、香烟、咖啡……这普普通通的一切尽够了！“难道这不算是典范／为最细微的心所渴念？”

“透过一只玻璃杯，更多的阳光／把我们召唤，崇高的伙伴／快乐的杯子有如此多的阳光／答允我们以荣誉”。在此，玻璃杯既是实写，又是对人精神的隐喻，“杯子的边缘越来越圆／头脑也是同样”，它也斟满了阳光，坚实浑圆而明澈。但是，从另一方面说，一个人的生活并不可能持久地沉浸在美妙的色彩、可人的轮廓和友情的喜悦之中。当依依惜别了一日的友情欢聚后，“我”仍然将独自面对自己的问题：“成熟的日暮的完整灵魂／向何处攀登？”在此，我想提醒某些读者朋友，请不要简单地将此诗的最后一节视为什么“卒章显志”，更不要将它看作对前面“留恋光景”和享受情态的否定。生活就是如此，既有喜悦也有困扰；重要的只是人应抓住喜悦，也不回避困扰。诗人是诚实的，他心意平和地完整呈现了自己的心灵状态，给我们安慰，也给我们警醒。

多么令人迷醉的日常生活情景！纪廉以“最细微的心”写出了它。而享受这些并不困难，朋友，请召唤你的朋友们，让我们将这“心所渴念”的场景，明天就变为事实吧。

赫拉尔多·迭戈

赫拉尔多·迭戈（Gerardo Diego，1896—？）生于桑坦德尔，曾在萨拉曼卡和马德里求学，获文学博士学位。大学期间开始诗歌创作，1920 年出版第一部诗集。大学毕业后创办过文学艺术杂志，在国内外多所大学从事过文学和音乐教学。1948 年当选为西班牙皇家语言学院院士。

迭戈是“27 年一代”的代表人物之一，也是“极端主义”先锋诗派的著名诗人。他的诗富于探索精神，隐喻艰深，结构严谨，节奏感强。在其小传中，迭戈称自己的诗除受欧洲先锋派影响外，“对于我的诗影响甚深的，还有我对大自然，对绘画，特别是对音乐的热爱”。西班牙评论界认为，迭戈的审美风格“既热情又冷静，是有着独特个性的诗人”。迭戈晚年作品趋于平缓透明、委婉流畅。

迭戈的主要诗集是《恋人歌谣》(1920),《形象》(1923),《泡沫曼努埃尔》(1924),《人类之歌》(1925),《X 与 Z 寓言》(1932),《真正的云雀》(1941),《沙漠月光》(1949),《树枝》(1961),《命运或死亡》(1963）等。1979 年他与博尔赫斯同获西班牙“塞万提斯奖”。

秋　千

一位梦幻家骑在世界的门槛上，
正在做着“对”与“不对”的游戏。

五彩缤纷的连绵雨
正在朝着爱情的国度迁徙。

　　花像鸟一样结群翻飞。
“对”的花。　　“不对”的花。

　　风卷着
　　刺肌裂肤的利刃
　　搭成了一座桥。
对。　　　　　　不对。

　　梦幻家在驰骋。
　　滑稽的鸟儿
在唱“对”，　　　在唱“不对”。

（石灵　译）

［导读］

这首诗的内涵有待于不同经验、不同性情的读者以自己的方式来“打开”。“秋千”在此不是简单的比喻，而是复杂经验凝成的意象。成功的“意象”与“比喻”的不同在于，比喻有一个单向度的、固定的价值，即“此像彼”。而成功的意象，其向度是复杂的，其含义是变化的，有待于以不同可能的方式解答的。

单纯而快乐的读者可能更专注于《秋千》的表层文本：秋千飞荡，花朵、鸟儿围绕着荡秋千的人，它们也在“结群翻飞”着。这是梦幻家的快乐游戏，诗人捕捉到了美的瞬间。这么解读也没什么不可以，你感到了美丽、怡情，对一首诗也就够了。

然而，那些性情沉郁而多思的读者，却会更专注于《秋千》的深层文本，他们会从秋千的意象中感到一种反讽、一种隐约的沉痛意味：世界是如此蔽而未明，一切在运动中变得含混，“对”与“不对”是复杂地相互转化的。而那种二元对立的思维方式、认识角度，却给人们在认识世界时强加了等次关系，将事物的性质简化并独断地分为——对／不对，本质／现象，真理／谬误，善／恶，“东风”／“西风”，革命／反动……如此等等。这种体现强暴等次关系的独断论思维，起到了突出事物统一性、稳定性、不变性，而贬低或掩饰事物矛盾性、差异性、运动性、可变性的作用。如果不破除这种僵化的“秋千”式二元对立思维，我们的认识力将会日益降低，更不会发生认识史上的巨变。毕竟，人应澄清“刺肌裂肤”的生存的真相，不能像那个“骑在世界门槛上的梦幻家”一样，满足于“对”—“不对”的钟摆式游戏。那样，人与“滑稽的鸟儿”又相去几何呢？

这就是迭戈的诗，表层文本与深层文本都值得我们去体验。此外，这首诗在视觉形式上还部分地吸收了阿波里奈尔等诗人立体主义“图形诗”的某些特点，如“‘对’的花”—“‘不对’的花”；“对”—“不对”；“在唱‘对’”—“在唱‘不对’”的排列，模仿了秋千荡来荡去的视觉形象，让语言艺术与造型艺术在诗里产生了互补作用，赋予文本以绘画的美感和视觉上的意义，更加深了读者的印象。但迭戈没有陷入某些立体派诗人因单纯追求视觉图像而不惜损害文意的泥淖，这体现了诗人在技艺创新时对分寸感的良好控制力。

不在此地的女人

不在此地的女人
镂在时间上的音乐的雕刻，
我正在模塑那半身像，
脚却没有了，脸儿消失。
肖像画也不能用它的化学
给我固定那正确的瞬息。
那是无尽的旋律中的
一个死灭了的静寂。
不在此地的女人，
融化着的盐的雕像，
有形无质的痛创。

（戴望舒　译）

［导读］

这是一首爱情诗。一般说来，爱情诗的接受对象有两种：给情人的，是为倾诉型；给自己的，是为自言自语型。此诗为后一种类型，它写了诗人的思念之苦。因为是自言自语，更显得凄楚、无告。真正的爱情是刻骨镂心的，无论是失恋者珍存的爱，还是对远方情人的思念均是如此。此诗中的女人为何“不在此地”？诗人没有说明。这为我们的体验留下了充分的空间。你可以在失恋和思念这两种情态中选择任何一种，而诗人所侧重要表现的只是刻骨镂心的恋情。

现代诗与浪漫主义诗歌在修辞基础上的不同是，后者喜欢直抒胸臆，而前者往往采用隐喻或暗示的方式表达内心。作为现代派诗人的迭戈，在写自己对情人的思念时，采用了隐喻的方式。一方面，“不在此地的女人”仍然被深深地记在他的心里；另一方面，这个可爱的女人又的确“不在此地”了。全诗语境就建置于“挽留”与“消失”的张力关系中。比如，将不在此地的女人喻为“镂在时间上的音乐的雕刻”，这一隐喻就奇妙地包容了“挽留”与“消失”的双重含义。时间与音乐是只可感觉却无法触摸的抽象存在，而“镂”的动作与“雕刻”却是具体的、及物的，这种“矛盾修辞”生动地写出并强调了爱的真挚与无告，深切地暗示出诗人内心的复杂感受。下面的一系列有关绘画与音乐的隐喻也都有这种“矛盾修辞”的特性。最后，“不在此地的女人”被幻化为诗人心中“融化着的盐的雕像”，既暗示了思念中流出的咸涩泪水的结晶，又写出了生命体验中“有形无质的痛创”。

在诗人简传中我们已介绍过迭戈的诗受到绘画和音乐的深深影响，并引述了西班牙评论界对其诗歌韵味“既热情又冷静”的评价。从《不在此地的女人》中我们就可以较为完整地体会迭戈的诗歌风格。需要多说一句的是，这里所说的“冷静”，是指诗人将饱满真挚的感情浓缩在“纯粹”的隐喻之中;他没有因感情充沛而走上“滥情”之路，他一贯“冷静”地对待诗的技艺，方成就了其作品艺术上的精纯质地。

维森特·阿莱桑德雷

维森特·阿莱桑德雷（Vicente Aleixandre，1898—1983）生于塞维利亚一个富裕的家庭，十一岁时迁居马德里，1918 年入马德里大学学习法律和商业，获法学硕士学位。大学毕业后做过铁路局的律师，后因患严重的肾结石病，辞去律师职务，迁居乡下养病，开始持续一生的诗歌写作。初期创作受尼加拉瓜现代主义诗人达里奥影响。1928 年出版第一部诗集《轮廓》，从现代主义转向新古典主义。1933 年，他与侨居马德里的智利诗人聂鲁达合办《诗歌与绿马》杂志，专门刊登他所属的“27 年一代”诗人们的作品，对西班牙文学的改革与创新起到了推动作用，而此间，阿莱桑德雷的诗作已呈现明显的超现实主义风格。在西班牙内战期间，阿莱桑德雷因养病没有直接参与政治斗争，但在作品中反对暴力的压迫，宣扬人道主义，同情人民疾苦，歌颂祖国悠久的文明和美丽的自然风光，并以“寄语人类，声援愿望”的创作理念与实绩，赢得了国内外读者的广泛好评，成为具有世界影响的大诗人。1950 年，他当选为西班牙皇家学院院士。此后又担任过巴黎大学、美国西班牙学院、哥伦比亚波哥大大学的名誉教授，以及波多黎各科学艺术院院士等职。1983 年逝世。

阿莱桑德雷是最负盛名的西班牙当代诗人。他的诗将超现实主义与新浪漫主义融为一体，在自由神奇的幻象和优雅动人的节奏间达成了高度的和谐。他善于以个人化的发现来表达自然、生命、爱情、死亡等基本母题（“专注于人类心中恒久不移的东西”），但能够使之与当下的现实、文化和历史发生内在的呼应。在诺贝尔文学奖受奖演说中，他陈述了自己的创作理念：“诗人本质上是预言家，是先知。但他的‘预言’不是属于未来的‘预言’；它完全可能是属于过去的，是无时间性的预言。他照亮人生，以光明撼动他人。他拥有一种‘芝麻开门’的语言魔力，在某种神奇的方式下，启示给人们他们的命运。”阿莱桑德雷还表述了诗人与读者的密切关系：“诗歌的唯一秘密在于交流，每首诗就是一种需求，一种祈祷和询问。有时得到的回答是缄默，但它是永远不会中断的——通过岁月，读者自能从阅读中找到答案。诗是高级的对话，诗人出问题，读者默默地作答。”正是对这种凝结了预言者、语言炼金术士、启发者、对话者、承担者的诗人形象的身体力行，使他的诗“创造性地继承了西班牙抒情诗的传统和现代流派，描述了人在宇宙和当今社会中的状况”（诺贝尔文学奖“得奖理由”）。

阿莱桑德雷的主要诗集是《轮廓》（1928），《毁灭或爱情》（1932），《如唇之剑》（1932），《孤独的世界》（1936），《天堂的影子》（1944），《心的历史》（1954），《在一个辽阔的领域里》（1962），《带名字的肖像》（1965），《终极的诗》（1968），《知识的对白》（1974）。诗人于1933年获西班牙皇家学院国家文学奖，1977年获诺贝尔文学奖。

拥 有

黑色、黑色的阴影。一股
缓慢之潮。不耐烦的月亮
挣扎着，试图穿过黑暗
架设起自己的桥梁。

（银的？它们是吊桥，
当异常的吊桥头朝前地
从系留之处松懈，
白昼一滑而过。）

现在光线撕开
厚密的阴影。突然
整个大地展露自己
敞开、缄默、坦然。

潮湿的光束触击
地面，敏捷灿烂地
疾速离开，像鲜花一般
轮廓鲜明地绽放。

大地伸开肢体
她宽敞的披风
在甜柔的重量中

托起夜的花与果。

正在成熟的夜
沉降着，穿过旋舞的雪花。
它将把什么浓稠的果汁
注入我火热的手心？

它的膨胀精确地击碎
硬壳。红色的浆
缀满了闪烁的种子，
向外倾泻。

我红色的嘴唇品尝着。
我的牙齿进入它柔嫩的肉体。
我整张嘴充满着爱，
充满着焚烧的火焰。

陶醉于光线，陶醉于黑暗，
以及灿烂的闪烁，我的躯体
伸展开它的四肢。在星上漫步？
踮手踮脚地穿越震颤的天空。

夜在我体内，我即黑夜。
我双眼燃烧。脆弱无力，
我的舌头上正在诞生
即将来临的黎明的气息。

（陈晓棠　译）

[导读]

此诗选自诗人的著名诗集《轮廓》，是他的代表作之一。全诗笼罩着一脉既温煦自矜又祈祷沉思的韵致。这首诗的核心隐喻是“月亮”。月亮被广袤的黑暗天空包围，它虽没有恒星太阳那强劲的光芒和热力辐射，但它宁静自守，纯洁无瑕，“轮廓”鲜明，是天空中可以使人长久伫望又不致刺伤眼睛的光辉的卫星。这个隐喻可视为青年时代阿莱桑德雷的“心灵对应物”，蔑视黑暗、洁身修省，变衍生命，体验爱心，保持信念。

“黑色、黑色的阴影”。一开始诗人就以语义的重复和句号的突兀使用，强调了黑暗的浓重、广袤。这个独词句构成一种环境，阴暗、强大，似乎作为“定论”它是不容反抗的。然而，正是在这“庞然大物”的围困下，月亮的“缓慢之潮”挣扎着泛起，它“不耐烦”这沉重阴森的压抑，“试图穿越黑暗，架设起自己的桥梁”。柔弱的光明与坚硬的黑暗之间其比例是悬殊的，诗人以“吊桥”升起来形容月光出现的意义，使它成为一道引渡希望的银色津梁，让那些黑暗中的眼睛看到希望。诗人营造深层意象的功力令人赞叹。

但“月亮”却不是以暴易暴的新权力主义者，毋宁说它是洁身修省、抚慰人心的“女性化”的普罗米修斯。它的光线撕开了厚密的阴影，以温柔而“潮湿的光束”，静静地、不争地洒向大地，使大地展露自己，“敞开、缄默、坦然”，像鲜花一般“轮廓鲜明地绽放”。弥漫的月华又被诗人拟喻为“宽敞的披风”，它呵护着大地万物，“在甜柔的重量中 / 托起夜的花与果”。甜柔的重量，道出了诗人仁慈和纯正的人道主义的理想。它的光明均衡地朗照，它清除了等级。它暗示人们，人道主义过程本身也就是目的，人道主义不能作为形形色色的权力主义者的借口（想想，历史上有多少罪恶借“人道”之名而行！为了实现所谓“更人道的社会远景”，却不惜剥夺当下应实行的人道）。这“甜柔的重量”，才托起了“花与果”的生命，而那些以暴易暴的“重量”，却只会带来对生命的摧折。

接下来，作为核心隐喻的月光，又由吊桥—潮湿的光束—宽敞的披风等一系列深层意象的变奏，发展为“旋舞的雪花”。雪花也是“甜柔的重量”，它是天空中落下的唯一使人不必设防的东西，洁白、清凉、泽被大地上的生命。对月亮的凝神观照使诗人深深获得启悟。他的心也是一枚“在甜柔的重量中”成熟的“夜的花与果”，有着浓稠的红色果汁和充满了再生活力的闪烁的种子。他陶醉于这心灵的瞬间，心像星星一样在天空漫步；他“品尝着”洁身修省带来的心灵果实，“整张嘴充满着爱/充满着焚烧的火焰”。

最后，洁身修省的诗人将诗思略略改变了方向，由前面对生存中无边黑暗的批判，转向了自审：“夜在我体内，我即黑夜”。“我”内心的阴影是存在的，“我”首先要汰洗乃至反抗的是自己灵魂中的不洁。至此，诗歌完成了对生存黑暗的批判，对真正的人道主义的命名和对伦理的个人化的戒持。是的，要完成这一切是困难的，但在黑暗中“我”已品尝了纯洁温柔的爱心的果子，“我的舌头上正在诞生/即将来临的黎明的气息”。

此诗的标题——“拥有”——是饶有深意的。与“拥有”相对而立的词是“丧失”。在生存和生命历程中，我们丧失了什么？又如何再度“拥有”？这是一个问题。正如诗人所言：“诗是人与人的交流，每首诗就是一种需求，一种祈祷和询问。”让我们也如月亮——诗人那样，蔑视黑暗，洁身修省、变衍生命、体验爱心、保持信念，永远“拥有”人道主义的“甜柔的重量”。

异常的小孩

那个小孩有特殊怪癖。
永远玩那他是首领的游戏，
枪毙所有的俘虏。

记得有一次把我丢进池塘
因为玩着我是色目鱼。
他的游戏是多么想象逼真。

他是野狼，打人的父亲，
狮子，执长刀的大男人。

发明街车的游戏，
我是小孩，轮子从身上辗过。

过了很久之后，我们发现
他在好远的围墙后面
以奇异的眼光看人。

（刘启分　译）

［导读］

读这首诗，使我想起了捷克作家米兰·昆德拉在《小说的艺术·七十一个词》中创造的一个词语——“幼儿统治”（Infantocracy，又译为“幼儿暴力”）。其含义是：以无知和独断来冒充“严肃”（乃至“严酷”），从而强加给人类童年期理想。而在其代表作长篇小说《笑忘录》第六章“天使们”中，昆德拉以更细致、骇人的寓言方式，描绘了女主人公塔米娜在“幼儿统治国”中受到的屈辱和迫害。

无知、独断和征服欲，是“幼儿暴力”的特征。如果说在生活中真正的孩子由于天真而表现得蛮横尚可原谅，那么“幼儿暴力”作为一个社会学上的对成人行为的隐喻，就意味着极端的偏执、凶残和丑恶。阿莱桑德雷的《异常的小孩》蕴有表层和深层两种含义。其表层含义一目了然无须解读，更重要的是它的深层含义——寓言化表述。从某种意义上说，人类历史上的所有暴政都有一个“特殊怪癖”：将人粗野地分为“敌／我”两部分。分清“敌／我”“站稳立场”后，就开始无情地消灭“敌人”。这里的“我”，常常以“我们”这一宏大指称出现，但骨子里却是极权强人自恋的扩大化，个人权力欲望的社会化。这些隐喻意义上的“异常的孩子”，思维粗陋、蛮横，二元酷斗是其基本思维及行为模式。“枪毙”“丢进”“打人”“执长刀”“辗过”……这一系列恐怖的动词，并不是噩梦，而是我们在人类社会中不断亲历的现实。那些“野狼”“打人的父亲”“狮子”“执长刀的大男人”，不仅自己疯狂地荼毒人类，而且还极具欺骗性地“冒充严肃，强加给人类童年期理想”，以愚民政治社会体制，培养了无数野蛮无知的狂徒。

此诗的结尾语义双关：“过了很久之后，我们发现 / 他在好远的围墙后面 / 以奇异的眼光看人。”那些专门“打人的父亲”不可能长久得逞，他在某些历史时段不得不收敛他的“长刀”，中止他辗人的“轮子”，并躲在围墙后面。但诗人同时在忧虑地提醒人们，如何防止“他”的复活。“他以奇异的眼光”盯视着人类，这个情境强烈地表达了诗人对人类命运的忧患意识。

这位“异常的小孩”，与英国作家戈尔丁的寓言小说《蝇王》中的恶少年红头发杰克也有诸多相似之处。二位文学大师均采用寓言的方式准确地揭示和命名了生存的噬心主题，同时又避免了将文本变为一种说教；他们保持了文学话语特有的劲道，形象逼真，引人入胜，趣味横生。这些很值得我们的诗人借鉴。

寂　静

泪珠滚滚，花园并未湿润。
呵，鸟儿、歌儿、羽翅。
这蓝色的抒情之手未入梦境。
嘴唇——鸟儿般的尺寸。我不想听。
风景即是微笑。两腰相缠、爱情绵绵。
树林在暗处排解了呼喊。一片寂静。
就这样，我享受着雾气或坚实的白银，
在前额我吻到了孤寂的抒情水珠，
雪水，心房抑或骨灰匣，

吻的预言，呵，多么大的容量！
在那里我听而不闻
沙间的步履，在光明或黑暗上面彳亍的脚步声。

（陈光孚　译）

［导读］

纯洁的爱情是上苍给我们人生的一次赐福，领受这一赐福的人常常会体验到不含俗尘的心理时空无限绵延中的“永恒寂静”。同时，爱情所诱发的也是生命和灵魂的双重洞开，在这特殊的一刻，诗人的心儿升华了，不再是用“艺术表现生活”，而成为“让生活模仿艺术（梦境）”。《寂静》一诗就准确动人地描述了这种情境。

在冬末春初的花园里，一对情人“两腰相缠、爱情绵绵”。这纯洁的爱，有如绝对天意的佑助，幸福和感恩，使他们“泪珠滚滚”。这是生命中最温柔的时刻，为强调这心理时空是只指向体验者的内在灵魂的，故有“花园并未湿润”这奇兀的句子承接。下文中，鸟儿的敛声，“树林在暗处排解了呼喊”等，也都是在表现这圣洁的“寂静”体验。爱着的心是甜蜜而恍惚的，任何语言都无法表达它，因此，不惟风景是“寂静”的，连人都不再发出声音：“风景即是微笑”；情人两唇相吻，这静默的“动作语言”，有着“多么大的容量”，它本身就是于无声处且又无处不在的默默的“预言”呵！“我”能听到的只是爱的心音跳荡和呼吸，它吞吐着初春清冽的雾气和融雪那白银般纯洁的祝福。这“永恒的寂静”在无限地绵延，一刻长于百年——“在那里我听而不闻／沙间的步履，在光明或黑暗上面彳亍的脚步声。”

常人表现爱情断不了用激情的“火焰”、“潮水”、鸟语花香等拟喻，那爱情是欢快的、热烈的，因而也是类聚化的。而真正体验过刻骨铭心爱情的人，却会知道它“寂静”的一面，浑然忘我的一面，有如茫茫人生途程中有幸到达了宁静的驿所。虽然诗人知道人生的短暂（“在前额我吻到了孤寂的抒情水珠／雪水，心房抑或骨灰匣”），但他不在意这些，在对时间流逝的“听而不闻”中，诗人肯定了情感价值世界，而骄傲地漠视了事实世界。有这种神奇体验的人们有福了，让生活反过来模仿一下艺术（梦境）吧。没有经历过这爱情心理时空之“永恒寂静”的人生是不幸的，正如阿莱桑德雷在另一首诗中所叹惋的：“在你的肉体下面有一场梦未能进行 / 宛如獐子正在狂跑，突然停滞”……

陈超诗文全编

唐晓渡 主编 第5卷/导读卷

当代外国诗佳作导读

下

陈超 著

作家出版社

目录

比利时

瑞典

荷兰

芬兰

丹麦

冰岛

俄国

波兰

捷克

罗马尼亚

南斯拉夫

智利

阿根廷

墨西哥

古巴

圣卢西亚

澳大利亚

印度

以色列

比利时

许霍·克劳斯

许霍·克劳斯（Hugo Claus，1929—？）生于布鲁日。青年时代热衷现代派绘画，随后转入现代诗创作。40年代末以画家身份参与了比利时“眼镜蛇”先锋艺术运动，1950年发表诗歌处女作《猎野鸭》，引起轰动，由此步入文坛。不久，他在巴黎结识了一批荷兰实验派诗人，在他们的影响下诗艺不断精进，在对人潜意识的挖掘和语言“自动性”展示上，表现了精湛的技艺。1955年他与电影艺术家艾莉结婚，除写诗之外，兼事电影、戏剧编导，和小说、评论等写作。同期出版的诗集《乌斯泰克之诗》，虽以家乡小镇乌斯泰克的人与事展开诗思，又使之具有了形而上的玄思品质，在地方性与象征性两方面均令人满意，被认为是战后荷兰地区艺术成就最高的诗作。60年代后期，欧洲的学生运动、和平示威运动对克劳斯冲击很大，促使其思想与诗风发生了变化，开始深刻介入现实，处理社会性乃至政治性题材。其诗作批判社会的不公正和文化异化，抒发了普通人民（特别是生活中的小人物）内心的焦虑和忧伤。

克劳斯是20世纪比利时最重要的佛兰芒语诗人，也是诺贝尔文学奖的主要候选人之一，在欧洲文坛享有很高声誉。无论是他的前期作品所成功体现出的语言和意识的实验精神，还是他的后期作品中深刻揭示的人类生存境况，我们都会看到他对个体生命和整体生存的持续深入，他对诗歌形式与功能的双重关注。他关注诗歌的内在肌质，写出了形式精粹的诗，而同时，他宣称“我并不缺少纷至沓来的思想”（《圣物》）。

克劳斯的主要诗集是《乌斯泰克之诗》(1956),《桑格里埃先生》(1970),《听说》(1970)等。他的剧本曾四次获得比利时国家大奖。

当这小小的铜罐

当这小小的铜罐
装满我的骨灰，极耐心地
把它洒在青青的草地
我的爱不会这样愁眉不展

抹去你歪脸上的眼膏。
想起在我们产生欲望之时
写这几行字的手指，
它生前爱你如获至宝。

并且把昔日的我取笑
还在电影院里打呼噜，
衬裤不住地下滑

小小的玩笑和笨拙的步伐
永远走向你，以得到
你今日仍炙手的富足。

（胡小跃　译）

［导读］

这首诗在对“叙述时间”的安排上颇具匠心。诗人采取了“预叙”的方式，先写出“未来”的情境，然后从“未来”向“昔日”回顾。这二种时间的交叉，使诗歌语境开阔，更富于容纳感。

这种“预叙”的方式，在诗歌史上已有成功先例。如 16 世纪法国诗人龙沙的《致埃莱娜的十四行诗》：“当你十分衰老时，傍晚烛光下 / 独坐炉边，手里纺着纱线 / 赞赏地吟着我的诗，你自言自语 / ‘龙沙爱慕我，当我正美貌华年’……”再如爱尔兰象征主义诗歌大师叶芝的《当你老了》：“当你老了，头白了，睡思昏沉 / 炉火旁打盹，请取下这部诗歌 / 慢慢读，回想你过去眼神的柔和 / 回想它们过去的浓重阴影……”这两首诗（特别是后一首）笔意深沉，并有一丝“错失”的哀伤流贯其间，显示了诗人高贵的情怀和“严肃的爱情”。

是呵，爱情是严肃的，但“严肃”却未必一定要出之于“严肃”的词句。用那些看起来不那么“严肃”的词句来表达深挚的爱情，也自有着异样的难度和后现代性活力。克劳斯的《当这小小的铜罐》就是这样的诗，我们在此真切地看到了诗人个人的性情，以及他吸收传统又能出新的功力。

克劳斯没有写“当你老了”，他索性写“当这小小的铜罐 / 装满我的骨灰”，诗人豁达风趣的性格跃然纸上。死是每个人必然的归宿，它没有什么可怕的。诗人叮嘱亲爱的伴侣，到那时不要哀伤，不必留下骨灰做什么纪念，将“我”的骨灰“洒在青青的草地”，让它和青草融为一体回归地母的怀抱。诗人说，“我的爱不会这样愁眉不展”，而“你”，也不必因我的死亡而痛苦哀泣得面庞扭曲，当心这样会抹去你美丽的眼膏。多么风趣而又善良的诗心，就在这不可挽回的沉重的“死亡”，与轻盈的生者的“眼膏”之间重量“均衡”的叙说中呈现了。我们能说这种破天荒的“不严肃”的均衡，其骨子里不是有着更为深沉更为内在的情感吗？诗人没有吁求亲爱的伴侣重读他为她写下的情诗；而只是说请你能想起“我”的手指，它曾为你写下过“几行字”，但它更多的时候却是爱抚着你。这爱抚是更多的没有写出的无言的情诗呵！诗人没有自矜，更没有因诗人的身份而自我迷恋，他与爱人是平等的，是一个普通男人爱另一个普通女人，而不是一个诗人“赐福”于一个女人。

接下来，诗人的运思显得更为“不严肃”。他没有写感天动地的戏剧化的爱情，而是拈取了日常生活中发生的滑稽细节，本真而生动地记述了两人间朴实而亲昵的关系。当“我”死去，“你”不要哀伤，想想我们之间有趣的事儿吧：“我在电影院里打呼噜”（克劳斯的妻子艾莉就是著名的现代电影艺术家），是那片子沉闷还是“我”对现代电影缺乏敏识？无论何者，都教你失笑。此外，“我”的一生大大咧咧不修边幅，步伐憨实笨拙，“衬裤不住地下滑”，你多少次快活地“嘲笑”我，那“嘲笑”中又是包含着对我粗放性情欣赏的呀。亲爱的，请记着这些“小小的玩笑”，请别伤悲，我今去矣，但心儿“永远走向你”。你能做到不“愁眉不展”，就是对“我”最好的怀恋；踏实而明澈的心境本是我们两个人“炙手的富足”，而现在你身上就活着两个人，请保持这心境吧。

这首诗处理的本是“哀歌”题材，但诗人个性化的真切的情感和过人的“预叙”技艺，使之翻出了带有“喜剧”成分的本真新意。在轻快的气氛中寄寓殷殷挚情，以日常生活细节来举重若轻地表达深沉的感情，这体现了克劳斯旺盛的创造活力。

农 民

三十头猪，十五头奶牛，一辆75CV拖拉机。
五十只鸡，电视，没有孩子。
（“我们想要孩子，先生，
可我们不想上医院，
因为女人会有麻烦，先生，
谁来照看这些牲口？”）

一栋栋别墅，“孩童”、“微风”、“春风”
立在他们的田野当中。
挂着标志的小路上，佛兰芒观光俱乐部

穿过他们的燕麦黑麦在散步。

星期天，做完弥撒，他们把脸刮得光光，
穿着背心，改头换面，浑身不自在地
沿着自己的财富前行，望着平时看不见的土地，
由于劳作和播种缺乏远见。

每周每天都是大马铃薯，
庆祝节日的冻鸡。
当空气沸腾，乌鸦打哈欠，
他们靠在鸽子边的重油罐上
喝它几口信得过的啤酒。

整天举着手，搬回干草，
或小镇信用社的存折填满，他们才会发抖。
　　（“百分之三到百分之三点五。这没危险吗？”
　　公证人说这很好。可是先生，会出什么事吗？）

村中教堂的钟声是否会
保护他们？
为了消灾
三只蝙蝠被活活地钉在谷仓的
门上。

（胡小跃　译）

［导读］

此诗选自诗人1970年出版的诗集《听说》。这部诗集的题材多具有社会性，诗人思考着60年代以来的欧洲在新的历史语境中出现的问题：社会的不公正，时局的动荡，文化异化，经济的畸形发展和衰败，普通的“小人物”生活的困惑和心灵深处的孤独，如此等等。与

具有社会性的题材相应，诗人的话语方式也发生了很大变化。由前期作品对隐喻、暗示、“超现实”修辞方式的探求，转入运用类似于“大众信息”式的口语和鲜明的“叙事”风格。克劳斯重视诗歌的社会性，但并未将诗写成直接“评判”社会生活的说教，他的“立场”是隐藏在具体的叙事细节中的，他的感情也保持着高度的冷静。读这样的诗，读者首先看到的是生活的“原样”，至于如何评价这种“生活”的意义，要由读者“协助”诗人共同来完成。《农民》就是这样有代表性的作品之一。

这首诗中的青年农民之家基本称得上“小康”水平，他有一些能带来“利润”的家畜，还有一台拖拉机。但是社会经济的畸形发展，和“有人今天倒闭，有人明天开张”之类的报导漫天飞，他们的心仍是慌乱的、不踏实的。他们想生一个孩子，但又考虑到家业未稳，如女人休了产假，“谁来照看这些牲口？”城市化贪婪地扩张至乡村，大面积的耕地被侵占，一栋栋有着魅人名称的豪华别墅和城里人的休闲俱乐部“立在他们的田野当中”，让他们不安和不平。

诗人描写的乡村仍保持着一些旧式的日常生活方式，甚至星期天的弥撒还做得有模有样。但是，“村中教堂的钟声是否会保护他们”？如果他们相信会的话，那又为何在信用社存进了一年的收入时，那些握着存折的手竟然会因担心货币贬值而“发抖”？诗中有两处引用了人际对话，其内容都是困惑的疑问句：“谁来照看这些牲口？”“这没危险吗？……先生，会出什么事吗？”体现了农民内心浓重的烦忧和诗人对他们的同情。烦忧和同情正是此诗主要表达的东西。

此外，还值得我们留意的是诗中唯一确指的地点——“佛兰芒（观光俱乐部）”。佛兰芒是克劳斯的故乡，诗人在50年代中期回到了故乡定居写作。在有关故乡的诗中，“克劳斯一方面对生他养他的佛兰芒情深如海，另一方面又痛恨它的封闭和沉闷”（译者胡小跃先生语）。这首诗也体现了诗人这种复杂的感情。农民“由于劳作和播种缺乏远见”，面对动荡不稳的经济形势，只会烦忧而迷信地祈祷“上帝”，而几乎没有可行性对策；更可笑的是，农民“为了消灾／三只蝙蝠被活活地钉在谷仓的／门上”。这种封闭而沉闷的心理结构，是否也是使他们更糊涂地倍加烦扰的原因？诗人就是这样真实地、全方位地“叙述”了此时代的农民心态及生活，激起了我们既同情又叹惋的复杂心灵经验。

这首诗启示我们：诗人应对当下具体的生存境况发言，保持一颗公正而悲悯的心。但他的“倾向”应通过真实的、有感染力的细节体现，而不应自诩为占据了道义优势，来居高临下地“评判”生活。这首诗的感染力正在于对农民生活“场景 / 交谈”的客观叙述，将同情与批评浑融一体。它带给我们的思考比那些简单化的“呐喊”要丰富得多。

瑞典

帕尔·拉格克维斯特

帕尔·拉格克维斯特（Pär Lagerkvist，1891—1974）生于斯莫兰省维克舍镇的一个农民家庭。在充满宗教气氛的家庭中度过童年，中学时代酷爱阅读文学、政治、历史书籍。1911 年入乌普萨拉大学文学系读书，并开始文学创作。一年后因生计所迫而辍学。1913 年他出版了文学理论著作《语言技巧和刻划艺术》，主张用质朴的艺术手法和简明的性格表现生活，成为当时瑞典文坛的中心人物之一。1915 年出版小说《人与铁》引起较大反响，同年赴巴黎接触到立体派绘画和象征主义、超现实主义诗歌。1916 年出版诗集《苦闷》，成为瑞典现代主义文学的奠基之作。第一次世界大战期间，拉格克维斯特旅居丹麦，数年后返回斯德哥尔摩继续写作。著有戏剧、小说、诗歌多种，深入揭示人类的生存境况，带有个人主义的存在主义意味，在北欧影响甚大。

第二次世界大战期间，他成为一名博爱主义理想的拥护者，以自己的小说、戏剧和诗歌创作，歌颂祖国，呼唤自由，表达了人类经历磨难后终将战胜暴力与种种邪恶的信念。拉格克维斯特最著名的作品是两部长篇小说《侏儒》（1944）和《巴拉巴》（1950）。特别是后者，在圣经人物原型的基础上展开丰沛的想象力，深刻表达了人类内心世界的冲突、挣扎，以及对人类永恒问题的叩问，受到批评界和广大读者的热烈称赞，具有国际声誉。

拉格克维斯特主要以小说名世，但他的诗作也是欧洲文学中的瑰宝。他认为，“艺术家要能阐述他的时代生存，为同代人及后来者命名此时代的思想和感情”。他的诗汲取了象征主义、超现实主义诗歌的长处，最终发展出具有自己鲜明个性的表现主义诗风。他以质朴、内在的诗歌话语，终生不倦地探究生存和生命之谜，与对宗教信仰的思辨；他既对失落的信仰抱着深深的乡愁，但他又并不独断地指斥现代科学精神。因此，他的诗歌意蕴丰富，在悲观情调中含有促人深思的灵魂洞透，融“温柔易感”与“骇怖的信息”于一体（安德斯语），被公认为瑞典现代诗的顶峰。

拉格克维斯特的主要诗集是《种种主题》（1914），《苦闷》（1916），《你们为什么快乐》（1921），《夜晚的世界》（1953）。“由于他在作品中为寻求解答人间永恒问题而显示出来的艺术活力和真正独立的见解”（获奖理由），1951 年拉格克维斯特获得诺贝尔文学奖。

用我苍老的眼回顾

用我苍老的眼回顾，
过去的一切是如此遥远。
一条石路上
疲惫的牛群在傍晚渴望归家，
一辆负载沉沉的马车，一条残旧的轮迹
　农屋的灰色的山墙——
在一个窗口有一盏灯。
溪流纵横的沼泽地上
浓雾覆盖在黑沉沉的水上——

为什么我只记得这个？它与我有什么关系？
我的生命在走得太远太远，在另一个世界，
犹如在另一个世界。
而现在，它行将完结
这没什么关系。
在有人在出生的地方，
在他生命开始的地方到
后来的死亡之前的结束的地方
这一切有什么区别？

一条石路，
一辆负载沉重的马车，一条残旧轮迹——

我的灵魂里充满了傍晚的贫困
和从破旧的牛栏的提灯上发出的光芒。
当灯被提着从一所牛栏到另一所牛栏，
牛栏里牲畜们睡得正沉。
而后，灯被提到农屋
灯闪烁着，透过已不再存在的花园小径

听到了一个已死了很久的人的脚步声。
过去的一切是如此遥远。

我的灵魂里充满了傍晚的贫困
和从破旧的牛栏的提灯上发出光芒
从花园小径到灰色的农屋
这些现在已不再存在

我的灵魂？这与我的灵魂有什么关系？
　与沼泽地，一条溪流的沼泽，
一个雾霭沉沉的黄昏，从牛栏提灯上发出
　的光芒——
我的灵魂总选择去寻找远方的，
隐藏的事物，总在群星下流浪。

一条石路啊，一辆负载沉沉的马车，一条残旧的轮迹——

他们拍着手倾听着词语，
这些词语对人类的心灵大多数难以理解，
他们拍着手坐在一张旧桌旁
晚餐已被拿走，只有一本旧书
在神圣的宁静中安静地放置好，
从遥远的地方一颗星闪耀在房屋的泥顶上，

一所死亡的房屋，
在深秋的一个傍晚。
有个人步履沉重地走进来，
把牛栏的提灯放在门旁
走进这颗星的光芒中。
现在，没有一个人错过了
所有的人都死了。

他们还活在一颗星的光芒中
在他们繁重的工作日结束的那天。
他们在光中静止地坐在一起
光——一颗星的光，不是所有的星。

一起……
在一张旧桌旁。
宽大的，疲惫的劳动的手。
但为什么我只记得这个？它与我有什么关系？

我的灵魂，孤独地与你的黑色火焰一起燃烧！

我是个陌生者，生来就是个陌生者。
在我生命的秋天我仍是个陌生者。
用我苍老的眼回顾。

我们从哪里来？什么是我们的灵魂？
浓雾覆盖在黑沉沉的水面上，从牛栏提灯上发出的光芒，
一颗星的光？

把我的双手压在我苍老的眼睛上，

这曾经是孩子的——

……死亡的房屋
在一个深秋的傍晚。
有个人步履沉重地走进来，
把牛栏提灯放在门旁
走进一颗星的光中。
现在没一个人错过了……

为什么我只记得这个？

（安妮　译）

［导读］

瑞典文学院常任秘书安德斯·奥斯特林在评价拉格克维斯特的文学创作时说，“他早在众人之前就觉察到正降临于人类的不幸，而使得他在北欧文学里成了人类痛苦的先知；同时在人类精神的圣火面临着被暴风雨所吹打熄灭之际，他也是那些夙夜匪懈的篝火护卫者之一”（《诺贝尔文学奖获奖作品精华集成》）。这一崇高评价的前半部分或许有一点点夸大，因为即使我们仅就瑞典现代文学而言，斯特林堡（1849—1912）似乎更有资格获得“人类痛苦先知”的评价；但将拉格克维斯特称誉为暴风雨之夜人类精神圣火的“夙夜匪懈的护卫者”，却是极为准确深刻的指认。我们应注意的是，这种“护卫”不是基于古典主义或浪漫主义式的情感偏执和空泛的祈祷，而是伴随着现代人深深的自省和对当下生存的认识。因此，这种别具深意的“护卫”，更容易打动现代人的心灵。

《用我苍老的眼回顾》就采用象征主义手法写出了一个灵魂光芒护卫者的形象。此诗的中心意象群是：一条石路，一辆负载沉重的马车，一条残旧轮迹。一盏孤单的牛栏提灯。我们知道，一个诗人的意象只有一小部分来自阅读，而大多数来自诗人过往感受上、知觉上的经验在他心中的重现或追忆。而这些意象，“如果它作为呈现与再现不断重复，那就变成了一个象征”（韦勒克《文学理论》）。我们注意到，此诗的中心意象群共复现了六次之多，它摆脱了具体的指涉性，而成为诗人灵魂的象征（或称他灵魂的“客观对应物”）。

漫长的一生即将过去，诗人回望来路，“只记得”这条负重的牛车艰辛跋涉的石路，和孤单地燃烧的灯盏。这一象征体的含义无须我解读，读者自会明了。需要提醒大家的是，这一象征既是坚定的，同时又有着浓重的忧郁；既是自明的，却又含有无边的岑寂乃至追问。——“为什么我只记得这个？它与我有什么关系？”“我的灵魂？这与我的灵魂有什么关系？”“我们从哪里来？什么是我们的灵魂？”这一系列疑问句扰得我们心灵不安。在这首诗里，对“光明”的护卫这一问题，已不再只涉及人类的勇气了，它更涉及寻找和确认何为“光明”的困难。这就是人类精神历史由“堂吉诃德原型”到“哈姆雷特原型”的精神转型。拉格克维斯特的魅力也正体现在准确地为现代人精神状态的命名。

在此，一方面他承认自己“灵魂里充满了傍晚的贫困”，另一方面又坚持对灯光（和星光）的歌赞。在他看来，人类的灵魂尽管充满种种困厄、冲突，甚至“在我生命的秋天我仍是个陌生者”，而没有找到光明的归宿；但这一寻找过程本身就是有价值的，“我的灵魂总选择去寻找远方的，／隐藏的事物，总在群星下流浪”，“我的灵魂，孤独地与你的黑色火焰一起燃烧！”诗人最终肯定的是人类寻找光明的伟大意志。

对那些真正深刻而优秀的诗歌来说，是没有必要截然分出“悲观”与“乐观”，“坚信”与“迟疑”的。像坚实润泽的蛋白石一样，它的光能在慢慢转动的不同角度下放射出不同的色彩，诗歌经验的包容力由此产生。而这首诗就是这样含义深广的精品。

谁从我童年的窗口走过

谁从我童年的窗口走过，
在窗上哈气；
谁在我童年没有星光的深夜
从我窗口走过？

他用手指，用手指的温柔
在玻璃上，在水汽蒙蒙的玻璃上
画一个符号，
然后沉思着离去。
永恒地
把我弃置在世上。

我该怎样破译这符号，
一个由他的呼吸留下的符号。
它停留了片刻，没等我理解便悄然消失。
永恒的永恒啊，却来不及破译这一符号！

我早晨醒来时，玻璃窗十分净洁，
我看到的依旧是昨天的世界，
但它的一切使我感到陌生。
我站在窗前心里充满了孤独和不安。

是谁走过我的窗口

在黑沉沉的童年之夜?
永恒地
把我弃置在世上。

（李笠　译）

［导读］

此诗是拉格克维斯特广为人知的佳作。在诗人简传中我们知道，他是在一个宗教气氛极为浓厚的家庭中度过童年时光的，而且其家乡维克舍镇还是瑞典斯莫兰省主教总教堂的所在地。浓郁宗教精神的熏陶对诗人一生的创作具有重要影响。

诗人营造了一个带有童稚气息的情景：有谁在“我”童年的窗口哈气，并用温柔的手指画上了一个符号。这一符号是如此神奇又如此暧昧，它昭示着什么？使“我”苦苦地思索、“破译”，终其一生仍是对之感到“陌生”。它似乎是“永恒的”难题，使人短暂的一生“来不及”解读它。但是，它却让我“心里充满了孤独和不安”，“永恒地／把我弃置在世上”。由此看来，这里的“童年”，除去本真的年龄含义外，更暗示了人类的无知和无告处境——对于发现生存的奥秘而言，我们至今仍是“孩子”！那么到底是“谁从我童年的窗口走过”？

这里的“谁”是指“上帝”。“上帝”使世上万物纯然地、无条件地存在（“自在”），它们没有意识，不会追问“存在的原因是什么？”“存在的价值是什么？”“为何目的而存在？”等等问题。可是“上帝”却单单将人从万物中挑选出来，使他们成为世上唯一的秉有自我意识，并能对存在发问的东西。但人的这种独特禀赋既是可骄傲的，同时恰好又是给他们带来无穷困惑的原因。人当然可以对存在发问，但他们不一定能够真正领悟存在的回答，更何况“存在”常常是不回答的。只有发问而没有领悟，存在的价值及意义就成了人类永恒的难题。

就这样，拉格克维斯特以举重若轻的笔力描述了人类的真实处境。但他并未倒向简单的悲哀或自豪。他认为，正是“我们的生命之谜，才使得人类的命运骤然伟大宏壮，又骤然艰辛难堪”（诺贝尔文学奖致答辞），没有“孤独和不安”，人就不再称得上“自为之物”而沦为“自在之物”了。这正是诗人由宗教神学与存在主义结合后所产生的探究“存在的勇气”（蒂利希语）。而从某种意义上说，对被“弃置在世上”这一处境的自觉，本身就已构成了对人存在之谜进行解答的真正有效的起点。

哈里 · 马丁松

哈里·马丁松（Harry Martinson，1904—1978）生于贾姆肖勃莱肯。五岁时丧父，七岁时母亲离家移居美国，使他成为弃儿。此后他被教区各家轮流收养，也时常过着流浪生活。十六岁起离开家乡到外国轮船上做司炉工、水手，后来又到南美、印度等地流浪，打多种零工。马丁松天资聪颖，意志坚强，依靠自学掌握了许多知识并潜心于文学创作，在作品中表达社会的不平、底层人民的凄苦、个人命运的艰辛困苦。1929 年出版处女作诗集《鬼船》，取材于自己的流浪生涯，受到好评。同年，他还与四位青年作家合著出版了一部瑞典文学史《五个年轻人》，引起瑞典文坛关注。1931 年马丁松第二部诗集问世，影响更为广泛，确立了他在瑞典文坛的地位。很快，他又将自己的创作领域扩展到小说，写出《无目的旅行》（1932）、《别了，海角》（1933）、《荨麻花开》（1935）等作品，它们多以自己的流浪生涯和苦难的童年生活为题材，融传奇色彩、细节提炼、本真的辛酸心境和情感分析于一体，在瑞典文坛产生了极大轰动。

第二次世界大战期间，马丁松以极大的热忱关注并声援反法西斯斗争，张扬人道主义和自由精神，写出了小说《现实走向死亡》（1940）、《美洲虎的失踪》（1941）和诗集《信风》（1945），题材更为广阔，技艺也达到了一个新高度。1948 年长篇小说《道路》的出版，使他成为影响遍及欧洲的作家。这部小说描写了一个叫鲍尔的流浪汉从无知到觉醒的生活和内心经历，在艺术上也完美地将现实主义与表现主义结合起来。1949 年，马丁松当选为瑞典文学院院士。1956 年，他发表了“宇宙史诗”《阿尼亚拉》，被公认为他一生诗歌创作的顶峰。

此诗以科幻寓言的方式表达了深刻的主题：现代科学技术如没有正确的控制和导引，就会有使人类自我毁灭的可能性；人类在利用科技时如丧失理性与人道主义精神，那么文明也会背离人类而去。诗人敏锐地指出，科学、艺术、理性、人道是缺一不可的，它们是一个文明整体，任何割裂都是危险的。

马丁松的诗歌风格是浪漫主义和表现主义的结合，无论长诗还是短诗，都能别开生面，情感深沉曲折，有时极为神秘奇诡，富于暗示的哲理和寓言性。他说，“我们到处会遇到真实，事实像沙粒般飞进我们的眼里”。诗人笔下的真实，不仅涉及已存的事物，他还要进一步表达神秘的生命体验及奇思异想。他的诗歌语言完美地使理解度、感情度、感官度和想象度凝为一体，体现了迷人的魅力。马丁松一生热爱中国古典诗词，他有许多诗像中国古诗一样简隽而意味深长，达到了意与境、情与景的交融。

马丁松的主要诗集有：《鬼船》(1929)，《游牧民族》(1931)，《信风》(1945)，《阿尼亚拉》(1956)，《草丛》(1974)等。1938年获瑞典国家文学奖，1974年，“由于他杰出的作品能透过一滴露水反映整个世界”，马丁松获得诺贝尔文学奖。

在边界

沙和海，
朝下看的眼睛。
目光追随着蚂蚁，
思想同它在沙滩上游戏。
海边的黑麦磨着自己的小刀。

蚂蚁爬着，悄悄远离了大海。
袒露的日子，涛声也重了。

（李笠　译）

[导读]

在科学技术突飞猛进的现代世界，人的精神视域的某些方面却变得狭小了。我们接受了物质主义教育和科学的实证精神，认为只有能够积累财富的知识，以及能够为科学所证实的知识才是有价值、有意义的。而那些超逾现实功利的精神体验，审美感悟，灵动的奇思异想，则被许多人轻视为“天真无害的游戏”。尤其是诗歌——在这个崇尚实证、追求物欲、热心科技图腾和现世现报的功利主义世界上，其命运越来越不妙。

但是，人之所以为人，其中一个重要特性就是：他生命体验中有一些不能，或不屑于为功利主义及机械决定论所归类所总结的东西。那是一种神奇的内心体验，一种“诗与思”的超越与升华。

面对《在边界》，我想，即使是一些对诗歌不怀偏见的读者也会感到困惑：它的情理逻辑是什么？诗人想表达何种意思？这种意思“有什么用处”？这种困惑的产生，说明我们心中仍是潜在地依赖实证主义、机械决定论、实用主义态度去对待诗歌的。现在，让我们放弃种种功利主义态度，澄怀味象，我们就会进入“诗的现实”，就会领略诗人的神奇的生命体验，并与他一道对世界的和谐而赞叹不已。

《在边界》将几种在性质、体积、速度矢量、载力等方面完全没有可比性的东西置于同一语境中，表达了诗人对万物的神秘生命意志动力的根本一致性的体验。渺小的蚂蚁、黑麦与浩瀚的大海并无区别，它们同样都在展露自己的生命的自由，在它们身上都深深秉有着伟大的宇宙信息，都尊严地完成着自己的生命进程。正如惠特曼所言：“我认为一根小草、蚂蚁与沙粒，并不比天体运行一日更渺小。”（《草叶集》）对生命而言，那种“自夸”为永恒并自称为是更重要的世界之“君王”的意识是虚妄的。诗中所谓“朝下看的眼睛”是指宇宙的巨眸（或“上帝之眼”？），造物是公平的，它有着能将一只蚂蚁与大海等量齐观的视域，在“科技”缄默的时候，它让诗人站出来说它想说的话。

马丁松“通过一滴露水反映整个世界”（诺贝尔文学奖“获奖理由”）的功力，于此可见一斑。如果说此诗尚有一些“顿悟”“认知”的话，那么马丁松还有许多作品只专注于摒弃功利目的的纯真之境，它们更是属于“无用”的。但正是这纯洁的“无用之用”，使我们在瞬间感到了人与自然的亲昵关系，我们的生命粲然迸发出了辉光。比如《风景》：

苍翠的野地上一座石桥
一个孩子站着。他望着流水。
远处：一匹马，背拖一抹夕阳。
它静静地饮水，
鬃毛散落在河中，
好似印第安人的头发。

黄昏三月

冬末春初，夜幕初垂，冰雪刚融。
男童们在他们雪砌的屋子燃一根蜡烛，
对一个在隆隆过往的黄昏列车内的旅客来说，
这是一段回绕着灰暗时光的鲜红记忆，
不断地召唤着，自那刚苏醒了的死沉沉树林。
从前的游子一直没有还乡，
他被那些渔火与时光拖住，
一生漂流在外。

（张错　译）

［导读］

在马丁松的许多诗歌和小说中，有两个屡屡出现的形象——辛酸的弃儿，流浪的水手。这与诗人的真切身世有关（可参看诗人简传部分）。这首诗虽然不像他那些描写自己流浪生涯的作品那样直接，但也潜含着同样的心理背景，它也来源于恒久萦绕在他心中的“流浪者”心象。

冬末春初的黄昏，北欧的原野上冰雪渐融。在夜幕初垂时，诗人乘火车旅行，在列车窗口他望到了一幅温馨的情景：“男童们在他们雪砌的屋子燃一根蜡烛”。这一情景深深搅动了他内心的波澜。雪，温馨的房屋，蜡烛……无论是在对基督教圣诞仪式的暗示上，在欧洲许多童话故事中，还是现实中的真实经验，都与灵魂及家庭生活的平静、幸福有关。但从童年就历尽了孤独凄苦的马丁松望着这一情景，想起的是他“回绕着灰暗”的童年时光。他从小就熟悉这情景了，不过从未置身其中；对其他男孩来说是最平常的生活经历，对他却只是一段“鲜红记忆”。这“鲜红”因被重重“灰暗”包围，就显得格外醒目刺心。童年的弃儿，流浪的青少年水手，诗人早年的记忆全部复活了——“从前的游子一直没有还乡，/他被那些渔火与时光拖住，/一生漂流在外。”

一般地说，采用上述“传记批评”的方式阅读和研究诗歌，会使我们读出一些用封闭的“文本细读法”所无法得出的意味。但它的局限也是显而易见的，它会限制读者更广阔的联想，使诗成为对诗人生活经历的被动还原。因此，读者也不妨抛开诗人由身世感带来的私人心象，而专注于文本，将“还乡”与“漂流”解读为现代人精神的乡愁和苦难灵魂的无所皈依感。要知道，一首真正的杰作总是经得起从各种向度打开的，我这里的解读只侧重了传记的向度。

失　题

在冬日的坚冰上舞蹈是最美妙了——
很久仍忆起那些照耀我们的火炬，
在北风里闪来闪去。

那些情景也永远记着：
雪橇的一只小轮子断了，
我们在皑白的冰面翻滚，似两只
在雪地滚动的食物篮子。

嘉莉——你和我
在海边的雪林深处坐着；
在雪里撒着尿，

为此像小孩般地
发狂大笑。
那是一个饥饿的冬天，
佝偻症和时疫在湖间蔓延。

嘉莉，你曾有着那双无畏、迷人的眼睛，
而你去世时乳房还没有像成年女人般高挺。

（李笠　译）

［导读］

“失题”（或曰“无题”），是诗人们常用的标题。为何“失题”？主要原因大致有三个：诗的意味丰盈，难以亦不必用明确的标题概括；为了激发读者参与创造活动的兴趣，将“点题”的机会留给读者；诗是“献给”某位特定的对象的，但他（她）已逝去了，不再能接受这献诗。

这首诗属于第三种情况，它通篇采用的是对单数第二人称“你”（嘉莉）倾诉的视角。代词“你”在这里起到的不仅是指代作用，而且还有将诗歌语境“封闭”在你／我之间的功能。这是一首献诗，献给诗人青年时代最亲密的伙伴嘉莉。但嘉莉已经去世了，永远不能读到这首诗，所以，将标题命为“失题”，就包含了一层无处诉说、难以名状的“永失我爱”的哀伤。

诗人在表达这无告的哀伤时堪称别具匠心。他采用对单数第二人称倾诉的视角，仿佛在苦苦挽留亡者的灵魂：“嘉莉，你听我说。”诗人要“说”什么呢？想说的该说的万语千言，但斯人已逝，让她宁静些吧，诗人不忍再用生者的忧伤去打扰她的灵魂。于是，他回忆了二人共同经历的一个“最美妙”的场景；在冬日的冰雪上乘雪橇游乐。那是一次多么忘情的游乐呵，有火炬在北风里闪来闪去照耀着冰雪，我们的雪橇一只轮子突然断了，“我们在皑白的冰面翻滚，似两只／在雪地滚动的食物篮子”。有惊无险的“事故”，将人的兴致刺激得更高。后来，他们在雪林深处坐着，像顽童般地在雪里撒着尿，发狂大笑。这个细节捕捉得格外传神，“在雪里撒尿”会留下有趣的雪洞（记得有几首日本著名的古典俳句，就有对此情景乐陶然的描述），这个细节写出了他们快活顽皮的情态。读者朋友，这个细节“庸俗”吗？一点也不，反而透着生活和诗意的美！我们知道，高层次的诗意的美，非关素材的“洁癖”，而关语象的本真活力。这是现代诗学的常识。

在冰雪上游乐的情景使诗人终生难忘，尽管“那是一个饥饿的冬天，／佝偻症和时疫在湖间蔓延”，也无法阻止青春活力的勃发和两情相悦……然而，回忆终归是回忆，最后，诗人浓重的哀伤还是更强烈地涌了上来，有着“无畏、迷人的眼睛”的嘉莉去了，还那么年轻的生命就永远告别了世界。

瑞典文学院常任秘书基耶罗在谈到马丁松时说，他的诗追求一种特殊的“攫住读者的注意力”。的确如此。诗人总是不主故常，无论是在素材的切入角度，细节的精心提炼，还是在简劲深刻的抒情方式上，都表现得技艺精湛；“说什么”和“怎么说”在此相得益彰，使诗歌以十足的成色攫住了读者的心灵。

托马斯·特朗斯特罗姆

托马斯·特朗斯特罗姆（Tomas Tranströmer，1931—2015）生于斯德哥尔摩，三岁时父母离异，他随做中学教师的母亲住在斯德哥尔摩工人区。1954 年出版处女作诗集《诗十七首》，引起瑞典诗坛轰动，成为 50 年代北欧文坛上的耀眼新星。此后他的诗集连连问世，成为第二次世界大战后具有世界影响的重要诗人。特朗斯特罗姆还热心于社会服务工作，经常参加帮助残疾人、挽救失足青少年等活动。50 年代以来，他多次出访世界各地，进行诗歌和文化交流活动，其作品已被译为四十多种文字在世界各地出版。1985 年他访问了中国，与中国同行进行交流，并在北京外国语学院朗诵了自己的作品。

特朗斯特罗姆是著名诗人，也是心理学家。他在诗中常常对人的隐秘心理、无意识、梦境进行挖掘，并使之凝聚为深刻生命体验的隐喻和象征。他成功地把印象主义、象征主义、表现主义和超现实主义诗风与北欧抒情诗的传统融为一体，使作品坚实、神奇、冷静而敏锐。如果说他的早期作品注重对人心灵隐秘的揭示，那么其后期作品则较多反映了社会、文化、道德与责任感在诗人灵魂中所激发的追问或冲突。用他自己的两段话或可更清晰完整地标明其创作理念：在诗歌语言上，他说，“艾吕雅轻轻触碰了某个开关，墙打开了，花园就在眼前”。而在诗歌的功能上，他说，“诗是积极的沉思。它唤醒人，而不是催人入睡”。

特朗斯特罗姆的主要诗集为《诗十七首》（1954），《路上的秘密》（1958），《半完成的天空》（1962），《钟声与辙迹》（1966），《看见黑暗》（1970），《路径》（1973），《真理障碍物》（1978），《狂野的广场》(1983),《给生者与死者》(1989),《悲哀的威尼斯平底船》(1996)等。1979 年诗人获“瑞典文学奖”,1982 年获“文学促进大奖”,2011 年获诺贝尔文学奖。

脸对着脸

二月，活着的静静站立。
鸟懒得飞翔，而灵魂
磨着山水，如同船
磨擦着它停靠的渡口。

树站着，背向这里。
死线测量雪的深度。
脚印在冻土上老化。
语言在防水布下哼吟。

有一天某种东西走向窗口。
工作中断，我抬头仰望。
色彩在燃烧。一切转过了身。
大地和我对着一跃。

（李笠　译）

［导读］

特朗斯特罗姆的诗很少有“宏大的抒情”和斩钉截铁的“准逻辑式宣谕”。这与后期象征派以降的世界现代诗歌之主脉——倾向于“少即是多”——的审美流向是一致的。但是，诗歌语象之“少”，并不意味着它语境包容力的减缩。这里的“少”，是指一种语言的“压合”。诗人以简隽的话语和准确的描述揭示他对“存在”的顿悟，在“心与道合”的喜悦中，照亮了存在的奥义。这首诗的标题“脸对着脸”，就是指人与存在猝然相遇的瞬间：它不再是什么“我”观察世界，而是“大地和我对着一跃”，彼此呼应，共现真身。

北欧的二月，还是一个冰雪的世界。但在这银装素裹的寂静里，生命内部的跃动并未休歇，“活着的静静站立”。“活着的”，是对物与心的泛指。而在一切“活着”的东西中，灵魂又是最值得赞叹的，它要忍受自然和生存的双重考验，“灵魂／磨着山水，如同船／磨擦着它停靠的渡口”。在此，诗人奇妙地将自然与心灵的隐喻压合为一体。而对坚韧、缓慢、疼痛的动词“磨”字的提炼，准确地道出了灵魂内部的喧响和自我争辩，一种既勇且韧的彼此冲突与摩擦。诗人以冬季被缆绳系牢的船作为“灵魂”的隐喻，就令人在自由与压抑、历险与安恬之间浮想联翩。诗歌写作中“少即多”的原则，在此得到了精彩的阐明。

“鸟懒得飞翔”，是在积蓄生命的能量；“树站着，背向这里”，但它的根在吸吮着雪水；生命在“测量雪的深度”，脚印深深印在冻土带上。望着这一切，诗人的语言在静静萌动着，“存在”的诗意已在心中哼吟。

“有一天某种东西走向窗口”。这“某种东西”是指什么？它是指早春的讯息（一系列自然物象）？还是指诗人内心对大自然轮回的感动？呵，这一切都是同时出现的，诗人已分不清“我”与“物”的界限了。“某种东西”与开头的措辞——“活着的”——一样，都是心与物融合后的泛指。它们无须区分具体与抽象，因为心与物都包含在其中了。在这人与存在猝然相遇的瞬间，诗人灵魂、感官与大自然的苏醒彼此激活、开放，大自然的“色彩在燃烧。一切转过了身。／大地和我对着一跃”！

这首诗的确没有“宏大的抒情”，但它表达的意蕴却同样博大。它的音符是“限量”的，这种限量的音符却发出了更恒久的震荡和鸣响，完成了对存在与自我的双重领悟。

最后，让我们再读一首《树和天空》，领略诗人心与道合的体验：

一棵树在雨中走动，匆匆走过

我们身旁，在这片倾洒着的灰色中。
这棵树有急事。它从雨中汲取生命，
犹如果园里黑色的山雀。
它挺拔的躯体在晴朗的夜晚闪现，
和我们一样，它在等待着那瞬息——
当雪花在天空中绽开。

果戈理

西服破得像狼群。
脸像大理石。
坐在堆满书信的森林里，那森林仿佛因
嘲笑和失误而叹息。
啊，心像通过敌对的隘口而
飘动的一张纸。

落日偷偷地来临，像狐狸来到大地上，
转瞬间点燃了野草。
宇宙间充满了犄角和蹄子，地上
双座马车像影子一样
在我父亲亮着灯的院子中间奔驰。

彼得堡与死亡处于同一纬度，
（你看见那倾斜的城堡上的美人吗？）
在那冰冻的居民区周围
穿着大衣的穷汉水母般徘徊

而这里，参加忌斋，他还像昔日一样
　　被欢快的牲口包围，
不过它们很早以前就已去
　　树线以上的远方草地。

人类踉跄的桌子。
请看，黑暗怎样焊住了一条灵魂的银河。
快乘上你的火焰之车离开大地。

（李之义　译）

［导读］

这首诗是特朗斯特罗姆的代表作之一。它的含义较为明晰，无须我多加解读。而从写作手法上，它极具特色，对我们怎样更好地写“人物诗”会有启发。

我们知道，诗歌话语与实用指称性话语的区别在于：从特定意义上说，诗是一个独立的话语世界。在许多情况下，诗的语言与其所指涉的实体是相疏离（或曰“不对等”）的。艺术符号与事物的“正常”关系被打破后，诗人不必再规行矩步地摹写人物，如实地再现事件；而是以强烈、变形的幻象，创造出主体心灵所体验到的“心象”的真实。这一“真实”以隐喻的形式呈现，它不可还原到具体的事件中，它以突如其来的直觉和想象的力量，所带给我们心灵的冲击和启示，远远超过了具体事件与人物有限的内涵。

果戈理是伟大的俄国作家，对他的生平和创作，我们已很熟悉了。我们知道他曾在彼得堡做过卑微的小公务员，一生生活贫困，心灵抑郁。我们还知道他写过《彼德堡故事集》《钦差大臣》《死魂灵》《外套》等著名作品，他同情受侮辱受损害的小人物，讽刺官僚政体的荒诞、黑暗、腐败，揭露地主阶级的贪婪无耻……作家生前曾受到官方的攻击、迫害，甚至一度伤心地流落异国。晚年生活凄凉，于1852年在贫病忧伤中死去。这些内容，我想每个大学一年级的学生都了解。如果诗人在表达对果戈理的理解和敬意时，只是罗列这些文学史上的常识（追怀作家的往事，诠释他的作品，然后泛泛地赞美几句），那么最浅显的“作家生平概述”，也比诗有价值得多。诗之为诗，就在于它拥有不可为散文的语言所转述的性质：心灵隐秘而强烈的颤动，超越现实表层直抵其灵魂的隐喻穿透力。《果戈理》就是这样的优秀作品。

这首诗几乎完全摒弃了对“事实”的交代，而直接在“心象”“隐喻”基础上快速展开。如这些句子，“西服破得像狼群。／脸像大理石”，就将果戈理苦难多舛的命运和坚定的人格，在瞬间浮雕般地凸现出来了。“啊，心像通过敌对的隘口而／飘动的一张纸”，“黑暗怎样焊住了一条灵魂的银河”等，都道尽了果戈理的写作与当时险恶的生存对称和对抗的力量。这些隐喻，具有巨大的心理暗示能量，它激发和召唤出我们无尽的联想，它不仅作用于我们的智性，还作用于我们的感官和我们对整个生命的体验。而这些体验，是在“文学史”课本中找不到的。

一般地说，我国有经验的诗人在诗中处理“情境”材料时会提醒自己使用“心象”“隐喻”的方式，以求扩大文本的暗示能量。但他们在写“人物诗”时，大多却会变得被动、木讷、小心翼翼，唯恐诗歌话语不能为“人物的生平”所还原。因此，许多本来很出色的诗人，一旦处理“人物”素材，就仿佛“突然变得不会写诗了”。这或许是我国现代诗中鲜有成功的“人物诗”的原因，在这点上，《果戈理》为我们提供了精彩的范例。

挽　歌

我打开第一道门。
那是个阳光照耀的大房间。
外头一辆沉重的汽车经过

使瓷器微微颤动。

我打第二道门。
朋友们！你们喝一点黑暗
显显形。

第三道门。一间窄小的旅舍房间。
可看到一条小巷。
一盏街灯照在沥青上。
经验，它美丽的熔渣。

（非马　译）

［导读］

特朗斯特罗姆的诗歌有一种“坚实”的力量。在《漫游、历险》一文中他说：“我无意中得到了诗的真谛：言简意赅。”这句话除了“削去虚饰，使诗臻于简洁”这一含义外，还意味着诗人在处理材料时的“悭吝”态度：用最少的精审的材料投入，“产出”最多的内涵。但是，我们也要知道，诗歌的“简洁”与否，并不简单地事关诗歌篇幅的长与短。它不是一个体积概念，而是一个载力概念。一首饱满的长诗也可能是“简洁”的，而一首空泛的短诗，也会冗长得足以令人厌倦。

《挽歌》写的是人在生命历程中的三种经验，它们像三道不同的门，各含奥义。

“第一道门”似乎是对人青年时代心灵状态的隐喻。“那是个阳光照耀的大房间”，宽敞、明亮。在此阶段，人的心灵状态是“外倾型”的，他专注于外界事象的变化。“一辆沉重的汽车经过／使瓷器微微颤动”，他的专注力虽然几乎深入到了“事物的纹理”，但对灵魂却可能是无所触及的。而“打开第二道门”的人，已是中年人，他的心灵状态是“内倾型”的，他对探索及分析那些不可见的灵魂世界有更浓厚的兴趣。他是内省的人、怀疑的人，但又不乏激情，他呼唤那些隐身于现实表象之后的形而上的东西，“朋友们！你们喝一点黑暗／显显形”。

而到了“第三道门”，人已步入老年，无论是对外界事象，还是对形而上的灵魂世界，他都不再有探询的热情。心灵由“大房间”皱缩为“窄小的旅舍房间”；由形而上的广阔漫游，返回到“一条小巷”；由硕大的“阳光照耀”，变为“一盏街灯”，如此等等，心灵和身体充满了岑寂和疲倦。最后一句，“经验，它美丽的熔渣”，道出了诗人对人生命活力流逝的痛惜之情。诗题“挽歌”的含义在最后得以彰显。

读这首短短的只有十一行的诗，却使我们有如经历了一个人一生的全部沧桑。特朗斯特罗姆诗歌经验的载力是巨大的，而字词却被减少到了最低限度。我们可以肯定，诗中“三道门”的语象，绝不是即兴“灵感”的产物，而是深思熟虑的、“悭吝”提炼的结晶。下面，我再为大家抄录诗人一首《夜晚之书的一页》，它同样精彩地表达了诗人即将步入老年时的生命体验——

一个五月之夜，我在岸边
踱步于凉爽的月光下
花朵和草丛在那里显得灰白
然而芳香则发绿。

我在色盲之夜
悄悄走上山坡
同时白色的石头
对月亮发出信号。

一段时间
几分钟长
五十八年宽。

而在我的身后
在铅一般闪耀的水域那边

就是彼岸
和那些统治过的人们。
人们有一种未来
替代一张脸。

奥地利

保罗·策兰

保罗·策兰（Paul Celan，1920—1970）原名保罗·安徹尔（Paul Antschel），生于罗马尼亚的切尔诺夫策（今在乌克兰境内）一个犹太知识分子家庭。父母曾受过德国文化熏陶，通晓德语。1938年，策兰赴法国学习医学，后回故乡学习拉丁语系语言文学。第二次世界大战期间，父母被关进集中营，后被杀害，策兰也被抓进集中营强迫去修整公路。直至战后的1948年，策兰才得以在法国巴黎攻读德语文学专业，同时创作和翻译诗歌。毕业后，在布加勒斯特出版社任编辑，并继续诗歌创作、诗学研究和翻译。1959年起担任巴黎高等师范学院讲师，讲授德语语言文学。1970年4月在巴黎自杀。

策兰是当代奥地利最重要的德语诗人。他的诗大多描写战争时期犹太人在纳粹统治下的悲惨经历，人的自我异化、孤独和对生命的省思。他的诗在形式上受法国象征主义和超现实主义影响很深，但又有德语文学特有的严谨性。他喜用生僻典故和尖新的隐喻，挖掘个人的潜意识和梦境，并将之与人类的生存情境结合表达。语象坚劲神秘且含量丰盈，诗句多无韵，但节奏感强。策兰又以翻译家名世，出版有莎士比亚、叶赛宁、兰波、瓦雷里、勃洛克等著名诗人的译诗集。

策兰的主要诗集是《骨灰坛里倒出的砂》（1948），《罂粟与记忆》（1952），《语言栅栏》（1959），《无主的玫瑰》（1963），《呼吸的转机》（1967），《一丝丝的阳光》（1968）等。诗人于1960年获毕希纳文学奖。

死亡赋格曲

清晨的黑牛奶，我们在晚上喝它
我们在中午和早晨喝它　我们在夜间喝它
我们喝　喝
我们在空中掘一座坟墓　睡在那里不拥挤
一个男子住在屋里　他玩蛇　他写信
天黑时他写信回德国　你的金发的玛加蕾特
他写信　走出屋外　星光闪烁　他吹口哨把狗唤来
他吹口哨把犹太人唤出来　叫他们在地上掘一座坟墓
他命令我们奏舞曲

清晨的黑牛奶　我们在夜间喝你
我们在早晨和中午喝你　我们在晚上喝你
我们喝　喝
一个男子住在屋里　他玩蛇　他写信
天黑时他写信回德国　你的金发的玛加蕾特
你的灰发的书拉密特　我们在空中挖一座坟墓睡在那里不拥挤
他叫　把地面掘深些　这边的　另一边的　唱啊　奏乐啊
他拿起腰刀　挥舞着它　他的眼睛是蓝的
把铁锹挖深些　这边的　另一边的　继续奏舞曲啊

清晨的黑牛奶　我们在夜间喝你

我们在中年和早晨喝你　我们在晚上喝你
我们喝　喝
一个男子住在屋里　你的金发的玛加蕾特
你的灰发的书拉密特　他玩蛇
他叫　把死亡曲奏得更好听些　死神是来自德国的大师
他叫　把提琴拉得更低沉些　这样你们就化作烟升天
这样你们就有座坟墓在云中　睡在那里不拥挤

清晨的黑牛奶　我们在夜间喝你
我们在中午喝你　死神是来自德国的大师
我们在晚上和早晨喝你　我们喝　喝
死神是来自德国的大师　他的眼睛是蓝的
他用铅弹打中你　他打得很准
一个男子住在屋里　你的金发的玛加蕾特
他嗾使狗咬我们　他送我们一座空中的坟墓
他玩蛇　想得出神　死神是来自德国的大师

你的金发的玛加蕾特
你的灰发的书拉密特

（钱春绮　译）

[导读]

《死亡赋格曲》是策兰最有名的诗作，写于1945年。又先后收入诗集《骨灰坛里倒出的砂》和《罂粟与记忆》并被选入德语课本作为中学和大学教材。这首诗以骇人的隐喻，凄惨的生活细节，噬心的反讽和独特的结构，写了纳粹集中营里犹太囚犯的痛苦与死亡命运。

这首诗标题为“死亡赋格曲”。“死亡”，是指其主题；“赋格”，则是指它借用了音乐的结构方式。为更好地理解此诗，让我们先看看什么是“赋格”。赋格是对位化音乐之一。它由几个独立声部组合而成。先由一声部奏出主题，其他各声部先后作通篇的变奏模仿。入题用主调，继起用属调，第三个进入的声部又回到主调，如是反复变化，直到曲终。赋格曲中的各声部此起彼伏，犹如追问和回答，在“呈示—展开—再现”的回环中，能更复杂强烈地表现主题乐思。

我们了解了赋格曲的特性，再对照策兰的诗，就会发现它的主题声部与各变奏声部的奇妙关系。它的内容和形式是彼此发现相互打开的，二者相得益彰，深刻表达了犹太人民被法西斯纳粹残酷迫害、精神与肉体终日被死亡的阴影缠绕、笼罩的生活。

这首诗中的主要情境，是由隐喻和写实交替地呈现的。“清晨的黑牛奶，我们在晚上喝它／我们在中午和早晨喝它　我们在夜间喝它”，这是隐喻（此一核心隐喻在后几节不断以变奏形式出现）。牛奶是白色的，那么“黑牛奶”则隐喻着纳粹集中营恐怖又黑暗的生活。而对“中午—早晨—夜间”等时序的错乱颠倒，就将人的灵与肉可怕的恍惚和扭曲暗示出来了。在集中营里无时不缭绕着死亡的音容：有“地下”的死亡，一些犹太人被枪杀了，纳粹命令活着的人不断掘一些墓坑埋葬同胞；还有“升天”的死亡，巨大的毒气室、焚尸炉使更多的犹太人“化烟升天”；其余的犹太人即将被处死，他们的坟场也在无边无际的天空中，“我们在空中掘一座坟墓，睡在那里不拥挤”。数百万犹太死难冤魂和即将赴难的同胞的面容，就在这写实和隐喻的交替表述中深深地捺进了我们的心。死亡，像主题声部在固执地催促，苦难的人群涌流不息……

而与上述情境形成对照的是恶魔般的“一个玩蛇的男子”。他挥舞着腰刀肆意砍人，他用铅弹快意地射杀人，他嗾使恶犬咬噬人，他以施虐狂的方式命令犹太人在地上自掘庞大的坟墓……他是“死神——来自德国的大师！”这个法西斯纳粹刽子手的代表，一边干着惨无人道的勾当，一边吹着口哨玩狗、给女人写情书；一边蹂躏屠戮犹太人，一边狂欢似的叫嚷“唱啊，奏乐啊，把死亡曲奏得更好听些”。他的恶毒、无耻、附庸风雅，他那谈笑间令人灰飞烟灭的恐怖性格，在这里都暴露无遗。诗人刻画人物的功力令人叹服。

这首诗中，所有的隐喻和写实情境（几个变奏语段）都被吸附进“赋格曲”的总构架和细部节奏程式中，犹如死神盘桓的脚步，又如千百万冤魂万劫不复的哀泣，回环往复，撼动我们的心灵。中国台湾诗人、翻译家李魁贤先生说："《死亡赋格曲》在策兰的作品中，是技巧上的至高成就，采用现代语言的一首杰作。这首诗使当时一些企图将现代诗自经验中抽离，并拒绝承认个人性、社会性与政治性共融的诗人们哑口无言。"(《德国现代诗选 · 序》) 这种评说是很精当的。真正优秀的现代诗，应在"见证的迫切性和愉悦的迫切性"之间达成深度的平衡，即让诗歌在社会历史承载力与艺术本体的完美上均令人满意。策兰的诗就是这样的精品。

说，不仅如此

说，不仅如此
说，作为这最后一个
开始你的言说。

说——
但要保持既是承受又是拒绝。
并且给你的言说这种意欲：
给它以遮蔽。

给它足够的遮蔽，
给它如此之多
既然你已知夜晚与正午与夜晚之间
有什么被给予出来。

看看四周：
看所有的妄动如何在喧嚣——

死亡就在那里！活着！
唯有那说出遮蔽者，是在真实地说。

但是现在收缩你所在之地：
哪里此时，被脱去遮蔽，你将前往？
向上。暗中摸索你的路向上。
放弃你得到的，少于可知道，更好。

更好：一线启示被那
想要成为陨落的星
漂向更远更低，低于
在那里它瞧它自己闪闪发光的。
漫游的词语的沙丘旁。

（王家新　译）

［导读］

策兰写过许多“以诗论诗”的作品，对诗歌语言的探索就是这些诗的主题。在他看来，那些没有被个体生命深刻而准确地感受过的“言语”，就像一个个“睡眠的晶体”，它们被“语言的阴影”覆盖。我们知道，按照现代语言学的理论，“语言”是社会现象，“言语”是个人现象；而诗人的目的是挖掘更个人化的言语，“把自己的血导向这些言语晶体”，从沉睡中唤醒它们。诗人应有将“一切词与物翻两遍”的自觉，最终“爬出来的才是你自己”（见《所有这些睡眠的形状》《这个世界》等等）。策兰的语言理念虽然与20世纪“语言学转向”这一大背景有关，但更根本的触发点还是诗人在旷日持久的言语历险中，自我获启的经验。

这首诗探究了诗歌话语中“遮蔽”与“敞开”的关系。遮蔽，乃是海德格尔后期哲学／诗学的核心概念之一，对先锋诗人们影响很大。在海德格尔看来，“语言是存在之家”，而那些未被语言“命名的光芒”所照亮的存在，就是处于“遮蔽”的、“湮没无闻”状态的存在。一个真正的诗人的使命，就是“通过自己的言说使存在敞开，澄明朗照”。诗的真理，不是道德理想意义上的真理，而是“如其本然所是”的真理——“去其遮蔽后以本真面目呈现存在”的真理(《诗·语言·思》)。由此可知，作为哲学家的海德格尔是在谈论“诗与思”的共生关系。

海德格尔的理念具有深刻的价值，但是在人们的理解中它却被简单化了。许多人将诗的语言等同于明晰的日常交流语言，而“去蔽”则被粗陋地减缩为“说清楚”。策兰这首诗正是对此而发。他要厘清另一种“遮蔽”。这首诗，“遮蔽”作为核心词共出现了四次。他不惮于人们的误读，竟然说“给它以遮蔽”，“给它足够的遮蔽”，“唯有那说出遮蔽者，是在真实地说”。诗人认为，诗歌当然要“求真”，但求真的另一重意思还包含着——必须把奥秘作为奥秘加以呈现。正如海德格尔后来补充说明的那样：“只有把遮蔽者深护于其遮蔽中才得以让人看到。”(《什么是思？》) 可惜人们太过依赖于不求甚解的速成知识，造成向海德格尔“误攀亲”的局面。

在我们今天生活的世界上，整体主义、本质主义、历史决定论和科技霸权渐成媾和之势。自然—生命—语言的奥秘越来越被粗暴地减缩，最终它们面临着被彻底通约化乃至删除的威胁。权力话语和科技话语以所谓的“明晰性”，僭妄地担保自己能“分析”一切，能钻透世界和灵魂之谜的核心。殊不知它遗忘、减缩、绕过了多少问题！它只许诺给人们一张乏味的“单向度世界”入场券，竟自诩为什么“现代化”。策兰认为，诗人要捍卫灵魂和语言在与世界相遇时的复杂性，要有现实性和超验性的“双重视野”，要敢于对人们说事实“不仅如此”，要敢于在求真的道路上谦恭地“放弃你得到的，少于可知道”。

诗歌的目的不是将世界进行类聚化编码，而是守护世界鲜润的质感，内部的神秘意味，揭示那些只能经由诗歌揭示的东西。它以含混、复义的光晕，展露生命存在之谜——把奥秘者作为奥秘者来言说，正是体现了“如其本然所是”的艺术真理，并且也昭示了生存原有的神秘力量。无疑，这是一条“暗中摸索的向上之路”，诗人“作为这最后一个”存在之谜的凝神者，“开始你的言说”。

策兰在另一首诗中也表达了类似的立场。我想,《带上一把可变的钥匙》适可与《说,不仅如此》两相对读,且为读者抄录如下:

带上一把可变的钥匙
你打开房子,在那留下来的
未说出的、吹积成堆的雪中。
你总是在挑选着钥匙
靠着这奔突的血从你的眼
或你的嘴或你的耳朵

你变换这钥匙,你变换着词
一种随着飞雪的自由漂流。
而什么样的雪球将渗出词的四周
靠着这漠然拒绝你的风。

啤酒饮者

在时间的长桌上
上帝的饮者狂欢
他干了视觉健全的眼睛和盲人的眼睛
他干了阴影统治者的心肝
他干了黄昏和空洞的面颊
他们是最豪迈的酒徒:
他们饮尽了满饮尽了空
而从不会如你我一样泡沫四溅

(叶维廉　译)

［导读］

纳粹屠杀犹太人的暴行给策兰的心灵造成了难以愈合的创伤，从此他的诗产生了永续性的“死亡”主题。但随着时间的推移，这一主题渐渐淡化了具体历史语境的特指性，变得抽象起来，成为对人类存在的终极探询。如果说我们在前面谈到的策兰的代表作《死亡赋格曲》写出了“特殊时代的死亡见证”的话，那么这首《啤酒饮者》则写出了没有时代背景的“永恒的消逝性的人生结构”。

“在时间的长桌上／上帝的饮者狂欢”，这个简单的陈述句里却包含着艰涩的意蕴。什么是“时间”？没有人能准确地定义它。圣奥古斯丁的疑问至今还悬在人类的头顶：“时间究竟是什么？没有人问我，我似乎清楚；有人问我，我欲说明，却茫然不解了。”（《忏悔录》）对此千古之谜我们只能保持敬畏。而 21 世纪以来的存在主义哲学家不再穷索“时间”为何物，他们换了角度，转而探询人的存在。由此得出的相关命题是：人的存在是时间性的，人只活一次，时间的境域对人而言是有限的。这一命题虽然未能将“时间”定义，但它提示人们：离开人的存在去探讨何为“时间”，是大而无当的形而上学迷雾。在策兰笔下，抽象“时间”被隐喻为具象的一只长桌，桌旁坐满了“上帝的饮者”。他们在饮什么？在饮人有限的生命。无论你是自明的人还是蒙昧的人，无论你是幸运者还是不幸者，无论你是坏人还是好人，最终的归宿都是被点滴不剩地饮尽——死亡。时间无以为名，但人的存在却是可以命名的——死亡是存在的伴随状态，“盛筵必散”，人的存在就是向死而在！

对这首诗的主题，我们既可说它深邃无底，又可说它清浅可见。但是，日常生活中我们实际上很少去想“死亡”随时可能出现和最终必然出现。我们尚在远离这一人生基本事实的梦幻中漫游，殊不知“上帝”已预先为任何人封锁了出口，谁也休想与死神——最豪迈的酒徒——“失之交臂”。

或问，策兰揭示此一事实有何“意义”呢？其意义在于，一旦人彻悟到自己终有一死，那么人生的大义就会从对“死”的彻悟中显现出来，人就会发现他是只有一次生命时间的不可替代的主体，他要自己去生活并为其生活价值负责。这首诗既不乐观也不悲观，它澄清的是人生的基本事实；它廓清了对死亡的形而上学的迷雾，将它拉回到“此在”，警醒着我们的心灵。

库尔特·克林格尔

库尔特·克林格尔（Kurt Klinget，1928—？）生于林茨，曾在维也纳学习戏剧和文学理论，同时进行戏剧及诗歌创作，在欧洲广有影响。1955年在林茨国立大剧院开始了戏剧导演生涯，后来又先后在杜塞尔多夫剧院、法兰克福剧院、汉诺威剧院、苏黎世剧院担任总导演，并创作了大量优秀剧作和现代诗，受到更广泛的嘉许。1978年回到维也纳，担任奥地利文学协会副会长,1979年以来主编文学月刊《文学与批评》。

克林格尔的诗歌语境透明，结构严谨，于轻逸中含有凝重的哲思。他关注现实生存，其题材常常含有社会性。但在具体的措辞方式上，又有较多先锋派诗歌的隐喻与反讽成分，个性鲜明，感情饱满。他的戏剧反映战后生存及典型人物的生活境况，在德奥剧坛颇为轰动。戏剧代表作为《奥德修斯必须再次旅行》(1959),《金质鸟笼》(1958),《正义者大道》(1980)等。

他的主要诗集是《血液里的和谐》(1951),《在地球上做客》(1956),《一座堡垒的设计》(1970),《狮头》(1977),《在古罗马帝国的界墙上》(1980),《樱桃节》(1984),《时光的跳跃》(1987)等。他于1973年获科尔纳奖，1985年获特拉克尔奖。

城　市

街道
从大公园
的灌木丛中跃出，
翩翩飞舞，飘来荡去，
犹如一条条蓝色的脉搏曲线。

铮亮的大型轿车滑过了
上帝疏忽大意的双手。
它们风驰电掣，像耗子一样缩成一团，
发出尖叫，鸣着喇叭，
在突然发生的相撞之中。

信号灯的红色血海之下，
生命正在凝固。
夜的
黑色的海洋
在心脏的船舷旁隆隆作响。

（蔡鸿君　译）

［导读］

英国著名现代文学批评家布雷德伯里在《现代主义的城市》一文中，指出了大多数现代作家与诗人对“城市”的态度：“城市的吸引力和排斥力为文学提供了深刻的主题和观点。在文学中，城市与其说是一个地点，不如说是一种隐喻”，“作家和知识分子长期以来就厌恶城市，梦想逃避城市的罪恶，城市的混乱、速度、直接性和人的模式，这就是文化上产生深刻歧义的基础”。这个概括是准确和深刻的。

长期以来，人们有一个误解，认为“现代派”诗人一定是赞美“现代化”的。其实，自波德莱尔至今，现代派诗歌谱系（也许除“未来主义”之外）有一个明显的标志：就是对“现代化”（工业无限膨胀及科技霸权）的反思与批判，文学上的“现代派”与物质文明形态意义上的“现代化”是含义不同的两个概念。

克林格尔的《城市》，描述了一场实际发生的车祸，但又含有更广阔的隐喻性。一开始，诗的画面是美丽灵动的，宽阔的街道“从大公园／的灌木丛中跃出，／翩翩飞舞，飘来荡去”。诗人用了这些叠加的富于动感的词语，对城市大街的流畅极尽形容后，又将之赞美为“一条条蓝色的脉搏曲线”。然而在第二节，诗的情景陡然变化，一个机械和钢铁的僵硬世界取代了柔软的自然景观。两辆铮亮的大型轿车在狂驰中猛然相撞，发出尖叫和钢铁的坼裂声。这时，我们方才领悟到“翩翩飞舞，飘来荡去”的反讽意味：现代化的加速度通向的不仅是“效率”，还通向“死亡”。最后，诗人承接了“蓝色的脉搏曲线”的语象，写出城市的大动脉破裂了，“红色血海之下，／生命正在凝固”。

这一切只是因为“上帝疏忽大意的双手”么？不是，是人类自己僭妄的追逐，愚蠢地“滑过了”应有的平衡发展的限度，才发生了一次次的生存异化和自戕。诗歌至此终于超越出对具体事故的描述，而上升到对这个由“速度”和“效率”统治的世界的质询——“夜的／黑色的海洋／在心脏的船舷旁隆隆作响”。无边的黑暗像海洋般包围着心脏，它隆隆的声响，是对人类的警示，也是悲悼。

这首诗精粹、单纯、明快，在一个境界中包含了具体场景与抽象喻指，使形而下与形而上融合于一体。在修辞格调上，“软”与“硬”彼此转化，读起来更为怵目惊心。但需要提醒读者的是，一首诗是诗人瞬间性情的展现，而不是“客观、全面”的阐述。克林格尔并不纯然天真地否定“都市文明”，他只不过是对大工业造成的灾难提供了某一向度的忧患。克林格尔还有一首有名的短诗，表达了对大自然极度的恭谨热爱之情，这里抄出，供大家欣赏——

在上帝赐予我的花园里
太阳照在花儿上。
没有人敢去享用这片草地。

我不会去采摘花园里的果实
我不会在丘陵间开出任何道路。
我不愿意看见我的容颜。

（《宁静的景象》）

新时代

卷起冬天的发鬈，
将杂乱的冰冻的头发向后掠去。

血液保护了我们，
被抑制了的雪国睡眠给了我们
纯净，欢笑，勇敢的泉水。

年轻的风暴显示了它明净的脸。

陶醉于常春藤的气味
古老的冰冻而憔悴的大地
跳起了草的青春之舞。

（蔡鸿君　译）

［导读］

我们都知道，诗歌话语的主要特征是“隐喻”。但是，许多人并未深究隐喻的性质。一个普遍的看法是：“隐喻说的是一件事（甲），指的却是另一件事（乙）。在这里，重要的是乙，一种观念；而甲并不重要，只是用来更好地说明乙的工具。”这种看法有一定道理，但也有巨大的缺陷。其实，诗人使用隐喻并不只是为了用它来说明一种理念，而是他直接就是用隐喻来感受和思考的。因此，正确的说法应是：甲事物暗示了乙事物，但甲事物本身也要求读者同样重视。正如美国文论家桑塔雅纳所说：“诗歌是一种方法与含义有同样价值的语言；诗歌是一种为了语言、为了语言自身的美的语言。”（《诗的基础和使命》）

这首诗的标题是“新时代”，这是一种观念，可指向社会学、政治学、历史学的“现实”……但是，我们在诗中没有看到一行这类实指性、新闻性话语。诗人将“新时代”给予自己的心理感受，熔铸进了一系列大自然初春景象的隐喻。我们全神贯注于这些精美的隐喻，领略的是“诗的现实”。

任何真正的“新时代”，都不会是垂直降临的，它一定伴随着人们奋争后的沧桑之感，它必然携带着寒冷的历史记忆。但是，它呼啸向前的力量是任什么东西也阻遏不住的。诗人如此表达了这种寓意：“卷起冬天的发鬈，／将杂乱的冰冻的头发向后掠去”，这个隐喻使我们看到了穿越冰雪奋勇不息的“一个人”，“他”深深地掠进了我们的视野和心灵。这个隐喻绝不是只在传达“前途是光明的，道路是曲折的”这一观念，而是具象与抽象在瞬间凝为一体、不可剥离的。“杂乱的冰冻的头发向后掠去”，这一隐喻直接撞击着我们。

第二节，诗人又以一系列自然和躯体的隐喻写了严冬中新生命的隐忍、信心。“纯净，欢笑，勇敢的泉水”与“血液”是隐喻的交融，二者像一个“和弦”，共时展开了自然和人的双重视野。第三节只有一行：“年轻的风暴显示了它明净的脸。”单列一行意在强调这个隐喻的核心地位——这是“新时代”的雕像。同时又有力地呼应和承接了在第一节中，对那个“将杂乱的冰冻的头发向后掠去”的人的描写。

最后一节，诗人写出新旧时代交替之际的隐喻："陶醉于常春藤的气味／古老的冰冻而憔悴的大地／跳起了草的青春之舞。"它与第二节表达的意味又是一种有力的呼应与承接。

这首诗隐喻清新，语境澄明；在结构上使意蕴（句群）隔节而巧妙地承接、变奏，显得坚实而灵动。的确，我们对它表达的抽象观念（"新时代"）并无多大兴趣，攫住我们的只是那些精美简隽的隐喻本身，那些"为了语言自身的美的语言"。

盖尔哈特·吕姆

盖尔哈特·吕姆（Gerhard Rühm，1930—？）生于维也纳，是奥地利“具体主义诗派”代表诗人之一，“维也纳派”成员。早年学习过音乐，造诣颇高。五六十年代曾与德语诗人阿赫莱特纳、戈姆林格、海森毕特尔、杨德尔等一道尝试“具体主义”诗歌实验。对于他们这类诗作而言，文字几乎不再有确定的意义，只是一种与其语法职能或地位疏离的符号，甚至是诗人用以构成某种“视觉图形”的原料。这类诗推重诗歌外形上的视觉空间感，由于图形用不着细读诠释，因此，批评家称之为“视觉诗”。吕姆的《现在》是极端具体主义视觉诗的代表之一，全诗重复一个词——“现在”，凌乱地排在页面上。据说这首诗通过对“现在”语符的不同字体的排列，表现了“现在”的捉摸不定、生机与衰落、重要与渺小并存的意识。但从根本上说，我认为它的游戏性大于其暗示性。此外，吕姆还尝试过多种形式的文学实验，如听觉诗、方言诗、具体戏剧以及电子媒体诗。后来吕姆部分放弃了极端化的具体主义诗歌形式，而在冷静、客观几乎不予变形的语言中，写出了“物与人”的零度状态。在这里，我们似乎看到了类似于法国“新小说派”（如格里耶）“对直视平面的物的描绘”之创作理念，与某些后现代主义诗歌成分的融合。

吕姆的代表性作品集是《颜色诗》（1968），《视觉诗》（1970），《奥菲莉娅和言语》（1972），《神经错乱：喋喋不休》（1973）等。

二三事

桌上
是一块灰布
上面是一小包打开的香烟黄的
　　闪亮蓝的破碎
旁边是一盒火柴
前面是半瓶国产（奥地利产）樱桃罗姆酒
再前面是动着我的手指的打字机
左边是一支圆珠笔
一本笔记簿（橘黄色）
下面是一张白纸抄着一首诗题名二月
旁边（已到桌子边缘）是一个用旧了的纸夹
　　它合上了（我可知道里面是什么）
我要是不在桌子犄角叩打我的右臂
我的脸正好浮现在上面
这是下午一点钟
桌子的形象马上会变换

例如
我们的面孔对峙着
嘴巴一开一合
手动着刀叉
我们的眼睛不时相遇

于是我敢于预言下一刻钟的二三事
并用目光
推断到门

（绿原　译）

[导读]

这首诗——正如我们在“诗人简介”中所说——是吕姆冷静、客观、不变形的“零度写作”的作品。在第一节里，以极其准确、精细以至于显得琐屑的物象，写出了“我”所面对的“物品的现实”。诗人是将整一的物体进行“分解”后表述的，强调了它们分解后极为具体的材质、定量、压力、时间及空间位置。这使得“物”在此不再是自在的，而成为“（物是）感觉的复合”（贝克莱语）。诗人对这些物品没有任何感情指向（零度写作），但我们读后却可以意会到诗人所可心的独自生活的方式和癖好。

第二节，诗人预想了一种“会变换”如上现实的情境。两个人“面孔对峙着 / 嘴巴一开一合 / 手动着刀叉 / 我们的眼睛不时相遇”。人与人构成了一种关系，但他们没有和谐的交流和沟通，而是目光躲闪，沉寂无言，彼此“面孔对峙”。与第一节“物品的现实”相比，第二节中“人的现实”并未显得更温暖更富于生气。在上面诗人以十六行的篇幅写了“物品的现实”，暗示出他对此的专注与热情；而这里却仅以短短干脆的五行就处理掉了“人的现实”，这表现了他对异化的人际关系的失望。在第三节，诗人进一步将“例如”推进到“我敢于预言”。预言什么？——结束这种不尴不尬的既委琐又对峙的人际关系，拉开房门，独自走掉！

这是一首成功的实验性诗歌。它有着对具体物品细节及生活场景的详尽细致、准确生动的描写，实现了后现代“零度写作”的纯净感；但它又吸收了现代主义诗歌在“客观对应物”中融铸内心独白及潜在对话的优长，从而将客观陈述、原始感觉、本能反应与对异化生存的批判结合为一体，在举重若轻的“二三事”中，教我们迷醉又教我们深深省思。

彼得·汉德克

彼得·汉德克（Peter Handke，1942—）生于克恩滕州的格里芬市一个银行职员的家庭。1961 年至 1965 年在格拉茨大学攻读法律专业。1965 年至 1979 年曾移居联邦德国，专心从事文学创作，其剧作、诗歌和小说以其先锋性在德语世界产生了重大影响。1979 年返回奥地利，定居于萨尔茨堡生活与写作。

汉德克是 60 年代奥地利青年作家、诗人杰出的代表。他的戏剧、诗歌与小说均别出心裁，寓意深刻，引人注目。他自称在创作上“决不与人雷同”，具有挑战传统、变构语言规则的勇气。他的诗作有超现实主义风格，对人的潜意识、直觉、幻觉、梦境进行了敏锐的挖掘，并将之汇入对孤寂迷茫的生存现实的感受中。此外汉德克的诗还有一种后现代主义式的幽默、反讽的品格，它犀利地揭示了世界的荒诞与混乱。

汉德克的主要诗集有《德语诗歌》(1969)，《内部世界的外部世界的内部世界》(1969）等。他于 1967 年获豪普特曼奖，1972 年获席勒奖，1973 年获毕希纳奖，1988 年获奥地利国家文学奖。

颠倒的世界

我醒着入睡了；
我没看东西，是东西在看我；
我没有动，是脚下地板在动我；
我没望镜中的我，是镜中的我在望我；
我没有讲话，是话在讲我；
我走向窗户，我被打开了。

我站着躺了下来；
我没张开眼睛，眼睛却张开了我；
我没听声音，声音却在听我；
我没吞水，水却在吞我；
我没抓东西，东西却抓着了我；
我没脱衣服，衣服却脱掉了我；
我没用话语来劝服自己，话语却劝阻我相信自己；
我向门走去，门柄按住了我。
百叶窗升起了，夜却落下来，
为了喘口气，我沉没到了水底。

我在石板地上踏步，下陷到髁骨那么深；
我坐在马车的驾驶座上，把一只脚放在另一只前面：
我看见一个打阳伞的女人，夜汗出了我一身；
我向空中伸出一只手臂，它着了火；
我伸手拿苹果，我被咬住了；

我赤着脚走路，感到鞋子里有石子；
我从伤口撕去橡皮膏，伤口在橡皮膏里；
我买一份报，我被浏览了；
我吓死了一个人，我却讲不出话来；
我把药棉塞进耳朵里，我叫喊起来；
我听见警报在嚎叫，基督圣体节的游行队伍从我身旁
　　过去了；
我打开雨伞，土地在我脚下燃烧起来；
我跑向郊外，我被捕了。

我在镶木地板上绊倒了，
我张着大口讲话，
我捏紧拳头抓东西，
我吹起颤音口哨笑，
我从头发尖端流血，
我翻开报纸就堵住气，
我呕吐出美味的食品，
我讲述未来的往事，
我对事情说话，
我看穿了我自己。
我杀了死人。

我还看见麻雀在向枪射击；
我还看见绝望者幸福；
我还看见吃奶的婴儿抱着希望；
我还看见晚上送奶的人。

而邮递员呢？在打听邮件；
而牧师呢？被惊醒过来；
而行刑队呢？靠着墙排列着；

而小丑呢？向观众扔出了一颗手榴弹；
而谋杀呢？等有了见证人才发生。

而殡葬承办人在为他的足球队打气；
而国家元首在暗杀面包师傅的徒弟；
而元帅在按街道起名字；
而自然在忠实地描摹图画；
而教皇站着被发放掉——

听吧，表走到表壳外面来了！
看吧，烧短了的蜡烛变大了！
听吧，呼喊在嗫嚅！
看吧，风把草僵化了！
听吧，民歌被吼出！
看吧，上伸的手臂向下指着！
听吧，问号用来下命令！
看吧，饥饿者变胖了！
闻一闻吧，雪在腐烂！
而晨光在沉没，
桌子站着一条腿，
逃亡者盘腿坐着像裁缝，
最高一层楼上有个电车站：

听吧，死一般寂静！——正是高峰时刻！

我醒着入睡了，
从不堪忍受的梦逃到了温柔的现实，
轻快地哼着：抓贼啦！杀人啦！
听，我满嘴流涎：我看见一具尸体！

（绿原　译）

[导读]

“颠倒的世界”是语义双关的。一方面它是说在此诗中人与物的正常关系、行为主体与受体的正常关系、现在与未来正常的时序关系、罪与罚的正常关系……如此等等。都被“颠倒”了；而另一方面，诗人又感到在这些“颠倒”中，凡涉及社会现实内容的部分本来就是这样“颠倒”的——我们生活在一个荒诞的、颠倒的世界，我们在异化现实中习焉不察。因此，“颠倒的世界”恰好是对生存真相的痛苦命名。

诗人采取了一系列“反向”（颠倒）措辞，表达了“他对于他所生活其中的那个西方世界的混乱状态的感受”（译者绿原语）。这真是荒唐的、噩梦般的生存：“百叶窗升起了，夜却落下来，/为了喘口气，我沉没到了水底”；“我听见警报在嚎叫，基督圣体节的游行队伍从我身旁/过去了”。“我跑向郊外，我被捕了”；“我吹起颤音口哨笑，/我从头发尖端流血，/我翻开报纸就堵住气”；“而行刑队呢？靠着墙排列着；/而小丑呢？向观念扔出了一颗手榴弹；/而谋杀呢？等有了见证人才发生”；“听吧，呼喊在嗫嚅！……听吧，问号用来下命令”……诗人说这是“不堪忍受的梦”，“我醒着入睡了”。——但在这个“颠倒的世界”，现实与噩梦本是一体，我醒来时听到的正是“杀人啦”！并且“我看见一具尸体”！梦耶？醒耶？终归是醒呵！

这是一首将浓郁的超现实主义与“后现代”风格扭结一体的诗歌，我们或许认为这首诗是“非理性”的。表面看它的确不受逻辑因果律、历史决定论的羁束，但它却更深入地以隐喻的自由并置，对梦幻和潜意识的挖掘，骇人谵语的连锁冲撞，沉痛的反讽精神……揭示了生存和生命体验的双重真实。可见，我们说某些诗“不受理性的羁束”，并不意味着它们缺乏深刻的洞见。因为人的潜意识中有许多被压抑住的生命体验内容，而外部世界严酷的生存现实也深深浸透在我们的潜意识中。在很多时候，狂妄的“理性”的筛孔过于疏朗了，有时它根本无视于人具体的骨肉沉痛。某种“理性”如果以漏掉人的生命体验为特征，那么，它就“理性”到了非理性的地步！反之，某种“非理性”如果洞透了生存和生命的真相，它也会产生出更有代表资格的“新理性”——存在主义、精神分析学、“西马”、现代派文学正是如此。

这首诗还有一种特殊的黑色幽默品格，它的笑是沉痛而迷茫的，某些地方甚至有着浓重的悲愤感。它反讽现实的荒诞，便也采取了荒诞的表述方式。在“颠倒”的视角里，更深刻地认清了混乱生存的真相。汉德克以扭曲的形式更真切地表达生存本质的功力，的确令人叹服。

摘自《闲荡的结局》

三个骷髅：
三个家伙坐在咖啡店
把他们的冲锋盔
（连同打开的面甲）
放在身旁的地板上

伸开双臂：
今天过得真痛快！（暂停）
什么地方又有什么人
以最无耻的方式死掉了——
请设想那普遍的
地狱之死吧

停留在一条窄街上
体验着“悲惨”这个词儿

咳，你站在街头的人

我们已经知道
现代人的孤独
　的故事，
你就离开
那夜风飕飕的街头吧！

漂亮的团团大脸的陌生女郎，
你在餐馆里
抽着香烟：
我从街头走过时
就认得你的脸
它将模糊地
开放在我的记忆中

（绿原　译）

［导读］

这首诗题名为“摘自《闲荡的结局》”，意在陈明它是一首以“拼贴”手法创作的现代诗。“拼贴”，是实验诗人常用的书写策略之一。它是指诗歌从其他一些文类或体裁的文本中，挪用一些词语、句群、情景、主题、形象符号等，将之并置拼合在自己的文本中，以达到众声喧哗的包容力，并表达诗人的怀疑主义观点和反讽立场。拼贴与“抄袭”完全是两回事，前者是机智的提炼或深刻的嘲仿，后者则是引语的杂烩、公开的掠美。

《闲荡的结局》源自另一个叙事性文本。但汉德克着重的不是“闲荡”，只是“结局”。黄昏时闲荡，本是人怡情美好的事，在身心俱闲的时辰，“你”走上了大街。但“你”的闲荡很快就变得充满了紧张、恐怖、厌恶。三个戴冲锋盔的家伙——权力主义的鹰犬和炮灰——坐在黄昏的咖啡店，像三个骷髅死神般镇守着大街。他们伸开双臂，满足地说：“今天过得真痛快！”接着，诗人用括号中的“（暂停）”表示出诗歌由客观叙事性转向诗人的内心独白。他想，权力主义的鹰犬

“痛快”之日，就是有人又被无辜地杀死之时。这条街，成为“地狱”之门，他“体验着‘悲惨’这个词儿”。在这样的大街“闲荡”充满了恐怖，“闲荡”在此彻底走向其反面了。虽然“我”知道那些“站在街头的人”是由于难耐家中的“现代人的孤独”，但我还是劝他“离开／那夜风飕飕的街头吧”。最后，诗人以对一个卖笑女郎“漂亮的团团大脸”的讥诮性特写结束全诗。从闲荡到恐怖再到厌恶，这就是生存的真相和“结局”。

汉德克在多篇文章中反复申说了“诗人的敏感性”这一话题。在他的诗中，“敏感性”不仅事关诗人“决不与人雷同”的原创精神，也事关诗人对生存与生命境况的敏锐穿透力。此诗以拼贴的技巧，给一个有限的文本提供了更大的包容余地。而此文本与彼文本在主题的对照、态度的变化上的细微差异，也给读者提供了新的想象空间。

挪威

罗夫·耶可布森

罗夫·耶可布森（Rolf Jacobsen，1907—？）生于奥斯陆。多年生活在奥斯陆东北部的汉漠城，从事新闻工作。但他“真正的身份”是诗人，30年代初即饮誉挪威诗坛，此后，持续精进成为挪威诗人中享有最高世界声誉者。他的作品已被译为二十余种语言，在世界上广泛传播。

耶可布森被认为是挪威诗坛第一个现代派诗人。他的诗语境清澈但寓意深永，在自由体的结构中以大胆的“跳跃性”，给读者留下很多独立思考（二度创造）的空间。美国“新超现实主义”诗人勃莱非常推崇他的作品，在勃莱编辑的《耶可布森诗选》序言中，称他的诗为“洁白的影子”。欧洲批评家将他的诗称为“客观诗”，其特点是：自由的形式，新奇的意象群，对事物“特写镜头”般的凝神，赋予普通的事物以深长的意味。在耶可布森的诗歌中，既有对大自然、劳动、和平的赞叹，又有对过度膨胀的现代都市文明及人性异化的揭示和批判。二种向度对称，完整表达了诗人对人性复归的渴望。

耶可布森的主要诗集是《泥土与铁》（1933），《群集》（1936），《特别快车》（1951），《秘密生活》（1954），《草叶中的夏季》（1956），《给光的信》（1960），《以后的沉寂》（1965），《头条新闻》（1969）等。

向阳花

是哪个播种人，走在地上，
播下我们内心的火种？
种子从他紧握的掌心射出，
像彩虹的弧线，
落在
冻土上，
沃土上，
热沙上。
它们静静地睡在那儿，
贪婪地吸着我们的生命，
直到把土地轰裂成片片，
为了长出
这朵你看到的向阳花，
那株草花穗，或是
那朵大菊花。
让青春的泪雨来临吧，
让悲哀用宁静的手掌抚摸吧，
事情并不是你所想的那么阴暗。

（郑敏　译）

［导读］

向日葵（俗称“向阳花”）是我们最熟悉的草本植物之一，它有颀长的茎秆，心形的阔叶，硕大的果实圆盘和热烈的黄色花瓣，它被艺术家们赞美为“平民之花”。举世皆知，著名的后期印象派画家梵高，对向日葵有特殊的感情，他一生画过多幅向日葵，面对它有如面对生命的图腾一般。梵高之所以不倦地画向日葵，那是因为在他眼里，朴实茁壮的向日葵不是寻常的花朵，而是大地上最热爱太阳的花朵，是一切生命体光和热的象征，是他内心翻腾的感情烈火的写照，是他卑微而不屈的苦难生命的缩影。

耶可布森对“向阳花”的热爱，既是源于对自己生命体验中“客观对应物”的寻找，又与梵高的“艺术话语谱系”有一定关联。不过，耶可布森的《向阳花》没有正面描绘这神圣的花朵，而是写了它由种子到开花的艰辛历程。画是空间艺术，诗是时间艺术，静态地描绘对象不是诗的优长，而“给一幅画以成长的时间”却是诗的专擅了。

诗人写道:“是哪个播种人，走在地上，/播下我们内心的火种？”我们知道,《播种人》也是梵高的一幅代表作。这幅画中，播种的农夫犹如从太阳里走来，蹒跚的身体，打开的手掌，将一粒粒种子撒进田垄。太阳颤抖的光线与种子融为一体，像坚实的彩釉弧线冲击着我们的视线。诗人说他播下的是“我们内心的火种”，而且种子不是静静地落入田垄，而是“从他紧握的掌心射出”——这就将农事意义上的播种与生存意志意义上的顽健生命体验扭合为一体了。种子的生长是艰辛的（一如内心的“火种”既激励人又烤灼人），它冲破了冻土与热沙，“直到把土地轰裂”，长出自己的身躯。这里，种子“射”向大地，根茎“轰裂”地表，诗人对动词使用的精确与生动令人赞叹。诗人写出了顽健生长的生命意志，也写出了生命历程中的“泪雨”和“悲哀”。但是，他并不感伤。你看，向阳花必定开放，草花穗和大菊花必会开放，一切寒微而伟大的普通人的生命都是如此——“事情并不是你所想的那么阴暗。”

勃莱评价耶可布森的诗歌有着内在的“乐观精神”，诚哉斯言。真正的内在的乐观精神，必以对世事艰辛的清醒估计为底色。而那种“天真汉”的乐观，不过是蒙昧而已。这首诗语象虽单纯，但它与绘画艺术话语谱系构成了互文关系，给我们提供了更广博的联想空间。

其实，我们解读时即使不涉及梵高的《向日葵》与《播种者》，此诗意味的坚实饱满和技艺的精纯也不会受到影响的。

玫瑰——玫瑰

早晨带着玫瑰同来。
不论晴雨，都有玫瑰，
沾满着露水。整整一抱。
你一朵。我一朵。一朵给你的爱。
这儿——拿着。
一朵玫瑰。

为一切生命。
送进窗口。放在你脚边
一朵玫瑰。

给将在凌晨处决的人——
正坐着听走廊里的脚步
和钥匙的响声。这儿——拿着。
一朵玫瑰。

一朵玫瑰给正在28楼上
开窗的女人。拿着。一朵玫瑰
给正在静听狱中号叫声的囚徒。也给他——
双手在剧烈颤抖的他，
支持他吧，——这儿：
一朵玫瑰。

玫瑰——玫瑰
给那盲人。给那永远不能
再起身的人。一朵玫瑰给阁楼上
怪癖的女人——她几乎看不见这朵花了。
也给成千上万站在带刺铁丝网后面
凝视的人。每人一朵。
是的。

一个早晨又一个早晨带着露水。
有些在空中伸向人们。不顾疲倦。
人们却让它们
留在原处。凋谢。
直到只剩枝条。

带刺的。尖利的。
能在额上留下道道血沟
外加一条红线
从额角
流下左颊。

（飞白　译）

［导读］

玫瑰，是西方诗人喜欢使用的原型隐喻。它喻指世俗社会的爱情、宗教中的仁慈和爱；有时也用来喻指美丽的亡魂或英国历史上著名的“玫瑰战争”（朗卡斯特“红玫瑰”家族与约克“白玫瑰”家族的大战）。艾略特的代表作《四个四重奏》就从正反两方面涉及了“玫瑰”的复杂意蕴。耶可布森笔下的玫瑰，是指仁慈和爱，他写出了它们的凋谢。面对充满了囚禁、暴力、血腥和人性异化的世界，诗人发出了痛苦的祈愿——让人间充满仁慈和爱心，“为一切生命”送上一朵玫瑰花。

为了更深切地表达对健全人性的呼吁，对暴力世界的控诉，诗人在先用全称指谓写出应将玫瑰送给一切人（把爱推向人类）的心愿后，又集中写了几个场景（特写镜头）：处于死亡边缘将在凌晨被处决的囚徒；受刑中双手剧烈颤抖的囚徒；在监狱中号叫的囚徒；看不到光明的盲人；瘫痪的病人；阁楼上孤独的女人；以及“成千上万站在带刺铁丝网后面”失去了和平和自由的人民……这些被杀害、被囚禁、被侮辱的人，让人类的良知发抖，他们被剥夺了应有的生命和爱的玫瑰。那些剥夺人类玫瑰的纳粹和一切极权主义者，就是使世界的早晨变为黑夜的人！是将一束束玫瑰变为刀刺的人！

在这个世界的许多地方，“玫瑰花”凋谢了，只剩下带刺的、枯硬的枝条。这些尖刺在人类的额头上划出道道血沟，“一条红线／从额角／流下左颊”。这里的玫瑰不再有花朵而只有尖刺，红色玫瑰花的隐喻发生了深度的延异与叠加——成为人类的血痕。诗人是以互文性的措辞，写出“玫瑰”隐喻原型的解体，表达了自己对世界的赤子之心和一腔忧患。此外，这首诗的语型和节奏变化亦富于匠心，长句与尖促的短句交替穿插，音与义协同作用，将诗人苦难的、摩擦着的、磕磕绊绊的心音传达得淋漓尽致。

暴风雪

早晨，一场暴风雪堵塞街道
如同一种白天的精神病
——有人试着用砍掉的双手吹奏长笛，
试着用镶花边的手帕遮盖红绿灯。

但是像每次改造世界面貌的企图

总以失败告终
反而被改造
成了废油和尿渗入下水道

因为僵化的蝴蝶本无济于事，
用海绵擦去世上的罪恶也是枉然，
当手犹豫着，失去自信。
而那幅画又是铁的。

（北岛　译）

［导读］

耶可布森诗歌中的经验不是对日常经验的单纯转述，他总是在准确的叙述和紧张的幻象中谋求深度的平衡。因此，对他而言，没有一条直捷的路从诗歌通向生活，也没有直捷的路从生活通向诗歌。这样的诗体现了新的双重感受力：对现象世界和形而上灵魂世界的“和声”式表达。或者说，他将现实和幻象看作处于同一变化中的两个潜在成分，诗人要表现的就是两种活动的内在同一性。

耶可布森是坚定而温和的人道主义者，他反对一切暴力统治和精神压抑。他有一首著名的短诗道出了一个诗人面对世界时应有的心态和语调：“嘘——轻点，大海说／嘘——轻点，岸边的小浪说／嘘——不要／这么凶猛，不要／这么高傲，不要／这么突出，嘘——轻点……”而这首《暴风雪》则揭示了凶猛肆虐、寒冷疯狂的邪恶力量对世界的戕害，以及这非人道的、歇斯底里的力量必将走向灭亡的事实。

诗人将暴风雪隐喻为“一种白天的精神病”，既准确地写出了它给人的直觉印象，又暗示了它在社会学、伦理学意义上的内涵。暴风雪企图“改造世界面貌”，企图强词夺理混淆视听，但最终是自取其辱以失败告终，变为“废油和尿渗入下水道”。一切疯狂的力量，一切企图掩盖或擦去罪恶的做法，都是无济于事的，因为真相是“铁的”。同时，诗人对那些蒙昧的庸众也进行了较为温和的反讽，他们置身于荒诞的境遇而不能正视，这些“试着用砍掉的双手吹奏长笛”的人，这些“僵化的蝴蝶”，应该猛醒了……

这首诗以敏捷而犀利的“双重感受力”，使我们在瞬间获得了诗与思的双重震悚。真正的诗人才敢于在现象世界与形而上世界的临界刀锋上铤而走险，综合处理现实和灵魂的真实性——以无比简劲、无比奇诡的“有序的震颤”，激活我们的心智、情感……乃至感官。

奥拉夫·赫格

奥拉夫·赫格（Olav Hauge，1908—？）生于哈当厄尔峡湾边的乌尔维克村，几乎一生独身居住在那里，一边种植苹果园，一边写诗和译诗。赫格迟至74岁才与画家卡佩伦结婚。他的诗受其乡村生活的影响，常用质朴的自然意象去挖掘生命的意义，表达内在的哲思，被誉为“挪威诗哲”。

赫格反对现代主义学院派的繁缛诗风，喜爱中国古典诗歌的平静和明澈。他的诗无论表达欢愉还是忧郁，都追求意与境的浑融统一。他描绘了一个“质朴的挪威”，既以深刻的本土情感征服了本国读者，又“跨越代沟，也跨越国界，有广泛的国际影响”（译者飞白语）。在谈到自己的诗时，他说，“这些诗的分量没多少，只不过是一些词语的杂乱堆积。可是我仍然在作诗中感到乐趣，因为我在它们中仿佛暂时获得了栖身之所”（《叶棚与雪屋》）。这是一种大诗人的谦恭的智慧，充满了自如的透明。赫格共出版诗集十几种，并被译为多种外国文字。

风信鸡

铁匠制成了他——
有冠，有尾。
他登上了尖顶，
世界是新的，
各种各样的风。
他反应敏捷，
趾高气扬
竖起羽毛
对着每一阵风啼鸣，
在风暴中
他长长地伸着脖子。
直到有一天他锈了，
锈住在一个方向——
方向偏北。
这是风来得最多的
方向。

（飞白　译）

［导读］

赫格的诗有很强的哲理意味，但他的写作立场不是道德家的立场，而是诗人的立场。他诗中的哲理并非简单的“教化”，而是专注于事物丰富的意味，并以具体准确而平和的方式把它揭示出来。在他的诗中，我们很难将事物复杂的意味简化成“非此即彼”的评判，它的意味是朝许多可能的方向洞开的。这种近似于与读者交谈或对话的写作姿势，体现了诗人的成熟的智慧和谦朴的情怀。

“风信鸡”是欧美国家公理教教堂塔尖上高擎的金属圣物与饰物，它高居空中，起风时就旋转，在阳光下闪闪发光。由于风信鸡特殊的宗教含义，许多诗人和作家都以它来指代信仰和方向（风向）。比如，美国著名作家约翰·厄普代克在其代表作《夫妇们》中就反复以“风信鸡”来隐喻传统宗教的衰落和人的异化。小说结尾时，一场大火焚毁了教堂，但风信鸡却幸存了下来。而没有教堂托举的风信鸡，犹如失去信仰基础的现代人，只剩下了欲望的争斗。德国著名作家、诗人格拉斯也在代表性诗作《风信鸡的长处》中，表达了对资本主义社会伪善作风的反讽。

但赫格笔下的《风信鸡》与上面两位作家相比，其寓意要显得“暧昧”一些。诗人似乎只是平静客观地描述了“风信鸡”由新变旧——由“趾高气扬竖起羽毛对着每一阵风啼鸣”，到“锈住在一个方向，风来得最多的方向”——的过程。但如何理解这个“过程”所暗示出的意义呢？诗人将主动权留给了读者。一方面它可以视为对宗教衰落，信仰缺失的现代人生存状况的痛惜之情；另一方面也可以视为对那些全无主体的精神、只知随风而定向的盲从者的反讽，它（他们）的信仰不是坚定清醒的选择，而是蒙昧的信仰，是“锈住”的被动认同。

赫格诗歌的“哲理意味”，并非简单的“训世箴言”，他从不满足于有限的经验，而是在不同意义向度的纠葛中谋求动态的平衡。他捍卫了生命中的问题，也使诗保持了“浓缩的悖论”般的张力。这比那些说教加滥情的所谓“哲理诗”，要高明得多。赫格认为，对“真理”的认识是艰难的，“真理是一只怕羞的大鹏鸟，翱翔在时间之外。我从不认为真理是家禽，任人抚弄它的羽毛”。而那些自诩为抓住了真理的人，其实连“家禽”都未抓住，在此，“我看见真理死了：双眼凝固，恰似冻兔”（《真理》）。这正是一个诚实的诗人的立场，保持对真理的敬畏之心，防止它被“非此即彼”的独断论者所扼杀。

我曾是悲哀

我曾是悲哀，隐藏在洞穴里。
我曾是傲慢，建造在星星之外。
如今我在眼前的树下筑巢
当我早晨醒来时
枞树用金线穿在它的针叶间。

（北岛　译）

［导读］

这是赫格最著名的短诗之一，它以简洁而意味深长的“自述”语言，探究了“人与自然的关系”（北岛语）。诗中的“我”是人类的泛指，“我”的际遇概括了人类的情感和理智涉过的历程。

“我曾是悲哀，隐藏在洞穴里”，人类的童年时代由于生产力水平极端低下，和为抵御野兽的袭击，他们“隐藏在洞穴里”。这时人与自然虽是浑然一体，但二者的关系谈不上什么“和谐”。人是“悲哀”的，他们的劳动所得常常不能维持日常生活；暴虐的大自然在人心中既神秘又可怕，种种自然崇拜不过是对“隐藏”于人心中的恐怖的曲折表述。

时光汩汩奔流，地轴默默转移，漫长的年代过去了，人类的生产力水平日益提高。人类的进步理应嘉许，但工业和科技霸权带来的后果同样是严重的。到20世纪中叶，“挑战太空”已由人类的愿望变为现实。科技崇拜已不再是建立在与自然和谐相伴的心理基础上，而是人的僭妄，他们要“不断前进，彻底征服自然”了。人类疯狂地掠取自然，使环境恶化、生态失衡，甚至欧美一些国家的科学家提出了一项“大胆”的设想：人在地球上填满工业的奇迹还不够，还要将肮脏的工业建筑在太空中。“我曾是傲慢，建造在星星之外”，就以反讽的态度揭示了“无边的现代化”的浅薄的傲慢。正如美国著名环境理论教授戴维·埃伦费尔德所言：“我们的时代太‘先进’了，缺少足够的宁静。我们的时代是僭妄的时代。我们玷污了一切事物（有许多是永远地被玷污了），甚至最边远的亚马孙丛林，高山上的空气和孕育我们生命的永恒的大海也在所难逃”。(《人道主义的僭妄》)

今天，人类终于认清了“僭妄”的后果，他们要与大自然保持一种和谐亲昵的关系：既不是由恐怖和“悲哀”而产生的自然崇拜，也不是由僭妄和“高傲”所带来的“征服自然”，而是“我在眼前的树下筑巢／当我早晨醒来时／枞树用金线穿在它的针叶间”。人应该诗意地栖居在天人同根的大地上，活得自明，美好，纯洁。

这首诗言简意深，颇有天地同参意味。人类的自省和自明都在淡淡的表述中呈现了。赫格终身居住在偏远的乡村，种植苹果园并写诗。他追求一种简朴的生活，就餐时使用的是木碗和木勺。但我想，对《我曾是悲哀》一诗，我们也不可得出片面的理解，认为诗人是在彻底反对“现代文明”。他只是为人们提供了某一个方面的思考，而非“全部的真理”。正如他说过这样睿智的话——

不要带来全部真理。
不要带来大海，当我干渴，
不要带来天堂，当我呼唤光明。
只求带来一点暗示，一点露珠。
就像鸟只衔一滴水，
就像风只带一粒盐。

荷兰

赫立特 · 考文纳尔

赫立特 · 考文纳尔（Gerrit Kouwenaar，1923—？）是荷兰当代著名诗人、诗学理论家、翻译家，20 世纪中叶实验派诗歌的主要代表，其诗作曾获得荷兰国家文学奖。他的诗最显著的特点是对语言本体论的特殊认识：语言在诗中不是实用指称性的工具和情感载体，而是一种自足的“客观对象”。“诗人应当跟随词，写出未知的新领域”。在诗歌最成功的瞬间，“它说”比“我说”或许更为深入而有效。其代表作诗集“《词之用》就完全是写语言与现实、诗的写作、经验的非个人化、‘不在场’等问题的”（飞白语）。考文纳尔的诗坚实有力，他曾说“一首诗像物”，诗人要挖掘“客体”中的本质。他的诗虽受到超现实主义诗风的影响，但深入细辩，人们又会发现其内在的“理智”因素，意向较为明确。这或许与 20 世纪以来拒斥形而上学、走向“语言学转向”的语言哲学对诗人的影响有关。

无　名

当我看见许多人的思想不可救药地
蜂拥在事物名称周围
恰像笼中鸟围着鸟食
我就情愿去攀登无名事物之高峰
哪怕只爬到半山

为寂静谱乐
但匿名，不是出自尊敬
而是出自纯粹盲目
就这样透过肉体
准确地筛出事实之尘和时间：
这正是创造的尝试

哪怕只爬到半山：展望
一件固体删除和省略了空间

高度真实是睡梦和平息饥饿
高度可想象是因为它未有名称
当手里和眼里没有了住房
人才能住得更宽敞

（飞白　译）

［导读］

这是一首“以诗论诗”的作品，诗人省察了自己与语言的关系。要理解这首诗，有必要先介绍一下语言理论。我们知道，诗人所使用的材料只有语言。那么，语言的本质是什么？海德格尔这样表述过：“语言是存在之家，人栖息在语言所筑的家中。诗人与思者是这一家宅的看家人。他们通过自己的言说使存在的敞开形乎语言并保持在语言中。”“语言凭借给存在物的首次命名，第一次将存在物带入语词和显象。这一命名，才指明了存在物源于其存在并达到其存在。这种言说即澄明的投射”(《诗·语言·思》)。这里，海德格尔并不是在一般意义上谈论语言，他强调的是能为万物和人自身进行有效命名的深度语言。

然而，语言在为某物命名之后，年深日久它的光华和力量也会渐渐磨损，使原初的、充满活力的发现，变为公共流通的类聚化的指称工具。比如，今天当我们说“鹅毛大雪”，我们再也不会惊喜地意识到“鹅毛”与“大雪”的比喻关系，我们抓住的不再是有命名力的“存在”，而只是接受了“雪很大”这一个气象学事实。再如，当我们说“天行健，君子以自强不息”时，我们也不会领受到此言在原初命名时蕴含的天人同根的、深厚的彼此呼应关系，而只是将之简化为“人应自勉”这一陈旧教条。至于随便想起的“人老珠黄”“一帆风顺”“马革裹尸”“五体投地”“引而不发”“运斤成风”如此等等，这些曾经创造性地照亮过“存在”的诗意的语词，如今都已衰落为惰性的符码了。正是有感于语言积垢的遮蔽，海德格尔才对诗歌语言进行了高度的评价：“诗绝非是把语言当作在手边的原始材料来运用，毋宁说，正是诗首先使语言成为可能。诗是历史的人的原初语言，所以应该这样颠倒一下——语言的本质必得通过诗的本质来理解”，“诗意让敞亮发生，并且以这种方式使存在物发光和鸣响……我们必须学会倾听诗人的言说”(《诗·语言·思》)。

在约略介绍了上述语言理论后，我们对考文纳尔《无名》的含义就很容易理解了。诗人要表述的首先是，一个真正的诗人就应力求做“第一个”命名者。他要摒弃那些已然蜕化为大众信息的僵死符码，他决不愿意像“许多人的思想不可救药地／蜂拥在事物名称周围／恰像笼中鸟围着鸟食”。诗语的价值就在于为“无名”的存在命名，诗人要“去攀登无名事物之高峰”，“高度可想象是因为它未有名称”。

其次，诗人也充分估计到了语言历险之途的艰辛，可能自己也只能“爬到半山”;但是，这一切是值得的。面对存在、面对语言的困境，一个真正的诗人没有捷径可走，“创造的尝试”即使失败，也尽了一个“语言之家看家人”的本分。因此，考文纳尔能够高傲地说：“诗人并不是在描写他事先储存的某种事物，而是在体验他事先从未体验的某种事物”。(《世界诗库》)

无色

颜色们——总有一天
我要戒掉它们：
男性的蓝，女性的红
孩子气的黄
健壮喧闹的绿
受虐待的紫，蹑手蹑脚的粉红
用温柔的谎骗过它的父母
而不请自来地
伸进阴沉的黑
黑单纯地演着夜的角色
而白呢，只是无
的多毛的幻影

有一天将要来到
我要用笔和无色墨水

揭开混合并且超度
男人女人孩子
健壮的季节和墓穴的边缘
蹑手蹑脚的肉体和
乌鸦与雾的相互毁灭

正像一个盲人

正像盲人看不见
别人所说的存在
他只说他的触摸和怀疑——

（飞白　译）

［导读］

这里的《无色》可视为前面《无名》的“姊妹篇”。如果说《无名》写了语言对存在“命名的缺席”，以及诗人力求“为无名的事物命名”的创造意志；那么《无色》则表达了诗人对被僵滞语义所遮蔽的事物——“伪名”——的“正名”。这二首诗可以对读，其意味有诸多相通之处。

“颜色们——总有一天／我要戒掉它们”。这开始的一句真是幽默至极。我们知道，僧侣有种种“戒持”，凡人也有戒除不良嗜好的；而一个诗人竟然要“戒掉颜色”，他开什么玩笑？诗人没有开玩笑，他只不过使用了一个隐喻，以人们对“颜色”的僵化理解来喻指诗歌语言被固定语义扼杀的处境。考文纳尔反讽道，谁告诉诗人们蓝是“男性的”？红是“女性的”？紫是“受虐待的”？绿是“健壮喧嚣的”……？这些不过是低能的诗人们不加个体感受只凭“习惯”就从众言说的东西，是“温柔的谎”。也许以上这些对色彩的感受在最初命名时是有意义的，但年深日久他们已丧失了“命名”的光华，而变为惰性诗人用来讨巧的“伪名”。真正的诗人要从个体生命体验出发，重新去“触摸和怀疑”每一个词语，将“公共的抽象”，变为“个人的抽象”；将“公共的象征”，变为“个人的象征”。

考文纳尔说过：“诗不是睡美人的直挺挺的漂亮外套，不是如肖像画或静物画那样对现实的笨重的模仿，而是一种自足的行为，一个紧凑的张力球。”（《世界诗库》）诗人的使命就在于原创力的高扬，表达那些经由个体体验过的词语所发现的东西。在词语的密林里，诗人不愿再走那条被众人踩实的道路，因为它不会通向任何发现，而宁愿“像一个盲人”，去触摸、去谛听、去领受个人被词语之林撞击后的疼痛。要注意的是，考文纳尔倡导的语言立场只是“诗人立场”，而非对常规语言中语义稳定性的颠覆。常人只在约定俗成的意义上使用语言，而诗人的使命就是创造、命名。

吕瑟贝尔

吕瑟贝尔（Lucebert，1924—？）是荷兰实验派诗歌最重要、最有影响的代表诗人，被称为“50年代诗人群的皇帝”。同时，他还是国际知名画家。

50年代初，他的第一部诗集出版，与考文纳尔等同仁一道揭开了实验派诗歌的序幕。吕瑟贝尔的诗歌形式自由开放，神奇的“超现实”想象力令人赞叹。他将格律体诗斥为“诗韵的耗子”，主张以现代诗的穿透力与“震荡”效果作为审美圭臬，刷新传统诗人那种“文字贵妇和文字绅士”的保守作风。在由荷兰汉学家柯雷与中国诗人马高明合译的《荷兰现代诗选》中，这样介绍了这位充满活力的诗人：“吕瑟贝尔诗歌的主题涉及很广。社会中的非正义、谎言和虚伪都是他抨击的对象。他反对任何既成的秩序，无论是社会、人际关系还是艺术。他的联想极为自由，甚至‘荒谬’。他的诗歌语言具有极强的实验特点，富于语言上的想象力和创造力。只要必要，他就不理睬任何语法规则，并最大限度地利用语言新创最有效果的表达方式。其创造的形象很有幽默感。”这种评价是颇为精当的。由于这些原因，许多批评家将他置入后现代主义文学谱系研究。

诗歌流派

我不是一位可爱的诗人
我巧妙地骗取
爱情，看看她背后隐藏的仇恨
和表面上哇啦哇啦的行径。

抒情是政治之母
我不过是起义的宣讲人
我的玄想是腐烂的谎言
美德吃下它就会康复。

我宣告，天鹅绒的诗人们
正死于惊恐和人道。
从此，被感动的刽子手将音乐般地
打开燥热的铁喉咙。

我，住在这本书中
就像在鼠夹里，我渴望
革命的阴沟，我高喊：
诗韵的耗子，嘲笑，
还要嘲笑这个过于优美的诗歌流派。

（马高明　柯雷　译）

[导读]

吕瑟贝尔是洋溢着创造活力的实验派诗人，他虽然承认自己的诗受到过达达主义和超现实主义诗潮的影响，但他并不全盘接受外来影响，而是对之采取“取之所需，为我所用”的灵活态度。他说，“我用诗歌的方式试验，就是说，用简洁而明澈的水，表达最丰富的生活的辽阔”。对那些僵化的“文字贵妇和文字绅士”诗人，他十分厌弃，因为正是这些了无生气的“美文”，构成了诗人发挥自己原创性的障碍，“美丽烧毁了她（诗）的脸庞，她不再安慰人类，她安慰幼虫爬出耗子”。有趣的是，为了更形象地表达诗歌应对人的生命有直接的触发、冲击，他甚至不惜以“恶作剧”的方式展示了诗的“行为艺术”：在一次诗歌朗诵会上，他登台表演，将一杯水从头浇下，并将这首“诗”命名为《秋天》。

《诗歌流派》可视为吕瑟贝尔对自己“写作纲领”的表达。前两节陈明了他对诗歌活力和热情的理解，后两节则嘲讽了那班孱弱而优雅的“天鹅绒诗人们”。诗人说自己“不是一位可爱的诗人”，因为“可爱”并不是衡估诗歌价值的重要标准，更不是唯一标准。“可爱”或许是“媚俗”的。他对诗的理想是要能洞透表象而看到生命的“真实”，甚至揭示出在热烈的“爱情”背后隐藏的不为人知的“仇恨”。理想的诗歌语言应包容悖论因素，激发读者在多向的惊愕体验中领悟生活的复杂和真实。平庸的诗人力求清除生命和语言内部的矛盾因素、逆反因素，而成熟的诗人则主动寻求有难度有包容力的写作，使“不协调的品质”达成互否性平衡。在诗人看来，诗的“抒情”，也并非与生存和生命无关的唯美的陈词滥调，“抒情是政治之母”，它要介入当下生存；诗人要进行审美的革命，他应“是起义的宣讲人”，“我的玄想是腐烂的谎言／美德吃下它就会康复”，吕瑟贝尔就是用这种深刻的悖论句式，宣告了新的诗歌理想的诞生。它表面上显得乖张，但骨子里是极为严肃求实的。

对那些陈腐隐逸的“天鹅绒诗人们”而言，这种新的诗歌精神的确显得“粗陋”，而令他们“惊恐”。但是，今天的诗不能再是自恋的唯美遗兴，不能再是优雅的“天鹅绒”般的悄吟，而应该“打开燥热的铁喉咙”，唱出一代人的叛逆和梦想。如果说诗人是“耗子”，他也要活跃在“革命的阴沟”，而不是被夹在“诗韵的耗子”。吕瑟贝尔嘲笑以往那些被优雅的音韵所夹住的耗子——“嘲笑这个过于优美的诗歌流派”。

作为实验派最重要的代表，吕瑟贝尔在宣告一代人新的诗歌理想时难免要“矫枉过正”。但我想，这种偏激是任何倾力创新的诗潮都不可避免的。在对审美理想的表述中，“全面和辩证”，这当然也很好；但太“全面、辩证”，就等于什么都没说。在新旧不同的审美型构嬗变的“非常时期”，强调“反常”“断裂”乃至革命性“取代”，自有其内在的必要性。在相当多的情况下，不同的诗学范式的确是难以相容、互补的。况且，新的审美革命，往往是由于旧的审美范式的严重危机所引起的，从这个意义上说，前者也表达了后者内部渴望变革的诉求。

夏 末

我把武器放在草地上
我的武器将散发出草地的气息
我把身体放落在草地上
我的身体散发出树木的香味，苦涩又甜蜜

这样仰卧，无足轻重，空气般仰卧
像水面上一张变黄的照片
闪闪烁烁在波纹中卷起边缘
或者邻近树林，覆盖着身体和阴影的灰尘

噢　伟大的呼吸，请不要让石头站起

不要让它们的脸颊变得沉重，眼睛
变得更小更需要眼镜更加灰暗

让恋人们依然仰卧，岑静
黑色在他们银白的耳朵之间　噢
让小姑娘们继续梳理她们的羽毛，微笑

（马高明　柯雷　译）

［导读］

在上一篇导读文章中，我们介绍了吕瑟贝尔对重建诗歌精神的看法，并指出他对达达主义与超现实主义诗风采取的“取之所需，为我所用”的态度。的确，吕瑟贝尔在追求诗歌形式创新的同时，没有淡忘它介入生存、批判现实的使命。他诗歌的基本母题之一，就是对社会中的非正义、战争压迫、恐怖主义、意识形态谎言进行抨击。在《恐怖》一诗中，他把冒充“善良化身”去发布战争命令者嘲讽为“一位将军放屁／臭烘烘的云雾穿过道路”，“有时它伪装成关闭的轿车／在空荡荡的白色道路上缓缓而行／但它肯定会突然消失于／地平线清晰的血渍之中”。他还有一首著名的短诗《给警察的密令》，以戏谑和反讽的态度，揭露了霸权主义、战争狂人给世界人民及本国的被迫参战者带来的灾难：

在游行中高呼“军队万岁”的人们
应该立即
被处死
他们是破坏者，企图
瓦解士气
因为军人的目的不是光荣地
（或以其他方式）活着，而是为祖国
镇静地死去，以尽其职

如果说《给警察的密令》是以“正话反说、旁敲侧击”的反讽方式，表达了诗人对国内和国际“警察制度”的抨击；那么，《夏末》则以深沉的抒情表达了诗人对和平的呼唤——

“我把武器放在草地上／我的武器将散发出草地的气息／我把身体放落在草地上／我的身体散发出树木的香味，苦涩又甜蜜”。这里的“我”，是一切觉醒了的反战主义者的泛称。人的生命只有一次，和平、建设、仁爱才是最重要的东西。然而，那些战争狂人和思想大盗却“教育”我们，人还有“更重要”更壮烈的“事业”，让我们去为“流血的政治”争斗，在战场上搏杀、殒命。诗人坚决反对这种欺骗，他要将武器扔在草地上，他嘲笑这虚妄的“更重要”，而宁愿活得平静美好，活得“无足轻重”。这里，“轻与重”发生了置换，“无足轻重”恰恰才是真正有价值有分量的人生理想。那些仰卧在碧绿的草地上倾心交谈的恋人们，那些在青翠的林子里像鸟儿梳理羽毛般美丽地微笑的小姑娘们，那些抛弃了武器去体味和平与仁爱生活的汉子们……他们安详的呼吸才真正是“伟大的呼吸”呵！诗人呼吁，就让世界如此“轻松”“岑静”下去，让生命蓬松地生长，“不要让石头站起／不要让它们的脸颊变得沉重”。

这是心灵的“夏末”，狂热和燥郁的异化的生存该结束了，人类要省察自己的处境，使这个不平静的世界变得像秋天一样澄净、明丽。让那些灾难的记忆——“覆盖着身体和阴影的灰尘”——像水面上一张变黄的照片随波逝去吧，只有从和平的草地上吸取智慧和活力的人，才是真正的人。

芬兰

卡特莉·瓦拉

卡特莉·瓦拉（Katri Vala，1901—1944）原名卡琳·阿莉赛·赫伊凯尔，生于一个林务官家庭，少年时代随父亲住在偏远的林区。瓦拉曾就读于师范学院，父亲去世后，家道中落，当过工人和乡村小学教师。她是20年代中叶芬兰“火炬派”诗歌的发起人之一，主张“向欧洲打开窗户”，仿效欧洲现代诗潮，吁求芬兰诗从古典诗歌的格律中解放出来，写现代人的情感体验。在大萧条的30年代，她参与发起了左翼组织“基拉社”，反对法西斯主义，因而在第二次世界大战期间流亡国外。瓦拉婚后生活很艰难，但她对生活有坚定的信心，坚持写作不辍。1944年因肺病逝世，年仅43岁。

瓦拉属于芬兰独立后第一代现代诗开创者，她最先冲破古典诗格式与韵律的拘囿而创作自由体诗歌。因其诗体自由，善用隐喻和私人象征，意义隐奥迷人，她被评论界称为“表现主义”诗人。但她一直认为自己的诗风与芬兰的历史语境与个人审美气质的关系更为密切，她不无幽默地说：“我学到这种创作方法，只可能是从空气中吸收来的。”她的诗题材较为广阔，反映了芬兰当代的生活，深受民众欢迎。她既写了爱情、亲情、友情，也写对祖国美丽大自然及历史文化的歌颂；更有许多反对法西斯主义、呼唤自由和平博爱的作品，洋溢着不畏强暴、热爱生活的顽强精神。有评论家赞誉其1934年的诗作《归来》是“基拉社的成立宣言和纲领”。

瓦拉的主要诗集是《远方的花圃》（1924），《蓝色的门》（1926），《站在国家的码头上》（1930），《归来》（1934），《树上的鸟窝起火了》（1942）。她的诗集《远方的花圃》1925年荣获芬兰政府文学奖。

珠　串

我只是个小女孩，
在你热情的眼光前，
你的凝视比你的抚爱更烫人。

我所能给你的
唯有一颗悲伤的心，
而在你脚上滑行的
是我迷狂的影。

因爱而沉默无言，
我看着你的脸，
啊，我的黑上帝！

我的心像个红色珠宝盒，
里面藏着日日夜夜——
你所给我的
一串儿珠串。

但如果你厌倦我了，
就请闭上眼睛，
我将立刻隐去，
比晨空的星星更悄然无声。

（飞白　译）

［导读］

这是一首既甜蜜又忧伤的情诗。什么样的爱情才是深刻的爱情？恐怕没有人能为之下一个准确的定义。我们虽难以为之定义，但对爱情某一方面的体验却可以说一说：最深刻的爱情，必定会伴随着一脉“甜蜜的忧伤”。古往今来的爱情经典作品几乎无一例外地告诉了我们这一点。爱情意味着全身心的震荡与感动，当身心负荷过重时，人也就同时产生了越来越深重的沉浸感和忧伤感。他（她）深深地爱着，又忧虑对方不理解这爱的深度，他（她）坠入情网，又心神不安地考虑这“网”的坚实程度。因此，瓦西列夫在他著名的《情爱论》中才说：爱情常会伴随忧伤的情感体验，当一个人做出了决定其命运的倾诉，在等候回音时，他（她）甚至可能是“痛苦”的。

《珠串》中虽没有“痛苦”，但有着甜蜜的忧伤。诗人说，“我”深深地爱着你，你攫住了“我”的心，你是“我的黑上帝”！人在自己的“黑上帝”面前还能说什么？那深厚的爱无法用言语表达，“我”只能看着你的脸，“因爱而沉默无言”。也正因着无法充分地表达出“我”的爱，所以“我”心充满温柔的哀戚，“我所能给你的／唯有一颗悲伤的心”。这颗悲伤的心是纯洁而珍贵的，“像个红色珠宝盒，／里面藏着日日夜夜——／你所给我的／一串儿珠串”。像痛苦的蚌孕育了珍珠，爱的珠串在“我”心灵深处——红色珠宝盒——珍存。这个隐喻恰当鲜活，诗人暗示出：在你无法尽知的内部，要知道，我的爱的光芒是羞涩的、内敛的呵。

接下来，诗人写了真正的爱情又是无条件的，不以“回报”为前提的。诗人虽“无法”充分道出自己爱得有多深，但她却如此明确地告诉自己的“黑上帝”：“如果你厌倦我了，／就请闭上眼睛，／我将立刻隐去，／比晨空的星星更悄然无声。”这真是极至之爱的告白！它没有一屑俗尘，它是天上晶洁的星星，是心灵深处的珠串。两个隐喻构成和弦，在诗人甜蜜的忧伤中发出纯洁而温润的光晕。

这首诗准确而深入地写出了对爱情的复杂体验，由前面的“沉默”到最后的“说出”，让我们看到了一颗至真至纯的心。比照之下，我们习见的爱情诗却往往在该“沉默”处喋喋不休，在该“说出”时又言殊缄默。而瓦拉从本真的情感体验出发，“替我们”写出了既甜蜜又忧伤的爱情。诗人对情感的诗性塑型技艺和自我心理分析的功力是极为出色的。

桥

但愿我的心是坚定的岩石，
可是我却在重压下颤抖。

从世界各个角落
孩子们惊慌的手伸向我的手，
当我听见千万声痛苦的呻吟，
我的心墙几乎碎裂。
热爱人们的我
见到孩子诞生就战栗，
因为这就是痛苦降生。
但愿我像海一样强大，
那么我的歌就能冲塌
那遮挡日出的墙。
然而我只是一座摇摇欲坠的桥啊，
而你的路却要从桥上通行。

（飞白　译）

[导读]

瓦拉是有着温柔爱心的女诗人。她有许多诗表达了一个母亲对孩子的深沉的爱怜。比如，在有名的《游戏》一诗中，她写了一个孩子与母亲在雨天的谈话。外面在落雨，他们把小小的家称作“海底世界”，妈妈的“双手是美丽的鱼”，温柔地抚摸着孩子；妈妈的声音是海面灯塔上的钟，“在海底牧场悠扬”；远方雨幕中的灯盏，像一条“光辉灿烂的船／驶过我们世界的头顶”，那是未来生活的理想和希望驶过我们的心，“我一心就盼望登上那条船”。但在这场美好的谈话的最后，我们也感到了诗人那透明的哀伤——我们今天所生存的这个世界，还是多么压抑；我们的生活，还是多么清贫无告。我国诗学家飞白先生在介绍瓦拉生平时说：“她曾表示惊讶：她怎么竟会把一个孩子生到这个炸弹随时可能落到头上的世界里来。”（《世界诗库》）在心为志，发言为诗，《桥》与诗人的心灵是可以彼此还原的。

这首诗以拟人化的“桥”为说话者，表达了一个母亲（有如“桥”那般接引、承载孩子的母亲）对孩子的爱和对丑恶世界的诅咒。这里的“孩子”，不再限于自己亲生的孩子，而是“从世界各个角落／孩子们惊慌的手伸向我的手”，体现了诗人把爱推向人类的博爱胸怀。因为对千百万孩子的爱，使诗人倍感这个世界的丑恶，它是不配让纯真无辜的孩子来居住的！“热爱人们的我／见到孩子诞生就战栗／因为这就是痛苦降生”。这就是诗的语言，在如此简洁的笔墨中，压缩了浓烈的爱与恨，令人在瞬间就抵达了诗人内心深处最强烈的感情。

此诗的中心意象是“桥”，它是诗人那颗慈爱与负重的心灵的象征。然而，在浊浪冲击和黑暗压迫日重的世界，这座“桥”“在重压下颤抖”“摇摇欲坠”“心墙几乎破裂”。它痛惜降生在黑暗世界的孩子们，因为，它（桥）饱经忧患和痛苦的躯体，已不能承担再多的重负了。这首诗就在“难以承受”与“必须承受”所构成的噬心张力中展开，桥体／心灵超负荷的“颤抖”，激起了每一个有良知的灵魂的共鸣。这就是瓦拉的“表现主义”，它不是一种怪诞的修辞学的机巧，而是用整个生命凝结而成的心象。

依瓦·玛纳

依瓦·玛纳（Eeva Manner，1921—？）是芬兰50年代最受欢迎的现代主义诗人，也是颇有成就的剧作家、散文家和翻译家。她的早期诗作属于传统抒情诗范畴，50年代转向超现实主义诗风，并受日本俳句和中国古代诗词境界影响。她的诗风格简隽、清新，多描绘人与自然的和谐关系。在轻盈的跳跃中，涵纳天地同参之境，令人回味与遐想。这些作品多为短章，富于神话色彩和东方式的宁静辉光，且有很强的节奏感。玛纳的代表作诗集是《这次旅行》（1956）和《华氏121度》（1968）等，她还翻译过荷马史诗和莎士比亚诗歌。

树木是裸体的

树木是裸体的。
秋天
把它的薄雾之马赶向河流。

狗在远远地吠叫。
小小的马车离开窄门
孤零零，没有车夫，消失。

有人说，如果心睡在冬青树下，
那准是一个幽灵赶车。
而幽灵恰恰是回忆。

夜过早地降临。
很快将是冬天
深而冷，像一口井。

（北岛　译）

［导读］

玛纳的诗与超现实主义诗歌的影响有关，但她从超现实主义诗风中汲取的不是反理性和荒诞感，也不是放纵的“自动写作法”；而是现实与幻象的统一，以及“诗包含在客体中，诗人要在客体内部挖掘另一个世界”（布勒东语）的观念。此外，玛纳还将这种超现实主义诗歌技艺与中国古典诗歌、日本俳句的神韵糅为一体，在清明的境界中追求蕴藉的深永，看似即目即景，实则目击道存。她曾如此表达过人与自然“同化”的理想：“我要指给你看我走过的一段旅程。你会看见一切都一点一点推移，变得更不做作，更为原始。你将来到一个温暖的国度，又柔和又朦胧。那时，我将不再是我——而是森林……”（《同化》）

这首诗的语境似乎是以“即目即景”的自然意象为主的，其实，诗人是在“客体内部挖掘出了另一个世界”。深秋，树木脱尽了叶子，世界一派清疏和岑寂。“秋天 / 把它的薄雾之马赶向河流”，诗人不着痕迹地完成了“移情”修辞，仿佛是为了教人适意地眺望，秋天才将原野收拾得一无遮蔽。这种化客为主的体验方式，准确地表达了人面对大自然的亲昵和惊喜之情。

接下来，诗人又写了一组自然意象与个人心象的融合——“小小的马车离开窄门 / 孤零零，没有车夫，消失”。小马车没有驭者，它悄悄越出窄门消失，这岑寂的场景颇为神秘，且含有一丝紧张感。然而，这种岑寂和紧张在瞬间就被打破了。马车其实是有“驭者”的，只不过我们看不见“他”——赶车人是“一个幽灵”，“而幽灵恰恰是回忆”！噢，原来是诗人心灵的“小马车”逸兴遄飞地在秋天上路了。在这里，前后两个句群发生了奇妙的呼应：“秋天 / 把它的薄雾之马赶向河流”——“我把回忆的马车赶向秋天的道路。”此种双重视野，正是超现实主义诗歌的神奇之处：将内 / 外现实看作互为呼应和观照的统一性存在，肯定具体世界和抽象心灵世界的奇妙对应，在客体中挖掘出属人的灵魂。

最后，诗人又回到了“即目即景”的境界中来，写出对“天行健”中大自然生生不息地轮回的深切感受。读这样心与物交替兴现的诗，我们会有瞬间被双重视野所照亮的迷醉感。玛纳诗歌中“人与自然同化的理想”，于此可见一斑。

下面，我再为大家抄录玛纳一首精美的小诗《我以为看见一封信投在门廊》，它同样是超现实主义与东方古典寄情小札完美的融合——

我以为看见一封信投在门廊，
可那只是一片月光。
我从地板上拾了起来。
多轻呵，这月光的便笺，
而一切下垂，像铁一样弯曲，在那边。

丹麦

奥利·萨尔维格

奥利·萨尔维格（Ole Sarvig，1921—1981）是丹麦著名诗人、小说家、剧作家和文艺评论家。青年时代即投身于丹麦现代诗运动，是前卫文学杂志《异教徒》的主要撰稿人之一。对推动丹麦现代文学的发展起过很大作用。

萨尔维格属于丹麦现代诗坛上的“波德莱尔派”（对应于另一流派“惠特曼派”），其诗歌话语可编织进“后期象征主义”谱系。他诗歌的特点是熔智性与直觉于一炉，强调对生存和生命的双重关注，追求个性化的语调和节奏。北岛先生如此评述萨尔维格的诗歌情调：“奥利·萨尔维格用自己的作品构成了一个独特的世界，其核心像是一个神秘的宗教故事。故事是关于各物的种子从冬眠、萌芽到生长的过程。”（《北欧现代诗歌述评》）在自然中寻找心灵的“客观对应物”，经由个体生命体验来表达人类的生存处境，是萨尔维格诗歌的意蕴特征。而从语言形式上看，他对丹麦现代诗的贡献在于开启了一种新的语言意识：“认识并不先于语言，而是产生于语言之中。”这正体现了象征主义诗人对语言自足性的认识和诗歌本体意识的自觉。

萨尔维格的主要诗集是：《绿色的诗》（1943），《自我的房子》（1944），《为数众多》（1945），《传说》（1946），《人》（1948），《郊区的诗》（1974），《旅行者》（1978）。

苍白的早晨

我总是听到真理叫卖他的货物
在房屋与房屋之间。
可我打开窗户时
小贩和他的手推车一起消失，
相貌平常的房屋挤在那里，
它们惨淡的阳光的笑容，
在像往常一样的日子中。

伟大的早晨来临。
巨大的光源在太空燃烧。
清淡的艳丽色彩
在寒冷中颤抖。
真理在我耳边喧闹
又越过许多屋顶，
到达另一些街道，
此刻别人听见他的叫喊。

（北岛　译）

［导读］

这首诗带有智性特征，它处理的是现代人精神世界中的怀疑主义，和对怀疑的怀疑。诗人从一个敏感的词——“真理”写起。“真理”，多么迷人的词！但什么是真理呢？人们会不假思索地说：“真理就是客观事物及规律在人的意识中的正确反映。”这话虽说得不错，但它却等于是在做同义重复而绕过了问题的实质。人们发现，这个论断的前提——“客观事物及规律……正确反映”——本身也是需要论证的（你怎么知道你的反映是“正确”的？）。因此，20世纪以来，在现代哲学和思想史“认识型构”上发生的巨大变化就是反对客观主义、绝对主义和一元主义，而坚持主观主义、相对主义和多元主义。即认为，对事物的认识都与主体（人）的主观状态相关，离开主体的世界是没有意义的。一切认识均有着相对性，不存在唯一正确、永恒不变的世界的客观本质。《苍白的早晨》就与这种变化了的“认识型构”有关，诗人以反讽陈述，表达了他对“真理”的认识。

“我总是听到真理叫卖他的货物 / 在房屋与房屋之间。/ 可我打开窗户时 / 小贩和他的手推车一起消失”。在苍白的早晨，诗人听到了叫卖“真理”的声音。从隐喻的意义上看，“真理”竟被“叫卖”，可见它内部的虚弱和矫饰。（我们都熟知一条西谚：“市场上叫卖声最凶的人，恰好是推销次品的人。”）同时，“叫卖”更有其实指的一面，它是这个追逐“利润”“效益”的世界的基本声音和缩影。诗人描述的这些情景的确也是某种意义上的“真理”，它关乎事实的“真相”。借用哲学家的术语，我们可称它为“事实真理”。

但是，人之所以为人，就在于他不仅被动地指认“事实真理”，他更要追寻“价值真理”（仍借用哲学术语）。前者只关乎事实的“真”，后者还关乎对事实的评价与态度，关乎人灵魂世界的自主性和超越性。在诗人看来，“价值真理”是更“伟大的早晨”，“巨大的光源在太空燃烧。/ 清淡的艳丽色彩 / 在寒冷中颤抖”。这是以太阳来隐喻人对价值真理的追求。它不仅涉及真，而且还涉及美、善和为理想而奋争的不屈精神。

与“惨淡、苍白”的事实真相相比，人所具有的超越性，灵魂的自明和斗争的光芒，显得更为真实可靠。虽然它不能带来“实利”，它甚至向日常生活的常规挑战，它还“在寒冷中颤抖”……但是，它赋予我们的生命和灵魂以重量，使我们超越了麻木生活的“屋顶”，在更广阔的精神世界中高蹈。正如俄罗斯诗人曼德里施塔姆所言:“我冻得直哆嗦 / 我想缄口无言 / 但黄金在天空舞蹈 / 命令我歌唱! ”

这首诗体制不大，但意义复杂盘曲。从对苍白的早晨伪“真理叫卖”的反讽，到对伟大的早晨价值真理的“叫喊”的歌赞，使我们领悟了价值真理才是人的主体性升华的伟大向度。可贵的是，诗人反对独断论和精神欺诈，但没有走向颓丧的沉沦之路。他启示我们:真理不等于“真相”，也不是一个具体的“地址”，它不过是一种向上的精神向度的召唤——它是人类应具有的否定精神，批判精神，自由探询，历史想象力，生命的超越意志和美的自觉。

我的悲哀

我的悲哀那奇怪古老的别墅
带着向北的冰冷的走廊
和无用的塔屋。

总是在松树
墨绿色花园的影子里，
长满了，忘掉了，
每个人都躲闪着。

我时常在那儿独自散步
在那潮湿充满回声的房间里
在霉烂的寂静中，
只被昆虫居民
刮墙的声音干扰，
——这些小小的不停咀嚼的家伙

他们一百年后
会把这座房子蛀成灰烬。

（王伟庆　译）

［导读］

这是一首象征主义诗歌，核心语象“那潮湿充满回声的房间”，是诗人悲哀感情的“客观对应物”。我们知道，悲哀、忧郁、烦厌、孤独体验，是象征主义热衷的诗歌母题。与此相应，“房屋”也是象征主义诗人常用的隐喻，以之暗示“孤寂的灵魂居所”。波德莱尔曾在许多诗中将之写成“一座潮湿的土牢”；“那漆黑的夜光穿透了百叶窗的地方”；“灵魂成了土墓／多少年来我在此漫步、居住”；“只有漏雨的地洞，来充当你的卧房和你的住宅”；“有一座忧凄难测的地窖／命运已把我丢弃在那里”如此等等……（以上引诗均见《恶之花》）

在诗人简介中我们已介绍过，萨尔维格是丹麦现代诗中的“波德莱尔派”，受象征主义诗歌影响甚深。两次世界大战带来的幻灭感几欲动摇了他对西方文明基础及延续性的信念，浓重的怀疑主义精神使他遁入了自己的内心。但遁入内心并不能解决生存那无所不在的咄咄逼人的压迫，像卡夫卡小说《地洞》中的小动物一样，他无时不感到（听到）被一种“小小的不停咀嚼的家伙”“刮墙的声音干扰”，这使他“独自的散步”也变得充满焦虑。这种缓慢而噬心的折磨，年长日久“会把这座房子蛀成灰烬”。这种忧思就造成了“我的悲哀”：整体生存已丧失了其可靠的根基，我不屑投入；而回避生存独善其身，又会置身于孤独、霉烂的处境中，被自身生命内部的蛀虫咬啮。我们的生存就是由这种悖论和命定的错位组成的，虽然“每个人都躲闪着”不去正视它。

这首诗无疑是悲观主义的产物，但正如萨特所言：“我只把悲观看作是对人类处境的一种清醒认识。”诗人不回避“我的悲哀”，诚实深刻地将之揭示出来，就从另一意义上体现了现代人生命的觉悟和生存意志的坚强。

亨里克·诺德布兰德

亨里克·诺德布兰德（Henrik Nordbrandt，1945—）是丹麦当代最重要的诗人之一。他曾在哥本哈根大学学习东方语言和文化，后长期居住在希腊和土耳其。他于60年代中期崛起于丹麦诗坛，受到广大读者和批评家的激赏。诺德布兰德沐浴在东西方文化的双重光辉之下，这为他寻找自己独特的声音提供了难得的条件，他是“一条已找到自己河床的河”（诗人自语）。他的诗以意象的力度，有“分寸感”的超现实主义风格，雄辩的声音，和简劲地描绘独特心境等特质，吸引着人们的视线。一位丹麦批评家指出：“亨里克基本上是个广义的爱情诗人。你处处可以在他的作品中感到他那为了土地和人民，为了言语和经验，甚至为了苦难的爱的歌唱。是燃烧的大地教会他跳舞。”除写诗外，他还翻译过许多土耳其的诗歌和神话传说。

诺德布兰德的主要诗集有《决裂与来临》（1974），《玻璃》（1976），《冰川纪》（1977）等。

楼梯歌

你的脸
在夜晚
一张缓慢地
燃烧的唱片

在灰尘的花瓶里
你布置门厅的芳香
在灯光的音叉下
小心摆放你的乐器

薰衣草和春黄菊
双簧管和小提琴
旧地毯上的
一块图案

当灯光正在
同你的脸据理力争
你把嘴
凑向楼梯口

用歌声召我上楼
走向你关闭的门

（江风　译）

［导读］

这是一首爱情诗，但诗人却没有一字谈到“爱”，也回避了直抒胸臆的激情表白。因为，纯真的爱情总是难以言说的。就在诗人表达自己的心迹遇到“困境”时，他巧妙地找到了一系列有关音乐的意象，以此更深切地暗示出自己的一腔爱意。我们知道，音乐是一种“超语义”的艺术，它是人灵魂的旋律，生命的律动。它似乎什么都没有“说”，但它又更多地“说出”了语言无法说出的东西。也正因如此，叔本华才说“音乐如果作为心灵的表现者，那是普遍程度最高的‘语言’”(《作为意志和表象的世界》)。

诗人望着情人满含爱意的脸庞，感到深深的幸福和迷醉，“你的脸／在夜晚／一张缓慢地／燃烧的唱片”，犹如在发出双簧管和小提琴般柔曼深情的旋律。其实，那只是“我”感到的无声的爱的旋律，正从姑娘羞涩而温柔的脸上“旋转”过来。花瓶里薰衣草和春黄菊在开放，室内一派芬芳，一切都沉浸在心灵的音乐中。“在灯光的音叉下／小心摆放你的乐器”，这个音乐意象写得格外奇崛。我们知道，音叉是一种用钢材制成的发声仪器，形状像叉子，用小木槌敲打会发出悦耳的乐音。音叉的长短薄厚不同，能产生出各种音高的声音，可以用来调整乐器和帮助歌唱者定出音高。“在灯光的音叉下”是一笔两写，灯光作用于视觉，音叉作用于听觉，在此二种感官融合，发生了审美通感；而且二者都具有明亮、敏利的性质，更至切地表达出诗人陶醉而敏感的心情，为今夜的幽会“定了音高”。在这至真至纯的生命的永恒时刻，一切言语都显得多余了，“你把嘴／凑向楼梯口／用歌声召我上楼／走向你关闭的门”。《楼梯歌》乃是心灵音乐的升阶之歌。

这就是诺德布兰德经营意象、渲染氛围的高超艺术。他不求形似但求神似，在正常语义无法表达情感时，以“超语义”的音乐意象更内在地拨动了自己生命体验的心弦。

一种生活

你划亮火柴，它的火焰让你眼花缭乱
因而在黑暗中你找不到所要寻找的
那根火柴在你的手指间燃尽
疼痛使你忘记所要寻找的

（北岛　译）

［导读］

这首诗表述了人们日常生活中常有的经验：久置黑暗中的人们会渐渐“适应”黑暗，当一束小小的光焰在瞬间被擦燃时，人们一时感到刺眼，小小的光束照不到的地方更显得加倍黑暗，“在黑暗中你找不到所要寻找的”东西。“适应黑暗”的人固然是可悲的，但只有瞬间的光束而没有永恒光照的生活同样可悲。诗人在瞬间感到了更大的光明阙如的痛苦，“那根火柴在你的手指间燃尽 / 疼痛使你忘记所要寻找的”。诗人就这样从一个日常经验发现了生命和生存的真实境况，它以现实和超现实的融汇以及“浓缩的悖论”的方式，使我们沉浸在深深的反思之中。

好的诗歌的目的不只是抒情，它更专注于表达人生命的经验。诗人从自己经久而深刻的经验仓库中选择、浓缩与组织那些更具表现力与概括性的内容，来激发和召唤读者的加入。这时，“经验”对具体事物的实指性变得不再重要，而它所暗示的象征内涵却更强劲地统摄了我们的心智——这也正是诺德布兰德径直将日常经历中划火柴寻物这一小事，象征性地命名为“一种生活”的原因。

诺德布兰德的诗总是恰当地介于“超现实”与“现实”或说是“意

识”与“无意识”的临界点上。他那些精审而奇妙的意象都具有这种二重性，使我们既恍惚又若有所悟。下面，我再抄出他一首《在旷野上》，供您品鉴诗人对写作中“临界点”的精妙把握：

那些最初的浮云
在蓝蓝的天空上

投下沉重的影子
在高高的枯草上

痛哭似乎轻而易举
实际上却艰难万分

冰岛

斯诺里·夏扎逊

斯诺里·夏扎逊（Snorri Hjartarson，1906—？），冰岛著名现代诗人。青年时代在挪威学习绘画，同时写作现代诗。他还用挪威语出版过长篇小说。1936 年回到冰岛，在首都雷克雅未克图书馆谋职，后因健康状况不佳而提前退休居家写作。

夏扎逊的诗，试图把象征主义和超现实主义手法与冰岛古老的诗歌传统融为一体，使作品带有神秘感又不过度晦涩，在形式和意义间达成平衡。诗人的绘画修养也给写作带来助益，他像一个画家，在意象和结构方面给人留下鲜明而强烈的视觉效果。他的主要诗集是《诗》（1944），《叶子和星星》（1966）等。1981 年获北欧理事会文学奖。

遗弃的路等待着

遗弃在森林中的路等待着
你轻盈的脚步
黑暗中的风静静地等待着
你亚麻色的头发
小溪默默地等待着
你热切的嘴唇
被露水打湿的小草等待着
而鸟儿在林中沉默不语

我们的目光相遇

在我们之间乌鸫飞翔
翅膀上阳光闪闪

（北岛　译）

［导读］

这首诗表达了等待情人的焦灼和她终于到来的惊喜。但在表达这两种反差很大的感情时，诗人没有简单地采取“易感”的态度，而是寻求着更内在的隐喻和“耳感”，让自然景物和诗的节奏暗示出自己内心的图景。明明是“我”在等待，却避而不谈，而以一系列自然物象的隐喻代“我”表达，自然物像被注入了主观心理能量，含蓄、灵动、富感性，成为爱情的“心象”。在耳感节奏上，第一节有如一段“卡农曲”，一个声调为紧随的另一个声调所摹拟：“遗弃在森林中的

路等待着 / 你轻盈的脚步”——“黑暗中的风静静地等待着 / 你亚麻色的头发”——“小溪默默地等待着 / 你热切的嘴唇”——“被露水打湿的小草等待着……”这样紧迫的节奏表达了对爱情的渴望和等待的焦灼。

第二节笔锋陡转，它只有一行:“我们的目光相遇”。这单列的一行颇有意味。一方面它标示了前面等待的漫长，“卡农”的无穷绵延终于休止，诗人的情感可谓“柳暗花明又一村”了; 另一方面，它标示了这次相会的重要性。这是他们历经情感跌宕后的重逢，还是最终决定倾吐衷肠的“永恒时刻”? 诗人没有明确说出，但单独句的特殊排列，令我们感到了它的分量。

按照习见的诗歌方式，接下来诗人应尽情抒写他深深的爱恋和欣悦了。但夏扎逊反对诗歌的滥情、易感倾向，他要用“一块响亮的光斑”式的隐喻（北岛语），以简寓繁地暗示出自己的内心——“在我们之间乌鸫飞翔 / 翅膀上阳光闪闪”。前面一系列寂静的自然物象画面至此骤然跃起，变得生动起来。从“鸟儿在林中沉默不语”到“乌鸫飞翔 / 翅膀上阳光闪闪”，诗人的心迹在此表露得更为神奇更为精彩！这就是夏扎逊“试图融合现代手法与古老的传统”写出的诗，它情感曲折，音义协调。这种“线条”和“光斑”的交错的结构方式，会给我们许多启示。

路　途

每一条离家的路
都是回家的路。

白天的轮子疾转，
泉边的教堂，

河畔的营地
已远远消失，
天已暗，镰刀
高高举向苍白的星星。

悬崖路横，
积满白霜的荒野
冰冷地向四处扩散，
星星的穗头
闪着白光
落在死了的石头
　　和沉重的沙上。
夜很长
冰冷，黑暗。

但山那头
在远离方位和夜的地方
光塔高耸
时间沉睡。
路伸展着
在光的安宁和梦里。

（李笠　译）

[导读]

“每一条离家的路／都是回家的路。”这开篇的两句令人深思。我们既可以将之还原为夏扎逊青年时代孤身负笈挪威，深深怀念家乡的心情的写照；又可将之视为一种象征。前一种含义无须多谈，我们更关注的是诗歌意蕴的深层暗示性、象征性。

“回家的路”就是灵魂还乡之路，它是以曾经“离家”为前提的。在二次世界大战后的西方社会，传统的价值观分崩离析了，无论是宗教信仰还是过往的人文精神传统，几乎失去了对人灵魂的支撑作用。人置身于漂泊无依的“精神乡愁”之中。在统一的精神家园崩坍之后，每个人必须从自己的内心挖掘出对生活价值的答复，独自承担自己的生存。这是“茫茫黑夜中的漫游”，也是不断丧失和重新寻找的心路历程：“白天的轮子疾转，／泉边的教堂，／河畔的营地／已远远消失”。诗人写道，就连北斗七星也如此苍白黯淡，仿佛被自身尖利的“镰刀”（七星排列的形状）割掉的“穗头”，随意丢弃在黑夜那冰冷、沉重的沙上。宗教精神（教堂）远远消失了，指示方向的星星也像“死了的石头”，人在苍茫的路上寻行，“悬崖路横，／积满白霜的荒野／冰冷地向四处扩散”。诗人用极其孤寂、凶险的象征，表达了他对现实生存的清醒认识。

但是，信仰的暂时缺席并不意味着人应该永远放弃对新的价值理想的关怀。如果一味放弃、亵渎，人就等于是在为信仰的缺席做等式证明和辩护了。因此，诗人说真正的“离家的路都是回家的路”，“远离方位”，恰好是在寻找更真实有效的方位。虽然星光陨落、教堂远逝，但坚定的旅人仍在像西西弗那样前行，朝着大地上可能的“光塔”走去，“路伸展着／在光的安宁和梦里”。

这首诗以象征主义的修辞方式，言说了“离家和回家”的对立统一关系。海德格尔说过，“唯有这样的人方可还乡——他许久以来一直在他乡流浪，备尝漫游的艰辛，现在开始归根返本”（《对荷尔德林的诗的解释》）。此诗表述的也正是这个意思：要寻找到真正可靠的精神家园，人就必须有勇气穿越生命体验中的“夜路”。至此，问题的重心就由单向度的“回家”，转变为你如何才能经受住穿越内心夜路的考验。没有“备尝漫游的艰辛”之后的“回家”，你的“在家”不过是冒名顶替的骗局，你还完全不知“我是谁？我究竟身在何处？”，所以叶芝才如此慨叹追寻精神家园的艰辛：“它是一切事物中最难获得的东西，因为那唾手可得的东西绝不可能成为我们生命中的一部分。”

斯泰因·斯泰纳尔

斯泰因·斯泰纳尔（Stinn Steinavr，1908—1958）是冰岛著名的现代诗人，现代主义诗歌最早的倡导者之一。他40年代崛起于冰岛诗坛，从诗歌体式到修辞基础，都向传统诗歌的清规戒律提出了挑战。他的诗受西欧象征主义和超现实主义诗风影响，意象坚实，跳跃幅度较大，内在的情理线索埋得很深，令读者遐想。从意识背景上，斯泰纳尔倾向于同情穷人、批判现实的左翼思潮，但他仍坚持诗的本体性，反对将诗作为宣传工具。代表作《时光和水》被评论家称为"左翼诗歌"。

他的代表作诗集是《诗》(1937),《沙上的脚印》(1940),《禁止的旅行》(1942),《时光和水》(1948)等。

在嬉戏的孩子们

在笑盈盈的阳光中
　　我坐下，凝望
那些晒黑的脸和赤裸的脚。

我的内心承受
雪雨之夜的阴影；
我的手沉重而冰冷。

从前曾有一个人
　　在一片未知的土地。

一把沙子。

而一切已被说出。

（北岛　译）

[导读]

这首诗是由诗人凝望着一群阳光下嬉戏的孩子所触发的。但它被触发后，就展开了自己的时空，现实情境与超现实幻象在这里彼此呼应，诗中的大幅度的“留白”需要读者以自己的想象去补充。斯泰纳尔受超现实主义影响，但他对超现实主义诗风采取的是“局部借鉴”，他并不全盘接受超现实主义诗歌对“梦境”和“潜意识”的大量展示。他要做的是使意识和潜意识彼此激发，现实经验与心灵幻象相互接引。这样的诗有效避免了过度的晦涩，又保持了诗歌应有的神秘性。

阳光下嬉戏的孩子是欢乐的，诗人望着他们为何心头却陡然袭来一阵悲凉呢？这里有两个原因。首先是诗人对自己身世的感慨：诗人的传记告诉我们，斯泰纳尔的一只手臂是完全残废的，上帝的捉弄使他从童年时代就仿佛被宣布为“不受欢迎的人”，踽踽独行，形单影只，远远地待在小伙伴们的嬉戏之外；长大成人后，因无法从事体力劳动，诗人的内心也时有哀恸之感。这些培养了他的孤寂和敏感，以及他通过个人遭际对生存体验的深度。其次，诗人的悲凉感还有另一层意味：望着天真烂漫的孩子，一个中年人回想了自己人生的沧桑和时间无情的脚步，就像莎士比亚曾发出的浩叹：“唉，我默察一切活泼天真的生机／它们的芳菲都只在一瞬！”

表达这种意味没有什么新鲜的，我们感兴趣的是诗人高超的表达方式。这首诗写得层次清晰而灵思闪耀。先写现实层面，阳光下一群黑脸赤足的健康孩子在奔跑游戏，“我坐下，凝望”他们。接着由现实叙述转入内心幻象，“我的内心承受／雪雨之夜的阴影；／我的手沉重而冰冷”。一个成年人心灵和身体所受的创伤，都在这个幻象中表达出来了。而且，上下两个句群（情境）的对比，读之更令人神伤。

在现实层面和内心幻象层面彼此呼应之后，诗人的笔触突然跃起，写出“从前曾有一个人／在一片未知的土地”这样奇兀的句子，使诗的语境陡然开阔起来，在时间深度和空间幅度的扩展中，浓缩表达了“大化周行，无物常驻”的悲凉之感。那个从前在“未知的土地”生活的“有一个人”，作为不定代词，我们不认识这“有人”是谁，但“他”肯定也曾和我们一样发出过“芳菲只在一瞬”或“逝者如斯不舍昼夜”之类的慨叹。“从前曾……”作为旷远的过去时态，一群嬉戏的孩子怎能体悟到它所包含的沧桑怀想和无言之痛？

最后，诗人的生命体验以“一把沙子”的语象成为永久定格。“一把沙子”这个独词句单列一节，意在暗示它在整个语境中的重要性和复义性，它携带着诸多意味，令人深思。比如，它让我们想到在无垠的时空中，人生如沙般漂泊无依；想到多少石砾被时光磨成细沙；想到生命如沙漏不舍昼夜地一粒粒流逝；想到圣经中“你本是尘土，终将归于尘土”如此等等的深层隐喻性。在写出“一把沙子”后，诗人“如释重负”，他找到了最满意的命名，因此他能够傲慢地宣告：“一切已被说出”。

这就是斯泰纳尔的“超现实主义”，在日常经验和形而上玄思中达成了奇妙的平衡。他的情感是诚朴的（这种情感我们在自己的生命历程中也是一再体验过的），但他的表述方式却是个人化的。诗人由一个日常经验过渡到一个精纯的隐喻——“一把沙子”——完成了生命的现身和领悟。确实，诗歌重要的不只是“说什么”，更在于你“怎么说”。

春天

两只褐黄色的鸟
飞过浅蓝的水面

两朵娇嫩的花
从黑色的泥土
抖颤着探出橘黄的脑袋

两个苍白的穷孩子
手拉手沿着贫瘠的海岸行走
在轻轻拍打的光中
惊讶地细声低语：
春天，春天！

（李笠　译）

［导读］

这首诗写得十分单纯、明快，它无须什么“导读”，直接就刺激了我们的感觉。春天，是诗人们喜欢表现的题材。有的诗人侧重以春天来暗示抽象的生命力、生殖力，如狄兰·托马斯这样写“通过绿色导火索催动花朵的力／催动我绿色的岁月”；有的诗人喜欢以春天象征欲望的泛滥，如艾略特说：“四月是最残忍的一个月／荒地上长着丁香／把回忆和欲望／掺和在一起，又让春雨／催促那些迟钝的根芽”。……这类作品都是将春天作为一种隐喻处理的。

而斯泰纳尔笔下的春天，没有深层隐喻，它就是春天本身。现代诗中有一路诗人，反对诗中掺入智性和文化，他们追求“写事物本身，而不要意念”（威廉斯语）。这样的诗，像一幅色块清明简洁的水彩画，不是以其人文寓意，而是以画面本身的美吸引你。如威廉斯那首著名的《红色手推车》：“这么多东西／要靠／一辆红色／手推车∥雨水淋漓，晶晶／发亮／几只白鸡在一旁／走着”。这首诗语境透明、笔墨简劲、画面鲜冽，赋予日常事物以诗的美质。我们绝不能说诗中有较多隐喻就不好；但是，能在简洁透明的语境中体现耐人寻味的“即目即灵”，毕竟也是另一番了得的功力。——斯泰纳尔就具有这种功力。你瞧，辽阔的春天景象被诗人仅以两只褐黄色的鸟儿、两朵橘黄色的花儿、两个苍白的穷孩子就表现得淋漓尽致。这三组意象构成了有意味的形式，在彼此的呼应中共同唱出了“天—地—人”对春天的欢歌。而“穷孩子”的出现也体现了诗人对穷人的感情。

这首诗精审的构图、准确细腻的色彩点染、传神的情态捕捉，都令我们迷醉。的确，这是“在轻轻拍打的光中”发出的对春天“细声低语”的礼赞，它带给我们的享受也并不弱于“猛烈冲击”的“放声高歌”吧？

俄国

安娜·阿赫玛托娃

安娜·阿赫玛托娃（Анна Ахматова，1889—1966）出生于敖德萨一个海军工程师的家庭，一岁时移居彼得堡附近的皇村（今普希金市），在此生活至十六岁。青少年时代酷爱普希金诗歌，十一岁时开始文学试笔。1908 年考入彼得堡女子大学法律系，但对法律科目无甚兴趣，专心于广泛的文学阅读和诗歌创作。1910 年与诗人古米廖夫结婚，游历了许多国家。阿赫玛托娃是“阿克梅派”代表诗人之一（“阿克梅”一词源出希腊文，有“最高”“顶峰”之意），1914 年，她的早期代表作诗集《念珠》出版，以精湛的语言技艺，对现实生活和个人心灵体验的真实动人的抒写，引起诗坛轰动，奠定了其大诗人的地位。

十月革命后，她在农学院图书馆工作。她的诗歌创作因表达个人情感而遭到“控制发表”。但她并未停止写作，并着手研究普希金诗歌，还翻译了世界许多国家的诗歌，包括屈原的《离骚》和李商隐的诗作。在 30 年代苏联极左政治“大清洗”中，她的儿子被捕入狱，她写下了哀伤的诗句：“儿子在监狱里，丈夫在坟墓里，请为我祈祷上帝”。1941 年卫国战争爆发后，阿赫玛托娃曾深入前线，写了许多诗歌，表达了她强烈的爱国热情和为正义而战的信念。

卫国战争结束后，诗人的写作又转入对个体生命复杂经验的抒发，这触怒了主流意识形态要求文学艺术为其“服务”的律令。1946 年，她的作品被销毁，她被开除出作家协会。她那些真挚美丽的诗作被批判为“与人民背道而驰的空洞的无思想的东西”，甚至被污辱为

“混合着淫秽和祷告的娼妓兼修女”。诗人在压抑中坚强地生活，在销声匿迹里默默写作那些不可能发表的诗篇；并与当时彼得堡的“地下文学”青年诗作者如布罗茨基、纳伊曼等结为忘年交，帮助并激励青年诗人。苏共“二十大”以后，她的声誉开始得到恢复，作品也陆续面世。苏联新一代诗人从这位前辈身上，吸收了诗歌精神和技艺的双重光芒。这位“俄罗斯诗歌的月亮”（相应于普希金作为“太阳”），“二十世纪的萨福”终于在全球范围内赢得了她本应得到的公正评价。1965 年英国牛津大学授予她名誉博士学位。1966 年 3 月，阿赫玛托娃因心肌梗死病逝。

阿赫玛托娃是“阿克梅派”代表性诗人。她的早期作品，有着对现实生活和人真实复杂的心灵世界的双重洞开。她摒弃了象征派诗人的玄秘和虚无倾向，主张在写作中要表现准确传神、饱含情感的生活细节，和主体精神的本真。她那些精短的爱情诗充满彼此缠绕、盘结的真切倾诉，打动了广大读者的心灵。进入 40 年代，她的诗则充满历史感和时代见证者的力量，将历史语境的真实与个人情感的真实结为一体，使诗歌在见证的迫切性和自足的艺术性之间达成平衡，“诗中有着我与时代的联系，与我国人民的新生活的联系”（阿赫玛托娃《我的简述》）。她后期的一些作品，感情更趋深沉、坚韧，节奏沉郁，言简意深，仿佛坎坷一生的回忆被哀痛地缓缓翻起，《献给亡人的花环》《没有主人公的长诗》及《安魂曲》《光阴的飞逝》等，更为深切地撼动了人们的心灵。

诗人布罗茨基在《哀哭的缪斯》一文中，给予阿赫玛托娃的诗作以如此恰当的崇高评价：“她的诗歌生涯从一开始就包含了一种历经半个世纪的漫漫长途的预言能力……她那些令读者感到愉悦的诗句，往往使他们遭到新世纪粗俗践踏的灵魂复归平静……它们将会活下去，这既是因为语言比国家恒久，也是因为诗韵往往拯救历史。事实上，它几乎不需要历史，它的全部需要是一个诗人——阿赫玛托娃正是那个诗人。”

阿赫玛托娃的主要诗集是《黄昏》（1912），《念珠》（1914），《白色的云朵》（1917），《车前草》（1921），《耶稣纪元》（1922），《安魂曲》

（1940 年创作，1987 年方得发表），《起誓》（1941），《胜利》（1945），《没有主人公的长诗》（1962），《光阴的飞逝》（1965）等。1964 年诗人在意大利获埃特纳·陶尔明诺国际诗歌奖。

献给曼德里施塔姆

我在他的面前像在苦难面前弯下身躯，
他身上保留着无数个梦寐以求的印记——
那是我们血染的青春时代的
黑色温柔的信息。

想当年深夜里，我也站在深渊之沿，
也呼吸过同样的空气，
那是一个空薄的、铁的夜晚，
呼叫呐喊都已变成无谓的努力。

啊，想当年在那儿我做过的梦，
石竹花开得那么甜蜜——
那是欧律狄克在旋转，
白牛驮着欧罗芭在浪中游弋。

那是我们的影子掠过涅瓦
掠过涅瓦，掠过涅瓦，飘然而去，
那是涅瓦的河水拍击着石阶，
那是你前往永生之所的通行证据。

那是住所的钥匙，现在
根本再没有必要将它提及……
那是在冥府草地上作客的七弦琴

演奏着神秘的旋律。

（乌兰汗　译）

［导读］

阿赫玛托娃在《献给亡人的花环》组诗（之二）中曾这样沉痛地写道："我从深渊里呼叫……我这一辈人 / 难得领略蜜的味道 / 只有记忆为死者歌唱 / 只有狂风在远方呼啸 / 我们的事业尚未完成 / 我们的末日却已来到……"这坚韧而沉哀的诉说，有如被打掉尖头仍奋勇不息的钢钻，贴向一个墓志铭，它疼痛地楔进了一代诗人的墓碑。也楔进了苦难的时代备忘录，楔进了每一位有良知的读者的心。

《献给曼德里施塔姆》是这组诗中的一首（另几首诗分别献给布尔加科夫、皮里尼亚克、茨维塔耶娃、左琴科、帕斯捷尔纳克等伟大的诗人作家，他们都在苏联的红色恐怖中受尽迫害，有的含冤而逝），诗人以回忆和幻象的交织，缅怀了自己的友人——"阿克梅主义首席小提琴"——伟大诗人曼德里施塔姆。曼德里施塔姆（1891—1938）是俄罗斯"白银时代"最有才华和个性的代表诗人之一，他既是真正的先锋派，又是内力弥满的新古典主义者。他坚持"诗是掀翻时间的犁，时间的深层，黑色的土壤都被翻在表层之上。当人类对眼前的世界不满，向往深埋底层的时光时，他们便像耕犁者一样，渴望得到时间的处女地"（《词与文化》）。在这种博大的写作意识支配下，诗人写下了他独标孤愫而深沉哀痛的诗歌。而这与那个要求统一思想、消灭独立精神的独裁时代是格格不入的。为反抗个人迷信，为坚持独立清洁的人道理想，为抗议强权政治给人民带来的苦难，曼德里施塔姆写下了《斯大林警句》一诗，并到处朗诵："'处决'这个词在他的喉咙里浆果般滚动 / 他紧紧搂着它像搂着家乡的老朋友"。这触怒了这位"人民的父亲"。自 30 年代起，诗人的作品被禁毁，诗人被捕入狱，先后被流放到北乌拉尔地区的切尔登小镇、沃罗涅日和海参崴，1938 年 12 月惨死于劳改营。布罗茨基在《文明之子》中这样总结曼德里施塔姆的苦难生涯："他是一位现代的俄耳甫斯：他被遣往地狱却再也没有归返……这一切是我们的变形记，我们的神话。"

此诗写于 1957 年，那时苏联当局还未给曼德里施塔姆平反（直到 1967 年诗人才被平反昭雪，1973 年苏联出版了他的诗选。迟至 1986 年方有他的文集问世）。阿赫玛托娃的这些"地下写作"称得上是不计代价的历险。诗人同期的诗作反映了她的心绪："足足有十五个美妙的春天 / 不许我从大地上爬起 / 我那么近地将大地看个仔细 / 贴在它身上，搂在怀里 / 而它，偷偷地把神秘的力量 / 灌输给一个命定死亡的躯体"（《这就是它，果实累累的秋季》）。或许是当时时代禁锢的严酷，或许是诗人不忍用惨烈的表述再打扰亡灵，《献给曼德里施塔姆》写得温柔而感伤，语多隐奥。

"我在他的面前像在苦难面前弯下身躯"，这一句为全诗定下了基调。一个人的苦难命运，清晰地浓缩或折射了在那个"空荡的、铁的夜晚"，"站在深渊之沿"的一代人的命运。对"这个人"弯下身躯，也就是对整体的"苦难"弯下身躯。这个隐喻牵动了历史的伤口，当那些最纯洁最有才华的诗人都受到压抑和迫害，"呼叫呐喊都已变成无谓的努力"的时候，这个时代就值得怀疑了。但是，一代人的光荣与梦想是永远值得珍视的，那是"血染的青春时代的黑色温柔的信息"。血和"黑色"，构成了一个隐喻和弦，既含有审美的纯洁与高傲，又含有对时代的反讽：明明是纯正澄明的灵魂，却被判为"黑色"。这两节，压合了诗人两面拉开的复杂的情感。但回首往事，诗人不再过度愤怒和沉哀，她在《献给亡人的花环》的吟述里，"让那些早逝的人吸收或融入了诗的韵律"，"她继续写作，因为诗的韵律承担了死亡……她有能力宽恕"（布罗茨基《哀哭的缪斯》）。而正是在一个诗人的伟大的宽恕下，丑恶的不知羞愧的时代，更显得卑劣和无耻。

后面三节，诗人将回忆、神话典故和幻象融为一体，写出了曼德里施塔姆这位"现代的俄耳甫斯"的苦难命运，他带给人们的抚慰和他的永生。我们知道，传统中的"哀歌"，一个重要内容是缅怀者（诗人）祈求神灵来抚慰亡者。而这里，却是亡者抚慰了我们活着的人，"那是在冥府草地上作客的七弦琴 / 演奏着神秘的旋律"，诗人的伟大和不幸在此都说尽了。这里的神话典故也寓意深长，欧律狄克是希腊神话中诗人歌手俄耳甫斯的妻子。她被蛇咬死，俄耳甫斯到冥府寻找，但由于命运的捉弄，最终他未能将妻子带出冥府。这个神话既暗示了曼德里施塔姆之妻娜杰日达与丈夫共同承受的冥府般的苦难命运，又写出了现代的俄耳甫斯——曼德里施塔姆“被遣往地狱却再也没有归返”的更悲惨的遭际。而欧罗芭是希腊神话中腓尼基王之女，宙斯变成白牛，把她骗走。这两个神话具有互否性，本应救出的没有救出，不该受骗的却被拐走。更沉痛的是，这神话中的“甜蜜的梦”，却不期然变成了苦难的现实。诗人去矣，诗歌还在继续……涅瓦河永不干涸的水流，就是他深沉滂沛的歌喉，“涅瓦的河水拍击着石阶，/那是你前往永生之所的通行证据”。

这首诗命意沉痛，但表达方式却不太压抑。在诗人高贵情怀的抚照下，我们的心最终变得纯正而安详。是呵，对曼德里施塔姆这个“文明的孩子”而言，还有比这样高贵、隐忍的献诗更合适的“哀歌”吗？正如他也曾在艰难困苦的时代写下过这样高贵的诗句：

我冻得直哆嗦
我多想缄口无言
但黄金在天上舞蹈
命令我歌唱

缪　斯

深夜，我期待着她的光临，
生命，仿佛只在千钧一发间维系。
面对这位手持短笛的贵宾，
荣誉、青春和自由都不值一提。
呵，她来了。掀开面纱，
目不转睛地打量着我。

我问道:“是你，向但丁口授了
地狱的篇章? ”她回答:“我”。

（汪剑钊　译）

［导读］

缪斯是希腊神话中的“诗歌女神”，她住在赫利孔山(Helicon)上。在她脚下有一口灵感的井泉，流出清纯动人的诗篇。欧洲诗歌史上有一个小小的写作传统，诗人们总喜欢写下一些“致缪斯”的诗篇。“缪斯”在这些诗中已偏离了其神话意义，而用来指代“诗歌”本身。因此，那些“致缪斯”的诗，都可以视为是“以诗论诗”的作品。

阿赫玛托娃也写过一些致缪斯的作品。在其早期阶段，缪斯是“目光清澈又晶莹”的司诗女神，虽然“她”略含惆怅，但那是甜蜜的惆怅，“她”望着诗人在爱情上的恍惚与沉湎，发出会心的赞美与叹息。也有时，“缪斯沿着小径走了”，那是因为，“这儿的生活已似墓穴，你怎么还能呼吸自如”? 缪斯走向哪里? “我默默地追望着她的行踪/哦，我只爱她一个人/而天空呈现出一片霞光/如同通向她那王国的壮美大门”(引自《致缪斯》《缪斯沿着小径走了》等)。那时，在阿赫玛托娃心中，缪斯是圣洁的，容不得生存和生命中的肮脏和阴暗，她只来到纯洁的诗人心间，她对黑暗的生存转身离去。虽然诗人的这种诗学意识有其合理成分，但毕竟也有着由“洁癖”带来的缺失。

黑暗的生存既摧折着诗歌，同时又纠正着诗歌。这首诗中的“缪斯”，已不再遁向空无的天空那“壮美的大门”，而是镇静地深入地狱，为地狱“命名”。生存和生命中巨大的空洞和黑暗，引领诗人向下走，他(她)们深入地狱是为了更犀利地澄清生存的真相。这种“不洁”的诗歌，却放射出了更恒久更宽阔的超逾“纯诗”的力量。诗人说，她期待缪斯的光临，这一期待如此重要，“生命，仿佛只在千钧一发间维系”。面对这位“手持短笛的贵宾”,“我”感到过往的一切都“不值一提”。“我”心怀忐忑地只想询问她一个噬心的问题:“是你，向但丁口授了/地狱的篇章? ”她回答:“我”。这还是诗人早年心仪的“同一位缪斯”吗？这位手持诗歌之笛的年轻女神终于再一次“掀开了面纱”，启悟了更具成熟的包容力和经验深度的诗歌理想。

是呵，在我们看来，但丁的《神曲》中最成功的就是《地狱篇》。因为那“地狱”本是取材于现实生存，地狱的隐喻有现实生存做基础。而当他写到《天堂篇》时就遇到了麻烦，他没有摹本；那“壮美的大门”显得如此空洞，那“最伟大的秘迹”始终不过是幻象的“秘迹”！阿赫玛托娃这首诗值得我们省思，它昭示今天的诗人要自觉扩大诗的经验载力，在灵魂的熔炉中，添进更多粗粝的柴火，投入自我沥炼的、痛苦而欣悦的烈火……

安魂曲（选章）

不，不是在域外的天空下
不是在异国翅膀的遮掩下
我和同胞们共度那段时光
我的同胞们在那里十分不幸

（一）

他们在黎明时走向你
我跟着你，宛如葬仪
孩子们在暗屋中哭泣
蜡烛在神龛里闪烁
你的嘴唇触动圣像的冷漠
前额沁出死亡的汗水
我无法忘却
我挺立，像反叛的巾帼警卫队

在克里姆林宫里

（三）

不，这不是我，这是另一个人在受难
我仿佛不能承受
不管所发生的是什么
请遮上一块黑布
把灯光熄灭……
　　　　夜晚

（四）

高傲的孩子，你知道吗
所有的伙伴都热爱你
沙皇公园里那场开心的恶作剧——
终将改变你的生活——
你站在监狱的大墙下
同上百名囚犯在一起，手臂捆缚，
你热热的眼泪
溶化元旦那天的冰块
监狱里的白杨树摇摆着
毫无声息——但许多
无辜的生命走到了尽头

（六）

许多星期轻轻飞翔
我不知道什么事
又降临到你的头上，我狱中的儿子

白夜俯视
一只鹰眼，激动地
死盯住你的高大十字架
它们在诉说死亡

(七)

死刑
这词像一块石头
砸在我跳动的心上
不管怎样，我已做好准备
我将正视这一切
今天我有太多的事要做
必须磨灭记忆的痕迹
灵魂才能变成石头
学会再生
不是在这里——燠热喧骚的夏天
窗外的欢庆
我很早就有一种预感——
明亮的日子和一间空房

(九)

现在，疯狂的翅膀
　　　　盘旋在灵魂深处
他们递给我燃烧的酒
　　　　让我在黑暗中漂浮
我明白
　　　　他们得到了这种胜利
我谛听自己的内心

像听另一个人的谵语
他们不让我
带走任何东西
儿子惊惧的眼睛
无情的苦难
恐怖的日子
凉手亲切相握的
时间
在荫影中摇曳的欧椴树
远处的声响
最后一句安慰的话

(跋)

假如他们关闭我的
为上百万人呐喊不休的喉咙
让他们记住我吧
在我被埋葬的前夜，但是
倘若他们打算在这个国度里
为我竖立一座雕像
我同意这种赞美，只要符合
此种要求：不要把雕像
立在海边，我的诞生地
海的锁链早已被粉碎，不要竖在
校园，旁边是充满感情的树桩
荫影寻找我，无法安慰，
就在这里吧，我伫立了三百个小时
这里没有为我打开的门，或其他，
我可以在极乐般的死亡中忘却
辚辚驶过的囚车

　　愤怒敲击的门
　　老妇人的哭嚎，受伤的野兽
让融雪从石头的眼帘上
淌下泪水
让监狱里的鸽子在空中翱翔
帆船静静地漂过涅瓦河

（张讴　译）

[导读]

这是阿赫玛托娃最重要的作品之一，全诗230余行，写于1934—1940年。但由于极权政治的高压，一直未能发表。在60年代，它曾以打字稿形式在她的朋友间秘密流传。直到1987年，苏联的《十月》杂志才刊登了这首诗，公正地评价为“无与伦比的史诗，黑暗岁月的悲歌”。

这是一首身世感很强的诗。诗人的倾诉对象是她的儿子，但同时也是更广大的人民。这首诗写的是30年代中期苏联的大清洗（后来官方称为“肃反扩大化”）给人们带来的灾难，以及诗人对那些无辜而受难的人们的痛惜、声援和热爱。30年代中期，极左政治开展了红色恐怖的“大清洗”运动，无数苏联人民优秀的儿女被无辜地投入监狱，不少人被公开或秘密处死。1934年，阿赫玛托娃的儿子亚历山大·古米廖夫以莫须有的罪名被判刑、随后她的丈夫尼古拉·蒲宁也入狱，而她的友人（前夫）、诗人古米廖夫则被枪杀。还有更多的精英知识分子“秘密消失”。为了探监，阿赫玛托娃在列宁格勒监狱的大墙脚下排过十七个月的长队。她这样描述了当时的情形——

“在那恐怖的叶若夫年代，有十七个月我是在排队探监中度过的。一天，有人把我‘认出来了’。排在我身后那个嘴唇毫无血色的女人，她虽然从未听说过我的名字，却突然从我们大家特有的麻木状态中苏醒过来，在我耳边低声问道（在那个地方人人都是悄声说话的）：‘你能把这些都写出来吗’？——我说‘能’。于是，在她那曾经是一张痛苦的脸庞的部分，掠过了一丝似乎是欣慰的表情。”（《安

魂曲·代序》)

正是这种为受苦受难的人民代言的使命感，使阿赫玛托娃写下了这首感人至深的诗作。正如她在“序诗”说，“不，我并非在异域他邦／也不是在别人的羽翼下躲藏／我当时和我的人民在一起／处在我的人民不幸而在的地方”。

在交代了上述背景后，我们对此诗理应沉痛地缄口了。是的，面对这样的泣血之作，讨论它修辞上是否巧妙，结构上是否严饬……都仿佛是一种亵渎！就让我们用心灵去直接感受这样的句子吧——“他们在黎明时走向你／我跟着你，宛如葬仪”。极权政治自诩的“黎明”，不过是“葬仪”罢了。“他们不让我／带走任何东西／儿子惊惧的眼睛／无情的苦难／恐怖的日子／凉手亲切相握的／时间……”在探监时，连受难的儿子惊惧的眼神都不让看清楚、冰凉的手都不让暖一暖的时代，是怎样穷凶极恶而又色厉内荏的时代呵！诗人的心是悲怆的，但又是坚强不屈的。她知道，那些捍卫自由和精神独立的受难者们，是走上了“高大的十字架”；列宁格勒监狱的红墙上，也砌进了他们沉哀的鲜血。因为，“我是和我的人民在一起”等待，“像反叛的巾帼警卫队”，“我”并不孤单，“我将正视这一切”，并“把这一切全部写出来”。

最后，诗人相信历史是公正的，邪恶终有结束的时候。但她吁请人们，那时不要为一个诗人在美丽的地方立一座优雅的雕像；如果一定要立的话，那就把“我”的雕像立在我们十七个月、三百个小时排队等待探监的地方，让它为历史做证！让千百代子孙知道，在“黎明”时分，有多少“无辜的生命走到了尽头”。

这是由“哀哭的缪斯”——幸存者——唱出的安魂之歌。诗人从个人家庭的遭际出发，将之伸延到对历史语境命名的高度，她写出了历史的悲情，让我们这些后来者像诗人曾希望的那样不断反思历史，“在苦难面前弯下身躯”。

鲍利斯·帕斯捷尔纳克

鲍利斯·帕斯捷尔纳克（Ворис Пастернак，1890—1960）出生于莫斯科一个艺术气氛很浓的犹太人家庭。父亲是著名画家、美术院士，母亲是著名音乐家。帕斯捷尔纳克从小学习美术，从13岁起接受了六年系统的音乐教育。中学时代开始写诗，迷恋现代派诗歌。1909年考入莫斯科大学历史哲学系，1912年赴德国马堡大学潜心研究新康德主义学说。大学期间帕斯捷尔纳克更加醉心于现代派诗歌写作，参加过属于象征派和未来派之间的“离心机”创作小组的活动。1913年开始发表诗作，1914年处女作诗集问世，引起文坛关注。十月革命爆发后，他虽然也理解革命的意义，并写诗颂扬它正义和崇高的一面；但他总的情感态度较为冷静、审慎，他反对为达到正义目标而采取暴力手段，并坚持以独立的思考反对集体主义神话。他与阿赫玛托娃、曼德里施塔姆、茨维塔耶娃、勃洛克等诗人一道，被称为俄国文学史上辉煌的“白银时代”的重要诗人。

1934年，在第一次全苏作家代表大会上，主流意识形态对他的部分作品提出批判，这些作品因“与时代精神不符”而被封禁。此后，帕斯捷尔纳克埋头从事翻译，译有莎士比亚、歌德、席勒、魏尔伦的大量名作。卫国战争期间，他深入前线搜集素材，以诗来歌颂苏维埃人民英勇无畏的战斗精神。1946年，在联共（布）中央整顿文艺界运动中，帕斯捷尔纳克那些抒发个体生命沉思和忧伤体验，坚持人道主义精神，坚持纯粹艺术品位的作品，再度受到猛烈批判。

1948年，帕斯捷尔纳克开始创作长篇小说《日瓦戈医生》，小说描写了1905年革命、二月革命、十月革命等一系列重大的历史事件，叙述了一个知识分子——诗人、医生日瓦戈——在这段动荡的历史岁月中，所经受的矛盾痛苦的内心争辩，通过个人的命运反映了俄罗斯的巨大变迁和灾难，成为史诗般的历史见证。日瓦戈并不反对革命中正义的一面，但他主张人道主义和基督教结合后的灵魂升华，反对形形色色的暴力、历史决定论和集权专制的行为。1957 年，这部无法在国内发表的小说在意大利出版。到 60 年代初，已有 25 种文字的译本，产生了世界性影响。

1958 年帕斯捷尔纳克被授予诺贝尔文学奖。这些"事件"使他受到苏联政府、文化界的更猛烈的批判，被定名为"隐藏的敌人""反革命毒草"。他的作品被封禁，作者被监视，并被开除出作家协会。在政治的高压下，帕斯捷尔纳克被迫向瑞典学院婉言谢绝了诺贝尔文学奖，并默默写下了痛苦的诗章："我失踪了，像头无人在意的野兽 / 那边有人群有自由有灯火 / 我身后却只有通缉的喧嚣 / 我没有出门的路 // 昏暗的森林，池塘的岸 / 伐倒的云杉树 / 四方的路途被切断 / 随便怎样吧，我不在乎 // 我做了什么恶事 / 我是凶手是坏蛋？ / 我使得整个世界 / 都在为我故土的宝物而哭喊 // 但棺木边的我相信 / 总有一个时辰 / 精神之善的力量 / 将战胜卑鄙和凶狠"（《诺贝尔奖》）。1960 年 5 月 30 日，帕斯捷尔纳克病逝于莫斯科郊外故居。诗人逝世的第二天（1960 年 6 月 1 日）他的友人、诗人阿赫玛托娃秘密写下了沉痛的悼诗："世上所有的花儿都绽放了 / 却迎来了他的死期 / 可是一个简称大地的行星 / 骤然变得无声无息"……1987 年诗人被平反，恢复名誉。

帕斯捷尔纳克是俄罗斯诗坛的杰出人物，他的诗歌数量较大，主题向度和艺术追求均富于创造性。我们看到，美术和音乐的天赋，系统的现代哲学思辨训练，以及象征主义、未来主义、超现实主义和俄罗斯古典抒情诗歌的精华，都如盐溶水般地浸润在他的作品里，成就了他独具一格的"个人话语"，无法消解的"新感性"的原创奇迹。虽然诗人前后期创作在语型上有明显差异性，但从整体上看，他的诗歌背景是俄罗斯大地与人的历史命运的交感注息。大地和人心的广漠、苍凉、粗犷，与美丽、柔曼、清新，同时运行在他那颗对纯洁的精神矢志不渝的诗心中；形而下的现实生活的活力与形而上的对世界本原和灵魂奥秘的探询，也在此化为一体。

在谈到诗歌的本体和功能时他说："艺术的恰当的任务永远是做一个观察者，是比其他人更纯粹地凝视，更易于吸收容纳，更忠实……一部书是一种立体的、冒烟燃烧的良心。追求纯粹是自然的，这样，我们就直接触及了诗的精髓：它是令人神思不宁的，就像遭受饥馑的黑暗岁月里，十二架风车在荒凉的田野上不祥地旋转"(《几种观点》)。的确，坚持纯粹而忠实的凝视，捍卫内心的良知，强调诗语的暗示性和包容力，就是帕斯捷尔纳克给我们最大的启示。他的确可以领受这样的评价："唯一一位以独特的方式把现代俄罗斯诗歌的三大流派的精华完美融合起来的俄罗斯诗人。"(《20世纪世界文学百科全书》)

帕斯捷尔纳克的主要诗集有《云雾中的双子星座》(1914),《在街垒上》(1917),《生活——我的姐妹》(1922),《主题与变奏》(1923),《崇高的疾病》(1924),《重生》(1932),《在早班列车上》(1943),《冬天的原野》(1945),《待到天晴时》(1959)等。1958年，"由于他在现代抒情诗和俄罗斯伟大叙事诗传统方面所取得的伟大成果"，诗人被授予诺贝尔文学奖。

二月……

二月。墨水足够用来痛哭！
大放悲声抒写二月，
直到轰响的泥泞
燃起黑色的春天。

用六十戈比，雇辆轻便马车，
穿过恭敬，穿过车轮的呼声，
迅速赶到那暴雨的喧嚣
盖过墨水和泪水的地方。

在那儿，像梨子被烧焦一样，
成千的白嘴鸦
从树上落向水洼，
干枯的忧愁沉入眼底。

水洼下，雪融化处泛着黑色，
风被呼声翻遍，
越是偶然，就越真实地
被痛哭着编着诗章。

（荀红军　译）

［导读］

这是帕斯捷尔纳克最著名的短诗之一，写于1912年，那时诗人只有 22 岁。出色的艺术天赋和修养使年轻的诗人从起步就显得极为成熟，对象征主义和未来主义诗风有深刻的敏识。批评家认为他属于那种“一起步就迅跑”的天才诗人，从诗人早期作品来看，这个评价是毫不夸张的。

为体会这首诗，我们有必要约略介绍一下象征主义和未来主义的创作理念。象征主义诗人将整个大自然看作是富于象征意义的森林，外界事象与人的内心能够发生深刻的感应契合；诗人要以有形有色有声有味的自然世界，来暗示人内在的灵魂世界。在这里，感应和契合，不再是单一地向外寻找，而是内外世界的相互打开。而未来主义诗人的主张之一是，以无畏的叛逆精神创造全新的艺术，诗歌要中止表现“陈旧”“静止”的美，而应着力表现“运动”“力感”“速度”的美。用未来主义诗人马利涅蒂的话说就是：“疾走着的马蹄，并不是四只，而是二十只！”

这首诗的确灌注着以上二种诗歌审美取向的精华。二月的俄罗斯大地找到了适合它的嗓子，诗人也从祖国早春的大地上寻到了自己精神的象征。此诗的隐喻是尖新而个人化的，它的激情即使有些悲哀但仍是生气勃勃的，它的速度迅疾敲打，带着前倾的冲撞力量向我们扑来。

“二月。墨水足够用来痛哭！”起笔突兀甚至乖张，没有任何前提，一下子就悬起了我们的心。马上，诗人又写出“大放悲声抒写二月，／直到轰响的泥泞／燃起黑色的春天”，使我们悬起的心“落”到了广袤的大地上。这是融雪中水洼的大地，轰响着沼气水泡的黑色的泥泞的大地，暴雨冲刷下的呐喊的腐殖土的大地，疾风翻滚的大地……是呵，冬去春来，大地开始撕裂严寒的黑斗篷；在这寒风砭骨和春汛炙人地轮回的临界点上，诗人年轻的灵与肉也被意志和欲望所激活，随着祖国的大地一起吐纳着、歌唱着。“轰响的泥泞／燃起黑色的春天”，这个粗犷而坚实的意象中压合了多少痛苦和欢乐、死亡和新生的艰厉转换！虽然“大自然是象征的森林”，但只有那些内心世界与大自然一样博大宏伟的诗人，才能真正有力地“破译”它的“密码”。

接下来，诗人侧重写了春天和人精神奔腾的“速度”，颇有未来主义的味道。一辆轻便马车在疾驶，它载着诗人“穿过恭敬，穿过车轮的呼声，／迅速赶到那暴雨的喧嚣／盖过墨水和泪水的地方”。穿过恭敬（此短句直译应为“穿过祈祷前的钟声”），或许暗示了诗人对以往“静止”美学的不屑，因为它无法表达诗人生命的冲腾律动；而“穿过车轮的呼声”则是一个“佯谬修辞”，暗示出诗人那颗急切的心早已奔驰在身体之“外”车轮之“前”。在粗犷地喧嚣着的大自然中，诗人感到了“墨水和泪水”的乏力，只有本真的目击和体验才是最直接而真实的，他要焦急地“赶到”的地点不是写诗的书桌，而是大自然本身。这种对文本“不到场”的忧虑，是每一位真正的诗人常会体验到的。

下面，与轻便马车蜿蜒的疾驰相应，诗人又写出了一种更“倾斜”的疾驰：“在那儿，像梨子被烧焦一样，／成千的白嘴鸦／从树上落向水洼，／干枯的忧愁沉入眼底。”大地神秘的吸摄力，黑色泥泞轰响的召唤，使成千的白嘴鸦也加入了大自然忧伤又欣悦的合唱。寒冷岁月的记忆被这个画面激活了，诗人那颗冲动的心霎时又变得柔软感伤、茫然若失。这正是“二月”的意味：因对严寒的回望而忧伤，又因着“黑色春天”的泛起而激荡。诗人准确地将这种临界体验表达出来，感动了我们的心。

最后一节，回应了开头。“轰响的泥泞／燃起黑色的春天”，被落定为“雪融化处泛着黑色”；“大放悲声”的诗人，与“风被呼声翻遍”的大地融为一体；而“二月，墨水足够用来痛哭”这一突兀和乖张措辞，则被“越是偶然，就越真实地／被痛哭着编着诗章”所“诠释”。整个诗篇，在严谨的结构中蕴含着剧烈的冲突和张力，达到了感官、感情、意志，与自然景象、线条、速度、辞采的完美统一。

其实，对这首精纯坚卓的诗，最好的阅读方式是直接感受它。任何“导读”，只会缩小它“偶然而真实”的意味，减缩它神奇惝恍的美质。正如象征主义大师艾略特提醒我们的：“一首真正杰出的诗歌，其实在真正被理解之前就是可以欣赏可以意会的。”

我的姐妹是生活……

我的姐妹是生活——今天
她用泛滥的春雨狠砸在众人身上，
佩戴饰物的有钱人自命不凡，
谦恭地咬啮，犹如燕麦丛中的蛇。

对此老年人有自己的道理。
无疑，你的道理无疑是可笑的，
在暴风雨中眼睛和草地均呈淡紫色，
地平线散发出湿润的木犀草香。

五月，你在去往卡梅申的旅途中，
读着火车时刻表，
它的规模比《圣经》还宏大，
即使你从头至尾再读一遍。

只有当落日映照
聚集在路基上的农妇们，
我才听说：这不是那个小站，
于是太阳落下，对我表示深切的同情。

第三遍铃声带着一连串的歉意
飘逝；我很惋惜，不是这里。
窗帘下发出焚烧的夜晚的气息，

草原从阶梯上塌向星星。

在某处有人眨着眼却睡得香甜，
亲爱的人也像幽灵般睡去。
那时，犹如心脏在车厢乘降台上拍击
把许多车门洒入草原。

（荀红军　译）

［导读］

这首诗写于1917年夏天。诗人非常珍视这首诗，他于1922年出版的诗集就是用此诗来命名的。1917年冬是俄国历史上发生巨大变革和断裂的关头，诗人预感到了即将到来的革命的震荡，他既满怀期许，又有一丝恍惚。这是此诗写作的时代背景。而对它的暗示性内涵，英国批评家安吉拉·利文斯顿说："《我的姐妹是生活》这首诗暗示一个经常进展、经常运动的世界；它不停地变化和发展着。诗中的形象满盈着精力，仿佛每一样东西都在猛冲向前，都在彼此互相冲撞，互相依靠，比我们的普通见解所猜想的更为有力。"（《帕斯捷尔纳克的晚期诗》）

"我的姐妹是生活"，道出了作为诗人的帕斯捷尔纳克的人生立场和创作态度。他忠实于对生活的体验，但并非被动地依赖再现生活而写作。我们常说，生活是写作的母体，是源泉；而在诗人看来，生活更应是"我的姐妹"：我与"她"虽休戚与共，但不是混为一体，而是对称着平行前进，既有彼此亲睦无间的欢乐，又有彼此的纠正和争辩。在许多时候，不是诗人与生活的亲和感，而恰好是某种"错位感"成就了更内在的诗歌。"今天／她用泛滥的春雨狠砸在众人身上"，就揭示了生活给人哺育又不时给人打击的双重意味。诗人热爱健康的、充满激情的生活，他厌恶那些"配戴饰物的有钱人"，他们自命不凡，表面谦恭而内心邪恶，他们的"生活"是"谦恭的咬啮"的生活，像是隐藏在"燕麦丛中的蛇"那样过着物质富足却精神空洞的生活。诗人认为，这样的生活该结束了。

诗人渴慕的是另一种“在路上”的青春激荡的生活。虽然“老年人”不明白其中的魅力和“道理”，认为这种生活是“可笑”的，但衡估一个时代的生活是否充满进取的活力，有一个屡试不爽的标准，即看它是不是“青年在教导老年”。否则，时代就是在退步。接下来，诗人写了一次旅途，以此暗喻“生活——我的姐妹”带给人的魅力和困扰。生活像一列火车奔腾不息（“火车”是帕氏的“个人隐喻”，他有许多诗是以火车隐喻人生之路的，如《火车站》《在早班列车上》等等），沿途有无数变换的风景和人生故事。它是庄严的，“它的规模比《圣经》还宏大”，但它又充满着一系列的错位及错失的惆怅，“我”要奔赴的“小站”似乎永难抵达。如果联系此诗写作的时代背景，我们可以同意一些批评家的说法，即它表达了诗人对当时发生的历史巨变有一种既期待又忧虑的心情。但诗就是诗，它的涵盖力应是更为广大的，我们说这首诗表达了“生活”本身复杂的众多可能性和彼此纠葛、对抗共生的魅力，似乎更为有效些。

这是一首质朴而奇异的诗歌。奋勇不息的前进热情和错位的惆怅在这里和谐地融为一体。它重新命名了“生活”一词的诗学含义。而这种与生活出而不离，入而不合的写作和人生立场，正是诗人创造力永驻不衰的奥秘。

邂　逅

会有一天，飞雪落满了道路，
盖白了倾斜的屋檐，
我正想出门松松脚——
是你，突然站在门前。

你独自一人，穿着秋大衣，

没戴帽子，也没穿套鞋，
你抑制着内心的激动，
嘴里咀嚼着潮湿的雪。

树木和栅栏
消逝在远远的迷雾中，
你一个人披着雪
站在角落里一动不动。

雪水从头巾上流下，
滚向袖口缓慢地滴落，
点点晶莹的雪粉，
在你那秀发上闪烁。

那一绺秀发的柔光
映亮了：你的面庞，
你的头巾和身躯，
还有这件薄薄的棉衣裳。

雪在睫毛上融化了，
你的眼里充满忧郁，
你的整个身形匀称和谐，
仿佛是一块整玉雕琢。

这好像是我那
被带走的心灵，
好像被镀锑的钢刀
深深地划下了血痕。

你那美丽的面容，

将在我的心中永驻，
因此，我不再过问
人世间的残酷。

啊，陶醉于这些回忆，
只觉得这雪夜重影闪闪，
在我们两人的中间，
我划不开分界线。

当我们已经离去人世，
那些年的事犹自遭人诽谤，
没有人会去寻问：
我们是谁，又来自何方？

（刘湛秋　译）

［导读］

这首诗选自帕斯捷尔纳克的小说《日瓦戈医生》。在诗人简介中我们已约略介绍了这部小说的主人公——医生、诗人日瓦戈——的精神立场：既认同革命对腐朽的旧体制的批判，又反对革命所采取的以暴易暴方式。而这种由自由知识分子的人道主义与基督教仁爱精神的混合所形成的独立立场，是不能见容于那个灾变的暴力时代的。因此，日瓦戈的生活和内心世界充满了种种困窘、错位、磨难乃至逃亡。

在这部书中，日瓦戈有一个最亲密的女友——“苦命的”拉莉萨。他们虽不是夫妻（他们是双方均已结婚后，才在军医院偶然相识的），但其精神内核却是唯一可以彼此沟通乃至完全相同的，这使他们产生了有如天意的、最真挚的“命运伙伴”般的爱情。在那样一个惊心动魄风云激荡的灾难的年代，这种苦难的爱情更显得刻骨铭心（介绍此书情节不是这篇导读的任务，有兴趣的读者可以直接读小说）。《日瓦戈医生》共十七章，最后一章名为“尤里·日瓦戈的诗作”，收诗二十五首。《邂逅》是其中的第十七首，是日瓦戈医生献给拉莉萨的。

这是帕斯捷尔纳克最广为人知的诗作之一，被选入多个语种的译本。它深沉的感情和精湛的诗艺使它可以脱离小说的语境而自足存在，国内外批评家、选家一般是将之作为独立的诗作来评析的。

《邂逅》，直译应为“相逢”“相遇”。刘湛秋先生将之译为“邂逅”，似乎更为传神地表达了原小说语境中日瓦戈与拉莉萨爱情中的高不可问的“天意”成分：它既是难得的，又是苦涩的；命运这只大手曾偶然赐福于这对恋人，最终又松开“大手”使他们天各一方（在小说结尾，日瓦戈因病摔倒在莫斯科的马路上死去。当拉莉萨从遥远的地方赶来，双臂紧紧抱住的已是他的遗体）。另外，“邂逅”也表达了日瓦戈对命运赐福的欣喜与面对社会压力的忐忑之情。

这首诗叙事性成分较强，语境透明，节奏和谐，意蕴并不难理解。读着它，我们被他们深沉的爱情和苦涩的心心相印所深深打动。诗中的景色描写与人心情的抒发是毫无间隙地浸渍于一体的。写景是为了写人，而写人又更深入地写出了俄罗斯景色的“灵魂”。白雪纷飞，世界（包括时局）一派寒冷。“我”正想出门走一走，却发现“你”站在门前。这是“邂逅”吗？不是。因为“你”只穿着单薄的衣裳，没戴帽子，没穿套鞋：“你”是在怎样一种慌乱中受激情驱策而来看“我”呵。为克制住内心的激动，“你”嘴里在嚼着潮湿的雪。深沉灼热的爱情使两人长久默默对视着，这苦难与幸福交织而成的感情无法用语言说出。

“你”披着纯洁的雪花，在一派银色的天宇下一动不动站立，像一座雕像般圣洁。点点晶莹的雪粉在“你”的秀发上闪烁，雪花在“你”睫毛上融化。“你的眼里充满忧郁”，雪水和泪水已交流在一起。以上侧重写拉莉萨心灵的高贵纯洁和“一块整玉雕琢”般的外貌的美。

接下来写“我”的心情。“我”是多么爱“你”，呵，不！我们本是一体，“我就是你”，“在我们两人的中间，/我划不开分界线”。——你“是我那被带走的心灵”，在这周天寒彻的时候又回“家”来了。“你”和“我”都是苦难的石雕，那上面有着由命运和历史的风霜淬砺而成的“镀锑钢刀”所刻下的血痕。但是，真正的爱情可以被击倒，但你就是打不败它！在凄楚的一生中，我们有了这深情而无告的相互凝视就尽够了，历史的刀斧又算什么？丑恶的诽谤随它去吧，“我不再过问／人世间的残酷”。

这是苦难苍茫时代的爱情。它交织着幸福和忧伤，翻涌着心灵的慰藉和屈辱。“只是要活，活下去，活到底”（帕斯捷尔纳克语）的俄罗斯良心，穿越了它的国土，到达更远更远的地方。

限于篇幅，我们不能再导读《日瓦戈医生》中其他的情感与技艺相映生辉的诗歌。下面，我为大家抄录《日瓦戈医生》中的第十五首诗作，供您与此诗对读，以求更好地体会诗人在冰雪和光明中轮回的伟大爱情——

风雪在大地上吹刮
吹刮着每一个角落。
桌上的蜡烛燃着，
那蜡烛燃着。

像一群夏天的小虫
扑向灯光，
雪花
打在窗上。

风中飞舞的雪花
在窗玻璃上画着圆圈和符号。
桌上的蜡烛燃着，
那蜡烛燃着。

光亮的天花板上，
投着歪曲的影子，
是交叠的手，交叠的脚——
交叠的命运。

两只鞋子掉到地板上
轰然作响。
通夜长明的蜡烛
把烛泪滴在衣服上。

一切都失落在
这斑白雪夜的黑暗里。
桌上的蜡烛燃着，
那蜡烛燃着。

屋角抽着冷风
扑着蜡烛的火焰，
像天使一样，诱惑的热狂
拂动着双翼，投下十字架的影子。

整个二月里雪吹刮着，
而不时地
桌上的蜡烛燃着，
那蜡烛燃着。

天放晴时

硕大的湖像一只盘子。
云聚集在湖畔，
那白色的堆积，
如同冷酷的冰川。

随着光照的更替，
森林变幻着色调，
时而燃烧，时而披上
烟尘似的黑袍。

当绵绵的雨季过去，
湛蓝在云间闪亮，
突围的天空多么喜庆，
草地充满欢畅！

吹拂远方的风静了，
阳光洒向大地。
树叶绿得透明，
如同拼画的彩色玻璃。

教堂窗边的壁画上，
圣人，行僧，沙皇，
头戴闪烁的失眠之冠，
正朝外把永恒张望。

这大地的辽阔，
宽若教堂的内部；窗旁，
我时而谛听到
合唱曲那遥远的回响。

自然，世界，宇宙的密室，
我将久久地服务于你，
置身于隐秘的颤抖，
噙着幸福的泪滴。

（刘文飞　译）

［导读］

《天放晴时》也是帕斯捷尔纳克最后一部诗集的名字，写于 1956 年至 1959 年。此时，一生历尽艰辛和凄楚的诗人，终于攀到了他生命的最后峰巅。他老了，白发抖得像阳光一样，目光更深邃透澈。回望来路，心中涌起的却是对祖国壮丽大自然的感恩，和对苦难世事的宽恕。正像另一位俄罗斯诗人蒲宁所言：将人生的磨难和人生的赐福加在一起看，人生毕竟还是可爱的。这就是艺术家的情怀。

以《天放晴时》这首诗来命名一部诗集，可以见出诗人对此诗的重视。在同一组诗中，诗人写道“对半个世纪的回忆／像逝去的雷雨向后退去”，诗人的胸怀已变得更为开阔和澄明，他彻悟到此生虽历尽艰辛，但灵魂的体验能与大自然和艺术相伴，就是命运给他的至高奖赏了。“艺术家的手是多么神奇／洗去万物的尘埃和遮蔽／生命、现实、往事／走出他的染房时已变幻了形体”，“并非只有动荡和转折／才能为新生活清扫道路／它更依赖每个燃烧的灵魂／所孕育的发现、风暴和大度”（《雷雨过后》）。而《天放晴时》的意蕴，与《雷雨过后》是互为应和的。

雨后湖水澄碧，像一只晶洁的盘子装满了白色的云朵。新鲜的阳光照耀着佩雷德尔基诺（诗人晚年居住地）的森林，使森林变幻着迷人的光调。湛蓝的天空在云间闪亮，树叶鲜润，绿得透明……美丽的“大自然像一座神殿”（象征主义诗人波德莱尔语），镶满了“拼画的彩色玻璃”。诗人是以神圣和感恩的心情面对大自然的。接下来，诗的语境就围绕着“自然—神殿”展开。在诗人看来，辽阔的大地宛若一座抚慰人心、涤漱情怀的教堂，“我时而谛听到／合唱曲那遥远的回响”。是的，诗人一生都在赞颂着壮丽神奇的俄罗斯大自然，“他的心灵图象就是大地本身：洒向乡村街道的雨丝，夏天尘土飞扬的道路，暴风雪卷刮着的台阶，寂静的雪花，雷雨，火车站，蒲公英，紫丁香花，桦树林，蘑菇，耕地的气息。他是从这些东西里面寻觅到驻守在人心灵深处最纯真的感情”（《世界名著提要》，弗兰克·麦吉尔编）。诗人为自己一生能领受大自然的“神恩”而感激，面对祖国大地他谦卑地弯下了腰：“自然，世界，宇宙的秘室，／我将久久地服务于你，／

置身于隐秘的颤抖，/噙着幸福的泪滴。”

帕斯捷尔纳克一生历尽艰辛。但他的诗即使在表达艰辛生涯时，也从不陷入懊丧和绝望的音调，而是赤子般的明亮纯真。正如他的朋友、诗人茨维塔耶娃说：“并非帕斯捷尔纳克是个孩子，而是世界在他看来是个孩子。我把他看作是造物在最初的一天所创造的那个人；最初的河流，最初的黎明，最初的暴风雨。他是在亚当之前被创造出来的。”

弗拉基米尔·索科洛夫

弗拉基米尔·索科洛夫（Владимир Соколов，1928—？）生于俄罗斯中部加里宁州利霍斯拉夫里市。1948 年开始发表作品，1952 年毕业于高尔基文学院。索科洛夫从 40 年代末进入文坛，1953 年出版处女作诗集《途中之晨》，此后诗艺不断精进，发表了大量作品，但一直到 60 年代下半期他才为人们赞赏。这是因为，整个 50 年代苏联盛行的是雄辩而响亮的社会抒情诗，而索科洛夫是“轻派诗歌”（又译为“低语派”“悄声细语派”）的创始人和主要代表，他喜欢抒写个人灵魂的奥秘，歌唱美丽的自然景物。诗风深沉含蓄，讲究类似古典抒情诗的韵律。这种疏离政治，专注于心灵的低语的诗，在当时显得不合时宜。因此，虽然他与“响派”（又译“高声派”“大声疾呼派”）诗人同期起步创作，但影响却比后者晚了十年。

其实，无论是苏联批评界早先的褒“响”抑“轻”，还是后来的褒“轻”抑“响”，都失之偏颇。“响派”与“轻派”都有杰出的诗人，重要的不是“响”与“轻”，而是诗本身的质量。1948 年刚步入诗坛的索科洛夫写过这样的诗：“我多么希望人们忘记 / 这些诗句是写下的文字 / 而把它们当作碧空、屋顶、爽风、潮湿林荫道上的花草、树枝 / 但愿人们翻开书页 / 就像敞开的一扇窗 / 能听到鸟鸣，看到光亮 / 闻到生活跃动着的芬芳”。回望诗人一生的写作，他的确没有背弃青年时代的理想。

索科洛夫的主要诗集有《途中之晨》（1953），《雪下的青草》（1958），《在向阳处》、《日日相传》（1965），《九月的雪》（1968），《第二次青春》（1971），《谢谢音乐》（1978），《情节》（1980）等。1983 年诗集《情节》获苏联国家奖金。

我想在一个秋日的早晨

我想在一个秋日的早晨，
天亮前后早早地起身，
无意之中又一次阅读
一位快被遗忘的诗人。

我想要忘掉周围的一切，
钻进快要发黄的书页，
当沙沙的纸片触动这诗人，
我向他道歉，求他谅解。

我想要退后半步来观看：
他在人行道信步而行——
像一幅草图，像一支旋律——
满含新意，满含旧情；

斜风细雨在四周飘拂，
他听着喧闹不停的椴树，
走着走着，陷入沉思，
把手杖插进潮湿的沙土。

他已经觉察自己的过错——
但无法把时间捏在手上，
但他像古代的另一位诗人，

还要编百来首歌儿吟唱……

我想在一个秋日的早晨，
天亮之前就早早起身，
无意之中又一次阅读
一位快被遗忘的诗人。

在辽阔的大地，在灿烂的星空，
依稀的晨光正在苏醒——
半是深渊，半是长桥，
半是现实，半是幻影。

（丁鲁 译）

[导读]

索科洛夫喜欢使用类似于俄罗斯古典诗歌的韵律和清明淳朴的自然意象写作。这使他的诗既“旧”又“新”。旧，是指其诗有如古典诗歌的美妙声音在今天的回响；新，是指在那样一个众口一声的“伟大新纪元进军”的轰轰烈烈的时代，他保持了个人心音的悄吟，因独标逸韵反而显得颇为新奇。

诗人多次谈过他沉湎于费特（1820—1892）的诗中。费特的诗主要写大自然的美和爱情，他以含蓄的笔调和悦耳的韵律，表达了生活溶解在内心的秘密，成为俄国象征主义的先驱；他追求“纯艺术”，而对社会问题显得较为淡漠。柴可夫斯基读了费特那些悦耳的诗句后，将他称为“诗人音乐家”。但由于历史语境的变化和功利的艺术观，费特的诗在当时，特别是以后都没有受到公正的评价。《我想在一个秋日的早晨》中谈到的“一位快被遗忘的诗人”虽然不一定是指费特，但是，却一定是指包括费特和白银时代诗人在内的那些被时代审美偏见所遮蔽的优秀诗人。

这样的诗人因坚持个人化的心灵悄吟，而被文学史和公众记忆所忽视乃至“快被遗忘”。现在，另一位“新”时代的“旧”青年，在“无意之中又一次阅读”发现了他。“我想要忘掉周围的一切，／钻进快要发黄的书页，／当沙沙的纸片触动这诗人，／我向他道歉，求他谅解。”所谓“向他道歉”和“求他谅解”，是诗人为前辈的命运愀然扼腕的感慨。在只讲“政治”而艺术良知缺失的岁月里，人们否弃了真正的诗人，犯下了审美判断盲视的错误。现在，应向这些诗人表达迟到的敬意，请他们“谅解”。

诗人仿佛“看”到了在斜风细雨的秋天，“他在人行道信步而行”，写下优美而沉思的诗章，“满含新意，满含旧情”。“他”的诗像依稀的晨光那样朦胧而鲜润，它们忠实于复杂的心灵体验，“半是深渊，半是长桥，／半是现实，半是幻影”。这样的诗章，不是斩钉截铁、自以为真理在握的宣谕，而是心灵忧郁和欣悦相伴的追寻。从索科洛夫对这位“快被遗忘的诗人”的追怀赞叹中，我们不是也隐约听到了诗人为自己的“轻派”诗歌立场，所做的温和申辩吗？

“他已经觉察自己的过错——／但无法把时间捏在手上，／但他像古代的另一位诗人，／还要编百来首歌儿吟唱……”这里含有对时代的些微反讽。因为“无法把时间捏在手上”，并不是一位诗人的“过错”。诗人要捏住的不是“时间”，也不是被动地跟着“时代”跑，而是要反抗庸俗进化论，坚持艺术那纯粹而永恒的美，像古代的另一位诗人那样行走在大地上，独自歌唱……

叶甫盖尼·叶甫图申科

叶甫盖尼·叶甫图申科（Евгеиий Евтушенко，1933—？）生于伊尔库茨克济马市一个知识分子家庭，父亲是地质工程师，并写过一些质地不俗的诗作，母亲酷爱音乐，曾做过歌唱演员。父母离异后，他做手风琴演奏家的继父恰好又非常热爱现代诗，家庭中浓郁的艺术氛围对他走上诗人的道路产生了很大影响。叶甫图申科16岁开始发表诗歌，1951年入高尔基文学院学习，1952年出版第一本诗集《探索未来者》，引起关注。诗人曾因为杜金采夫的长篇小说《不是单靠面包》辩护而被文学院开除，后又恢复学籍。

叶甫图申科是苏联“响派”诗人最重要的代表，50年代后期至60年代，他以充满热情和活力的社会抒情诗，轰动了苏联文坛，并产生了国际影响。他的诗题材广泛，关注国内外重大问题，以政论性和抒情性，庄重感和幽默感的结合，大胆干预生活、针砭时弊、为普通人的命运与尊严呼吁。他的作品深刻地反映了苏共二十大以后，一代青年反对个人崇拜，批判现实，以及新的人生观、价值观。他说：“心灵对于任何墙壁都会感到压抑。与没有灵魂的陈设华丽的家园相抗争的无家可归的心灵，难道不正是艺术的归宿吗？”（《诗歌决不能没有家》）

1963年3月在国外访问期间，他把自己的《自传》发表在法国有影响的《快报》上。这部书由于对许多社会问题“持有异见”，而在西方世界引起很大轰动。为此，诗人在国内受到批判。这位在苏联“毁誉参半”的诗人，从60年代后期到世纪末，始终保持着创造活力，以其充满介入精神的抒情诗和具有历史意识的长篇叙事诗，引起文坛的持续关注。在艺术上，他以现实主义精神为主，又不拘一格地汲取现代派的某种优长。大诗人帕斯捷尔纳克称许他为新诗人的代表，著名作曲家肖斯塔科维奇曾以叶甫图申科的抒情诗为素材，创造了《第十三交响曲》《斯捷潘 · 拉辛受绞刑》等优秀作品。1985 年，诗人访问了中国，进行交流和朗诵诗作，受到文学界和广大读者的热烈欢迎。

叶甫图申科的主要诗集有:《探索未来者》(1952),《第三场雪》(1955),《热情者之路》(1956),《诺言集》(1957),《挥手集》(1961),《白雪纷飞》(1969),《内心抒情诗》(1972),《父亲的信息》(1975),《妈妈与中子弹》(1982)。此外，尚有长篇小说、诗学著作、电影剧本多种行世。1984 年，诗集《妈妈与中子弹》获得苏联国家文学奖。

“虚无主义者”

他穿的是细腿裤子，
读的是海明威著作。
“朋友，这不是俄罗斯人的趣味……”——
父亲板起面孔教训他说。

他扯着嗓子跟人争论，
遇到争辩他从不畏缩。
他推翻了格拉西莫夫，
他肯定了毕加索。

他使同胞们——
踏实的生产者们大为苦恼，
一个劲儿跟他们
如此这般地趣味争吵。

“别追求时髦！”——
同胞们教训他说。
“我们的——虚无主义者！”——
同胞们伤心地说。

他跟生物系同学一起
去到北方避暑消闲。
这个小伙子的身世

就此怪诞地中断。

有一座简陋的坟墓
横在大理石墓碑当中。
“虚无主义者”牺牲了——
为了救一个同志的性命。

我读了他的日记。
他光明磊落，心地纯洁。
“虚无主义者”这个绰号
跟他有何相干，我不理解。

（苏杭　译）

［导读］

此诗发表于1960年。当时叶甫图申科正与“保守的父辈”展开一场有关人生价值的论战。在父辈们看来，苏联的青年一代没有受过革命和战争的考验，“没有坚定的意志和光辉的理想”，只知追求享乐，极端个人主义；甚至一些青年知识分子崇尚西方青年的生活方式，迷恋颓废的西方现代艺术，是一群令人蹙额的“虚无主义者”。

叶甫图申科对这种指责不以为然。他以诸多诗作回答了那些陈腐专断的指责。这首诗是很受苏联青年一代喜爱的作品之一。诗人以简洁诚朴的笔墨写了这样一个青年大学生：他爱穿牛仔裤，喜欢海明威的小说；厌烦A.格拉西莫夫（苏联画家，喜欢画领袖以及英雄人物的肖像）的绘画方式，而欣赏先锋派画家毕加索的艺术；他襟怀坦白，不时“扯着嗓子跟人争论，／遇到争辩他从不畏缩”。这样的充满热情和活力的青年，以父辈的眼光来看，正是一个违背“俄罗斯人趣味”，“追求时髦的虚无主义者”。他令那些“踏实”的人们头疼。

可是，正是这个生物系的大学生，与同学们到北方度暑假时，为了救一个同志的生命而牺牲了。在一群大理石墓碑中，这位青年人的墓是最简陋的，但是他的心灵却永远放射出纯洁而高尚的光芒。诗人为此深深感动，“我读了他的日记。/他光明磊落，心地纯洁。/‘虚无主义者’这个绰号/跟他有何相干，我不理解”。诗人没有停留在事件本身，他经由这个事件，开掘出了更发人深省的问题。

这是一代新青年，他们朝气蓬勃，情感热烈；充满个性，向往未来；热爱生活，求新求异；精力旺盛，胸怀坦荡……对生活和人生的价值，他们是深深思考过的，而非被动地听命于主流意识形态的驱使……是的，“虚无主义者”的称号与他们有何相干？如果这就叫虚无主义者的话，那我们就选择做“虚无主义者”吧！那些喜欢动辄“板起面孔”或是“伤心地”教育他们的人，该进行一下自我教育了；那些只看表象不看内质的保守型庸人，该认真反省反省自身了……

这首诗有较强的叙事性，这正是它巧妙的地方。诗人将事实指给人看，以事实的呈现来代替他的声辩。事实“停”下了，但对人的省思却并没有结束，它带我们到达了更深远的地方。正如诗人所言——“人们一一离去了……不再回还/他们神秘的世界消逝得很远很远/每每想起这一切的永不复返/我的心不由要发出呼喊。”（《世上每个人都特别有意思……》）

恐　怖

恐怖像过往岁月的幽灵，
今天在俄罗斯正在消亡，
只是在教堂门前的台阶上，
还有人像老太婆一样乞讨口粮。

我记得他们有权又有势，
属于得意洋洋地撒谎的宫廷。
恐怖曾经像影子一样

各处滑动，侵入楼房的每一层。

他们让人渐渐地变得驯顺，
他们给一切都加上了戳。
哪儿应该沉默——就让你叫喊，
哪儿应该叫喊——就让你沉默。

今天这已经是遥远的往事。
甚至现在想起这种事也觉得奇怪：
得知什么人要去告密隐隐感到恐怖，
或者什么人在敲门心里感到恐怖。

然而怎能忘掉和外国人讲话时那种恐怖？
这还不算，还有和妻子讲话的恐怖？
怎能忘掉在行军之后孤身独处
来到心头的那种无穷无尽的恐怖？

这绝不是什么懦弱的行为，
一心一意怀着勇敢的信心，
契卡洛夫们升上高空，
斯达汉诺夫们穿过矿层。

我们不怕冒着炮弹奔赴战斗，
我们不怕在暴风雪里做工，
就是有时候对和自己谈话
心里却害怕得要命。

恐怖在俄罗斯正在消亡，
你们可以想象——没这种事的确不坏，
为活人，不是为招贴画上的人，

一座座楼房轰隆隆地站立起来。

没有人再来把我们杀害，把我们奸污，
无怪乎如今在我们的敌人心头，
战胜了恐怖的俄罗斯
却产生了更加巨大的恐怖！

我放开眼，看到了新的恐怖：
做个对祖国不真诚的人的恐怖，
正就是代表着真理的思想
却因为虚伪而受到损害的恐怖，

瞎吹牛弄到昏昏迷迷的恐怖，
把别人的话说来说去的恐怖，
以不信任使别人感到屈辱、
同时却自信得无以复加的恐怖，

自己很幸福，然而对别人的焦虑、
别人的烦恼漠不关心的恐怖，
自己胆怯懦弱、不能像画幅上
和绘图板上的英勇无畏的恐怖。

每当我要写下这些诗行，
而且有时候不禁有些着急，
我写时所感到的唯一的恐怖，
就是怕不能充分地进行描绘。

（非之　译）

［导读］

19世纪俄国历史学家尼古拉·卡拉姆津曾如此批判俄罗斯人的

国民性："俄国人所引以为荣的事，却正是外国人所非议的事——盲目地、无限地忠于君主的意志，甚至当君主狂暴地把正义和人道的法律都踩在脚下时，他们仍然忠诚不渝。"（转引自史密斯著《俄国人》）

这种对国民性的无情批判，从民族自审的意义上说是深刻的；但也忽视了它之所以形成的另一个原因：人们对历代铁腕统治者以及一系列严酷的惩罚制度的恐惧。仅就20世纪以来苏联的"大清洗"和"古拉格群岛"而言，它们不但从肉体上消灭了数不清的无辜者、优秀人物，同样可怕的是，它在整个社会传播了一种患"妄想狂"似的猜忌，"受迫害狂"似的瑟缩卑屈，以及混杂着恐怖与个人迷信的对所谓"××阶级专政下的良好秩序"的认同。

苏共二十大以后，人民，特别是青年一代，已不像斯大林时期那样感到恐怖与唯唯诺诺了。叶甫图申科的《恐怖》，与这个具体历史语境密切相关，它表达了对往昔恐怖历史的反思，及50年代之后人民的"解冻"精神。诗人对恐怖的岁月进行了审判，并以深刻的忧患意识提醒人们防止新的"恐怖"的来临。

"恐怖像过往岁月的幽灵，/今天在俄罗斯正在消亡"。诗人对"正在进行时"的强调，既表达了面对新时代的欣喜，又表达了新时代正在艰难地前行的步履；因为，迄今还有人"像老太婆乞讨口粮一样"留恋着铁腕统治的年代。在权力主义者统治的岁月，"恐怖曾经像影子一样/各处滑动，侵入楼房的每一层"。权力主义者自诩为"真理的代表"，"给一切都加上了戳。/哪儿应该沉默——就让你叫喊，/哪儿应该叫喊——就让你沉默"。在这种集体顺役的统治下，充斥着无耻的"告密"，骇人的"敲门声"；不但与"外国人讲话"感到恐怖，甚至还有"和妻子讲话的恐怖"！这一切描述，真像是乔治·奥威尔的反乌托邦政治寓言小说《一九八四》中所描写的令人毛骨悚然的"老大哥"政府。同样，它也会令中国读者想起"文化大革命"。

但历史在前进，"恐怖在俄罗斯正在消亡"。人民在追求民主和自由的生活，为自己的幸福、为国家的昌盛而奋斗着；他们已"不是为招贴画上的人"而效忠，政治、经济、科技和文化都正在变得好起来。诗人为祖国的前进而欢欣鼓舞。长期以来，许多西方人包括苏联人都对叶甫图申科有个误解，认为他是“持不同政见者”。其实，叶甫图申科是因热爱苏联，所以才对它存在的弊病格外痛心疾首的诗人。在他的代表作长诗《济马站》中，他认为世上有两种爱，一种是盲目的爱，无论受多大伤害都不反思；而另一种爱则是“生活和思考得深刻，决不马马虎虎”，这才是对祖国的真正忠诚。

因此，在旧的恐怖开始消亡时，诗人以强烈的历史责任感指出了他心中新的“恐怖”：社会中出现的看透一切、极端冷漠的人生哲学；进取意志的衰退；将真理教条化的思维方式；吹牛拍马、拨弄是非的市侩习气；人与人彼此间的不信任；自私自利者对别人的焦虑痛苦漠不关心，如此等等。如果说在过往岁月里社会强加于人的恐怖“曾经像影子一样各处滑动”，那么今天诗人感到的新的“恐怖”却是以另一种“可人”的方式侵蚀着许多人的灵魂，危害着祖国的发展。对此，“我要写下这些诗行，／而且有时候不禁有些着急”。

可见，“大声疾呼”作为一派诗风无所谓好与坏，关键是看诗人在“疾呼”什么。叶甫图申科所表达的内容是“悄声细语派”无法表达的，这正像吉他有自己悄吟的美，而直通通的大鼓也自有率真健壮的美。

巴　结

我们哪里来的

　　　　　　可耻的巴结。

当我们

　　　拿着什么人的介绍信，

钻营到剧院负责人的窗口，——

那负责人多么像罗马的暴君！

我们在饭店里

用屈辱的
吓得出汗的手
把公民证
连同小心翼翼地夹进去的
十个卢布
那样战战兢兢地递过去，
仿佛我们是一群无处投靠的浪人……
我们巴结着
酒店守门人，
仿佛酒店守门人
高于拜伦。
我们一副无可奈何的样子
巴结着
咖啡店的女服务员，
民航公司的女售票员——
她鄙薄地斜眼看着我们。
伟大的短跑运动员
在家具店里
由于巴结，
变得
慢慢吞吞。
物理学家——
当代的天才——巴结着
房产管理所的水暖工人。
小提琴手之王巴结着
傲慢的
汽车游客旅店的洗车工，汗津津。
可我们有谁没干过巴结的勾当，
犹如教堂门前台阶上太太们身旁
快要饿死的人，

巴结着女电话员们，
哀求说：
“我要沃洛格达，请费神……”
低级的领导
繁殖得何其多！
高级的厚颜无耻
体现在其人之身！
巴结不会使工作有所改进。
平等
为巴结偷换
而息隐。
犹如把非良种狗
繁殖成
叭喇狗，
我们自己
培养了
我们的青皮光棍。
我做了一个梦——
在伏尔加河里，
我们的巴结
繁殖了
鳄鱼成群。

（苏杭　译）

［导读］

苏联社会的发展曾一度出现严重的畸形：重工业、科技、军事过度膨胀，而轻工业、饮食、日用消费品极为匮乏，与此相应，社会服务业也效率很低。曾有国际观察家说，苏联人是最习惯“排队购物艺术”的人，他们排队的耐力远远超过了马拉松运动员。由于消费品的匮乏和社会服务业质量低下，使人人都变得像疲于奔命的可怜顾客；

使一个公民本应该合理享受的微不足道的服务，变为“碰运气”似的巴结、乞求。

叶甫图申科这首诗正是由此所触发的。诗中写道，剧院工作人员、售货员、饭店服务员、酒店守门人、咖啡店侍者、售票员、水暖工、洗车工、电话员……也都是普通人，但在日用品匮乏、服务业供不应求的社会，他们仿佛有着特殊“权柄”似的，像个“领导”，鄙薄地斜眼看着乞求者，那态度的傲慢，仿佛“高于拜伦”。

但诗人也没有停留在对这个社会现实的批判上，他对题材进行了更深刻的开掘，他指出：当“巴结”成为人生活中的基本情态之一时，人的尊严会发生退化，“巴结不会使工作有所改进。／平等／为巴结偷换／而息隐。／犹如把非良种狗／繁殖成／叭喇狗，／我们自己／培养了／我们的青皮光棍”。扩而大之，对不合理社会现象的容忍，还会对整个社会的精神发生重大影响，“巴结”“乞求”“战战兢兢”的结果是，人们受够官僚主义者的欺负后，还要受以上列举的所谓“低级领导”的气。这些不是领导的领导，是否也在不期然中模仿了他们深恶痛绝的官僚主义者呢？诗人的心情是沉重的，他由日常生活中的无数小事，看出了其内部的可怕结构网络——“我做了一个梦——／在伏尔加河里，／我们的巴结／繁殖了／鳄鱼成群。”

叶甫图申科热心于写朗诵诗，并由自己在舞台和体育馆朗诵，赢得了听众热烈的掌声。这首诗采用了马雅可夫斯基的“阶梯式”形式，诗行的排列错落有致，在折行断句上着意考虑了朗诵时的语感，同时也提醒并强调了朗诵者的逻辑重音。这种音义的协同，恰到好处地完成了诗人“让诗走向普通人”的写作理想。

安德烈 · 沃兹涅辛斯基

安德烈 · 沃兹涅辛斯基（Андрей Вознесенский，1933—？）生于莫斯科一个科技知识分子家庭，其父酷爱文学艺术，家中藏书颇丰。沃兹涅辛斯基 14 岁开始写诗，曾将习作寄给帕斯捷尔纳克。老诗人肯定了他的天赋，从此他们开始了“雄狮和小狗”的友谊。1957 年沃兹涅辛斯基毕业于莫斯科建筑学院，次年开始发表作品并一举成名，此后一发而不可收，评论家赞誉他是“没有习作期的诗人”。有一次帕斯捷尔纳克读了他的一组诗后对他说，“如果这些诗是我写的，我会收进自己的选集中”。听后，沃兹涅辛斯基一方面为自己受到名家鼓励而感动，另一方面也知道自己的诗太像帕斯捷尔纳克的早期作品。从此，他重新调整了写作方向，直到写出大量优秀的“自己的诗”，成为苏联最有“先锋”感的大诗人。1986 年诗人当选为苏联作协书记。

沃兹涅辛斯基虽被评论界归为“高声派”诗人，但他与叶甫图申科等诗友的写作风格差异很大。后者基本是现实主义手法，而他则是现代主义手法，被评论界认为是“俄国先锋派代表”。他的诗注重隐喻的奇特，联想的大幅度跳跃，多重视角的交叉投射，刻意以求的音响效果。他还常常以变形乃至怪异的方式写出生命内部的震荡。他认为，“我们诗歌未来的出路在于各种联想。隐喻反映各种现象的相互联系，反映它们之间的相互转化”，“诗歌有自己的独立生命和性格。有时，它不顾作者的意志，不遵循语法规则”。

沃兹涅辛斯基的主要诗集有《镶嵌画》（1960），《长诗〈三角梨〉中的三十首抒情离题诗》（1962），《反世界》（1964），《阿喀琉斯之心》(1966),《声音的影子》(1970),《观点》(1972),《把鸟儿放走》(1974),《大提琴似的柞树叶片》(1975),《玻璃镂花师傅》(1977),《诱惑》(1978),《无意识》(1981),以及长诗《工匠们》(1959),《隆茹莫》(1963),《奥扎》(1964)等。1978年,诗集《玻璃镂花师傅》获得苏联国家奖。

戈　雅

我是戈雅！
敌寇扑向裸露的田野，
　　　　　　　　　　把我的眼窝啄成弹坑深洼。

我是苦难。
我是呼喊，
战争的呼喊，四一年的雪野上
　　　　　　　　　　　　　各个城市烧焦的骨架。

我是饥饿。

我是喉咙，
绞架上女人的喉咙，她像一口洪亮的钟
　　　　　　　　　在空旷的广场高挂……

我是戈雅！

啊，复仇的
果呀！我用炮火把不速之客的尸灰
　　　　　　　　　　　　　　向西土喷撒！
我把巩固的星斗钉入永志不忘的天空
如同钢钉。

我是戈雅。

（飞白　译）

［导读］

这是诗人最有名的短诗，它虽是由阅读戈雅的画册引发，但表达的是诗人自己对童年时代所经历的卫国战争的感受。

戈雅（1746—1828）是西班牙伟大画家，近代欧洲绘画的开创者，被西方美术史家称为“画家中的莎士比亚”。他在晚年创作了著名系列版画《战争的灾难》（八十幅）等，对法国侵略军“杀人机器”的揭露，对西班牙人民的悲惨遭遇和不屈精神的表现，均达到了强烈的震悚人心的效果。沃兹涅辛斯基在回忆这首诗萌发的契机时说：卫国战争期间，他的一家被疏散到乌拉尔以东，而父亲则在被德寇围困的列宁格勒。有一天，父亲突然回来了，他的军用背包里除了一听美国肉罐头外，还有一本《戈雅画册》。少年沃兹涅辛斯基当时对这位艺术家一无所知，但是画册中描绘的战争场景——游击队员被大肆枪杀，被绞死的尸体在广场上拖拽，战争的肆虐——深深地刺激了他，使他将之与当时广播中介绍的情况联系起来。父亲是揣着这本画册穿越火线的，所有的一切都联结在一个名字上：戈雅！多年以后，一首童年“记忆中的音与画”终于破胸而出，诗人写下了他的代表作《戈雅》。

这首诗将惨烈的战争画面与诗人心灵的幻象扭结为一体，语势强烈而连贯，它有如尖啸的弹片，有如凄厉的警笛，也有如一颗颗立体的冒烟燃烧的不屈心灵……深深地撼动了我们的灵魂。诗中的场景犹如戈雅的版面般简洁刺目。在这里，敌寇和轰炸机像鹫群扑向田野，“把我的眼窝啄成弹坑深洼”，战争的凶残给俄罗斯人民带来的肉体和心灵的灾难，都在这个语象中道尽了。而“41 年的雪野上／各个城市烧焦的骨架”，既有黑与白的强烈反差，又有烧焦而依然不屈挺立的心象呈现。接下来，“绞架上女人的喉咙，她像一口洪亮的钟／在空旷的广场高挂”，进一步强化了敌人的凶暴和人民不屈的抵抗。这样，对战争的描述从宏观场景到局部特写都给人深深的撼动，成为凝结着感情、知性和具体细节的饱满的隐喻。

最后，诗人由描述现实和苦难心灵的“戈雅”，导入“复仇的戈雅”，坚不可摧的“正义的戈雅”。正义的人民要用更猛烈的炮火将纳粹侵略者赶回老家去，像闪闪的星斗被钉上天空一样，伟大的俄罗斯人民将自己英勇抵抗的纪念碑镌刻在天宇。这是20世纪的“戈雅之歌”，写就它的是伟大的人民。

这首诗语象尖新，结构严谨，短语“我是戈雅”在诗中出现三次，牢牢铆实了具体的语境。这个短语还有许多变奏形式：“我是苦难——我是呼喊——我是饥饿——我是喉咙”，又紧紧咬啮或跟随着，从意义到声音上都强化了诗的音响效果：在俄语中戈雅（Гóйя）与“苦难”（rópe）、“呼喊”（róлoc）、“饥饿”（róлoд）、“喉咙”（rópлo）的声韵一致，使人感到一种紧迫而不屈不挠的冲撞力度。

《戈雅》发表于1959年，当时苏联批评界对它颇有保留，许多批评家谴责诗人在盲目追求胡言乱语、晦涩难解的西方现代派诗风，“思想感情不健康”；最温和的批评也称诗人在搞“形式主义”。但是，诗人没有为这些外行的批评而动摇自己艺术探索的信心。他知道，现代诗的形式和内容具有不可剥离的一体性，要表达特定的情感内容，就要用适切于内容的形式：内容是完成了的形式，形式是实现了目的的内容。“舞蹈和舞者是不能分开的”！

无意识

背叛天使，背叛鬼怪精灵，
但是不要背叛无意识的感情！

每人心灵里不总明白清楚，
不免藏着一个秘密的无意识国度。

这里卷进一个眼睛黝黑的妇女——
你——就是我那无意识国土。

群雁在长空拉开一条虚线疾飞——
这是无意识，这是无意识，

林子里的花楸树上秋天仍然在坚持，
妇女们在用蘑菇念珠敲击，

或者不识字的飞禽失落一根羽毛——
像是送往无意识国度的信息……

你们把轮胎当作鞋，还可以穿上荣誉袍服——
只是无意识你们却学不到手。

缺乏它，仿佛是丧父的孤儿，你们会吃苦，
就是说，无意识从此抬头。

这是无意识，无意识
悄声告诉你
通过那无底深渊的天际……

当魔鬼哈哈大笑
头朝下将你吊起，
而且在剧终收场时问你：
“你还愿意做什么？”
“送我返回红尘，
给我黑面包，
无意识国度我也少不了！”

（李海　译）

［导读］

“无意识”是人精神的重要属性之一，但在传统的心理学、认识论、审美理论乃至人们习惯的观念中，它却一直被贬斥、被减缩乃至被遮蔽着。直到20世纪初奥地利心理学家弗洛伊德创立“精神分析”学说，“无意识”作为人精神的基本特征才得到正视和重视。弗氏认为，人的精神活动并不全等于有意识状态，人的情感、情绪、意志、欲望等生命冲动，更多的属于无意识的茫茫大海。弗洛伊德还将“无意识”理论引入文学创作与批评。在《艺术家与白日梦》《释梦》等著作中，他认为文学艺术创作就是无意识的象征表现，具有类似梦境的隐喻意义；文学艺术的内容及其功能就是揭示、释放人的无意识，使被压抑的人的本质获得变相的“补偿”。这种理念在揭示生命体验的复杂性上，对现代派文学产生了重大影响。

沃兹涅辛斯基的《无意识》是一首“以诗论诗”的作品。针对苏联批评界将“无意识理论”划为资产阶级的没落学说，他以一个诗人的本真经验为“无意识”作了申辩。在他看来，“无意识”或许不像弗洛伊德说的那么重要，但它肯定是人精神的重要构成成分。而“背叛无意识”，也就等于否定了人精神的重要成分之一，简化和抹杀了人生命体验的丰富性、复杂性。

诗人坦率地写出了“无意识”的重要性：“缺乏它，仿佛是丧父的孤儿，你们会吃苦”，“给我黑面包，/无意识国度我也少不了”。是的，一个艺术家可以“背叛天使，背叛鬼怪精灵，/但是不要背叛无意识的感情！”“每人心灵里不总明白清楚，/不免藏着一个秘密的无意识国度”。诗人还以几个意象更为感性地道出了“无意识”的存在及神奇魅力。一个女人黝黑的眼睛，在长空中拉一条虚线疾飞的雁阵，秋日花楸树上的果实，妇女在采着念珠般的蘑菇，天空中飘落的一根羽毛……这些意象有何“明白清楚”的内含？但此中有真意，欲辨已忘言，它们是美的，激发了人们内心深处无意识的朦胧的感情，使人若有所悟又“莫可名状”。一个诗人，就是在这原发的充满活力的含混冲动中，写下了埋藏在他“无底深渊的天际”里的生命感悟。这是一种更真切的“求实”精神——力求真实地呈现出心象的状貌；这也是一种审美的高傲，那些实用主义者“可以穿上荣誉袍服——／只是无意识你们却学不到手”。

文学艺术对“无意识”的发现和表现，在 20 世纪世界现代文学范围内已不是什么新鲜命题。沃兹涅辛斯基之所以如此用力地为“无意识”申辩，是针对当时苏联批评界对“无意识”的粗暴贬斥、否定而发。类似的情况在我国 80 年代初诗坛也出现过，以“朦胧诗”为代表的新诗潮诗人、批评家，面对僵化的诗坛也曾奋起为“无意识”“直觉”做过申辩。今天，这些申辩与其创作实绩一道，已成为 20 世纪末中国诗坛最骄人的果实。

尼古拉 · 鲁勃佐夫

尼古拉 · 鲁勃佐夫（Николай Рубцов，1936—1971）生于俄罗斯北方阿尔罕格尔斯克州的叶梅茨克镇。卫国战争爆发后父亲在前线阵亡，母亲也在战时病故，六岁的鲁勃佐夫进了保育院。50 年代初，他于托吉姆市技校毕业后曾在一艘渔轮上当司炉，后在工厂做过浆纱工。1955 年成为北海舰队的一名水手，服役期间开始发表诗作。1959 年复员到列宁格勒某工厂当工人。1962 年进入高尔基文学院，1965 年出版第一本诗集《抒情诗》，受到关注。1967 年《田野之星》出版，引起普遍赞誉，奠定了他杰出诗人的声誉。此后日益精进，成为"轻派"诗歌最优秀的代表。

鲁勃佐夫短暂的一生极为悲惨，童年的孤儿生涯使他性情忧郁，青年时代也常处于清贫无告的处境中。有回忆录这样描述：到了寒冷的冬天，他往往还穿着单薄的衣服，手提一只胡乱塞满杂物的行李包踯躅街头，四处找朋友借宿，因为他长期没有一个固定的住所。诗人在爱情上曾屡屡受挫，后来他结了婚，因妻子家嫌弃他"光会写诗不会挣钱"而最终分手。他最后的女友倒是个诗人，但又嗜酒无度，1971 年春，在两人一次酒后口角中，女友将鲁勃佐夫杀死，时年仅 35 岁。直至 20 世纪末，他的诗集仍然吸引着广大读者，评论他的文章也连篇累牍。

鲁勃佐夫是苏联"轻派"诗歌的开创者。他登上诗坛时，正值"响派"诗歌如日中天之际。鲁勃佐夫反对某些诗歌的"报刊社论面孔"，不赞成动辄"大声疾呼"，而主张以更淳朴的话语写普通人的感情和大自然，同时表现出诗人的心灵个性。当有批评家指责他写"闲情逸致的田园诗”时，他辩解说：叶赛宁的诗句并不慷慨激昂，但能恒久地回荡在人心里。他的抒情诗正是继承了俄罗斯传统诗歌（如普希金、丘特契夫、费特、涅克拉索夫、莱蒙托夫等）的气韵：对大自然景色的热爱，对诗人内心感受的准确捕捉，笔触细腻，自然优美，声律和谐，略含哀愁。似乎可以这样说，他笔下的俄罗斯大地，既非革命的俄罗斯，也非现代化的俄罗斯，而是“乡村的俄罗斯”，世世代代的人民生与死、羁旅与乡愁的俄罗斯，爱情的俄罗斯，透明而忧郁的俄罗斯。诗人个人灵魂与民族诗歌谱系及土地的认同，使他的诗在轻吟的调性中内气远出，“在他的诗歌里仿佛是大自然、历史、人民自己在说话”（科日诺夫语）。

鲁勃佐夫的主要诗集有《抒情诗》（1965），《田野之星》（1967），《心灵保留着》（1969），《松涛回荡》（1970），《最后的轮船》（1973），《车前草》（1976），《鲁勃佐夫诗选》（1977）等。

我的宁静的故乡

——给 B. 别洛夫

我的宁静的故乡！
柳树、夜莺、河流……
我的母亲在这里安葬——
当我年幼的时候。

“您可知道墓地在哪里？
我自己找也找不到。”
“小河对岸就是。”
乡亲们轻轻答道。

乡亲们答话轻轻，
车队驶过悄然无声。
只见鲜亮的绿草
生长在教堂的拱顶。

如今水藻漂浮在池塘，
那是我爱游泳的地方……
我的宁静的故乡，
往昔的情景全未遗忘。

小学校新修了一道篱笆，
还是那辽阔的绿原。

像那只快乐的乌鸦，
我想栖落在篱笆上面！

我的圆木造的学校！
等我告别远行的时候——
小河雾气缭绕，
将在我背后奔流啊奔流。

我体验了最炽热的、
生死与共的依恋，
和这里的每座农舍、
每片云、每声雷都密切相关。

（谷羽　译）

［导读］

“我的宁静的故乡”，这句话如果由一个旧时代的田园诗人说出，我们或许不会觉得新异，因为那时的乡村的确是“宁静”的。但它由一个 60 年代的苏联现代诗人说出，我们会感到他是在欣悦和怅惘中挽留着一种快要逝去的东西。仿佛一代人对喧嚣的“现代化进军”，膨胀的“都市化浪潮”，和意识形态全面统驭的政治庞然大物感到疲倦了，心灵终于侥幸找到一处纯洁的安歇之地。因此，这首诗一出现，就引起了诗坛巨大反响，成为“轻派”诗歌的代表作（“轻派”的命名与此诗有关）。可见，在诗歌创作中，“对谁说”“何时说”与“说什么”是同样重要的。

这首诗写于 1964 年，被诗论界认为是“轻派诗歌的宣言”。诗的内容并不复杂：一个游子回到了久别的故乡，因其长年漂泊在外，以至一时寻找不到母亲的墓茔。他询问故乡的乡亲，得到了“轻轻的回答”。这里，寻找母亲的坟墓，既有实指性，又含有象征因素——对生命之根的归依。“根”找到后，周围的一切就都不再陌生。童年的记忆被唤起了，“往昔的情景全未遗忘”。

故乡还是那么“宁静”，安恬的柳树、夜莺、河流，寂静的马车队，高耸的教堂，童年戏水的漂满水藻的河塘，用圆木建造的小学校……这些全无都市烦嚣的，人与大自然和谐相伴的生活环境，令诗人的心感到踏实美好。“我”多么依恋这纯洁而宁静的生活，但还是不得不离去。诗人移情于物，认为故乡小河河面上雾气缭绕，是对他依依惜别的“送行”。笔意既温馨又沉痛，道尽了一个现代游子缱绻难耐的心怀。

这首诗语象鲜润葱茏，但丝毫不显得散乱。全诗的情调都紧紧围绕着“宁静”展开：乡亲们说话是“轻轻的”，大车队“驶过悄然无声”，诗里描绘的大自然物象，无论宏细，均有宁静的美质。但正是在这波澜不惊的“宁静”中，诗人“体验了最炽烈的、生死与共的依恋”，故乡已被“携带”在他的心中。诗人领悟到，自己生命中的一切“和这里的每座农舍、每片云、每声雷都密切相关”。而诗人之所以将此诗题赠“给B.别洛夫”，也是因为作为著名“乡村散文家”的别洛夫，才最能理解他对乡村的深沉感情。

抒写对乡村生活的怀恋，是20世纪俄罗斯诗歌中较为明显的向度之一，大诗人勃洛克、叶赛宁是杰出的代表。叶赛宁称自己是“最后一位乡村诗人”，在他优美的吟述中，同时也温和地抗议了由革命带来的工业化毁坏了俄罗斯美丽的田野和健康的人性。他笔下的乡村常带有宁谧和感伤含混难辨的情致。鲁勃佐夫属于这一“诗歌谱系”的优秀的传人，他坚持在喧嚣的时代寻找心灵的和谐与宁静，在集体顺役的“队列”外退守个人心灵。他的“悄声细语”，既抚慰人心，又含有淡淡的怅惘，这位不追求表面化的“现代性”的诗人，却恰恰写出了打动千百万现代人心灵的大地诗篇。

松涛阵阵

辽阔而古老的利平松林
已经有多少次把我迎接，

那里只有狂风，夹着冰雪，
同松针作无休止的争论。

俄罗斯的村庄，多么迷人！
我久久地倾听着松涛阵阵，
黄昏来临，思绪起伏，
脑海突然掠过一线光明。

我下榻在这里的旅舍，
抽烟，阅读，生起了火炉。
看来这又是一个不眠之夜，
有时，我就爱通宵静坐！

当然，我怎能就此入睡：
暗夜里似乎传来千百年的召唤，
邻近的板棚里还有灯火，
熠熠发光，透过迷漫的风雪。

纵使明日天寒路冻，
纵使那时心绪不佳，
我可不错过古老松林的叙述，
要倾听松涛久久的喧哗。

（冯玉律　译）

［导读］

我们常说，真正的好诗是“真力弥满”的。那么，什么是“真力弥满”呢？在许多人看来，它关涉到诗的题材要“重大”，诗人的感情要激昂。这样一来，“真力弥满”就成为一个事关“风格”的概念了。这种理解是不准确的。其实，诗歌是否“真力弥满”与诗的题材是否“重大”和感情是否“激昂”无关。它主要是指诗歌情调和意味的饱满。像帕斯的《惊叹》："静／不在枝头／在空中∥不在空中／瞬间／一只蜂鸟"，我们能说这首小诗不真力弥满、神完气足么？

鲁勃佐夫的诗歌同样是真力弥满、神完气足的。他很少写所谓"重大题材"，很少表达"激昂"的感情。他在处理大自然题材时，总是洞幽烛隐，发掘出它们饱满的意味；他的感情也不追求表面化的亢奋，而是内倾深沉的。

这首诗描写的是诗人羁旅生涯的一个片断：黄昏降临，在古老的利平松林边一个小镇旅舍里，诗人伴着阵阵松涛，在炉火旁抽烟、阅读、思考。窗外，狂风绞着雪霰，仿佛在"同松针作无休止的争论"，而"古老的松林叙述"着俄罗斯大地"千百年的召唤"，使诗人思绪起伏，以至深夜都不愿入眠。这种景色非常典型地表现了"俄罗斯大地之魂"，它弥漫着浓酽的本土精神，"一日浓缩了百年"。你看，冰雪扑向松林，可松涛阵阵叙述着寒冷中生命的顽健；迷漫的风雪卷刮着憨实的木板棚，但苍生们的灯光、民间的烟火依然熠熠闪烁……诗人"脑海突然掠过一线光明"，这光明来自"千百年的召唤"，也来自最普通的百姓苍生。最后一节，由写实跃向象征——我领悟了松涛的诉说，"读懂"了苍生的灯火，明天上路时，我将不再畏惧天寒路冻、心绪不佳；因为我的心也喧响着松涛阵阵的启悟，和灯火的温暖。

诗人曾在一封致友人的信中说，"我非常喜欢在傍晚时分，在幽暗的房间里生起火炉，倾听深秋和严冬野外的阵阵风声。它们像柴可夫斯基的作品，令我思绪起伏"(《给萨丰诺夫》)。这也告诉我们，一首诗要真正做到真力弥满、神完气足，仅凭一时的"灵感"是不行的。它应是埋藏在诗人心中久久挥之不去的一个情境，长期萦怀的一种旋律，对一种恒久情感的领悟。这情境、旋律、情感自在地孕育着……直到有一天它跃身而起，"它自己要求说话"。

贝拉·阿赫玛杜琳娜

贝拉·阿赫玛杜琳娜（Белла Ахмадулина，1937—？）生于莫斯科，母系祖上有意大利血统，父系祖上是鞑靼人。1954年中学毕业后，她做过报社编辑，1955年开始发表作品，1960年毕业于高尔基文学院。1962年出版第一本诗集《琴弦》，吸引了大批读者，同时也因坦率地表达个人情感，冲破题材禁区而引起保守的文艺界的批评。在高尔基文学院读书时，阿赫玛杜琳娜与诗人叶甫图申科相爱结婚，但最终离异，这给她的心灵造成了创伤，并写有与此有关的诗。除写诗之外，她还创作有戏剧剧本、电影剧本、散文，并有译作若干。此外，她还演过电影。1977年，美国文学艺术研究院选举她为名誉院士。

阿赫玛杜琳娜是“苏共二十大”之后解放思想一代诗人中的佼佼者。她的诗歌的基点是忠实于个体生命的体验，肯定个人价值，反对对人性的压抑。在这点上，她与“响派”有某种一致性。诗人大胆坦露自己的内心，写个人灵魂中的奥秘、冲突、感伤和迷惘。她说，“我从没有撒谎，也没有编造。我不会强有力地歌唱，但我永远坦率真诚。从那狭窄的衣领中伸出的，是我自己的痛苦脖颈”（《黎明前的珍贵时辰》）。她继承了女诗人阿赫玛托娃和茨维塔耶娃的传统，对本真的情感遭际和生活细节进行深度挖掘，使许多作品带有“自我心理分析”色彩。在语言上，诗人成功地糅合了浪漫主义的充沛激情和现代诗的深层隐喻，视角新颖，构思精巧，音韵和谐。“她像一架音调准确而灵动的钢琴”（高尔布诺夫语），既可奏出饱满沉实的低吟，又可奏出跳荡浏亮的高音，别开一种刚柔相济之境。

阿赫玛杜琳娜的主要诗集为《琴弦》(1962),《音乐课》(1969),《诗抄》(1975),《风雪》(1977),《蜡烛》(1977),《格鲁吉亚之梦》(1979),以及长诗《我的家谱》(1963)等。

雨和花园

我的眼睛在窗子上搜寻，
像文盲在阅读识字课本，
我的思维难以想象
十二月的花园一片雨淋淋。

哪是雨，哪是花园，真难区分，
两个自然元素在这儿结婚，
我眼睛的光不能拆散
它们之间密密的热吻。

它们尽情地拥抱，手掌
压着手掌，全然不问
被它们拥抱压扁的果实
流出多少蜜一样的甜津。

整个的花园在雨中！整个的雨在花园中！
当雨和花园双双死去，
会留下我去决定，只有南方
才出现的那种冬天的命运。

我怎样才能在雨和花园中
扯开一小条光亮的飞逝的裂口，
好让那些枝叶上的小鸟，

能有一个十分微小的颤抖?

更不用说去作那些幻想,
利用它们争吵的缝隙,
给自己盖上一间房子,
让我这无家可归的人安息。

心灵期待着,也注定要受
那样两次的经历:
一次是为雨和花园而受苦,
一次是因雨和花园而欣喜。

可房子又怎的?里面都是死的!
难道这不是我干出的吗?
我用我自己的孤独,
从人世赶走了我孤独的舒适。

我祈求过灾难来得轻一些,
可命运给我的总不那么如意,
但我求来的灾难也没有那样严酷,
使我去打碎别人的玻璃。

雨和花园会把一切都化为乌有,
它们会从自己的领地里,
赶走那些强加给它们的物体,
赶走那硬挤进那块地上的房子。

于是在这片贫瘠的图景上,
我这微弱的心灵又该骄傲起来,
并且去捣乱雨和花园

破坏它们亲热的嬉戏？

还没到屈服冬天的时候，
也不能告别树林和晨雾，
只是在这块土地上，
我是否无意占了别人的住处？

（刘湛秋　译）

[导读]

这首诗的语象比较单纯，但诗人的感情和智性却是互否共生、喜忧难辨的。仿佛面对着同一个境界——雨和花园——有“两个人”在表达各自内心的感悟。“他们”在对话、在争辩，一时谁也无法“说服”谁。这“两个人”其实是诗人自己内心的两个声部，她从我中分裂出另一个“我”，使生命的复杂感悟以“彼此追问”的方式悬浮在诗的总体语境中，而不是简单地删除其中之一来求得诗表面的“统一性”。正所谓“心灵期待着，也注定要受／那样两次的经历：／一次是为雨和花园而受苦／一次是因雨和花园而欣喜”。

花园和雨都是美丽的。尤其是在冰雪弥漫的十二月的俄罗斯，只有它的南方才会有降雨。因此，对生活在北方的诗人而言，能于十二月看到花园和雨的奇观，自有一种陌生和惊喜。在开头，诗人以“像文盲在阅读识字课本”，表达了她对这种自然和生命力奇观的陌生和惊喜之情。雨和花园在热烈地亲吻，它们不分彼此，忻合无间，“两个自然元素在这儿结婚”。原始冲动中不可阻扼的激情得以释放，令诗人赞叹。

但是，很快诗人心中另一个声部升起了，雨和花园不再是自然界的奇观，而成为人生命的象征。生命力的原始冲动固然值得赞美，但激情的无限膨胀，也会限制或损害生命中宁静、智慧和沉思自省的一面。行动的欢乐，欲仙欲狂的激情，常常也会带有破坏性，它们“全然不问／被它们拥抱压扁的果实／流出多少蜜一样的甜津”。因此，诗人在领略了激情的狂欢后，不免又渴求安然和自明：“我怎样才能在雨和花园中／扯开一小条光亮的飞逝的裂口，／好让那些枝叶上的小鸟，／能有一个十分微小的颤抖？”她想退回个人内心，盖一间心灵的“房子”。但接着，诗人却又开始迟疑了，“可房子又怎的？里面都是死的”，我的孤独若不与整体的生存现实和生命的激情相关，它又有什么价值？……整首诗就在心灵的迂回升沉、自我质询中展开，最后，以“我是否无意占了别人的住处”这一疑问句结束，表现了诗人企求在“酒神精神”和“日神精神”之间谋求平衡的人生理想。

最后应该向读者陈明，我之所以强调此诗在结构上的“双声部”，是因为我们习见的抒情诗，其宿疾往往体现在意向单一、感情枯燥上。阿赫玛杜琳娜避免了这一宿疾，在抒情中糅进了互否性的“自我心理分析”，使读者领略了更为复杂的经验。其实，如果更“客观”地讲，这首诗中的两个声部还是有“主”有“次”的。其“主”，就是对激情的反思。不过，她没有用“主”来压抑或删除“次”罢了。在此，我之所以强调“双声部”，是意在给诗歌写作者提供一种结构角度的思考。

睡

我，一个在穆茨赫特月光下翩翩起舞的女人，
我，全身的肌肉无不酸疼的女郎，
我，一个成为影子的人，颤抖而修长，
连斯维吉·茨霍维里教堂都容纳不下；
我——被银色的光线剥得精光，
光源穿过了你的峰顶啊，第比利斯；
我，像一个罪人，在黎明之前，
一直待在你的身旁，血都冻得冰凉；
我——不会在夜间入眠的人啊，

以愚蠢的行为使相识的人们变得颓唐，
我，眼睛里有马一般瞳孔的人，
惊跳着躲开了睡梦，犹如躲避栏圈一样，
我——在桥头上和可怜的人们一起唱道：
“饶恕我们吧，晨曦，
宽恕我们的罪恶，黎明啊，
用你的恩赐去把饥肠辘辘的穷人镀上金光。”

我——蹦蹦跳跳，
依然处在失眠的状态，忍受着失眠的恶作剧，——
啊，天哪，此刻的我多么想酣睡啊，
就像睡在摇篮里，睡在被窝里那样。
睡啊——睡啊睡，睡个不醒啊——睡。
睡——慢悠悠地，仿佛在把饮料品尝。
噢，睡啊，梦乡诱人啊，
如同吮吸着美汁，嘴角的口水直淌。
迟迟地醒来，却不想睁开眼睛，
让天气的秘密进一步诱惑自己，
没等我接受晨光的问候
窗外的光亮早已辉映到床上。
对梦的回味就像嘴里含着过腻的甜食。
手臂的动作有点儿新奇，有点拙笨。
复活了的耶稣，动作不够熟练——
懒劲儿束缚着全身。
脑子里迷迷糊糊，宛如星星消逝于夜空。
脉搏微弱，跟冬眠的树干里液汁相仿。
于是乎——再睡啊！久久地睡，永睡不醒，
包起来睡，就像在娘胎里那样。

（王守仁　译）

［导读］

阿赫玛杜琳娜的诗“既可奏出弦乐的哀泣，又可奏出铜管的呼喊”（安托科尔斯基语）。但无论她采用何种音色、音质与调性，诗中总是有个惊人坦率的“我”在。这个我，不是什么“大我”，不是自以为是的“时代代言人”，而只是具体的个人。因此，她的诗所体现的不是“思考的深刻”，而是“生命体验的深刻”。《睡》就很有代表性地体现了这一特征。

诗中写到的“穆茨赫特”，系格鲁吉亚的一个城市，有段时间诗人曾客居此地。这首诗由“一个在穆茨赫特月光下翩翩起舞的女人”开始写起，一口气排出九个“我……”，展示了个人灵魂中彼此纠葛相互质询的不同侧面。“我”的灵魂内部充满冲突，使“我”无法入睡。“我”的心在旋舞，清醒与蒙眬交互出现。“我”多想脱下这双神话中的“红舞鞋”，让疲倦的生命得以休息；可这是徒劳的。因此，“睡”成为一个隐喻，喻指诗人对安恬心境的向往。但是，诗人也恰好是在无法入眠时才得以独自面对自己，看清自己灵魂的模样。我们也正是在她失眠的痛楚中，认识了这个被忧伤与欣悦，高傲与忏悔，自恋与自虐，慵倦与勤勉，颓唐与奋进，入世与隐逸，绝望与希望，等等相互矛盾的复杂体验所缠绕的女人。诗人真实地将自己的生命和灵魂状态表达出来，使我们在“个人化写作”中看到的却是更为健康豁达的现代人的“公开性”。

由于抒情诗中的“我”在人们看来往往等于诗人自己，所以有许多诗人极力将真实的自己严密地包裹起来，他们只向读者展现一个“体面的我”，“和谐的我”，“理性的我”，“可爱的我”……殊不知这是一种人格表演，一种我们见惯不惊的“作秀”！而一旦人面对真实的自我，他／她就会发现，“我”其实是一个矛盾重重的纠结体——像这个“月光下的旋舞者”，时时变幻出不同的侧面。由此可见，诗歌中的“善”，常常是名实不符的；而诗歌中的“真”，却总是表里如一。它经得起有敏识的读者的审视。

苏联评论家奥格涅夫曾这样评价阿赫玛杜琳娜的诗歌：“它们犹如雷达，对于暗中袭来的危险或对于新近发现的欣悦，都能立即作出反应。‘雷达’一词我不是随便用的，它充分表达了她的诗给人的独特感觉——心灵的警惕和对世界的矛盾的看法。”（转引自《苏联女诗人》）这位批评家准确地抓住了诗人心灵的“警惕”和对“矛盾”经验的揭示，是颇具眼光的。

约瑟夫·布罗茨基

约瑟夫·布罗茨基（Иосиф Бродский，1940—1996）出生于列宁格勒（圣彼得堡）一个犹太人家庭。父亲是记者，母亲是职员。布罗茨基从小聪颖好学，但因不满于僵化而庸俗的教育制度，反抗在精神上遭受的压抑和屈辱，他在十五岁时自动辍学，开始了自学和流浪生涯。他先后做过医院的尸体缝合工、司炉、铸锻工、搬运工，后来参加地质勘探队，出没于崇山峻岭、荒原沙漠、丛林沼地找矿。但他始终保持着对文学的热爱，在漫长而艰辛的年月，阅读了大量世界文学经典作品，并开始写作和翻译西方现代诗。他说，在此期间给他带来巨大震动的诗人和作家有：俄罗斯"白银时代"的诗人、作家们，弗洛斯特、米沃什、艾略特、叶芝、史蒂文斯、奥登、卡夫卡、福克纳等人。

60年代初，他与几位坚持文学的独立精神，反对意识形态剥夺文学自由的青年人组成了文学小组，并结识了老诗人阿赫玛托娃，得到她的指教。这些活动，对他一生的写作影响甚大。当时，布罗茨基的诗作因与"统一的社会步调不符"而得不到发表，它们只是作为"地下写作"在"地下诗歌社区"流传。但是，这些独立、真挚而精美的诗篇赢得了许多青年秘密阅读者的喜爱。

1964年2月，他的诗歌和他的文学活动触怒了当局。他们以莫须有的罪名——"社会寄生虫""游手好闲之徒"——逮捕了诗人，判刑五年强劳。后经阿赫玛托娃、特瓦尔多夫斯基、肖斯塔科维奇等艺术家的联名请愿，得以提前获释。1965年，美国出版了他的第一部诗集《短诗和长诗》，在西方引起高度关注。为此，诗人又遭到审讯、逮捕。从60年代到1972年，他先后三次入狱，被流放到边远地区劳改；两次被诬而强押入“精神病”院。

1972年，他被苏联当局塞入一架不知飞向何方的飞机驱逐出境，开始了国外流亡生涯。后经美国诗人奥登帮助，他迁居美国生活、写作，担任密执安大学驻校诗人，并教授诗学课程。令人叹息的是，他的诗集都是在国外出版的，这位杰出的诗人一生在国内仅仅发表过四首小诗！1977年他加入了美国国籍，先后在哥伦比亚大学、纽约大学、剑桥大学、耶鲁大学担任文学教授。1996年因心肌梗死病逝于纽约。布罗茨基去世后，俄罗斯笔会中心发出悼词：“随着他的去世，我们时代俄罗斯诗人们的殉难史结束了……他的一生，受压制、流放、侨居和获诺贝尔文学奖，是俄罗斯文学的悲痛和补偿、不幸和幸福。他的著作将成为21世纪俄罗斯文化的基础。”

布罗茨基用俄语和英语写作。他的诗歌有自由而独立的品格，他始终拒绝与一切压抑自由、涂炭人性的权力主义合作，他将诗看作是与荒谬抗衡的伟大力量。他的诗是“醉心于发现”的诗：发现时代生存的真相，发现生命的奥秘，发现语言内部的全部复杂因素。在他这里，广阔的历史想象力和精美的修辞想象力得到了同时的展现；挽歌和反讽达成了平衡；美学与人类学趋向于彼此的映衬；传统与今天在撞击中凝为更高的“合作”。

他诗歌的题材也非常广阔，对历史、时间、人性、流亡、爱、苦难、宗教、自省、伦理、文明、艺术等，都有独特的洞透和命名。他说，“一个人写诗，主要因为写诗是良心、思想和领悟世界的一种特别加速剂”。在诗歌语型上，他可称为集大成的“杂语诗人”，既有传统诗歌的清澈语境、微妙的节奏，又有现代主义诗歌的自由、反讽、内在的神异感和强劲的张力。

布罗茨基的主要诗集是《短诗与长诗》(1965),《驻足荒漠》(1970),《布罗茨基诗选》(1973),《一个美丽纪元的结束》(1977),《言辞片断》(1977),《罗马哀歌》(1982),《献给八月的新章》(1983),《向乌拉尼娅致意》(1988)。此外，尚有散文评论集《小于一》及译著数种。1986 年,《小于一》获美国国家图书评论奖。1987 年，他的诗因“超越时空的限制，无论在文学上及敏感问题方面，都充分显示出广阔的思想及浓郁的诗意”，而荣获诺贝尔文学奖。

黑　马

黑夜的穹窿也比它四脚明亮，
它无法与黑暗融为一体。

在那个夜晚，我们坐在篝火旁边，
一匹黑色的马儿映入眼底。

我不记得比它更黑的物体。
它的四脚黑如乌煤。
它黑得如同夜晚，如同空虚。
周身黑咕隆咚，从鬃到尾。
但它那没有鞍子的脊背上
却是另外一种黑暗。
它纹丝不动地伫立。仿佛沉沉酣眠。
它蹄子上的黑暗令人胆战。

它浑身漆黑，感觉不到身影。
如此漆黑，黑到了顶点。
如此漆黑，仿佛处于钟的内部。
如此漆黑，就像子夜的黑暗。
如此漆黑，如同它前方的树木。
恰似肋骨间的凹陷的胸脯。
恰似地窖深处的粮仓。
我想：我的体内是漆黑一团。

可它仍在我们眼前发黑！
钟表上还只是子夜时分。
它的腹股沟中笼罩着无底的黑暗。
它一步也没有朝我们靠近。
它的脊背已经辨认不清，
明亮之斑没剩下一毫一丝。
它的双眼白光一闪，像手指一弹。
那瞳孔更是令人畏惧。

它仿佛是某人的底片。
它为何在我们中间停留？
为何不从篝火旁边走开，
驻足直到黎明降临的时候？
为何呼吸着黑色的空气，
把压坏的树枝弄得瑟瑟发响？
为何从眼中射出黑色的光芒？

它在我们中间寻找骑手。

（吴笛　译）

[导读]

《黑马》写于1960年，是布罗茨基早期诗歌的代表作。它不乏深刻的象征意味，但却不是那类“以形象指代思想”的简单化的象征诗歌。在这里，形象自身有着独异的生命，而构成它的方法也是自足和坚实的。如果我们一味忽略形象本身而只关注、索解其“象征”内涵，则不免辜负了这首杰作在形式上的贡献。因此，对此诗的“能指”和“所指”我们要同样关注。

一个夜晚，难耐黑暗和寒冷的人们燃起了一堆篝火。此时，一匹黑马来到他们身边，诗人顿时感到一阵奇异的激动涌上心间。那真正逼退黑暗的不是短暂的火光，而是比黑暗更黑的马儿。这匹黑马无疑是“黑”的，但“它无法与黑暗融为一体”。它的“黑”不是弥漫的、向外的，而是内凝的、有着巨大压强的。它是地层深处的煤，是钟的内部，是地窖深处的籽实……充盈着紧张和悸动。它的毛色凝恒不变，黑得更为高傲、独立、清醒；它的眼睛“射出黑色的光芒”，乃成为黑暗的离心部分。诗人曲尽形容，以能指的洪流描述了“如此漆黑，黑到了顶点”的马匹，它坚卓独立，“呼吸着黑色的空气”，直到也使“我的体内漆黑一团”。

黑马之黑“令人胆战”，更令人清醒。“它为何在我们中间停留？”“为何……把压坏的树枝弄得瑟瑟发响？”“为何从眼中射出黑色的光芒？”诗人说，那是由于它的孤独，它的命运伙伴——骑手的缺席所致：“它那没有鞍子的脊背上／却是另外一种黑暗”。因此，它在无言地召唤着那些能够并敢于深入黑暗的核心的骑手，在茫茫的黑暗中寻索，在幽冥的征途上保持内心的方向感。“它在我们中间寻找骑手”，寻找能与黑暗对称和对抗的意志力。我们是否配骑上这匹黑马？在缄默中，诗人已从内心中挖掘出了答复。

此诗有如一具黑色的钢雕，以奇异的黑暗和寒冽直逼人心。全诗语象集中而强烈，围绕一个完整的语义单元反复隐喻、层层叠加。直到穷尽语象的全部意味，在结尾处诗人才反身“扛住”了能指的洪流，清晰地迸溅出钢錾与钢雕再次撞击后闪灼的火花。对这样的诗，我们应全心沉浸于语象自身的魔力之中，而它们的象征意义，自然会从语象中一点点地渗透出来。反之，如果我们一味跳离语象，急切地寻求“思想”，会给这个精纯的文本带来极大的损害。

我们欢呼春天的来临

我们欢呼春天的来临！我们将脸洗干净，
我们将用可靠的杂酚油将疖子烫掉，

穿件衬衫赤着脚走下台阶，
清爽的风吹拂双眼！地平线多辽阔！
未来多诱人！未来总是用种子
填满土地，用亲热充满喉咙，
用这里和那里的人们填满时间；
震颤过后，你在未来中遇见自己。
春天，当鸟群的呼声唤醒森林和花园，
整个大自然，从蜥蜴到鹿，
都加快脚步，紧跟在
国家犯罪的步伐后面。

（菲野　译）

［导读］

布罗茨基是沉郁多思的诗人，一般地说，他的诗作是“限速”的、“对话”的、曲折的，同时又有着隐隐的情理逻辑。他之所以很少唱出嘹亮、欢快的调子，是由于沉哀的命运剥夺了诗人对幸福的体验，留给他的多是苦涩的思索。因此，像以上这类欢快的短诗在他全部的作品中就像是某种“意外”，格外为批评家和各语种的选本所珍爱。

这首诗经由对春天那压抑不住的勃勃生机的描绘，抒发了诗人对未来的瞩望。“我们欢呼春天的来临！我们将脸洗干净，／我们将用可靠的杂酚油将疖子烫掉”，诗人是在说我们不但要以清洁的灵魂，还要以清洁的身体来迎接大自然的伟大的轮回。“穿件衬衫赤着脚走下台阶，／清爽的风吹拂双眼”，脱去严冬臃肿的衣裳，当春风亲吻健壮的身体时，人的灵魂也变得轻快。地平线上消失了阴霾，显得格外辽阔，像是不可抗拒的未来在遥遥闪现，诗人的心暂时涤除了阴郁，“在未来中遇见自己”。

春风释怀，未来可信，一切生机、自由和美好都是不可扼制的——“当鸟群的呼声唤醒森林和花园，／整个大自然，从蜥蜴到鹿，／都加快脚步，紧跟在／国家犯罪的步伐后面”。这里，大自然和人性之美与“国家犯罪”构成了刺目的反差，诗人对春天的歌唱也就包含了对灵魂“解冻”的呼唤，这“解冻”的春汛在催促着俄罗斯历史之春的到来。所谓“紧跟在国家犯罪的步伐后面”，主要是说自由、光明的世界最终会将邪恶的压迫驱赶净尽。同时，诗歌终止于“国家犯罪”这一语义单元中，也表明诗人即使在意兴遄飞的高峰体验里，也无法忘怀严酷的时代生存。

这首诗语速欢快而和谐，情感蓬松而健朗，境界辽远而敞亮。有如春风呼喇喇扑向我们的身体，烘暖我们的心。诗人避开了过往诗歌以物象的罗列来咏叹春天的俗套，而是写出了人对春天的惊喜感应。比如，“我们将脸洗干净，／我们将用可靠的杂酚油将疖子烫掉，／穿件衬衫赤着脚走下台阶”，诗人对这些日常生活细节的提炼，比那些罗列自然物象的诗歌俗套更充分地表达了春天带给人的欣喜。而在语义单元的组织上，此诗前半部采用了“层层展开”的方式，由脸—衬衫—风—地平线……直到“未来”，形成强劲的势能；而后半部采用了“异质冲撞”的方式，在自然语象的涌流中突兀地引入社会学语词，形成了语境的巨大张力，使强劲的势能戛然而止，令人深思。这种“诗与思”忻合无间的美，正是布罗茨基让人叹服的地方。

我总是声称，命运就是游戏

我总是声称，命运就是游戏。
有谁需要鱼，既然有了鱼子？
还说哥特式风格能够风靡一时，
就像痊愈之后有能力站起。
　　我坐在窗畔。窗外是山杨。
　　我爱得不多。然而爱得疯狂。

我曾认为，森林只是一部分木柴。

有谁需要整个姑娘，既然已得到她的膝盖？
厌倦了被现代纪元掀起的灰尘，
俄罗斯的眼睛将休息在爱沙尼亚的塔顶。
　　我坐在窗畔。我洗完了餐具。
　　我曾经幸福，但幸福已逝去。

我曾写过，在灯泡中有天花板的恐惧，
爱情，虽是行为，却缺少动词。
欧几里德不知道，当物体以锥形演变，
它获取的不是零，而是时间。
　　我坐在窗畔。回想起青春。
　　有时我会微笑，有时狠狠骂人。

我曾说过，叶儿能够把幼苗摧毁，
一粒种子若是落进腐坏的土堆，
就不会萌芽。林中的一片旷地
是自然界中的不育的范例。
　　我坐在窗畔，双手锁膝，
　　陪伴着自己的沉重的影子。

我的歌儿已经走调，失去旋律，
但是，齐声合唱也无济于事。
难怪类似的诗句不能获奖，
谁也不会把双脚架到肩上。
　　我坐在黑暗的窗畔；波状窗帘之外，
　　大海轰鸣着，如同一列特快。

作为二流时代的公民，我骄傲地承认：
我最好的见解也不过是二流产品，
我把它们向未来的岁月奉献，

作为与窒闷进行斗争的一些经验。
　　我坐在黑暗中。可是我感到
　　外部世界的黑暗比室内更为糟糕。

（吴笛　译）

［导读］

此诗写于 1971 年。从 60 年代中期到 70 年代初期，布罗茨基因坚持自由的思想和独立的写作，先后三次被苏联当局逮捕入狱，两次被强迫关进“精神病院”。在个人的悲惨命运和时代的冷酷荒谬之间，诗人已不再单纯地倾诉前者，而是将二者综合起来考察和命名。

对他而言，过多地涕泣个人苦难，是无法对称地深入揭示时代的荒谬的；而带有反讽／喜剧效果的诗歌话语，或许更能准确犀利地洞穿生存的本质。这种写作姿态，是一种在社会体制的高压和个人命运的大难临头时，还敢于坚持不屈服的智者和勇者的高傲；黑色幽默，清醒，深思，宽阔，以及对现代性诗意的敏感。正如斯图尔·艾伦所说：布罗茨基的作品不乏开心的讽刺，但它们即使是处于最轻松的时刻也是鲜血淋漓的。

这首诗是布罗茨基最著名的短制之一。以下诗句是人们经常引用并耳熟能详的：“作为二流时代的公民，我骄傲地承认：／我最好的见解也不过是二流产品，／我把它们向未来的岁月奉献，／作为与窒闷进行斗争的一些经验。”这不仅是对当时俄罗斯现实的认识，同时也是对人类总体生存状况的认识。这一话语立场含有双重意味：首先，它是一种沉痛的反讽。我们生活在“二流时代”，我们最好的见解也不过是二流的东西，因为这个时代失去了坚实伟大的精神背景，文艺复兴以来那个高大的“人”，变得畏葸、狭隘又乏味了。其次，它也是一种正面的申说。既然我们生活在“二流时代”，人的主体性旁落的时代，那么，再去模仿“一流时代”的标准就是可疑的，它会形成一种历史的盲视，造成写作中的非历史化倾向。诗人不应悬置具体的历史语境，以人为拔高的所谓“终极关怀”、本质主义、一元论，来回避或简化时代的重重矛盾。因此，“我骄傲地承认”，我的见解与荒谬的时代带给我的荒诞体验密切相关，它们是“(我)与窒闷进行斗争的一些经验”，也是我为“未来岁月”的人们留下的可靠的历史见证。与生存空间的“窒闷”做斗争，“笑”，或许是最有力的、可能的武器了。——全诗就在这种彼此纠葛的心境中展开，或者说，诗人在反讽和骄傲的危险深谷中展开了他的历史想象力的双翼。

我们置身于一个“二流时代”，充满荒诞和市侩式的虚无。这种“虚无”是一种奇怪的虚无，它以“实用”为标志。“有谁需要鱼，既然有了鱼子？”“有谁需要整个姑娘，既然已得到她的膝盖？”生活空前粗鄙化了，没有活力，没有真情，没有灵魂，一切都直奔欲望化“主题”。你瞧，森林只是一些木柴，爱情缺少动词，种子落入了腐坏的土壤，连歌声都走了调。诗人认为这是一个以欣快症的速率进行“减缩”的时代，欧几里得探究的数学意义上的消失点“0”，在历史学上正变为我们的生存现实。这是诗人对生存进行的沉痛反讽和命名。

但是，布罗茨基又不是那种自诩为占据了“道义制高点”来审判时代的诗人，他更为清醒、诚朴。他知道，在这样的时代，一个诗人不能利用道德优势而讨巧地“置身事外”，他应有能力处理更复杂、真切的时代经验。这个时代虽然令人失望，但毕竟，过去那个被迫“齐声合唱的红色时代”更令人恐怖；而“哥特式”文学那愤怒夸张的“闹鬼房子”的宣泄风格，也无法真正深入地处理这个时代的语境。诗人洞透了时代的虚无和荒诞，既看到了它的无耻，也看到了它的无奈；既讽刺了它的无理性，又看到了它的“合理性”——人们已“厌倦了被现代纪元掀起的灰尘”，认清了“美丽的新世界”的骗局，他们要“休息”了。

因此，此诗是复杂经验的彼此盘诘或纠葛，它没有唯一的结论，它以“难题”的形式存在着，令人深思。作为二流时代的见证人，诗人没有回避生存的复杂性，他在忠实地“记录”着具体历史语境中发生的“震波”，他在与形形色色的“窒闷”进行斗争——为未来岁月的人们尽了一个诗人的本分。

让我们回到开头。“我总是声称，命运就是游戏”，这里有着对历史决定论的嘲讽。历史决定论者声称历史的发展有内在的不变的规律，要靠他们这些“伟大的先知”来揭示，他们已对未来的社会作出预言。各类极权主义言称自己已掌握了历史规律，而芸芸众生在他们眼中不过是实现这个“规律”的卑贱的工具，无须思考，只要蒙昧地认同他们即可。历史决定论以达到“现代纪元”这铁的必然性为由，扼杀了芸芸众生精神的独立自由，在大地上建立了新的“政治神学”——蒙昧主义。在那里，即使对“历史规律”的预言失效、民生艰难时，“先知们”也会无限止地借口“道路曲折”来欺瞒大众！因此，当诗人说“命运就是游戏”时，结合此诗的整体语境，我们会知道，它不仅事关他个人的命运，而且还扩展到人们的“历史命运”。

除内容复杂深刻、语言机智含蓄外，这首诗的结构也颇为精审。每节的后两行具体到“我”，而前四行则泛指生存现实。上下两个语义单元彼此映照和“嬉戏”，更显出诗人既骄傲又自嘲的矛盾心情。最后一节——正如我前面已解读过的——含有双重意味，极为准确地命名了“二流时代”带给诗歌写作的可能性：当此时代，个人化的沉痛反讽和“喜剧精神”，或许更有助于增强诗的历史感和修辞技艺的准确性、有效性。

的确，这个时代既荒诞、滑稽，又为我们提供了新的写作资源与活力。它对诗人的话语韧度和力度提出了新的考验。布罗茨基通过反讽、“矛盾修辞”和历史想象力的扭结，开辟了自己独特的诗歌道路，这正是那些只知道一味地愤世嫉俗、宣谕乌托邦空幻理想的诗人们所缺乏的。有批评家称布罗茨基为20世纪后半叶的诗歌大师，他是当之无愧的。

1980年5月24日

由于缺乏野兽，我闯入铁笼顶替，
把刑期和番号刻在铺位和椽木上，
生活在海边，在绿洲中玩纸牌，
跟那些魔鬼才知道是谁的人一起吃块菌。
从冰川的高处我观看半个世界，尘世的
宽度。两次溺水，三次让利刀刮我的本性。
放弃生我养我的国家。
那些忘记我的人足以建成一个城市。
我曾在骑马的匈奴人叫嚷的干草原上跋涉，
去哪里都穿着现在又流行起来的衣服，
种植干麦，给猪栏和马厩顶涂焦油，
除了泔水什么没喝过。
我让狱卒的第三只眼探入我潮湿又难闻的
梦中。猛嚼流亡的面包：它走味又多瘤。
使我的肺充满除了嗥叫以外的声音；
调校至低语。现在我四十岁。
关于生活我该说些什么？它漫长又憎恶透明。
破碎的鸡蛋使我悲伤；然而蛋卷又使我作呕。
但是除非我的喉咙塞满棕色黏土，
否则它涌出的只会是感激。

（黄灿然　译）

［导读］

这首诗是布罗茨基后期代表作之一，它的标题就是它的写作日期。诗人 1940 年 5 月 24 日生于列宁格勒（即圣彼得堡），1980 年 5 月 24 日是他的 40 岁生日。这一天，流亡客居于异国他乡的诗人心潮起伏，反观自己苦难与荒诞扭结的生命历程，写下了这首诗。

在前面我们已介绍了诗人的生平，因此这首诗并不难理解。一开始诗人以“喜剧式的恐怖”为自己的遭际命名：“由于缺乏野兽，我闯入铁笼顶替，／把刑期和番号刻在铺位和椽木上。”这正是捷克作家米兰·昆德拉揭示过的那个荒谬的逻辑：在某种极权体制中，“受惩罚的人不知道惩罚的原因。惩罚之荒谬绝伦是如此不可忍受，受惩罚的人甚至需要为对他的惩罚寻找一个‘理由’：惩罚寻求罪过”（《某地背后》）。在这样的体制里，弥漫着庞大的、迷宫似的寒冷又暧昧的气流，你既不能逃脱它，又不能理解它。“由于缺乏野兽”，它可以以莫须有的罪名诬陷你为“野兽”，然后逮捕你；如果你申辩，那么你恰好犯下了“言论罪”，证明他们“逮得其所”。布罗茨基的三次被判刑，两次被强迫关入“精神病院”，最后被驱逐出国境，判给他的“罪名”就是莫须有的“社会寄生虫”。诗中以“两次溺水，三次让利刀刮我的本性。／放弃生我养我的国家”这些隐喻句和陈述句的扭合，写出了他个人命运的悲惨和社会体制的凶暴可笑。

接着，诗人回忆了自己被流放到北极圈附近强制劳改的“赎罪”生涯，如：干又脏又累的活计，吃块菌，喝脏水，吞咽发馊的面包。那时，严酷而又色厉内荏的监禁充满每时每刻，甚至“狱卒的第三只眼探入我潮湿又难闻的／梦中”。——但也正是在这苦难的历程中，“我”得以洞透了时代生存的真相，“从冰川的高度我观看半个世界，尘世的／宽度”。

但为了保持诗人的庄严，也为了避免不期然中落入另一种狂暴，“我”并不因恐怖和愤怒而一味“嗥叫”，而是将声音“调校至低语”。就像俄国宗教思想家舍斯托夫所言：“你感到人们听不清你的话，应当大声说，应当喊叫。但喊叫是令人厌恶的。所以你说话的声音越来越低。”（《雅典和耶路撒冷》）这种“低”，体现了艺术家对世界的谦卑呵护心怀，内在的灵魂的话语总是“低声”的。

“现在我四十岁”，“我”涉过了前半生的苦难命途，也领略了前后期不同的流亡生涯的诸般滋味；在不惑之年的起点上，“关于生活我该说些什么？”这里，诗人没有采取“东风／西风”意识形态二元对立的立场说话，他关心的不只是局部是非，而是更为广阔的人类整体生存境况：生活，“它漫长又憎恶透明”。“透明”是对世界“模棱两可”或悖论状态的取消，是那些自诩为已经占有全部“绝对真理”的权势主义者的话语方式。在他看来，真正的诗人永远不是“非此即彼”的独断论者，而诗的智慧也就是敢于面对生存全部复杂性的智慧。疯狂地追逐“东风”或是追逐“西风”，都是糟糕的盲从态度，二者均是丧失独立的个人立场而对不同的权力主义的谄媚。这正是布罗茨基（不妨也包括同样有着流亡命运的苏俄作家索尔仁尼琴、纳博科夫等）作为一个独立的诗人而让人敬重的地方。“破碎的鸡蛋使我悲伤；然而蛋卷又使我作呕”，诗人在不同的意识形态语境中都捍卫了个人的怀疑精神和自由探询的意志，发现了那些只能经由诗歌才能发现的东西。

最后，面对生活，面对生命中经历的一切，诗人表达了一颗谦朴的赤子之心：“除非我的喉咙塞满棕色黏土，／否则它涌出的只会是感激”。——感激世上无数的读者对他的理解；感激历史选择了一个“小于一”的人来承受苦难，并使他变得博大而坚韧；甚至感激苦涩的俄罗斯大地，“因为它使流亡者的头总是往后瞧，眼泪总是滴落在肩胛骨上”（诗人 1987 年在维也纳世界流亡者大会上的发言），使流亡者比其他人更深地感到了对祖国噬心的眷念。

这首诗情感复杂，不同语型灵活穿插。它以“喜剧式的恐怖”开始，以悲剧性的描述承续，最终以正剧的庄严方式结束，表达了诗人对生活的深切理解，对“遗忘”的抗拒，对个体生命价值的捍卫。正如斯图尔·艾伦所说：“尽管布罗茨基申明过他的立场，但政治争论决不是他的主要兴趣所在。他提出的问题具有更加普遍的意义：人的责任是过自己的生活，而不是那种被类聚化的模式所规定的生活。”（诺贝尔文学奖颁奖辞）

波兰

切斯瓦夫·米沃什

切斯瓦夫·米沃什（Czeslaw Milosz，1911—2004），波兰诗人、作家，生于立陶宛维尔诺附近的谢泰伊涅的一个工程师家庭。1929年在巴托雷大学攻读法律并开始诗歌创作。1933年出版第一部诗集《冰冻时代的诗篇》，1934年大学毕业，在巴黎留学两年，回国后在波兰电台文学部工作。第二次世界大战期间，波兰被法西斯德国占领，米沃什积极投身于反法西斯的抵抗运动，在沦陷的华沙与德寇英勇作战，并从事地下文学活动，秘密编辑出版反法西斯诗集《独立之歌》。战后，他曾任波兰驻美国和法国的文化参赞、一等秘书。1951年，他因不满于波兰奉行的斯大林主义政策，遂自我放逐西方。在法国流亡十年之后，1960年移居美国伯克利，任加利福尼亚大学斯拉夫语言文学教授，并于1970年加入美国国籍。

米沃什的早期诗作受象征主义影响较大，以忧郁失望的情绪和隐喻暗示的方式，揭示现代世界中文明解体、人性沦落的灾难现实。战争期间的作品则表现了对民族和人类命运的深切忧患，控诉了法西斯主义的野蛮行径，将忧郁变为深广的历史苦难感与抗争意志。

他的后期作品，则深入到政治、哲学、历史、文化等方面，侧重批判现实生活中的虚伪、欺骗、空谈、浮华等现象。他认为生活在这个环境中的个人，成为失去了自由的受体，是“历史和生物本能的无形力量的俘虏”。但米沃什即使在进行文化和现实秩序批判时，也保持了一个知识分子诗人的尊严，他从不采取以恶抗恶的宣泄或尖叫，而是真实、冷峻、悲悯地表达。他将自由讨论的风格与反讽精神糅为一体，力求在广泛的历史视域中与深刻的读者达成内在的沟通、交流和对话。他的姿势传达出这样的意味：即使这世界已变得歪歪斜斜，但那些自觉的人们可以，也应该控制自己的言行举止，给生活以秩序和期望，并且以不妥协的方式批判世界的荒诞和混乱。他说："不管以什么代价，诗歌都不能变成一只祝圣的母牛。"

米沃什的诗歌包含丰富的哲理，在语型上自然、流畅，不求严饬的韵律，但求语调和个人心绪的同构。他说，"我一直向往更为广阔的形式，不受诗或散文的约束"，而一个诗人真正的事业乃是"沉思存在"，"拯救质朴和透明的言语，免使它们与迫供之词的嗓音合污"。

米沃什的主要诗集有《冰冻时代的诗篇》(1933),《白昼之光》(1953),《诗的论文》(1957),《波别尔王和其他的诗》(1962),《中了魔的古乔》(1964),《没有名字的城市》(1969),《太阳从何处升起，在何处下沉》(1974),《诗歌集》(1977),《冬日钟声》(1978),《拆散的笔记本》(1984)。此外，尚有长篇小说、随笔、文论及翻译作品多种行世。1980 年，由于他"在自己的全部创作中，以毫不妥协的深刻洞察力揭示了人在充满着剧烈矛盾的世界上所遇到的威胁，表现了人道主义的态度和艺术特点"，而获诺贝尔文学奖。

可怜的诗人

最初的动作是歌唱，
一种自由的声音，充满在群山和山谷。
最初的动作是快乐，
但它已被攫走。

现在，岁月已改变了我的血液
成千上万的星系在我的肉体内已出生过和死亡，
我坐着，一个狡猾而愤怒的诗人
用恶毒的邪视的眼神，
掂量着手中的这支笔，
我计划复仇。

我握住笔，而笔长出了嫩枝和叶，满覆着花朵
而这树的气味冒犯他人，因为在那里，
　　在真实的地球上，
并不生长这种树，这像一种侮辱
这树的气味对这苦难的人类。

有些人绝望地逃亡了，它们味道舒服
像味冲的烟草，像一杯伏特加喝在临死前的一小时。
其他人怀着愚蠢的希望，美得像淫秽的梦。

另有一些人在这偶像崇拜的国家寻求和平，

这和平可持续很久，
虽然它只比十九世纪持续得长那么点点。

但给我的却是个讽刺性的希望，
因为自从我睁开眼睛我看到的只是火光，大屠杀，
只是非正义，侮辱和吹牛者可笑的羞耻。
给我的只是向他人和我自己复仇的希望，
因为我就是那个人，他懂得
却从不为自己从中谋利。

（沈睿　译）

［导读］

米沃什曾写过这样的诗句："我的过去是一只蝴蝶愚蠢地跨海航行／我的未来是一座花园，厨子在里面割开公鸡的喉咙。"（《没有意义的交谈》）这是诗人对以往写作的省思：一只蝴蝶拥有的只是轻盈和美质，它感动于大海辽阔的召唤，却不知踏上的是灭顶的旅途；而花园是鲜润美丽的，却传出了公鸡被切断喉咙的扑腾声。这就是诗歌只捕捉幻美之境和只空泛呼唤"曙光"，而缺乏对生存的洞识所带来的厄运。蝴蝶和公鸡本身也许没有错，但它们却在错误的时间来到了错误的地点。因此，这时代的诗人是"可怜"的，他们无论怎样想听命于纯洁的缪斯的召唤，最终却不得不服从内心更为真切地承受着的险恶生存的压力，并将之揭示出来。

诗人反省着自己过去的写作。他曾目睹了生存和生命的困厄，但他不忍心将之揭示给人们。他本该犀利的笔锋在最后变得轻柔了，"长出了嫩枝和叶，满覆着花朵"。他想温抚人类，但最终知道了这种温抚是无效的。在生存咄咄逼人的压迫面前，任何幻想之树都"像一种侮辱"，是对人真切的生命体验的歪曲和减缩。"在真实的地球上，／并不生长这种树"，它发出的超逸的清香气味，并没有给苦难中的人们带来更畅快的呼吸。是的，"可怜的诗人"对此既感到深深的无辜，又感到自己的写作的确是有重大缺失的。"可怜"，就包含了委屈和自

嘲的双重性质。

“诗人何为？”诗人为这重重遮蔽的世界命名，将真实固置于具体的话语之中。而诗歌没有聆听和应和者，说明“真实”在诗中没有有效地演历和呈现自己。诗人不回避语言的欢乐，但真实的生存却提醒他“最初的动作是欢乐，但它已被攫走”。

“现在，岁月已改变了我的血液”，诗人已变成另一个人。历史见证的迫切性，压倒了幻美的欢愉，“我坐着，一个狡猾而愤怒的诗人”，他的眼睛不再是温柔和涣散中的清澈，而是犀利、专注，面对不义，有着不屈从的高傲的“斜视”的穿透力，既涵容又命名了时代和历史的混浊。

“掂量着手中的这支笔／我计划复仇”。因为，历史语境中充斥着的专制主义，偶像崇拜，火光，大屠杀，非正义，侮辱和吹牛者可笑的羞耻，给了我们教诲。面对这无法回避的一切，没有历史承载力的唯美主义纯诗，是有违写作伦理的；无视苦难生存处境而自我欺骗的希望，“是个讽刺性的希望”。是的，“并非因为我们目睹了诗歌，而是因为它目睹了我们”（米沃什《诗的见证》）。

然而，米沃什的“复仇”也不是要在蝴蝶和猛禽之间选择后者。他只是要真实地发声，表达出对生存和生命的体验。诗是深刻的交流和启示，这种交流和启示不致力于温抚，也不是简单的诅咒，更不是自诩为占据“道义制高点”的宣谕。它应是沉静而内在的，兼有社会文化批判和个人灵魂自省的双重视野。诗人说过，“我促使自己提出公开的自白书，揭示我自己和我这时代的羞耻。我们被允许以侏儒和恶魔的口舌尖叫，而真诚和宽宏的话却被禁止”（《使命》）。这首诗诗人采用了类似于“自我对话”的风格写作，避免了尖叫，同时也完美地协助了双重视野的融合。

“鲜花广场”

罗马的“鲜花广场”
橄榄、柠檬满篮满筐。
石子路上美酒四溅，
落英缤纷。
小贩在货架上放的鱼
粉红中带点浅蓝，色泽鲜亮；
一抱抱紫黑色的葡萄
披着桃子茸毛似的白霜。

就在这同一个广场上，
他们把乔尔丹诺·布鲁诺烧死。
暴民涌向火刑场，
教皇的忠实爪牙点燃了柴堆。
火焰还未熄灭，
小旅馆又塞得满满当当。
一筐筐的橄榄和柠檬
又扛在小贩的肩膀上。

一个皎洁的春天夜晚。
随着狂欢节音乐的曲调，
我在华沙游艺场的旋转木马旁
想起了“鲜花广场”。
明快的旋律淹没了

贫民窟的墙纷纷炸塌，
成双成对的人们高飞
在没有云彩的天上。

一阵阵的风来自燃烧的地方，
吹起的黑灰像风筝在飘荡。
骑在木马上的人们
在半空中抓住了花瓣。
那股同样的热风
掀开了姑娘们的衣裙，
而在华沙那个美丽的星期天
人群还在笑语喧闹。

罗马人啊，还是华沙人
他们争吵不休，纵声大笑，寻欢作乐。
有人会从中得出教训，
当他们经过焚烧烈士的柴堆旁。
另外有些人会觉察
有人性的东西在消亡，
会看到在火焰熄灭之前
已经诞生的遗忘。

但是那天我只想
那垂死人的孤独，
想的是乔尔丹诺
爬向柴堆的时候，
他无论如何没有办法找到
在活着的人们中间，
会有人从嘴里说出
人类的话。

他们早已回到酒杯旁，
或者已经在叫卖银白的海星，
一筐筐的橄榄和柠檬，
他们已经用肩扛到集市上。
就像逝去的几个世纪
他早已离我们那么遥远。
为了纪念他在火中的飞舞，
人们只是瞬息停了会儿。

那些在这里死去的人们，
被世界遗忘的孤独的人们，
他们的话对我们来说
变成了一种古老星球上的语言。

直到有那么一天，
一切都会变成传奇，
在一个新的“鲜花广场”上
愤怒将燃起诗人的烈火。

（艾迅　译）

［导读］

《“鲜花广场”》是米沃什的代表作之一，写于1943年。在这首诗中，他抚今追昔，将超远和现场融为一体，以冷峻的目光，洞透了暴力政体的本质和它之所以屡屡得逞的原因。在诗人看来，暴力政体的本质除了恐怖主义的残暴外，它更有赖于一种强迫性遗忘机制。而这种遗忘机制又是“符合”广大庸众（被统治者）的劣根性的。这仿佛是一种悖谬，但是悖谬的双方却恰好在不期然中忻合无间，成为令清醒的人们所不齿的媾和关系。这里，诗人的双刃剑既刺向了极权主义者又刺向了庸众，而对后者的批判是此诗的深度所在。诗人揭开了一切恐怖主义所依赖的“集体性遗忘的大众心理学”。

罗马的“鲜花广场”（即康波·代·菲奥里广场），是乔尔丹诺·布鲁诺牺牲的地方。布鲁诺因坚持应对宇宙进行科学的解释，而触怒了政教合一的社会体制。1600 年 2 月 17 日他被判处火刑，烧死在罗马著名的鲜花广场。然而，凶残的火焰尚未燃尽，广场又成为人们欣快症般的狂欢之地。小旅馆住满了游客，美酒四溅，橄榄、柠檬满筐上市，仿佛在义士的鲜血被涂擦，他那搅和着焦柴的骨骼被运走后，“生活还照样继续”。浑浑噩噩的庸众对暴行未必无动于衷，但他们不愿久久凝视淋漓的鲜血，只要这鲜血不溅到自己身上，他们对灾难的记忆避之犹恐不及。

然而，一个被反复遗忘的血的广场定会在地球上不断扩大它的面积。历史证明，“在火焰熄灭之前／已经诞生的遗忘”，都加速地助燃了一场又一场更大的灾难。由此，诗人将视线拉回到当下，写了法西斯对犹太人和正义之士的暴行，世上一切权力主义者对真理和自由的肆意践踏……这一切真的被人们念念不忘地铭记在心了吗？游艺场的旋转木马，狂欢节的乐曲声，是否能轻松地以“生活还得继续”为理由，而淹没贫民窟墙壁被炸塌的声音？遗忘从来就是灾难重临的近义语——君不见，炸飞贫民窟的炮弹也会将，或干脆已经将“骑在木马上的人们”送上了半空！

诗人为人们的“强迫性遗忘症”而感到痛惜。他想到了英雄“那垂死的孤独”。望着庸众在严峻的历史当口“争吵不休，纵声大笑，寻欢作乐”，他看到的不是“生活在继续”，而是“人性的东西在消亡”，“在活着的人们中间”，几乎已听不到有尊严的清醒的“人类的话”。我们看到，“为了纪念他在火中的飞舞，／人们只是瞬息停了会儿”，英雄至死，乃至死后都是孤独的；义士们为真理和自由而捐躯的事迹，只变成了后人的一种“历史课本知识”，或更糟些，“变成传奇”。在此，历史与现实被深刻地紧紧扭结，诗人想要告诉我们的是：曾经烧死布鲁诺的火刑柴垛，至今还架在“集体性遗忘”的世界上。

我们都知道，橄榄、柠檬和美酒的滋味，好于苦难记忆的滋味；旋转木马的结构，好于火刑柴堆的结构。诗人并不否认这一点。但是，他要提醒我们：我们生活在一个具有“嗜血神祇品质的历史中”，为了防止灾难重临，“我希望人们原谅我把一段记忆像伤口一样揭露出来”，因为“活着的人们从永远沉默的人们那里接受了一项委托”，那就是记住苦难，保持对邪恶和极权主义的痛恨，并勇于起身捍卫人的自由、尊严、权利，在各种不同形式的“火刑柴堆”中得出教训，防止历史悲剧的重演（米沃什《双重眼界：对诗人职业的隐喻》）。

偶 遇

我们黎明时驾着马车穿过冰封的田野。
一只红色的翅膀自黑暗中升起。

突然一只野兔从道路上跑过。
我们中的一个用手指点着它。

已经很久了。今天他们已不在人世，
那只野兔，那个做手势的人。

哦，我的爱人，它们在哪里，它们将去哪里
那挥动的手，一连串动作，砂石的沙沙声。
我这样问并非出于悲伤，而是感到惶惑。

（张曙光 译）

［导读］

这首诗写得格外质朴，但很奇怪，这种质朴却通向了一种神奇。米沃什曾如此表述过对诗歌写作的看法：“仿佛我得到了一个颠倒的望远镜，世界移开了，一切东西变小了，但它们没有丧失鲜明性，而是浓缩了。”（《一个诗的国度》）诗歌忠实于世界本然的性质，但它倾向于从更远更开阔的视角观看，倾向于由“浓缩”带来的自足的语言世界的鲜明性。这样，诗歌会在现实的底座上投射出另一种神奇的光晕，它吸引我们展开联想，它激活我们的经验，并让我们感到人与人灵魂世界的内在对话。

时间是人“此在的境域”，是物理性的现实刻度。但是，还有另一种由主体体验着的“时间”：诗的时间。它使如水流逝的岁月凝结下来，成为我们灵魂中坚实的“水成岩”，让我们在有限的生命里“活得更多”。这首诗就具有由幻觉时间对现实目击情景的完美转换。

“我们黎明时驾着马车穿过冰封的田野。／一只红色的翅膀自黑暗中升起。／突然一只野兔从道路上跑过。／我们中的一个用手指点着它”，这里，既有对现实时间及表象的叙述，又有隐喻性的主观时间。诗人的记忆使得两种时间叠合了。这是一个久已消失了的情景——今天，那只野兔、那个曾指点着它的朋友，都已不在人世，被埋葬在时间的黑洞之中。然而，他（它）们真的消失了吗？诗人对“无往而去”的生命时间感到惶惑，因为它显得“比零还空虚”。他要以诗中的时间去“追忆逝水年华”，去挽留、呈现、命名之；他要以“颠倒的望远镜”的加速度，追上在逃遁的“那挥动的手，一连串动作，砂石的沙沙声”。真实的世界移开了，时间在诗语中完成了它“浓缩、鲜明”地向空间的转化。“它们在哪里，它们将去哪里？”——诗人“看到”了故人与往事，他在诗语中与他们“偶遇”，他使两种时间在文本中优美地彼此弯曲了。是的，存在是流变的时间性的，而诗歌却努力探询到了自足的不可消解的话语空间。

这样的“偶遇”，我们或许不太陌生，它以神奇的方式，道出了我们生命中质朴的经验。人的一生在不断体验“时间”的同时，也在不断地离开时间。但是，诗歌的奇妙正在于“对时间现实刻度”的不屑乃至废黜，诗歌中的时间是恒久的、不易的，它作用于我们的心灵、我们全部的生命。

在这首诗中，亲爱的亡友和野兔得以“复活”，诗人有福了，他为自己（也为读者）赢得了不断轮回的诗性时间。有着如此质朴而神奇的体验的人生，乃是“诗意栖居”的人生；因着诗歌的美丽，岁月的流逝才多少会令人心安——“它们将去哪里？”呵，像大诗人玛拉美拍着胸脯毫不矜持地担保的：“世上的存在是为了写进一部书”。

诗人还写过一首名为《一小时》的短诗，道出了诗性时间的珍贵，生命的欢乐乃在于“诗的栖居”——

叶子在阳光中闪亮，野蜂热心的嗡鸣
来自远处，来自河那边，眷恋的回声
和锤子缓缓的声响，不只给我一个人带来喜悦。
在五种感官开放之前，比任何开始更早
它们就已等待，准备，为了那些召来它们终极的一切，
于是它们将赞美，像我一样，生命，即是欢乐。

诱　惑

我在星空下散步，
在山脊上眺望城市的灯火，
带着我的伙伴，那颗凄凉的灵魂，
它游荡并在说教，
说起我不是必然地，如果不是我，那么另一个人
也会来到这里，试图理解他的时代。
即便我很久以前死去也不会有变化。
那些相同的星辰，城市和乡村
将会被另外的眼睛观望。
世界和它的劳作将一如既往。

看在基督分上，离开我。

我说，你已经折磨够我。
不应由我来判断人们的召唤。
而我的价值，如果有，无论如何我不知晓。

（张曙光　译）

［导读］

每一个真正的诗人，在他旷日持久的写作历程中，都曾感到过心灵在自信和迟疑之间的摇摆。写作，作为对生存和生命体验的挖掘，并不总是能够探询到它们的核心部位。很多时候，你感到了一种真实的召唤，它仿佛许诺你挥起闪亮的铁锹直奔而去；可是挖着挖着，你遇到了砾石，僵硬的板层，地下水渗出成为泥浆。那最细密最真实又最晦涩的体验，绝非一蹴而就，它既诱惑你，又隐匿自身。这时，你会听到“另一个人”在说话，它讥讽你又鼓励你继续干下去，有如宿命——伴随你写作的竟多少是个“它”——你听到了由自己创造的“灵魂伙伴”（自我的对象化）的激励和催促。

这首诗所写的情感，与以上言说有关。诗人说，“我在星空下散步，／在山脊上眺望城市的灯火，”我并不孤单，“带着我的伙伴，那颗凄凉的灵魂”。这里的“伙伴”就是上面说的“自我的对象化”。在起源上它是诗人创造的，而一旦它成为诗人诗歌世界的一部分，就拥有了它自己的生命；似乎它可以自主地生长和发展，它会对诗人产生新的欲求，提出新的问题。也就是说，诗人和他创造的对象时常处于一种“自我”和“他我”的奇特关系中，彼此追问、彼此省察、彼此纠正着。

那么，米沃什的“灵魂伙伴”在对他说什么？它在提醒诗人不要以生存秘密必然的发现者自居，要保持必要的谦恭：“如果不是我，那么另一个人／也会来到这里，试图理解他的时代”。要知道，即使是一个优秀的诗人，他写作中的独创性和有效性，也只是出于他特殊的视角而已，远非全知全能。

对自身写作价值的忐忑之情，常常会使真正的诗人既感到噬心的折磨，又激发起他们写出更好作品的力量。相反，那些低劣的诗人却时时处于傲气冲天自欺欺人的“原创”喜悦中。米沃什对自己的“灵魂伙伴”说：“看在基督分上，离开我。/我说，你已经折磨够我。/不应由我来判断人们的召唤。”这是一种谦抑，也是一种叹息。然而，正是在这种迟疑的心态下，诗人树立起了特写的诗歌可能的标高。此诗标题为“诱惑”，其命意正在于此。

“我的价值，如果有，无论如何我不知晓。”这是诗人为写作中的自信力设限。诗歌的存遗，要由历史漫长的考验决定。正如诗人在《诗的见证》中说的：“我在思考关于我们世纪的何种证据正通过诗歌建立起来。我明白我们仍然被淹没在这个时代之中，因此，必须承认，我们的判断不一定是确切的。”保持谦朴的我与另一个苛刻的“我”之间的对话、争辩，而且永远不封住后者的口，这或许正是米沃什的诗歌得以不断精进的奥秘所在。

维斯瓦娃·希姆博尔斯卡

维斯瓦娃·希姆博尔斯卡（Wislawa Szymborska，1923—2012）生于波兰波兹南省库尔尼克地方的布宁村。她的父亲是政府机构中的一个小官员。1931 年，他们一家移居克拉科夫市，希姆博尔斯卡在那里接受学校教育。第二次世界大战期间，她在地下学校读中学，并热爱上了文学，阅读了大量作品。毕业后在铁路部门工作。1945 年波兰解放后，希姆博尔斯卡进入克拉科夫雅盖沃大学攻读波兰语言文学和社会学，并开始创作诗歌，同年发表处女作《寻找词句》。在大学期间，她连续发表了一些作品，引起诗坛关注。1952 年她出版了第一部诗集《我们为什么活着》，并于同年加入波兰作家协会。1953 年起，希姆博尔斯卡担任了《文学生活》周刊编委，主持该刊的诗歌部达二十多年之久，并为《课外必读作品》专栏撰写评论文章。80 年代中期退休。1995 年被授予密茨凯维奇大学"名誉博士"称号。

长年以来，在从事编辑、撰稿工作的同时，希姆博尔斯卡专注于诗歌创作。她写得不少，但拿出发表的却并不很多，她说："一旦写完一首诗，我就把它锁在抽屉里，让它'孵'一段时间，然后再去读。假如这时一篇诗作显得平庸或者缺少趣味，它对我就不作数了。"正是这种格外严谨的创作态度，使她的作品不是以量取胜，而是以质为本，几乎篇篇都是有发现、有活力、有趣味的精品。她的国际级大诗人的地位，就是靠她发表过的仅仅 200 余首诗作建立的（它们被分别编入九本薄薄的诗集中），真是令人惊异、赞叹，并充满敬意。

希姆博尔斯卡的诗歌无论是题材、主题，还是视角、修辞技艺都富于变化。但总起来说，她在追求着明澈的语境和深邃的哲思的完美统一。她的想象力指向生命（人、动物、植物）、历史、文化、自然，既显幽烛隐，又能恰当地保持类似于“天真的”悖谬的奇诡性，令人在各局部透明肌质的彼此折射中，领悟存在的奥秘。她的语调是平稳的，但常常带有讽喻性；她不乏对生活的热情，但常常倾向于以克制陈述来造成微妙的距离感。她提供了一种“追询”和“对话”的诗歌姿势。有如持久的沉思和即刻性体验在此邂逅，激发出诗与思的电光石火，令人回味无穷，艳羡不已。

希姆博尔斯卡的诗集有《我们为什么活着》(1952),《询问自己》(1954),《呼唤雪人》(1957),《盐》(1962),《一百种乐趣》(1967),《任何情况》(1972),《巨大的数字》(1976),《桥上的人》(1986),《结束和开始》(1993)。1963年诗人获波兰国家文学二等奖，1991年获德国“歌德奖”，1996年获波兰笔会诗歌奖。1995年，“由于她的诗作以反讽的精确性，使历史学与生物学的脉络得以彰显在人类现实的片断中”，希姆博尔斯卡获得诺贝尔文学奖。

乌托邦

一座一切都已阐明的岛。

那里，站在证据的地面上是可能的。
那里除了抵达的道路没有别的道路。

灌木丛装满了各种回答。

那里有一株“猜得对”的树
它的枝丫永远不纠结在一起。

一株令人眩目的简单的“理解”的树
长在写着“就是这个样子的啦”的源泉旁边。

你走得越远，那“遗忘之谷”
就张开得越大。

如果出现任何疑问，风会把它驱散。

回声与一个没有被叫的声音一起出现
并自愿地阐明世界的秘密。

右边，一个住着“意义”的洞穴。

左边是一个“深信”的湖。

“真理”在水底撕碎自己然后轻盈地浮上水面。

那山谷之上是“不可动摇的肯定”的山。
从它的峰顶可俯视“问题的核心”的风景。

虽然如此迷人，这岛却没人居住，
而在海岸附近看得见的小小脚印
都毫无例外地伸向大海。

仿佛那里只练习离别
以便无可挽回地跳进深处。

在无法理解的生命里。

（黄灿然　译）

[导读]

希姆博尔斯卡多次谈过自己是“珍爱怀疑”的诗人。人的一生是向着不断探询真知、发现世界的奥秘而展开的。但要知道，人对事物的认识，不可能存在终结。于是，不断“怀疑”并探索，就成为人之为人最自由又最严酷的义务。探询真知的道路就是一条这样的道路：问题—假设—证伪—发现—新的问题—新的假设—新的证伪—新的发现……的螺旋式上升。

这首诗体现了一个深刻的怀疑主义者，对那些抹杀生存难题、剥夺人探询真知权利的独断论者的批判，和对更庞大的“历史决定论”乌托邦骗局的反讽。随着诗人的笔锋所至，我们来到了一座“清洁”得骇人的“乌托邦”岛屿。它的统治者是隐而不现的，但是它的空气中却飘满了胁迫你就范的力量。你要追问生存的秘密吗？你的声音会被吸入“遗忘之谷”中。在这里，你必须放弃任何歧见，“统一意志，统一思想，统一行动”，信奉一种蒙昧主义的力量。诗人用冷峻的反讽揭示了乌托邦的虚伪本质和它的欺骗性。

在这个自诩为“一切都已阐明的岛”上，指给人们的唯一的路是“抵达”它的路。对问题的“回答”已被预先写好，人的探询、反驳都被删除了。生存之树条理分明，“它的枝丫永远不纠结在一起”。而“如果出现任何疑问，风会把它驱散”。在这里，不存在对生存和生命的真切探索，它只要求你服从于那些阴沉地胁迫着你的唯一正确的“理解”，“意义”，“深信”，“真理”，“不可动摇的肯定”，“问题的核心”。

如果说，“人与强权的斗争就是记忆与遗忘的斗争”的话（昆德拉语），那么，乌托邦就是世上最骇人的“遗忘之谷”。作为波兰诗人，在具体的历史语境中，希姆博尔斯卡对社会乌托邦的理想已深深厌倦。她领教了难忘的思想乃至骨肉之痛，她看到了人们对此的逃离，“小小脚印 / 都毫无例外地伸向大海”。企图用来吸引人、规范人，进而清洗人脑的社会乌托邦，最后只成为一个人们“练习离别”的地方，这真是喜剧性和悲剧性含混难辨的讽刺！

这首诗背景深远又直指当下生存，它带给我们深刻的启示。“乌托邦”，本指完全不存在的美妙邦城。它是拉丁文 Utopia 的音译。源于希腊文 ou（无）和 topos（地方），意即“乌有之乡”。（中译兼顾了音和义，殊为传神）。我们知道，英国早期空想社会主义者莫尔曾以“乌托邦”为名，虚构了一个美妙诱人的社会组织。这表明，乌托邦的“魅力”与“无力”都在于它的虚构性 / 幻想性。清醒的人赞叹的只是人类的想象力和美好祈愿所趋临的尺度；的确，正因为大地上永远不可能实现乌托邦，它才葆有恒久的诱惑和奇异的嘲讽这一“互否”的意味。

然而，“乌托邦”很快就消逝了它固有的幻想性质。20 世纪以来，人类历史仿佛经历了它的乌托邦强行实验，成为某种专制制度、极权强人、本质主义者、绝对主义者、历史决定论者兜售其独断论思想的代称。在他们这里，“乌托邦”变为一个急待显现的具体“地址”，“一切都已阐明”，它囊括了全部的绝对“真理”，它是对“本质”的终极解释；而且，据说这个地址、绝对真理和终极本质，已被他们掌握。于是，这些真理的主子不断输出一种强大的信息：还在企图探索真知、自我获启的芸芸众生可以停止了，生存的道路除了抵达乌托邦，没有任何别的路。对此没有必要怀疑和批判，人们唯一要做的只是对“绝对真理”的急切认同。他们还说，对于“永恒的本质”而言，它的揭示者只能是时代的先知、伟大的领袖、进步的集团；那个唤作“历史的规律”的东西，已被他们发现，“就是这个样子的啦”。世上的真理只有这一个，其余的都是错误的。

这样，一切怀疑和歧见都是反动的，阴险的，“风会把它驱散”。为对付所有的怀疑和歧见，乌托邦的主人同时在它的旁边建立了另一座庞大的集中营，在这里，使用的秘密刑具乃是“清脑的恐怖主义硫酸”。直至本世纪末，随着乌托邦（历史决定论、绝对主义真理论）的渐次坍塌，“天堂”才骇人地现出了它“地狱”的底座。人们终于认清，乌托邦是乌有的，它不能再狡猾地借口“道路曲折”来欺骗人民了。

这首诗就传达出了这样深远的消息。一个“珍爱怀疑”的诗人，却向我们展现了人性的自由、自尊和自我发现的确定不疑的智慧。

准备一份履历

要求什么？
填写申请表
再附上一份履历。

无论生命多长
介绍都要简短。

必须要清楚精练。
用地址代替风景，

用确切日期代替混乱的记忆。

爱情一项只须填婚姻，
孩子一项只须填实际出生者。

谁认识你比你认识谁更重要。
旅行一项要有出国才填。
会员一项只须填何种而不必填何为。
学位无须填缘由。

要写得好像你从未跟自己讲过话
以及好像你总是避开自己。

绝不要说到你的猫、狗、鸟，
你的珍藏、朋友和梦想。

重价格不重价值，重名衔不重内容。
重鞋码不重他去哪里，
那个他们以为是你的人。

还要附上一张快照，露出一只耳朵。
重它的形状而不重它听到什么。

它听到什么呢？
机器把纸变成糨糊的嘈杂声。

（黄灿然　译）

［导读］

希姆博尔斯卡曾写过这样一首诗：有一天她在参加一场致命的考试，考试科目是有关“人类历史”。由于问题的庞大，时间的短促，使她理不出头绪，只能含糊其词，答非所问。这时，考场边的窗户上，坐着两只被铁链锁住的猴子。其中一只瞪着眼，嘲讽地听着她的回答；而另一只似乎是在打盹——“可是当提问后出现沉默时／它却在向我提示，用锁链发出的轻微声响”（《勃鲁盖尔的两只猴子》）。这难道不是有关“人类历史”的最精警的回答么？智慧的诗人就这样以近乎“玩笑”的口吻，道出了她对生存和生命受控的内在体验与思索。

人生而自由，但无往不在枷锁中。有些枷锁是铁与血的压迫、征服，有些则是微笑的、柔软的、近乎不自觉的异化机制对人的控制。这首诗的表层意义已渗透在一个个细节中，读者可自行体悟。我要进一步提醒大家的是，这首诗深刻地揭示和讽刺了“履历表语体”对个体生命的歪曲、压抑，乃至“删除”。

“要写得好像你从未跟自己讲过话／以及好像你总是避开自己。”在一个以僵化的准确性、统一性取代差异性和复杂经验的时代语境中，公共书写方式成为消除歧见，对人统一管理、统一控制的怪物；人在减缩化漩涡中成为一个僵直的符码，一个可以类聚化的无足轻重的工具，一个庞大的机器群落中的一颗螺丝钉。在此，“个人履历表”竟然导致了“个人”的消失，这难道不是具有“极限悖谬”特征的体验吗？最终，人变成了“那个他们以为是你的人”，真正的你反而可以忽略不计了，“机器把纸变成糨糊”。

可见，《准备一份履历》并非仅仅是实指性地质询“履历表”本身。诗人同时是以此来隐喻一种普遍的权力话语方式。它不尊重个人尊严，但又自以为具有绝对的控制、惩罚大权。如果说人类就是通过语言去辨认事物的，那么减缩语言就是减缩了人的精神能力。体制化的书写就体现在将一切“中心化”“整体化”的企图中，而当它深入到我们每个具体个人的话语方式里时，蒙昧主义便发生了。因此，与其说这首诗反讽的是“履历表”本身，毋宁说它更是对充斥着我们生存的“履历表语体制度”所进行的语言批判。此诗之所以受到批评家们的高度重视，这种广阔的生存暗示性是主要原因。

在某颗小星下

我为把碰巧称为必要而向它道歉。
我为万一我错了而向必要道歉。
请幸福不要因为我把它占为己有而愤怒。
请死者不要记得他们几乎没有留在我记忆中。
我为世界每一秒钟都老在俯视而向时间道歉。
我为把新恋情当成初恋而向老恋情道歉。
原谅我，远去的战争，原谅我把鲜花带回家。
原谅我，张开的伤口，原谅我刺破我的手指。
我为小步舞曲唱片而向那些在深处呼叫的人道歉。
我为在早晨五点钟睡觉而向火车站的人道歉。
原谅我，被追逐的希望，原谅我一再地大笑。
原谅我，荒漠，原谅我没有用一小匙的水冲刷而过。
还有你，啊游隼，这么多年了还是老样子，还
　在同一个笼里，
永远目不转睛地凝视那同一地点，
宽恕我，即使你只是一只标本鸟。
我为桌子的四脚而向被砍倒的树道歉。
我为小回答而向大问题道歉。
啊真理，不要太注意我。
啊庄严，对我大度些。
容忍吧，存在的神秘，容忍我拆掉你列车的路线。
不要指责我，啊灵魂，不要指责我拥有你但不经常。
为不能到每个地方而向每样事物道歉。

我为不能成为每个男人和女人而向每个人道歉。
我知道只要我还活着就没有什么可以证明我是正当的，
因为我自己是我自己的障碍。
不要见怪，啊言语，不要见怪我借来笨重的词，
后来却竭尽全力要使它们显得灵巧。

（黄灿然　译）

［导读］

俗话说：天上一颗星，地下一个人。像浩瀚的天宇中一颗小星星那样，人的一生是微不足道的。希姆博尔斯卡是诚朴的诗人，她对自己的评价是："一个旧派的女人。一个逗号。几首诗歌的作者。"（《墓志铭》）她从不僭妄地夸大自我的意义，更不曾借助道德优势在诗中将自己打扮成圣人。

这首诗犹如一幅自画像，写出了诗人平凡的人生。可是读这首诗，我们却会有一种"照镜子"的感受，而每一面镜子里都有无数人面浮现，那是你、我、他——我们大家。这里的人们不够"深刻"，不够可人，甚至不够"体面"，但是却充满了无可怀疑的真实。在我们习见的诗歌中，这些凡人的言行，凡人的自我意识，常常是被勾出页边的；而希姆博尔斯卡却容留了平凡乃至庸常的生命中的一切。面对那些压抑凡人意识的诗学，那些自我戏剧化、自我迷恋的"圣人诗歌"，她说自己要坚持一种"愉快的写作，可以久久流传，为凡人一辩"（《写作的愉快》）。

这首诗中频频出现的词语是"道歉""原谅"。但是深入细辨，我们会感到这里列举的大部分事态，并没有什么真正值得郑重地"道歉"和"原谅"的。生活本该如此，它由一系列可爱复可叹的机缘、本能、错失、容忍……构成，人应"容忍存在的神秘"。在无物常驻的时间河流中，若是有人自诩为他能时时把握住"正确的方向"，斟酌好每一个细节，那么人生就成为为某些"颠扑不破"的律令、唯一的"标准"而不断切削自己的"普罗克拉斯蒂铁床"了！这样的人生也太可怕了。这样的"人"，不像是一个活过的人，而只是一个被"批准"

表露的道德教条。因此，诗人吁求道，“啊真理，不要太注意我。/啊庄严，对我大度些”，她甚至轻声坦言，“啊灵魂，不要指责我拥有你但不经常”。

人，就是矛盾体，在矛盾中才会有真实的活力和热情，“只要我还活着就没有什么可以证明我是正当的，/因为我自己是我自己的障碍”。这使我想起诗人在《滑稽戏》一诗中幻想的一个怪异情节：一百二十年后，她死而复活，并看到了一场以她生前生活为内容而演出的剧目。“那是一出短小的滑稽戏，载歌载舞/令人捧腹不已。”人对生活的留恋，是源于爱和宽怀，我们像是剧中天真的“戴着小铃铛帽的角色”，在自己的一生中留下了毛茸茸的人性的气息，和多少显出滑稽的错误。莎士比亚曾讽刺道：“人生是愚人讲的故事。”而希姆博尔斯卡则正面肯定了“愚人”，同时她也肯定了本真的、充满温情和体谅的世俗生活。

最后，让我们再欣赏她一首妙趣横生的《统计数字》。面对如此“精确”的统计，我们会发出暧昧而会心的微笑。诗人宽怀的潜台词似乎无须我来说破——

在一百个人中
一切都了如指掌的人
——五十二个。

步步都丧失自信的人
——几乎是所有剩下的人。

准备帮助别人，
但不能长久坚持下去的人
——竟有四十九个之多。

永远那么善良，
从不使奸弄诈的人

——四个或者五个。

对任何事物都感到惊奇的人
——十八个。

年轻时犯过错误，
如今青春已逝的人
——大约有六十个。

开不起玩笑的人
——四十四个。

无论对何人何事
经常感到恐惧的人
——七十七个。

善于自得其乐的人
——最多只有二十几个。

单独时温文尔雅、
聚众时凶相毕露的人
——可以肯定超过半数。

受环境驱使而变得残暴的人
——最好不要知道有多少，
　　哪怕是个估计数字。

事后聪明
和有先见之明的人
——数目相差无几。

除了物品对生活毫无索取的人
——三十个，
希望我的统计不正确。

驼背的人、病病歪歪的人，
在黑暗中无灯摸索的人
——多多少少不下于
　　八十三个。

而正直的人，
可说是相当不少
——竟有三十五个。

而能把正直
与理解结合在一起的人
——只有三个。

值得同情的人
——百分之九十九。

不会长生不死的人
——百分之百，
这个数字至今毫无变化。

兹比格尼夫·赫伯特

兹比格尼夫·赫伯特（Zbigniew Herbert，1924—1998）生于利沃夫，早年曾经在华沙和克拉科夫等地攻读法律和哲学。赫伯特的诗作很早就发表在各种文学刊物上，才华不凡，影响颇大。1948年因抗议极左政治对人的迫害愤然退出作家协会。1956年在诗人三十二岁时才出版第一部诗集《光的和声》，显然，这与斯大林逝世后苏联及东欧“解冻”思潮密切相关。他认为：“诗人现在的任务就是从历史的灾祸中至少拯救出两个词，没有了这两个词，所有的诗歌都将是意义与外观的空洞游戏。这两个词是：正义与真理。”除诗歌创作外，赫伯特还是一个出色的文学评论家和广播剧作家。

赫伯特与米沃什、希姆博尔斯卡、罗泽维支一道，被国际诗坛视为波兰当代最重要的诗人。他的诗作大多简洁、透彻，但他并非在追求灵光一闪的幻美，而是由具体历史、生存与个人灵魂撞击后，发出的精警的叩问。他说，“我要描写一种光芒，它诞生于我的内心。但是我知道它并不像任何星星，它并不那么明亮、纯洁、确切”，在这些诗中的关键词语，“是诗人从肋骨中拉出的”，有着与生存相连的根，而诗人就是“品尝泥土”的人（《我要描写》）。

诚如译者董继平先生所言：“他的诗作十分深刻地反映了东欧人民的现实生活，以及作为个体的人与人类社会和强权的冲突矛盾、反思和反讽。”意识形态铁幕和冷战的阴翳，都在赫伯特的诗中得到了个性化的反映，犀利的隐喻命名。此外，作为现代诗人，他在处理日常生活中的事物时，总是在淳朴中暗含着超现实主义式的奇诡。大诗人米沃什很推崇他的诗作，曾将它们译成英文介绍给西方世界。

赫伯特的主要诗集有《光的和声》(1956),《赫尔墨斯、狗和星星》(1957),《物体研究》(1961),《科吉托先生》(1974)等。

审讯天使

当他现身
在一团疑云
他的本体
还是纯净的光

头发的无尽
编成
天真的光环

一个问题之后
他的两颊便染了血色

染了血色是因为
用了审讯的道具

用铁棒
用炉炭
他身体的界限
就显出原形
背后敲一棒
就在泥坑与云端之间
打直了脊梁

过了几个晚上
便大功告成
天使坚韧的喉咙
就充满了黏糊糊的妥协

当他双膝落地
在罪孽中托生
浸满了内容
此刻是多么美妙

舌头嗫嗫嚅嚅
在满嘴碎齿
与忏悔之间

他们把他倒吊起来
从天使的发丛
流下蜡滴
在地上形成
简单的预言

（程步奎　译）

[导读]

波兰诗人希姆博尔斯卡曾写过一首名叫《恢复名誉》的诗，描述了在红色铁幕时代人们所经历的精神和肉体的屈辱。她说，一些无辜的人死去了，“他们的坟茔无人知晓、杂草丛生 / 乌鸦在悲唱，暴风雪在坟墓上肆虐横行”；虽然多年后的今天他们被“恢复名誉”，但是却“无法让他们恢复一丝的呼吸”。活着——这一简单的事实是无法“恢复”的。人们可以说“我们记住了他们”，但是对真正的诗人来说，心灵却更为沉重，他们的词句浸满了血泪，诗人成为“诗歌地狱的西西弗”，痛苦无告地推动着良知的巨石。

如果说希姆博尔斯卡是以呼告的方式忠实地抒写了自己心中永久的隐痛，那么赫伯特则以隐喻的方式准确地命名了一个漫长的“审讯”制度。

这首诗使我想起在铁幕时代的“华约地区”流传着的一个噬心的政治笑话：某日，一只兔子拼命奔逃欲越过国境。另一只兔子问它：伙计，你跑什么？答曰：那里正在“大清洗”骆驼。再问：你又不是骆驼，何必惊慌？答曰：是啊，但没人敢出来证明我是兔子！于是，两只兔子一起亡命天涯，后来它们被作为骆驼的同党枪杀了。在这里，远离“罪行”，正是你新犯下的“罪行”，你要为你的“远离”而请求赦免。喜剧式的集体恐怖就此展开，惩罚最终找到了“正当”的理由。

在这首诗中，同样有一个远离罪行、洁身自好的“人”，为了强调他的无辜，诗人称之为“天使”。天使不解大地上为何如此丑恶，而“现身／在一团疑云”中。但这种怀疑的眼光，本身就被视为罪恶——尽管“他的本体／还是纯净的光／头发的无尽／编成／天真的光环”。他因置身“疑云”而被逮捕，“一个问题之后”，刑讯的器械就使“他的两颊染了血色”。在铁棒、炉炭的击打、烧灼下，“天使坚韧的喉咙／就充满了黏糊糊的妥协”。于是，一个莫须有的罪名在“双膝落地”中托生——对刽子手来说，逼出的伪供也“浸满了内容／此刻是多么美妙”。

洁身自好的“天使”终于现出原形，他不过是一个血肉之躯的人。在难忍的剧痛中，“在满嘴碎齿／与忏悔之间”，他的舌头嗫嗫嚅嚅。他那怀疑论者的脊梁被刑具敲直了——“他们把他倒吊起来／从天使的发丛／流下蜡滴”。看吧，使一个无辜的人驯顺地引颈就戮，使一个纯洁的人为哀求赦免而先行去为自己虚构“罪行”（正如卡夫卡在《判决》中揭示过的）——“否则何谈赦免？”——极权主义者奉行就是这样的“宏伟逻辑”。

这真是一场令人毛骨悚然的审讯！诗人借助并改写了《圣经·新约》里最具有震慑力的情节框架，将其拉到了20世纪的人间。一个神话竟然真实地变为地上“简单的预言”，诗人对生存和历史的命名的确是深刻的。这位“诗歌的西西弗”，对双手推着的石头的重量是心中有数的。

我们的恐惧

我们的恐惧
没有穿着一件夜晚的衬衣
没有猫头鹰的眼睛
没有抬起一块棺材盖子
没有吹灭一根蜡烛

也没有一个死人的面孔

我们的恐惧
是在衣兜里找到的
一张小纸片
“警告沃伊契克
德吕加街上的地方是灼热的”

我们的恐惧
没有在暴风雨的翅膀上升起
没有栖息在教堂钟塔上
它脚踏实地

它具有一个
匆忙裹成的包袱外形
戴着暖和的包裹物

供应品
和手臂

我们的恐惧
没有一个死人的面孔
死者对我们是温和的
我们在肩头上扛着他们
在同一条毯子下面睡觉

合上他们的眼睛
调整他们的嘴唇
捡一个干燥之处
掩埋他们

埋得不太深
也不太浅

（董继平　译）

［导读］

赫伯特说过这样一句耐人寻味的话："作为诗人作家，我想搞清楚谁才是正确的，是所谓的'时代精神'？还是古老恒常的良知？"（《一首诗的确切意义》）很显然，诗人认为后者更正确，坚持它也更难。

如果说《审讯天使》写出了非常情境中刺骨的"恐惧"，那么这首诗则描述了一种弥散在日常生活空气中的、细碎的恐惧。这种描述或揭示，正是基于一个诗人奋不顾身的对良知的承担。

什么是"恐惧"呢？人们会说就是害怕。害怕必有对象，"我们"害怕什么呢？这里，诗人先为我们排除了习见的恐惧：我们不怕"夜晚"，不怕"猫头鹰的眼睛"，不怕"抬起棺材盖子"，甚至不怕"死人的面孔"。这些东西本来应是让人害怕的，但比起我们真正害怕的事情，它们实在算不了什么。这首诗从一开始就紧紧抓住了读者的注意力，我们急欲知晓那更为让人恐惧的东西是什么。

然而，我们的恐惧竟是如此“轻盈”：它“是在衣兜里找到的／一张小纸片／‘警告沃伊契克／德吕加街上的地方是灼热的’”。这是一句语义极为暧昧的话。它是提醒？关怀？警示？要挟？威胁……？似乎都有一点，又都不确定。正是这种阴郁的暧昧使人发慌，仿佛你已置身于一个处处有窥视镜的庞大的制度迷宫中，它要了解、警告、指导你的言行。这是一种让人莫名所以的紧张，你时时感到了威胁的存在，但又抓不着具体的东西。在这种暧昧的语义和真实的恐惧中，人不再是有尊严的人，他们成为一个个沉默的布匹包裹体，“具有一个／匆忙裹成的包袱外形／戴着暖和的包裹物／供应品／和手臂”，忐忑不安，屏息敛声，“脚踏实地”，卑屈过活。

世上一切极权制度对普通人的威胁与控制，常常是从“改造”语言开始的。它使用一种暧昧的话语，而掩藏暗中作祟的魔鬼的真实姓名（正如奥威尔的反乌托邦小说《一九八四》揭示的那样）。在此诗中我们看到，它只告诉你某些地方是“灼热的”，你会对此怔住，不知何意。它是限制你“不能去”吗？没有，它“从来不会限制公民的自由”。那么，“可以去”吗？它又会惩罚你违背了警告。这样一来，信疑皆成问题，留给你的只是拂之不去的柔软的窒息感。它“总是有理”。

生活在一个不透明的体制中，人人心中都揣着“一张小纸片”，他们的恐惧是细碎、孤寂的，它像蝼蚁一般在搔爬，直到啮空你的心。我想，经历过“文化大革命”的中国读者对此也并不陌生。

与这种令人窒息的情境相比，的确，“死者对我们是温和的”，他们从不打扰我们，不会告密、监听，更不会往我们衣兜儿里塞什么“纸片”。与他们“相处”，令我们心安。“我们在肩头扛着他们／在同一条毯子下面睡觉”，“掩埋他们／埋得不太深／也不太浅”。这段话是语义双关的，除去前面解读的意义外，它还有另一重含义，即作为一个个包袱般卑屈的人，一个个呼吸着恐怖的空气的生者，死亡有时也不见得更可怕。

赫伯特是坚持诗歌应该介入时代历史的诗人。他在《敲击物》中表达了自己想象力的来源，并委婉地讽刺了唯美的诗人们：

“有些人在他们的／脑中种植花园／小径从他们的头发通往／阳光灿烂的白色城市／他们写东西很容易／他们闭上眼睛／立刻就有一群群影像／从他们额际流淌下来

我的想象力／是一块木板／我唯一的东西／是一根木棍／我敲击那木板／它回答说／是的——是的／不——不……”

其实，无论是前者的“幻美想象力”，还是后者的“历史想象力”，都能写出质地优异的诗歌。但是，考虑到具体历史的严酷性给诗人的心灵带来的痛楚，写作中的良知承担就显得非常迫切了。特别是对于中国诗人来说，赫伯特那条“咯咯声从其中升起的紧缩的喉咙”（《嗓音》），或许更为撼人心魄。

捷克

雅罗斯拉夫·塞弗尔特

雅罗斯拉夫·塞弗尔特（Jaroslav Seifert，1901—1986）出生在捷克首都布拉格郊外一个贫穷的工人家庭。他未上完中学就跨入了社会，从事新闻报道和文学创作，为《人民权利》《六月》《树干》等有影响的报刊撰写文章和诗歌。后担任《红色权利报》编辑。1920年，塞弗尔特与青年作家诗人泰格、内兹瓦尔一道参与创立了“旋覆花”文学社，他是该社团最优秀的诗人。1921年，他的第一部诗集《泪城》出版，诗人以贫苦大众的立场观察布拉格，以写实和抒情风格描绘了工人区发生的痛苦事件，表达了诗人对这个城市畸形生活的控诉和对革命的渴望。

此后，塞弗尔特又主持编辑过“旋覆花”社的数种刊物，并不断发表诗作，确立了他优秀诗人的地位。20年代中后，诗人敏锐地感应着欧洲现代哲学和先锋派诗歌浪潮，思想和艺术趣尚发生了较大变化。受达达主义、未来主义和超现实主义影响，他进一步体验到了语言内部的奥秘，对自己生命中潜意识、直觉、梦幻的成分进行了挖掘。他说，“对我产生过影响的是法国现代诗人：阿波里奈尔、魏尔伦和特扎拉”。这期间，他的诗带有个体生命的悲凉感，神秘而真挚。

1929年诗人因不信任新当选的捷克共产党总书记而退出共产党。第二次世界大战期间，他积极投身抵抗运动，告别了超现实主义诗风和“话语实验”色彩，写诗揭露法西斯的残暴，歌颂人民为争取解放而进行的斗争。50年代以后，诗人的思想变得开阔而深沉，他参与过捷克作协的领导工作，并连续出版了许多优秀诗集。在这些诗中他歌颂母亲，歌颂爱情，歌颂祖国和大自然，并追忆往事，沉思存在。诗集《妈妈》被称为“感动了一个民族的赤子诗篇”。

1956 年，塞弗尔特公开呼吁当局结束对文学的控制，认为“诗人是民族的良知”，不是政治传声筒，并撰文批判铁幕政治对艺术本质的扭曲。他始终坚持文学家独立的道义承担立场，在 1968 年“布拉格之春”运动中，他以自己的威望呼吁为那些受迫害的作家彻底平反。也因此之故，“布拉格之春”运动被扑灭后约八年时间，诗人的作品在国内被暗中控制发表。70 年代，他的主要作品只能在国外发表。1986 年初，诗人逝世于布拉格。捷克人民深深悼念这位始终站在自由、和平、博爱、社会正义一边的“本民族伟大的经典诗人”。事实上，塞弗尔特也是一位世界范围内的经典诗人。

塞弗尔特尝试过诸多创作方法，他一生的写作是朝着活力和自由展开的。围绕“活力”与“自由”，他不同时期的诗作无论是倾心于叙述性还是咏唱性，无论是倾心于日常经验，还是倾心于直觉；无论是隐喻还是日常口语；无论是使用自由体还是借鉴类古典抒情诗和民歌的形式，如此等等，都做到了感情饱满而淳朴，措辞准确而内在。“他是一个有着不寻常的广阔的文体领域的诗人，对各种形式均运用自如。他不断发挥的创造性和奇异风格的多面性，在情感、洞察力和想象力上，均有一种同样丰富的人类范围与之相匹配”（《诺贝尔文学奖颁奖辞》）。诗人说，“我是为能够感到自由而写作的。人们在语言中寻找的是自由——能够道出隐秘思想的自由。我们的全部生命尽包括在诗中”（《我为能够感到自由而写作》）。在触及人类情感最深奥部位的努力中，诗人各个时期的作品均有令人赞叹之处。但一般认为他最富于独创精神的地方是别开生面地深化了个性化的叙述性和歌吟性语言。

塞弗尔特的主要诗集有：《泪城》（1921），《全是爱》（1923），《无线电波》（1925），《夜莺唱得真难听》（1926），《维纳斯的手臂》（1936），《把灯熄掉》（1938），《披着光的衣裳》（1940），《泥盔》（1945），《妈妈》（1954），《少年与星星》（1956），《岛上音乐会》（1965），《钟的铸造》(1967),《瘟疫柱》(长诗,1971),《皮卡迪利的伞》(1979),《身为诗人》(1983)。1954年,诗集《妈妈》获捷克国家文学奖。1984年,“由于他的诗富于独创性,新颖而栩栩如生地表现了人的不屈不挠的精神和全面发展的自由形象”,塞弗尔特获得诺贝尔文学奖。

妈妈的镜子

一面镶着椭圆金框的镜子，
背面的水银已经渐渐剥落，
几乎照不清楚人的模样。
妈妈的半辈子呀，
都曾用它来照着梳理头发，
她是那样地秀丽端庄。

镜子挂在窗旁的小钩钩上，
它瞧瞧我，看看你
怎能不舒坦地微笑？
妈妈曾是那般欢乐，
一丝皱纹也不曾有，
即使有，也为数不多。

她常在小磨房里
哼着华尔兹舞曲，
还和爸爸一起，幸福地跳上几步。
当她追忆青春年华，
便忍不住啊
瞥一眼闪亮的镜子。

她从梳子上摘下脱落的头发，
把它缠成一个小团儿，

这就是啊，炉火吞噬的可怜的加餐。
当她把发团往炉门里扔时，
我看到了妈妈两鬓眼角旁的条条皱纹
——一把张开的小褶扇。

天长日久，镜框变了形，
镜面开始裂了些小缝，
它里面渐渐发了霉，
后来，终于破成了两半。
妈妈就用这面破了的镜子
继续梳理着她的鬓发。

时光飞逝，妈妈的头发渐渐斑白，
她已经不再去照镜子，
习惯于待在僻静的地方。
每当有人敲门，
她便匆匆走了出来，
系着一块黑色的头巾。

如今，我又走进屋来，但我心绪不宁：
谁也不再站在门槛边等待，
谁也不再将我的手掌握得那样紧，
我不知所措地四下顾盼：
那面镜子仍旧挂在墙上，
可我看不清它，泪水模糊了我的眼帘。

（星灿　译）

［导读］

此诗选自诗人最著名的诗集《妈妈》。对母亲的爱是人类的天性，但是恰恰因其是“天性”，就为艺术的表达增添了困难。我们见过数不清的抒写母子之情的诗篇，它们的情感无疑是真实的，但它们很难打动我们；因为它们太肤廓不切，一味地抒情，使诗的劲道在类聚化的情感表达中“蒸发”掉了。诗之为诗，应将真情置固于具体的、个别的事物，使之获得更集中强烈的“现存感”，它是可以触摸的晶体，不是无形的吹息。

这首诗的成功正在于，诗人没有空泛地抒情，而采取了叙事性的方式，将一个儿子对母亲的爱和牵念凝缩到一面镜子中。将镜子作为诗人情感的对应物是极为精当传神的，因为，镜子陪伴了母亲的一生，它“目睹”了母亲由青春渐至衰老的全过程。随着岁月的流逝，镜子背面的水银也渐渐剥落，镜框变了形，镜面开始裂了些小缝，后来终于破成了两半。但妈妈仍用这半面破了的镜子梳理她的鬓发。一个清贫、善良、自尊、默默啜饮生活艰辛的母亲形象，深深地捺进了我们的心，又凄楚又明亮。

母亲离去了，破损的镜子仍被儿子挂在窗旁的小钩上，因为它涵容了过往岁月的一切。它水银剥落的镜面，对应了诗人泪水模糊的眼帘，往昔的记忆在此凝聚、现身，诗人的深情落到了“实处”。

这首优秀的怀亲诗歌，有着别具一格又直指人心的力量。诗人使精审的日常物象以“如其本然所是”的方式呈现，他不加藻饰，不予变形，而是让物象自身说话，让物象作为其自身而闪耀——这对我们怎样写作怀亲诗有很大启示。

“那些轻轻的亲吻之前……”

当那些轻轻的吻
　　在你额头干涸之前
你弯着腰去喝
水晶清明的水

从来没人怀疑
你是否将接触那些嘴唇

某些时刻
不耐烦的血
从内部模铸你的躯体
比雕塑家的塑泥上
跑动着的手指更迅速

也许你会将她
年轻的头发放在手掌里
让它们掠过双肩
就像打开的鸟翅
你将沉重地追逐它们
那儿，
在你眼前
并且在空气之下的深处
是那倾斜的，恐怖的
和甜蜜的空虚
渗透着点点滴滴的光。

（贾佩琳　欧阳江河　译）

[导读]

爱情，是塞弗尔特诗歌的基本母题之一，他曾有“爱情诗人”的美誉。但在诗人笔下，对爱情题材的处理却是独特而深刻的。特别是中年之后的写作，他很少单纯地抒写爱的甜美，而常常同时融进了对“时间”“死亡”等意向的开掘。这样一来，爱情的浓烈与人生的短暂被扭结一体，使我们读之既心魄震荡又几乎难抑潸然。

比如，他写过，爱情是一朵纤柔的“百合花”，它惧怕生命路途中的每一次风暴，它虽然很美，但却是“在棺材那么黑的天空下躺着"，最终逃不过时间的报复。他还说，青春和爱情的甜柔，像桑树开花吸引我们，可是"当我跑到它们悬起的树梢下，吵闹的黑鸟已经摘去了幽暗的果实"，"四周的生命仿佛突然塌下了"，我们失去了短暂的青春时光，进入中年。即使在最热烈的《爱情之歌》一诗中，诗人一方面说："我将跪倒在你的脚下／疯狂的爱情往往也是最美好的爱情"，但同时又难捺心中的忧伤："当我们俩的嘴唇第一次碰在一起／我听到了爱情正悄然离去的声音"。是的，正如诗人在那首著名的短诗《爱情》中所坦言的："即使死于霍乱的人们／吐出铃兰花香／吸进铃兰花香的人们／即将死于爱情"。

但绝不要认为塞弗尔特是对"爱情"本身忧心忡忡的人。他从不怀疑爱情的力量。正因为他知道爱情的珍贵，他才痛惜人生的短暂，时光不再……永不再来！而将爱情与"时间"同时处理，也正是塞弗尔特所喜爱的诗人魏尔伦、阿波利奈尔，以及捷克古典爱情抒情诗人们常常使用的方式。

这首诗是塞弗尔特处理复杂爱情经验的典范之作，历来为批评界所重视。在第一节，诗人的心境一派明澈纯真，爱人那"轻轻的吻／在你额头干涸之前"，你确信爱情的永恒，你还有那么多"水晶清明的"生命之水，它们似乎永不干涸，你从未怀疑过你有一天会接触不到那嘴唇。但是，从第二节开始，"时间"的主题出现了。时间在流逝，你感到了生命的血液已"不耐烦"。它不再是永远滋润的液体，而像是日益沉积的淤泥，"从内部模铸你"的塑泥，生命如此匆促，转眼已是迟暮秋风。诗人曾抚展着爱人的秀发，"让它们掠过双肩／就像打开的鸟翅"，这有多么轻盈，多么美！但鸟翅"飞（消）逝"的意味也像和弦一般凝入这个意象中，使轻盈与沉重共时鸣响："你将沉重地追逐它们"。这是对时光的徒劳挽留，你一直追逐下去，最终看到的"是那倾斜的，恐怖的／和甜蜜的空虚"——时间——总结了一切，在人的生命流程中，爱情只是"点点滴滴的光"。

是的，时间是"发光的锁"，它给过我们爱的欣慰，但它又一直"阴郁地在高处瞪视着我们"（塞弗尔特语）。生命的短暂和爱情的恒久，这是一个噬心的悖论。"你弯着腰去喝水晶清明的水"，你还没有解除“渴意”，是谁转眼就要把它洒空？

但是，让我们不要以否定来解读“爱情／时间”这一复合主题。诗人的用意或许是：一旦置身爱情中的人们彻悟到爱终有消逝的一天，那么他们就会以“先行到时间尽头去”的自觉，来珍惜爱情、呵护爱情。由此，爱情的每一段过程也会伴有一种可称为“临终一瞥”的珍贵价值。说到底，人是世界上唯一能体知到时间有限性的动物，时间最终会“锁住”任何一个人。但愿在我们短暂的生命里，“在黑暗中，代替词语的／我看见的是一位女人的微笑和风卷动的褐色的头发”（《身为诗人》），但愿爱情能使时间这把锁“发光”。

安　慰

姑娘，姑娘，你为什么皱起眉头，
莫非你遇到整日阴雨绵绵？
而那边那只小蜉蝣该怎么办啊，
它的一生都遇到阴雨绵绵！

（贝岭　译）

［导读］

这首诗单纯到了十分，但内含又极为丰盈，历来为人们称誉。你读着它，感到了安慰。但它又不是简单地令你释怀，你感到内心隐而不见的角隅被触动了，它一点点浸渍、延展，竟有一种难言的滋味：是安慰？是忧戚？是深沉？还是诙谐？进而你会自问，它“安慰”了那个姑娘吗？——“那边那只小蜉蝣”，怎么能与人相比？但奇怪地，你不会停止于这种自问，突然，你的灵魂变得澄明朗照：蜉蝣既是它自身，又暗示了更普遍的卑微的，受伤害的，在艰难困苦的环境中坚韧地活下去的人们的境遇。

是呵，“我”遇到整日的阴雨绵绵（喻指不遂心的事），它使“我”皱起眉头，而在更广阔的生活中，还有多少人，他们一生都遇到阴雨绵绵！但他们还是坚韧地活着，活下去，活到底。在灵魂洞开的瞬间，你感到了自己的脆弱可笑，你的忧戚得以平复，而你的心又走得很远很远……

什么是诗？我们听到的说法太多太多，简直可称得上“聚讼纷纭”。但是，经历了各种诗学理念的洗礼后，我觉得还是我们的祖先严羽说得最令人满意：“诗有别材”，诗的活力和魔力就在于它说出了“正常”的人际交流话语所无法说出的部分。将“那只小蜉蝣”与人作比，这是奇妙的“佯谬”，但更有着骨子里的准确性和震悚力。“那边那只小蜉蝣”，“一生都遇到阴雨绵绵”！这就是一个诗人给你的“诗的安慰”，他不是在训诫，而是在启示；他如此深沉、忧戚，又是那么宽怀、诙谐。“诗有别材”，这“别材”中熔铸了多少散文的语言无法转达、无法包容、无法取代的意味呵。热爱诗的人有福了！

那么告别吧

对世界上的成百万行的诗句
我仅仅增加了一点点。
他们也许不比一只蟋蟀的唧唧叫声更聪明。
我知道。原谅我吧。
我正在走入尽头。

他们甚至不是最初的脚印
踏在月球的尘埃中。
如果偶尔他们毕竟闪出光芒
那不是他们的光芒。

只因我爱这些语言。

那能使一双安详的嘴唇
战栗的语言
将使年轻的恋人们相吻
当他们漫步穿过金红色的田野
在落日下——
这日落比在赤道上还慢。

诗歌从开始就跟随着我们。
犹如爱情，
犹如饥饿，瘟疫，战争。
有时我的诗就是那么令人不好意思地愚蠢。

但我不请求原谅。
我相信寻找美丽的词语
是更好的事
较之杀戮与谋杀。

（安妮　译）

[导读]

塞弗尔特在《亮果》一诗中曾将诗人比作“黄石公园里的那些濒死的稀有动物”，或“将死于航船螺旋桨的鱼”。这是诙谐，但又有着无言之痛。在接连不断的历史灾变和物质主义、科技图腾的功利时代，诗人被视为不适生存的物种。但是，真正的诗人们并不自怨自艾，他们不会计较世俗功利的得失，而是听命于内心更恒久的召唤，发掘语言的奥秘，使生命与存在敞开、发光、鸣响。因为“语言是存在之家”，人栖息在语言所筑的家中，而诗人是这一家宅的看家人。他们擦拭被蒙尘的语言，探询存在的真义。因此，海德格尔才说：如果我们不能忍受生活在“存在被遮蔽”的状态中的话，“我们必须学会倾听诗人的言说”。

《那么告别吧》是诗人晚年的作品。诗人回望来路，以发自内心的最温和、最诚朴的话语，继续“为诗一辩”。在这里，我们丝毫感觉不到一个诗歌大师的傲慢和炫耀，而只有谦逊和恰如其分的自尊：“对世界上的成百万行的诗句／我仅仅增加了一点点。／他们也许不比一只蟋蟀的唧唧叫声更聪明。／我知道。／原谅我吧”。诗人“正在走入尽头”，生命的时日已所剩无多。他请求读者原谅，更请求诗歌原谅，他认为自己没有写出像“最初的脚印踏在月球”中那么卓异的诗篇，甚至“有时令人不好意思地愚蠢”。这种谦逊的永不止息地进取的情怀，正是一个伟大诗人的标志之一。

但是，诗人也有着自豪，那是因为他的诗篇滋润了大地上人们的心灵，使一双双安详的嘴唇战栗，陪伴相爱的人们漫步穿过金红色的田野，使我们的存在在语言的命名中闪烁出澄明而温柔的辉光。诗人说，如果自己的诗篇“偶尔毕竟闪出光芒”，那也不必感谢他这个写作者。——“只因我爱这些语言”，去感谢语言本身吧，这光芒来自语言，诗人只是聆听语言的“召唤”；那些美好的深刻的话语之所以攫住了诗人，是因为它在要求展露它自己。这种观念，既表现了诗人的谦逊，又体现了他深刻的现代语言意识。

最后一节，语义平和而坚定。诗人由开篇的请求“原谅”，发展到“我不请求原谅”。前一个请“原谅”是基于诗人个人；而后一个“不请求原谅”则是为诗本身一辩。诗人一生都在寻找着美丽的词语，他曾表示：“那闪耀的词语的火焰”如果能够照亮生存和生命，“即使我的手指被灼伤”，那又有什么惋惜的呢（《身为诗人》）？给世界带来闪光的话语，用它启示和温抚人类，这“是更好的事，较之杀戮与谋杀”！在这个世界上，如果有足够多的人热爱诗歌，我想，人类生活中或许会少一些黑暗，多一些光明吧。

至此，我们恍然悟出标题“那么告别吧”在心灵复杂纠葛中的意味。诗人坦言，面对有限的生命，他无法不最终“告别”；而使他如此缠绵、如此慨叹的只是诗歌！他已迈入暮年，随着生命的消逝，他不能再为发掘、擦拭语言尽更多的本分了……正是在这种缠绵和慨叹中，我们看到了一颗奋勇不息、老而弥坚的诗心在熠熠闪光。

米洛斯拉夫·赫鲁伯

米洛斯拉夫·赫鲁伯（Miroslav Holub，1923—1998）生于捷克小城皮尔森。早年于布拉格查理大学医学院硕士毕业后，又在捷克科学院攻读免疫学专业，获得博士学位。他一生从事免疫学研究，出版学术著作多种，影响广泛。曾为布拉格临床医学研究所免疫学首席研究员。

赫鲁伯是捷克著名的现代诗人，作品被译为多种文字，享有广泛的国际声誉。英国桂冠诗人塔特·休斯称他为“当今世界上最重要的五六位诗人之一”。作为有着科学家身份的大诗人，他拥有比狭义的人类学更广阔的视野，他对世上的一切生命形式（人、动物、植物乃至所有有机物）均有着内在的洞察和准确的认识。他对处于弱势群体的人们寄予了深切的同情，并为他们呼喊。他的诗歌始终追求揭示生存、生命、历史记忆的深度，并有着知识分子诗人的道义承担意识。

诚如批评家崔卫平所言：“科学观察的习惯带来了他诗歌形式上的一些特色。他喜欢设置一个场景，如同从已逝的岁月中提取出来的某个切面，然后放在他特殊的‘显微镜’下加以仔细研究、辨析，直到场景本身包含的意义自然而然地流露出来。他的诗歌语言也显得直接、简洁、有力，没有什么冗余的东西。”（《带伤的黎明》）赫鲁伯的诗歌有较强的思辨色彩，但它们不是以箴言式的语段说出，而常常是从佯谬或反讽的语境中自然地暗示出来。在他笔下，细节的、陈述性的话语，与沉思的、超验的知识性引申的话语，化若无痕地融为一体，使诗歌获具了令人满意的双重视阈和深度。

赫鲁伯的主要诗集有《日间职责》(1958),《阿基米德和那只乌龟》(1962),《被称之为心灵》(1963),《具体》(1970),《恰恰相反》(1982)等。此外，尚有诗学论著出版。

拿破仑

孩子们，波拿巴·拿破仑
是什么时候
出生的？教师问道。

一千年以前，孩子们说。
一百年以前，孩子们说。
没有人知道。

孩子们，波拿巴·拿破仑
这一生
做了些什么？教师问道。

他赢得了一场战争，孩子们说。
他输了一场战争，孩子们说。
没有人知道。

我们的卖肉人曾经有一只狗，
弗兰克说，
它的名字叫拿破仑，
卖肉人经常打它，
那只狗
一年前
死于饥饿。

此刻所有的孩子都感到悲哀
为拿破仑。

（崔卫平　译）

［导读］

这首诗具有双重意味。首先，这是一堂小学生历史课上出现的谐谑片段，诗人写出了孩子们的一派天真。他们像澄澈的天空一样，没有一丝阴云；他们像一张洁白的纸，没有被涂抹的污迹。幼小的孩子们如此纯真善良，他们虽然不大知道大名鼎鼎的英雄、权势者——拿破仑，但却为一只横遭不测的、唤作"拿破仑"的小狗的死而黯然神伤。仅这一重意味，这首诗也蛮有至善至情，深富趣味和活力了。

然而，正如捷克批评家所称誉的，"赫鲁伯是通过'透镜的透镜'来揭示存在的诗人"，他在上述表层意味之上，又透射或引申出深层的历史沉思，形成诗歌广阔的穿透力和暗示性。且让我们由此谈起——

人类的历史就像阴云漫卷的天空（所谓"历史风云"），虽然对酿造历史风云的"大人物"，我们应根据其行为得失从而作出不同的审慎的评价；但是一般地说，凡酿造了巨大而骇人的历史风云的铁腕人物，几乎都有一个共同的特征：不惮于制造令苍生战栗的战争，运用恐怖的政治手腕，将人的邪恶和残忍借"铁与血的历史必然性"这一堂皇名目释放出来。"大人物"是称孤道寡者，他们狡诈而残暴，蔑视人民，将人民作为实现其政治野心的工具，为了那个自诩的"宏伟的、绝对目标"，他们可以肆意妄为。因此，存在主义哲学家、作家加缪才在一生中不断地申说着永恒的"反叛者"立场：反叛荒谬的生存，反叛一切压抑人类自由、尊严、权利的势力，反对一切极权统治，对形形色色的权力主义者说"不"！这一立场无关乎站在"左边"还是"右边"，因为在加缪看来，奥斯威辛集中营与"古拉格群岛"的本质上有着一致之处。用暴力夺取的政权只有靠暴力才能维持——一切权力主义者在构筑"统一意志"的虚妄乐园时，也必然在它旁边构筑一座座“思想监狱”。

拿破仑是杰出的历史人物，对其功过得失大家早已了然于心（如，他促进了资本主义的发展，但也带来了巨大的战争和灾难；“拿破仑主义”是一种资产阶级的中央集权制，其历史进步性和专制的残酷性是并存的，如此等等）。但是我们要注意，这里诗人并无意于去评判作为具体的历史人物的拿破仑，而只是借用这个声名赫赫的庞大符号，来表达他对一切权力主义者的睨目而视。须知，诗关“别材”，它表达精神的基本意向，而不是对局部是非的评判。

照此看来，孩子的确是最纯真的，他们发乎本真心灵的良善，让我们成人羞愧！成人们津津乐道、永志不忘的“震撼世界的大人物”，就真的那么好、那么重要么?！世界是人类栖居的唯一家园，它不是供某些铁腕人物来“震撼”的。让我们铭记博尔赫斯的教诲：“如果你崇拜征服者，你自己便认可了征服者。”今天，我们需要一种新的英雄，不杀人、不压迫人、不欺骗人的英雄，心怀仁慈持之以恒地化剑为犁的英雄。人与人应待在一起，彼此呵护，轻步而行，这才是通向健康人格之路。在此，我们或许还会更深地理解诗中天真可爱的“孩子们”所带有的人格隐喻性质……

赫鲁伯还有一首与此诗类似的著名诗作《课堂》，它也对那些借“历史必然代价”和“进步”之名，给人类带来灾难的势力进行了尖锐的反讽。两相对读，会使我们获得更强烈的启示：

一棵树走进来鞠了一躬说 / 我是一棵树 / 一粒从天空撕下的黑色影子说 / 我是一只鸟
降落在一只蜘蛛网上 / 像爱的某种东西 / 走上前来 / 并且说 / 我是沉默

但是在黑板上纵横着 / 一头民族的、民主的马 / 穿着背心 / 它重复着，并在它每扇耳朵上刺着 / ——我是历史的动力 / 并且 / 我们全都热爱进步 / 和勇气 / 和战士的愤怒

在教室门的下方 / 叮咚响着 / 一条血腥的小溪
从那里开始 / 对于无辜者的 / 大屠杀

对于破碎的简短沉思

每时每刻都有某种东西破碎
　　每天破碎的东西有，一只鸡蛋
　　一副盔甲，一本书的脊背。

人类的脊背也许
　　是唯一的例外，尽管
　　这更多取决于压力、时间和地点
　　因而这种情况很少发生。
　　绝无仅有。因为
　　有着这样多的压力、地点和时间
　　在周围。

破碎通常同时发生。它并不公开宣称
　　某个人将要被击碎
　　甚至也没有那个扬鞭出击的人。

破碎用蜂蜡来修补，用石蜡
　　焊锡，绷带。或者放弃生存。这是最常
　　　见的。

但是一只修补过的鸡蛋不再是鸡蛋，
　　锡焊过的盔甲不再是盔甲，

绷带缠过的脚跟是阿喀琉斯的脚跟
放弃存在的人不再是一个人，他是
远不及阿喀琉斯脚跟的某种东西。

最糟糕的莫过于数百个修补过的鸡蛋
被当作上好的鸡蛋，数百套
锡焊过的盔甲被认作真正的盔甲，
成千上万个破碎的人被视为坚如磐石者。

因而这是全部巨大的破碎。

对于这世界上的破碎我们能做的
是不时地发出喊叫，博士先生，留心您在
楼梯上的脚步，
你有一个破碎，如果我可以这样说。

如此而已。此后仅仅是更多的破碎。

（崔卫平　译）

[导读]

“破碎”，是我们随时都会遇到的；但是，“对于破碎的沉思”，却常常被我们有意无意地忽略和弃置了。人类趋安避痛的天性，决定了他们有一种寄生于“遗忘”的虚假欣快症，他们没有勇气正视艰辛的生存和苦难的历史记忆，不敢思考心灵和肉体发生过的“破碎”。

这首诗所沉思的不仅是“破碎”本身，更是人对“破碎”的态度。“每时每刻都有某种东西破碎 / 每天破碎的东西有，一只鸡蛋 / 一副盔甲 / 一本书的脊背。”这些东西的“破碎”，是我们见惯不惊，也确实用不着惊诧的。可见，诗人写它们，只是用来隐喻另一种“破碎”。

诗人说，“人类的脊背”相较而言，不那么容易破碎，它取决于更大的压力、时间和地点。然而，正因为人的“脊背”（生命体）不会像易碎的物体般突然破碎，才掩盖了作为精神的人特有的另一种破碎——心的破碎，文化的破碎，乃至家园的破碎。这样的“破碎通常同时发生。它并不公开宣称 / 某个人将要被击碎 / 甚至也没有那个扬鞭出击的人”。是的，灵魂的破碎是“同时发生”的，它不仅事关某个个人、某个社区，而是整个的民族。赫鲁伯所着力描述的就是这样的破碎。

我们知道，捷克民族是苦难的民族，几百年来，除了几个短暂的时期外，失败、丧失自由、被外国统治者征服的不幸命运，始终像阴云一样缭绕着它。仅以近五十年为例，捷克几乎从未真正摆脱过极权的支配：在残忍的纳粹暴政之后，接踵而至的是苏联的“红色铁幕”控制。最悲惨的是 1968 年 8 月，这个国家的首都一夜间被苏联坦克占领，极权主义由“精神”变成了赤裸裸的“物质”，人民心灵的破碎达到了顶点。

面对这种更致命的“破碎”，诗人反对自欺和遗忘的态度。他吁请人们正视它，记住它。正如另一位捷克作家昆德拉所言：“一个民族毁灭于当他们的记忆最初丧失时”，“而人与强权的斗争就是记忆与遗忘的斗争”（《笑忘书》）。人们即使告别了某段特定的破碎的历史时期，他们也决不应采取自欺的方式，对刚刚结束的破碎进行“修补”乃至掩饰；而是要记住它，“不时地发出喊叫”，并防止它的周期性强迫重临。——“一只修补过的鸡蛋不再是鸡蛋，/ 锡焊过的盔甲不再是盔甲，/ 绷带缠过的脚跟是阿喀琉斯的脚跟 / 放弃存在的人不再是一个人”。诚然，横遭劫运被外力破碎的民族是不幸的；但是，“最糟糕的”还是对破碎的遗忘，生活在谎言充斥的“新纪元”，将修补过的鸡蛋当作从未破碎的鸡蛋，将锡焊过的盔甲当作上好的盔甲，将成千上万个破碎的人心当作完整如初的人心。这种倾心于自欺的安适，甚至连破碎感都欣快地一并破碎掉了。这才是“全部巨大的破碎”！

应该向读者昭明的是，对此诗的解读，我是从诗人所置身的具体历史语境出发，侧重了“捍卫记忆”这一角度。其实，它还有更广阔更抽象的对人类心态中“遗忘”与“自欺”的悬疑和批判。而沉思与挖掘它更广泛含义的任务，应交给每个智慧的读者。在此，我应礼貌地闭嘴、告退了。

夜间的死亡

遥远地，遥远地

她吐出最后的词在天花板上飘浮
像云层。
餐具柜哭泣。
围裙在颤抖
像覆盖着一个深渊。

最终。年幼的孩子们都上床了。

然而到了午夜
死去的女人站起来
吹灭尚在燃烧的蜡炬（浪费它们是一种遗憾）
飞快地补完最后一只袜子，
在棕黄色锡皮罐里
找出她的五十五个硬币
把它们放在桌子上
找出失落在碗橱后面的剪刀，
找出一只手套
它们是在一年前丢失，
检查房间所有的门把手，
将它们拧紧
喝完她的咖啡

然后再躺下。

早晨他们将她弄走。
将她焚烧。
那些灰粗糙得
像煤灰。

（崔卫平　译）

［导读］

这首诗有强烈的叙事性，它刻画了一个清贫、善良、勤劳的母亲形象。这类题材是我们经常遇到的，几乎不再令我们心灵震动。但读这首诗，我们的心却被异常的力量深深震动了。诗人不主故常，不再写母亲含辛茹苦的一生，而是写她死后“发生”的事。按照叙事学理论的成规，作品中的“时间”无非是正叙，倒叙，预叙，以及它们在文本中彼此地穿插混成。而那些打破叙事时间成规的作品，则往往是超现实的或是寓言体裁。

然而，这首诗的劲道，肯定不是用“超现实主义”、“魔幻现实主义”、寓言诗等所能定义的。我们毋宁说它是更根本的“现实主义”诗歌。诗人在叙事成规中的“时间”之外，创造出一种新的、可称之为“超时间”或“无时间”的时间（因为对具体的个人而言，死去即意味着时间的终止），即心理体验着的时间。他的深情，他的痛惜，就在这“超时间”或“无时间”中形成了永恒的时间。妈妈死去了，但她的“灵魂”却不得歇息，“到了午夜 / 死去的女人站起来”，她轻轻而飞快地做着琐细的家务，她要继续为孩子们操劳。诗中择取的一个个细节，极为本真、具体，又有巨大的概括力。母亲死后“发生”的事，是为一笔两写，它同时构成了母亲一生的镜头的“回放”。慈爱、辛劳、节俭、谨慎的母亲，就这样永远地嵌进了我们心灵最深的地方。

的确，面对这样的心灵体验，我们所习见的叙述成规中的时间都会显得“不够用”。这是在一切时间之上的时间，它的拥有者和视角是双重的：既是母亲对家庭和孩子们永难阒息的牵念；又是叙述人对母亲最深的怀念所产生的比现实更为真实的“幻视”或曰“心理现实”。

呵，对这样的心灵战栗而淌血的诗，我怎能有胆量和心肠称之为“魔幻现实主义”？！一切“年幼的”和不再年幼的孩子们，让我们感谢诗人，是他，代我们说出了我们想说又不能说好的心灵话语。

魔术师齐托

为使他的陛下开心他允诺将水变成酒
青蛙变成男仆。甲虫变成管家。用一只耗子
做一个大臣。他弯下腰，指尖上长出漂亮姑娘。
一只会说话的鸟儿坐在他的肩膀上。

如此这般。

弄出一些别的东西吧，他的陛下要求道。
弄出一粒黑色的星星。他奉命。
弄出干燥的水。他照办。
弄出一条稻草镶边的河流。他执行。

如此这般。

接着走上来一位学生请求道：从无中
弄出大于一的东西来。
齐托的脸色变得惨白：非常遗憾。无
介于加一和减一之间。对此你无所作为。
他离开了宏伟的皇宫，飞快地穿过群臣

回家，回到一枚坚果之中。

（崔卫平　译）

［导读］

这首诗仿佛是一个现代版的“皇帝的新衣”的故事。它以隐喻的尖锐力量而令人沉思。显然，这首诗并非在讽刺通常意义的魔术，而是社会批判的寓言。

极权主义体制无疑是人类生存的地狱，但从特定角度，我们也可以说它是由“话语魔术”所构筑的集体乌托邦“天国”。这个天国，充斥着辉煌的谎言，虚构的“繁荣”统计数字，宏伟的、永远望不到头的“终极目标”。它就靠这些幻觉死死支撑着。久而久之，生活在其中的许多人会丧失起码的常识，变成“有理想、有远大目标的”忠实的魔术信仰者。

而另一些人则采取了随流扬波的方式，他们看到了生存中的虚妄，但又深深怀疑自身的力量，索性将恐惧转变为“使他的陛下开心”的“奉命”，“照办”，“执行”。其实，揭破这一切“高深”的谎言，并不需要特别的“智慧”，正如安徒生“拉出”了一个孩子那样，赫鲁伯“招”来了一位学生。让我们说得低调一些，孩子与学生用不着代表“正义”的力量，他们只代表“常识”的力量也就足够了！

“反抗谎言”，是捷克当代诗人、作家们热衷处理的主题。记得捷克小说家克理玛曾说过：“我在生存中真正感到忧虑的是，社会由于诚实与不诚实之间的界限变得模糊不清，而导致了诚实无欺这一基本底线的消失。”（《布拉格精神》）而捷克剧作家哈韦尔则更为尖锐地指出：“在这个制度下（指铁幕时代），生活中渗透了虚伪和谎言。官僚统治的政府叫作人民政府；工人阶级在工人阶级名义下被奴役；把彻底使人渺小说成人的完全解放；剥夺人的知情权叫作政令公开；弄权操纵叫作群众参政；无法无天叫作遵纪守法；压抑文化叫作百家争鸣；没有言论自由成了自由的最高形式；扼杀独立思考成了最科学的世界观……”（《无权势者的力量》）这样的政权，几乎是想“从无中弄出大于一”的东西，我们可以说，它既是谎言的制造者，最终也尴尬地成了自己谎言的俘虏。然而，这种“魔术”制度之所以长期存在，同时也依赖于千千万万的魔术观看者们对常识和良知的放弃。他们绝不仅是简单的卑屈的“容忍”，而是伴有或深或浅的“相信”。

无中不能生有。面对这个常识，“你无所作为”。人们，事情就是这样，非常遗憾。如其本然地认识和评价生活，或许够不上“高大”，但正是它维持了人类的存在。作为娱乐的魔术本身是美好的，我们都喜欢它；但当它在诗人笔下成为对一种庞大的“魔术制度”的喻指时，我们的心就痛苦地抽紧了。赫鲁伯诗歌噬心的命名能力于此可见一斑；而他采取的调性却是诙谐、讥诮、举重若轻的。这种克制陈述构成的深度反讽，亦同样令人赞叹。

赫鲁伯是“捍卫历史记忆”、捍卫“常识”的诗人，他对形形色色的谎言都进行了深刻的批判。在他看来，呈现生存和生命的真实是一个诗人的天职，诗的功能和技艺应是同时到来的。限于篇幅，我们不能再导读他的作品，下面我为大家抄录他一首《发明》，与《魔术师齐托》有异曲同工之妙——

穿宽大白袍的聪明人站起来
在节日里，历数他们的劳作
国王贝洛斯听着呢。

噢，伟大的国王，第一人说，我为御座发明了
一双翅膀。您将在天空实行统治。……
接着有人欢呼，有人喝彩，这个人应得到
丰厚的回报。

噢，伟大的国王，第二人说，我制造了一架
自动飞龙。它将自动地将您的敌人打败。……
接着有人欢呼，有人喝彩，这个人应得到
丰厚的回报。

噢，伟大的国王，第三人说，我创造了
恶梦驱逐器。现在没有东西能干扰陛下的睡
眠。……
接着有人欢呼，有人喝彩，这个人应得到
丰厚的回报。

但只有第四人说，今年持续的失败
拖住了我的脚步。全盘皆输。我经手的每件事
都不成样子。……接着是可怕的沉默
聪明的国王贝洛斯也一声不响。

后来弄清第四个人
是阿基米德。

罗马尼亚

斯特凡·多伊纳斯

斯特凡·多伊纳斯（Stefan Doinas，1922—？）生于罗马尼亚西部一个农民家庭，早年在克卢日大学攻读文学和哲学，并开始诗歌创作，师从于现代罗马尼亚四大诗人之一的卢齐安·布拉加（其时，布拉加在克卢日大学主持哲学教席）。大学毕业后他先后当过教师、刊物编辑，后来成为布加勒斯特的著名世界文学月刊《二十世纪》的编辑。多伊纳斯50年代末期开始成名，60年代以来，连续地出版了多种影响广泛的诗集，成为罗马尼亚著名诗人之一。此外，他还是一个很有贡献的诗歌理论家和翻译家，有诗学著作三卷及但丁、荷尔德林、马拉美、瓦雷里、贝恩诗歌译作行世。

作为受哲性诗人布拉加影响而成长起来的诗人，多伊纳斯的诗歌与他的老师有相似之处。他既将诗当作具有“思”之特征的东西，同时又将诗之思区别于纯粹的“思辨”。诗是在内外“两个世界中发生的事情”，诗人的使命是探询世界和生命的奥秘，并挽留奥秘以充满活力和多重暗示性的方式呈现，以不被简单化的逻辑推论抹杀。

多伊纳斯还借鉴了超现实主义诗歌的有益成分，注重挖掘个体生命体验中的潜意识、直觉、幻觉，并以神奇的话语方式将之组合在严谨的结构和个人化的节奏中。他相信成功的诗歌语言会具有深刻的塑形和命名力量，在此，“一切事物都具有目证：穿过一个辅音的古老的痛处，穿过元音的裂口”，生命和自然的奥秘，有可能在“词语”中令人惊诧地显现（《词语》）。

多伊纳斯的主要诗集是《改变自我》(1970),《在两个世界中对我发生的事情》(1970),《雨中的马》(1974)等。1968年他获得了罗马尼亚作家协会奖。

静 物

绘画中的果实是一种告别。

（在餐桌上，它们收缩的复制品
在风中摇动芬芳的手巾。）

注定要证实它们的城市
将发蓝、发绿而又靛蓝地燃烧。
它们将激起很多爱情：它们的面容下的
一种不成熟的形式将引入
水手们因盐、中立的君主、
烹饪教师和相信它们
是唱片的孩子而近视的诱惑。

（在餐桌上，在租金支付日，惬意的
手巾将再一次浮动——啊，模仿品，
七点钟的欧椋鸟的晚餐……）

在磁力生长的土地上，它们
不能耗尽它们的童贞。

（董继平　译）

［导读］

“静物”，是我们经常使用的称谓。一般地说，它指静止的绘画对象，如水果、鲜花、器物等。在许多人看来，“静物”是初涉画坛的人练习写生的对象，由于它的刻板性、简洁的明暗分布感，似乎注定与创造无缘。

其实，在真正的静物画家那里，“静物”背后却有着凝静中内部的动力学；恰好是在它凝恒的自我持存里，物体自身的质量感得以坚固、持久地呈现，而不被人的主观感情所稀释和蒸发。这是另一种“激情”，或称之为与习见的“激情”相斗争的、深思熟虑的“平衡后的激情”。优异的静物画，删除了绘画中的“文学性”和种种社会功利色彩，成为“为构成而构成”的绘画本身。在排除了其他目的之后，绘画自身就成为唯一的目的。静物画借自我封闭保持了材料的神秘性，从而使其得以“只作为其自身”而闪耀。

多伊纳斯说“绘画中的果实是一种告别”。它们告别了什么？告别了单义解读艺术品的“务实”的观赏方式；告别了以瞬间的主观感受去代替艺术自律中的协调和平衡的创作态度；也告别了以现实的果实去衡量绘画中的“果实”的真实程度的卑屈的“模仿品”。在美术史上，人们称塞尚为“现代绘画之父”，并以他为分水岭，有“塞尚之前”和“塞尚之后”的说法，皆由此“告别”而来。

那么，在这种绘画中，由画家深思熟虑地一点点“托生下来”的果实和器物，是否真的缺乏“创造的激情”呢？显然不是这样。静物的“自我封闭”，有如神秘的物自体，恰好激发了观众变动不居的联想力。像海德格尔从梵高一幅静止的《农鞋》中感到了人类生命的劬劳功烈一样，多伊纳斯则从果实和桌布上，体味到了城市那“发蓝、发绿而又靛蓝地燃烧”的形体，感知了不同的人们生命意志的“原在”之所：凝静的动力学中所焕发的“磁力”。

这是一种艺术理念中的纯真无邪的“童贞”，它涵容了物自体的磁力，但又奇异地将自身返回到不动声色的隐匿之所。正如诗人在《词语》中所言：“我们迟迟才到达这里：现在是一片沉默的保留地。”艺术中的激情和求真意志，应带有甜蜜的悖论特征：除去一般理解中的敞开／去蔽外，它同时还意味着必须把奥秘者作为奥秘者呈现出来。“静物画”使物在作品中呈现了自己原有的力量，它越趋向内敛，观众的联想力反而越丰盈。

如果说，现实中的静物是被遗忘了的精华尽损的客体，那么，在伟大的画家笔下，它们才第一次作为主体开始自己说话。多伊纳斯诗歌“挽留奥秘”的特殊智性，于此亦可见一斑。

分离的时刻

我们之间的距离变成闪电。
鸟儿发出灰青色的尖叫穿过灼热的
煤屑而飞翔。异化者
迅速经过，唉，像一个奔跑者
在我们的眼睛之间带着绝望
不能感觉到他的胸膛已经扯断了
一根闪耀着的纤细的带子。

（董继平　译）

［导读］

“分离”，本是我们最强烈的日常情感经验之一。但是，我们从这首以“自然语象”为基础的诗中所突兀嵌入，并具有特指性的“异化者”（这是一个人文词语）来看，诗人所说的“分离”，乃是指人与其自身本质的分离（“异化者”，在人文话语谱系中意指人的创造物反过来奴役人，成了支配着人悖离自身的怪异力量）。

对“异化”的经验是我们共有的，关于它的学理内涵，我们也可以从黑格尔、马克思、卢卡契，以及法兰克福学派的著述中找到。然而，从经验到诗歌，并没有一条直捷的路，从学理到诗歌更是如此。诗人要将涣散的经验在语言中糅合成诗歌的纯净；要给普泛的抽象哲思塑形，使之保持恍如“第一次面对”的鲜活而陌生化的质感。事实正是如此，读这首诗，我们意会到的不仅是“工业社会对大自然家园的摧毁”(《哲学辞典》)这一理念，而是“亲眼看到”了一只具体的“鸟儿发出灰青色的尖叫穿过灼热的／煤屑而飞翔”；我们得到的也不仅是“现代社会可怕的异化速率”(《哲学辞典》)这种哲学概括，而是恍如置身在一个特殊的场景中，“看到了”由我们分裂而出的“另一个人”，“像一个奔跑者／……不能感觉到他的胸膛已经扯断了／一根闪耀着的纤细的带子”。诗人深刻地指出，现代社会中异化者的悲哀除去他的异化外，还在于他甚至“不再能感觉到”自己的异化；人在迷失方向的时候，往往跑得更快。这些复杂的体验，都在短短的七行诗中说尽了。

这首诗的成功令人深思。我们常说，诗歌是由感性而生的。但是，一百次真切的“感性”，也无法绝对地保证我们写出一首好诗。诗是语言中的语言，这意味着，从你感到的世界到你写出的“诗的世界”，中间还有漫长的与语言艰辛地磋商的考验。而缺乏技艺，你感性的浓度就在这“漫长”中被磨损掉了。你必须从普泛的人类感受中提取出真正属于诗的特殊的东西，在现实经验与美感经验中谋求到美妙的平衡——体验和感性，当然要求诗人“能入”，但真正写好感性，其奥秘却还在于审美观照的“能出”。入与出，是诗歌旨趣中的“悖谬”所在，也是对诗人创造力的舒心的折磨。如果把握好这一分寸，就会使我们的诗在“可言之境”的上层，有力地暗示出另一个更鲜润、更神奇，如鱼饮水冷暖自知的博大的“无言之境”。

这就是诗，“一个措辞沉重于灯光和意义”(多伊纳斯《生者的游戏》)，它源于本真经验，但又超出了经验本身。它是诗人审美观照后再精心设置的暗示性的话语境域。在技艺的合作下，诗歌不仅是传递它之外的某种信息，它要求我们专注于诗所创造的具体情境。在此，诗的语境是自足的。技艺的加入，使诗可供心灵去反复体验而不至于在“达意”之后发生耗损；在日常经验和人文话语的“可言之境”无所作为的地方，诗歌纵身一跃，带着我们领受了生命体验中“无言之境”所暗示的“缄默”的启发力量。

尼基塔·斯特内斯库

尼基塔·斯特内斯库（Nichita Stánescu，1933—1983），生于普洛耶什蒂城，从小酷爱音乐，中学时代对文学发生极大兴趣，阅读了大量作品并尝试写诗。1952年考入布加勒斯特大学攻读语言文学专业。大学毕业后，担任《文学报》诗歌编辑。1960年出版第一本诗集《爱的意义》。50年代中期以降，斯特内斯库与一些青年诗人一道探索诗歌新的表达方式，形成了具有先锋派色彩的文学群体。他们主张吸收和转化“二战”前现代抒情诗的优秀传统，表达个体生命独特的体验，使罗马尼亚诗歌与世界诗歌同步发展、平行对话。在这种创新精神的激励下，这批青年诗人的作品突破了僵滞的政治传声筒诗歌，冲击了保守的诗歌意味和形式的教条主义条条框框，将罗马尼亚诗歌带入了充满活力的“抒情诗爆炸”的阶段。

作为罗马尼亚现代派诗歌的代表人物，斯特内斯库的诗歌既有抒情和智性的融和，又有某种程度的超现实主义色彩。他是有鲜明个性的创造者。他致力于“发掘自我，表现自我”，将经过提炼后的深层生命感悟，凝结在简劲、明快而机敏的语言中。他倡导诗人应用“视觉”来想象，赋予思维和感情可触摸的质感，使诗的语境具备澄明的、感性与智性共生的张力。他说，“诗不是眼泪，它是哭泣本身”。这或许意味着在本真的写作中，诗人对感情、经验的挖掘，是与对语言方式的挖掘同步发生的；并且，诗歌也不仅指向人的感情，它还应有能力震撼人全部的感觉系统，“诗是哭泣的眼睛。是哭泣的肩膀，哭泣的肩膀的眼睛。是哭泣的手，是哭泣的手的眼睛。是哭泣的脚跟，是哭泣的脚跟的眼睛”（《诗》）。罗马尼亚评论界对斯特内斯库的诗有极高的评价，称之为“晶莹透明，诗中有诗”。

斯特内斯库的主要诗集是《爱的意义》(1960),《情感的形象》(1964),《时间的权力》(1965),《绳结与符号》(1982)等，此外，尚有散文作品集行世。

非语词

他递给我一片叶，像只带指头的手。
我递给他一只手，像片带牙齿的叶。
他递给我一根枝条，像条臂膀。
我递给他臂膀，像根枝条。
他的躯干向我倾斜，
像棵苹果树。
我的肩膀向他倾斜，
像副多结的躯干。
我听见他的汁如何加快流动
像血。
他听见我的血如何加快上涨
像汁。
我从他身边走过。
他从我身边走过。
我依然是棵孤独的树，
他依然是个
孤独的人。

（高兴　译）

［导读］

读这首诗的过程，我想大家都会感到异常地轻快和诙谐。但读完后，我们放心不下。我们的心仿佛被拽了一下，它挽留了我们的注意力，使我们再次去读。斯特内斯库被评论界称为“诗中有诗”的诗人，这意味着，他的诗还有着另一个“被再听”的声音。诗的表层透明而流畅的“语词”，是他作品的“魅力”所在；但其“魅力”，却在于深层的“非语词”所传导的诡异意蕴。这首诗的标题之所以命名为“非语词”，或许正是诗人在吁唤（逗引）读者。“别被它表面轻快的语词掳走，你要凝神再听‘非语词’的声音”。

这首诗中的“说话者（我）”是谁？这是我们要解决的一个问题。只有这个问题得到解决，诗歌的意蕴才会呈现。我们发现，从整个语境中，几乎无法辨认是谁在固定的角度说话。我们陷入了寻找主体的困惑之中：“我”究竟是谁？“我”是树，还是人？诗中是一棵树对人说话，还是一个人对树说话？是一棵树对另一棵树说话，还是一个人对另一个人说话？在这里，“说话者”的身份是游移不定的，第一人称“我”带上了含混的特性。

这种对“我与他”，“人与树”使用的暗过渡手法，先令我们困惑，后令我们省悟：原来，诗人是将说话的主体普泛化了。生命永远是处于视角变换构成的种种相对性之中。任何人只是对自己来说是一个“我”，对于别的人来说只能是“他者”。主体的不确定，在诗中构成了一种关系，一种对话，使一切都涵纳其中。这令我想起德国著名学者卡林·瓦尔特编选的名为《我与他》的巨著。这部书汇集了世界上古往今来的哲人们对人的本质，人生意义，人类社会特性，人与人复杂关系的深刻论述。面对如此繁富的意蕴，还有什么比“我与他”更简洁、精审、有力的标题呢？

从正常的“语词”性质和语法职能来看，这首诗似乎违背了“规范”，制造了谜团。但是，人复杂的生命体验常常会有“非语词”——也不妨将之译为“超语词”——的一面。在正常的语法规则止步的地方，“非语词”展开了自己对生命的挖掘。这首诗是人与树／树与人……“我与他”／“他与我”……的不断循环易位，它的复杂意旨是：赞叹不同的个体生命之间顽强地寻求沟通与对话的努力；同时也喟叹真正地实现沟通与对话的艰难甚至徒劳无功。写树，是对人生存境况的一种隐喻，它暗示了人与人之间的隔膜几如人与树之间的隔膜，“我从他身边走过。／他从我身边走过。／我依然是棵孤独的树，／他依然是个／孤独的人”。

是的，诗人制造了谜团。但恰恰是这个谜团，具有更深刻的“醒谜”功能，它挖掘了生存的真相，而不是以廉价的“美好意愿”去遮蔽它。

我们只能居住在自己的身体和灵魂中，我们都渴望与另外的身体和灵魂进行交流、对话。我们做出了种种尝试，并认为取得了某些实质性的进展。但是后来，我们不得不愀然承认，我们彼此“递给”对方的东西，只能是限量的、有选择的；我们彼此向对方的“倾斜”，只能是有条件的、局部的；我们彼此无法看见更无法交换最真实的“血液”，最隐秘的灵魂。我们既不满意以己度人，又只能做到以己度人。——非常遗憾，生命和生存的事实就是如此。那么，我们应该放弃沟通与对话的努力吗？不是。你瞧，即使在难以沟通的处境中，人与人也亲切地就着伴。我们知道，生命越是孤独，越需要有一样永远不能丢失的东西，即人对沟通的期待！正是这种对沟通的期待维持着世界，正是这期待构成了“非语词”的、庄严美好的人类的共同表情！

斯特内斯库的“非语词”实验大多指向交流的困境，下面再引他的《一种结束》，供您欣赏——

真正的手我并不伸出。
除了语词我不用手触摸任何东西。
不然，
被触摸的树会神奇地缩回体内，
就像蜗牛的触角缩回体内那样，
变成一个句号。
我不去触摸椅子。
不然，它会缩回体内，
变成一个句号。
我不去触摸朋友。
还有太阳，还有星星，还有月亮，
我什么也不能摸。
尽管我恨句号，可是天哪，
我恰恰居住在句号里。

音　乐

音乐引导我走近事物，
在我和它们间安上一个弹簧，
即便从遥远的球体上坠落，
我也不会折断任何肢体，
不会丧失任何力气。

音乐磁铁似的从我身上，
挑选铜色的情感，紫色的情感，
然后将它们高高举起，
犹如举起几棵萌芽的小草。

谁若守望，谁便会看见
一片铜色的原野，一片紫色的原野，
夜空中，那串淡蓝色的星星，
正在缓缓地解开，
星光下
我们的生命
脸挨着脸，
胸贴着胸，
正在紧紧地拥抱。

（高兴　译）

［导读］

从诗人生平得知，斯特内斯库从小酷爱音乐，音乐伴随了他终生。音乐，是所有艺术门类中最纯粹的种类。也正因这种纯度，对音乐的性质究竟是什么，一直是言人人殊的。但约略地归纳，对这个问题人们大致有两种见解：

其一，主张音乐的本原是抽象的（不及物的）生命情调的声音，它并不指向音乐之外的任何具体的东西。换言之，乐思的美，是一种独特的仅为音乐所具有的美，这种美在自然和社会中没有摹本，它不需要依附于其他外来的美。音乐的性质就在于这种精纯的形式自足或自洽性。

其二，主张音乐是对人具体化的感情的表现和模仿，每一种情感（爱、恨、恐惧、忧虑、安恬、欢乐等等）都会有一种具体的音乐表现形式与之相应；人们对音乐的接受，可以从心理学、伦理学甚至社会学上找到根源。因此，这种理念认为，音乐不是抽象的自洽的生命情调，而是“他律性”的。它可以表达人的感悟、情感、情节，描述人对生活的观点。音乐的愉悦作用和潜移默化的教育作用是同时到来的。

斯特内斯库这首诗的意义当然不在于探究音乐的本质。我之所以谈到人们对音乐本质的不同指认，是由于这首诗在不期然中“介入”了这场争执。在我看来，诗人对音乐的领受似乎更倾向于上述第一种见解。“音乐引导我走近事物”，仿佛是对音乐“他律性”观点的戏仿，紧接着诗人就写出了“此引导”绝不是“彼引导”，音乐并不依附于事物，它是在人与事物间“安上一个弹簧”，以此呵护着人生命情调的纯洁性、高蹈性，“即使从遥远的球体上坠落，／我也不会折断任何肢体，／不会丧失任何力气”。

音乐来源于人抽象的生命情感和情调，诗人将其隐喻为磁铁，它从人身上吸摄了生命的律动，它“挑选铜色的情感，紫色的情感”，并将这情感以音响的程式高高举起。接下来，诗人进一步强调了音乐所具有的朦胧的联想和“通感”力量。所谓“铜色”和“紫色”，既是对音乐打通了人的听觉和视觉界限之功能的描述，也是对音乐表现抽象的生命情调之力度和质地的描述。音乐并不附着于任何一种具体的事物，它激起的只是一种混茫的生命冲动的力量，它“缓缓地解开，／星光下／我们的生命”。而贴近音乐，就是人对自己灵魂高蹈之地的贴近和“守望”。音乐在这里成为对人类生命情调的共相表现：使热爱它的人们“脸挨着脸，／胸贴着胸，／正在紧紧地拥抱”。

这首诗是诗人基于生命体验而对音乐进行的纯粹观照。它昭示我们，虽然音乐唤起的联想和通感是因人而异的，但它的纯洁和美好却是稳定不变的。它持久地温抚着人类，使困扰于现实中的人类，在灵魂中秘密地葆有了一片充满希望的、超越性的“星空”。

马林·索列斯库

马林·索列斯库（Marin Sorescu，1936—1996）出生于多日县一个农民家庭。童年和少年时代在乡村度过。1955 年考入雅西大学语言文学系，大学毕业后，担任编辑工作。1964 年出版第一部诗集。后任克拉约瓦市《树枝报》主编，罗马尼亚作协常务理事。

索列斯库是二次世界大战后罗马尼亚诗坛最引人注目的诗人之一，诗作被译成多种文字，具有广泛的国际影响。他的诗作题材很广泛，但总的说，他是热衷于处理与人的现实存在密切相关的生存情境的诗人。爱情、时间、死亡、挫折、孤独、荒诞、社会讽刺、自然的奥秘，是索列斯库热衷探索的母题。在他笔下，人的种种生命感悟被散布在具体的事象之中，得到了极为准确、简洁，又不失幽默的呈现。索列斯库在对日常细节的专注中，总是巧妙地、令人始料不及地引入哲理思辨成分，带给人“诗与思”的双重惊喜。他说：“诗歌的功能首先在于认识。诗必须与哲思联姻。一个诗人如果不是思想家，那就一无是处。”

索列斯库的诗歌语型大多趋于朴素、简劲、短小，他自如地游走于叙述和抒情、譬喻和反讽之间，形成了异质互渗的奇特劲道。正因这一点，他的诗对范式读者和普通读者都具有强烈的吸引力。他创造了一种“机敏的美学”，使宏大的哲理性想象力，浓缩到随处可见的细小的平凡事物中。这样的诗，在深思熟虑的精审中也恰当地葆有着“即兴”般的鲜润感和活力。

索列斯库的主要诗集是《孤独的诗人》(1964),《时钟之死》(1966),《万能的灵魂》(1976),《索列斯库诗选》(1998)等。此外，尚有诗论及剧作集行世。

判　决

电车里的每一位乘客
和在他之前曾坐在同一座位上的乘客
是一模一样的。

要不是速度太快，
就是世界太小。

每人都有一个
被后面阅读的报纸
磨损了的脖子。
我感到脖子后一张报纸，
用它的纸边
拧着切着我的静脉。

（晓凌　译）

［导读］

我们生活的时代被称为“信息时代”。“信息时代”当然有值得赞叹的一面，但它带来的负面影响同样值得注意，今天我们已看到，大众传媒的高度膨胀已形成了可怕的信息污染。它们不惮于恶俗地搜奇猎怪，以大量无聊的信息充塞着人们的头脑，吞噬着人们的时间，使人在信息的漩涡中全速坠落，无暇分辨，互相挤撞。这些信息的泛滥没有激发出人们沉思默想的潜力，反而闭抑了它。沉溺于读报纸、看电视的人，像是一个古怪的依赖性的双足肉身的接受机器，一旦接触到文字和图像，就发出快意的痉挛。他们需要在印刷符号、图像符号中呼吸，他们的灵魂已完全拱手奉给“传媒神祇”，他们的思考，感觉，抱怨，防御，逃避，渴望，愤怒，欣快……都卑屈地受信息源的支配。大众传媒构成了一种匿名的大写的权威，它的庞大权势使大量接受者在认识力上甘居侏儒的地位。

因此，从这个意义上看，与其说大众传媒只是在“倾销”窥秘意识、物欲本能、情爱奇观、“成功人士”崇拜，毋宁说它同时也在“没收”着人们已所剩无多的独立思考，将独立思考倾倒到巨大的废弃的“垃圾站”中。闲言碎语，飞短流长，无意义书写，经由电脑排版，竟被视为传播文化！最后，无聊的信息被等同于知识，“博取更多的信息”不再是人生活的辅助，而成为一种终极目的，甚至成为现代人的世界观。

索列斯库的《判决》，正是缘此意识背景而发。这首诗的标题令人震悚：“判决”，本是指法院对审理结束的案件做出的决定。那么，如此多的平凡而无辜的人凭什么就被“判决”了呢？是什么东西拥有这么大的权势来判决人们？通过诗歌的总体语境我们得知，原来“判决者”是一个叫作“报纸”的家伙。它剥夺了每个个体生命的自由和内省，它吸摄了你的视线，使你即使在电车中也心甘情愿地履行荒谬的“积累信息”的“义务”。不错，你最初的阅读是“自由”的，可一旦你被这种“自由”的毒品麻醉后，你就无法“自由”了。你被判给了无聊的阅读流水线，成为以此存活的壮工，你已离不开这种微笑的柔软的惩罚！失去它，你会感到烦恼无依，这样，作为被判决者，你完成了与判决者的合作。

在“信息共享”的幌子下，人失去了个性，人们置身孤独而不敢正视孤独。“电车里的每一位乘客 / 和在他之前曾坐在同一座位上的乘客 / 是一模一样的。”一样低俯的脑袋，面对一样布满字迹的密密匝匝的十几、几十版的纸片，人们将最本己的情感、思虑，完全融解并消失在一样的印刷符号中。报纸对什么信息微笑，我们就共同对什么信息微笑；报纸发什么小说连载，我们就共同读什么小说连载；报纸对时事怎样评论，我们就怎样评论；报纸推介什么文学、影视作品，我们就慌忙地共同去看它们；报纸对什么表示愤怒，我们也共同莫名其妙糊涂地对之表示愤怒……在这种劳力而省心的精神流水线上，我们成为彼此无差异的平均数："报上说……"，"人所共知……"，"××社发布的……"成为消除歧见、抹平差异性的最有力的结语。我们由一个活人变成了一个木讷的"食报动物"，无数的动物只构成大写的"一"。

诗人对此感到厌倦和惶恐。"每个人都有一个／被后面阅读的报纸／磨损了的脖子。／我感到脖子后一张报纸，／用它的纸边／拧着切着我的静脉。"不要认为这只是诗人使用了夸张反讽的修辞技艺。"修辞立其诚"，它从骨子里更准确犀利地道出了生存的某种真相。"食报动物"是可以类聚化的平均数，在精神上他们自我减缩，并相互减缩，而传媒正是用纸边"磨损人们脖子"，即删除人们独立思考的脑袋的"隐性杀手"。

或许会有自诩为"客观、辩证"的人士出来说：这个诗人太偏激了，"思想不尽正确"。对这样冷漠地追求"正确"的人，诗人应退避三舍，就让他"正确"去吧！我们知道，深刻的片面性往往构成艺术中垂直的冲击力，而太"正确"了，就等于什么都没有说。诗人敲击了我们的经验，使我们警醒，这就足够了！

毒　药

青草、山峦、河流和天空
纷纷走进我的血液，
此刻我正等待着它们
药性发作。

由于青草，
我觉得全身开始葱茏。

由于山峦，
我的心充满了深渊
和雾霭。

由于河流，
我的双足磨圆了
路上的每一颗石子，
仍在不断打听大海的下落。

我感到
自己仿佛变得蔚蓝，变得无垠，
眼睛和指尖上
栖息着无数星辰。

（高兴　译）

[导读]

这是一首格高境奇的诗，它表达了诗人对大自然的热爱和感恩心情。我们知道，“回归自然”是 18 世纪末以降，在世界诗坛不断重临的浪漫主义怀旧呼唤，就诗人们热衷于这一口号本身而言，无可厚非。然而，我们看到，除少数翘楚之外，大部分“回归自然”的诗作，只不过是优秀古典田园牧歌被滥情化了的低能仿制品。在这些诗中，人越是夸张地歌咏自然，自然与人的隔裂越深，自然成为外在的观照对象，或是用来打扮诗人游吟风度的必要陪衬物。但是，也有有敏识的诗人，将对自然的激情沉淀得透明，在处理自然题材时秉持着心物合一的原则。这样的诗，提供的是人与自然彼此充溢后的全息生命图像，在主观幻化和本真描述间，在存在与消隐间求得了浑融。

索列斯库有许多作品可称为“献给大自然的恋歌”。在人们见惯不奇的自然景象中，他每每能发现奇迹。比如，他有一首著名的短诗《轮子》，是对世上万物之生命灵息不停转动的命名。生生之谓易，

“轮子”，是人与自然共同的动力学图式：“我居住在轮子里／树告诉了我／这一点／每次注视窗外／我都发现／叶子时而在空中／时而又在地上／还有候鸟／它们飞翔着／翅膀一会儿朝南／一会儿朝北／还有太阳／今天在我左眼升起／明天却在我右眼……”凡是宇宙间的生命，都依循着共同的谱系运转，人与万象本是处于同一变化中的两个潜在成分，是彼此呼应、吸收、塑造的，所谓“人法地，地法天，天法道，道法自然”是也。这种生命流转的深慧，使索列斯库在诗的结尾写出了这等奇句：“甚至连我自己／有时存在／有时消隐”。

而《毒药》也是一首将“存在与消隐”循环转化、浑融于一的诗歌。“存在”，是与大自然开合注息，我心观天地精神往还；而“消隐”，是物我两忘后，人成为大自然中的一个音符，同律而动，不分彼此。由“我心观山林大地”，变为“山林大地俱为我心”，这是索列斯库的过人之处。此诗共有五节，写得层次清晰，经络舒展。第一节点出“青草、山峦、河流、天空”四种物象，下面的四节，依次写“我”与它们的浑融。在这种浑融之中，不是物具有人的特点，而是人具有物的特点；不是人幻化物，而是物为人“塑型”。这样的诗才深深地唤醒了我们。因为，使物具有人的特点，还是一种夸张和滥情，只会造成两者的隔裂；而使人具有物的特点，既保持了心灵的萌动，又自在地携带了二者彼此充溢的奇妙性质。自然不再是人的陪衬，它与人一同发出了本原生命的辉光。这种全息生命图像式的展露，既合先锋诗的修辞特性，又极为古老，它通向了人类文明史上茫茫的开端状态，甚至更远的地方……

为了避免过往诗歌一本正经地抒发“激情”反使真切的心境变假，诗人诙谐地将这首“献给大自然的深情恋歌”命名为《毒药》。它是调侃的，但更有着隐隐的反讽和痛惜。它真的是“毒药”吗？“物我合一”真的是药性发作吗？标题与正文发生了“龃龉”，他以自嘲的方式启示人们：在现代人自以为正常的认识方式里，已经丧失了多少本真、素朴而珍贵的生命体验。

将生命和心灵的律动纳入世上万物彼此应和的运动之中，是索列斯库诗歌的特征之一。他还写过一首有名的《一切》，使我们在“即兴”

中体味到天地之道的“必然”：

一切都在迅速进行：

土地即兴长出几棵草，
树即兴生出几片叶，
一只鸟——来不及看它叫什么——
即兴唱了首歌，
一个女人即兴唱了首永恒的歌……
而我即兴微笑了一下
为了拍张人生的照片。

影 子

如果我们的影子
也具备五种官能，
我们同时用两颗心脏生活，
那将是多么美好的事情。

但是，从我们演变到影子，
是一个漫长的
抽象的过程，
我们全部的冷漠
在影子中达到顶峰。

有些人
只依靠自己的影子生活，

甚至不是用整个的影子，
而是依次地，时而用一只手，
时而用一只眼睛。

（冯志臣　译）

［导读］

这首诗由一个孩童式的灵感想象开始："如果我们的影子／也具备五种官能，／我们同时用两颗心脏生活，／那将是多么美好的事情。"这是瞬间袭来的奇思异想，既令人惊愕，又教人解颐。在这里，对生命的热情以孩子气的"加法"方式表达出来。就这一想象的饱满质地而言，诗人已完全可以顺势而下，写成一首单纯热烈、灵气四溢的诗歌了。

但是，索列斯库主张"诗歌必须是对生存的认识"，他对灵感的光临采取了审慎的态度。接下来，成人的复杂智力因素涌进了语境，孩子气的"加法"被废黜了，生存的真实是以"减法"的方式呈现的。它不相信"如果"，它只关注"如其所是"——"从我们演变到影子，／是一个漫长的／抽象的过程，／我们全部的冷漠／在影子中达到顶峰"。不但影子不会成为另一群"我们"，反之，"我们"倒有变成虚无的、隐匿的影子的可能。"有些人，只依靠自己的影子生活"，这是多么令人紧张而眩晕的"减法"，生存却正是以这样的算式教育着我们。

然而，这还不够，"减法"以它巨大的势能进一步制导着人们。在现代社会，人际的交往变得日益狡黠、伪善、冷漠、空虚，人们"甚至不是用整个的影子"生活，"而是依次地，时而用一只手，／时而用一只眼睛"。人性的异化，人际的隔膜，率真情感的流失，都在这个痛心的语象中呈现出来了。生存是如此复杂，孩童式的"加法"热情无助于我们理解生存的真容；而沮丧地听命于生存"减法"的逻辑，最终也会使我们变得比影子还空虚。诗思的启示已于无言中"道破"：真正"美好的事情"是恰如其分地做一个真实、坦荡而完整的人。无论是天真热情的"影子"，还是成熟冷漠的"影子"，都无助于创造令人满意的生活。

我想，我们都会同意如此来评价《影子》——“构思精巧，造象坚卓”。但我还是想多说几句。索列斯库的功力更在于避免了诸多诗人因追求“精巧”和“坚卓”，而带给诗歌的匠气和板滞。他在自发和自觉之间保持了一种活力:既有“深思熟虑”的精审，又葆有着“即兴”般的鲜活感。在他笔下，即兴的灵感不是诗思的最终落点，而只是跳板，它为诗人智性的进一步敞开提供了可能的机会。我们看到，这首诗在灵感的光晕里诗人保持了清醒的头脑，直到耐心地刻画或挖掘出生命中经久而内在的经验的纹理。形象地说，许多诗人笔下表达的灵感像被“吐出”的一口气；而索列斯库的灵感则是吐出复被“吸进”的一口气，携有经验在涵泳后的洞察力，智性的压强与生命恒久的温度。

南斯拉夫

瓦斯科·波帕

瓦斯科·波帕（Vasko Popa，1922—1991）生于南斯拉夫北部的格列贝纳奇，小学至中学曾在维也纳、贝尔格莱德和布加勒斯特等地接受教育。第二次世界大战期间，被关进法西斯集中营。对此经历，诗人曾写下坚贞不屈的著名诗篇："他们企图把我的目光／埋在尘土之中／把我玫瑰一般的笑／撕离我的嘴唇∥在我胸中永葆／那第一个春天／我永葆／第一滴喜悦的泪水∥他们企图把我和／自由离婚／他们企图犁一遍／我的灵魂∥我守卫／我眼中的这一角天堂／我守卫／我手上的这一块土壤∥他们企图砍伐／我年轻的满果园的欢乐／把我儿子的夜莺／套上沉重的木轭／他们决得不到／我眼中的那一抹阳光／他们决得不到／我手上的那片面包"（《我守卫》）。1949年，波帕毕业于贝尔格莱德大学哲学系，同时获得法国文学和南斯拉夫文学学位。毕业后，先后在新文学出版社及其他文化出版单位做编辑工作凡二十余年。诗人担任过南斯拉夫艺术院院士，塞尔维亚共和国维尔莎茨作协主席等职。

波帕是南斯拉夫最著名的现代诗人，在全欧乃至全世界享有广泛声誉。他的作品被译为几十种文字在世界各地广为流传，直到1991年逝世之前，他一直是诺贝尔文学奖候选人之一。波帕的作品，曾受到过法国超现实主义诗风的影响，灵思跃动，透明而奇异。但他从不忘记诗歌深入灵魂和生命的力量，将个人化的奇思异想与揭示世界奥秘的功能融为一体，或赞叹，或反讽，或叙述，或沉思，均能自成一家。在他笔下，塞尔维亚民间传说，谚语，笑话，得到充满现代意识的发挥、演变，形成他所谓的“元素的超现实主义”。诗歌批评家、译者董继平先生说：“他的诗多以循环体写成，整体上颇具史诗风格，但同时又表现出很高的诗歌智力，想象丰富，语言洗练，常常在日常语言和经验中暗示事物之间的内在联系。”(《瓦斯科·波帕》) 波帕的诗歌语言是投射与内敛，深挚与诙谐，朴实与机敏，甚至严肃与游戏的美妙平衡。在这里，不同经验视域的读者都会找到令自己满意的东西。

波帕的主要诗集有《表皮》(1953),《奈波钦的田野》(1956),《诗》(1965),《次要的天空》(1968),《笔直的土地》(1972)等。1953年获布兰科诗歌奖，1956年获兹玛伊诗歌奖，1967年获列瑙奖，以及奥地利“欧洲国家文学奖”。

诗人的梯子

在韦萨特大战的前夕
诗人迪扬巴拉考夫租了
我们隔壁的一个房间

他请求我说服我的父亲
在我们的那一边墙上
架起一把梯子

每夜他都提防
他们会来抓他
进集中营

因为率领一支游击队
他被敌人杀死好久之后
梯子依然立在它的老地方

在梯子的木档上蔓延着
一根圆叶葡萄藤

（裘小龙　译）

［导读］

反映战争年代生活的诗篇我们都读过很多，但反身清点一下我们的阅读记忆库，又似乎没有真正留下多少。准确地说，我们记得的是那些文字中描写过的宏大而模糊的战争氛围，而不是“诗本身”。诗的劲道在于一个独特的自足世界，它吁求的不是泛而不切的“反映”“描写”，而是在具体鲜活的“吟述”中挖出闪光的“内核”。如果诗满足于追摹宏大的宣谕和战争的场景，那么它就只是史料的低能缩写者而已，我们毋宁直接去读史料。我是在80年代初读到波帕这首诗的，它独特的情境，奇异的吟述，令人惊喜的诗的内核，一下子就捺进了我的心，至今仍难以忘怀。

这首诗有大量的叙事性成分。南斯拉夫抒情诗人迪扬巴拉考夫在抵抗法西斯的运动中成为游击队长。韦萨特大战前夕，他住在“我们隔壁的一个房间”。为逃避敌人的抓捕，“他请求我说服我的父亲／在我们的那一边墙上／架起一把梯子”。最后，这位诗人、游击队长在战场上被敌人杀死了。

以上内容是真切的叙事，对许多诗人来说，它简洁准确地描写了战争的严酷，诗人游击队长的英武，游击队与人民的亲密关系等，这些足以构成诗的主体了。然而，对波帕而言，这些内容仅是作为培育“诗歌种子”的土壤，它以充足的地力在呼唤，甚至在催促着“诗本身”破土而出。诗人目光的聚焦点如题所示是在“诗人的梯子”上，在沉稳叙事的铺垫后，最后四行诗思纵身一跃，朝向无限的满溢——“他被敌人杀死好久之后／梯子依然立在它的老地方／在梯子的木档上蔓延着／一根圆叶葡萄藤”。这个语象构成了诗的内核，它既有本真的现实性，又有灵思的奇崛。人们对迪扬巴拉考夫的怀念、敬仰，对这位诗人游击队长伟大生平与其诗歌情怀的赞叹，一切一切都尽涵其中了。

此诗的调子是艰辛的，但又有一丝甜蜜；是沉郁的，但又不乏轻盈；是叙事，又是抒情。——这就是诗歌在“吟述”中挖到了的“内核”的力量！像那架永恒的梯子及葡萄藤那样，它源于沉实的大地，又向天空伸展它敏锐的触丝。正如迪扬巴拉考夫攀涉过的梯子永驻人们心中，波帕也架设了一个“诗歌的梯子”，使我们心灵的细藤援此而上，到达更高更远的地方。

骄傲的错误

很久以前有一个错误
那么荒唐可笑那么微不足道
没有人能够注意它

它不能忍受
看见或听见自己

它编造各种废话
仅仅是为了证明
它真的不存在

它想象有一个安置
其所有证据的时间
和守护其证据的时间
以及目击其证据的世界

它所想象的一切
并不那么荒唐可笑
或那么微不足道
但当然是弄错了

任何别的事情都是可能的

（董继平　译）

[导读]

犯错误是再正常不过的事。一个人，一个集团，一种社会体制，乃至一个国家，不会“永远走在正确和光荣的道路上”。认识的发展，总是循着证伪—前进—新的问题—新的证伪—新的进步……这一动态的逻辑模式展开的。无论是人还是社会的成长，是一个不断清除错误，从错误中学习，从而可能逼近真理的过程；他（它）精神的健康与活力就常常表现在他（它）有能力正视错误上。

可见，“错误”并不可怕，可怕的是掩饰错误，进而寻找各种冠冕堂皇的说辞，来论证“错误就是正确”。波帕的诗正是对此而发，他要谈的不是“错误”本身，而是那种僭妄的、唯我永远正确的“骄傲的错误”。

这种由膨胀的骄傲带来的错误，误己又害人。特别是当这种错误是由某个誓愿集团、章程集团乃至制度集团所犯时，它的危害之大常常是永难弥补的。而波帕作为生活于红色铁幕和冷战压力下的诗人，对这一点体验尤为深刻。董继平先生联系波帕的写作背景，将诗的反讽对象指认为“诗人所处的那个特定的环境和时代，他对社会弊病作出了深刻而有力的鞭笞”，这是具有历史眼光的。

一个人或一种意识形态可以妄称自己已包揽了放之四海而皆准的全部真理吗？非常遗憾，我们刚刚经历了这样的“骄傲”时代。既然真理的方向已被发现，甚至具体的“地点”已被确认，那么剩下的就是删除一切歧见，不计代价地趋赴它。这里，预支的“真理”代替了事实，它变成一种与探索、实践无关的教条主义和形而上学。如果生活的经验和历史的走向没有证明他（它）们“骄傲”的预见，那么错的只能是经验和历史。正如萨特所讥讽的那样：在某些人那里，如果××市的地下土层条件竟不允许修地下铁道，那么这个地下土层就是反社会主义的。

然而，真实毕竟是真实，“错误”在它面前无能为力。这时，该他们的“骄傲”出来营造话语的骗局来掩饰错误了。“它不能忍受/看见或听见自己/它编造各种废话/仅仅是为了证明/它真的不存在”。它一厢情愿地想象有一个秘密的时空可以遮盖住错误。因为这个时空（语辞）如此体面、辉煌（诸如“历史必需的代价”，“伟大的道路总是曲折的”，“九个指头与一个指头”……），竟能在局部时段里奏效，使蒙昧主义制导下的人们认为，“它所想象的一切／并不那么荒唐可笑／或那么微不足道”。对此，诗人并未痛加揭露，他只消平静地实事求是地道一声“但当然是弄错了”就足够了。

一切权力主义者，历史决定论者，绝对主义者，唯理主义者，一元主义者（其运思方式是二元对立），有一个共同的特征，就是为自诩的“真理代言人”的身份而“骄傲”。一旦对真理的垄断落空，他们就只剩下了“为骄傲而骄傲”。在他们看来，事物只存在一个绝对的、永恒不变的“客观本质”，这个本质可以抛离实践的检验，可以弃置主体（人）的境遇和视界而卓立不移。对此，波帕仍然没有激愤地斥责，他只消再平静地、实事求是地道一声“任何别的事情都是可能的”，就足够了。这就是克制性的反讽力量，诗人故意把话说得简洁轻松，实际上更造成了博大的讥诮感。

正如批评家们指出的，波帕的诗多以“循环体”写成。它不是线性的，而像一个交叉投射的迷宫，当你走到出口时恍然发现它也是另一个回环的入口。读毕全诗，我们会再一次走到开头，诗人说：“很久以前有一个错误／那么荒唐可笑那么微不足道／没有人能够注意它”，这实在是意味深长的：它是对掩耳盗铃者的讥刺；是对愚蠢的“骄傲者”的侥幸心态的戏仿；同时，它也让我们每个人深思，在我们身上是否也有着自己没有“能够注意”的“骄傲的错误”……

与这种“愚蠢的骄傲”相应，波帕还写过一首著名的与“聪明的谦逊”有关的诗《聪明的三角架》。两相对读，我们会获得更深的启示：

从前有一个三脚架
长了三个角
第四个藏了起来
在它那火热的中心躲着
白天登上它那三个角尖

由于中心的支撑显得非常美好
到了夜里
便在其中的一角休息睡觉

拂晓它观瞻自己的三个角
如何变成三个火红的轮子
在蔚蓝的天空跳跃
它甩出自己的第四个角
三次亲吻它　三次要摔碎它
然后又重新把它们在原处藏好

因此它还是有三个角

白日里依然旧戏重演
登上它那三个角
由于中心的支撑显得非常美好
到了夜里
便在其中的一角休息睡觉

呵欠的呵欠

很久以前有一个呵欠
既不在腭下也不在帽下
既不在嘴里也不在一切东西里

它比万物都大
比它自己的大还大

有的时候
它浓稠的夜它无助的夜
会到处无助地闪烁
你会认为有星星

很久以前有一个呵欠
像任何呵欠一样厌倦
而它似乎依然继续又继续

（董继平　译）

［导读］

这是一支短小的诙谐曲。它使我们纳闷继而又会心。想想吧，什么东西“比万物都大 / 比它自己的大还大”？是时间。时间没有起始和终结，对时间起始和终结的感知，只是人根据自身短暂一生的存在（即海德格尔所言的“在世的在”，“此在”，“亲在”），或科学家寻找必要的研究支点而发。因此，可以说“时间”离人最近，又离人最远。法国存在主义作家西蒙娜·德·波伏瓦在其著名小说《人总是要死的》中，奇诡地想象了一个与时间永远共在的“人”——福斯卡。他因吞食永生的灵药而永远无法死去。他得到了“比他自己的大还大”的赐福，他会感到庆幸吗？不，他由于无法不永存而感到厌倦和恐惧。如果说这部小说通过“人”阐释了“向死而生”的存在主义真义，那么波帕的《呵欠的呵欠》则有如置身“人外”，幽默地体验了时间（包括它的同构者“上帝”？）本身的“诉说”。

时间“它老人家”可真不容易，与其说它拥有“永恒”，不如说它被判罚给了“永恒”，它无法不“永恒”。它疲倦极啦，打着浩瀚无垠的呵欠；它也厌倦极啦，“打着呵欠的呵欠”。“任何呵欠”都有时有晌，而它只能一直打下去；而且，它的呵欠无影无踪无声无臭，“既不在腭下也不在帽下 / 既不在嘴里也不在一切东西里”，没有任何东西能“体谅”它，倾听它，理解它，因此，它是“无助”的。我们触摸到了时间的无告，时间的体温和嘘息，“永恒”在它这里成为难以摆脱的负轭。至于此诗的其他潜台词，似乎应由更智慧更好玩的读者说破。

或许有“严肃”的读者会说：这首诗有什么意义呢？就算有，波帕也太游戏化了。其实，在相当多的时候，某些诗歌的“意义”，恰好是在庸常的实用“意义”之外的“意义”，它是对诡异事物奇思异想后的命名。这时，诗的意义是自我指涉、自我持存的。正如波帕以“鹅卵石”来隐喻诗歌话语时说的那样，“它顽固地存在于自身之中／既不在大地上也不在天上／它倾听它自己／很多世界中一个世界”。在回避了其他“意义”后，诗歌自身就成为一个“意义”：它表达了实用指称性话语无法表达的东西。诗之“别材”，诗之“别趣”，就在它“自成的世界”中机敏而顽皮地现身了。写到这里，我忍不住想请您再瞧瞧波帕对“0”的奇思异想：

从前有一个数目，
干干净净　像太阳一样圆溜
可是它孤独　非常孤独
它开始盘算自我嘀咕

时而变少，时而又变成大数
一会儿滚下来　一会儿又收缩
它又总是单身匹马停下脚步

它搁下账本　中断盘算的思路
卷成一团　显示出洁净的面目
犹如太阳那般圆溜

它的账算得真是用心良苦
竟把烧毁的脚印留在了外处

它开始随势而去借寻黑幕
增多时就变小变瘦自己和身骨
蜷缩得丰满时就趁机滑走

黑暗中反其道而行之　它就是如此下手

可是谁也未出来请求
未请求阻止它把脚印散留
未请求把这些脚印扫除

智利

巴勃罗·聂鲁达

巴勃罗·聂鲁达（Pablo Neruda，1904—1973）原名内夫塔利·里卡多·雷耶斯·巴索阿尔托，生于智利中部的帕拉尔城。父亲是火车司机。聂鲁达刚满月时，母亲去世，1906 年他全家迁往智利南部特木科镇。聂鲁达在这里读完小学和中学。他 10 岁时开始写诗，13 岁发表处女作。1919 年他的诗作获乌莱省诗赛奖。从 1920 年起，他开始用笔名“巴勃罗·聂鲁达”发表诗作。1921 年考入圣地亚哥智利教育学院学习法语，同年 10 月诗作获智利大学生联盟诗歌大赛冠军。1923 年出版第一本诗集。1924 年诗集《二十首爱情诗和一支绝望的歌》发表，轰动智利文坛，并被公认为拉丁美洲诗歌发展史上的里程碑之作。

从 1927 年起，诗人任外交官工作。作为领事先后驻仰光、科伦坡、雅加达、新加坡、布宜诺斯艾利斯、巴塞罗那、马德里、墨西哥城。在马德里期间，他主办了著名的现代派诗歌杂志《诗歌与绿马》。1936 年，西班牙内战爆发，聂鲁达最亲密的诗友洛尔加被右派军队杀害，他英勇地投入了反法西斯主义的战斗，并宣传共产主义思想，为此被智利政府召回。

第二次世界大战期间，诗人奔走呼号于美洲各国，以诗作和演说，呼吁人民起来抗击法西斯，并声援苏联人民的卫国战争。1943 年，聂鲁达回到祖国，不久当选为国会议员，并于同年加入智利共产党。1948 年，智利右派势力执政，聂鲁达的住宅被焚毁，诗人遭到反动政府通缉，处于“地下”和国外流亡状态，写下了大量吟述时代风云和个人遭际的诗作。在流亡期间，游历了欧美许多国家，并到过苏联和中国访问。直到1952年智利政府撤销了对他的通缉令后，诗人才得以回国。1957年，诗人当选为智利作家协会主席。1971年，他被任命为驻法大使。1973年逝世。

聂鲁达是举世公认的大诗人。墨西哥诗人帕斯称他是“为拉美西班牙语文注入新生命的三大诗人之一（另两位是博尔赫斯与巴列霍）”。聂鲁达早期诗歌作品受法国象征主义特别是超现实主义诗风影响，追求以深度隐喻和意象的自由撞击，挖掘个体生命的复杂体验。对悲哀、失望、痛苦和死亡的探究，与对爱情、欲望、自然界奥秘的洞开和谐地扭结一体。30年代中后，诗风发生重大变化，呈现出广阔的语境，劲健的措辞，浑浩流转的结构。由美文想象力发展为历史想象力，由个体生命的奇思异想扩展为对生存、历史的深广介入与承担。他说，诗人不应是一个“自我的小小上帝”，“诗人必须向别人学习，绝没有不能克服的孤独”。“作为诗人的责任，不仅要爱玫瑰花和谐音，炽烈的爱情与无边的乡愁，也要爱写在诗中的人类的艰巨使命。”（《吟唱诗歌不会劳而无功》）

聂鲁达堪称“集大成”的诗人，他的诗不乏深刻的现实感，但又葆有着超越现实的神奇力量。他说，“不是现实主义者的诗人没有活力，但仅仅是现实主义者的诗人同样没有活力。纯粹非理性的诗人，只能被他自己和爱慕者所理解，这是可悲的；但仅仅是理性的诗人，连蠢驴都能理解，这也同样可悲”（《我承认，我曾历尽沧桑》）。聂鲁达一生的写作充满活力，他在吸收并转化20世纪现代诗艺精髓的写作长旅中，使细腻与广阔，犀利和润泽，含混和澄明，具象和抽象，淳朴和神秘，某种民间诗歌的奔放与知识性嗓音的迂曲……最终都忻合无间地融为一体。他骄傲地说：“如果说我的诗有什么意义，那就是具有不肯局限在某个范围之内、向往更大空间的无拘无束的倾向……我必须是我自己，要尽力像生我养我的土地那样伸展开来，”（出处同上）纵观诗人一生的写作，他的自我评价是恰如其分的。

聂鲁达的主要诗集是《二十首爱情诗和一支绝望的歌》（1924），《奇男子的引力》（1925），《戒指》（1926），《地球上的居所》（1935），

《西班牙在我心中》(1937),《博利瓦之歌》(1941),《伐木者，醒来》(1946),《诗歌总集》(1950),《自然力的颂歌》(1954),《葡萄和风》(1954),《聂鲁达全集》(1957),《英雄事业的赞歌》(1960),《智利岩石》(1961),《全权》(1962),《黑岛杂记》(1964),《鸟的艺术》(1966),《日子的手》(1968),《世界末日》(1969),《天石》(1970),《海与钟》(1973),《疑难集》(1974)。此外，还著有回忆录《我承认，我历尽沧桑》(1974)和散文集《我命该出世》(1978)等，1945年获智利国家文学奖，1950年获国际和平奖，1971年，“由于他的诗作具有自然力般的作用，复苏了一个大陆的命运和梦想”，诗人获诺贝尔文学奖。

父　亲

粗犷的父亲
从列车回来：
晚上
雨声里
我们认出
火车头
凄厉的
汽笛，
夜的悲歌，
然后
大门震动；
一阵强风跟着
我的父亲回家，
屋子
在脚步和压力之间
发抖，
惊恐的门
发出粗哑的
枪声，
梯子呻吟，
轧出尖锐的
叫骂
阴影同时

骚动，雨水像瀑布
泻落屋顶，
逐渐淹没
世界，
于是什么都听不见了，
除了交加的风和雨。

可是，天总会亮。
寒冷的清晨，太阳刚刚
露面，列车的队长
和他的胡子
已经准备好
绿色红色的旗和风灯，
机器的地狱装上煤，
驿站前是罩着浓雾的列车
和它地理的债务。

铁路工人是陆上的水手，
在没有海岸的港口之间
——森林的家乡——跑着跑着
穿过大自然，
完成陆地的航行。
长长的列车停下来
跟朋友见面的时候，
我童年的门同时打开，
铁路工人的手
震撼桌子，
兄弟们碰着厚玻璃杯子，
带酒意的眼睛
闪出

火花。

强壮而贫穷的父亲
在生活的轴心，
在男性的友爱和注满的酒杯里，
他的生活是急行军，
在起床和上路之间，
在匆忙的来去之间，
而雨下得最凶的一个日子，
车务员霍西·德尔·卡曼·雷耶斯
上了死亡列车，今天还没有回家。

（陈实　译）

[导读]

这既是献给父亲的歌，也是献给一切无产者的歌。它没有纤柔的情愫，没有幽曲的隐喻，一切都是那般粗粝、健壮、迅猛。我们知道，聂鲁达是工人的儿子，他一生保持了对劳动人民的热爱。他经常在荒凉地区最穷苦的工人和农夫家的茅屋里过夜，给憨实坚韧的劳动人民朗诵自己的诗作，听他们诉说生活的苦难和希望。他最幸福的时刻，不是被所谓儒雅的“文学圈子”称颂，而是穷人兄弟向他朗声打招呼:“嗨，聂鲁达，你好！”

聂鲁达的父亲名叫霍西·德尔·卡曼·雷耶斯·莫拉莱斯，他是特木科镇的火车司机。但他开的不是普通的机车，而是“道碴车”，属于铁路司机中最劳累最低等且收入微薄的一种。在经常遭遇狂风暴雨侵袭的智利南部地区，如果不在枕木之间填上石碴，铁轨就会被洪水冲走。少年时代，聂鲁达多次跟随父亲在“边境地区的蛮荒心脏”博罗亚采石场挖石碴，并将石碴装入柳条筐运往需要的地方。他深知父亲工作的艰苦与危险。父亲有一个工友名叫蒙赫，与小聂鲁达交好，经常带他玩耍。有一天父亲回来伤心地告诉他，蒙赫从道碴车上摔下，滚下悬崖死于非命。这些童年的记忆深深埋在聂鲁达心底，在

“那片世上最孤寂最蛮荒的土地上”，他知道了人与苦难和危险的搏斗，体味了男性那顽健的生命力和男人之间的骨肉兄弟般的深情。

《父亲》中的主要内容就是诗人的童年记忆。诗人没有简单地记叙生活细节，而是采取了以环境烘托人物的方式，使父亲的形象漩裹在一团粗犷的雄性气流里。他让我们看到的不仅是父亲，还有抽象的、奋勇不息地扩展的生命强力——

粗犷的父亲在暴雨之夜填石碴归来，他回家的“前奏”是火车头凄厉而威猛的汽笛，夜的悲歌与浩歌。像火车头蒸汽的排浪催开大门一样，粗犷的父亲也“开”回了家，带着一阵强风。“身材魁伟，肌肉发达，大手大脚的父亲”（聂鲁达语），每次归来都给小小的清冷的家带来了安全感和嚣动的热乎劲儿，“屋子／在脚步和压力之间／发抖，／惊恐的门／发出粗哑的／枪声，／梯子呻吟，／轧出尖锐的／叫骂／阴影同时／骚动”。诗人并不直接摹状父亲，他要写的是父亲归来，对他心灵和环境的“塑造”“支配”力量。甚至在诗句的断行上，也通过巧妙切分音节令人仿佛“听到”父亲归来的叮咣声。这么一条汉子，他回家了，家就不是原来的家，“强壮而贫穷的父亲／在生活的轴心”，在狂风暴雨之夜，带给家人以依赖和宽怀。

父亲的背后总是“跟随”着一场暴雨，它泻落在屋顶，“逐渐淹没世界”，但是它淹没不了一个男子汉的勇气和责任心。雨夜过去，寒冷的清晨，父亲又要出车，“他的生活是急行军／在起床和上路之间，／在匆忙的来去之间”。这个大胡子道碴车司机，在绿色、红色信号旗和风灯的映衬下，挥动大板锹往“机器的地狱装上煤”。老式蒸汽火车头的炉口一开一合永无餍足地吞噬着煤炭，燃起熊熊大火，诗人将之隐喻为“地狱”的洪炉。这一方面写出了父亲和他的伙伴们生活的艰辛、工作的危险，另一方面也写出了他们与“地狱”般的生存相对抗的力量。他们是一帮“吞噬”地理“债务”的汉子，“是陆上的水手”。是呵，正如一首歌中唱到的——“一个人要走多少路，才能被称作一个人？”

诗人对这一切永志不忘。在他动荡的一生中，这“童年的门”会时时打开。往事和现实叠印在一起，他看到父亲的大手、千百万铁路工人的大手震撼桌子，他们像亲兄弟般碰着厚厚的玻璃杯子，在他们犷悍的带酒意的眼睛里，闪灼着诚朴、火热的“男性的友爱”，闪灼着“以大地为居所”（此为聂鲁达一诗集名）的游历生涯所赋予的健壮豁达的情怀！而这种劳动者的友爱精神和宽阔情怀，其实也是聂鲁达诗歌的底色之一。

对父亲的死，诗人只是沉静地带出：“雨下得最凶的一个日子，/车务员霍西·德尔·卡曼·雷耶斯/上了死亡列车，今天还没有回家。”这里没有渲染悲郁，这是一个真正的男子汉对另一个真正的男子汉最好的追悼。“今天还没有回家”，作为永无终结的“正在进行时”，意味着那列车还在奔驰，诗人还在“等待”，他屏息倾听“大门震动”，父亲带着他永不消失的精神的遗产，一次次闯进儿子的灵魂中……

一首父亲之歌。一首男人之歌。火车般地猛烈、灼热，石碴般地坚实、粗犷。它不是融入，而是“开入”或“垒入”了我们的心。它会让那些崇尚幽雅的“沙龙诗人”受惊吗？但我们要说，真正的诗就在卑微者朴实而嚣动的生活和生命里。

我记得你去秋的神情

我记得你去秋的神情。
你戴着灰色贝雷帽，心绪平静。
黄昏的火苗在你眼中闪耀。
树叶在你心灵的水面飘落。

你像藤枝偎依在我怀里，
叶子倾听你缓慢安详的声音。
迷惘的篝火，我的渴望在燃烧。
甜蜜的蓝风信子在我心灵盘绕。

我感到你的眼睛在漫游，秋天很遥远：
灰色的贝雷帽、呢喃的鸟语、宁静的心房，
那是我深切渴望飞向的地方，
我欢乐的亲吻灼热地印上。
在船上瞭望天空。从山岗远眺田野。
你的回忆是亮光、是烟云、是一池静水！
傍晚的红霞在你眼睛深处燃烧。
秋天的枯叶在你心灵里旋舞。

（王永年　译）

［导读］

这首诗是聂鲁达的成名作诗集《二十首爱情诗和一支绝望的歌》中的第六首。凡是情诗总要有受赠的对象，此诗中的“她”是谁？历来为读者和批评家关注、猜测。聂鲁达本人一直不愿说出，因为她是他心灵的隐痛、青春岁月的“遗照”。直到诗人六十岁时，才对读者道出个中秘密：原来这本诗集主要吟述了诗人的两次恋爱，一次是与乡村姑娘马里索尔，一次是与他在圣地亚哥学习法语时的女同学马里桑布拉。“马里桑布拉是首都的学生，灰色贝雷帽，柔和的眼睛，永远散发着我们那游牧式的学生时代恋爱的忍冬的芬芳。她赋予在城市隐蔽处的激情邂逅以平静。”诗人与这姑娘深深相爱，但由于家庭的阻挠，出身清贫的诗人未能和这位心爱的姑娘结为眷属；同样原因，也使他们的爱情从一开始就与纯洁而无奈的躲避和苦思，真挚而无告的激情和忧伤紧密相连着。从这首诗的主导意象（贝雷帽、柔和的眼睛等）来看，我们可以认定“你”是指马里桑布拉，而非马里索尔。

“我记得你去秋的神情。/你戴着灰色贝雷帽，心绪平静。”一个纯洁素朴、安静和善的姑娘映入了我们的心。“灰色贝雷帽”是柔和温暖的，甚至还有那么点“老派”，它与姑娘高贵的气质、恬静的性情如此奇妙地相互映衬着。诗人抓住的不只是这个富于特征的“什物”，更是姑娘的心灵质地。然而，姑娘的心真的是“平静”的吗？

不是。她在努力抑住已预感到的无望成功的爱情，她不想将心灵的啜泣声传达给聂鲁达。但诗人敏感到了这一切，他已领悟到姑娘的无言之痛，“黄昏的火苗在你眼中闪耀。/树叶在你心灵的水面飘落”。

然而，真正的爱情可以被阻挠，但你就是打不败它！如果姑娘是“藤，”“我”就是叶子在倾听她缓慢安详的声音。这是怎样刻骨镂心的爱情，它没有可以期待的明天，它每一瞬间都通向被逼近的“剩日”。在对“剩日”的怅惘中，诗人激情的火焰在加速度地燃烧着。他和姑娘手携手漫游着秋天的山岗，不再向往未来，而是体验着当下即刻的灵魂沟通，回忆着永恒的爱的往昔，将这一刻像风信子藤那样盘绕在记忆中，永远珍存心底。“傍晚的红霞在你眼睛深处燃烧。/秋天的枯叶在你心灵里旋舞”，这个准确的意象同时道出了爱情的美好与剩日般的忧伤。

如果没有诗人自述个中原委，这首诗当然可以有另一种多少不同的读法。如我们不必过分强调它的“本事诗”性质，而是更多地沉浸于它对爱情的迷醉表述，只将“秋天的枯叶在你心灵里旋舞”等句子解读为爱情中常有的淡淡忧伤。然而，我们多少有些不“忍心”这样做：既然这首诗像诗人放出的一只秘密而又充满魅力的漂流瓶，在多年后又被诗人亲自打开，那么最恰当的方式难道不是先听听诗人讲他在其中埋藏了什么本源的信息吗？至于文本字面的意味，读者自可依自己的方式去体悟，已无须我多言。

马楚·比楚高峰

一

从空旷到空旷，好像一张未捕物的网，
我行走在街道和大气层之间，

秋天降临，树叶宛如坚挺的硬币，
来到此地而后又别离。
在春天和麦穗中间，
像在一只掉落在地上的手套里面，
那最深情的爱给予我们的，
仿佛一钩弯长的月亮。

（璀璨辉煌的日子是物体的无穷变幻：
在酸的默默作用下，钢铁千姿百态；
黑夜被撕碎了，只剩下最后一颗粉粒；
喜庆中祖国的花蕊遭受侵犯。）

有一个人，他在提琴中等我。
发现了一个世界，好像埋在地底下的塔，
它的尖顶沉落在
所有的硫黄色的叶子下面：
在地下更深处的金矿下面。
像一把陨石包裹的剑，
我伸出我的颤抖而温柔的手，
插进地球生殖力最强的部分。

我把我的额头投入深沉的波浪
下面，
像一滴水我飞入硫黄味的和平中间，
又像一个盲者，我返回到
那佩戴着素馨花的人间的暮春。

二

倘若花朵向花朵递送它的高贵的胚芽，

而岩石将它散布的花朵保存在
金刚石和沙砾的被敲打的衣衫上，
人弄皱他从无情的大洋的急流中
收集来的光的花瓣，
钻穿那在他手中颤动的金属。
不久，在衣服和烟雾之间，在
凹陷的桌子上，有如玩一场牌的赌注，
只剩下灵魂：
石英和失眠，泪在海洋中
宛如冰冷的池塘：可是他还
以钞票和怨恨折磨和残杀它，
在岁月的地毯下面窒息它，
在仇敌的铁丝编织的衣衫里面撕碎它。

不：沿着走廊，天空，大海或地面的路，
谁不拿刀枪而保卫他的血液，
（好像肉红色的罂粟花）？愤怒已经使
人贩子的忧伤商品衰弱了，
而露珠千万年以来就把它
那透明的信件悬挂在李子树梢，
悬挂在等候着它的同一枝头上。啊，心呀！
啊，在秋天的洞穴中被击碎的额头呀！

多少次在城市冬天的街道上，在傍晚时分的
公共汽车或船的甲板上，在那最浓密的孤寂中，
在节日之夜的孤寂中，在阴影和钟声下面，
在那使人类快乐的同一个洞穴里，我都要停留下来
寻找那无穷无尽、深不可测的矿脉，
那是我从前在岩石中曾经触摸到的，
或是在一次接吻所释放的闪电中感受到的。

（在谷物中，它是无穷的胚胎层
以细小的萌芽的乳房重复它的温柔的诉说的
一个金黄色的故事，它脱粒洒落时
宛如一根根的象牙，
而在水中的是透明的祖国，一口钟，
从远方的雪到血红的波浪。）
我只能抓住一张张脸庞，
一个个匆匆而过的面具，如一枚枚空心的金指环，
如一个狂暴的秋天披着的撕成碎片的衣衫，
它把那惊慌失措的可怜的树木吓得浑身哆嗦。

我的手找不到休息的地方，
而它，流动如溪中清水，一条接着一条，
或坚定如煤块或水晶，
伸出热情或冰冷的手回答我的，
是什么样的人？在他的公开讲演的哪一部分当中，
在口哨声和仓库之间？在他金属般的哪个举止中，
活跃着不可摧毁的，不朽的，生气勃勃的东西？

三

生灵好比是玉米，在失败的行动
和悲惨的事件的连绵不断的谷仓中，
一颗颗地剥落，从第一到第七，到第八，
每个人面临着的不是一次死亡而是许多次死亡：
每天一次小小的死亡，灰尘，蛆虫，
在郊野的泥泞中熄灭了的灯，一个小小的死亡，扑
　　打着粗壮的翅膀，
刺入每一个人好像一支短矛：

不管是由于面包还是由于小刀的困扰，
赶牲畜的人，海港的儿子，皮肤黝黑的船长，
或者熙熙攘攘的大街上的啮齿动物：
他们一个个都全身瘫软等待着死亡，他们短促的
每天的死亡：他们凄惨的痛苦的日子犹如
他们从其中战栗地啜饮的黑色酒杯。

四

那有威力的死神邀请过我许多次：

它好像是波浪中看不见的盐，
而在它那看不见的盐味中散发出来的
则似乎是升高和崩落，
或风和暴风雪的巨大建筑。

我来到铁的锋刃，来到空旷的
狭窄的河道，来到覆盖农作物和岩石的地带，
来到最后梯级的星空
和令人眩晕的盘旋上升的公路：
但是，广阔的海洋，啊死神！你不要一浪叠一浪地来。
而要在夜的澄澈中飞临，
有如黑暗的总和。

你来时从不拨弄衣袋，不可想象
你的来访会没有红袍，
没有围绕着沉默的发光的毯子：
没有高耸的或深埋的泪滴的遗物。

我不能爱那每一个生灵

都肩负着它的小小的秋天的树子，
（一千片树叶的死亡）
一切虚假的死亡和复活，
没有泥土，没有深渊：
我要在最广阔的生活里，
在那任性的河口中游泳，
当人一次又一次拒绝我，
开始堵塞通途和开闭门户，因而使
我溪流般的双手不能触到他受伤的尸体，
于是我走着，顺着一条条街道，沿着一条条河流，
经过一座座城市，睡过一个个床铺，
我的盐水的面罩穿过荒野，
在最后的谦卑的小屋里，没有灯光，没有火，
没有面包，没有石头，没有沉默，
我孤独地一遍又一遍辗转反侧，然后死去。

五

这不是你，严厉的死神，长着钢铁般羽毛的鸟，
这些住宅的不幸的继承人，
被夹带在仓促的食品中间，在空虚的皮囊下，
这是另外一种东西，一片毁坏的绳索的可怜的花瓣，
没有参加战斗的胸中的原子，
或未曾触及额头的苦涩的露珠。
这是那不可能再生，既没有安宁也没有坟地的
小小的死亡的断片：
一块骨头，一口在它内部枯死的钟。
我卷起带碘的绷带，把我的手
伸进被杀害者的不幸的悲哀中，
在那伤处我找不到别的，只有一股寒冷的疾风

吹遍了灵魂的暧昧的裂缝。

六

于是我攀登大地的阶梯，
在茫茫无边的林海中间，
来到你，马楚·比楚高峰的面前。
垒石的高城，你深藏奥秘，
你是前人最后的一座城。
他们虽然已经长眠，
但他们的寝衣
并没有把大地本来的面目遮掩。
那里，闪电和人的摇篮忽隐忽现，
犹如两道耀眼的平行线。

你是
黑夜旋风中石城的始祖，
兀鹰的泡沫，
披着人间朝霞的巨大礁石，
沉埋在原始砂土中的石铲。

这曾经是住所，这就是那地方：
在这里，饱满的玉米高耸挺立，
然后又降落下来像红色的冰雹。

在这里羊驼脱下它身上金色的毛，
给爱人、坟墓、母亲、
国王、神父、战士做成衣服。

这里晚上人同鹰

并脚睡眠，在这些肉食者的高高的
鸟窝中，而在黎明时，
傍着雷电的脚步踏着薄雾，
接触大地和岩石，
甚至在黑夜或者死亡中也能认出它们。

我注视着衣裳和手，
传出反响的穴中的水痕，
一道被脸孔磨得光光的墙壁，
我那脸上的眼睛看到过的大地的灯光，
那我用手涂过油的不可见的木板：
因为所有的东西，衣服，皮肤，器皿
话语，酒，面包，
全都完结了，掉落在地。

大气用它那带着柠檬花香的手指抚弄着
所有那些长眠的人们：千年的
大气，无数月份和星期的大气，
蓝色的风的，铁的山脉的大气，
它们经过如脚步生起的微风，
磨光那岩石的寂寞的居所。

七

同一个深渊的死者，同一个峡谷的阴影，
最深邃的阴影，仿佛你宏伟的体积，
当那真正的，最灼热的死亡来到，
你是不是从那带裂缝的岩石，
从那猩红的柱头，
从那高入云霄的渡槽，

好像一个秋天那样坠入
一场孤独的死亡?
今天空旷的大气不再恸哭,
也不再认识你黏土的脚,
忘记了你过滤天空的瓢泼大雨,
当闪电的剑劈开长空,
雄伟的树,
被雾吞噬又被风吹断了。

那高举的手猝然垂落
从时间的顶峰到终点,
你不再是:蜘蛛爪般的手,
柔弱的丝,纠缠的网,
你过去的一切都已崩溃:习惯,厚颜无耻的
音节,光彩夺目的面具。

然而还有一个石头和语言的永恒,
这城市如圣餐杯那样举起,在那些
生者与死者,无声者的手中举起,
以那么多的死亡来支持:一道墙,充满
那么多生命,充满岩石的花瓣,这永恒的玫瑰,
这居所:这冰河区域的安第斯山的珊瑚礁。
当黏土颜色的手
彻底转变成黏土,当小小的眼睛紧闭,
不再注视粗糙的土墙和层层居住的城堡,
当所有的人进入自己的墓穴,
那里还有一个精致的建筑高耸在
人类黎明时期的遗址上:
承载着沉默的最高的器皿:
在许多生命之后的一个石头的生命。

八

美洲的爱，同我一起攀登。

同我一起亲吻这些神秘的石头。

乌拉班巴河银白色的急流
运送飞舞的花粉到它的黄色树冠中。
攀缘植物，石头般的植物，
坚硬的花环，高飞在
群山的沉默之上。

你来吧，细小的生命，来到大地的两翼之间，
同时，结晶和寒冷，受到震颤的空气，
分离出战斗的翠玉，
哦，野蛮的水，你从雪中降落。

爱啊，爱啊，直到陡峭的夜晚，
从那响亮的安第斯山脉的燧石上降落下来，
朝着那跪着一双红腿的曙光，
观赏那雪的盲孩。

啊，有着响亮线纱的威尔卡马尤，
当你迸发出线状的雷电，
在像受伤的雪一样白的泡沫中，
当你陡峭的暴风歌唱着，
鞭打着唤醒天空，
你将给那只耳朵传达什么样的语言呢，
它从你那安第斯山脉的泡沫中刚刚解放？

是谁捕捉了寒冷的闪电
并将它缚在高空，
擦掉它冰的泪滴，
挥动它飞快的刀剑，
震荡它身经百战的丝线，
带到它战士的床铺，
在它岩石的边缘之上惊起？
你被追逐的闪光在说些什么？
你那秘密的反叛的闪光
是否曾经大声喧哗地掠过？
是谁打碎冰冻的音节，
暧昧的言辞，金色的旗帜，
紧闭的嘴，被压抑的呼声，
在你那细小的动脉的血液中？

是谁使花的眼睑张开，
让它们从地上来观察我们？
是谁扔下一串串干枯的果实，
让它们从你瀑布般的手中降下，
来枷打它们夜的收获，
进入你地层的煤？

是谁抛下联系的枝条？
是谁再一次埋葬告别？

爱啊，爱啊，不要碰到界线，
也不要崇拜这沉没了的头：
让时间完成它的行程，
在它的被堵截的溪流的厅堂，

在城墙和急流之间，
汇集峡道的空气，
风的平行的薄片，
山脉的盲目的运河，
露珠的粗犷的敬礼，
攀登，穿过那浓密的花丛，
踏在坠落的蛇身上。

在崎岖不平的地带，有岩石和森林，
有绿星的微尘，发光的丛莽，
世界爆炸了，像一个有生命的湖，
或者像又一个沉默的地板。

你走向我自己的生命，来到我自己的黎明吧，
直到已经完成的孤独之上。

死去的王国依然生气勃勃。

而在日晷上，那秃鹫血腥的阴影
像一艘黑色的船在穿行。

九

如星的鹰，雾中的葡萄园。
坍毁的棱堡，模糊的弯刀。
星的腰带，庄严的面包。
奔流的阶梯，无垠的眼睑。
三角形的长袍，石头的花粉。
花岗石的灯，石头的面包。
矿物的蛇，石头的玫瑰花。

被埋葬的船舶，石头的溪流。
月亮的马，石头的光。
二分点的矩尺座，石头的蒸气。
最后的几何学，石头的书。
阵风之中绣花的定音鼓。
被时间淹没的石珊瑚。
指头摩光的墙。
被鸟羽击打的屋顶。
镜子的花束，风暴的起源。
被攀缘植物推翻的宝座。
吃人的爪子的政权。
在斜坡上抛锚的暴风。
不动的绿松石般的瀑布。
安眠者的族长的钟。
被征服的雪的山脉。
斜靠在雕像上的刀剑。
不可接近的，阴沉沉的暴风雨。
美洲狮的脚掌，血腥的岩石。
戴着帽子的塔，雪的辩论。
夜在手指和根部的上升。
雾的窗户，硬邦邦的鸽子。
夜间的草木，雷电的雕像。
突兀的山岭，海的天花板。
失踪了的鹰的建筑。
天空的琴弦，高山的蜜蜂。
染血的水平线，有结构的星星。
矿藏的泡沫，石英的月亮。
安第斯山的蛇，苋菜的额头。
寂静的穹窿，纯洁的祖国。
大海的新娘，教堂的树木。

盐的枝，张开黑翼的樱桃树。
雪一般的牙齿，冰冷的雷。
被抓伤的月亮，威吓人的石头。
寒冷的卷发，大气的运行。
手的火山，阴暗的瀑布。
银的波浪，时间的方向。

一〇

石头里有石头：人，他在哪里？
空气里有空气：人，他在哪里？
时间里有时间：人，他在哪里？
你也是那沿着今日的街道，旧日的足迹，
沿着死去的秋天的落叶，
践踏着灵魂一直走进坟墓的
未定型的人，穴居的鹰的小小碎片吗？
可怜的手，脚，可怜的生命……
那些日子，光明照耀在你的身上，
就像雨水洒落在节日的旗帜上面，
它们可曾将它们的暗色食物，像花瓣接着花瓣
送进你那空无一物的嘴里？
饥饿，人的珊瑚，
饥饿，神秘的植物，砍樵人的根底。
饥饿，你的锯齿形的暗礁
是否上升到这些破碎的高塔？
我问你，大路上的盐粒，
给我看看那把调羹；建筑物呀，让我
拄着手杖，磨损石头的花蕊，
登上所有空中的阶梯进入太虚，
搜遍你的内脏直到我触摸到人类。

马楚·比楚，难道你是安置在
石上之石，而基础，却是一堆破烂？
煤上之煤，而底层，却是一摊泪水？
金上之火，而在其中却震颤着
殷红的血滴？
把你埋葬的奴隶还给我！
摇动大地，夺回穷人坚硬的面包，
给我指出那奴隶的衣衫和他的窗扉。
告诉我他活着时怎样睡觉。
告诉我，假若他因疲乏睡去，
是否在梦中打鼾，眯缝着眼睛，
好像挖在墙上的黑洞？
墙呀，墙呀！告诉我是否每一条石板
都压在他的睡眠上，是否他倒在下面
就像沉睡在月光底下？
古老的美洲，淹没了的新娘，
你的手指是不是也曾从森林中出现，
向着太虚幻境，
在光明与庄严的婚礼的旗帜下，
配合着枪矛和鼓的雷鸣，
你的手指是不是也曾将
那抽象的玫瑰，那寒冷的线条，
那新的谷物的血污了的胸膛转移到
发光的织物上，坚硬的洞穴里，
被埋葬了的美洲，你是不是也在那最深处，
那痛苦的内脏中，保存着鹰一般的饥饿？

一一

经过那惶惑的光明，

经过那石头的黑夜，让我伸出我的手，
好像一只囚禁了一千年的鸟，
让那被遗忘了的衰老的心
在我的体内跳动！
让我忘记今天这个比海洋更为巨大的快乐，
因为人比大海和所有的群岛更为宽阔，
必须像掉下水井一样掉下去又爬起来，
带着一捧神秘的泉水和被淹没了的真实。
阔大的岩石，让我忘记你那有力的形体，
你的卓越的广袤，你的蜂巢的高岩，
今天让我丢开直角尺，用手抚摸
你那粗糙的血污的苦行衣的斜边。

于是，像红蜣螂的翅膀的一块蹄铁，那狂暴的
兀鹰在它的疾飞中扑打我的太阳穴，
那肉食鸟卷起的烈风
吹去倾斜的阶梯上的暗尘。
我没有看见那敏捷的捕食的鸟，
也没有看见它的利爪的盲目的盘绕，
我只看见那古老的生灵，那奴隶，那田野中的
死者，我看见一具尸体，一千具尸体，
一个男人，一千个女人，
为雨和夜弄得黝黑，在黑风的下面，
在沉重的石头雕像的旁边：
采石人胡安，雷电的儿子，
冷食者胡安，绿星的儿子，
光脚的胡安，绿松石的孙子，
起来同我一道生长吧，兄弟。

一二

起来同我一道生长吧，兄弟。

从你们的抒发悲伤的深处，
把你们的手给我。
你们不会从岩石底层回来。
你们不会从地下的时间回来。
你们的粗硬的声音不会回来。
你们的雕凿的眼睛不会回来。
从大地的深处看着我吧，
农夫，织工，沉默的牧人：
护卫的羊驼的驯服者：
面临挑战的脚手架上的泥水匠：
安第斯山眼泪的运水夫：
被压碎指头的宝石匠：
在播种中战栗的佃户：
跟黏土混成一堆的陶工：
你们把自己古老的被掩埋了的悲哀
带给这新的生命之杯吧。
向我指出你们的血和你们的皱纹，
告诉我：我在这里受惩罚，
因为那宝石不再迸发光辉，
大地不再及时交纳石头或者谷粒。
向我指出你们在那里倒下的岩石，
向我指出使你们受到折磨的木头，
为我指点出古老的燧石，
古老的灯具，几世纪以来
把人打得皮开肉绽的鞭子

和闪烁着血光的斧头。
我来通过你们死了的嘴说话。
把横过大地的所有那些
沉默的被分隔的嘴唇连接起来，
从地下向我讲话吧，在这整个漫长的夜晚，
就像我和你们一起抛下了锚，
向我诉说一切吧，一链接一链，
一环连一环，一步跟一步，
磨快你们保存起来的刀，
把它们放在我的胸前，放在我的手上，
好像一条黄色光辉的河，
好像一条埋葬猛虎的河，
让我哀悼，每时，每日，每年，
每个蒙昧的时代，每个如星的世纪。

给我寂静，水，希望。

给我斗争，铁，火山。
给我把所有这些物体粘住，就好像磁石一般。

凭借我的血管和我的嘴。
通过我的语言和我的血说话。

（林一安　蔡其矫　译）

[导读]

此诗是聂鲁达诗歌的巅峰之作，写于 1945 年。马楚 · 比楚，是美洲原住民族印加人在秘鲁古城的废墟，位于印加国古都库斯科以北安第斯山中的两个峭壁间的马鞍形悬崖上。这个遗址面积约十三平方公里，内有高大沉雄的神庙、粗粝坚固的保垒，和印加人制造的器物。1911 年它被发掘出来，马上震动了世界。聂鲁达在 1943 年游历了安第斯山上的这座废墟，激情和历史畅想一直冲涌着他的灵魂。经过了两年的酝酿准备，反复修改，终于写成了这首伟大的民族史诗。

我们知道，20 世纪 40 年代中期，正是人类精神历史处于空前焦虑、恐惧与内疚的时段。作为时代精神的晴雨表的诗歌，其想象力的指代范畴、原型语象呈现了大面积迁徙——仿佛大量的现代诗都进入了质询或亵渎已有的价值信念乃至精神文明史，热衷于死亡与挫折体验的“美杜莎洞穴”中。还有一些“乐观”的诗人们，则以肤浅的、欢叫式的音调表达对“未来”时间神话的无条件信仰。

聂鲁达的《马楚 · 比楚高峰》与以上两种情感经验决然不同。他不回避对“死亡”的体验，而恰恰是在对死亡的体验中，他发掘出了人类历史一代代永远奋进、虽苦犹荣的价值信念。他昭示我们，历史在对今天讲话，维护生存和生命的完整性、庄严感的任务，须臾未曾离开今天的人们。有责任感的诗人不是只为世界的破碎唱挽歌的人，他还应把历史与今天“粘住，好像磁石一般”，放射出自信、清醒而又不失悲壮的“话语磁力线”。

诗篇一开始，诗人先简洁地吟述了具有博大体积感、幅度感、纵深感的时空给个体的人带来的压力。“从空旷到空旷，好像一张未捕物的网，／我行走在街道和大气之间。”个体生命的渺小与迟疑在此展露。然而渐渐地，诗人就听到了更深厚的历史（以人格化的方式“有一个人”来指代）的召唤，使他在“一切皆流、无物常驻”的悲慨中，领略到一种不可消解的伟大生命意志被一代一代传递到今天。那掩埋着废墟和祖先骨殖的地方，不再是一派空无，而是“地球生殖力最强的部分”。虽然诗人承认“生灵好比是玉米，在失败中行动／和悲惨的事件的连绵不断的谷仓中，／一颗颗地剥落”，“那有威力的死神邀请过我许多次”；但是，“今天空旷的大气不再恸哭”；我已在生存的击打下变得成熟，我不只是一个孤独的人，而同时是我们的祖先，我们的父辈，我们的儿子、孙子，我们的玄孙……！我是历史上一切劳动者的代言人——是“采石人胡安，冷食者胡安，光脚的胡安”……是“美洲的爱，同我一起攀登”！

在这里，“死亡”不再是人生和历史悲情的象征，而是一次次精神“生还”的新起点，它以更沉重的分量镌刻了一个伟大民族绵延不息的生命强力意志的威名。在庞大又坚实的诗歌语境里，诗人将“我”扩展到美洲大陆的历史、当下与未来中，他知道，死亡带走的只是“死亡”本身，而历史、大地、植物群落、海洋……健旺地崛起的力量，和人类生命意志的钢链般的环环传承却是永恒的。诗人从马楚·比楚峰巅看到的不仅是神奇的文化遗产，而是整个拉丁美洲乃至整个人类浑浩流转的伟大生命力和创造力，“一链接一链，一环连一环，一步跟一步”地“从地下向我讲话”。正是在这种自觉的民族归属感和对整个人类生命力的洞识中，诗人抛弃了自我中心的抒情，采取了“把横过大地的所有那些／沉默的被分隔的嘴唇连接起来”的宏伟吟述方式，唱出了寂静与斗争，水与铁，希望与火山，石头与闪电，金属与曙光，植物与星宿……旋转轮回又紧密扭结一体的辽阔诗章。

聂鲁达在回忆此诗的写作经历时说:“我站在马楚·比楚这个岩石‘肚脐’的中心，我觉得自己何等渺小。那是一个荒无人烟的、倨傲而突兀的世界的肚脐，我不知为什么觉得自己属于它。我觉得在某个遥远的年代，我的双手曾在那里劳动过——开垄沟，磨光岩石。我感到自己是智利人，是秘鲁人，是美洲人。在那难以到达的山巅上，在那光荣的和分散的废墟间，我发现了继续写诗的信心。”(《我承认，我曾历尽沧桑》) 在这里，历史遗址是作为今天人们的“脐带”或根蒂出现的，历史没有断裂，死亡的刀斧也不能将人类的生命意志砍折；它既是一个象征，更是我们置身其间的现实，它既是一个原始的同时又是终极性的参照系。诗人想表达的另一意思是，在我们的世纪里，当失败情绪成为诗人们的集体性格时，让我们尽快抛弃生命体验的羸弱与意志的倾斜，让我们回到伟大人类历史的“肚脐”畅饮一番，重新厘定对生命、历史、真理、价值关怀的态度。

以远古辉煌的文明遗址作为诗歌的题材，是现代诗人们经常采用的方式。但是，在许多此类的作品中，我们看到的常常只是诗人对“遗址”的赞叹，对“遗址”状貌和历史文化内涵的还原和描述。他们触摸到的东西，没有超过考古学家和历史研究人员的畛域。我们在这些诗中得到的不过是一篇比考古学论文稍稍生动些的“诗歌说明书”而已。而聂鲁达的诗之所以震动了我们的心，是因为“遗址”作为诗歌的激发点，它与诗人块垒峥嵘的内在灵魂世界构成了双向的对话、召唤。遗址成为一个博大的“心象”，一个历史与当下、现实与超现实主义混茫难分的活的诗中的“绝对现实”。在这里，我们与诗人一道，深入地回溯历史，又真切地体验着现实生存。因此，诗人能够高傲地宣告：那逝去的岁月，会“凭借我的血管和我的嘴。/通过我的语言和我的血说话”。

一日之内多少事

在一日之内我们会见面。

但一日之间也有许多事情发生，
街上有葡萄出售，
番茄换了皮，
你爱慕的女郎
以后不再上班。

邮务员忽然换了人，
信件跟从前不一样，
叶子转金黄色：
这棵树阔起来了。

谁知道老得起皱的大地
会有这么大的变化？
火山比昨天多了，

天上出现新的云，
河换了姿势流动。

还有那么多新建设！
论千论百的公路和大楼，
像船一样小提琴一样的
纯净精致的桥，
都让我行了揭幕礼。

因此，当我向你招呼
并且亲你花瓣般的嘴唇，
那是用不一样的嘴唇
亲不一样的吻。

祝福你，我的爱，祝福一切
落下的和升起的。

祝福今天和昨天，
祝福前天和明天。
祝福面包和石头，
祝福火和雨。

祝福转变的，新生的，成长的，
祝福耗掉自己又苏生的亲吻。

祝福我们取自空气
和取自泥土的一切。

当我们的生命萎谢
至只余一撮根须

而天风亦冷如憎恨。

那时便让我们换掉皮肤，
指甲、血、眼神，
你吻我，我便上街
一路叫卖阳光。

祝福黑夜和白昼
以及灵魂的四个驿站。

（陈实　译）

［导读］

聂鲁达曾经用一个奇妙的隐喻表达了他对诗歌写作的理想：写作使用的是“黑墨水”，这“黑”是理性和非理性彼此打开后留下的清晰印迹；但对一个真正的诗人而言，“黑色”还不是诗歌的主要色标，更不是理想色标，诗人应有能力将之转换为“绿色”，“让这绿成为唯一的焦点，成为我一生的全部著作”（《一击》）。即使诗人在揭示生存的艰辛，为沉重的时代做证的时候，他的心也应葆有绿色的健壮、蓬松、顽韧的美质，向着生命、大地、天空和普通的人群展开；在对世上的不义说“不”的同时，也要对生命说出“我赞美”。

《一日之内多少事》，就是一首“绿色之诗”。诗人以大孩子般新鲜的、几乎是惊喜的心情，表达着对凡庸的日常生活的赞叹和祝福。他像一个大地纯真的游吟者，将随目所触的一切拢进诗中；他又像一株绿色的大植物，跟随生命绿色的召唤咔咔拔节。

“一日之内我们会见面”，诗的开篇先暗示我们，它似乎只关涉两个人。但紧跟着，诗人却奇妙地敛住了单向的笔锋，转而描述起更阔大更永恒的事物。这些被描述的事物，从表面看没有必然联系，但它们却有内在的呼应，它们都与变化和生长密切相关。如果说在哲学家眼中“太阳底下无新鲜事”的话，那么一个诗人则应对生活保持“太阳每天都是新的”这种审美的自信的高傲态度。正所谓“理论是灰色的，而生活之树常青”。

诗人从与情人见面这个个人化的“小事”，引出了对更广大的世界中的生命体那甜蜜、崭新的力量的赞叹。诗中列举的语象，都是本真的现实，在它们之间没有博大与渺小、重要与不重要之别，它们被诗人的视屏全然接纳，共时放射出成长与变化的光华。应当说，对万物大孩子般的沉醉，本是诗人们共同的性格，流连光景，眷念生命，神清韵远，明心见性，像一条永不会阻塞的脉管，将古往今来的诗人们联结起来。

活着多么美！世上的一切多么让人留恋！瞧瞧吧，变化和生命每时每刻都滚滚涌上大地和人间。如果说忧伤和压抑是诗人生命流程和写作中内凝的漩涡，那么，他也应有能力去描绘宽阔的河面，两岸的风光。是的，“灵魂有四个驿站”，并非只有沉溺于“漩涡”才意味着深刻。热情、活力、对生命和美的赞叹，永远是古老而常新力量，它同样会告慰和启示我们生活的真义。

在读够了那些有如灵魂“病历卡”般的阴鸷、绝望的诗歌后，聂鲁达健壮、豁达、澄明的诗歌，会给我们真正的陌生感和真实性。让我们与诗人一道站在旋转不息的绿色星球上每天说出十个“祝福”，让我们“在一日之内”带着这绿色的祝福“见面”……

尼卡诺尔·帕拉

尼卡诺尔·帕拉（Nicanor Parra 1914—2018）出生于智利南方奇廉市一个教师家庭。曾在智利大学教育学院学习物理和数学。1937年出版第一部诗集《没有名字的歌集》，这些模仿民间歌谣的传奇诗，引起了西班牙语文学界的重视。1938年大学毕业后担任中学教师。1943年在美国布朗大学攻读机械工程，1949年赴英国牛津大学攻读宇宙学，同时从事诗歌创作。回国后，曾在智利大学教育学院、智利大学担任数学和物理学教授，并任智利语言科学院院士等职。1973年智利发生军事政变，人民联盟政府被推翻，帕拉被右翼分子关进集中营，后死去。

帕拉是聂鲁达之后最杰出的智利诗人。50年代初，他提出“反诗歌”的主张，并进行了成功的写作实践，产生了极大影响。他被批评界认为是“后现代”代表诗人之一。所谓“反诗歌”，是要反对陈旧的、晦涩的、矫揉造作的诗歌观念，反对故弄玄虚的诗人们自诩的精神等级制度。他要将诗歌写得更直率有力，在明快健朗的语境中植入对社会、对文化的犀利反讽精神。他的诗题材广阔，对现实生存和生命中的问题，都有深刻而独特的揭示，令人耳目一新，在拉美诗坛造成极大轰动，被称为“西班牙语诗歌的重大事件”。他说，“反诗歌是指返回于其根子的诗歌”，它本真、自由而旺盛，诗歌之根要扎在现代人的生活和心灵中，而非一套已成的僵化的写作程式中。帕拉的“反诗歌”在语型上融和了口语的丰盈活力和先锋派诗歌的新奇性，令人惊愕继而猛醒。阅读这样的诗，既有欢愉感又有对心灵的深沉震动。

帕拉的主要诗集是《星云》（1950），《诗歌与反诗歌》（1954），

《长奎卡》(1958),《沙龙的诗》(1962),《呼吸练习》(1966),《俄罗斯之歌》(1967),《紧身衣》(1668),《粗壮的作品》(1969),《机械》(1972),《瞒骗警察的笑话》(1983),《帕拉的诗页》(1985)等。1969年获智利国家文学奖。

测　验

什么是反诗人：
一个贩卖棺材和骨灰盒的商贾？
一个什么也不信仰的教士？
一个对自己怀疑不定的将军？
一个嘲笑一切的流浪汉？
甚至嘲笑衰老和死亡？
还是一个脾气不佳的交谈者？
一个跳到了深渊边沿的舞者？
一个爱着全世界的自我欣赏者？
一个故意苦相毕露的
恶狠狠的恶作剧者？
一个在椅子里瞌睡的诗人？
一个当今时代的炼金术士？
一个袖珍的革命者？
一个小布尔乔亚？
一个饶舌者？
　　　　一个神？
　　　　　　　一个天真的傻瓜？
一个圣地亚哥的乡下佬？
你认为哪句话正确
就在下面画一道线。

什么是反诗歌：

是一杯茶里面的一场风暴?
是一块岩石上的一摊雪?
一只装满人类排泄物的小筐

像萨尔瓦蒂埃拉神甫认为的那样?
还是一面反映真实的镜子?
一记打在
作家协会主席脸上的耳光?
(是上帝在他的天国里所挨的)
一道给年轻诗人的通知?
一只涌流的棺材?
一只离心力的棺材?
一只石蜡气的棺材?
一座没有死尸的追悼会堂?

画一个十字吧
如果你认为哪个定义正确。

(王央乐 译)

[导读]

帕拉曾写过一首著名的短诗《滑车》:

半个世纪以来
诗歌一向是
死心眼呆子的乐园
直到我来
装好滑车。

高兴的话,就上车罢。
当然,下车时若是口鼻流血

可不是我的错。

这首诗被各国评论家反复引用，它既像一支“反诗歌”的诙谐小调，又像一个郑重的“反诗歌”的写作“宪章”。的确，帕拉的诗有着“滑车”般的快放、流畅，也有着“滑车”般的轰隆和危险。它不是典雅的绅士、淑女在诗歌花园的漫步；不是“死心眼呆子”盯着空洞乏味的幻想泡沫，并错认为那是“诗的宝石”；更不是什么被“经典”吓得不敢造次的拙劣仿写。你从他这样的诗中读出了“喜剧性”，但这种喜剧又是讥诮的；你读出了讥诮，但它又是郑重的表述……帕拉这条汉子，亲切而狡黠、憨实而奇诡、轻松又尖新、随意又有内在的钢劲儿。对这位坦率快活的智利“诗人大叔”，你没法不喜欢他。

《测验》也是融反讽、郑重于一体，请你“上滑车一游”的诗歌，它写于60年代中期。我们知道，帕拉于50年代初提出“反诗歌”主张，并身体力行写出了真正具有当代魅力和魔力的“反诗”。如果说那时他需要以论述话语严肃地表达“何为反诗人？何为反诗歌？”（或“为何反诗人？为何反诗歌？”），并以其作品的独特劲道赢得了大量读者的话，那么十年过后，他已用不着再对某些“死心眼呆子”费心解释了。他干脆一口气排出二十七个问题，以戏谑反问的方式“幽他们一默”。诗人不回答，他大大咧咧又机敏地先占据了“测验者”的座席，让“你认为哪句话正确 / 就在下面画一道线”。

这些“测验题”有的是正话反说，有的是旁敲侧击；有的是正面辩护，有的是对陈旧观念维护者口吻的戏仿；有的是爽快的自嘲，有的是锐利的反讽；有的是佯装不知实际暗指透彻的理解，有的是挖掘悖论的双向力量……在这二十七个令人透不过气来的问题中，埋藏着诗人对具有当代活力、介入人生、令人欢愉、令人深省的新诗歌的深深赞叹。最后，诗人以大大方方的自信和令人信赖的友好精神请你“画一个十字吧 / 如果你认为哪个定义正确”。我们终于喘透了这口长气，不觉已心领神会，神清气爽，经络舒展，心境豁达。我们知道了“反诗歌”乃是人性之歌、快乐之歌、言之有物之歌、热情与活力之歌。

好，如何画线就是“受测者”的事啦。作为导读者的我，已不敢再“剥夺”读者“乘滑车一游”的快乐刺激的权利。看官，你可坐好喽，别被颠撞得“口鼻出血”。

散　句

一只白眼对我不起作用
到什么时候才智才会沉淀
完善一种思想又为了什么。
应该把观念抛向空中！
混乱也有它的魅力
一只蝙蝠与太阳相斗：
诗歌不麻烦任何人
而金钟花真像女舞蹈家。

风暴如果不崇高就叫人厌烦
我已经受够了上帝和魔鬼
这一条裤子值多少钱？
美男子摆脱了他的未婚妻
没有比天空更加令人反感
对骄傲的人给他画上便鞋：
决不议论自爱自重的心灵
而金钟花真像女舞蹈家。

乘一只小提琴航海的人溺死
年轻姑娘与老翁结婚
穷苦人不知道说的什么
怀着爱情可不要央求任何人：

挤出来的不是奶而是血
鸟儿唱歌只为了解闷
而金钟花真像女舞蹈家。

有一夜我想自寻短见
夜莺在嘲笑着它自己
完美无缺是一只无底的桶
一切透明的东西诱惑着我们：
打喷嚏是最大的快乐
而金钟花真像女舞蹈家。

已经没有姑娘可施强暴
真心诚意之中潜藏着危险
我用脚踢博得生活
胸背之间有着一个深渊
临死的当口就得去死：
我的教堂就是浴室
而金钟花真像女舞蹈家。

给住家分派火腿
一朵花上能看出钟点？
凑巧的时候把十字架销售
高龄也有高龄的奖赏
葬礼只落得一笔笔债务：
朱必特在莱达身上纵欲
而金钟花真像女舞蹈家。

我们依然生活在丛林
你们不感到树叶的喃喃低语？
因为你们不会对我说我在做梦

我说的话应该就是如此
我觉得我有充分理由
我也是我这模样的上帝
一个不创造什么的创造家：
我专心致志于打个完满的呵欠
而金钟花真像女舞蹈家。

（王央乐 译）

[导读]

这首诗命名为“散句”，似乎意在提示读者，它是诗人精神和官能充分放松后，对自发释放出的奇思异想和本真性情的吟述。在这里，我们随时可以瞥见诗人的灵魂掀起了一角，然后又诡谲地隐匿起来。诗中既有直指人心的格言，又有对格言的滑稽模仿；既有口语的自由和明快，又有精纯、神奇的隐喻。诗人成功地实现了明澈性和暗示性的互动合作。

我们注意到一个有趣的复现语象——“而金钟花真像女舞蹈家”——在每节末句出现。一般地说，常规的诗歌中这类复现语象都具有统摄全篇、锚定结构的功能，它应是诗歌智性负荷最重的语象。而帕拉这首诗却逗弄甚至讥讽了这种陈旧而讨巧的“结构策略”，它只是作为优美的“能指”出现，像一条金色的弹簧，让你不断接近又放心地离开。

然而，“散句”也有着它更真实的个体生命的凝聚性。我们知道，人的精神活动不是直线，不是板块，而是处于连续不断、变化不定的涌流状态。对挖掘个体生命秘而不宣的本质而言，机械的直线、因果律在大多数时候并不能奏效。而直觉、潜意识，常常会带领我们朝更奇特更本真的地方迈进，恢复我们被各种教条扭曲或压抑住的精神的自由呼吸。读这首诗，我们看到了帕拉丰富活跃的精神图景，听到了他时而幽默时而深沉的生命喧响。

这是因为，一个置身于此在生存的人，当他仅仅面对自己的时候，即使他将心灵交付给自发涌上的语流（不是“我写诗”，而是“让诗写我”)，反而更会连根拖出恒久萦绕于心的块垒。诸如这样的句子，“一只白眼对我不起作用”，“完善一种思想又为了什么”，“应该把观念抛向空中！”“混乱也有它的魅力”，“我已经受够了上帝和魔鬼”，“对骄傲的人给他画上便鞋”，“决不议论自爱自重的心灵”，“怀着爱情可不要央求任何人”，“挤出来的不是奶而是血”，“完美无缺是一只无底的桶”，“我用脚踢博得生活”，“我的教堂就是浴室”，“凑巧的时候把十字架销售”，“朱必特在莱达身上纵欲”，如此等等，有如诗人的自画像，活脱脱画出了他那颗精神健旺而从容不迫，藐视一切独断论者和权势，讥嘲酸文假醋的沙龙诗人，追求创造力、博爱、平等、自由和幽默乐天的灵魂！生存的力量浸渍了我们的精神、肉体、血液、骨骼，生活中我们难道用得着仔细斟酌什么才是自己想对自己说的话吗？它会带着固有的揭示心灵的力量脱口而出。“指月亮的手不是月亮”，那就让月亮自己敞开自己吧。

诗人说，“我说的话应该就是如此／我觉得我有充分理由／我也是我这模样的上帝”。是的，“诗歌不麻烦任何人”，它吸引你，告慰你，让你震惊又欣快，有如听到了高不可问又触手可及的“天意”的倾诉。

再　见

已经到了告退的时候
我向你们大家表示感谢
你们，亲切的朋友
你们，凶恶的仇敌
都是难以忘怀的神圣的人！
如果我没有博得
几乎普遍的反感
我真是一个不幸的人：

救救那些半路上跳出来
对我狂吠的幸福的恶狗!
我向你们告辞
怀着世界上最大的快乐。

多谢，再一次地多谢
我看见了你们为我落下的眼泪
我们会再见面的
在海上，在海上的陆地。
保重身体，请常写信
继续烤面包
照旧编蛛网
祝愿你们万种幸福:
在骗人的箱笼包裹之间
在我们叫做扁柏的树木之下
我以全副的牙齿，等着你们

（王央乐　译）

［导读］

这是一篇戏拟的告别辞，但在戏拟之中却更真挚地袒呈着诗人的真性情，大胸怀，从容不迫，健朗而坚定。帕拉的写作可称为快乐的“芒刺”写作，一贯地具有鲜明的“介入”特征。对生存中的一切不义、荒诞、虚伪，都进行了毫不容情的批判和讥讽。这样，他的诗在赢得大量读者称许的同时，也会招致腐朽的权力主义者及某些“体面人物”的反感。他们怨恨这个犀利、“粗壮的诗人”（帕拉语），巴不得他搁下那支“令人害怕”的笔。《再见》仿佛是诗人“遵从”了他们的愿望，宣布“已经到了告退的时候”，但实际上是对“再见”的新命名和嬉戏，是另一轮挑战：“我向你们告辞／怀着世界上最大的快乐”，“在我们叫做扁柏的树木之下／我以全副的牙齿，等着你们”。

任何真正的诗人，都是怀有赤子之心的人。爱，是他们唯一的

“宗教”。如果说帕拉更多地对生存和生命中的荒诞、虚伪进行了反讽，那是因为他比那些软弱的诗人们更深刻地怀有对生存和生命被异化的痛惜之情，他要以针砭的方式，唤起人们的自明意识，进行情感的自省。“如果我没有博得／几乎普遍的反感／我真是一个不幸的人”，它意味着我的写作“几乎”就会是可有可无的话语遣兴了。

诗人对世界、“人们”并无仇恨，反而是一腔挚诚的爱意，他的胸怀博大到“爱自己的仇敌”。因为生而为人应秉有人的“神圣”，他希望某些误入歧途的同类有朝一日能对得起“人”的称号。但是，一个诗人无论怎样源于爱心，他都要听命于不妥协的写作伦理——“真实性”的召唤，表达生存和生命的真相。诗人永不说“再见”，他要写下去，写到底，写到“上帝”也无法抛弃——正如他在《短歌》中所言：“我总是在一些葬礼上迟到。”就这样，真实而犀利的写作，挽留了生命，拒绝了在肉身死亡之前的精神死亡。

限于篇幅，有关帕拉的“芒刺写作”，我们已不可能再多论列。下面，我再为大家抄录一首《瞒骗警察的笑话》，供您欣赏：

酷刑不一定
是血腥的
例如
对知识分子
拿掉他的眼镜就够了

——

鸟
　不是鸡呀，天父
行动绝对自由
当然，只要不跑出笼子

——

我可让帕拉骗过了
我以为他是站在我们这边的。
——大人，一点也不奇怪
军事行动让他们学乖了

阿根廷

豪尔赫·路易斯·博尔赫斯

豪尔赫·路易斯·博尔赫斯（Jorge luis Borges，1899—1986）生于布宜诺斯艾利斯。父亲有英国血统，是一位博学多才的医生，并发表过一些文学作品。博尔赫斯童年受英国家庭教师教育，六岁时写出第一篇故事《不幸的帽檐》，青少年时代阅读了大量欧美文学作品。第一次世界大战爆发后，全家移居瑞士。中学时代开始发表诗作，后就读于剑桥大学，攻读英、法、德语言文学专业，并游历欧洲各国。1918 年，他在西班牙参加了先锋文学流派“极端主义”，批判传统，反对装饰性的贡戈拉主义，反对无病呻吟矫揉造作的现代主义，而主张诗应创造坚实的隐喻，表达人的真情实感。

1921 年回国后，在公共图书馆任职，同时进行文学创作。1923 年第一部诗集《布宜诺斯艾利斯的热情》出版，使他一举成名。自 30 年代开始，在写诗的同时，他又专注于小说创作，以独特的幻想性叙事方式，成为拉丁美洲文学的主要代表之一。从此他的小说和诗歌同时享有着很高的国际声誉。1946 年，庇隆独裁政府在阿根廷执政，博尔赫斯因在反对独裁政权的宣言上签名而受到迫害，被革去了图书馆的职务，派为市场家禽稽查员。他拒绝任职，发表公开信表示抗议，得到知识界的声援。

50 年代以降，博尔赫斯先后担任过国立图书馆馆长，阿根廷作家协会主席，布宜诺斯艾利斯大学哲学、文学系教授，美国得克萨斯大学客座教授等职。他的一生大半是过着独身生活，直到六十九岁才结婚。他早年就患有严重的眼疾，后终致失明，但他始终保持着旺盛的文学艺术创造活力，和对生活和智慧的热爱，对生命经验的留恋。他以艺术家和智者的情怀超越了不幸的命运，令人钦敬。

博尔赫斯是阿根廷文豪，当代拉丁美洲最杰出的作家、诗人之一。他的早期诗作属于先锋派“极端主义”风格，以复杂的隐喻，抽象的迷宫般的情境，精纯的语言来表达人对神秘事物的探询热情。中后期诗作，虽趋于简劲、安恬、明澈，但仍带有神秘主义哲思特征。时间、梦幻、死亡、迷宫等，是他热衷的写作母题。在他笔下，智性与非理性，单纯与玄奥，古典与现代性，东方与西方，实现了美妙的对话与“和解”。由于他高超的文本编织技艺，被人们誉为“作家中的作家”，“诗人中的诗人”。犹为令人赞叹的是，这位学贯东西、满腹经纶的智者，却在自己充满书卷气的作品中同时保持着生命经验的鲜润感，和对世界奥秘的守护。正如帕斯所言：“博尔赫斯同时为两个神祇效劳，一个是朴素，一个是奇崛。他常把二者合而为一，收到令人难忘的效果：自然而不失于平淡，奇崛而不失于怪异，这一成就也许是难以企及的。故而，他在 20 世纪世界文学史上占据了独一无二的地位。”（《弓手、箭和靶子》）

博尔赫斯的主要作品集是：诗集《布宜诺斯艾利斯的热情》（1923），《面前的月亮》（1925），《圣马丁手册》（1929），《造物主》（1960），《另一个，也同样》（1964），《阴影的赞歌》（1969），《老虎与黄金》（1972），《深沉的玫瑰》（1975），《铁皮》（1976），《黑夜的故事》（1977）等。小说集《恶棍列传》（1935），《交叉小径的花园》（1941），《阿莱夫》（1949），《死亡与罗盘》（1951），《布罗迪埃的报告》（1970）等。此外，尚有大量散文随笔、艺术评论及译作行世。1956 年获西班牙福门托奖，1979 年获西班牙塞万提斯奖。

拂 晓

深邃而普遍的黑夜
几乎不曾为一盏盏苍白的提灯所否定
夜里一阵迷路的疾风
侵入了沉默的街道
颤抖着预示了
可怕的拂晓，它徘徊
如一个谎言游荡在
这世上荒无人烟的郊外。
衷情于这安逸的黑暗
又惧怕黎明的威吓
我又一次感到了那出自叔本华
与贝克莱的惊人猜测，
它宣称世界
是一个心灵的活动，
灵魂的大梦一场，
没有根据没有目的也没有容量。

而既然思想
并非大理石般永恒
而像森林或河流一样常新，
于是前面的那段推测
在黎明采取了另一个形式，
这个时辰的迷信

在光线如一枝藤蔓
即将缠住阴影的墙壁之时，
降服了我的理智
并描画了如下的异想：
倘若万物都缺乏实质
倘若这人口众多的布宜诺斯艾利斯
其错综复杂足以与一支军队相比，
却仅仅是一个梦
由灵魂共同的魔法获得，
那么就有一个时刻
它的存在陷于混乱无序的危险
而那就是黎明震颤的瞬间，
这时梦见世界的人已不多
只有几只夜猫子保存着
大街小巷灰色的，几乎
没有轮廓的图像
他们随后要与别人将它确定。
此刻生命的持久梦境
正处于崩溃的危险里，
此刻上帝会轻易地消灭
他的一切作品！

但又一次，这世界拯救了自己。
光明漫流，虚构着肮脏的色彩
而心怀某种歉疚
悔恨我每天复活的同谋
我寻找我的屋舍，
在大白的天光中它惊愕而冰冷，
与此同时一只鸟不愿沉默
而那消退的黑夜

留在了失明者的眼里。

（陈东飚　译）

［导读］

“拂晓”本是指天快亮的时候。在此，它却是一个象征。拂晓时，人的目力和神志恢复了，他们渐渐“认清”了一切。即将到来的白昼许诺我们认识世界，我们也相信自己看、听、触到的就是真实的世界了。然而人真的认清了一切吗？诗人不信任这一“许诺”，他将之视为“一个谎言”，他宁愿相信“那出自叔本华与贝克莱的惊人猜测”。

为真正理解这首智性诗歌，这里需要多说几句。贝克莱（1685—1753）认为，所谓的“存在”，即是被感知。人们能认识的对象不是客观物质世界，而是自己的观念或感觉，外界事物不过是“感觉的复合”。由此看来，所谓的外界事物只是人感觉的符号，是一个“虚构”。认识力有限的人类，应敬仰无限的上帝。而叔本华（1788—1860）认为，“世界是我的表象”，外界一切事物都以人的存在为条件，人能认识的只是表象而已。而表象背后有一个超乎一切之上的独立实体——世界的本质——生存意志。“生存意志是世界的物自体（自在之物），是世界的内在内容，是世界的本质，生命。”生存意志是盲目的、混沌的、不可遏制的力量，理性无法认识更无法规约它，“意志是悍厉的盲人，它肩负着双目完好的跛子”。人的痛苦就在于生存意志永无餍足的支配，有如持续不断的“口渴”一般（《作为意志和表象的世界》）。

博尔赫斯惊叹两位哲学家的了不起的发现，“世界／是一个心灵的活动，／灵魂的大梦一场，／没有根据没有目的也没有容量”。既然人的思想，感觉，受动于他们所无法洞透的“另一个”高不可问的绝对物（贝克莱的“神”，叔本华的“意志物自体”），那么这世界岂不是“缺乏实质”，“生命的持久梦境／正处于崩溃的危险里”么？如果说我们快意地讥讽过贝克莱、叔本华的哲思只不过是精致的唯心主义的“迷信”，那么是否同样可以说，我们置身于简陋的唯物主义而自以为用理性“认清了世界”，也是另一种僭妄的“迷信”呢？博尔赫斯无意于以逻辑的推理去论证这一切，他通过对世界和人生种种流变的直觉体验、内省，已足够顿悟了。在他看来，理性像“一盏盏苍白的提灯”，它无法烛照世界和生命最深刻最晦涩的本源，与灵魂背后的“魔法”。我们能够认识到的东西，不过是事物的表象罢了。

但是，意识到这一点后，人该怎么办？像贝克莱所说的去“皈依神”？还是像叔本华所倡言的“否弃意志，寻找人生苦难的解脱”？看起来守持中道的博尔赫斯对此结论亦心怀谨慎。他知道，“思想／并非大理石般永恒／而像森林或河流一样常新”，作为自在之物的“意志”，既宿命般地为人类的认识力设限，又使人类莫明所以、活力焕发地投入新新顿起的表象生存之中，“又一次，这世界拯救了自己”。上帝喜欢这样，他不会“轻易地消灭他的一切作品”。只不过人应该保持对不可知之物的敬意，对曾经信赖过僭妄的理性要“心怀某种歉疚”就是了。藏“黑夜”——世界的神秘——于“黑夜”，让奥秘如其所是地呈示奥秘，这就是一个诗人的想法。

博尔赫斯的诗歌写作是“有根柢”的写作。此诗由对“拂晓”的灵感引发，但他不是单纯地听凭“灵感”的驱使，而是以生命体验的本真，学养的丰厚，字词的精审掂量，来对“灵感”进行必要的修葺和磨砺。这样的诗，既葆有着灵感的活力，同时也将根子扎向了更深更广且言说有据的智力空间。在这里，自然语象、哲学话语、中心词与边缘词被化若无痕地融合在一体，使诗歌拥有了被反复重读、反复打开的魔力。

迷　宫

宙斯没有能耐松开包围住我的
石砌的网罗。我忘掉了
从前的人是什么模样；我继续走着

单调的墙壁之间可厌的路，
这是我的命运。无数岁月
使得笔直的走廊弯曲
成了不知不觉的圆周。时光的剥蚀
使得女墙出现了裂痕。
灰白的尘土上，我辨认出
我害怕的脸容。空气在凹面的夜晚
给我带来一声咆哮
或者一声悲痛咆哮的回音。
我知道阴影里还有一个，他的命运
是使长期的孤独厌烦于
这座结成了又拆掉的地狱；
是在渴望我的血，是要吞灭我的死。
我们两个在互相寻找。但愿
这是等待的最后的日子。

（王央乐　译）

［导读］

在《俄狄浦斯和谜语》中，博尔赫斯表达过这样复杂而有趣的意思：与其说斯芬克斯是给人类出难题的精怪，莫如说它也是另一个“我们”自身。人，既是解答难题的俄狄浦斯，也是那难题，同时还常常是望着自己镜像的斯芬克斯。

的确，人的一生就是这等“漫长的三重的动物”的一生，这动物置身于无法厘清的盘绕的迷宫之中，目光和心智又敏感又困惑。在此我们存在的形象变得恍惚，越是多思的人越是如此：在迷宫中探询迷宫，他们会产生对时间的怀疑，对现实的怀疑，对何为存在者的怀疑。人既是在原地中打转，也是在原地中寻找，他会找到出路吗？——但请不要仅以“否定论”来解读博尔赫斯，与其说他是悲观的，莫如说他对人生有着另一意义上的更透彻的理解和虽“败”犹荣的安详感。人生的真相不过如此，洞悉它并巧妙地启示读者，这是一条由怀疑主义通向审美享乐主义的道路。语言与形式的魅力吸收并转化了绝望，令人释怀。

《迷宫》正是以隐喻的方式揭示存在的佳作。在诗中我们看到一个人周而复始地“走着 / 单调的墙壁之间可厌的路”。这个迷宫如此坚不可摧，就连万能的宙斯也无法解开彼此缠绕的迷径。我们的一生不正是走在这条看上去曲折漫长，实则周而复始的道路上么？“我忘掉了 / 从前的人是什么模样”，是因为我无须追忆，作为“三重动物”的人，我们的“命运”都一样。“无数岁月 / 使得笔直的走廊弯曲 / 成了不知不觉的圆周。时光的剥蚀 / 使得女墙出现了裂痕”，人生既单调又疲倦，但我们还是留恋生命，只是要走，走下去，走到底。我们既厌烦迷宫般的人生之路，而又害怕生命的消逝，因为时光在剥蚀迷墙的同时，也剥蚀着我们的脸容，使我们苍老、离世而去。人就是一个悖论般的存在物，他受悖论的折磨，但恰恰也依凭着悖论，方能感知自己的存在。

面对存在的不可知，人在迷宫中还有什么作为？还在寻找什么？噢，人寻找自己。人生最大的困境和魅力均来自他同时既是主体又是客体；既是有意识的自为的人，又是被高不可问的宿命所约束的“奴隶”。自我尊重和自我轻视在此常常是互为表里的，因为说到底人并没有一个自身之外的可靠的参照物，来厘定自己认识的真伪，价值的存遗。诗人说，“我知道阴影里还有一个”，“我们两个在互相寻找。但愿 / 这是等待的最后的日子”，这是祈祷，但愿我真的能找到了“我自己”。

博尔赫斯还曾以散文的形式描述过一则饶有深意的寓言：有一个人给自己设下了描绘世界的使命，他将自然万象和人类的行为精细地描画在迷宫之中。但最后，“他发现那些复杂的迷宫描画的却是他的脸容”（《梦虎》）。

时光沉重地扫过，“等待的最后的日子”水落石出。“迷宫”，作为博尔赫斯的个人心灵词源被我们铭记，我们看到了一个既厌倦又留恋人生的诗人，也看到了我们自身。

致诗选中的一位小诗人

那些日子的记忆何处寻找？
你在世上拥有的日子，编织了
欢乐与痛苦，为你造就了宇宙的日子？

由岁月汇成的长河
丢失了它们；你是索引中的一个词。

众神给了其他人无尽的光荣，
铭文，钱币上的名字，纪念碑，忠于职守的史学家，
对于你，暗中的朋友，我们只知道
你在一个傍晚听见了夜莺。

在阴影和常春花之间，你虚空的阴影
想必会把众神视为吝啬。

但日子是一张琐碎痛苦的蛛网，
是否有一种更好的命运，胜过成为
造就了遗忘的灰烬？

在别人的头上众神点燃了
荣誉的酷烈的光，它注视内部，计算着裂缝，
荣誉，用盛开使它所崇敬的玫瑰枯萎；
他们对你更加怜悯，我的兄弟。

在一个永远不会成为黑夜的黄昏里沉醉，
你倾听着忒奥克里图斯的夜莺。

（陈东飚 译）

［导读］

博尔赫斯在《一位小诗人》中写道：“终点就是被忘记 / 我已经早就到达。”而在《致1899年的一位小诗人》中又说：“要留下一首诗，为了那个在白昼尽头 / 等待着我们的悲凉时刻……把你单薄的阴影交还给日月 / 只为了这疲惫的词语的呈现 / 几行本应容纳了那个黄昏的词语。”诗人还有几首作品是题献给诗歌史上完全无名的“小诗人”的。

一个成熟的诗人却屡屡将献诗赠给“一位小诗人”，令我们沉思。他肯定不仅是钩沉被遗忘的诗歌史，也不仅是为被不公正地埋没了的先辈同行表达他的痛惜、不平。经验告诉我们，诗人们以“诗歌写作”作为诗的题材，往往倾注着他们个人化的诗学理念，他们对诗歌存在理由和本体依据的独特衡估或认知。因此，《博尔赫斯诗集》英译本在“注释”中称，诗人笔下的“小诗人，有时是诗人以戏谑的方式自指的，1899年正是诗人的生年”。

这首诗所言的“诗选中的一位小诗人”是谁？诗人没有说。他只告诉我们，他是“在一个傍晚听见了夜莺”的人。他没有“大诗人”的“宏伟视域”，他倾向于在众口一声摧枯拉朽的“进化论”时代，独自秘密倾听逝去了的年代牧歌的吹息（诗中提到的“忒奥克里图斯”是古希腊牧歌诗人，“小诗人”延续的正是他温抚大自然和人心的牧歌传统）。这样的诗人将“暴戾的岁月转化为细语的音乐”（博尔赫斯《诗艺》），却被人认为缺乏“重要性”，在铭文、纪念碑、文史学家那里是微不足道乃至忽略不计的。

然而，真正的诗歌并非对铭文、纪念碑、文学史之类庞然大物的屈从。它如鱼饮水，冷暖自知。它在琐碎的日子里，剔抉出了一颗小小的人心那细密而颤动的纹理，防止它被虚饰而残酷的“历史进步”

所抹杀。在诗人的愿望中，这“虚空的阴影”之诗，不应再次被历史粗大的沙漏所删除，真实而明净的心灵吟述应有自己的法则和归宿。当时光的火焰将庞大的“荣誉”变为灰烬的时候，那些从开始就不怕被遗忘掉的细小的人心的册页，会被寻找回来，“在一个永远不会成为黑夜的黄昏里沉醉”，并被另一个真诚的倾听者捧在手中。小诗人因着不怕“已经早就到达遗忘”的镇定，众神“对你更加怜悯，我的兄弟”，这既是诗人的叹息，又有着恰如其分的知遇间共同的骄傲。

“小诗人”只是一个无名的人，“面容朦胧的兄长”，“暗中的朋友”，“索引中的一个词”。他（他们）只留下了几首打动人心的精纯的诗作，被夹在诗史浩瀚的诗卷中湮没无闻。但是，何谓“大诗人”呢？势利之为宿疾，在人类的文学阅读／接受史上亦未能幸免。在不少的时候，宏大的取材，高亢的论辩性想象力，繁缛纵横的措辞，冗长沉闷的结构……被认为是“大诗人”的标志。在这种阅读的势利或曰虚荣制导下，诗歌史成为残酷的遗忘之海，人们只认得灯塔、界标，却忽视了一个个历险的、个人化的美妙涡流，人们已不能体知不同水域的温度。

有足够文学阅读经历和敏悟的读者会知道，被诗歌史所漠视、遗忘的，或是因它无力洞识而只好保持缄默的，很可能是极为优秀的部分。它们纯正、自明、不争，恰如其分地以“小”捍卫了“诗就是诗”“诗有别材，诗有别趣”的艺术信念。正如博尔赫斯在《诗的艺术》中所言：“饱经艰险奇遇的尤利西斯／见到葱郁质朴的伊塔加竟深情痛哭／艺术就是伊塔加，永远葱郁／而不是艰险奇遇。”尤利西斯是罗马神话里的人物，亦即希腊神话中的奥德修斯。在特洛伊战争后，他历尽十年的艰险奇遇才抵达家乡伊塔加岛。博尔赫斯以此来喻指诗艺不是悍厉和“宏大”的铺陈，它应内在与醇净，深入心灵；它应给人安慰，在波澜不惊中触动我们灵魂深处最柔软最无告的地方——那才是永恒的心灵之乡，“话语的家宅”。

其实说到底，在真正的文学内行的眼里，诗歌并没有“重要”与“次要”之分，诗人涉及的题材亦没有“大与小”之别。真正决定诗歌存遗的，只能是它直指人心的力量和技艺带来的成色。通俗些说就是诗歌只存在“好”与“差”之别。博尔赫斯无意于否定“大诗人”，他只不过感到了偏见带给诗歌的伤害，他要沉静而不失诙谐地为“小诗人”——“把心用在艺术匀称的冥顽和它所有交织在一起的细节上”的诗人（《懊悔》）——一辩。

棋

I

在他们庄严的角落里，对弈者
移动着缓慢的棋子。棋盘
在黎明前把他们留在肃穆的
界限之内，两种色彩在那里互相仇恨。

那些形体在其中扩展着严峻的
魔法：荷马式的车，轻捷的马
全副武装的后，终结的国王，
倾斜的象和入侵的卒子。

在棋手们离开之后，
在时间将他们耗尽之后，
这仪式当然并不会终止。

这战火本是在东方点燃的
如今它的剧场是全世界。
像那另一个游戏，它也是无穷无尽。

Ⅱ

软弱的王，斜跳的象，残暴的
后，直行的车和狡诈的卒子
在黑白相间的道路上
寻求和展开它们全副武装的战斗。

它们不知道是对弈者凶残的
手左右着它们的命运，
不知道有一种钻石般的精确
掌握着它们的意志和行程。

而棋手同样也是被禁锢的囚徒
（这句话出自欧玛尔）在另一个
黑夜与白天构成的棋盘上。

是上帝移动棋手，后者移动棋子。
在上帝身后，又是什么上帝设下了
这尘土，时间，睡梦与痛苦的布局？

（陈东飚　译）

［导读］

与迷宫、镜子、街角、图书馆一样，“棋”也是博尔赫斯在作品中反复使用的原型语象。这首诗以弈棋喻示着这样的认知：一个人的一生变幻无穷，像一盘棋局，充满各种可能性；然而整体的人类历史又是乏味甚至可笑的，有如人们固定于尺幅之间，彼此倾轧、争斗，导致了无数的战争和流血。盲目的攻击，盲目的死亡，盲目的欲望，同样的“棋子”（即人作为同类），却因分属“两种色彩在那里互相仇恨”。棋，以隐喻的形式折射了人类生存的真容。

《棋》既沉静又紧张，它包含多重意蕴，我们这里只侧重它历史批判和反讽的一面。这首诗在经验和超验两个维度上表达了诗人对人生和历史的看法。但我们要注意，虽然诗人的态度是反讽乃至批判性的，可在内心深处又有博大的悲悯；他不是从局部是非评判来看问题，而是从更高的视角对人类生存发出深重的叹息。

在诗人看来，如果说游戏中的对弈者尚不失可爱的话，那么将现实的世界变为一场场永无消歇的杀伐——“如今它的剧场是全世界”——就是可悲可鄙的了。而只要将历史与生存变为对弈，也就不存在永恒的胜利者，即“我已经不知道我是亚伯还是该隐”（博尔赫斯《十五枚小钱》）。可怜的人们，我们是否永劫轮回般地将自己“留在肃穆的界限内”？是否要听命于那些酷嗜“对决”的权力主义者用他们“凶残的手”支配我们的命运？“棋局”令我们深思，它清晰地浓缩了“弈者”阴沉的念头，而蒙昧的棋子般的大众，只不过是弈者彼此仇杀的工具，随机移动的一个个渺小的筹码。

博尔赫斯说过：“我不属于任何政党。我想，拿破仑与希特勒也许并无二致。如果你钦佩征服者，你自己便认可了征服者”(《对话录》)。因此，在揭示了人类立足于仇隙的生存经验真相后，诗人进一步跃入了超验的领域。在他笔下，那些自诩为“为创造新世界”而“精确地掌握”了历史意志和行程的对弈者，同样是盲目愚蠢的，他们“也是被禁锢的囚徒”，听命于一位永无餍足地征服、搏杀、流血、阴谋的，至今尚无命名的恶神的教诲。

我们知道，圣父、圣子、圣灵三位一体的“上帝”，是爱和仁慈的。他“道成肉身”，就是为了给可怜的人世作出榜样。现在看来，他的拯救意志也仅仅是“意志”而已。诗人心怀忐忑，但终于下定决心发出了更具穿透力的悲慨追问：“在上帝身后，又是什么上帝设下了／这尘土，时间，睡梦与痛苦的布局？”——自以为聪明的人们也许可以率尔判定：“诗人又陷入‘不可知论’了。”但是这种“不可知”却使我们的生存以问题的形式存在，它使我们反省历史，猜测与反驳迷宫般存在的困境之源，使我们的忧患意识到达更晦涩更远的地方。——但愿人们也能如诗人那样“用一支怀疑的手杖慢慢摸索存在”，也许我们最终仍然无法认出那统驭着我们的恶神是什么，但至少我们可以识破并摆脱那些可见的“弈者”那权力主义凶残而狡猾的历史伎俩。至于《棋》中另一重玄学隐喻意味，我想，还是请聪慧的读者自行“创造和打开”吧。

墨西哥

奥克塔维奥 · 帕斯

奥克塔维奥 · 帕斯（Octavio Paz，1914—1998）生于墨西哥城郊米斯库克镇一个知识分子之家，祖父是知名的小说家，父亲是当地著名的律师与记者。帕斯少年时代就热衷于文学阅读，尤其热爱卢梭与雨果等人作品中的浪漫情调。他 14 岁开始写诗，19 岁出版了处女作诗集《野生月亮》。30 年代初入墨西哥大学学习法律、哲学和文学，阅读了从古典主义、浪漫主义直至象征派、超现实主义的大量作品。在大学期间，1931—1934 年帕斯同一些作家诗人创办过带现代主义倾向的文学杂志，表达个体生命的隐秘而哀伤的体验，追求诗艺的创新。

1937 年帕斯前往西班牙，参加了反法西斯作家联盟，并多次深入前线，促使其诗风趋于更具现代感和社会性的劲健、深刻。1938 年在巴黎投入超现实主义文学运动。不久回国，继续主办先锋派文学刊物《诗歌车间》《浪子》等。1944 到 1945 年，赴美国研究拉丁美洲诗歌，同时创作和翻译，译有杜甫、李白、苏轼、王维等人的作品。1945 年后，从事外交工作，先后出使法国、印度、日本、瑞士等国，并与聂鲁达、博尔赫斯、萨特、加缪、布勒东等文学家密切交往，切磋诗艺。1968 年，为抗议政府镇压学生运动、在特拉特洛尔广场屠杀无辜青年，帕斯愤然辞去了驻印度大使职务。此后在美国和英国几所大学科研机构任职。1971 年回国继续从事文学创作及学术活动。1998 年病逝。

帕斯是饮誉国际诗坛的大诗人，作品被译为二十余种语言。他的诗歌题材极为广阔，不同形式的诗作都在“现代性”这一背景下发出深刻而奇异的光芒。国际批评界普遍认为，帕斯诗作的意味和技艺均令人赞叹，五十多年来，始终保持着饱满的创造活力。这是一位真正的集大成者，被西方评论界一致认为是“最后一位现代主义诗歌大师”。他继承了拉丁美洲本土文化及西班牙语系的文学传统，并汲取欧洲象征主义、超现实主义诗艺的精髓，经过自己超拔的创造和整合力，形成了独特的个人风格。

在他的话语世界里，尖新强烈的瞬间经验与深厚的历史意识和谐地融为一体；形而上的玄秘探询与本真的“此在之境”相互激活、接引；东方宗教哲学与西方现代文化达成了活跃的对话；在诗歌的“纯粹性”和介入时代生存的活力之间实现了平衡……帕斯对诗歌“现代性”的理解影响了许多诗人，为普遍存在的浅薄的“时间图腾”进行了祛魅。他说：“我曾返回自己的本源，发现现代性不在我们之外，而在我们内部。它既在今天，又在远古；既是明天又是世界的开端，它经历了千载却又刚刚诞生。于是，领悟之门微微打开，‘另一个时间’，真正的时间出现了。这就是我们一直在不自觉地寻求的时间：现在，现时。”（《诺贝尔文学奖致答辞》）

帕斯的主要诗集有《人之根》（1937），《在世界的边缘》（1942），《语言下的自由》（1949），《鹰，还是太阳》（1951），《太阳石》（1957），《狂暴的季节》（1958），《火种》（1962），《整个的风》（1966），《东山坡》（1969），《回归》（1976），《朝下生长的树》（1983），《帕斯自选作品集》（1989）等。主要散文、文论集是《孤独的迷宫》（1950），《弓和琴》（1956），《榆树上的梨》（1957），《旋转的标记》（1965），《朝田野开的门》（1966），《交流电》（1967），《连接与分解》（1969），《变之潮流》（1973），《仁慈的妖魔》（1979），《阴暗的时代》（1983）等。1963年获比利时国际诗歌奖，1979年获墨西哥“金鹰奖”，1981年获塞万提斯文学奖。1990年，“因为他的诗成功地将拉美大陆的史前文化、西班牙文化和现代西方文化融为一体；其充满激情的作品视野广阔，是伟大的人道精神和富于情感的聪明才智的结晶”，帕斯获得诺贝尔文学奖。

太阳石（节选）

一棵晶莹的垂柳，一棵水灵的黑杨，
一股高高的喷泉随风飘荡，
一株笔直的树木翩翩起舞，
一条弯弯曲曲的河流
前进、后退、迂回，总能到达
要去的地方；
　　　　　　星星或者春光，
平静的步履毫不匆忙，
河水闭着眼睑
整夜将预言流淌，
在波涛中一齐涌来
一浪接一浪，
直至将一切掩盖，
绿色的主宰永不枯黄，
宛似天空张开绚丽迷人的翅膀，

在稠密的未来
和不幸的光辉中
旅行像一只鸣禽
在朦胧的枝头歌唱；
用歌声和岌岌可危的幸福
使树林痴呆
预兆逃离手掌

鸟儿啄食晨光，

一个形像宛似突然的歌唱，
烈火中歌唱的风，
悬在空中的目光
将世界和它的山峦、海洋眺望，
宛似被玛瑙滤过的光的身躯，
光的大腿，光的腹部，一个个海湾，
太阳的岩石，彩云色的身躯，
飞快跳跃的白昼的颜色，
闪烁而又有形体的时光，
由于你的形体世界才可以看见，
由于你的晶莹世界才变得透亮，

我在声音的过道中行走，
我在响亮的现实中漂荡，
像盲人在光明中跋涉，
被一个映象抹去又诞生在另一个映象，
迷人的路标之林啊，
我从光的拱门
进入晴朗秋天的长廊，
我沿着你的躯体像沿着世界行走，
你的腹部是阳光明媚的广场，
你的胸脯上耸立着两座教堂——
血液在那里将平行的奥妙酝酿，
我的目光像常春藤一样笼罩着你，
我是大海环抱的城市，
被光线分为两半的桃色的城墙，
在全神贯注的中午管辖下
一个海盐、岩石

和小鸟栖息的地方，
你身披我欲望的色彩
赤身行走宛如我的思想，
我在你的眼中行走宛如在水上，
虎群在那秋波上畅饮梦的琼浆，
蜂鸟在那火焰中自焚，
我沿着你的前额行走如同沿着月亮，
恰似云朵在你的思绪中飘扬，
我在你的腹部行走如在你的梦乡，

你的玉米裙在飘舞歌唱，
你水晶的裙子，水的裙子，
你的双唇、头发、目光，
你整夜在降雨，
整日用水的手指打开我的胸膛，
用水的双唇闭上我的眼睛，
在我的骨骼上降雨，一棵液体的树
将水的根扎在我的胸脯上，

我沿着你的腰肢行进
像沿着一条河流，
我沿着你的身躯行进
像沿着一座树林，
我沿着敏锐的思想行进
像沿着直通深渊的蜿蜒山路，
我的影子在你白皙前额的出口
跌得粉碎，我拾起一块块碎片，
没有身躯却继续摸索搜寻，
记忆那没有尽头的通道
开向空空的大厅的门廊，

所有的夏天都在那里霉烂，
渴望的珠宝在底部烧光，
刚一想起便又消失的脸庞，
刚一抚摩便又解体的臂膀，
蓬乱的头发宛如蛛网
披散在多年前的笑脸上，
我在自己前额的出口寻找，
寻而未遇，我在寻找一个瞬间，
一张在夜间的树林里
奔驰的闪电和暴风雨的脸，
黑暗花园里的雨水的脸，
那是顽强的水，流淌在我的身边，

寻而不见，我独自伏案，
无人陪伴，日日年年，
我和那瞬间一起沉到底部，
无形的道路在一面面镜子上边，
我破碎的形象在那里反复出现，
我踏着岁月，踏着一个个时刻，
踏着自己影子的思想，
踏着自己的影子寻觅一个瞬间，

我寻找一个活的日期，
像鸟儿寻找下午五点钟的太阳
火山岩的围墙锻炼了阳光：
时间使它的串串果实成熟，
当大门打开，从它玫瑰色的内脏
走出来一群姑娘，
分散在学校的石头院里，
高高的身材宛似秋天，

在苍穹下行走身披霞光，
当空间将她拥抱，为她披上
更加金黄、透明的皮的衣裳，

斑斓的老虎，棕色的麋鹿，
四周夜色茫茫，
姑娘倚在雨中绿色的阳台上幽会，
无数年轻的脸庞，
我忘记了你的姓名：
梅露西娜，劳拉，伊莎贝尔，
珀尔塞福涅，马丽亚，
你有一切人又无任何人的脸庞，
你是所有的又不是任何一个时光，
你像云，你像树，
你是所有的鸟儿和一个星体，
你宛似剑的锋芒
和刽子手的盛血的杯子，
宛似使灵魂前进、将它纠缠
并使它与自身分离的常春藤一样，

玉石上火的字迹，
岩石的裂缝，蛇的女王，
蒸气的立柱，巨石的源泉，
月亮的竞技场，苍鹰的山岗，
茴香的种子，细小的针芒——
生命有限却给人永恒的悲伤，
海沟中的女放牧者，
幽灵山谷的看守女郎，
吊在令人眩晕的峭壁上的藤蔓，
有毒的攀缘植物，

复活的花朵，茉莉的花坛，
长笛和闪电的夫人，
生命的葡萄，伤口上的盐，
献给被处决者的玫瑰花束，
八月的雪，断头台的月亮，
麦穗、石榴、大阳的遗嘱，
写在火山岩上的海的字迹，
写在沙漠上的风的篇章，

火焰的脸庞，被吞噬的脸庞，
遭受迫害的年轻的脸庞，
周而复始，岁月的梦乡，
面向同一座院落、同一堵墙，
那一个时刻在燃烧
而接连出现的火焰的脸庞只是一张脸庞，
所有的名字不过是一个名字，
所有的脸庞不过是一张脸庞，
所有的世纪不过是一个瞬间，
一双眼睛将世世代代
通向未来的闸门关上，

我面前一无所有，只有今晚
从众多形象的梦幻中
夺回的一个瞬间
顽强雕琢出来的梦幻，
高悬手腕，一字一字地
从今晚的空虚中提取的梦幻，
时间在外面流逝，
世界在用吃人的时间
叩打我心扉的门环，

只是一个瞬间
当城市、姓名、味道、生命
在我盲目的前额上溃散，
当夜的沉闷
使我的身心
疲惫不堪，当岁月
将可怕的空虚积攒，
我牙齿松动，眼睛昏花，
血液放慢了循环，

当时间合拢它的折扇，
当它的形象后面一片茫然，
死神围困的瞬间
堕入深渊又浮回上面，
威胁它的是黑夜及其不祥的呵欠
还有头戴面具的长寿死神那难懂的语言，
那瞬间堕入深渊并沉没下去
宛似一个紧握的拳，
宛似一个从外向里熟的水果
将自己吸收又将自己扩散，
那半透明的瞬间将自己封闭，
并从外面熟向里边，
它将我全部占据，
扎根、生长在我的心田，
繁茂的枝叶将我驱赶，
我的思想不过是它的鸟儿，
心灵之树，具有时间味道的果实，
它的水银在我的血管里循环，
…………

跌落，归来，做梦，
另一些未来的眼睛，另一个生命，
另外的云，梦见我另一次丧生！
对于我，今夜足矣，瞬间足矣，
尽管它没有展开并揭示
我曾到何地、曾是何人以及你的称呼
和我的姓名：
　　　　　　十年前我在克里斯托夫大街
为夏天——所有的夏天——将计划制订，
菲丽丝和我在一起，
她有两个酒窝儿——
麻雀在那里畅饮光明？
卡门常在改革大街上对我说
“这里永远是十月，空气很轻”？
或者是对我所失去的另外的人说
或者是我在杜撰而没人对我说过？
我曾沿着瓦哈卡的夜晚跋涉，
宛似一棵树，那墨绿的茫茫夜色，
我像发狂的风在自言自语，
当到达我那从未改变的房间
镜子已经认不出我？
从维尔内旅馆我看见黎明
和栗树一起翩翩起舞
“已经很晚了”，你边走边说
而我看见墙上的污痕无语沉默？
我们一同爬上顶楼
看见黄昏从礁石上降落！
我们在比达尔吃葡萄？
买栀子花？在佩罗特？

名字，地方

大街，小巷，脸庞，广场，
车站，公园，孤零零的房间，
墙上的污痕，有人在梳妆，
有人在穿衣，有人在我身旁歌唱，
名字，房间，地方，街巷，

马德里，1937 年，
在安赫尔广场，妇女们缝补衣裳
和儿子们一起歌唱，
后来响起警报，人声嘈杂喧嚷，
烟尘中倒坍的房屋，
开裂的塔楼，痰迹斑斑的脸庞，
和发动机飓风般的轰响，
我看到：两个人脱去衣服，赤身相爱
为捍卫我们永恒的权利，
我们那一份时间和天堂，
为触摸我们的根、恢复我们的本性，
收回我们千百年来
被生活的强盗掠夺的遗产，
那两个人才脱去衣服互相亲吻
因为交叉的裸体
不受伤害并超越时间，
不受干扰，返本归原，
没有你我，没有姓名，也没有昨天明天，
两个人的真理结合成一个灵魂和躯体，
啊，多么美满完全……
　　　　　　　　房间漂浮在
将要沉没的城市中间，
房间和街巷，像创伤一样的姓名，

这房间，窗户开向其他的房间，
窗上糊着相同的褪了色的纸，
一个身穿衬衣的男人在那里将报纸浏览
或者一个女人在熨平衣衫；
那桃枝拜访的明亮的房间，
另一个房间：外面阴雨连绵，
三个生锈的孩子和一个庭院；
一个个房间宛似在光的海湾颠簸的轮船，
或者像潜水艇：寂静在蓝色波涛上扩散，
我们碰到的一切都闪着磷光，
辉煌的陵墓，破损的肖像，
磨坏的桌布；陷阱，牢房，
迷人的山洞，
鸟笼和有号码的房间，
一切都在飞，一切都在变，
每个雕花都是云，每扇门
都开向田野、天空、大海，
每张桌子都是一席筵宴；
一切都在合拢，宛似贝壳，
时间徒劳地将它们纠缠，
既没有时间，也没有围墙：空间，空间，
张开手掌，抓住这财富，
剪下果实，躺在树下
将水痛饮，将生命饱餐！

…………

我想继续前进，去到远方，但却不能：
这瞬间已一再向其他瞬间滑行，
我曾做过不会做梦的石头的梦，

到头来却像石头一样
听见自己被囚禁的血液的歌声，
大海用光的声音歌唱，
一座座城墙互相退让，
所有的门都已毁坏，
太阳从我的前额开始掠抢，
翻开我紧闭的眼睑，
剥去我生命的包装，
使我脱离了我，脱离了自己
千年昏睡的石头的梦乡
而他那明镜的幻术却重放光芒，
一棵晶莹的垂柳，一棵水灵的黑杨，
一股高高的喷泉随风飘荡，
一棵笔直的树木翩翩起舞，
一条弯弯曲曲的河流
前进、后退、迂回，总能到达
要去的地方：

（赵振江　译）

［导读］

《太阳石》写于 1957 年，它是诗人最重要的作品，甫一问世便震动了世界诗坛，批评界普遍认为它是堪与艾略特《荒原》比肩的伟大诗篇，是西班牙语诗歌的高峰。帕斯也因此跻身世界诗歌大师行列。

“太阳石”又称阿兹特克石历。它在 15 世纪末凿成，1790 年发掘于墨西哥城中心广场。重 24 吨，直径 3．58 米。这块伟大的天历石，体现了古代阿兹特克人眼中宇宙和时间的神奇的无限性。在这巨大石块的中心是太阳，它处于表示四种运动的符号之内。根据阿兹特克人的神话，这四种运动代表了世界过去四种年代的时期。而在这块石历的其他许多符号中，最令人瞩目的是两条巨大的火蛇，作为年岁和时间的象征，它们相互交合在基底，盘旋环绕于外层。这首诗的吟述就是基于这些展开的。

诗人还别具匠心地将《太阳石》诗句的数目与阿兹特克人的太阳历纪年吻合，恰好等于金星公转一周的天数；金星与太阳的汇合是在584天的圆周运动后实现的，这首诗也在584行结束。结尾处冒号预示着溯回开头，循环不已。我们知道，金星是个双重行星：昏星和晨星。在此，智慧的古代阿兹特克人创造的天历纪年，唤起了帕斯对“时间”永恒的感觉。“太阳石”作为象征，喻示着时间不再是直线的、连续的、不可逆的，而是圆形的周而复始、生生不息。这是物理时间向精神空间的转移，它肯定的是天行健，人类亦永葆创造活力的生命信心。在他看来，人类用不着卑屈地匍匐于“末日”的忧心忡忡之中，一切都不会结束，大道周行，一切都在不断地开始着，构成永无止境的永恒的“现时”——“明镜的幻术却重放光芒，/一棵晶莹的垂柳，一棵水灵的黑杨，/一股高高的喷泉随风飘荡，/一棵笔直的树木翩翩起舞，/一条弯弯曲曲的河流/前进、后退、迂回，总能到达/要去的地方”。

这首诗，以太阳石和古代墨西哥神话、象征作为想象力的触发点，以此激活对现实生存和生命普遍本质的重新观照、命名。诗人由个我、他我，直到写出“一切的我”，“我的面孔总是我们大家的面孔”，生命和死亡，光明和阴影完成了永不休歇的轮回和转换：这一切正如神话中的“火蛇女神”克查尔科阿特尔为人类牺牲后升天化为金星，它成了“星星，鸟，蛇”——永恒之光、精神升华、深入大地——三位一体的伟大精神完型。

帕斯将对民族文化的自觉归属感与超现实主义的宏大视野在“瞬间”融为一体，全诗语象奇诡，转换迅疾。犹如“永恒之女性引领我们上升”（歌德语）一样，帕斯诗中也有一组贯穿结构的女性，她是梅露西娜、劳拉、伊莎贝尔、珀尔塞福涅、马丽亚的交叉共相，喻指生命欲望、创造、爱、仁慈。诗人与“她”构成对话，太阳石亦具备了当下的透明感。时而是超远，时而是现场；历史传说、历史人物，与现实中从伯克利到墨西哥城，从雅典到马德里的平凡的男人与女人，同样也达成了浑整一体的对话。

这首诗在神话与现实，回忆与展望，悲壮与豪迈，宿命与创造的抽象精神的交替呈现中，还设置了与之对称的另一重声部——一个由植物、星宿、动物、器物、火山岩……构成的“细节纹理”的具象世界。这种“双声的独唱”（帕斯语），体现了超现实主义诗歌“挖掘内/外现实的统一性”的特色。帕斯在《批评的激情》中谈到了《太阳石》的时空结构：“这是一首不停地绕着自己旋转的圆形或螺旋型诗篇。‘欢乐’这个词是《太阳石》的轴心之一……也许时间是圆的，于是它便是永生的，至少神话和诗歌里的时间是这样的。”

的确如此。在诗人“双声的独唱”中，体现了对影响现代世界的直线型时间观的质询——基督教的“始祖犯罪—末日审判”直线时间观，以及历史决定论者以“向着未来”为借口所制造的时间神话，都在此遭到消解。诗人通过“太阳石”轮回时空的构型，得出了一个永恒的真理：人类的经验既变化又不变化，连接“不变”的金链的东西，就是太阳石般上下求索运转不息的生命意志。同样，人类的情感既变化又不变化，从古到今，爱与牺牲、求真与怜悯，始终是我们生命中最深刻、最有价值的情感。而无论任何时代，达到人性完善的道路只有最朴实又最难以做到的一条——学会更多地为他人而存在。“时间”之圆暗示我们，人类的伟大精神是“共时性”而非“历时性”的，人类对深刻的价值的关怀是永远需要的。

我们知道，帕斯曾投身于超现实主义诗歌运动。但是他从未信奉过“自动写作法”。从他的这首代表性诗作中我们可以看到，在词素、语词、句群、语调、节奏、意象、隐喻、情境的彼此冲撞和多音齐鸣中，诗人仍然保持着自觉的统一性。他曾如此表述自己的写作理念：整个作品都是意志力按既定计划转化并降服原材料的结果。意象按一定趋向引生出另外更多的意象，句子仿佛张开手臂要拥抱一个不可企及的词语。诗歌流动着、前进着。但流动并不意味着流走，而是朝向某种事物，朝向深刻博大的感悟力和理解力。整个作品是向那个未被说出或几乎无法言说的词语的一种指向——诗的统一性是通过方向和意义而显现的（《写与说》）。

《太阳石》正是这样的“有方向的超现实主义写作”，与诗人所吟述的伟大石历一样，这首诗也称得起“重 24 吨”。

说出的话

从布满字迹的书页上，
词语起身而立：
词语，
精致的石钟乳，
雕刻的廊柱，
一笔一画接二连三。
回声凝结在
坚硬如石的纸页里。

词语起身而立
洁白如纸
神采飞扬
它起步
走在长长的丝线上

从沉寂到呼叫
走在
语言严厉的刀锋上。
听觉：巢穴
或声音的迷宫。

说犹未说
说出的：那没说的

该如何诉说？
　　　　我说，我说，
或许那野兽就是敬神的少女。

一声呼叫
在一个熄灭的火山口：
在另一个星球中
该怎么说无动于衷？
被说的话，被
一正一反地说中，
一个傻瓜忧心忡忡
薄荷充斥他的脑中：
坟墓就是播种，
种子不是言不由衷。

听觉的迷宫
你说的话全失踪，
从沉寂到呼叫
是你双耳失聪。

你是无心不是没有良心
为了说话你要学会安静。

（戴永沪　译）

［导读］

1979年7月，帕斯在墨西哥大学作了一场名为“写与说”的演讲。他说：“现代性的特征之一是对写作本身的追问。现代作家在写作的时候意识到自己在写作，于是会停顿下来自问‘我在写些什么？’反思目光的侵入，反映和批评意识这双重行为对写作的打断，正是组成现代性的要点之一。……我问‘我写的这些是谁写的？谁在我身上写？

谁在为我写？写的人和看他写的人是同一个人吗？’诗人体验到了自己的双重性和分裂性”。就在这次演讲的最后，帕斯为听众朗诵了《说出的话》。他想以这首诗进一步表达其观点，“我们像看幻影戏一样，心中感到了词语被赋予血肉之躯的那个时刻。词语确有生命，它把我们放逐。词语在对我们诉说，而不是我们把它说出”(《批评的激情》)。

这是诗人多年以来在写作中冷暖自知的经验之谈。但它只能指望有一定写作经历的人理解。我们常说，诗人发现语言、创造语言。从某种意义上讲，这个理念是对的。但是，当一个人的写作水准进入更高的阶段，他会发现，真正的写作更像是一种“聆听”：聆听语言自身的言说，听从语言对你的引导和召唤。“诗歌是一种信仰，信仰什么？语言。诗人之道就是语言之道：忠于词语”（出处同上）。语言作为存在的现身，既含有内部的自动性，又含有全部历史使用过的语义积淀。当它被你说出时，常会有着你逆料不到的全部丰富性而自成格局，令人惊愕。

这首诗就表达了上述意味。诗人告诉我们：一个写作者瞬间的“所知”，远不如语言本身的“所述”丰富。你面对着从你口中或笔下飞掠而去的话语，犹如面对一个陌生的对话者，一个“它”。你会感到写作永无结束，你与它之间，关于“存在”的对话在不断重新开始。因此诗人说，“从满布字迹的书页上，词语起身而立”，它像凝恒古老的钟乳石，摆脱了诗人的控制，“把我们放逐”。词语携带着漫长岁月积淀的奥秘和意味深长的缄默，要求着诗人的聆听和回应。我们穿越在词语的钟乳石“廊柱”间，我们应答它的呼唤。有时我们赢了，回应准确有力，令人满意；也有时我们却输掉了，“回声凝结在／坚硬如石的纸页里”。

语言乃存在之家，“词语确有生命”。我们依靠不断深入语言之家而深入存在，我们存在的深度就是我们话语世界可能达到的深度。帕斯捷尔纳克在《日瓦戈医生》中也表达了与帕斯同样的见解：“主导力量不再是艺术家所欲表达的心态，而是他欲借以表达心态的语言本身。语言，美和意义的乡土，它自己开始思考，说话。语言之流在它流经之处按照自己的方式创造着韵律，创造着无数其他的联系——

这些联系甚至是更重要的，虽然还从未被探索过，未被人充分认识。”在本真而成熟的写作中，我们会看到词语起身而立，使纸页变为游走着的精灵，“它起步／走在长长的丝线上／从沉寂到呼叫／走在／语言严厉的刀锋上”。

然而，也常常会出现这样的情况：“从沉寂到呼叫／是你双耳失聪”。对词语丰盈的信息，我们真正能聆听多少，遑论应答？面对语言所敞开的家宅，我们是否犹如面对卡夫卡的“城堡”？无数条词语的秘道错置其间，我们是否宿命般地成为彷徨乎无为其侧的人？如果是，那么语言的遭遇就是“说犹未说／说出的：那没说的／该如何诉说？”是啊，孤独的不仅是我们，更是“熄灭在火山口”的语言本身。

帕斯对语言和写作关系的认识是深刻的。不只是诗人说语言，而是诗人与语言的“对话”——语言只有在“我说”与“它说”的交互打开中，才称得上是“诗语”。无论古今，杰出的诗人都会意识到这一点。歌德也曾多次谈到写作中的“面面相迎”，诗人与世界和语言的相遇是发生在“彼此走向／彼此聆听”的探索途中的。因此，在这首诗最后诗人既谦逊又高傲地说：“为了说话你要学会安静”，诗人的劳作在于倾听语言自己纵身跃出。

“谁在我身上写？谁在为我而写？”“我听到了什么？”——帕斯的问题，也应是每一个自觉的诗人不断自我追问的问题。

街

一条沉寂的长街。
我在黑暗中行走且跌倒
又站起，我盲目而行，双脚
踏上静默之石和枯叶。
有人在我身后也踏上石头、树叶：

如果我减速，他也减速；
如果我奔跑，他也奔跑。我转身：无人。
一切都黑暗而无门。
在这些角落中间转折又转折
它们永远通向那无人
等待，无人跟着我的街道，
我在那里追逐一个人，他跌倒
又站起，并在看见我时说：无人

（董继平 译）

［导读］

帕斯曾写过另一首既朴素又奇诡的与大街有关的小诗，名曰《这里》："我沿行这条街的脚步 / 回响 / 在另一条街上 // 那条街上 / 我听见我的脚步 / 沿这条街走过 // 这条街上 / 只有雾是真实的。"诗歌翻译家、批评家董继平先生准确地解读了这首诗：短短八行，便将超现实精神的个中三昧揭示得无比透彻。"我"究竟在哪一条街上走？或许"我"同时在两条街上而行，一条是现实的，另一条是超现实的；一条是物质的，另一条是精神的。其间两者又相互穿插、相互联系、形成对比。这种折射手法十分巧妙，把一个充满神秘臆想的世界，一个没人能说得清楚的世界具体地展示在我们眼前。（《现代主义诗歌的又一次胜利》）

的确，探询"我"的多重可能性，不断发出"双声的独唱"，是帕斯沉迷既久的高峰体验。与《这里》相应，《街》也是在寻找另一个"我"，或称之为"我心灵深处隐匿者的声音"。这首诗的表层语义不难理解，我们可以与《这里》对读，体会它神奇的想象力；但是，其深层语义还通向了对生命和写作的形而上玄思。且让我们着重来谈后者。

在帕斯看来：我们每个人同时是好几个人。真正有内省精神的人，特别是诗人，会不断提醒自己"保持我与其他的我之间的对话"。在对话中，一个我们过去不曾认识的"我"会现身出来，与我合作完成对生命的全息命名。有时，“另一个我与我唱反调”，它会教我们沉默下去；但是为了更真实地认识自己，“诗人值得去冒这个风险：与其我使另一个我隐匿无言，不如他让我们闭嘴”。(《批评的激情》)

这里，诗人走在“一条沉寂的长街”，它既是人生之路也是写作之路的隐喻。他在黑暗中冥行摸索，亦仆亦起。是什么在陪伴他又催促他？是什么使他怀疑、犹豫又坚定地前行？是一个匿名的“我”，一个唤作“无人”却又真切存在的东西——求真意志力。这是一场自我内部的争辩和追逐，是灵魂中不同声部的彼此盘诘与纠正。从诗歌前半部分“他”对我的追踪、盘查，到后半部分“我”反过来对他的追踪、诘问，诗人深入而综合地命名了肉体的我、心灵的我、自明的我、分裂的我、坚定的我，甚至还有失败的我、不体面的我……在生存和写作中“转折又转折”，企图打开“黑暗之门”的漫漫长途。

一个真正的诗人应该学会“与自己的灵魂的不同侧面相处和交谈”，学会在“本己”中发现“异己”的超越可能性。在人生的孤旅中，我匆匆然存在，但“存在先于本质”，我的本质要靠我内在的超越性所赋予。正如诗人在《匆匆》中所追问的：“我在自身后面，我的位置后面，我的洞孔后面奔跑。谁为我预定了这个位置？我的命运姓甚名谁？是谁和什么东西移动我，而又是谁和什么等待我的来临，去完成‘他’自己也完成我自己？”噢，是一个“无人”！“他”非我，却是更内在的我。“他”是我希望达到而暂时还未名的“可能性的我”。在肉体的我与存在疏离或沉沦时，正是灵魂的我将之稳住或托起……帕斯诗歌永远精进的内驱力之一，正是在这里。

最后，我们再读诗人一首《写作》，看看“我”与“他”(另一个我)在写作中发生的“双声的独唱”——

当钢笔在任何孤独的时辰
在纸张上行走写作，
是谁驱使钢笔？
他对谁而写作，那为我而写作的人，
这条由嘴唇、由梦幻构成的岸，

一座寂静的山丘，深渊，
在那上面永远忘记世界的肩头？

有人正在我的体内写作，移动我的手，
听见一个词语，犹豫，
停止在绿色的山和蓝色的海之间。
带着冰凉和炽热
凝视我所写作的东西。
所有一切都被焚烧在这正义的火焰中。
但这个裁决者不过是受害者
并且在判决我时也判决他自己：
他对任何人写作，他并不呼喊任何人，
他对他自己写作，又在自身中忘却，
被赎救，再次变成我。

运 动

假使你是琥珀的母马
　　我就是血的路
假使你是初雪
　　我就是那个燃起曙光火盆的人
假使你是夜间的塔
　　我就是在你额头发烧的钉子
假使你是早晨的海潮
　　我就是第一只鸟的喊叫
假使你是满篮的柑橘
　　我就是太阳的刀

假使你是石头的祭坛
　　我就是亵渎它的手
假使你是躺着的大地
　　我就是青绿的芦苇
假使你是风的跳跃
　　我就是埋下的火
假使你是水的口
　　我就是苔藓的嘴
假使你是云的森林
　　我就是把它劈开的斧
假使你是污秽的城市
　　我就是祭献的雨
假使你是橙黄的山
　　我就是地衣的红色胳膊
假使你是升起的太阳
　　我就是血的路

（王央乐　译）

［导读］

对诗歌的“耳感”，帕斯一向极为重视。他说过：“何谓理解一首诗？其意义首先是：听见它。节奏是区别和类似的关系：这个声音不是那个声音，这个声音近似那个声音。节奏是原始的比喻，而且囊括了其他一切。它说的是：连续就是反复，时间就是没有时间。”（《总结》）

诗歌话语区别于其他话语的特征，一般地说表现在以下四组差异对比上：音乐性／松弛性；创造性／约定俗成性；表现性／平面性；构成性／单维性。这里暂且不谈后三组对比，只谈涉及其“音乐性／松弛性”的方面。

我们知道，传统诗歌也非常讲究音乐性，但它的音乐性是由预先设置的声律音韵决定的。也可以说是“音在笔先”。而现代诗的音乐性，是与诗人瞬间生命体验的节奏共时生成的，声音是特殊的“这一个”意义的回声。用格雷夫斯的话说，就是“诗是一种极敏感的物质，让它们自己凝结成型比把它们装进预设的模型效果更佳”（《现代派诗歌概论》）。在此，不同的生命体验决定了声音流动的不同形式，诗歌的回旋（表现基本主题的句型旋律屡次反复），和声（同时发生的几个主题乐音的协调配合），变奏（由一个基本主题生发开去，保持主题的基本骨架而在装饰、对位、音型、速度、调性等方面加以自由发挥），如此等等都是意义与声音的整一呈现。说得简单些就是：现代诗的节奏是与“写”一道诞生的（声音与意义同步发生）。正如伯克兹所言：“好的诗歌是对声音和意义的一种复合性认可。在其中可以清晰地感知到声音是意义的一种，意义也是声音的一种。意义对应于心智，声音对应于心境。”（《指定继承人》）

《运动》这一标题含有双重意味。既是“心灵的运动”，也是“声音的运动”。让我们分别表述——

就“心灵的运动”而言，诗人表达了否定本体论的激情。诗中，“假使……”后跟随的物象，具有普遍性和必然性；而“我就是……”跟随的物象，则具有个体性、心灵性。在理性主义、整体主义、本质主义制导世界的境遇下，诗人要倔强地为个体生命的尊严、差异、爱恋、渴望、激情而呐喊。他不甘于让个人的自由、情感消隐于冷酷而“宏大统一”的绝对性中，反对以“不得不如此”来取代活生生的个体生存现实。我们看到，此诗中后面的物象紧紧咬啮前面的物象，在强劲的压抑中它奔涌而出，唤起了我们个体生命顽强“运动”的体验与共鸣。

就“声音的运动”而言，诗人移用了类似“卡农曲”（canon）的方式，一个声部的曲调自始至终为另一声部所模仿，整首诗是由模仿对位片段一气呵成，最后一行，回应第二行“我就是血的路”，使作品的旋律与意义发生了更大的“回旋”，它消弭了时间，“时间就是没有时间”，个体生命意志那奋勇不息的永恒性在声音中获得了“同情共鸣”。

是的，“理解一首诗，首先是要听见它”，这首诗中生命的喧哗与骚动就与音乐融为一体，成了一种不断前倾、永远前倾的姿势。诗人不仅要求我们跟上他的心情，还呼吁我们跟上他的呼吸——生命的节奏。

与此诗的音义协调及个体反对整体精神相类似，帕斯还写过一首著名的短诗《朦胧中所见的生活》，这里趁便抄出，供您欣赏——

在大海的黑夜里
穿梭的游鱼便是闪电
在森林的黑夜里
翻飞的鸟儿便是闪电
在人体的黑夜里
粼粼的白骨便是闪电
世界，你一片昏暗
而生活本身就是闪电

古巴

何赛·利马

何赛·利马（José Lima，1912—1976）是古巴当代著名诗人、小说家。青年时代投身于反对马查多独裁统治的学生运动。1937 年发表处女作《水仙之死》，引起广泛重视。1941—1949 年担任古巴社会保护最高理事会理事，后任教育部文化局长。1962 年出任古巴科学院文学研究所研究员、顾问，古巴文学艺术联合会副主席。他曾创办并主编过几种文学刊物，其中最著名的是 1946 年创办的《源尖》，主张民族性与现代手法相结合，对古巴现代诗的发展起到了很大作用。

利马的诗注重对想象力的深度开掘，意象坚实而灵动，结构严谨又奇妙地保持了轻逸。他认为，诗歌当然与人的生存体验有关，但诗不是时代和生活的简单摹写，它的真正形象是人类不可企及的超验性的东西。他主张把超时空的隐喻作为诗歌写作的基本方法，诗中的"历史并不是时间表，而是'虚构纪元'的交替。假想的、通过艺术手法编排的年代，要凌驾于真实的年代之上"。利马早期诗风有某种程度的巴洛克色彩，后来趋于深邃紧凑的暗示、象征结构，乃至超现实主义技艺，文约意深，他的诗歌主张对古巴青年诗人产生了很大的影响。

利马的主要诗集是《水仙之死》(1937)，《害人的流言》(1941)，《秘密的历险》(1945)，《一成不变》(1949)，《献诗集》(1960)。主要诗论著作是《时钟集》(1953)，《美洲的表达方式》(1957)，《写在哈瓦那的论文》(1958)。长篇小说代表作是《天堂》(1966)。

夜　鱼

鱼的阴暗挣扎完了；
它的嘴巴形成黑夜的边沿。
鳞片闪烁，只有
猝然逸走的银光。

层叠的银片，黑夜再度
组成它的鳃，黄色光线的岩洞
它潜进凝结的泥团。
鱼的冷眼使我们惊诧。

一次颤抖，视线伸向
它自己的消亡，原有的
与取得的，迅速疏离。

导灯晃荡，熄灭。
它的梦的水沫再也
连不成它跃过的界线。

（沈真如　译）

［导读］

鱼，是不能发声的动物，它在沉默中游移于咸涩、深暗的水域，冷暖自知，柔弱又坚韧。它的坚定与沉哀“教导”了许多诗人怎样做人，怎样在黑暗中大睁着眼睛，怎样在穿透鳞片和皮肤的寒战中，保持高傲的缄默。如美国著名女诗人玛丽安·摩尔曾写道:“鱼是穿越黑暗的玉,是一把受伤的扇子”(《鱼》),以鱼喻人,写出了生命的纯洁和忧伤。米沃什则将鱼的隐喻建立在“历史想象力”的范畴,他说——“在狂呼乱叫之后/在神魂颠倒的呓语里/在喇叭尖叫、锣鼓喧闹的场面/保持分寸便是最有力的抗议/普通人已经失去了说话的权利/像鱼张着嘴巴在缸中默默游移/我对命运的安排逆来顺受/毕竟我只不过是人/然而我感到痛苦/渴望变成沉默的鱼……”(《鱼》)。鱼,已成了一个含义复杂的现代诗“原型语象”。

利马笔下的鱼,同样也是一种人格的象征,即诗人情感的“客观对立物”。他写道,鱼在阴暗的水里的挣扎是无声的,但这种“无声之声”却更给诗人以震撼,它弥漫了辽阔的水域与天空,“它的嘴巴形成黑夜的边沿”。鱼的鳞片闪烁又沉入黑暗,那上面的每一块伤疤都无言地积淀着生活的悲郁。鱼躲避着危险,在黑暗中呼吸,潜入更淤塞的泥团;但是你看,它的双目一眨不眨,直面污浊与黑暗——“鱼的冷眼使我们惊诧”。这里,我们已看到了对受难而坚定的人的隐喻。

鱼在颤动、在醒示,它朝向无边的黑暗中燃起的导灯。但是,没有人能够听到它无声的呼唤,没有人看到它颤抖着走向消亡的身影,“它的梦的水沫再也/连不成它跃过的界线”。先觉者的孤独在此揭示无遗。如果说鱼的腮就是整个的黑夜,那么以鱼喻人,则道出了我们所“呼吸”的环境是怎样的压抑。鱼同时是一个对生存的沉痛的“报警”隐喻——有多少卑微的人生活在无言之痛中,有多少美好的愿望和梦想都变成水沫消逝了。

利马就这样从鱼中看见了人。他更深重的潜台词或许还在于:与鱼相比,人在许多时候——甚至不被允许沉默……

友谊的第一个凉亭
——给渥大维奥·史密斯

风车、棒花、短笛、眼，
雾、呼吸、阴影、门闩。

村子里的木材轧响，
预告夏日即将来临。

水抱着和谐的根须轻摇
而樵夫挨近影子伸延，

像两杯水，被吵声
和受惊的山猫打翻。

雾是沉没的生命的帽子，
摘下帽子便是无形的邀约。

（沈真如　译）

［导读］

这是一首波澜不惊又深厚绵邈的友情的颂歌。这里的友情，不是那种强加于人的生死相托披肝沥胆的表述，不是热烈如火的戏剧化倾吐，而是明净的、淳朴的、老派的君子之交，是一座夏日的“凉亭”：散朗，善良，明心见性，坦率诚朴，一无造作。读这首诗，一座友谊的“凉亭”伫立于我们的生命，诗中虽没有易感的措辞，而我们已被温抚，已被感动。

一开始，诗人“罗列”了八个直接语象，“风车、棒花、短笛、眼，／雾、呼吸、阴影、门闩”，随手指点，涉笔成趣。这些语象都是平常的、简朴的，似乎无多新奇，而且八个语象之间看似没有意义上的联系，但它们却共同烘托出两位朋友心境的恬适与澄明。你看，远方是有古老的风车的乡野景致，树荫下的人手里玩的是轻松的古代纸牌（“棒花”是古代纸牌的一组，代表能量、生命、繁殖、创造），耳中是悠扬的牧笛，此刻轻轻关上院门，两位朋友呼吸着友谊的清氛，眼睛中流淌着幸福和宽怀……噢，相见亦无事，不来常念君，这才是友情的化境啊！人性是相通的，深临这友谊的清风，我恍惚觉得，他们多么像一对“高山流水”知音式的中国古代诗人，无须多谈，淡泊而纯洁的感情早已托付给了大美不言的自然。

与这种“老派”的淳朴心境的表达相应，诗人使笔下的情境融入了农耕时代的更有魅力的景致中。村子里木材的轧响，水抱着植物的根须轻摇，樵夫静静消失的身影，这一切都在提示他们：虽然时代不同了，但朋友，人，还是原来的人；心，还是那颗心，它好好的，没变！工业化和物欲的膨胀，改变不了我们的内在灵魂。

这首诗最后在宁静的氛围中亦有潜流掠过，友人间的交谈或许触及了令人微微震悚的话题，“像两杯水，被吵声／和受惊的山猫打翻”。然而没关系，让我们坦率地谈下去，廓清矫饰的话语之“雾”，摘下那“沉没的生命的帽子”，朋友之间的坦诚相见乃是给对方的最好的礼物——“摘下帽子便是无形的邀约”。水澄流静，满目青山，我们的心在“友谊的凉亭”中安歇，人生会变得多么好看！

何赛·科塞尔

何赛·科塞尔（José Kozer，1940—）生于古巴，父辈系俄罗斯移民。他在青年时代即投身于先锋派诗歌运动，是当代拉丁美洲的重要诗人之一。他的诗题材广阔，技艺精湛，始终保持着创造活力，仅20世纪70年代以来，就创作了两千多首作品。他出版的几十种诗集均质地优异。

科塞尔广泛汲取了有益的诗歌营养，在其作品中可以看到拉丁美洲诗歌、西欧超现实主义诗歌、美国后现代主义诗歌乃至“东方禅诗”的综合影响，被吸收和转化成个人的创造。他追求在刹那间的、神秘的共时性中，浓缩经久的生命和生存体验。而对世上一切压抑的生存境况和权力主义的讹诈，他都进行了深入的批判。他说：“奈瓦尔说‘诗歌是溢出到生活里的梦’，但我要改动一下：‘诗歌是溢出到生活里的噩梦’。有时候诗人因欢乐而歌唱，有时候心灵的震颤来自恐惧。”

在诗歌的本体依据和功能上，他说：“我信奉保罗·策兰的说法——‘诗歌从不强行给予，而是去揭示’。”一首诗尽管要触及生命和生存的最敏感部位，但应记住：诗不是简单地追随现实，诗是关于元诗本身的，“诗歌经验即诗歌本身。并没有弓或者箭，并没有客体……唯一存在的是刹那间的共时性，它突然将那个陌生新鲜的东西猛力一推，那即是诗歌”（以上引文均见科塞尔的《诗歌经验：偶然性的逻辑》）。

山毛榉林

她在微笑
她的金牙上有一丝绿色的污渍。
她举起右中臂要挥动手中的手绢。
一只斑鸠在啄她的左耳垂。
她转过身：鸟惊飞而去。
那束柑橘花枝也随着她转过身来：一些灰尘
从孔洞里飘出。
她赤身裸体。
毛发在她肩膀上生长。
毛虫在渣滓中结网，她发亮的头巾她雪白的帽子。
她转动臀部：焦油。
焦油，在裂口边上：粪便，君主。
在她身旁：带手电筒的法医们聚成一圈，她的排泄物。
一只苍蝇围着隐形的焦油丝线飞行。
它飞入她臀部的裂口：嗡嗡作响。
它推动这个女人：她在门槛停留了一会儿。
不朽，她进去了。
所有的犹太女人坐着，面带微笑：一只微型苍蝇擦过
　她们的腺体。
嗡嗡作响，乳头：上帝。
枪托的撞击声：回响，喷头。

回响在涂着黄色油脂的瓷砖墙上，在微微掀起

白色油布的清风里。
尘暴：铰页。
回声：高处门窗的撞击。
从九扇玻璃天窗渗入牛奶一样浓的
光线：九个水池。
把它们舔干净。
墩布抹布不可包容的擦拭厨房的布片，把它们舔于净。
牙床。
她在她们中间坐下：此刻我从她前面的孔洞里
出生，涂满焦油。
那是出口。
她阴毛上烧焦的蜘蛛在我的脸上
留下带毛的疣。
她的前臂。

（辛彬 胡续冬 译）

［导读］

科塞尔曾说："诗歌是溢出到生活里的噩梦。"他非常推崇奥地利现代诗人保罗·策兰的诗作。策兰曾经在纳粹集中营里受尽苦难，并写出了感天动地的《死亡赋格曲》等作品，这些对科塞尔产生了一定的影响。我们已经熟悉了策兰的《死亡赋格曲》（见本书诗文本及导读文字），它对法西斯集中营残酷迫害、屠杀犹太人的暴行，进行了令人心碎的控诉和揭露。所不同的是，策兰笔力的重点指向一个"玩蛇的男子"，一个法西斯刽子手；而科塞尔的《山毛榉林》则以噬心的惊惧和痛苦，描述了一个怀有身孕的犹太女子被纳粹凌辱并带到毒气室杀死的情形。

关于这首诗的整体意蕴和关键语象，科塞尔本人也曾在一次讲演中做过解释。它的"情节"和意蕴大致如下：这是一首有关恐怖的诗。它以令我们惊惧的细节展示的"同时性"，写出了历史上残酷的、有组织的大恐怖，纳粹制造的空前的大屠杀。在诗中，一个怀孕的犹太女人一步步走向我们难以想到的、最凄惨、最不测的死亡："浴室"里的死亡。她虽然知道在集中营里自己最终会被纳粹杀死，但并不确知死亡的时间；更不会想到在她身上马上要发生的事是怎样的——她不知道人世间竟有这样惨无人道的屠杀方式——她被骗到了"浴室"，其实是毒气室。她朝前走着，不知自己是迈向死亡的门槛。在那里，她渐渐开始有了预感，她回过身来，凄楚地回想起自己不久前的婚礼，那欢乐的日子此时有如梦幻：哦，黄色的柑橘花，爱情，欢乐……永别了！

与此同时，她看到了"浴室"里已有那么多可怜的犹太女同胞，她们都是在赤身裸体中走进毒气室的牺牲者。在她们中间她找到了一点点支持，但随之袭来的是更大的恐怖，如此多的姐妹就要一起死去了。她以最后的歌唱表达对以色列上帝的虔诚和人类的无告。

如此纯洁无辜的女性，在死亡逼近的寒光中战栗了。进入她体内的恐惧从她的私处挤出"焦油"——粪便。而在她死前，还被迫以奴仆的身份用抹布甚至用舌头去擦洗浴室的"设备"及地板。

最后，这个犹太女人被毒死了，然而事情并未完结——从她的粪便（"焦油"）渗出的部位，一个婴儿降生了。这个不幸的孩子（以第一人称"我"出之）带着一块永难磨灭的屈辱的"胎记"：在他沾满粪便的脸上，有一个挂着苦难母亲阴毛的疣。犹太女人被死亡打碎、分解了，她初生的婴儿也随母亲而去。最后一行写"她的前臂"，是以身体的局部来暗示着她整个身体都被肢解的惨状。

诗人说写作这首诗时，"我感到体内有什么东西在撕裂"。我们在阅读它时，也同样伴有心智乃至神经的撕裂感。在诗中，我们没有看到纳粹党卫队的刽子手（已无须写出），只有"带手电筒的法医"，和枪托的撞击。这昭示人们，死亡在奥斯维辛集中营已是家常便饭，它甚至用不着"劳动"野兽的趾爪，它将屠刀和枪弹"省力地"换成了更无所不在的"毒气"。法西斯屠杀狂的快感，以空前的残暴奔涌而出。

诗人只以冷静隐忍的笔触勾画出这一切，而没有一句多余的话，诗中一系列触目惊心如在眼前的陈述或隐喻细节，有如绝望的呼喊和教人心碎的控诉都被这些细节震悚而噤声，这使我们更深刻地感受了诗人卡在喉头的悲愤屈辱的砾石。面对法西斯纳粹残酷迫害犹太人的暴行，难道还有比这种“卡在喉头的砾石”般的陈述更令人肝胆共裂、神骸俱消的么？

是的，“震颤来自恐惧”（科塞尔语）。阿多尔诺说，“在奥斯维辛之后写诗是野蛮的”（《棱镜》），他的真正意思是说：书写那些虚伪的轻松或激昂的抒情，甚至是神学的空话，在人类的浩劫之后都会变得残酷而冷漠；真正的人的心灵之诗，应该以另外的方式写出。而这也是科塞尔执拗地要将奈瓦尔“诗歌是溢出到生活里的梦”，改写为“诗歌是溢出到生活里的噩梦”的原因。

“你记得，西尔维娅”

你记得，西尔维娅，女人们是怎样在家里劳作的。

爸爸似乎什么也不做。
他把手背在身后，像牧师那样弯着腰，吸着
桦木烟斗，蒸腾的烟雾带给他神秘的色彩。

我开始怀疑爸爸有一点亚洲人的血统。

也许他曾经是贝萨拉维亚的贵族，
在沙皇的时代解放过他的奴隶。

也许他曾习惯于在燕麦地里度过悠闲的时光，
在扬谷子的季节里睡意蒙眬地弓着背蹲在
蕨类植物中间的湿地里，穿着那件已经开线的旧大衣。

当他在西伯利亚的大草原上发现一只苹果时可能会陷入沉思。

他对大海一无所知。

他一定对泡沫的意象着迷并且把海葵和天空混为一谈。

我相信大片哭泣的蓝桉叶子曾把他吓倒。

想象一下当罗莎·卢森堡手持小册子站在
沙皇的法官们面前时他会有什么感觉。
他只得逃亡，可怜的爸爸，从敖德塞到维也纳，罗马，伊斯坦布尔，魁北克，渥太华，纽约。

他也许作为一份文件和五本护照到过哈瓦那。我看得出来他已经疲惫不堪。
你还记得，西尔维娅，当爸爸从穆拉亚街的商店里回来时
家里所有的女人都骚动起来。

我发誓他已经从客厅的门走了进来，穿着双色的鞋，蓝条的外套，
系着精致的带椭圆点的领带。

爸爸似乎从来就不做任何事。

（辛彬　胡续冬　译）

[导读]

科塞尔非常认同保罗·策兰说过的一句话："诗歌从不强行给予，

而是去揭示。”

何谓“强行给予”？就是诗人处理材料时，以单一的视点和明确的态度直接“告知”读者他的伦理判断、价值立场、情感趋向。这样的诗表面看清晰、透彻，但实际上往往成为枯燥的道德说教，成为一篇被精心修饰过的“美文的训话”。如果诗歌变为简单的道德承诺，诗人会在不期然中标榜所有正义、纯洁、终极关怀都站在自己一边，这样就取消了诗歌的多样性和与读者的平等对话。表面看这种诗歌获得了“统一性”，但这种统一是贫乏的，对事物“清晰透彻”的认识恰好遮蔽了事物固有的复杂内容——它“透彻”到了独断地压抑透彻的程度。

何谓“揭示”？就是保持对事物多样性的认识，如其所是地呈现它鲜活的状貌，将含混多义的世界置于词语多角度的光照之下，揭橥或呈示它自身内部的种种相对性，维护着读者沉思、提问、自由二度创造的权利。

诗人曾自陈：“这首诗里的中心人物（被认为）是我的父亲。他不是被强加的，而是被揭示的（对于读者来说）。这个人物地理的，心理的，情感的以及心灵的漫长轨迹被我揭示出来：一个外来移民，一个偶然停下来的行路人，未知的土地，陌生的并且无法破解的语言。这个人物从诗中流淌出来，他的行动和语言都基于这首诗。他把自己显露出来，站在别人目前。读者可以接受他，也可以拒绝他。”（《诗歌经验：偶然性的逻辑》）

我们读这首诗，看到了“这一个”父亲：他保留着老式男人的习惯，吸着桦木大烟斗，不做家务；他沉默寡言，喜欢置身田野，时常在燕麦地畔逡巡，在扬谷子的季节穿着开线的旧大衣蹲在蕨类植物茂盛生长的潮湿地里；他有自己的沉思和岑寂，思索着自然及生命的奥秘，和农奴制的不公正……由于他的心灵受到过“罗莎·卢森堡”的影响，因此，“他只得逃亡”。罗莎·卢森堡（1871—1919）是此诗中显豁出现的人文或历史“语象”，她是德国社会民主党和第二国际左派领袖之一，德国共产党创始人之一。她因从事革命活动曾多次被捕入狱，1919 年 1 月 15 日被反动政府杀害。诗人没有进一步展示父亲逃亡的原因，对逃亡的意义更是言殊缄默。他只略略做了客观性提示，让读者去联想，去评价。这个“对大海一无所知”的父亲，却不得不涉过灵魂和自然界的双重大海，流离失所，“疲惫不堪”。他是家庭的支柱，这个“似乎从来就不做任何事情”的老爸爸，其实一生历尽沧桑，从地理、心理、情感、生活方式上做了那么多事情，改变了我们的生活，令家人敬佩、骄傲。

如果说西尔维娅·普拉斯笔下的《爸爸》是气壮如牛、自信而吓人的男权体现者（他是诗人创造的形象，实际上普拉斯的父亲在她童年时已去世了），那么科塞尔笔下的“爸爸”（我们同样应将之视为诗中创造的人物）则是古板而不失威严，内向而不失敏感的男人。诗人没有美化他，也没有丑化他。“爸爸”就是这样一个人，在诗中“他把自己显露出来”，站在我们面前。至于如何评价“爸爸”的长短，诗人将这个任务谦恭地交给读者了。

科塞尔还写过一首“揭示”的诗，名曰《弗朗兹·卡夫卡的幼芽》。全诗如下——

那是一幢小小的两层的房子，离布拉格后街
　　的小河不远。在十二月十一日或十二日

清晨，他突然冲了出来，他
　　冲进楼下那间小小的厨房，那里有圆桌和
　　椴木椅子，便携的炉子和亚甲基的
　　蓝色火苗。他点燃了

煤气灶

就在同时这三炷火苗也在三扇窗玻璃上
　　映出绿色的火焰：它闻起来有硫黄味。他想去

小餐厅喝一点波尔多草药汤和蜜茶。

他拉出椅子，坐在不知多久以前放在
六彩的柳条玻璃架上的
赭石色杯子前面。那是

菲利西娅送给他的礼物：菲利西娅又一次

出现了，梳着两条辫子，一条带子在中间，手持
明亮的蜡烛，映着白色的渴望面粉和
神圣的面包的椭圆形脸庞，一张
三倍于

窗玻璃上的火焰的脸庞：她出现了。还是那个三倍于
死亡的女孩

一些室内乐手
随着三角铁的敲击声音到来，随着离河边不远
高高的钟楼上三只小钟的敲响而到来：他们在
带着天窗的巨宅里摆开十只

杯子把十把椅子

那里露台与玻璃门（牲畜圈和仆人们住的棚屋）
日夜开放，水和海绵

闪闪发光。是的，那是另一个时代，一群少女
看护茶壶，（煮沸）蓝桉（煮沸）
茉荞栾纳草和助消化的水（薄荷）

呼吸的水：一切都

寂静（最终）一切都寂静下来，他走上楼梯
　　看到他躺在窗玻璃上
　　（最终）窗户上没有一群

鸟在聚集

在这首诗里，卡夫卡居住的房屋的语象，童年生活细节的语象，岑寂的器物的语象，植物枯燥的学名（乃至化学用语），特别是反复出现的玻璃语象……都是诗人以不动声色的“零度写作”方式呈现出来的。它们共同构成了一种暗示氛围：这里生活的孩子是未来的自闭症患者，一个玻璃罩中人。而最后出现的鸟儿的语象，则将卡夫卡内在的气质揭示出来（卡夫卡，Kavka 系捷克语中“寒鸦”之意）。这不是“强行给予”，而是沉静准确的“揭示”，它在召唤读者积极地参与。

圣卢西亚

德里克·沃尔科特

德里克·沃尔科特（Derek Walcott，1930—2017）生于加勒比海岸圣卢西亚岛。父亲是英语诗人、画家，在沃尔科特出生一年后即去世。母亲是教师兼剧作家，有深厚的文学艺术修养，家中文学艺术藏书甚丰。这些对沃尔科特走上诗人、剧作家、画家的道路有很大影响。沃尔科特自小热爱文学艺术，14 岁开始发表诗作，18 岁出版诗集。19 岁时他创作的第一部剧作上演。1950 年，他就读于牙买加的西印度大学。大学毕业后，赴特立尼达，在文学创作的同时，从事过教师、书评、艺术评论工作。70 年代中期后，沃尔科特主要在美国生活与工作，先后在柯林斯学院、纽约大学、耶鲁大学和哥伦比亚大学等院校任教，曾为波士顿大学文学理论及写作教授。诗人也常常回家乡小安的列斯群岛居住。

沃尔科特是有广泛国际影响的大诗人，他的作品建立于多元文化背景之上。他有英国、非洲和荷兰血统，会英语、克里奥尔英语、克里奥尔法语（本地土语）、西班牙语，使用英语写作。他作品的主题亦多与加勒比海、英语世界、非洲有关。在他的诗歌中，人们会看到古希腊诗歌，英国伊丽莎白和詹姆斯一世时代的诗歌，诗人华兹华斯、丁尼生、叶芝、哈代、奥登、洛厄尔等给予的综合影响和启示。然而在他的诗中我们也同样能清晰地看到加勒比海地区的方言语汇和句法，本土人民的精神历史，民俗风景等给予的影响。沃尔科特都将这一切强化和重新激活，并完善地形成了他个人化的声音。

这是一位在本土性和世界性、传统与现代、严谨捆扎着的精美诗行与轻松的本地口语之间，优美自如地游走的诗人。不同的文化慧命像他使用的经纬线一样，他织出了自己的诗歌锦缎，而独立于他继承的任何一种传统。沃尔科特的作品题材广阔，具有深广的历史想象力和艺术原创力。他既写反帝反殖民题材，同时他更处理爱情、时间、存在、记忆、孤独、死亡等人类基本母题。布罗茨基称他是“当今英语文学中最好的诗人”。斯文·伯克兹说，“在当前用英语写作的诗人中，没有谁能够用沃尔科特的方式把对权力的批判和微妙的技艺连接起来。他是一个局外人，一个来自外围的诗人，但现在或许该把圆规的中心放在他的位置，重新画一个圆”。(《指定继承人》)

沃尔科特的主要作品为：诗集《绿色之夜》(1962)，《海滩余生》(1965)，《另一生》(1973)，《海葡萄》(1976)，《星苹果王国》(1980)，《幸运的旅客》(1982)，《仲夏》(1984)，《阿肯色的圣约书》(1982)，《自选集：1948—1984》(1985)，《奥梅罗斯》(1990)。剧作《鼓与旗》(1958)，《猴山之梦》(1967)，《回忆》(1977)等。1988年诗人获女王诗歌金质奖章，1992年获斯密斯文学奖。1992年，“由于他的诗具有伟大的光彩，历史的视野，是献身多元文化的硕果”，沃尔科特获诺贝尔文学奖。

新世界

那么在伊甸园之后
还有什么新奇之物吗?
哦，有的，第一串汗滴
使亚当敬畏。

自那以来，他整个肉体
便只好浸泡在咸咸的汗水中，
以感受季节的交替、
恐惧和丰收;
快乐尽管来之不易，
但那至少属于他自己。

蛇呢? 它不会锈死在
树木盘错的枝丫上。
蛇羡慕劳作，
它不会让他孤独。

他们俩会看着桤木的
叶子变成银白色，
看着栎木染黄十月。
所有的东西都能变成金钱。

所以当亚当乘坐方舟

被放逐到我们新的伊甸园，
那被创造的蛇，也盘身舟中
给他做伴；上帝希望如此。

亚当心生一念。
他和蛇共同承担
伊甸园的丧失，应该有所获得
于是他们创造了新世界。它看上去还不错。

（西川　译）

［导读］

此诗取材于《圣经》，但却是一支人的赞歌。我们若知道圣经故事，理解起这首诗就很容易了。《圣经》中有关失乐园的故事是这样的：

上帝创造万物之后，在第六日造人。他按照自己的形象用尘土造出一个人，起名“亚当”（字面的意思是“人”）。上帝将亚当安顿在伊甸乐园里，他允许亚当食用所有树上的果子，只有“善恶树”上的果子除外，若不然，就会丧命。上帝见亚当孤单，就在他入睡时从他身上取出一根肋骨，造成一个女人做他的伴侣。亚当一觉醒来，看见女人非常高兴：“这是我骨中之骨，肉中之肉。”夫妻二人，赤身裸体，天真烂漫，并不觉得羞耻，过着无忧无虑和谐美满的生活。

在上帝所造的生物之中，蛇是最狡猾的。一天，它对女人说：“善恶树上的果子鲜美异常，吃了也不会死的。上帝所以不让你们吃，是怕你们吃后心明眼亮，知善恶，辨真假，就跟上帝一样智慧了。”女人的心激动起来，于是吃了一颗禁果，果然鲜美异常，便劝亚当也吃了一颗。食后二人顿时心明眼亮，知善恶，辨真假，面对自己赤裸的身体，羞耻之心顿然而生。

当上帝漫步乐园时，他们便藏了起来。这样，上帝知晓了二人偷食禁果的事，他要实施威严的惩罚：引诱人的蛇被罚永世在地上爬行、吃土；女人被罚生育时备受苦痛，对丈夫俯首听命；亚当被罚，“从今以后，土地要给你长出荆棘和蒺藜，你必须终年劳苦，汗流满面，才能从地里得到吃的，勉强维持温饱。这样劳碌终生直到死后归土”。事后，亚当给妻子起名“夏娃”，意谓大地上众生之母。上帝给这对有罪的夫妻做了兽皮衣服，然后将他们逐出伊甸园。

这首诗正是从“伊甸园之后”展开的。人离开了神的呵护，他开始承担自身的命运了。他（人）会沉浸在悲郁和绝望中吗？生命的历程还会有“新奇之物”吗？——“哦，有的，第一串汗滴／使亚当敬畏”。人第一次看到了自己的力量，虽然他们的肉体浸泡在咸涩的汗水中，他们经历了四季轮转，风霜雨雪，恐惧和丰收，但毕竟不是靠神，而是靠自己的双手创造了自己的生活，“快乐尽管来之不易，／但那至少属于他自己”。

蛇呢？它的狡猾是否只代表邪恶，而不同时喻示着对人的智慧和独立感的赞赏？看起来，诗人并不简单认同传统的“圣经释义学”的说法。他写道，“它不会锈死在／树木盘错的枝丫上。／蛇羡慕劳作，／它不会让他（亚当）孤独”，他们俩会看着美丽神奇的树叶变成洁白的纯银和明丽的金黄色。他们相信劳动会创造生活的必需，“所有的东西都能变成金钱”。

基于对圣经进行诗性的“解释学循环”，诗人认为，亚当——“人”的泛指，因为下面“方舟”的故事只是亚当的子孙经历的——乘坐的方舟上之所以有蛇与之为伴，是“上帝希望如此”。人理应知善恶辨真伪，心明眼亮，树立自己的尊严。如果发现的智慧竟被视为禁区，那人还算什么人？人固然劬劳功烈，艰辛生存，但是人的价值也正体现在这里。

诗人将一场旷古的惩罚，变作了人类尊严和价值的伟大揭幕式。人以他的劳动和智慧，创造了大地上的文明，“共同承担／伊甸园的丧失”。诗人肯定了人的尊严和光荣。请回望并展望这属于人的新世界吧，让我们与诗人一道高傲地说：“它看上去还不错。”

安 娜

依然梦见，依然思恋，
在阴雨连绵的早晨，你的脸蛋变成
无名女生的脸蛋，莫非一种惩罚，
既然有时，你屈尊微笑，
既然微笑的嘴角已挂有宽恕。

在姐妹们的围攻中，你是一件
使她们感到欣慰的奖赏，她们的指控如荆棘
将你团团困住，
安娜，你犯了什么弥天大错，制造了什么伤痕?

雨季滂沱而至，
半年的时光已退去。时光的背脊仍在疼痛。
小雨也疲惫不堪。

二十年
另一场战争已结束，贝壳在哪儿?
在我们那黄铜色的季节模拟的秋日里，
你的头发却喷出火焰，
你的凝视出没于无数的图片，

时而清晰，时而朦胧，
一切都在寻觅大同世界

与大自然共谋复仇之计

一切都在悄然昭示存在的真实，
在每一线条背后，你的笑声
凝固成无声息的图片。

穿过你的秀发我走进俄罗斯的麦田，
你的双臂垂落，像成熟的梨子，
你诚然是另一片土地，
你是麦田和水坝的安娜，
你是瓢泼冬雨的安娜，
是充满雾霭和无情列车的安娜，
是战争后方沸腾车站的安娜，

从沼泽边缘，
泥泞不平的浅滩上，消失，
你是清新却突然变得苦涩的诗歌的安娜，

是如今乳房丰美的安娜，
是行踪未卜的大红鹤的安娜，
是残留在针箍上苦盐味的安娜，
是淋浴者微笑中的安娜，

是黑屋子里的安娜，在发臭的贝壳中
托起我的手，让我们向她的乳房起誓，
她的眼睛清澈无比。

你是全部的安娜，承受着全部的道别，
你的胴体有个厌世的驿站，
克雷斯蒂，卡列妮娜，大鼻子，郁悒不乐，

于是从某部小说的书页中我找到了生活
比你真切，已被选为
他命中注定的女主人公，你知道，你知道。

（郭良 译）

［导读］

此诗是沃尔科特的自传性叙事长诗（四千余行）《另一生》第十五章中的第一首。由于它的感情饱满，技艺精纯，足以单独成篇，所以在一些选本中它常常独立出现。但因此也造成一种误读，一些诗人、批评家根据诗中出现的“卡列尼娜”，便认定此诗的“安娜”是指托尔斯泰小说《安娜·卡列尼娜》中的女主人公。其实不然。只要读过《另一生》全文，或是第十五章的第二、三、四首，我们就会知道，这里的安娜本是指俄苏著名女诗人——“俄罗斯诗歌的月亮”，“俄罗斯的萨福”——安娜·阿赫玛托娃。诗人在第二首写道：“雪一样陌生／初恋般遥远／我的安娜·阿赫玛托娃”。并重复了麦田、水坝及炮弹箱等等意象。不过，平心而论，“误读”者亦有一点点道理。因为“安娜”作为一个在俄语中表阴性的人名，沃尔科特在诗的后面也的确将之扩展了，成为对阿赫玛托娃故国的姐妹们的泛称。

安娜·阿赫玛托娃是俄罗斯诗歌“阿克梅派”的代表诗人之一。她忠实于心灵，忠实于缪斯，忠实于伟大的俄罗斯良知，一生中写下了大量感人至深的诗篇。由于坚持人道、自由立场，坚持艺术的独立性，她的命运极为悲惨。先是在30年代苏联“大清洗”中她失去了儿子、丈夫，接着她的诗又屡次被极左意识形态所批判、所诬蔑。她的诗集被销毁，本人被开除出作家协会。她发自纯洁心灵的吟述，被主流意识形态宣布为“与时代背道而驰的空洞文字，混合着淫秽和祷告的娼妓兼修女”（可参看本书对阿赫玛托娃的生平介绍及诗作导读）。但诗人没有屈服，她默默地、不计代价地坚持“地下写作”，留下了有关时代和个人心灵的深刻见证。当岁月的时针沉重地扫过，真正的诗篇会有吹沙见金的命运。沃尔科特热爱阿赫玛托娃的诗歌和她圣洁而坚韧的心灵，因而在自己的自传性长诗中辟出篇幅写出了安娜给他的激励、启示与感动，也使我们得以领受这首融献诗与哀歌于一体的作品。

布罗茨基在论述阿赫玛托娃诗歌的文章《哀哭的缪斯》中指出，“一个人生命的从始至终，时间以种种语言呼唤着人们：无辜、爱、信仰、经验、历史、疲惫、内疚、衰落等等，在所有这些中，爱的语言显然容纳了其他所有的语言……她有能力宽恕。”的确，基于博大、纯洁而温柔心灵的“宽恕”，是阿赫玛托娃诗歌精神的基调之一。但愿这种“宽恕”，能使残酷的历史、蒙昧而无情的人们会有一天羞愧难当。安娜逝去了，但她没有离开我们，伟大的诗歌精神会永恒地轮回，诗人写道：“依然梦见，依然思恋，／在阴雨连绵的早晨，你的脸蛋变成／无名女生的脸蛋”。安娜是高贵善良的，面对不幸的命运，她“屈尊微笑”着，“微笑的嘴角已挂有宽恕”。

安娜受尽屈辱，她那些发自女性心灵深处的真挚的爱情诗篇被批判为“混合着淫秽和祷告的娼妓兼修女”。沃尔科特特意点出“姐妹们的围攻”，意在揭示丑陋的意识形态灌输对人心灵的扭曲。不唯男性，即使同为女性的所谓“姐妹们”，也没有能力理解安娜，并在违心地指控着安娜。“你犯了什么弥天大错，制造了什么伤痕？”这是沉痛的反问。安娜遭受了严重的不公和巨大的伤害，仅仅因为她写下了真实而纯正的人性的诗篇。虽然历史终于廓清了意识形态的迷雾，安娜得到了应有的又是迟到的评价，但心灵的伤痕永难平复，“时光的背脊仍在疼痛”。

接下来，诗人涉及了安娜生平中另一部分内容。在伟大的卫国战争期间，安娜勇敢地投入了抗击德国法西斯的战斗，创作了许多充满着爱国激情和英雄主义的诗篇。她不屈的声音传遍了俄罗斯，人民从她的诗歌和广播稿中汲取了胜利的信息和战斗的力量。此诗中的语象“贝壳在哪儿？”直译应为“炮弹箱在哪儿”；而“在发臭的贝壳中”，直译应为“在冒着火药味的炮弹箱中”（可参看晨雨先生译文，载《世界诗库·六》之《另一生》）。沃尔科特痛惜于人们的“健忘”，如此伟大的人民诗人竟被诬称为“与时代背道而驰”，其作品竟要到50年代后期才被“追认”。诗人望着安娜的照片，仿佛也领受了她的凝视和问候，她的“头发喷出火焰”，“一切都在悄然昭示存在的真实”。照片是无声息的，但一种伟大的诗歌精神却可以跨越地域和时间，在两个诗人心中传递。

如果说以上内容主要是“哀歌”调性的话，那么很快诗人就耸然跃起，用排比的句型，一气贯注以赞歌调性写下了安娜的复活。这是此诗最激动人心的、融华彩与淳朴于一体的乐段：“穿过你的秀发我走进俄罗斯的麦田……／你是麦田和水坝的安娜，／你是飘泼冬雨的安娜，／是充满雾霭和无情列车的安娜，／是战争后方沸腾车站的安娜……”安娜沧桑的一生被缓缓翻起，她已与她热爱的祖国大地融为一体，成为大地的声带。

安娜的诗歌复活了，并将永远活下去，伸延到现在，未来，甚至“过去”。她是“如今乳房丰美的”青春的“安娜”，如今轻捷优雅的大红鹤的“安娜”，也是普通劳动者“残留在针箍上苦盐味的安娜”，是在沐浴中微笑的“安娜”……她甚至还是托尔斯泰笔下追求真挚爱情、最终扑向车轮的安娜·卡列尼娜……噢，“你是全部的安娜，承受着全部的道别”，你是所有“眼睛清澈无比”的安娜的代言人！

安娜·阿赫玛托娃曾写过一首长诗《没有主人公的长诗》，融诗、日记、回忆录于一体，将个人命运与时代风云共时扭结呈现，被批评家称为“抒情的历史主义诗章”。沃尔科特缘此而发，在结尾处写道：“从某部小说的书页中我找到了生活／比你真切，已被选为／他命中注定的女主人公，你知道，你知道。”

从“没有主人公”，到“命中注定的女主人公”，其间多少沉痛，多少回忆，多少省思，多少安慰……正如诗人在《另一生》第十五章第三首诗中写的：安娜借纯洁的心灵，行完一世路程，她的“灵魂像苍鹭一样，从盐沼的岛屿草地上飞升，进入另一个天国”，让我们祝愿苦难的诗人在那里得享宁静，得享温暖，得享光明。

来自非洲的遥远呼声

阵风吹乱非洲棕褐色的
毛皮。吉库尤族如蝇一般迅疾，
靠草原的血河养活自己。
一个撒遍尸体的乐园。
只有挂“腐尸上校”衔的蛆虫在喊：
“不要在这些死人身上浪费同情！”
统计证实，学者也掌握了
殖民政策的特性。
这意味什么，对在床上被砍的白孩子？
对该像犹太人一样消灭的野蛮人？

长长的灯芯草被打碎，成了
鹭鸟的白尘，它们的叫声
从文明的曙光开始，就在烤焦的河
或兽群聚集的平原上回荡。
兽对兽的暴力被看作
自然法则，但直立的人
却通过暴行而达到神圣。
谵妄如提心吊胆的兽，人的战争
和着绷紧皮的鼓声舞蹈，
而他还把死人签订的白色和平——
把当地的恐怖称作英勇。

又一次，残暴的必要性
用肮脏事业的餐巾擦手，又一次
浪费我们的同情（像对西班牙一样），
大猩猩在跟超人角斗。
我，染了他们双方的血毒，
分裂到血管的我，该向着哪一边？
我诅咒过
大英政权喝醉的军官，我该如何
在非洲和我爱的英语之间抉择？
是背叛这二者，还是把二者给我的奉还？
我怎能面对屠杀而冷静？
我怎能背向非洲而生活？

（飞白　译）

[导读]

这首诗感情强烈而错综纠葛，是沃尔科特最广为人知的作品之一。为准确理解它，有必要先交代一下诗人的写作背景。

沃尔科特有非洲和欧洲两种血统。他的祖母和外祖母均为非洲黑奴，祖父是荷兰人，外祖父是英国人。沃尔科特接受的是西方文明的教育，使用英语写作，热爱欧洲文化艺术；但家族血脉的影响及归属感，和对生长之地加勒比海岸岛国圣卢西亚土地和人民的深情，以及民间文化的熏陶，又使诗人的肉体和灵魂深处有着“混血”的“困惑”和无枝可栖的“流浪感”。当然，也正是多元血统、多元文化的交叉影响，构成了他诗歌的开阔感和张力。

一个真正的诗人，虽然他难以（亦无须）悬置“根不知所钟”的困惑，但有一点是可以肯定的：他要对世上一切不义，一切殖民主义者进行反抗。这里，诗人的立场是良知、自由、人道的立场，它逾越了种族，为那些受侮辱与损害的人们伸张正义，他向“人”说话，向“公理”说话。

这首诗回溯了黑非洲苦难的历史和人民的抗争，揭露了殖民主义者对黑人的肆意压榨与屠杀。“阵风吹乱非洲棕褐色的／毛皮。吉库尤族如蝇一般迅疾，／靠草原的血河养活自己”。吉库尤乃非洲一部落，其成员称为“茅茅战士”。他们进行了长达八年之久的抵抗运动，反对英国殖民主义者。但他们却失败了，鲜血染红了祖国的黄沙。殖民主义者对此无动于衷，言称“不要在这些死人身上浪费同情”，他们还自诩给蛮族带来了“文明的曙光”。无论是武力入侵，还是“学者”的文化入侵，都在重复一个观念：白种人是优越的种族。在这里，成千上万被屠杀的黑人的生命价值竟然无法与一个被砍死的白人儿童相比！正义的抵抗竟被称为“大猩猩在跟超人角斗”。

殖民统治者不但在非洲疯狂地狩猎，他们也以同样疯狂的方式“狩人”。诗人沉痛而犀利地质问道：“兽对兽的暴力被看作／自然法则，但直立的人／却通过暴行而达到神圣。”这是多么令人屈辱而恐怖的殖民主义法则，人被杀死了，他们与死人签定了“白色和平”，他们制造的恐怖被自诩为“英勇”。

诗人憎恨英国殖民主义者，对殖民统治下的非洲人民倾注了无限同情。但是，我们要厘清的是，文明本身是无罪的，有罪的只是利用文明去实施野蛮统治的人。沃尔科特不是一个狭隘的种族主义或原始自然主义者，他反对任何形式的独断论。他深知文明本身的伟大，况且他从童年时代起受到的良好教育，主要也来自欧洲文明。诗人陷入了自我盘诘中，在他的肉体和精神里，交流着两种血液——“分裂到血管的我，该向着哪一边？／我诅咒过／大英政权喝醉的军官，我该如何／在非洲和我爱的英语之间抉择？／是背叛这二者，还是把二者给我的奉还？”——这沉重的自我盘诘，缠绕的噬心困惑是真切而动人的。他并不能“背叛”任何一方，也无须二元对立式地“抉择”，自欺地“奉还”。在此，诗人的立场是良知、人性、正义的立场：是呵，尽管我热爱英语和西方的文明，但说到底，“我怎能面对屠杀而冷静？我怎能背向非洲而生活？”人生而平等，任何对人的奴役都应遭到强烈的反对（无论它是“落后的”，还是打着“开化的”旗号）——这才是更根本的文明。

黑八月

这么多雨水，这么多生活，正如这黑八月
肿胀的天。我的姐妹——太阳
在她的黄房间里抱窝不出。

一切东西都进地狱；山岭冒烟
像口大锅，河流泛滥；可是她
仍然不肯起来止雨。

她躲在房里赏玩古老东西——
我的诗、她的照相簿。哪管雷
像一摞菜盘从天上摔下来

她也不露面。
你不知道吗，我爱你，而对止雨
束手无策？但我正在慢慢学会

爱这阴暗的日子，这冒汽的山，
充满嗡嗡闲话的蚊子的空气，
和啜饮苦药，

所以当你——我的姐妹
重新出现，用你体谅的眼
和繁花的额分开雨的珠帘，

一切都会同往常不一样了，真的
（你看，你们不让我如我所愿地
爱），因为，我的姐妹呀，那时

我将已学会爱黑暗日子同光明日子一样，
爱黑的雨白的山，而从前，
我只爱我的幸福和你。

（飞白　译）

［导读］

这是一首构思缜密、意味深长的诗歌，有一种“发自喉咙深处的重浊的舒适”。此诗含有对个体生命的沉思和对文化立场的自觉，是为双重主题。

“黑八月”是小安的列斯群岛淫雨连绵的季节。“这么多雨水，这么多生活”，诗人感到了灵魂和气候的对应，他的心也是一片压抑、孤单、潮湿、缠绕。孤寂、沉闷在挤压着人的心灵，天空肿胀，“一切东西都进地狱；山岭冒烟／像口大锅，河流泛滥”，“雷／像一摞菜盘从天上摔下来”。在这自然、文化与灵魂多重的郁闷窒息中，诗人期望太阳出现，驱散多重的阴霾。

然而，“太阳——我的姐妹”，却在她的黄房间“抱窝不出”，她躲在房里赏玩古老的东西。诗人焦迫地呼唤，“你不知道吗，我爱你，而对止雨／束手无策？”对此呼唤，“太阳”无动于衷，“她”耽于自嬉和自恋，令人由满怀期望变得无所指望。

生活要谁灭亡，一定先用对环境的绝望使他放弃自我的努力。反之，生活要谁胜利，也用同样的方式考验他挖掘内心光明的能力。在倾心于向外企求的姿势无效后，诗人返回了自己的内心。他知道，一个人能改变的只是自己的心灵和意志。正如俗话所言：天要下雨，那就让它下吧。“我正在慢慢学会／爱这阴暗的日子”，它是“苦药”，但有助于治愈一颗忧戚的心，让它清醒地省察置身其中的生存，重新厘定自己的文化和精神向度。

既然“你们不让我如我所愿地爱”，那么，就让我挖掘一条不假外求的生命通道。毕竟，“太阳”（或我热爱的欧洲文明），只是我的“姐妹”，它不会真正完整无缺地赐予我什么可以永远依仗的东西。我爱它，但它不能或不让我以“如我所愿的方式”来爱。当迟到的太阳重新升起，用“体谅的眼和繁花的额分开雨的珠帘”，新的情境或许出现了；可是，“我”也与过去的我不同了，我不会对它天真地欢呼，更不会忘记在那些无告日子里的自我砥砺。“我将已学会爱黑暗日子同光明日子一样”，我爱上了不可更改的我自己的文化现实和生命血脉，我甚至爱上了生我养我的这片孤寂而忧伤的土地——“而从前，我只爱我的幸福和你（太阳）”。没有一种“姐妹”的文明可以代替你的思考，正像无人能代替你呼吸一样。

沃尔科特在诺贝尔文学奖“致答辞”中表述过这样的意思，它有助于我们理解此诗：历史的叹息是在毁灭中响起，并非在美景中。对那曾迷失的文化，诗人经历的是“苏醒”，而非对“新生的庆祝”。花瓶打破之后，把碎片重新黏合起来时付出的一片爱，要比它完好时将它的完整视为当然的爱更为强烈，虽然在被修复的历史瑰宝上依然残存着伤痕。“收集并黏合碎片，是我生活的安的列斯群岛的喜好与痛苦”，它既是被损害的历史的见证，又是一种自明的自我挖掘、自我发现，是雨和盐的结晶。

诗人这段自述令我们深思。作为加勒比诗歌传统的建立者和加勒比精神的代言人，他深知精神健全的人不能排斥“姐妹”，而应从“姐妹”文化那里汲取活力和光芒；但“姐妹”毕竟只能是姐妹，你的生命、文化、历史还要靠自己承担，对生存的问题，只能指望从自己的具体历史处境和内心深处挖掘出一个可靠的答复来。

对强势文化的质询与对本土文化的忧虑，是沃尔科特诗歌的母题之一。但他不是以“起诉”的方式说出，而是冷静的“呈现”，以期激发人们更内在的思考。《维尔京群岛》与《黑八月》相比，不以隐喻、象征取胜，却以“叙述”服人。这里趁便抄出，供读者领略诗人不同的话语方式——

弗莱德里克斯特德，这第一座自由港将死于
旅游业。沿着它被阳光打磨的死寂的街道，
我踱着葬礼上的步子，想到的不是
迷失于美国之梦的生活，
而是我用我这小岛居民的纯朴
无法改进我们的新帝国，它文明地拿出
照像机、手表、香水、白兰地，
却换不来美好的生活，在被太阳
损毁的街道上，在石头拱门
和广场被歇斯底里的谣言
所烘干的街道上，货品的价格被压得太低，
只有犯罪率不断上升。一个共管下的政府
无所事事；它的买卖合同上覆盖着灰尘，
仅有一只浑身珠翠的家蝇在上面
嗡嗡盘旋。生锈的轮盘赌具被风
涩涩地吹动；那生机勃勃的货船
每天清晨都要整装起航，
船尾搅起码头外端的绿色海水，
驶向有银行点数钞票的地方。

澳大利亚

肯尼斯·斯莱塞

肯尼斯·斯莱塞（kenneth Slessor，1901—1971）生于新南威尔士州奥兰治。自幼喜爱文学艺术，中学时代开始发表诗作，中学毕业后担任悉尼《太阳报》记者，并继续写诗。1923 年与友人合办《幻影》杂志，产生了重大影响。1926 年出版第一部诗集《地球来客》，引起文坛关注。1936 年出任《史密斯周刊》副主编，后任主编。第二次世界大战期间作为战地记者深入前线采访，战后任悉尼《太阳报》文学编辑及主要撰稿人。1957 年后作为职业撰稿人为《每日电讯报》撰写社会评论及图书评论。他曾经担任过澳大利亚联邦文学基金会委员，全国文学评论委员会委员。

澳大利亚批评界普遍认为，斯莱塞是澳大利亚现代派诗歌的开创者。他的诗歌写作虽然受到著名的现代主义诗歌大师庞德、艾略特的影响，但同时又在许多方面保持了传统的韵律，他较为自觉地将现代技巧融于本土的文化语境中。他的一生的大部分时间是在悉尼度过，对这座城市有充分的了解和深切的热爱，他的许多诗都写到悉尼的海港、海湾、街道、城郊的风光以及人民的生活。他对现代诗“都市题材”的全新开掘，影响了澳大利亚许多青年诗人。

斯莱塞基本属于意象—象征派诗歌谱系，善于捕捉准确、坚实、鲜明的感觉形象，在“情感和理智瞬间的结合体”中，揭示生活中的矛盾或互否心理。这是一位包容性的诗人，在他的诗中，反讽、幽默与歌唱、赞叹和谐地融为一体，现代性的想象力奇妙地置入传统的韵脚、半谐音、头韵和节奏中。虽然他说过“写诗是从地狱里求欢乐”，但他也忘不了对世界说出"我赞美"，这体现了一个成熟诗人的平衡能力。

斯莱塞的主要诗集是《地球来客》(1926),《达灵赫斯特的夜晚与晨辉》(1933),《五阵钟声》(1939),《诗100首：1919—1939》(1944)。他最有影响的散文集是《面包与酒》(1970)。

五阵钟声

小小齿轮驱动的光阴
不是我的时间，那静止的水波。
在轮船报时的阵阵
钟声之间，在远处游弋的
战舰传来的阵阵钟声之间，
我几经生死，而久故的乔
他的一生，在五阵钟声间度过。

溶溶的深邃的光柱
融合了倾泻的月光。五阵钟声
冷冷振响。夜色水波
谢入沉沉黑暗，港口漂浮
半空，十字星座倒悬水中。

亡灵啊，为什么我想起你，为什么
从泊于岁月的思绪之锚上窃取
这些无谓的记忆？你
弃世而去，名字已失去意义；
但仍剩有什么，在张口
对着空间的港口撞击，喊叫，
拍击堤岸，发出暴怒的声音。

你在对我叫嚷么，亡灵？看你痛苦地

张嘴，把脸紧贴在无言的窗框上，
请大声点，使劲敲窗，喊出你的名字！
但我什么也听不见……唯有钟声，
五阵钟声，愚人的计时法。
你的回声消失，被生活淹没，
任谁的声音也难飞越那狭小的过道——
没有别的，唯有对久已埋入
黄土的尸骨的记忆，
对于你可能做过的种种琐事的记忆，
或我认为你做过，你却忘了，
忘个一干二净——那举止言谈
啤酒渍，你掉了纽扣的外衣，
瘦削憔悴的脸，受伤的眼，你讲着
爱尔兰王，英格兰背信弃义，
达灵赫斯特的店老板更恶，
竟然大逆不道，抱怨上帝。
　　　　　　　　　　五阵钟声。

于是我看见路，听见闷雷在天上
翻滚，感受暴雨利爪的袭击。
那夜我们去穆尔班克，天色漆黑，
黑得不见你的身影面容，
夜空中却有断续清晰的声音
（正如现在我若击碎玻璃你会惊叫）
这声音起自我身边的树丛，
轻轻诉说，时而被风吞没，
讲着弥尔顿，西瓜，《人权》，
讲吹长笛，讲塔希提女郎
肤色黑嘴厉害，而悉尼女郎
肤色白嘴厉害，这是你的发现。

但我只听到支离破碎的话语，
于是，弥尔顿成了西瓜，西瓜成为女郎，
似乎那晚有五十张嘴讲话
每棵树上都有人竖耳偷听，
又像什么东西刚刚奔入草丛，
这时惨白的闪电如疯子的怪念
如石油精之火熠亮划破夜空，
以死一般的画面切开黑暗。
尽管生活艰难，也没这么急迫的
需求，必须在那样的夜里
在乡间小路上摸黑赶十里路，
你既这样做，总有你的理由。
　　　　　　　　　　　　五阵钟声。

在墨尔本，你胃口不开
但怒气已消，夏日淫雨柔软的箭矢，
湿气海绵般的脚爪，渐重的潮润
将它们消磨殆尽，粘住
生命之叶，令思维迟钝，
让你充溢愤怒的皮骨外露
显出正直的渗透的喜悦。
我想起你用淡墨写下的东西，
你未封存的日记，还有别的
遗物，现在都已没什么用处，
失去了意义，而仅是一种标志，
表明某人曾活着而今已死去；
“在拉巴萨，6×8 英尺的房间，
坐落高楼之顶，因此冬天屋里，
又暗又冷。一切都堆在
这儿——各种大小颜色的

五百本书，散在地板上
窗台上和椅子扶手上；
还有枪，各色各样照片
以及我搞来的各种古玩……”
在悉尼，就着廉价汽灯
投在粉色壁纸反射的微光，
我们争论着怎样炸毁地球，
而你的日子倒转，因此每夜，
你都向母亲的怀抱爬近一刻，
他们都活着，那些各式各样的
人们，曾让你年轻时困惑，
尤其你的父亲，那位失明的老人
手里总是拿着小提琴，
他是位墓场石匠，曾雕出无数
如梦一般虔诚的石碑，
耸立在千千万万白骨之上，
他们默默地愕然注视这些
从没料到要承载的重物——
这些美丽的雕石做成的祭饼。

你在哪儿？潮水淹没了你，
夜半的落潮淹没了你，
就像时间，像神秘，像记忆
和那静止的水波，一齐淹没了你。
你无处栖身，而那些安乐死者，
却安卧在幽僻的墓地——
大潮涌来，浪头盖过你，
它们的阴影垂落如闪亮的长发，
但它们是水；弯弯的海石竹
像你口中的百合，但它们是草；

而你也只是不完整的概念。
你遇难之夜，我感到海水的黑色手指，
揳入，感到你的耳膜震裂，
继而是短暂的痛苦，冗长的梦境，
不长不短的虚无；但我
受人世约束，不能随你而去，
红尘翳目，不能与你携手同行。
倘我能找出答案，能知道
你的意义，明白你为何来在人世
又死去；究竟是什么给你生命
又将它摄回，我也许就能听到你的声音？

黑暗中我向窗外凝视
看波光灯影和钻石般的细浪，
如鲭鱼背拱起拍击沙滩，
月光如水处处洒满；
远远的船只沉睡，港口航标灯
各各困倦地颠簸摇摆，
我想听见你的声音，
听到的只是一声汽笛，远处海鸟
的尖叫长鸣，以及钟声，
五阵钟声，冷冷振荡的五阵钟声。
五阵钟声。

（刘新民　译）

［导读］

这首诗是斯莱塞的代表作之一。诗人对它偏爱有加，1939 年他的第三本诗集就以“五阵钟声”来命名。澳大利亚评论界把此诗视为本国现代诗歌史上的巅峰之作，有评论家甚至说，斯莱塞后来发表诗作不够多，是因为《五阵钟声》的炉火纯青使得诗人无法自我超越所致

(《牛津澳大利亚文学指南》)。

这是一首感人至深的悼亡诗，献给淹死在悉尼港的诗人的好友乔·林奇。全诗依凭深厚的情感的流动，将哀唱、回忆、叙述、抒情、形而上玄思和谐地融为一体，犹如大海水不消歇的涡流回环往复，紧紧扣住了读者的心。在结构上，采用了“共时性”方式，将情思紧密压合在轮船报时的“五阵钟声”里，像钟声般清晰而迷离，凝恒而悠远。这是大海涡流、海港钟声与诗人心灵间的应和，形成了“消逝”与“挽留”的奇异的张力。

我们知道，每个人都难逃一死，尘世的生命是有限的。但是，我们都希望自己能以正常的方式告别人世，让身体的机能渐渐衰退，让时间慢慢地“成全”我们，这并非什么坏事；而不要以横遭不测的方式、无助的方式猝然而亡。因此，乔·林奇的悲惨命运，就更勾起了诗人噬心的哀伤。

人的“此在感”是建立于对时间的自觉体验中的，乔·林奇离去了，他与钟表“小小齿轮驱动的光阴”——时间——挥手而别；但时间还在永不停息地奔走，它固执地提醒活着的“我”，传来阵阵报时的钟声。诗人深感时间的无情，他决意要在诗歌的记忆中奋力“挽留”乔的生命，挽留他们的深情厚谊，因此，他要说那个表示现实刻度的时间“不是我的时间”，我的时间是心灵体验的主观时间，是“静止的水波”。他曾对人说过：“这首诗虽然试图重现具体某个人的一生，但总的说，我是要表现时间的相对性。”

五阵钟声震响之后，夜晚仿佛提前降临了。水与天混茫一色，港口有如飘浮在空中，而天空有如下落至海面，使诗人在这幻象中看到“十字星座倒悬水中”。他的心骤然紧缩，不是说“上帝的灵运行于水上”么？十字架犹在，“他”却为何急不可耐地匆匆收去了我的好友——一个勤勉善良的青年人——的生命时间？

诗人仿佛在海底看到了亡友悲哀而委屈的脸容，乔在不平地呼喊什么。他“张口／对着空间的港口撞击，喊叫，／拍击堤岸，发出暴怒的声音”。乔死于海水，大海分隔了生与死的界限。诗人使用了一个奇妙、精审而又沉痛的隐喻：大海是一面巨大而沉厚的玻璃窗，乔在窗内撞击、呼叫，“把脸紧贴在无言的窗框上”。但是，尘世间的我什么也听不见，“任谁的声音也难飞越那狭小的过道”。啊，生与死只是一线的距离，生者与死者被浩渺无涯的“玻璃”隔在两侧——“我若击碎玻璃你会惊叫”，“我受人世约束，不能随你同去”。请原谅，我的朋友，我只能在诗歌与记忆中使你“生还”，抗拒那阵阵令我们痛苦的钟声。这里，海水／玻璃窗的隐喻极为精彩，正如批评家汤姆逊所言，“这个隐喻由题材的性质自然生发，又自然地附着于题材”。

接下来，诗人使时间向空间转化，让诗歌在回忆和命名中去“吸收死亡”（布罗茨基语）。在他准确、具体的叙事性吟述中，我们知道了乔单纯、正直、勤勉、坦率、急躁、风趣的性格；了解了他生活的艰辛和他的乐观精神，他对世界的奇思异想，他对事物细小纹理的关注，他对知识和日常情趣的留恋，他对母亲的深情……这么一个普通的男青年，活得健康，与世无争，但是厄运轻易地赶上了他。同样教人叹息的还有，乔的爹爹是一位墓场的石匠，曾雕出无数“祭饼”般的墓碑，但是他自己的儿子却无缘使用父亲镂刻出的大地上的“重物”，他“无处栖身”，“轻轻地”消失于苦涩的海水。

乔在哪儿？在诗人心中，他“并未逝去”，我们的思绪也和诗人一样久久定格于“五阵钟声”。但乔真的是逝去了，海浪黑色的手指一把按住了他。全诗就这样始终保持在“现实时空”与诗人制造的“主观时空”之间的张力上。诗人将对“命运”的怨诉与对时间的玄思融为一体，在精纯的诗歌文本中“挽留”了朋友的生命，使沉哀转化为艺术的永恒与透明。乔，你是不幸的，但又是幸运的——你有一个诗人朋友来追念你——请你用波浪的头发，海石竹的嘴唇，随着钟声的音波而浮动在诗歌里，因为这是属于你的、永不消失的、诗歌的五阵……五阵……五阵……钟声……

夜行的火车

煤气灯耀眼地照着黄色的站台，人声此伏彼起；
冷银色的牛奶罐，我睡眼蒙眬地睁开眼，
掀开窗帘望出去，各种声音混成一片：
酣睡的乘客慢节奏的呼噜声，
火车头喘着气，水大量地滴落；
黑蒙蒙像鬼影一样的旅客脚步沉重地走上站台
驮着提包在窗外闪现；
匆匆行走的、不认识的面孔——有着陌生标签的盒子——
所有的人都由各自的命运之神驱使，笨拙地
奔向神秘的终点，在煤气灯光处消失。
他们的回声消逝了，黑暗的火车颠动着又向前冲；
铃声响起，夜行又开始了。
一会儿，除了黑暗和苍茫的刮风的田野外，
我将什么都看不见。火车原有的吼叫和隆隆声
单调而猛烈地混合在一块。关下窗帘。睡吧。睡。
外面，唯有灰色的森林在奔流。
煤气灯和牛奶罐。除了拉普镇我什么也不想。

（唐正秋　译）

［导读］

斯莱塞是澳大利亚现代派诗歌的开创者，他的诗作深受庞德意象主义诗风的影响。为更好地理解这首诗，我们有必要回顾一下意象主义诗派的创作理念。意象主义追求“情感、理智与客观物象在瞬间的

结合”，其具体原则是:（1）直接处理“事物”，无论它是主观的还是客观的。（2）决不使用任何无助于表现特定情境的词语。（3）诗歌的节奏，要符合所表达的感情或心境，节奏是诗人自己的，不是仿效别人的;诗歌的节奏必须对情境有“阐释性”，而非节拍器式的机械重复。（4）诗中的象征性包含于自然物体之中，诗人如果使用象征，必须注意到不使象征作用强加于人。（5）诗的意象要做到强烈、具体、准确、客观。（庞德《回顾》）

《夜行的火车》是一首深得意象主义精髓的杰作，以真切细致地描绘小镇火车站夜景而饮誉诗坛。与意象主义的写作原则相符，这首诗是直接处理事物的；在对具体细节的真确描绘中，诗人同时又谨慎地以“意象交融”手法，表现出淡淡的忧郁和小小的惊喜。但奇异的是，我们很难找出表达情感的“形容词”，他的情感渗透在客观物象的纹理和缝隙之中。

读这首诗，我们专注于客观物象，会渐渐感到现代人的疲惫，世界的清冷，人与人情感的隔膜，时间匆匆的脚步，命运之神晦涩的驱使，平凡人活着的魅力……这些都以波澜不惊的“缄默”，先教人忧郁，复而宽怀。比如，诗人把匆匆行走的一个个陌生面孔，喻为“有着陌生标签的盒子”。这既让人看到了旅客手上拎着的贴有标签的什物，又暗示出人如盒子一样的机械、木讷和空虚。如此意象和弦，令我们叹为观止。昏黄的煤气灯，冰凉的牛奶罐，火车在黑暗中颠动着前冲，苍茫的罡风，灰色的后撤的森林……既是写实，又在自然物体中含有暗示性、象征性。诗人抑制住了自己的感情，“不使象征作用强加于人”，他既让普通读者能够欣赏物象的鲜活、精审，又会使有敏识、有经验的读者体味出其象征深意。

观照我们每个普通人走过的“人生之路”，难道不正是在无数颠连中“笨拙地奔向神秘的终点”（死亡）吗？但意识到这一点并不全然悲观，人生之旅途再遥迢，它也不会将我们的耐心吞没掉。因为人生虽不免是悲哀的，但活着多么好，“旅途”中人与人挤靠在一起就着伴；况且，人还会享受遗忘的馈赠，它安慰我们，使我们暂时宽怀，“关下窗帘，睡吧。睡”。“除了拉普镇我什么也不想”。

我们注意到，此诗的节奏与诗人所表达的感情和物体性质都密切相关，节奏对客观情境和诗人心境均有恰当的“阐释性”：长链式句型的奔突节奏，模拟了火车的形体和连贯的轰隆声。同样也暗示出诗人心灵的摩擦、耸动及疲惫感。我想，对这样生动而精确的意象派诗歌而言，我们应更多专注于物象本身——而其象征意味，也就自然会从这“专注”中产生。

这首诗使我想到了瑞典诗人特朗斯特罗姆那首著名的《车站》。它同样是“情感、智性与客观物象在瞬间的结合”。不过，后者的情思比斯莱塞显然要乐观得多，这里不妨抄出，请君对读：

> 火车已经到站。一节节车厢停在这里。
> 可是没有门打开，没有人上下。
> 究竟有没有门？车厢里
> 拥挤着来回走动的人。
> 他们从紧闭的窗户向外凝望。
> 外面，一个拿锤子的人沿车走着。
> 他敲打轮子，发出低弱的声音。但就在这里！
> 这里震出奇异的声响：一阵轰鸣的雷霆，
> 一阵大教堂的钟声，一阵周游世界的船声
> 托起了整列火车和地上潮湿的石头。
> 一切都在歌唱。你们将记住这些。继续旅行吧！

朱迪斯·莱特

朱迪斯·莱特（Judith Wright，1915—2000）出生于新南威尔士州的阿米代尔城，童年时代大部分时间是在家乡美丽的牧场度过的。早年就读于悉尼大学，大学毕业后曾去欧洲游历，后归国从事过秘书、市场调查员等多种工作。第二次世界大战期间开始文学创作。1943 年去布里斯班任昆士兰大学职员，并参与文学刊物《密安津》的编撰工作。1946 年出版第一部诗集《流动的形象》，引起国内外批评界的普遍称赞。莱特是勤奋而多产的诗人，其大部分作品是在昆士兰州的坦波林山区居住期间（凡二十三年）写成。诗人晚年迁居于距首都堪培拉一百公里的一个僻静乡村写作。

莱特是澳大利亚当代诗坛著名诗人之一，澳大利亚女诗人中最优秀的代表。她的作品被译为多种语言，并被选入大、中、小学教材。她最喜爱的诗人是英国的威廉·布莱克、约翰·邓恩，美国的玛丽安·摩尔。欧洲象征派及意象派的写作技巧也深深地影响了她。此外，中国古典诗歌及日本俳句也是诗人所热爱的，她说，“唐诗是我读过的诗中最好的东西之一”。

但从根本上说，莱特始终坚持着诗歌的本土精神，祖国及家乡大地上的事物，个体生命的感悟，是她吟述的主要内容。她歌颂美丽的自然和朴实善良的人民，抨击社会的丑恶现象，对于生态环境破坏及土著居民的遭遇表示忧虑。她说，“我认为，对澳大利亚诗人来说，重要的是要看重自己所生活的这块土地，不能过分地模仿欧洲”（《澳大利亚文学评论集》）。莱特的诗歌题材广泛，意蕴深刻，即使处理日常经验，也往往对之深入开掘，达到象征的高度。她是一位将民族性与现代性，个人性与社会性，抒情与玄学，叙述与隐喻，单纯与盘曲，和谐地糅为一体的优秀诗人。

莱特的主要诗集是《流动的形象》(1946),《女的对男的说》(1949),《通道》(1953),《五种感官》(1963),《鸟》(1963),《莱特诗选》(1963),《莱特诗集：1942—1970》(1971)等。此外，尚有短篇小说集，传记及文学评论集行世。

夜 鹭

有一天，下过整天的雨，
某条朝西的街道，
昏黄的路灯渐渐亮了，
黑色路面泛起光。

一个孩子最先看到，
告诉了另一个，
一张张脸出现了，窗口
闪动许多眼睛。

像点燃长长导火索，
消息传得飞快，
谁也不大声叫唤，
大家嘘着："小声点！"

灯光更亮。湿润的路面，
一片水仙花似的金黄，
在那街心
两只夜鹭在走动。

比别的野鸟奇异，
人人脸上显出惊喜。
忽然悟到什么，

大家都咧开嘴笑了。

孩子们想到喷泉
马戏团，饲养天鹅
女人想起年轻时
种种甜蜜的情话。

大家嘘着，“小声点！”
谁也不大声说话。
但，夜鹭忽然振翅
飞去。路灯随即暗淡了。

（刘新民 译）

［导读］

今天，人们通常已告别了旧的神话，天神地祇已经在我们心灵中消失了，这（或许）标志着人类的成熟和进步。但是，很少有人省悟，在我们告别旧的神话的同时，我们又目光短浅地制造了新的神话：绝对崇拜机械的力量、科技的力量，将之作为新的图腾来供奉。人们把信心托付给了自认为“无所不能”或“终将无所不能”的现代化进军，快意地攫取和破坏大自然，贬低古老的心灵体验，将人与自然和谐相处的生活方式蔑视为“陈旧”。工业和科技的发展诚然有其极大的合理性，但当它们恶性膨胀、危及人类生存的自然家园时，它们就走向了人类期望的反面。可叹的是，我们直到现在才开始知道了信奉“新的神话”的代价。

这首诗述说了一个真实的事件。一个雨后的黄昏，街灯昏黄地照着大地。在没有行人的街道上，有两只夜鹭在走动。一个孩子从窗后看到了它们，告诉了另一个……一张张脸出现在窗玻璃后面，谁也不敢大声呼唤，人人脸上都显出惊喜。然而，夜鹭怳然震悚，它知道在这冷冰冰的大街上不会找到栖身之所，而在窗后浮动的直立动物，很可能将是捕杀自己的敌人。它们忽然振翅飞去。路灯随即暗淡了——与路灯一起暗淡的，还有人们童年和爱情的回忆，还有一双双亲近大自然的纯真的眼睛。

这样真实的事件因其久违，竟变得像一则寓言。它意味着，我们内心所渴望的美丽家园，和谐的生态之圈，被我们自己剪断了，它将要或已经给毁了。如果说在《旧约》的故事中，发怒的上帝尚且记得吩咐诺亚，洪水之前将人与动物置于方舟里，一切畜类、飞鸟、昆虫，都与人一样有生存的权利，与人共同维护大地的平衡与和谐的话；那么，工业与科技霸权的"新上帝"，则是一种更疯狂的僭妄，它创造出一场更无情的钢铁、电流、水泥……的"洪水"，使上帝创造的亿万种生灵几乎无处栖身。现代化的大道变得日益狭窄，两边乃至前方布满了人类不期然中挖出的陷阱，最终随更多物种消失的可能就是人自己。

莱特从一则真实的事件引出了一个噬心的预言（寓言）。望着凄楚地飞去的夜鹭，她仿佛在喃喃祈祷：人呵，看看吧，在它们逃亡的趾爪中，是否也有人类同样的脚步；从它们无告的尖唳中，能否听出那也是发自一颗人类的悔恨之心。

莱特还有一首著名的短诗《凶手》，与《夜鹭》意蕴相似。谁是真正的"凶手"？是蛇还是人自己？它令我们楸然慨叹，沉痛地反省——

天气晴得像一团火
鸟儿唱得像玻璃一样脆
我渴了，来到小溪边
一跤跌在溪旁的青草内。
我的胸膛压在鲜明的苔藓
和雨露晶莹的野草上
我的双唇挨近清清的流水
我看见它在芦苇丛中游逛。
黑色的恐怖从那暗处
猛然一下子产生
通过它身上青草似的衣裳
我感到死亡正向我逼近。
砸呵，把它砸进地里去

揍呵，一直把它揍死
不然你的生命将会在
那一双无色的眼睛里枯竭。
我将它砸了又砸
它细长地躺在那儿，身躯
红黑相间，它那冷冰冰的
眼睛翻了出来，清亮而呆滞。
可是我的敌人
像水或风一样敏捷
它从自己的死亡中溜掉了
又在我心中消失。
它在它来的地方消失了
我那灵巧的敌人
而蚂蚁却来到了这条蛇旁边
在它那浅薄的眼光下啜饮。

女的对男的说

夜间的没有眼睛的劳动者，
我身上无私、无形的种子，
为了它复活的日子而成长——
沉默，迅速，深深地隐藏，
预见着没有想象过的光明。

这不是有孩子面孔的孩子；
还没有名字来将它称呼：
但你和我已经很熟悉它。

这是我们的猎人和猎物，
躺在我们怀抱里的第三者。

这是你手臂所知道的力量，
这是我胸部肌肉的弧线，
这是我们的眼睛的水晶珠。
这是血液的疯狂的树，
它长出复杂而含苞的玫瑰。

这是创造者和被创造者；
这是问题和回答；这是
顶撞着黑暗的盲目的头颅；
这是刀口上强烈的闪光。
哦，抱着我，因为我害怕。

（邹绛　译）

［导读］

1987年5月，我国翻译家、学者唐正秋教授访问了莱特。唐先生对莱特说："在您的诗《女的对男的说》中，您从一个妇女的角度谈到了对爱特别是性爱的体验，这一方面是很少有妇女在诗歌中写过的。"莱特答曰："我所写的那一类诗，在澳大利亚也被认为是离谱的。当我开始写起有关性爱、怀孕等一类事情时，我国的读者感到震惊。在澳大利亚，我也许是最早从妇女的角度来这样写的人之一……我年轻时，让妇女说出她们的心声会被认为是大逆不道。我敢说这种情况在许多地方仍然存在。而这种情况是我所希望随着时间的推移能得到改变的。"（《访澳大利亚著名诗人朱迪斯·莱特》）

此诗写于20世纪40年代中后，比50年代末美国自白派女性主义诗人普拉斯、塞克斯顿笔下大胆表达爱情、性体验，隐私与创痛的诗，要早十年，特别是在当时的澳大利亚文坛，其勇气和难度可想而知。在传统（又何止传统）的文化观念中，女性被视为"次等性别"（所谓第二性），性别偏见和性别歧视统摄着人们的思想。尤其令人难过的是，不只是男性才是性别歧视者，女性内部往往也充满“同室操戈”的自我性别歧视。在文学作品中，那些被歌颂的女性，往往是由男权文化按自己的男权叙事法则，柔软地强迫女性“去成为”的顺役的人。被“歌颂”的“淑女”，似乎是侥幸交了“好运”，殊不知已更深地成为被擒服、被扭曲者。

这首诗打破了男权叙事的藩篱。这里，女性在爱情和性爱中，不再是被征服、被界定、被阐释的受体，而是与男人一样有平等的尊严、欲望、激情和创造力的大写的人。二者之间的关系是和谐、欢乐与感动，是人性光芒的彼此洞开，乃至是神圣的应和与纯洁的创世。“夜间的没有眼睛的劳动者”，歌颂了女性和男性生命中原欲力量的健康冲动，他们的心灵和肉体彼此忻合，那“深深地隐藏”的一切，冲涌着他们的身心，“预见着没有想象过的光明”。

女人是伟大的，她们是人类之母，孕育着未来的小生命，“这不是有孩子面孔的孩子；/还没有名字来将它称呼：但你和我已经很熟悉它”。诗人以直抒与隐喻的交互运作，尽情尽性地表达出性爱的激动和创造生命的神圣，这样的句子可谓直率健朗，石破天惊——“这是你手臂所知道的力量，/这是我胸部肌肉的弧线，/这是我们的眼睛的水晶珠。/这是血液的疯狂的树，/它长出复杂而含苞的玫瑰”。在这里，腐朽的性别歧视被消解了，男性和女性共同成为同体的神圣的“人”。是的，这就是一切，是“创造者和被创造者”，是“问题和回答”，是“黑暗和闪光”。最后一句，“哦，抱着我，因为我害怕”，或许含有双重意味。其一，诗人写完全诗才真正感到了它会被流行观念认为是“大逆不道”的文本危局与颠覆力度；其二，作为女性，在性爱的激情与欢乐后，可能会承担怀孕、分娩的重负与痛苦。但它并非叹怨，毋宁说它是以复杂的心情赞颂了女性的伟大，母爱的无私和牺牲精神。

这首诗消解了男权叙事，更新了女性的原型，最后指向女性独有的伟大价值和独自承担的生命、生活负重。男性朋友们，让我们在这庄严的诗篇面前深深低下妄自尊大的头，让我们沉思与反省，让我们与她们一道去创造更健全的人类文化。

塞内加尔

列奥波尔德·桑戈尔

列奥波尔德·桑戈尔（Léopold Senghor，1906—2001）生于达喀尔南部若亚尔镇的一个商人家庭，其先祖是锡内王国国王的姻亲。童年时代酷爱黑非洲文学艺术，经常听民间诗人及游吟巫乐师的咏唱，黑人文化深深地浸透了他幼小的心灵。他在达喀尔读完小学、中学，1928 年考入巴黎高等师范学府路易大帝学堂，1933 年在巴黎大学取得教师资格，1934 年获文学学士学位，几年后又成为取得法语文法博士学位的第一个黑人。1934 年他与友人在巴黎创办了《黑人大学生》杂志，提倡“黑人性”，影响深远。1936 年开始发表作品，一直笔耕不辍。第二次世界大战爆发后他应征入伍，1940 年 6 月在前线被德军俘虏。1944 年获释，回到巴黎继续教学及写作，同时参加政治活动。1960 年当选为塞内加尔共和国总统，在组织黑非洲的民族解放运动中做出显著贡献。1980 年辞去总统职务，继续从事文学创作。

桑戈尔是具有广泛国际影响的大诗人，他始终坚持一种“黑人性”的文化及艺术立场：确认非洲文化的特殊性和伟大价值，争取黑人的生存权利，反对种族歧视，唾弃那种威胁黑人文化、欲使之濒于灭绝的白人“同化”政策，呼吁非洲人民为争取和维护民族独立而斗争。

他的诗歌是“求本溯源”的神圣归依，从非洲故土的传统文化和人民生活中汲取创造活力。他反抗殖民主义暴政，但对于欧洲文明本身却并无狭隘的偏见。他认为，“一切伟大的文明，一切真实的文明，都是兼收并蓄的产物”，非洲诗人应保持非洲文化的鲜明特点，同时也要勇于吸收外来文化的优秀成分。桑戈尔的诗是用法语写成的，深邃的史诗性与丰盈的灵感达到了完美的平衡。语境广阔而细节鲜活有力。从修辞技艺上，受到象征主义和超现实主义的影响，但其内在灵魂却是黑人的、本土的。黑非洲的伟大的文化传统，神话原型，地缘特征，历史与现实，风俗与器物，黑非洲人民从古至今的生命脉息、独特性格，心灵的隐痛和骄傲，都在他非洲手鼓和科拉琴般的旋律中得到了迷人的体现。萨特曾激动地赞誉桑戈尔是“黑皮肤的俄耳甫斯”。

桑戈尔的主要诗集为《阴影之歌》(1945),《黑色的祭品》(1948),《埃塞俄比亚诗集》(1956),《夜歌集》(1961),《热带雨季的信札》(1972)。此外，尚有文艺论著、散文、政论集多种行世。

黑女人

赤裸的女人，黑肤的女人
你生命的肤色，你美丽的体态是你的衣着!
我在你的庇护下成长，你手掌的温柔拂过我的眼睛
现在，仲夏季节，正午时分，我在阳光灼烧的高山上看到了你，我希望的土地，
你的美恰似雄鹰的锐光击中我的心脏。

赤裸的女人，黝黑的女人
饱满的果子，醉人的黑葡萄酒，激发我抒情的嘴唇
地平线上明丽的草原，东风劲吹下战栗的草原
精美的达姆鼓，在战胜者擂动下的达姆鼓
你深沉的女中音是恋人的心曲。

赤裸的女人，黝黑的女人
微风吹不皱的油，涂在竞技者的两肋，马里的君主们两肋的安恬的油
在乐园欢奔的羚羊，珍珠像星星般缀饰在你皮肤的黑夜之上
思想的快乐，在你水纹般闪亮的皮肤上的赤金之光
在你头发的庇护下，我的忧愁消散，在你毗邻的太阳般的眼睛照耀下。

赤裸的女人，黝黑的女人

我歌唱你正在消逝的美，被我融进永恒的体态
在妒忌的命运不曾将它变作肥料滋养生命之树以前。

（齐修远　译）

［导读］

桑戈尔自称是一名“迪阿里”（意为黑非洲的行吟诗人、歌手），要踏遍辽阔而神奇的非洲大地，歌唱自己伟大的传统，寻索自己不朽的生命脐带。他在许多诗中都写到了一位“缺席的女人”。所谓“缺席的女人”，是指一位黑非洲民间传说中纯洁而坚韧的公主。她是永生的，只是不在眼前。她象征着非洲的大地和文明，她是非洲人民永不泯灭的希望。“这是金色草原上的绿色的柔情／金色和绿色／这是缺席者的颜色／这是活力的升华”，“我的光荣不在记功碑上／也不在奠基石上／我的光荣就是歌唱缺席的女人的美。”（《缺席的女人》）

在原型象征的意义上，“黑女人”与“缺席的女人”可视为一体。这个“黑女人”是非洲人民、非洲大地、非洲文化的象征。诗人将滂沛而辽阔的激情，倾注到一个具体的人物形象上，并为之唱出热恋的歌，这就避免了诗思与语境的松散不切，而显得清晰、具体、感人至深。

我们知道，桑戈尔接受的是欧式教育，孤身负笈法国多年。然而，他的心却始终眷怀着伟大的故土，“我在你的庇护下成长，你手掌的温柔拂过我的眼睛”。此诗写于旅居法国期间，漂流异乡的体验，种族歧视带给他的深深的屈辱感，更使他深刻地领悟到自己作为非洲诗人的庄严的历史使命。“仲夏季节，正午时分，我在阳光灼烧的高山上看到了你，我希望的土地，／你的美恰似雄鹰的锐光击中我的心脏”，这里，既有源于伟大传统的自豪，又有游子望乡的沉痛。“雄鹰的锐光”是无形又逼人的凝视，它在询问甚至在拷问着黑色的孩子，能否坚持古老而高贵的民族尊严，在一个被种族歧视所贬低所压抑的历史语境中，将“正在消逝的美，……融进永恒的体态”。

诗中尽情咏述了黑女人／黑非洲美丽而广袤的风光，像黑人心音一样跳荡的粗犷的达姆鼓声，骁勇的竞技者，欢奔的草原羚羊，醉

人的黑葡萄酒……万物和人心都在这葳蕤辽阔的地衣中，获得了永恒——“缺席的女人”因着这具体的咏述而无所不在地奇异现身了。诗人随手可触的一切都与“她”密切相连。“她”是起源，是地母，是历史，是一切昨天、今天、明天。“思想的快乐，在你水纹般闪亮的皮肤上的赤金之光”，只要祖先的血在我脉管里奔流，我的忧愁就会消散；不管我置身何方，照耀着我的都是“你毗邻的太阳般的眼睛”；只要我活着，我就永远把你歌唱！

这首诗语境明澈，意象单纯而含义丰盈。诗人借助古老而起伏的吟游语调，一唱三叹，反复其言，同时又保持了诗歌措辞方式的现代感。精约与远奥，朴质与辞采，歌唱与叙说，都达到了令人心醉神驰的平衡与和谐。

向面具祈祷

面具！啊，面具！
黑色的面具红色的面具，你们又有黑色又有白色的面具
从东南西北透出灵气的面具
我默默地向你们致敬！
狮首的祖先，你不是最后一种。
你们守卫着这个地方，严禁女人的一切嬉笑，严禁一切黯然失色的微笑
你们蒸馏着这种永恒的空气，使我呼吸到祖先的气息。
显示面孔本色、没有皱纹、没有笑靥的面具啊
你们描绘了这张肖像，这张伏在印有你们形象的白纸神坛上的
我的脸庞，请你们听我说吧！
帝国林立的非洲正在死亡——这是一位气息奄奄的可怜

的公主，

同我们肚脐相连的欧洲也在死亡。

请你们用自己不转动的双眼，注视着你们那些受人驱使的孩子

他们献出了自己的生命，像穷人献出自己的最后一件衣衫。

让我们向新生的世界报到吧

像白面粉离不开酵母一样。

因为谁能教垂死的大炮和机器的世界学会节奏？

谁能在黎明时发出欢呼，去唤醒那死者和孤儿？

又有谁能教希望成灰的人恢复生活的记忆？

他们说，我们是棉花人、咖啡人、石油人

他们说，我们是死亡的人。

不，我们是舞蹈着的人，我们在踩着坚硬的大地恢复元气。

（曹松豪　吴奈　译）

［导读］

非洲面具是人类艺术史上的瑰宝，它源于非洲土人的祀神与驱魔仪式。它刀法遒劲，面部特征强烈而夸张，富于体积感并生气勃勃。其简劲的韵律感和装饰风格给人以强烈的视觉冲击力。它具有一种最古老却又最“先锋”的抽象形式感。在它上面，凝聚了黑非洲人民的粗犷气质，艺术想象力和生存意志。20世纪以降，欧美先锋画家与雕塑家纷纷从中汲取灵感，他们称这样的雕刻才是“真正的雕刻”；与之相比，那些被“文明教化”后的雕刻，“像蜡油一样软”。伟大的西班牙画家巴勃罗·毕加索就深受黑人面具雕刻的影响，创作了代表作《亚威农的少女》。

画家们从面具中看到的只是“艺术”，桑戈尔却从中看到了历史和今天。他要“向面具祈祷”，追本溯源“呼吸到祖先的气息”；他要向世界宣告，非洲人民的不屈的意志，伟大的尊严，他们创造的灿烂

的文明。正是这被殖民文化贬低得“气息奄奄”的种族，却不屈地提醒着人们生命的真义，“教垂死的大炮和机器的世界学会节奏”，“教希望成灰的人恢复生活的记忆”，使“我们踩着坚硬的大地恢复元气”！

“狮首的祖先，你不是最后一种”，你不会只成为历史的记忆和艺术童年期的面容。你活在今天，“用自己不转动的双眼，注视着你们那些受人驱使的孩子”。面具在此成为正义而憨实，善良而沉哀的黑非洲的象征，成为“我的脸庞”，我们的脸庞。然而，“非洲正在死亡”，在殖民者的大炮、枪刺中，在所谓的“文化同化”／文化侵略的阴谋中喘息。正如俗谚云“上帝要谁灭亡，一定先用权力使他疯狂”一样，那些压榨弱势民族的权势者，“同我们肚脐相连的欧洲，也在死亡”。践踏和平、公正、博爱的人，最终必将其铁靴落到自己头上。

但桑戈尔不是那种狭隘的种族主义者，“他从世界的现实中认识到，不能用另一种种族主义来反对白人的种族主义，否则岂不是与法西斯主义一样了么？如果说，桑戈尔提倡的‘黑人性’打有种族的印记，那么，他的种族主义是反对种族主义的种族主义，其内涵就包括了反对一切种族主义……他所追求的明天的世界，是一个黑人与白人平等，同一切种族的劳动者共同建设新天地的大同世界”（李恒基《桑戈尔及其诗歌》）。诗人祈愿人们“向新生的世界报到吧”，对于地球这个人类大家园来说，剪断与各民族休戚相关的任何一段脐带，都会给世界带来伤害。不征服其他民族的民族，是另一种英雄的民族，人类生而平等，非洲人民不是“棉花人、咖啡人、石油人”，与现代世界的其他民族一样，他们也是“新的一天透亮的黎明”（《埃塞俄比亚》），“是舞蹈着的人，……在踩着坚硬的大地恢复元气”，是“以血的洪亮的歌声战胜机器和大炮……的不朽的种族”（《谋害》）。

桑戈尔还有一首有名的短诗写到面具图腾，这里趁便抄出，供您对读欣赏——

我应该把图腾珍藏在我的血管的深处
它是我的祖先，皮肤上交织着风雨雷电
它是我的护身兽，我应该把它深藏

免得决洪般的流言酿成丑闻。
它是我的忠诚的血，它要求忠贞不渝
它保护着我的赤裸裸的自尊
免遭我自己和那些幸运种族的傲慢的伤害……

纽　约

（爵士乐队：小号独奏）

1

纽约！第一眼，你的美，和你那些有着修长大腿的金发女郎就令我大吃一惊。

我是那么胆怯，第一眼，看见你蓝色金属的眼睛，你冰冻的微笑

那么胆怯。站在摩天大楼的深处，我惴惴不安抬起夜猫子眼睛却不见天日。

你硫黄的光亮和青灰的楼身（它们的头颅直插云霄）
摩天大楼以钢铁的筋骨和石质的皮肉抗击旋风。
但是，在曼哈顿光秃秃的人行道上逗留了两星期
——第三个星期，热病就会像美洲豹似的向你扑来
两星期没有水井，没有牧场，空中所有的飞鸟
突然坠落下来，在平台的积垢中死去。
没有孩子花朵般的欢笑，他的手在我娇嫩的手中

没有母亲的乳房。唯有裹着尼龙袜的大腿，没有水分没有香味的大腿和乳房。

没有嘴唇，没有温馨的话语。唯有价格昂贵的人造心脏。

没有启迪智慧的书籍。画家的调色板涂抹着水晶珊瑚的颜色。

不眠之夜，啊，曼哈顿之夜，在点点鬼火中忍受煎熬，汽车喇叭，在空虚的时间中鸣响

昏暗的流水载走健康的情人，仿佛洪水泛滥的孩子的尸体。

2

这是符号和计算的时代

纽约！这是吗哪和牛膝草的时代

只要倾听上帝的长号声，你的心脏搏动伴随血液涌动的节奏。

我看到人声喧嚣，颜色庄重和香味闪光的哈莱姆

——（这是送药员喝茶的时刻）

我看到白昼逃遁时正在准备它们**黑夜**的盛宴。我宣布，**黑夜**比白昼更为真实。

这是纯洁的时刻，上帝使远古的生命在街道中复活

一切两栖的成分像太阳一般光辉灿烂。

哈莱姆哈莱姆！我见到哈莱姆哈莱姆！一股麦苗绿色的轻风吹出为舞蹈者赤裸的双脚耕耘过的人行道

丝绸的轻羽和波浪，长茅一般的乳房，百合与神话面具的假面的芭蕾

爱情的芒果从低矮的屋顶滚落到骑警的马下

我看到人行道被笼罩在白色蜜酒和黑色牛奶的溪流中，在雪茄的蓝色烟雾中。

我看到黄昏的天空中像雪花样纷飞的棉花、天使的翅膀和巫师的羽饰。

听吧，纽约，倾听你铜管乐般雄伟的声音，双簧管般颤动的声音，在卵石般的血块中你的泪水的无声的痛苦凝固。

倾听你夜晚的心脏远方的跳动，达姆鼓的节奏和血液，达姆鼓的血液和达姆鼓。

3

纽约！我对纽约说，让黑人的血液流进你的脉管

像生命的油一般清除你钢筋铁骨上的锈迹

赋予你的桥梁以山岗的曲线和藤蔓的弹性。

看呀，远古的时代重新回来，**狮子公牛和大树**重新和好再度结盟

思想联结行动耳朵联结心灵符号联结感觉。

看呀，你低声絮语的河流漂游着眼睛如同幻影的鳄鱼和海牛。那里完全不需创造美人鱼的传说。

只要睁大眼睛，望一下四月的彩虹就够了

你听，尤应洗耳恭听上帝的声音，他用萨克斯管一般的笑声在六天之内开天辟地

而到了第七天，他像巨大的黑人一样熟睡了。

（齐修远　译）

［导读］

这是桑戈尔诗歌代表作之一，写于20世纪50年代中期。纽约一向被视为现代西方文明的集中体现，是“美国梦”展开的辉煌场所。然而，真实的辉煌也同样真实地掩盖着西方社会的重重危机。集约化的工业文明，科技革命的疯狂膨胀，物欲横流，信仰缺失，人原始生命力的委顿，不仅给人性的自由和健康带来负面影响，而且还危及了整个人类的生存环境。

桑戈尔为此而忧虑和悲痛。他要在这个“符号和计算”统治的虚假乐园里，为人的原始生命力一辩，为信仰一辩，为健康的人与自然和谐相处的理想一辩，甚至是为“宇宙的伦理”一辩！

纽约是摩天大楼的世界，是电力、水泥和钢铁的狂欢之地。在

直插云霄的青灰楼身下，行走着“修长大腿的金发女郎”，逡巡着金钱和欲望的怪兽那人性异化的巨足。纽约诚然有它现代性的美，但另一方面，这种美却又令人胆怯，“大吃一惊”。它的眼睛是“金属的”，它的微笑是“冰冻的”，它的心脏是“人造的”。“不眠之夜，啊，曼哈顿之夜，在点点鬼火中忍受煎熬，汽车喇叭，在空虚的时间中鸣响／昏暗的流水载走健康的情人，仿佛洪水泛滥的孩子的尸体。”诗人为这个几乎无大自然真容，全然是人造的冰冷世界而叹息，他在曼哈顿光秃秃的人行道上只逗留了两星期，心灵就充满了干涸和疲倦。“两星期没有水井，没有牧场，空中所有的飞鸟／突然坠落下来，在平台的积垢中死去”，工业和科技暴力，践踏了大自然，戕害了动物，也使人的灵魂和文化变得机械、木讷、空虚，迷失本源，支离破碎。这里“没有温馨的话语”，“没有启迪智慧的书籍。画家的调色板涂抹着水晶珊瑚的颜色”。

桑戈尔并不是一个简单化地肯定原始自然生活的诗人。在他许多诗作和文章中，也有对现代文明的由衷赞叹。他吁求的是，人类应谨慎从事，在创造物质文明的同时，不断提醒自己对健康的人性的维护，对质朴而纯正的原始生命力的持存；倾听信仰之音，心和心待在一起，爱护大自然，健步而行。与曼哈顿的“现代化僭妄”构成比照，诗人歌颂了纽约的黑人区“哈莱姆”。在这里，古老的“吗哪”（指圣经中上帝赐给沙漠地带居民的有着魔力的粮食）、“牛膝草”（指宗教仪式前净身用的香草），和“符号与计算”并存，表达了诗人对信仰、仁慈、活力的肯定，并为它们的匮乏而忧虑。“哈莱姆”既是具体的地区，同时又作为一种象征，它提醒纽约，“让黑人的血液流进你的脉管／像生命的油一般清除你钢筋铁骨上的锈迹／赋予你的桥梁以山岗的曲线和藤蔓的弹性”。

如何使人生活得更健康、完整？使人“思想联结行动耳朵联结心灵符号联结感觉”？如何防止现代社会的异化？如何避免人的血液“痛苦凝固”？诗人指出了要恢复生命原始活力、爱、信仰。他吁求道：让那些习惯于钢铁轰击、汽车狂嚣、女郎尖笑的耳朵，学会习惯于“倾听你夜晚的心脏远方的跳动，达姆鼓的节奏和血液，达姆鼓的血液和达姆鼓”，因为这里，或许才真正蕴藏着人们久已遗忘的心愿之乡。正如美国诗人惠特曼在一百年前曾说的——“把世界上所有的艺术和科学取来，我要用一枝草叶把它们击败！”而真正的现代人，应是“情感、意向和能力上的完整生命／他健康快乐，能遵从合乎神圣法则的最自由的行动”。(《草叶集》)

尼日利亚

瓦莱·索因卡

瓦莱·索因卡（Wole Soyinka，1934—？）生于尼日利亚西部阿贝奥库塔约鲁巴族一个教会学校督学家庭。1952年考入尼日利亚伊巴丹大学读书，大学毕业后赴英国里兹大学攻读英国文学。大学期间开始写诗，并参加学生剧团演出活动。毕业后在伦敦皇家宫廷剧院从事戏剧创作，后曾在英国剑桥大学、舍费尔德大学和美国耶鲁大学做过访问教授。

1960年尼日利亚独立后他回到祖国，开始用英语创作、演出西非现代剧，把西方戏剧艺术和非洲传统的音乐、舞蹈、哑剧等结合在一起，其戏剧作品被评论家称为“贝克特式的荒诞派佳作”，具有世界影响。1967年出版第一本诗集《伊丹尔》。在尼日利亚—比夫拉战争期间，索因卡反对暴力与内战，被军政府作为政治犯关押了近两年，出狱后的大部分时间在欧洲、加纳度过，创作了大量优秀剧作。1972年起任伊费大学戏剧教授。直到1975年军政府首脑戈翁下台后才回国定居。索因卡1985年当选为国际戏剧学会主席，1986年辞去教职专事戏剧与诗歌创作，现为美国康奈尔大学客座教授、国际戏剧研究所所长，并被选为全美文学艺术院院士。

索因卡主要以戏剧著称，影响遍及世界。他一般用英语写作，但并不缺乏本土精神。他被西方批评家称为“英语非洲现代戏剧之父”，甚至推崇他为“可与莎士比亚媲美”的戏剧大师。同时，索因卡还是具有世界影响的卓越诗人、小说家。他早期诗作受现代英语诗歌影响很深，尤其对艾略特的象征主义诗歌情有独钟，表达了对生存的失望和悲伤。后期作品变得坚实开阔，题材广泛，“从尼日利亚的城市俚语一下子跳到英语巴罗克诗歌”（佩尔语），意蕴深沉冷峻，隐喻扎实有力，在沉思和激情，反讽和悲歌，本土性和世界性的结合中，表达了对人性的深刻理解和对人类命运的深切关心。他说，“作家不仅仅是描写社会风俗和经验的编年史作者，他还必须起到非洲作家的作用：历史的中间人，过去的阐释者、警告者、预言家”。（转引自《瓦莱 · 索因卡》，佩尔）

索因卡的主要作品是：诗集《伊丹尔》（1967），《伊当里及其他的诗》（1968），《狱中诗抄》（1969），《地穴中的梭子》（1972），《奥更·阿比比曼》（1977）。剧本《沼泽地的居民》（1958），《雄师和宝石》（1959），《孔其的收获》（1965），《路》（1965），《疯子和专家》（1970）。长篇小说《阐释者》（1965），《混乱岁月》（1973）。自传体作品《阿凯——童年记事》（1982）等。1986年，索因卡因“以宽阔的文化视野和诗人的含蓄，勾画出人类生存的悲欢苦乐”，获得诺贝尔文学奖。

我认为在下雨

我认为在下雨
干渴过后舌头会放松
嘴的屋顶不再滞涩，沉重地
挂满知识

我看到它从灰中
举起突然的云。尘埃落定
加入灰色的圆环；在里面
是那旋转的灵魂

哦，肯定是在下雨
这些思想的禁锢，把我们
束缚在奇特的绝望中，向纯洁
传授失望

瞧它在我们
失望的翼上打碎一束束
透明，烤焦了暗淡的向往
在残酷的洗礼中

催雨的芦笛
在顺从的优雅中吹奏，但从远方
不屈不挠，你与我的大地会合

裸露出蹲伏的巨石

（赵毅衡　译）

［导读］

“我认为在下雨”，既是一个假定性情境，又含有反诘色彩。其隐去的上文应是“你或他认为不是在下雨”。雨，在诗中是一个象征，暗示着心灵的润泽，精神的生长，意志的洗濯，良知的清晰裸露。

索因卡在诗歌谱系上与以艾略特为代表的后期象征主义诗歌关系密切，其早期作品与艾氏的诗具有较强的互文性。在艾略特的代表作《荒原》中，现代人所生存的世界，是一个没有雨水的荒原世界：“没有水只有岩石／岩石但没有水而只有一条沙路／沙路在群山中蜿蜒而上／那是岩石的山没有水／要是有水我们就会停留畅饮／……只有不能化育的干雷没有雨”(《荒原》)。生存的焦渴，灵魂的枯涸，都以“荒原缺水”的象征显现出来。如何拯救“心灵的荒原”？诗人企望于那个“寻找圣杯”的人。索因卡同样也使用了“干渴／唤雨”的原型象征，不过在他这里，并没有一个可以指望能替我们去“寻找圣杯的骑士”，现代人只能通过内省而自救，他要从心灵深处拔下雷霆的塞子，不是降下而是“举起”一场精神的大雨。

“我认为在下雨／干渴过后舌头会放松／嘴的屋顶不再滞涩／沉重地挂满知识”。全诗在假定性情境中展开，诗人对自我获启、自我拯救抱有信心，他认为干渴过后不是死亡，不是失语。“干渴”在此只是作为理解生存现状的前提，但更重要的却是以良知、责任、知识去改变它。尽管世界已变得干涸与歪斜，永劫轮回的“灰色圆环”在嘲弄着我们，但真正的人还是要“从灰中举起突然的云”，冲破思想的禁锢，展现自由和意志的力量。这一心路历程是艰辛的，甚至令人感到绝望。然而，这种绝望是“奇特的绝望”，它置于绝望与希望的临界点上，真正的出路只是相对于我们的智慧和意志而发——

“在残酷的洗礼中／催雨的芦笛／在顺从的优雅中吹奏，但从远方／不屈不挠，你与我的大地会合／裸露出蹲伏的巨石。”人是“会思想的芦苇”（帕斯卡尔语），他的骄傲和脆弱都在这个隐喻中被共时道出。索因卡认为，“人的本性中有着自我冲突的二元性本质”（诺贝尔文学奖致答辞），生命的升华，灵魂的自救是一场“残酷的洗礼”，一场噬心的自我争辩。在芦笛“顺从地优雅吹奏”难以承担生命的沉荷时，就让我们变为坚实的巨石，在暴雨的冲击下更为清新、闪亮，不屈不挠，坚卓不移。

此诗围绕一个核心情境展开，情思集中而浓烈，主题深邃而明晰。但它的内部结构却充满了自我摩擦乃至龃龉，避免了单向度的下滑，而成为有载力的提升、托举。诗的魅力就在这对立冲动中呈现。

最初的白发

雷雨之前的乌云，地狱油烟的发辫，
光亮的手指不能透过的地沥青
在我的头上——你们看，先生，——只要……

突然，像雨过天晴的小麦的幼芽，
像带着白蛉的长吸管的电闪，
像太阳底下狂热地聒噪的蝉鸣，——

三根白发！三个胆怯的异乡人，
刺穿黑色的杯子，蛇一般袅绕，
只有放大镜才可见到，可是而后——而后

它们占领了一切！就这样，快些，廉价的
智慧之冬天，抓住荣誉的强力，
将夜的尖顶帽粘住发霉的光点！

（汪剑钊　译）

［导读］

诺贝尔文学奖获得者、南非作家纳丁·戈迪默在《老虎索因卡》一文中谈及并引述过这首诗的片断。她说:“一只老虎不需要宣布他的老虎特质……他曾在《最初的白发》一诗中写道:‘三根白发!三个胆怯的异乡人，/刺穿黑色的杯子’。上一次我见到他，那征兆已应验:他那个令人难忘的、曾被描述为‘雷雨之前的乌云，地狱油烟的发辫’的头，已有许多白发。如果说这只老虎的皮毛正在变样，但他的心却没有变。”

从诗人青年时代的肖像上看，索因卡有一头浓密鬈曲的黑发。像粗糙羊毛团的激流，蓬乱不羁地指向天空，它是诗人性格的写照。诗人的前半生可谓历尽沧桑，他经历过监禁和流亡，也体验了种族歧视的屈辱，但他始终没有停下那支抨击权力独裁者的笔。他说，“当一个人在暴君面前保持沉默的时候，他就死亡了”(《死去的人》)。他没有死在单人牢房里，仇恨使他活下来了。“老虎永远是老虎”，他又写出了充满愤怒的檄文《谎言的非人道力量》，写出了更多犀利深刻的戏剧和文学作品，来揭露极权主义、腐化者、政治骗子、种族歧视主义、麻木的公众、投机者和中产阶级的丑行。但他又是一位坚持独立自由立场的诗人、作家，“他不站在任何一方，他也指出以牺牲个人自由为代价的非洲民族主义中的夸张，也批评保守的部落主义中的言过其实”(佩尔·维斯特贝里《瓦莱·索因卡》)。

正是这种不妥协的个人精神立场，给诗人的生活带来了自豪，也带来了苦难。当他发现自己生出了最初的白发时，不免回顾青春岁月，发出深沉的浩叹。“雷雨之前的乌云，地狱油烟的发辫，/光亮的手指不能透过的地沥青”，这些对黑头发的隐喻，都含有双重性质。一方面它是在被压迫下的不屈不挠，敢于在地狱中抗争的力量，充满生命活力的意志;另一方面，它又是苦难的、被戕害的、被窒息和被践踏的。诗人以奇异的方式将向度相悖的两重意味简洁地压合在这三个语象中，构成意义的和弦，从深度到技艺均令人叹为观止。

灾难的岁月渐渐结束了，诗人迎来了生命的午后。“突然，像雨过天晴的小麦的幼芽，/像带着白蛉的长吸管的电闪，/像太阳底下狂热地聒噪的蝉鸣，——/三根白发！”面对早生的白发，诗人震悚于时间的流逝。“突然”，这个表示时间的跨类词语（时间名词与副词的扭合），既表达了诗人悚然而惊的心态，也表达了时间不可挽留的坚定的脚步。在这里，徐缓和迅疾，白热和沉暗，宁静和燥郁，都瞬间涌上了诗人的心。

三根白发的出现，本是极为日常的事，但敏感的诗人却将之转换为一个深刻的象征，它们是“三个胆怯的异乡人”，我青春生命的秘密入侵者，刺穿了我头颅那黑色的杯子，并预示着它们最终的全部占领——我的皓首。诗人虽痛惜生命的短暂，但他并不过分沉溺于感伤之中。“三个胆怯的异乡人”是将白发对象化为“非我”的异在物，仿佛它们骇怕我永不结束的激荡心灵，青春的抗击力，它们是三个战战兢兢的做了错事的闯入者。的确，“老虎的皮毛正在变样，但他的心没有变”——他要迎接时间的挑战，永葆个人精神的早春气象，抗拒“廉价的智慧之冬天”，“将夜的尖顶帽粘住发霉的光点”！

这首诗语象凌厉而不失精确，意蕴诡异而不失明澈，在奇妙的隐喻叠加/交融中，诗人使经验与超验共时而生，细致的观察与形而上玄思化若无痕地融为一体。象征主义诗歌对“双重视野”、对“像感知玫瑰花的香味一样直接地感知思想”的艺术追求，在此得到精彩体现。

验　尸

冷藏库具有更多的功能
除了储存啤酒；停尸房的冷棺材
也尽它们的义务，多么荣耀！

在死神冰凉的手里……

他的嘴塞满了棉花，
他的生殖器陷入深层的泥地

他的头颅被掏空
脑髓上了秤盘——
这就是验证生前学识的把戏？

他的肉体坦白了
他嘴巴无法说出的秘密，
带着套的手指从他身上琢磨如何免于一死。

让我们热爱所有灰东西；灰色的解剖台
灰色的手术刀，一个灰色的睡眠和形体，
灰色的意象。

（张烽　译）

［导读］

对死亡的“存在主义”式思考，是索因卡戏剧与诗歌的主题之一。在许多人看来，死亡，不过是一个与此在生存不再相关的“终点”，对它应该存而不论。然而，对那些有深刻洞察力和敏感的人们来说，死亡从来就是此在生存的伴随状态，人的存在就是“向死而在”。一旦人彻悟到“吾生也有涯”，死乃是最终的必然性时，存在的真义就会在“先行到死亡中去”的体验中呈现出来。

如果说死亡是“终点”，那么，它绝不是“与此在生存不相关”的终点。死亡作为生命的终点，把生命之弦绷紧，并吁求我们只争朝夕地弹奏出意义与价值的人生乐章。因此，索因卡才会面对死亡追问道，“扑向那阴森的地狱——在那儿结束了吗？／完全结束了，在死荫的山谷？”面对别人的死，他会反观自身，“难道那个面部扭曲的人——就是我？”面对虚幻的墓志铭，他会劝慰，“倘若这一只杯子／压坏你手掌的脆弱／你不要建造陵墓，只需将骨灰／撒落在个人的小路上。”而面对为人类的自由和进步牺牲的英雄，他会赞叹道，“透过年代钻开光的隧道／一群烈士突然出现在我们面前——他们前进，伴随着活人”。（参见《炼狱》《死于黎明》《安魂弥撒》《奥更·阿比比曼》等诗）

了解了“死亡”在存在主义哲学中的意义后，我们对这首诗就不难理解了。诗人说，“让我们热爱所有灰东西；灰色的解剖台／灰色的手术刀，一个灰色的睡眠和形体，／灰色的意象”，其本意是激励人们正视人有限的时间境域，探究生命的真容，“向死而生”，勇敢地投入自我选择自我负责的创造生命价值的活动中去。正如海德格尔在《存在与时间》中所言：“向死而在，不意味着遁世的决绝，它毋宁意味着无所欺幻地把自身带入行动。”

“验尸”，只能是活人所为；而每一个活人，最终也必将成为“被验者”。“他的肉体坦白了／他嘴巴无法说出的秘密”，人的存在就是向死而在，你永远无法回避它。要“解剖”“验证”和探询人的问题，就离不开探询死亡，这是那些自觉的人的“义务”。在此，死亡不仅是一个简单的生理事实，它还隐喻性地关涉到我们时代的精神处境、道德处境、生存处境中的“缓死”过程。读这首诗，我们会惊骇于索因卡诗歌的“冷酷”耐力，它一下子将我们都“逼”成了“幸存者”，它开拓了我们的存在意识。它提醒我们，在我们对肉体的死亡无法抗拒的前提下，去思考并琢磨“如何在精神上免于一死”。

日本

新川和江

新川和江（1929—2024）生于茨城县，日本当代著名女诗人，日本现代诗人协会主席，现代诗刊《地球》《山树》重要撰稿人。新川和江早期师从于象征主义诗人西条八十，诗作多以切身感受为题材，善于从日常事物中捕捉经验，用鲜明的意象、象征（或称之为“客观对应物”），表达对原始生命力、爱情、时间、朴素的献身情怀的深度理解。她的诗作融激情与智性于一体，并具有一种广泛的安定感。新川和江的主要诗集有《睡椅》、《画册·永远》《一个夏天·许多夏天》《不是比喻》《碎麦米抄》《新选新川和江诗集》（1983）等。其中《碎麦米抄》获第五届现代诗人奖。

火的颂歌（选章）

1

与其准备烈火
焚烧我的尸体，
莫如现在分成几截
天天一点一点地燃，
趁我的身躯还是柔软的蜡烛的时候。

即使这点星火，
也使我止不住欣喜的热泪滴落。
她照亮每个屋角，
宛如春天的原野
遍地盛开了花朵。

好像教堂庭院的麻雀
啄食一小点儿面包屑。
这火也会熊熊燃烧，
从街道的屋檐到屋顶
把丰厚的恩惠四处传播。

挺起腰杆，
耸立在海角，
照亮黑黝黝的水域中艰难航行的舟船。

我成了标记，
用我这眼睛把看不见的彼岸探索。

我死亡那天，
倘使燃烧我的火已完全熄灭，
就把我的尸体扔向沙漠。
我要善始善终将自己燃尽，
请唱着欢快的歌把我扔向沙漠。

2

流水呼唤我的时候，
我的身躯从独木桥上跌落。
河流把气吁吁的我拥抱，
我在流动，我在欢歌。
——红色的衣衫濡湿了，展开了，
宛如水中的花儿，多美啊！
献给你吧！多么希望能向水神
早日献上这朵鲜花。

然而就在那时候，
一种比水声还大的声音在呼唤我。
我眯起眼睛瞧了瞧，
火在河滩上燃烧。
——难道能让这健美的姑娘
　　无谓地牺牲？
　　只扔掉了在水中湿透了的衣衫。
　　瞧啊，火在燃烧。请学我的样子
　　我望着你的赤身裸体出神。

我也望着火出了神，
火把我全身照亮，
生命在燃烧。
我童年时代，
和着衣衫在故乡的河上流淌。
让象征黄花少女的红花儿，
在碎石上开放，
我开始悠闲地漫步。

如今，偶尔或远或近，
流水用甜美的歌声把我引诱。
每回我都不吝将衣衫付诸东流，
变成赤身裸体。
火在燃烧，
我无论多少次都像头一回
出发从它的身旁经过。

3

点燃火把，
他会跑来吗？
他从我心中跑过的时候，
我的内心闪烁着亮光。

依靠火的光亮，
我阅读了历史。
通过火的爆裂声；
我听到了世界的音响。

但最重要的是，

火让我清楚地看到了
被照亮了的我的自身，
我的处境，我的实情。

漫长、黑暗，
那是一条隧道。
他像跑空的电车空空荡荡，
从黎明的原野伸向远方。

我仿佛也跑了过去，
奔向眩目的外面世界。
春天万物更新的时候，
就像一切都从我的心中通过。

他从遥远的森林火源，
把火种运来。
每晚不厌其烦地把火点燃，
勇猛地向我这边跑来。

4

从前，在我的家乡，
每逢阴历六月三十，
举行“钻圈”的仪式。
把稻草扎得像年轻人的小腿一般粗，
结成太阳形状的圆圈，
装饰在土地神的大殿前。
传说参拜的人从圆圈钻过去，
就会一年里没灾没病。
这是祛除不祥的仪式，

村民把平素的所有心愿，
都带进了这圆圈。
“当然，女子也……”
父亲拉着我稚嫩的手一起钻了圈。

钻圈前后三天，
巡回表演的杂技演员，
在村前广场上搭起帐篷。
乐团吹响悲伤的曲子，
无力胜任，因为没有把猛兽带来。
要看到猛兽，
也许还需要等些时光。
等到亲戚把我带到大都会，
让我看到那头狮子
突然钻过燃烧的火圈。
火的鬣，鬣的火
百兽之王也撞破了我的胸膛，
疾奔向永劫的彼方。

让大马戏团的狮子钻过火圈，
父亲的形象便不断出现。
这是什么时候的事?
父亲眼睛滚圆，
头倒立，
火把他的头发照得闪闪发亮。
火的父亲，父亲的火。
“当然，女子也……”
那时父亲怎么样说的呢?
父亲在村子里立下大志，
却没有向村庄走出一步，

就结束了村夫子短暂的一生。
我的手腕上还留下他攥过的印痕，
浮现出红彤彤的一块，
至今还偶感隐痛，或者温热。

5

少年抓了把柴火
在膝盖上一碰把它折断。

不问水温热不温热，
少年又续上一把柴火。
因为一位比他大两岁的邻屋少女
在洗热水澡。

少年蹲在炉口，
细心伺弄炉火。
他绷紧的像生气的脸，
一阵阵在发烫。

他背后一片黑黝黝，
像一块正反两面清晰的崭新的铜板，
——梅花芳香飘荡。

露出一条细缝的窗扉，
被轻轻地关上，
少女泡在澡塘里光露出肩膀。

少年佯装什么也没瞧见，
一味地低声哼着儿歌《花儿、花儿》。

10

大地，
有没有树木一般耸立的火?
深深扎根，
伸展枝丫，
不问四季都发芽。
让守窝的小鸟独自孵雏，
让情侣在树干上雕刻恋人的名字。

无论何时何地回首张望，
那里都燃烧着火。
它勾起离乡背井的游子
强烈的乡愁。
吸引游子返乡的火，
不为风骚扰，
不因雨消失。
火，以自身的旋律在摇曳。

这一天总要来的，
难道没有年轻的樵夫
抡起大斧伐倒树?
难道没有男儿凿木成舟，
独自划向大海?
难道没有男儿磨亮树干，
建造新房壁龛的立柱?
世上总有这样的好男儿吧，
难道没有火树把大地照亮
发现这种人才?

11

在寻找火树的山路上，
我碰见了一位老樵夫。
“这山上，从前也有东西燃烧得很旺，
相互爱慕的男女，
前来雕刻自己的名字，
那里有树干粗大的火树。”

我问：这是什么样的树？
樵夫点起烟袋锅里的烟，回答说：
“山风平静的时候，
千千万万的叶子爆裂开来，
热风犹如龙卷风
从树梢刮向苍穹，
枝头上无数交尾的小鸟，
一只只被烧焦，
就像熟透了的果子，
吧嗒吧嗒不停落掉。”

那男子呢？那女子呢？
我缠住他追问下去。
樵夫心荡神驰，回答说：
他们都变成了火树。
“他们深深刻上了自己的名字，
拥抱树干，
合二为一地燃烧了，旺旺地燃烧了……
世上还有那样美的火吗？
连日月都黯然无光。”

你把它砍掉了吗?
我把视线投在锯子上。
完全消失了。樵夫说着
把烟袋锅里的烟灰抖落,
“互相爱慕的男女
不分昼夜地攀登上来,
火熄灭了,枝丫垂下全变成了翠绿。”

火树火树,现在就是丝柏树
我从樵夫手指的绿树身旁经过,
悄悄地下了山。
莫非那旺旺燃烧的火树
还有那爱情,
早已不过是传说?

12

火欲变成光,
于是
一心在燃烧,
把自己的愿望凝聚在灯芯上。

火对光不服;
已把草屋顶下的故事读腻了。
我想变成光,
在亿光年的太空驰骋,
让所有的花儿齐放,
让所有的窗扉齐亮,
让所有的海都染上碧蓝的彩光。

火恨太阳，
因为火是太阳的末子，
太阳却不承认
从前被拐走了的末子。
兄长们在宇宙的庭院尽情嬉戏、跳跃，
火却只能委身在素陶器里，
油少得可怜，
实在令人讨厌。

火经常把青青的焰尖，
直冲苍穹，
劈劈啪啪地把灯芯烧焦。

（叶渭渠　译）

［导读］

面对这首诗，我们的心又一次回到火光深处。在我们持久的诗歌阅读中，“火”这个词语，总是引起我们的深思和惊愕。法国新认识论创始人、诗学理论家、诗人加斯东·巴什拉还写过一部专门讨论“火”的著名的书——《火的精神分析》，指出火作为普遍性隐喻，在人类生命史、精神史和诗歌史上发生的延展变异。

我们知道，普罗米修斯（盗火者）情结是人类心理的完型之一，它象征着人类从物质出发迸发出来的精神的光辉。对火，由敬畏—禁忌，到热爱—升华的过程，象征着人类精神历史的伟大进步。人类涉过童年时代后，冲破火的禁忌，把火看作热情的理性和生命力的召唤。“火”的隐喻，并非仅仅是单向度的自我陶醉的“比德”，而是包容了探索世界，发现自我，甘冒危险，勇于献身的伟大激情。在对火的精神追求中，隐喻式地牵引出了人对“光明”“热情”“活力”“熔炼”“纯洁”的渴慕和身体力行。

而在诗歌的象征序列中，巴什拉指出：“火是超生命的，火是内在的、普遍的，它活在我们的心中，也活在天空中……它在‘隐喻的隐喻’范围内创造出真正新型的心理现象”，不同文化圈的人们都会理解火的形象的大量的诗作。“在形象的各种因素中，火是最具有辩证性的。只有火才是主体和客体。在泛灵论的深处，总可以发现热能——富有生命的东西，直接富有生命的东西就是热的东西。（火）热是实体富足和常在的最好佐证，它赋予生命的强烈、存在的强烈以直接的意义。”

《火的颂歌》是新川和江的代表作之一，全诗共十二节，此系节选。作为日本象征主义诗歌杰出的传人，在咏述“火”这一公共原型象征时，她融入了较多的私人象征因素。在此，“火的颂歌”既包含了巴什拉所命名的主导成分，同时，又有对作为女性的个体生命的精神成长史和自我获启的展示。与欧洲象征主义诗人经由基督教传统而将火分属于“涤罪”和“熔炼”这两大语义序列，从而加以命名不同；新川和江笔下的火更倾向于多侧面的、对个我内心的开掘。火的颂歌乃成为女诗人的自我之歌，原始爱欲之歌，祈祷之歌，甚至也是男权文化批判之歌。

一开始，诗人先将人的整个一生纳入“火焰”的指代系统，这是对“火”的总写。生命与火相同，是一个燃烧的过程，创造冲动和死亡的驱迫都与此有关。诗人肯定生命的价值，但同时对中和静永的东方型的人生观曲折地质疑。她愿意在有限的生命中充分释放自己的热能、创造力，“天天一点一点地燃，／趁我的身躯还是柔软的蜡烛的时候”。生命的燃烧不是唯我主义的自恋，那使诗人“止不住欣喜的热泪滴落”的，是一种“把丰厚的恩惠四处传播”的使命感和奉献精神。即使我的生命只是“一点星火”，但它也足以构成生命价值的“标记”，当死亡来临时，我可以无愧地告慰自己：我尽力燃烧过，我没有留下多余的“燃料”，我有权利骄傲地宣告“熄灭”。而那些卑屈胆怯地将生命之火藏匿，以求所谓自矜地韬光养晦的人，是不配自诩“熄灭”的——因为他们从未燃烧过。

在对“火”进行了总写后，诗人就将语境更多限制在个体生命精神成长史的畛域。火成为自我探索、自我获启的动力源，照亮了灵魂中一个个幽暗的角落。诗人从不同角度展开了关于“火”的命名。

与“火”的原型象征相对称，诗人引入了“水”的原型象征。“流水呼唤我的时候，／我的身躯从独木桥上跌落”，这里不着痕迹地融入了对希腊神话指代的“那西索斯”情结的探询：美少年在水中看到自己秀丽的身影，自我赞叹而迷醉，自溺而“亡”，化为水仙花。这是每个人都会经历的不成熟的精神自我迷恋阶段，它有一定的合理性、必然性。然而，那些有理想有敏识的人，会很快超越这一阶段，把对自我的关怀扩大到对更广阔的人类命运的关怀之中，“一种比水声还大的声音在呼唤我。／……火在河滩上燃烧……火把我全身照亮，／生命在燃烧”。水是向低处流淌的，而火却是永远上升，向着天空的维度伸展。一个人当然不可能每时每刻都保持灵魂的提升状态，但是他（她）应不断省思自己，以火为镜鉴，为永恒的起点，“无论多少次都像头一回／出发从它的身旁经过”。

接下来，诗人又将“火”拟喻为一个“他者”，“他从我心中跑过的时候，／我的内心闪烁着亮光。／依靠火的光亮，／我阅读了历史”。火使我们惊愕又警醒，“最重要的是，／火让我清楚地看到了／被照亮了的我的自身，／我的处境，我的实情”。诗人祈愿这个“他者”，永远伴随我，“每晚不厌其烦地把火点燃”，激励我，灼痛我，使我抵御灵魂的昏昧和下滑。

在第四、第五两节，诗人追忆了童年经验，使之对“火”的开掘更深地带上了精神的“自传”性质。农耕文明遗留下来的“钻圈”仪式（象征生命崇拜），保守的父权文化对女性的歧视，大都市里马戏团钻过火圈的狮子，童年纯真的性萌动，如此等等，都以叙述的形式逼真地浮现出来。

诗人告诉我们，人的生命不就是一个寻找光明、穿透内心障碍的历程吗？火在此既是召唤，也是危局，它深深地捺进了我们的心中。是呵，当保守的父亲敷衍地对女儿说：“当然，女子也……”的时候，他不知道女儿心中的委屈和隐痛。父亲同样不会知道，“我的手腕上还留下他攥过的印痕，／浮现出红彤彤的一块，／至今还偶感隐痛，或者温热”。诗人无意于猛烈地向父权文化“起诉”，她只不过要证明：人与人是一样的，正如火与火都是平等的，性别并不能成为衡估生命价值的标准。“父亲在村子里立下大志，/却没有向村庄走出一步，/就结束了村夫子短暂的一生”，而我，那个被他漠视的、不抱期望的黄毛丫头，却走向了更广阔的世界，经历了更坚实的、奋勇不息的燃烧的人生。

火，在诗人笔下又是生命意志和原始冲动的象征。从少年抱柴火为少女烧沐浴之水时初萌的爱欲，到爱情之火对青年男女的烧灼，诗人呼唤的是两性平等的爱情，在纯洁的烈焰中化为一体的壮景，“火，以自身的旋律在摇曳”，“相互爱慕的男女，/前来雕刻自己的名字，/那里有树干粗大的火树……合二为一地燃烧了，旺旺地燃烧了……/世上还有那样美的火吗？/连日月都黯然无光”。树是生命的隐喻，而“火树”作为和弦般的矛盾修辞，则丰富了这一隐喻。树又是爱欲之火的转化和升华，它指向永驻不衰的灵魂之爱。人会老去，欲望之火终会熄灭，但真正的爱情是常青的，“火熄灭了，枝丫垂下全变成了翠绿”。

在对火进行了多侧面开掘后，结尾处诗人纵身跃起，以更为开阔的嗓音表达了让光、热能、爱充满世界的祈愿——

“火的颂歌”就是人的颂歌，它平等地燃烧在广阔的大地上，不分贵贱。在卑微的茅蓬里，在每个淳朴而渺小的人心中，都会有它不屈的身影。火，谁也不能垄断！它是光明、热情、创造、熔炼、纯洁，是大地上的人的兄弟！它不是高高在上的太阳，不是权力体系的陪衬。作为被遗弃的“太阳的末子”，火选择了清寒而伟大的人世间。诗人以这个私设象征，表达了对世俗生命的肯定，对精神等级制度的抗议，“火经常把青青的焰尖/直冲苍穹”——它不是居高临下地降下光明，而是艰辛地托起、举起了光明，这正是大地上平凡人的颂歌。

这首诗以“火”为核心隐喻，使个体生命与之发生深刻无间的感应和契合。它是充满激情的，但又恰当地带有智性特征；它在幻象中展开，但亦不乏对日常生活细节的巧妙展示。诗人不是单维线性地处理题材，而是从每个侧面展开对话、盘诘，使“火”成为复杂经验的聚合体。尤其令人称道的是，在“火”这个公共象征中，诗人融入了众多私设象征内含，这是对难度写作的自觉承诺——使一个几乎被耗尽了的原型象征，焕发出个人化的陌生而奇诡的辉光。

大冈信

大冈信（1931—2017）生于静冈县田方郡三岛町，其父是诗人。大冈信中学时代开始发表诗歌，并与人创办《鬼词》杂志。1950 年入东京大学文学系，饱读古今东西名诗。大学期间创办同人杂志《櫂》（1953），后又与友人创办《赤门文学》《今日》（1954）及《鳄鱼》杂志。1955 年又与友人创立“超现实主义研究会”。大学毕业后，曾长期担任《读卖新闻》记者。曾为明治大学教授，日本文艺家协会理事，并担任过日本笔会会长，现代诗人会会长。

大冈信是 50 年代崛起于日本诗坛的“第二次战后派”的代表诗人之一。他的诗具有深邃的社会性和现代性，注重表现个体生命深处的奥秘，捕捉直觉、下意识感受，对语言的自动性和音乐感做精深的处理。他主张“感受性本身既是诗的手段又是其目的，深刻地潜入语言世界的深层就是诗的目的”（《现代诗大系解说》)。而对诗歌写作中显与隐的关系，他说，“开放同时又关闭的存在——在这里，视觉变得从未有的敏锐，同时下意识四处涌流。它们互相碰撞着涌向表面，而表面已被深层的东西覆盖”（《让问号存在的尝试》)。自我与社会、精神与肉体的矛盾，青春的激动与苦恼，生命的渴望与不安，是大冈信诗作的主要母题。从诗歌谱系上看，大冈信大体可编织入“超现实主义”诗风，他对艾吕雅的诗作十分推崇。但在追求感觉和官能解放的同时，他还恰当地保持了语境的透明性，使其作品具有“智性的感觉化”特征。

大冈信的主要诗集有《记忆和现在》（1953)，《我的诗与真实》

（1955），《透视图法——为夏天》（1958），《悲歌与祈祷》（1963），《大冈信诗集》等。此外，尚有诗论集《现代诗试论》，《超现实与抒情》，《浪子的家系》行世。

为了春天

从沙滩上掘起瞌睡的春天，
用它来装扮头发，
你笑了，
将一片笑泡如波纹在天空抛撒。
大海静静地温暖在草色的阳光下。

你的手放在我的手中，
你投的石子飞在我的天空，
呵呵——
在此时天空下流动的花影。
我们的手上萌发着新芽，
我们的视野中央
溅着飞沫旋转着
金色的太阳。

我们
是湖，是树，
是透过树缝洒在草坪的光流。
这光流的舞蹈，
是你头发的段丘。
我们……

门在春风中敞开，

无数手臂向绿荫和我们摇摆，
崭新的道路躺在柔软的大地，
你的手在泉水中流溢着光彩。

于是
我们的睫毛下沐浴着阳光。
静静地开始成熟，
果实与海。

（蓝明　译）

［导读］

这首诗是诗人早期代表作，写于1952年，诗人当时只有21岁。青年时代的大冈信，迷恋于超现实主义诗风，力图以心灵敏锐的联想力，挖掘潜意识和梦境的深度，使客观现实和主观体验达成“同构”。或者说，这样的诗不以描述世界的客观外貌为满足，而是从探索人的内心世界入手，将内／外现实看作处于同一变化中的两个潜在成分，肯定具体世界与精神世界的同一性。

《为了春天》无疑是一首“爱情诗”。但是，与那些直抒胸臆的单纯的浪漫主义爱情诗不同，这首诗同时处理了“灵魂之春”和“自然之春”这双重主题。在修辞特性上，这里的“心灵”与“大自然”不是谁反映谁、谁映衬谁的问题，而是二者间相互的洞开，相互的渗透，相互的命名和发现。它们浑融一体，共时发光和鸣响，大自然具有了人的特征，人亦具有了大自然的特征。

起句“从沙滩上掘起瞌睡的春天”，就为整体语境定下了基调：它是主动式的对生命感受的开掘，而不是被动的对原在的景物的描摹。主动动词“掘起”，富于强烈的触觉感和重量感，比起单纯视觉的“看到”，更凸现了主体的生命体验的冲击力度。此后，诗歌继续沿着超现实主义感受方式发展（其实，东方古典审美精神追求的“吾心与天地同参”或曰“物我合一”，在特定意义上讲也与此相通），呈现主客体的合一。比如，姑娘用春天“来装扮头发”，既写出了春天植物的葳蕤、葱郁，又写出了置身于爱情中的少女的欣悦和活力。大海在阳光下金波闪烁，而"你笑了，／将一片笑泡如波纹在天空抛撒"，这又是对主客体的"同一性"开掘。天空下流动的花影（身影），手上萌发的新芽，秀发与光流、水波的交融，春风、泉水与人体的共时舞蹈，如此等等都使我们在瞬间完整地领悟了大自然和青春生命一同律动的美好与健朗。

由于人的心灵和直觉的强渗透，我们在诗中得以领略超量的"神奇"体验。这首诗中，大冈信对超现实主义诗艺的借鉴是有选择的，他摒弃了所谓"自动写作法"和对荒诞感的描述，而发挥了其解放心理官能、将现实与幻象融为一体的方法。诗中意象的并置和转换看似随意，其实有着内在的情理逻辑和透明的空间感。在结构上，由"你"到"我"，由"我们"到"果实与海"，层次清晰，心与物俱是澄明朗照，充满不息的青春跃动感。而统摄性语象天空、海、植物、太阳，在诗中不断发生光、形、影、声、色的精巧的切割、回旋和变奏，化整为零又拢零为整；目既往返，心亦吐纳，恰到好处地表现了爱情带给青年人迂曲萦绕的欢乐和淡淡的怅惘感。

玛莉琳

死亡
是一面镜子
胶卷从中
重新倒转

她眼波的抛物线
已到不了梦幻结晶的林莽
雾一般的死焰载着寝床送往的前方

是否等待着安详的白象
是否等待着密闭的铅窗
全身的毛发柔顺地起伏
如一块搓衣板
躺在黯淡的镜子上
镜底下
手术刀直立雪亮

但手术刀岂能解剖
灵魂的真相

历史透明的墨镜下
八月灼热的丘陵
可全是髑髅地的山岗
莫问她荆棘何处
透明的毒刺
在命运的赞赏中生长
却用小小的放大镜
在美国地图上寻觅
占领她整个梦乡
指着资本主义的癌细胞
又多么奇怪　博士们背过脸去说短论长
你们
不要将玛莉琳的名字
载入自传
她的死亡里
早已把你们的全部写上

如今的时代
一滴泪水

就足以表达一切
这裸尸自身的语言
恐怕没有任何文字
比起伏的毛发
更能叙述得当
文字撇出浮在死亡上面的清澄
只作出颤抖的布丁

她双目塌陷
化作一泓湖水
闪烁着耀眼的月光
如同成群结队的飞虫
覆盖无垠无际的水面
漂游荡漾
胶卷的碎末
那零乱的折射光
将血友病的好莱坞
浮现在夜空的苍茫
倘若真的流血死去
就要赤裸裸地横躺

玛莉琳
你的灵魂比世界还要骚然不安
比虾须还要怯懦紧张
你是世间所有女性的殷鉴
你是茂密的绣球花丛漏出的骄阳
你的笑靥
第一次展示
美国人从不知道的传说的女妖
你在沉睡与苏醒之中

走进巨大的转门
从此再也不现模样
于是门前门后
便盛行蒙老瞎的游戏
这又令你
无法真变成温柔的鬼魂
重返人间一趟
而所有的诗歌都贫乏无力
所有好哭的国度
都变成苍白的村庄
必定悄悄地濡湿门窗

玛莉琳
玛莉琳

一片蔚蓝

（郑民钦　译）

[导读]

此诗是大冈信的代表作之一。这是一首挽悼诗，献给美国影星玛莉琳·梦露。梦露出身寒苦，历经艰辛终于实现了自己童年时代的梦想，成为一代名优。然而，人虽在有限的空间内创造着“自己的环境”，却又无法不被环境所“创造”乃至吞噬。梦露成名后，成为商业主义“文化工业”中的一个筹码，人们只将她定位于“性感的象征”，榨取她的商业价值，要求她不断去出演色情、荒诞、乏味的角色，使“透明的毒刺 / 在命运的赞赏中生长”。

然而，真正有敏识的人却看到了“另一个梦露”：一个明媚淳朴的梦露，一个心灵寂寞而无告的梦露，一个言行举止不失善良本色的梦露，一个有着健康身体、青春焕发的梦露，一个梦想饰演《浮士德》中的格蕾辛及陀斯妥耶夫斯基作品中的人物而不得的梦露，一个神秘地焕发天才之光的梦露，一个终生崇拜林肯的梦露，一个在1962年不明不白地死去的可怜的梦露。梦露确曾为虚名所累，然而她始终不忘："是人民使我成为明星，而不是制片厂的老板。不是某个人，是人民"（《梦露：1962年答记者问》）。对于那些浅薄恶俗的既将她视作"性符号"欣赏，又道貌岸然地指斥她"下流"的人们，梦露一针见血地指出："他们习惯于将我看成似乎是某种类型的镜子而不是活生生的人。他们不理解我，只理解他们自己那种淫乱的思想，然后把我称为搞淫乱的人而掩盖他们自己的真相。"

梦露之死成为谜团，自杀？他杀？政治丑闻？心灵绝望？对此，人们有种种猜测，史称"梦露死亡之谜"。在一代名优香消玉殒变为人们茶余饭后无聊谈资的时候，一位诗人却以沉痛而愤激的心灵悼念着她："玛莉琳／你的灵魂比世界还要骚然不安／比虾须还要怯懦紧张／你是世间所有女性的殷鉴／你是茂密的绣球花丛漏出的骄阳……所有好哭的国度／都变成苍白的村庄／必定悄悄地濡湿门窗。"诗人的视角是纯正的人性的视角，他超越了政治、教化、街谈巷议，还原了梦露作为一个女性的单纯善良的本质——"玛莉琳，玛莉琳／一片蔚蓝"。

这首诗没有回顾梦露生涯，没有对梦露的逝世之谜进行具体的描述和追索。这是因为，"手术刀岂能解剖／灵魂的真相"？在诗人笔下，"死亡／是一面镜子"，梦露痛苦蜷缩的遗体，表达了她对险恶世界的抗议；梦露死后依然柔顺起伏的毛发，更显其无辜而屈辱；梦露塌陷的双目，昭示着美国梦的虚妄性；梦露失血的面色，将血友病的好莱坞真相和盘托出……而这一切，又岂能为"背过脸去说短论长"的、在墨镜后的体面的家伙们所理解？——"你们／不要将玛莉琳的名字／载入自传／她的死亡里／早已把你们的全部写上"！大冈信以骇人的视觉形象，揭示了商业和欲望主义"文化工业"的病灶和人性的失落，他将满腔悲慨凝缩于梦露的遗体，"这裸尸自身的语言"，已将一切说尽了。

诗就是诗，它应说出那些只能经由诗歌才能说出的东西。这首诗使我们哀痛并沉思，使一个个可视可触的语象如块块岩石哽住了我们的喉咙。在大冈信看来，真正的诗就通过这“言说中更辽阔的无言”呈现出来，“假如沉默坐下／语言便出现裂缝／闪电之火／将从那裂缝返回天空”（大冈信《诗配画》）。噢，愿穿越髑髅地的可怜的“玛莉琳／玛莉琳／一片蔚蓝”。

春之镜

从空着肚子高唱希望的时代，
流浪到如此遥远的当今。
（呵呵，不管它是希望还是什么，
　且先看那蓝色的火光的忧愤。）
在太阳往返停留的故地，
如今竟很少听到
　　有人发出绝望的呻吟。

每到夜幕降临，
有许多热昏的灵魂，
向着海边缓缓爬行，
脖子上浮动着流云。
（呵呵，尽管那些在地上飞黄腾达的权贵，
　很少对着忧郁的镜子审视自己的心。）

从前曾是青年的人们，
因二月的过分雀跃而如病缠身。
为什么总是厌恶得发抖，
当绿色的春的信息来临？

无论何时何地，
暗夜染着血，断断续续地呻吟。
水可以解除花的干渴，
填满胃囊，却无法疗救饥饿的人。

（蓝明　译）

［导读］

作为日本“第二次战后派”的代表性诗人，大冈信的许多诗抒发出青年一代生命的困顿与苦恼，对生存的失望和不安。战后的日本社会危机重重，维系着文明和文化基础及其延续性的信念发生了根本动摇。信仰缺失，价值观念解体，工业与拜金主义的膨胀，人的异化，生命意义的茫然，都涌到他的笔下，要求着一个存在主义式的命名与揭示——

“从空着肚子高唱希望的时代／流浪到如此遥远的当今”，一代人对社会进步的乐观理想逐渐消退了它绚烂迷人的色彩，成为“蓝色的火光的忧愤”。人们在“希望”的高歌中最终竟踏上了一条流浪的路。“我们从何而来？又向何处去？”成为人无法回答又不得不面对的噬心问题。情不知所钟，魂不知所系的人们只为厌恶、焦虑、沉沦、绝望的心境所统摄，他们虽彻悟到自己的处境，但是无力拯救自己，他们只好采取强迫性遗忘的自欺方式，“如今竟很少听到／有人发出绝望的呻吟”。

然而，正如存在主义哲学家萨特所言：自欺者就是明知真实处境又想将之掩盖起来的人。这是泯灭主体性，将“自为的人”降低到“自在物”的水平，企图逃避人的选择、承担，逃避自由与责任（《存在与虚无》）。自欺，是任何具有良知和意志力的自为者所无法忍受的。他们还在顽强地寻找，既然“太阳的故地”没有能给我们带来可以依托的希望，甚至还灼伤了我们的心灵，那么这些受骗的、受伤的、阴郁而低伏的灵魂只能选择了大海：“每到夜幕降临，／有许多热昏的灵魂，／向着海边缓缓爬行，／脖子上浮动着流云。”浮云，是天空中褴褛的流浪者。“浮云游子意”，人与云彼此呼应与观照，它是中日古典诗歌中一个原型意象。但这里，流云不再在天空而是缠绕着人的脖子，两者压合成一个复杂语象，更至切地呈现了生命无家可归的痛楚。浮云与人，已没有了东方古典诗歌中彼此呼应与观照的关系，它们凝而为一："天空"的维度被取消了，生存的重量更为难以承受！

"春之镜"，多么美好的意象，在此却构成了自嘲和反讽。青年时代的大冈信，曾一派纯真地要"从沙滩上掘起瞌睡的春天"，要让春光下大海的明镜，映照出心灵的姿容；然而现在他却不得不直面如期归来的绿色春光和颓丧的"春光不再"的心灵的痛苦对照了。"从前曾是青年的人们，／因二月的过分雀跃而如病缠身。／为什么总是厌恶得发抖，／当绿色的春的信息来临？"——春之镜扭曲了，它照出的是一个个焦渴困苦的灵魂。取消"天空"维度（喻指信念或升华）的人们爬向了大海，但是"苦咸的盐，又在我们的体内膨胀"（大冈信《1951 年圣诞前后》)。可谓路路断绝。

热昏的灵魂，何处是归所？什么样的"水与食物"，才可以拯救灵魂饥饿的一代人？诗人没有自欺欺人地指出什么"出路"，他捍卫了灵魂的纠葛以"难题"的形式存在。在一个"很少听到有人发出绝望的呻吟"的麻木时代，他坚持探索生存和灵魂的真相，坚持发出"断断续续地呻吟"，在沉思与追问中，点燃忧患意识的"蓝色火光"……

谷川俊太郎

谷川俊太郎（1931—？）生于东京，父亲谷川彻三是日本当代知名哲学家。谷川俊太郎早年毕业于丰多摩高等学校，1950年经诗人三好达治举荐在《文学界》《历程》等重要杂志发表诗作，引起诗坛的关注。1952年他的处女作诗集《二十亿光年的孤独》出版，被评论界赞誉为“充满原创精神的新抒情诗”，奠定了谷川在日本诗歌界的重要地位。1953年他加入同人诗刊《櫂》，对推动战后日本现代诗的发展起到重要作用。除写诗外，谷川还写有大量文论、随笔、小说、电影剧作及译诗。

谷川是战后崛起的日本现代诗代表人物之一，被誉为日本“当代诗坛的执牛耳者”。个体生命、大自然、孤独、内省是他经常处理的母题，被批评界称为“人生主义派”。他的诗作富于深刻的象征感，但并不艰涩；饱含感情，但又以智性为感情的宣泄设限。语象质朴，却保持着恰当的空灵和鲜润感。他对十四行诗体和自由体均有出色把握，他主张“以诗感人”而非“以诗服人”，诗歌的哲理应是生命的感悟而不是训世教条，他说：“对我真正为问题的，是生命和语言是怎样的关系。我在为自己生命的延续寻找着语言。”

谷川俊太郎的主要诗集是《二十亿光年的孤独》（1952），《六十二商籁》（1953），《画册》（1954），《关于爱》（1955），《致你》（1960），《旅》（1975），《谷川俊太郎诗集》（1993），《这是我的温柔》（1994）等。其诗集曾获朝日文化奖。

郊外之春

在可爱的郊外电车沿途，
有一栋栋乐悠悠的白房子，
有一条条诱人散步的小路。

在可爱的郊外电车沿途，
有不下也不上的田间车站，
但是，我还见到了
养老院的烟囱。

多云的三月天空下，
电车降低速度，
我让瞬间的宿命论，
换上了梅花的香氛。

在可爱的郊外电车沿途，
除了春色一概不准进入

（罗兴典　译）

［导读］

谷川俊太郎的早期作品，既吸收了欧洲象征主义诗歌以大自然来暗示人微妙内心世界的手法，又有传统的日本俳句的流风遗韵，流连光景，眷念生命，神清韵远，明心见性。在这里，清净、不争与玄学、哀愁被和谐地融为一体，翩然远飞的年轻心思与难以摆脱的生存羁系同时得到展现，带给读者又明澈又凄楚的复杂感受。如在《云》中，诗人写道——

今朝的云好美 / 虽说无心却如被
一颗心照着 / 任凭自身光辉闪耀
宛如一时的慰藉纷纷流却……

值得我信任和我爱的东西 / 实在
名目繁多 / 它们使我继续生存
它们把心给了我……

恰似虚幻无常 / 人心难以测算
抑或太近，抑或太远……

然则，树活着人亦活着 / 持续着
准确的时间、场所
今朝我又该写违心之作。

大自然和生命的美被淡淡的叹息萦护，在心灵的忧郁和无告中，坚持说出纯正的“我赞美”，这明净谦朴的“违心之作”，正是诗人以传统俳谐的纤美与自嘲情感，真切地表达了自己对诗歌之道、诗人何为的虔诚恭谨的感情。正如川端康成所说：“我国的文学虽然与西方文学的潮流有关，但从根本上，古老的日本文学传统却是潜藏的看不见的河床。”

《郊外之春》同样也是一首兼施清愁和欣悦的“自我劝慰”之歌。它的轻盈，它的明净，它的孤寂，它最终的释怀……都深深地感染了我们。阳光和彩色的三月，诗人乘上通往郊外的电车。眼前掠过一个个“田间车站”，不下也不上，因为他本无事，只是来寻访春的芳踪。春风开道，绿木可人，“一栋栋乐悠悠的白房子”，“一条条诱人散步的小路”，这些清旷的美景正适宜于人眺望。大自然静谧中萌动的生机是给人的巨大赐福，“可爱的郊外电车沿途”，道尽了领受者的惊喜和感恩之情。

然而，很快不谐和的形象闯入了视野——“我还见到了／养老院的烟囱”，诗人的心蓦然黯淡了。我刚刚“无知无觉”地成为自然中的一个音符，我是多么眷恋有幸能感知到美的年轻生命；而面前的养老院却沉郁地提示我，生命易逝，春光（青春也同样）不再，人，无论是木讷空虚还是被性情之光照彻，最后的归宿并没有任何不同！这种“瞬间的宿命论”，在不期然中涌上了诗人心间。但是，诗从来就有自己的使命，诗人应有能力挽留“剩日”般的美，应听命于更纯正美好、宽慰人心的艺术本身的律令。这是更博大更真挚的“违心之作”，它让我们重新考虑宿命论带来的惆怅，让玄学的阴鸷和绝望的尖叫得到治疗。让我们享受当下即刻的生命，在心灵和风景的契合中，将“瞬间的宿命论换上梅花的香氛”！就这样告诉漫溢的梅花，说我们来到了郊外，卸下无谓的感伤，面对自然和生命，既省思又眺望……

这首诗语境澄明，直指人心。从修辞形式上说，它没有刻意展示“现代派”的奇巧，甚至它还显得有点儿“老派”。它以纯真的心意安慰我们，即使有生命的哀愁在瞬间攫住了我们的心，但是，诗歌也不能放弃它要使人生审美化的“固执”和高傲。“除了春色一概不准进入”——这种“违心之作”恰好是一种古老而常新的“还乡”力量。在当下的现代诗中，“赞美”竟被人嘲弄或鄙薄为“肤浅”的感情，可见，在我们的诗和我们的生命中已丧失了多少东西。

家族的肖像

一只装满水的
壶
残粥

木勺
野果酒
支撑着它们的
沉重的饭桌

一个男人
粗布衣衫
端坐着
有力的手臂
刚硬的胡须
双眼盯视着
黎明来临前的
田野

一个女人
丰满的乳房
卷起的头发
滚热的手
搭在男人的肩头

一个孩子
圆圆的额头
沾着泥点
好像惊梦一场
转向这边

老人们
在墙上的照片里
和日历并排在一起
安详地等待

熊一样的狗
在门口打着哈欠

在简朴的祭坛上
灯火忽闪着
天慢慢
亮了

（蓝明　译）

［导读］

“在简朴的祭坛上 / 灯火忽闪着 / 天慢慢 / 亮了”。在细读了全诗之后，我们会将思绪长久地凝止在结尾处的“祭坛”这一语辞上。“祭坛”乃是祭祀或祭奠用的台子，但在此诗的总体语境中它有双重寓意：一为实指，祭奠家族中的祖辈，逝去的“老人们在墙上的照片里”歆享着后代的供祭；二为象征，东方人都格外重视家庭及家族的代代相承，它以恒久的谱系昭示着一代代家庭成员的凝结力与稳定归属感，是人的生命和心理的安慰之所寄；爱与亲情的温厚力量使诗人怀着感恩之情，他已将家庭视为可以高置祭坛的神圣的东西。

谷川俊太郎也曾自述过这首诗的写作背景，同时也点出了它的主题：诗人同大久任知子结婚后，生下了儿子贤作，他强烈感到了一个三口之家支柱的责任。“在我们床头，睡着我们三个月的头胎儿。我看着他的睡相，感到无限幸福。这是我们的孩子，是我们生命的一部分……我发现了超出我们夫妇之上的生命的流动。我觉得我们三个人的存在，不仅仅意味着一个男人、一个女人和一个孩子的存在。我们同全世界连成一体，在不曾断裂过的历史和时间中，同我们的祖先和子孙，同一切生命连成一体。不是我们组成家庭，而是家庭被赐给我们。我们三人既是‘人之初’，同时亦为人之终。在家庭这个词渐渐丧失其意义的今天，我想恢复其本来意义作为信任人类的基本出发点。……我想从婚姻中感知一种人类至上的东西，并且要以这种东西作为自己的支柱。”（转引自小海永二文，见《世界名诗鉴赏词典》）

我们知道，对真正的诗歌而言，重要的不只是“说什么”，要害更在于“怎么说”。诗语之所以为诗语，乃因为它是一种方法与含义有同样重要意义的语言。“怎么说”是艰苦的形式探索，探索词与词之间的协同关系所产生的效果，探索句群与句群之间的共鸣关系所产生的自足语境的成色。作为东方人，我们对谷川俊太郎要表达的情感并不陌生，因为就社会关系的观点而言，东方人本来就与西方人不同，不是以个体为本位，而是以家庭—社会为本位的。但读了这首诗我们还是再一次被深深打动了。原因在于诗人的“说话方法”：他没有以滥情的方式直抒胸臆，而是采取了“冷客观”的描写，使被抑住的感情形成更内在的潜流淌过我们的心田。一个个平凡而粗糙的家用器物，坚韧的富于责任心的男子，温柔而辛劳的女人，天真健壮的孩子，墙上逝去先人的照片，门口蹲伏着的家犬……这一切略带清寒又不失家庭温暖感的物象，组成了一幅类似于米勒的油画，焕发着内敛的、凝重的光芒。

画面的凝静，愈使我们感到它内在的动力学；具体细节的真实，愈使我们体味出它的抽象意味。诗人的控制力是非凡的，它不但未曾减缩，反而能在控制中呈现出更博大的家族乃至历史图式，从“双眼盯视着黎明来临前的田野”到“天慢慢亮了”，我们已涉过了家族和历史的沧桑。诗与思的独创性及形式的有效性，就在这不动声色的节制的点染技艺中更丰盈地展开。是的，“家”，你是“简朴的祭坛”，是我们永远揣在心里的一团灯火。

小鸟在天空消失的日子

野兽在森林消失的日子
森林寂静无语　屏住呼吸
野兽在森林消失的日子

人还在继续铺路。

鱼在大海消失的日子
大海汹涌的波涛是枉然的呻吟
鱼在大海消失的日子
人还在继续修建港口

孩子在大街上消失的日子
大街变得更加热闹
孩子在大街上消失的日子
人还在建造公园

自己在人群中消失的日子
人彼此变得十分相似
自己在人群中消失的日子
人还在继续相信未来

小鸟在天空消失的日子
天空在静静地涌淌泪水
小鸟在天空消失的日子
人还在无知地继续歌唱

（田原　译）

［导读］

在50年代初，谷川俊太郎曾写下了这样的著名的诗句：“人类在小小的地球上／睡眠、起床，然后劳动／有时想和外星成为好朋友／宇宙人在小小的外星球上／做些什么，我不知道／（或许睡觉、或许起床、或许劳动）／但有时也想和地球成为好朋友／那是毋庸置疑的事情／万有引力／是相互吸引孤独的力／宇宙正在倾斜／所以大家彼此寻求相知……”(《二十亿光年的孤独》)。这种“孤独”虽不乏忧郁，但骨子里却有一种天真健康的透明感、乐观主义的通向未来的想象力。

然而，文明史急骤而凶猛的步伐，很快就使诗人的忧郁改变了方向：人类为了实现“科技图腾”、“后工业”的贪婪的未来乌托邦，不惜滥用自己的智能，使大自然破碎、流血、耗尽。诗人年轻时曾仰望宇宙的视线，现在不得不真正正视小小的地球上正在发生的更急迫的灾难了。未来主义的图腾的“行话”开始失去魔力，后工业文明所允诺给我们的“美丽新世界”，变成了令人忧虑的难愈的创伤。生存环境的污染、恶化，世界沙漠化的速度，动植物种灭绝的速度，生物链的断裂，资源的匮乏……都在提醒人们觉悟：未来主义的“洪钟”是否同时也是趋赴绝境的丧钟？人破坏了自己与大自然“同一性”的链条，就等于要将自己也连根拔起。要知道，大自然的起诉和审判不是垂直降临的，而是每时每刻细碎、孤寂地以“无声”呜咽着，直到有一天它甚至无力以“无声”的痛苦来呜咽时，我们也就随之一道消亡了。

诗人是“报警的孩子”，他望着大地、海洋、天空，警醒地摄取了那些“无声”的痛楚信息。“野兽在森林消失的日子／森林寂静无语　屏住呼吸”，“鱼在大海消失的日子／大海汹涌的波涛是枉然的呻吟”，“小鸟在天空消失的日子／天空在静静地涌淌泪水”……然而，自诩为宇宙精华，万物灵长的人，却蒙昧地“继续铺路”，“继续修建港口”，“继续相信未来”，“无知地继续歌唱”。

人类为争取更好的生活环境的奋斗，最后走向了它的反面。如果说生存意志是世界的本源，是人与自然共同的“家谱学”，一切有机物、动植物都通向它的话，那么，拆除其中主导性构成，就等于是自取其亡。因此，野兽、游鱼、飞鸟的挽歌，也是人的挽歌——“自己在人群中消失的日子／人彼此变得十分相似”。人成为可以类聚的、计算型的、尺度化的“单向度的人”，卑屈地听命于“现代化的宏伟进军”，服膺于低俗的“消费”欲望，追随庞大的“广告体制”，将狭隘的目光限制在荧光屏上；而没有对生存环境的反思，没有对每时每刻都在发生的大自然的恶化保持应有的警惕。

这首诗在平静的语调中压入了十分沉痛的寓意。破碎的大自然的哀愁，与人类僭妄的行为适成鲜明对比。诗人没有以大声疾呼的方式去宣谕真理，而是以“几何学式的干净和透明”道出内心的痛楚和忧虑。这种安静的声音，与诗人所要表达的“寂静无语”“枉然呻吟”“静静涌淌泪水”的感情也达成了高度和谐。

恳　求

把我翻过来
耕播我内心的田地
干涸我内心的井
把我翻过来
浣洗我的内心
也许会发现美丽的珍珠
把我翻过来
我的内心是海
是夜
是遥远的征途
还是透明的塑胶袋呢
把我翻过来
我心灵的深处有什么正在发育
是仙人掌熟透的荒野吗
是还未满月小小的独角兽吗
是未被制成小提琴的枥木吗
把我翻过来
让风吹拂我的内心
让我的梦想感冒

把我翻过来
让我的观念风化

翻过来
把我翻过来
将我的皮肤掩藏起来
我的额头冻伤
我的眼睛因羞耻而充血
我的双唇厌倦了接吻
翻过来
把我翻过来
让我的内心膜拜太阳
让我的胃和消化系统摊在草坪上
让紫血色的阴暗蒸发
把蓝天填入我的肺脏
任黑色的种马踏烂成泥
将我的心脏和脑髓用白木筷子
喂给我的恋人吃

翻过来
把我翻过来
把我内心的语言
吐出来　快
让我内心的管弦乐四重奏
鸣响
让我内心的老鸟们
去飞翔
把我内心的爱
在黑暗的赌场赌掉吧

翻过来把我翻过来
我将内心的假珍珠送给你
翻过来把我翻过来
不要去触摸我内心的沉默
让我走
走出我之外
向着那树荫
向着那女人身之上
向着那砂丘

（田原　译）

[导读]

恳求——诚恳地请求——作为动词，应有接受其祈使的对象。但在这里，诗人的“恳求”却是自指的，“我请求自己……”。对那些耽于内省的人们来说，“超越”乃是存在的基本性质，它表示我们已有的生活和灵魂状态不可能是恒定的、不变的；在它之外或之上还应有更纯正高尚的东西，引导我们不断超越现有的界限。人的存在之所以有价值，正在于人能够自省自审乃至“自渎”，不断向未来的无限可能性迸发。在这个意义上，我们认同存在主义哲学的理念：“人是他所不是和将要是的东西”，“存在先于本质”，“成为新的你自己”，“自我选择自我负责”。

自我“恳求”，意味着诗人将现实中的“我”与不断超越的意识“分离”开来，使意识（指超越性的自我）成为观照和召唤“现实的我”的准主体。由于意识秉有的超越性本质，它对“现实的我”总是难以满足，从而发出自审、自省、自励的诉求：“让我走／走出我之外”。从诗中连续的语象序列可以看出，诗人的超越性诉求主要体现在这个向度上：消除内心的阴郁，瑟缩，疲惫，木讷、空虚；使灵魂和生命重新沐浴在活力，创造性，爱，真诚的阳光下。

“把我翻过来”，是贯穿全诗的主旋律，如层层猛烈的浪头冲击着我们的心。这是诗人用灵魂、用血、用骨头和内脏一齐呼喊出的声音。这里，既有对现代理性和伦理的承担感，又有生命深渊中原动力的冲腾。在“翻”这一主导性动词的牵引下，诗人又准确犀利地使用了诸如“耕播”，“浣洗”，“发育”，“吹拂”，“吐出”，“鸣响”，“飞翔”，“走出”等动词，使全诗扭结在一股强劲的运动势能中，有如一组群雕，恰到好处地使前倾的“超越”的姿势成为永恒的姿势。

然而，诗人亦深知生命的超越之路是艰辛的。如果一味地以激情和乐观主义支配自己，那么“超越”和“高蹈”就会成为“自我戏剧化”的出演。因此，诗人的超越之路不是单维地通向“天空”，也不是宿命地踩在地上，而是大地与天空两面拉开、彼此渗合的力量：“翻过来／把我翻过来／将我的皮肤掩藏起来／我的额头冻伤／我的眼睛因羞耻而充血”；“翻过来／把我翻过来／让我的内心膜拜太阳／让我的胃和消化系统摊在草坪上／让紫血色的阴暗蒸发／把蓝天填入我的肺脏／任黑色的种马踏烂成泥……让我内心的老鸟们／去飞翔／把我内心的爱／在黑暗的赌场赌掉吧……”。

作为一场战胜自我、超越自我的人生搏斗，它自审的惨烈与可能的新生是一起来到的。诗人精当地把握了这一辩证关系，使诗思变得更为坚实而真切。这样做也同时使诗歌的结构呈现了巨大的张力。诚如沃伦所言：“现代诗应能经得起经验的复杂性和矛盾的考验”，“一首诗要成功，就必须要赢得自己。它是一种朝着静止点方向前进的运动，但是如果它不是一种受到抵抗的运动，它就成为无关紧要的运动”（《纯诗与非纯诗》）。我们知道，在优秀的现代诗中，内容与形式是互为因果、不可剥离的，正如舞蹈和舞者不能分开一样。而谷川俊太郎的《恳求》就做到了这一点。

印度

伯　金

伯金（Bach Chan，1907—？）是印度著名印地语现代派诗人，原名赫利文谢·拉耶，出生于北方邦的阿拉哈巴德。大学毕业后积极投身于当时的民族独立运动，被捕入狱数年，在狱中写了奠定其诗坛重要地位的“饮酒诗”。这些诗作表达了作者追求自由平等、张扬生命意志的理想，和对传统的旧习俗和宗教戒律的反抗；同时流露出迷惘、哀愁的情绪。

他的诗经由对个体生命体验的抒发，也深刻反映出30年代印度知识分子追求个性解放的现代性诉求，受到读者特别是青年读者的激赏。此后的长诗《孟加拉的灾荒》，则表明他从低沉的倾诉转向激昂的抗争。从艺术角度来说，诗人的感情真挚深沉，语言质朴泼辣，韵律悦耳，深受波斯诗人欧玛尔·海亚姆的影响（海亚姆的《鲁科集》经常涉及的一个主题，就是对酒和生命的歌颂，由歌颂酒进而歌颂盛酒的器皿——陶杯）。他在追求现代诗自由精神的同时，也很好地体现了对东方诗歌抒情传统的继承。

伯金的代表作诗集为《酒店》（1935），《斟酒的姑娘》（1936），《酒壶》（1937）等。

饮酒诗二首

酒　店

一

醉汉内心的火焰，
烧毁了所有宗教经典。
他把神庙、清真寺和教堂，
都一股脑儿打翻。
　　他把婆罗门、阿訇和神父
　　套上的锁链全扭断。
今天我的酒店，
等待着殷勤接待这种醉汉。

二

神庙的钟没有声响，
神像上没有花环闪光。
阿訇锁上了清真寺，
独坐在家闭目静养。
　　城堡的墙倒塌了，
　　富翁的宝藏被抢光。
愿饮酒者万寿无疆，
愿酒店永远开放。

三

清真寺的阿訇说我是酒徒，
把我来驱逐。
神庙的祭司见我手中有酒杯，
把我来唾弃。
　　如果没有酒店，
　　充当庇护所把我收留，
不幸的无神论者，
世界上何处是归宿？

四

我成了流浪汉到处漫游，
所有的地方我都看到酒，
所有的地方我都看到酒杯，
所有的地方我都看到斟酒人。
　　朋友啊，我停留下来，
　　不会有任何苦楚，
没有神庙，没有清真寺，
但有酒店把我挽留。

五

穆斯林和印度教徒信仰各异，
但他们有共同的酒杯，
但他们有共同的酒店，
但他们有共同的酒，
　　要清真寺和神庙的时候，
　　他们各自东西。
清真寺和神庙使他们彼此冲突；
酒店却使他们聚会在一起。

六

尽管今天世人见酒不理，
明天却会举起酒杯。
即使今天世人见酒皱眉，
明天却会酣饮。
　　让世界上再一次，
　　把那种沉醉赞美。
今天是神庙和清真寺矗立的地方，
明天一家家酒店将会兴起。

七

从来没有听见人发怒：
“哼，他碰了我的酒！”
从来没有人这么抗议：
“哼，他接触了我的酒杯！”
　　婆罗门和不可接触者
　　大家在这里同座共饮。
一百个社会改革家的事业，
单独由酒店来完成。

八

你饮了酒，忘记了
一切疲劳、危机和忧愁。
如果你学会昏醉，
那你就受到了最大的教诲。
　　你最好还是当酒徒，
　　你却白白去当了“天民”。
神庙里的祭司将你唾弃，
但是酒店却欢迎你。

九

斟酒的姑娘招待酒客，
对他们一视同仁。
当他们个个都醉倒时，
怎么区分谁是首陀罗谁是婆罗门？
　　在酒店里，国王和平民
　　一点没有区分。
我的酒店是第一个
共产主义的宣传中心。

十

唯愿我嘴边最后的东西，
不是杜尔茜树叶而是酒杯。
唯愿我舌头上最后的东西，
是酒而不是恒河水。
　　在我遗体后面送葬的人们啊，
你们可要铭记：
要念真理是酒店，
别念“罗摩是真理”。

十一

谁要是在我的遗体旁哭泣，
唯愿他眼中流出的是酒而不是眼泪。
唯愿饮过酒的酒徒，
为我的死而叹息。
　　唯愿抬我灵柩的人，
　　浑身烂醉如泥。
唯愿在那开过酒店的地方，
火化我的遗体。

酒 杯

一

财神显示出他的金银，
不能收买我的心。
国王显示出他的荣华富贵，
不能收买我的灵魂。
　　长生不老的人显示出甘露，
　　指出永生的仙境。
我把它们都弃之不顾，
我昂首屹立。
　　我可以成为无代价的奴隶，
　　只要人类的天良来临。
　　　　泥土做的躯体，昏醉的心，
　　　　我认识了短暂的人生。

二

你一再阻拦我的行程，
你一再向我提出疑问：
“你为什么要世上的人们
去开怀畅饮？”
我哪里有那么多的空闲，
去和你争论？
谁燃烧的心中喊出了
“为了享乐”这种带讽刺的声音，
他也是为了平息心头怒火而举杯，
请不要把他的话当真。
　　泥土做的躯体，昏醉的心，
　　我认识了短暂的人生。

三

我来到清真寺，
看到阿訇低头祈祷。
但在我自己的酒店里，
疯狂的酒徒们在痛饮。
　　即使我说一是神圣，一是罪过，
　　我又哪能找到证明？
清真寺里什么时候落下过黄金？
酒店什么时候遭五雷劈顶？
这一自古以来的问题，
我今天怎能断定
　　泥土做的躯体，昏醉的心，
　　我认识了短暂的人生。

四

我从神庙里，
听到“天民”口念罗摩声。
但在我自己的酒店里，
沉醉的人还在狂饮。
　　婆罗门生酒店的气，
　　我岂能生神庙的气！
我为什么看这表面上的差异？
我只关心这种昏醉。
　　在这充满恐怖、迷惘的世界上，
　　这两者都是开心的把戏。
　　　　泥土做的躯体，昏醉的心，
　　　　我认识了短暂的人生。

（刘安武　译）

［导读］

诗人，在人们眼中往往是最擅知味的“品酒大师”。不是说凡为诗者皆有豪饮的功力，而是说只有诗人能把自己饮酒时的心境和美酒佳酿的奇异味道借文字“定型”、传达。从某种意义上说，不同民族的酒文化，至少有三分之一也是“诗文化”。

然而，诗人们之嗜酒并非皆因简单的口舌之欲。我们知道，酒乃是一种激发灵魂之物，它并不能改变你本真的心境，而是通过对神经中枢系统的刺激来强化某种心境。你的抑郁和悲哀，你的高傲和奋争，都借酒之力奔涌而出。常饮酒的行家都会知道，轻度的醉酒状态其实是最清醒的状态——对生存和生命的明察洞鉴，往往是在此时达到毫厘不爽的。伯金在《诗人的失望》中道出了他饮酒、颂酒的隐衷：“世人问：在我的歌声中为什么充满了悲观？我曾微笑着排除了许多困苦和艰难，我曾耐心地竭力使自己渡过重重难关。可是不能再忍受了，当我头上落下了大山。当人生已形成重担，于是我把酒杯举到唇边……人们昼夜无意义的咒骂，说我饮酒是为了消遣。（殊不知）我一只脚在沙漠，我另一只脚在花园。我听到天上仙女的歌声，也听到地上乞丐的哀鸣！”

作为一个投身民族独立运动、呼唤自由平等、高扬个体主体性的现代诗人，伯金曾受到过精神和肉体的双重压迫。在黑暗的牢狱中，他写下了不屈而高傲的饮酒诗篇，借“酒”这一象征体，道出了他对一切陈规禁忌的不屑，对光明和敞开生命的向往，即所谓的“酒神精神”。

在诗人笔下，酒是人“内心的火焰”，他打破了一切陈规戒律，反对一切蒙昧主义；他吁求充沛而沉醉的生命力，行动的欢乐，欲仙欲狂的激情，出神入化的灵性。在酒中纵蹈的人生，既有直观的敏悟和无畏的高歌，又有直面苦难的勇气。无羁的饮者具有个体生命的本真性和不可替代性，在这种狂喜与痛楚交织的状态中，生存的黑暗、实用理性的压抑、宗教的禁忌被悬置一旁，酒神——强大的生命力的解放与欢乐——显示了最充分勃发的人性，使他敢于与痛苦和灾难相抗衡。“酒神精神”，这是强者的境界，辉煌的生命意志征服了幻灭带给人的忧伤。

同时，在诗人笔下，酒又是平等的象征："斟酒的姑娘招待酒客，／对他们一视同仁。／当他们个个都醉倒时，／怎么区分谁是首陀罗谁是婆罗门？／在酒店里，国王和平民／一点没有区分。／我的酒店是第一个／共产主义的宣传中心。"酒被诗人赋予了新的社会价值内涵，它所造成的形神相分的欣快幻觉，消解了世俗中人与人的隔膜和森严的等级制度，大家面对的是同样的"内心火焰"，他们开怀畅饮，尽欢而散。

是呵，生命何其短暂，对浮世之豪饮、欢娱的依恋并非单单指向遁世，它是否也使我们敏悟到人生应以挣脱种种社会羁绊、赢得自由的心态为目标？在这个特定语境中，我们的确也可以接受"要念真理是酒店，／别念'罗摩是真理'"！伯金在《饮酒者》中说"我手中拿起了酒杯，我给世上的人们带来了自由的信息；给迷路了的世界，指引了沉醉的征途"就传导了"酒"中的深远消息。

诗人自有"诗家语"，在常人实用指称的层面上，诗人更心仪于其深邃的象征性、暗示性。请别用"是否正确"来打扰诗歌了，歌颂生命强力才是最根本的正确；请别用"非理性"来指责诗人了，呼唤自由才是最伟大的理性！"我可以成为无代价的奴隶／只要人类的天良来临。／泥土做的躯体，昏醉的心，／我认识了短暂的人生。"——在残酷的黑牢中，伯金能写下如此辉煌如此横肆的生命之歌，它不但让我们沉醉，也让我们深思……

阿盖伊

阿盖伊（Agyey，1911—1987）是印度当代著名的印地语诗人、作家、文学理论家，生于婆罗门家庭，父亲是政府高级官员。阿盖伊于1925年考入马德拉斯学院攻读理工科，大学期间开始诗歌创作，并发起成立了“泰戈尔研究会”。大学毕业后，做过编辑及翻译工作，同时坚持文学创作。1943年编辑《七星》诗刊，开印度实验主义诗歌先河。第二次世界大战期间在德里电台工作，不久结识德国存在主义哲学家雅斯贝尔斯，受到“有神论存在主义”影响。1947年创办前卫文学杂志《象征》，主张革新诗歌，增强诗歌的现代性，同时对印度现代心理分析文学批评起到奠基作用。1965年主编《暑时》周刊。1961—1964年应邀到美国讲授印度文学。1984年访问中国。1987年，因心脏病猝发逝世。

阿盖伊是印度当代最优秀和重要的诗人之一，“实验主义文学”的开创者。他的诗歌既有西方象征派、意象派诗潮的影响，注重深邃的暗示性、象征性，强调对瞬间直觉感受的捕捉；又有印度本土文学及宗教的影响，注重对生命恢宏而宁静的省悟，在现象世界的多元性中发现神秘的统一性。

对于批评界指责他的作品只有“实验”时，他申辩说：“实验自古以来就进行着，实验就是创造，文学不创新，行吗？新诗运动确实也是实验，但不是为实验而实验。新时代、新觉醒需要一种新诗，需要支配新思想的新形式或新的实验”（转引自倪培耕《文学，人间感情的沟通者》）。其实阿盖伊从来就不是极端的“实验主义”者，他主张创新，但反对形式主义的晦涩；他主张“实验”是意在更深刻地触及未被揭示的“经验”领域，在语言的历险中完成对生存和生命的准确命名。在他看来，“诗人与生存关系的重要性超过对诗歌形式的探索”，“我重视艺术美的创造，但我更重视文学的传达作用，作家不能摆脱社会职责”。批评界认为，阿盖伊是某种程度上的集大成者，他一生的诗歌道路是：叛逆的浪漫主义自我——悲愁而沉思的象征主义“内在自我”——具有世界眼光的博大的民族诗人。他完成了本民族的文化传统与西方文化艺术的融合。

阿盖伊的主要作品是：诗集《悲哀的使者》(1933)，《思考》(1942)，《道路》(1946)，《青草上的瞬间》(1949)，《疯狂的猎人》(1954)，《蹂躏的彩虹》(1957)，《光辉的怜悯》(1959)，《庭院的门槛》(1961)，《金色的水草》(1965)，《圣树底下》(1977)。长篇小说《谢克尔的一生》(1941)，《河上的岛屿》(1952)。短篇小说集《流亡者》(1948)等。1961年阿盖伊获得印度最高国家文学大奖“智慧讲座奖”，1964年获“印度文学院奖”，1983年获南斯拉夫国际诗歌节“金杯奖”。

舞

我在绷紧的绳上跳舞，
我用来跳舞的绳
紧系于前后的两柱。
我在绳上所作的舞蹈
便是于两柱之间的来回演出。
拉紧于两柱间用以舞蹈的绳
处在强烈的聚光之中
人们观看我在光柱中跳舞。
他们所欣赏的不是
正在舞蹈的我
赖以作舞的绳
绷紧绳索的柱
显现舞蹈的光束，
他们所注目的
只是我的舞。
　　但我所作的表演
　　在绳上表演的舞
　　在两柱间往还
　　在光柱中反复。

光下，柱间，绳上，
我其实并非在跳舞。
我只是在来回奔跑

从这一柱奔向另一柱。
如从一端或另一端解开绳索
紧张会立即消除
我也许在松弛中获得解脱——
但紧张却依然如故。

（倪培耕　韩朝炯　译）

［导读］

象征主义诗歌最明显的标志是用具体的形象符号，暗示某种抽象精神或情感内涵。但是，许多人却往往对“具体的形象符号”做了狭隘的理解，他们只习惯于将“象征性”局限于某一凝结的物象，某种超验的隐喻。其实，现代主义的象征还有另一种普遍的方式，即“人事象征”：以真实生活中的一个事件，一套行为过程来暗示人的生命体验，表达抽象的精神。由于后一类象征主义诗歌带有本真的叙事性，甚至可以与人的日常生活达成“还原”，人们往往就将之视为“现实主义”叙事诗。然而，参照20世纪世界诗坛的发展，我想，我们应扩大象征主义的内涵，将象征分为：“超验象征”和“人事象征”两大序列（读者可参看本书中对美国诗人贝里曼《球诗》的解读）。只有如此，我们才能真正恰当地理解后一类诗歌中所蕴含的暗示性、类比性、深层结构、双重视野等因素，将其与现实主义诗歌的差异性展现出来。

《舞》借一个杂技走索艺人的口吻，表达了诗人对生命的复杂体验。它表达的主题具有多义性：首先，人们为表象蒙蔽所形成的隔膜；第二，生存的单调、危险和紧张。第三，同时与上面构成悖论的是，恰好是生存的单调、危险与紧张，才证明了人的存在、努力与奋争，人的生存意识正是通过对它们的体验来开启的。单调、危险与紧张，作为此在的现身，把人从沉沦和麻木中救拔出来，使他意识到本真的自我，觉察到真实的生存处境，生命的价值和责任。如果它们消失了，则意味着人对意志力的放弃，这是一个自为的人更难以忍受的状态。所以诗中说，“如从一端或另一端解开绳索／紧张会立即消除／我也许在松弛中获得解脱——／但紧张却依然如故”。

我们看到，此诗无论是整体语境，还是具体细节，完全可“还原”为杂技走索艺人的日常生活及其经验。但细读之后，我们放心不下。那深深撼动我们心灵的，还是诗歌内在的暗示性、类比性，深层结构和双重视野所构成的象征。我们的生存不正是这样么？“在绷紧的绳上跳舞”，人们只观赏我们的舞姿，却不知我们内心的焦虑、惶恐。世俗生活中所谓的“成功”，只意味着你给旁人留下的“风光的”外在观感，而你的隐痛和危局，别人既看不到也不感兴趣。与其说我们“在两柱间的绳索”上迅疾舞蹈、造型，不如说我们在完成着一场内心的永无归期的“奔跑”乃至“流亡”！但是，“奔跑”与“流亡”是因为我们还能“在世”，唯大勇者能知其无望而为之，否则，我们只好自行加剧沉沦，走下绳索完成在世的“谢幕”。

需要提醒大家的是，“人事象征”的诗歌，往往在日常经验内部由较为深厚的哲学意味支撑着。正是这种哲学意味，使现实事件带上了暗示性的光晕。但诗歌的“哲学意味”又不等于“哲学思辨”本身，与后者的判然、明晰相比，前者更具有“或然性”，“悖论”和“互否”的特征。哲学思辨的统一和秩序，是靠克服各种因素的分歧而取得的；而诗性的“哲学意味”则捍卫了这种“分歧”（正视了生存和生命的复杂缠绕关系），并且就在这种分歧中造成诗歌的巨大张力。《舞》就是这样一首成功的“人事象征”的诗作。

编织宁静之网

我编织一张宁静之网，
采用字韵的经纬线。
经线：它应该坚韧，
但不知从何处挑选？
有人试图获取欢悦，

用种种“味”把它渲染，
使之五色斑斓。
我只选用坚韧的网线；
我虽已临近死亡，
但能凭借这种线超越时间。

纬线：它的色彩我是否喜欢？
有没有与我相同的情感？
我发现自己的心就是经纬，
我的手不停地织编，
由此及彼，由彼及此，
织出与众不同的图案。

宁静的网编织着，
我心上却有另一种情绪在编排。
它其实不是我，
当我探寻时，
发现自己置身于网外。

我继续添加网线，
它不等于我，却是属于我，
这就是推敲、修饰。
忽闻一个来自内心的发问：
“你是诗人？为何还要字斟句酌？
诗早已在心中成熟。”
是的，它就是我的亲人，我的女友。

为此，我将
编织另一张宁静之网。

（倪培耕　韩朝炯　译）

［导读］

文学作品——文本——是一个完整的语言符号“织体”或曰“网络”。虽然在解构主义理论家那里，“文本自足性”的观念已遭到挑战，作品意义的流动性和易变性受到空前的重视；但是对作家、诗人而言，他们还是在追求结构的完整性、意义的稳定深度，坚持创作者在“文本编织”过程中的主动性、自觉性。这一直是文学理论界聚讼纷纭的问题。我个人认为，文本织体的自我“拆解、播撒和分延”，应是对批评家与读者而言的，它保证了人们对作品进行“二度创造”的权利与活力。而对作家、诗人而言，却应该坚持使文本完整、自足的创作理念，坚持对意义、核心、本源的求索。否则，文学创作就成为无足轻重的“能指”游戏了。

这是一首“以诗论诗”的诗。阿盖伊相信创作是一种自觉的、严肃的文本“编织”行为，它应与作者个人化的内心的真实体验，经年磨砺的表达技艺密切相关。在这里，写作被喻为“我编织一张宁静之网，／采用字韵的经纬线”。但是，诗人反对笼统地以“味”来规范具体的、鲜活的创作行为。他追问道：“经线：它应该坚韧，／但不知从何处挑选？／有人试图获取欢悦，／用种种‘味’把它渲染，／使之五色斑斓。”——“味”，是印度（乃至东方如中国与日本）古典文艺理论的核心范畴之一，指作品中可以感觉，难以尽言的微妙审美感受，所谓“情味”，“韵味”，“滋味”是也。这一古典审美向度虽然也不乏洞识明鉴，但对以揭示生存和生命复杂经验为使命的现代诗人而言，它已远远不够用了。它将文学的本体和功能长久限制在愉悦、趣味的水平上，而这种趣味在今天则显得过分程式化和类型化。阿盖伊认为，文学不仅是“欢悦”和“五色斑斓”的韵味，它应有“坚韧的网线”，揭示人的生存经验和生命感悟，“凭借这种线超越时间”；文学不应是对类型化的几种“韵味”的被动认同、归附，而是要写出个体生命独特的感受，“新的诗歌应具有自己的艺术特点，不能迁就陈旧的东西……有人排斥个性，只写一般，作品就会苍白无力无法立足，丧失了文学创作的意义。说到底，文学创作就是个性创造”。（《文学，人间感情的沟通者：访问阿盖伊》）

如果说文本之“网”的经线应坚韧和深刻，那么在谈到“纬线”时，诗人则强调了文本中情态的“真实性”——“纬线：它的色彩我是否喜欢？／有没有与我相同的情感？”这两句诗设问的语义关系是倒装的，诗人在表达这种的意思：只有表现出我本真情感的文本织体才会为我喜欢。文学源于诗人作家的个体生命对生存的独特体验，“我发现自己的心就是经纬，／我的手不停地织编，／由此及彼，由彼及此，／织出与众不同的图案”。

在这首诗中，阿盖伊强调了文学创作的自觉性，作品的坚实质地和真实感，但他也没有轻视“技艺”的重要性。对优秀的作品而言，“写什么”和“怎样写”是同等重要的。诗人能将严格的批评视域带入创作活动中，保持一个恰当的距离“置身于网外”，更加客观地审视、推敲、修饰作品的成色。不过，他提醒自己，这些应能有助于加强作品的坚实质地和真实感，而不要陷于过度的“字斟句酌”的形式主义浮华之中。“忽闻一个来自内心的发问”，是诗人的自我询问，指示代词“它”（而非人称代词他、她）的使用，暗示我们诗人时刻都听命于艺术本身的召唤和衡估，“它”提醒我、催促我对“写什么”和“怎么写”的双重关注，“它就是我的亲人，我的女友”，伟大的艺术本身就是我永远不会背弃的命运“伙伴”。

“编织宁静之网”，在日渐分崩离析又浮华喧嚣的当代文化语境中坚持创作的独立性和严肃精神，这就是诗人的想法。世上“以诗论诗”的作品可谓多矣，但成功之作却并不多见。阿盖伊巧妙地抓住了当代文论中一个极为敏感又言人人殊的词语“文本织体”（编织），深入准确地道出了自己的文学信念和写作范式，并给我们以启示。

小诗三首

花　瓶

是什么力量驱使着
这与根分离的花苞
在这花瓶中开放?

可正是这力量敦促我们开放
在这从永恒的大树上砍下的
历史的枝丫上?

看见升起的月亮

看见地平线上升起的一轮满月
我的心悸动着，我伸出双臂。
我们两者之间的距离
似乎并没有缩短。
但在那边，在相反的方向，
双臂延伸的阴影
毫不费力地，穿越大地
触到了西天的边缘。

倒影——生活

倚在桥栏边，我看见
我的侧影
在河流透明的水里——
在水面，在中间
在河和卵石的河底。

不时地，啊
那一簇簇的闪光
五彩缤纷的鱼群
使它这样颤抖不停。

（曾卓　译）

［导读］

“阿盖伊”这一笔名在印地语中的意思是“不可理解的人”“难以捉摸的人”。诗人为自己取这样一个笔名，意在表明他对生存、生命和诗歌奥秘的倾心关注。我国老诗人曾卓先生如此评价阿盖伊的作品：“他的诗带着一种纯诗的倾向，带着一种哲学式的沉思，带着一种朦朦胧胧的美。然而，仔细地读一下，就可以看出诗人并不是那样宁静的。在表面的淡泊下，跳动着一颗挚爱生活的心。有一篇评论文章，说他是‘一个不安的灵魂，一个火热的开拓者，一个坚定的创新者，一个不断接触新事物的作家。他一只耳朵倾听着来自未知王国的呼声，另一只耳朵则倾听着他自己的话语——或者更准确地说——倾听着他自己的无语的沉默’。”（《印度诗人阿盖伊诗选·小引》）

曾卓先生对阿盖伊的理解是深入准确的，是一个优秀诗人与另一个优秀诗人的灵犀相通。的确，阿盖伊的许多诗在明亮的语境和恬静的语调中触及了世界和生命的奥秘，是外静内动的；他的沉思是诗哲式的沉思，不求决断，但求葆有灵魂的纠葛和萌动的启示；他一只耳朵倾听着未知王国的声息，另一只耳朵倾听着“语言自身的言说”（海德格尔语），以及言说的另一半“沉默”。这三首小诗就体现了阿盖伊诗歌的如上特质。

《花瓶》以被切断根脉的花茎，仍然开放花朵为隐喻，道出了伟大的人类，虽屡屡被历史的刀斧斫伤，但仍顽健进取的生命意志的力量。生命意志是世界的本原，它构成了整个世界乃至宇宙生生不息的运动。而冲突、斗争、虽败犹荣、有破有立，正是诗人从喑哑的“花瓶”中听到的生命意志的高歌。

《看见升起的月亮》，在皎洁、安详、高远，与深郁、激动、现场之间构成了奇妙的张力关系。人渴望着月光般的升华和纯粹，但是他生命的根却只能深深地扎在大地之上。“我伸出双臂。／我们两者之间的距离／似乎并没有缩短”，不确定副词“似乎”用在这里，具有微妙的转折意义，诗人意在启示我们——向上“升华和纯粹”是一种人类精神的永恒姿势，升华并不指向一个确定的地点，它只是我们的灵魂向度。但也正因有了这通向天空的姿势，才伸张了我们大地上生命的纵深感和幅度感，“在相反的方向，／双臂延伸的阴影／毫不费力地，穿越大地／触到了西天的边缘”。正如海德格尔所言，“此仰望穿越向上直抵天空，但是它仍然在下居于大地之上。此仰望跨于天空和大地之间”。（《诗·语言·思》）

《倒影——生活》改造了“浮生如寄”，“生命如逝川”这一忧郁的原型象征，诗人从美丽鱼群的快乐游动，导入了对瞬间生命及灵思颤动之美的赞叹，自有一脉葱俊进取、同驻诗意光阴的乐观心情。

在这些精纯而神奇的小诗里，包含着世界和人生的奥秘，它们难以句摘，亦难以简单概括。我以上的导读，只着重触及它们文本之内的基本意义，相信有敏识的读者还会发现它们在“沉默”“空白”“言此意彼”中的寓意。正如诗人在《谢谢你，上帝》中所言：“谢谢你，上帝／感谢你的来访不拘礼仪／非常欢迎你／有朝一日／我也将来访／同样不期而至／甚至是／默默无声地”。

以色列

耶胡达·阿米亥

耶胡达·阿米亥（Yehuda Amichai，1924—2000）是以色列当代最著名的诗人、作家之一，生于德国乌尔兹堡。1936年移居耶路撒冷，加入以色列籍。30年代末期登上诗坛。第二次世界大战期间，曾在英军犹太旅服役。1971年和1976年，曾应美国加州大学之邀做访问诗人；1983年至1984年，为纽约大学访问研究员。此后一直为耶路撒冷希伯莱大学教授。2000年9月22日晨，因患癌症在耶路撒冷逝世。

阿米亥是具有广泛国际影响的希伯莱语诗人，诺贝尔文学奖候选人之一，其诗作已被译成三十六种语言。他的诗具有温柔感伤与冷峻反讽糅合一体的特色。他既处理日常题材，也从《圣经》《祈祷书》《密德拉西》《塔木德》等宗教典籍中汲取营养。他善于混合运用鲜活的希伯莱口语和现代英语诗歌的形式技艺，以看似单纯实则深奥的隐喻，揭示人类的基本境况，或表达自己的奇思异想。他的大量诗作似乎总是在对生存和生命进行紧张追问，即使面对自己所爱的人与事物时亦同样如此。

他说，自己热爱的诗人是奥登、艾略特和拉亥尔。的确，与他喜爱的诗人一样，他也成功地把个人境遇与人类的普遍命运联系起来，揭示了生存的荒诞和严酷。然而，他还善于用一种幽默的态度对待现实，这使他的作品别具冷嘲意味。他说，“在灼热的国度里，言语必须有凉荫”。这是一个微笑的怀疑论者，一个创造精确、灵动意象的专家。诚如英国诗人塔特·休斯所言：“阿米亥的精致而又复杂的诗有着深度、广度和力度。听上去越来越像一个民族深沉的伴唱。仿佛所有古老的精神投资忽然被兑换成了现代钱币，使他的诗充满了无穷无尽的准确而有分量的意象之通货。”不唯赞赏，塔特·休斯还翻译了阿米亥的诗集。

阿米亥的主要诗集是《现在和其他日子里》(1955)，《在这可怕的风中》(1961)，《诗选 1948—1962》(1963)，《钟与列车》(1968)，《此刻在嘈杂中》(1969)，《这一切背后隐藏着巨大的幸福》(1974)，《时间》(1977)，《情诗》(1982)，《睁开眼睛的土地》(1992)，《打开的关闭打开的》(1998)等。此外，阿米亥尚有小说、剧作及文论行世。

上帝对幼儿园的孩子是仁慈的

上帝对幼儿园的孩子是仁慈的，
对上学的要差一些。
而成年人，他丝毫不怜悯他们，
他不再管他们，
有时，他们必须匍匐
在滚烫的沙子里
向救护站爬去，
他们身上一直在流血。

也许对真正的恋人
他会怜悯，同情，并提供庇荫，
像一棵树，遮掩着公园里睡在长凳上的
某个人。

也许连我们都应该把母亲留下的
最后几枚善良的硬币
递给他们，
为了使他们的幸福会保护我们
在现在和其他的日子里。

（王伟庆　译）

［导读］

这首诗的感情是迂曲复杂的，有赞美也有哀叹，有祝福也有反讽，有对天界的仰望也有大地上的自明，有沉思也有幽默。

“上帝对幼儿园的孩子是仁慈的，／对上学的要差一些。／而成年人，他丝毫不怜悯他们，／他不再管他们……”这是一个幽默的隐喻性句群，但在幽默中又隐藏着本质的严肃性。“幼儿园的孩子”既是指天真纯洁的幼童，同时亦指那些保持着天真纯洁的“赤子之心”的人们。上帝对他们是仁慈的，因为他们以信任、宽宏和爱心，自发地协助着“上帝在人间的工作”。而上帝对“成年人”却没有怜悯之心。我们普遍的经验是，人越长大，心灵的蒙尘越厚，本真的情怀越稀薄；各种自私和权力的欲望熏染着他们，许多人为了私利而不惜互相倾轧，戕害，甚至导致战争和流血。“上帝”懒得去看顾某些僭妄而疯狂的家伙，或者说，在他看来，作为“成年人”的人们应有能力听从内心良知的召唤，自行决定何者为善、何者为恶。对那些一意孤行地背弃了仁慈、怜悯、爱心的人，上帝或许愿意“随他们去吧”。他们匍匐在滚烫的沙子里，“向救护站爬去，／他们身上一直在流血”。可这能怪谁呢？正如法国神性哲学家、科学家帕斯卡尔所叹息的：世界上大多数罪恶的发生，都可归因于足够多的成年人不能安静地坐在他们的椅子上，沉思默想何为有益的生活。

这里，阿米亥借用了所谓的“神性视角”，但从骨子里说，它更可称为“人的视角”。联系到阿米亥一贯的精神向度，我认为，这里的“上帝”，主要是指人类的良知。费尔巴哈的见解在今天仍是具有说服力的，他认为：神的本质就是人的本质，宗教是人的无意识的自我意识。而人关于神的知识就是关于自身生存的知识。其实，“上帝”不是没有温情、祝福，他仍然在为世俗生活中的人们提供“庇荫”。诗人说，“也许对真正的恋人／他会怜悯，同情，并提供庇荫，／像一棵树，遮掩着公园里睡在长凳上的／某个人”。这里作为名词的“恋人”，被副词“真正的”所修饰和限制。诗人以此启示我们，真挚、热情、彼此奉献、关爱他人，不仅应是“恋人”之间的感情，还应将之推向整体人类生存，重新厘定和改善人与人之间的关系。

正是由此运思，诗人导出了如下祈愿：“也许连我们都应该把母亲留下的／最后几枚善良的硬币／递给他们，／为了使他们的幸福会保护我们／在现在和其他的日子里。”这种将爱推向人类的自觉，既是“神”的理想，更是人的理想。当人们学会关爱他人时，自己也会同时受到他人的关爱，爱与被爱，是可以通约的、互换的。说到底，仁慈，和平，良善，信实，温柔，节制……这些应是我们共同的生活准则，无论你是教徒还是非教徒；至于我们是否能令“上帝”满意而获得上界的“仁慈”，倒是其次的。阿米亥以他独特的诙谐，将一个神学主题拉回到人间，他对精湛的诗艺和伦理承担的双重关注，使其作品具有着休斯所赞叹的“深度、广度和力度”。

为我的生日而作

三十二次，我出去走进我的生活，
每一次，带给母亲的痛苦会少一些，
给别人的也少一些，
而自己的越来越多。

三十二次，我穿上这个世界，
但它对我还是不合适。
它穿着太重了，
一点不像现在这件合身的大衣，
穿着舒服，
并渐渐会穿破。

三十二次，我检查着这份记录，
没有找到任何错误，
开始讲故事，
却不允许我结束。

三十二年来，我一直随身携带
我父亲的特征，
但许多我已经在路上丢掉，
为的是减轻负担。
但我的嘴中长出杂草。我感到奇怪，
我眼睛中的光线，我无法消除的光线，
已经开始在春天里和树木一起开花。
而我做的好事却越长

越小。但是
它们周围的解释却硕大无比，仿佛
《塔木德经》中一段晦涩的章节，
它在书上的正文越来越少
而拉比和其他注释者
却从每一个方向层层包围。

而如今，在三十二次以后，
我依旧是一则寓言，
没有机会成为它的含义。
我站在敌人的眼前，没有伪装，
手里拿着过时的地图，
面对不断强大、壁垒森严的抵抗，
我孤军奋战，得不到赞誉，
在这浩瀚的沙漠中。

（王伟庆　译）

[导读]

这是诗人三十二岁生日时的自度曲，但又能从犹太民族的苦难历史中汲取主题，融个人内省风格与广泛的社会性于一体，在苦涩的吟述和有所克制的反讽中，写出了诗人内心深处的隐秘体验。

“三十二次，我出去走进我的生活，／每一次，带给母亲的痛苦会少一些，／给别人的也少一些，／而自己的越来越多。”为何一个人要“出去”才意识到自己走进了“生活”？这意味着他是感到了被歧视被损害的命运，它深深地震撼了他，在他心上留下痛苦的烙印，使他铭记。正如犹太古谚所言：平静而幸福的生活是圆形的，一滚而过，而痛苦的生活则是方的，它会在人心上留下划痕。但“我”已习惯于不向母亲和他人倾诉苦难，这种隐忍，在内心翻腾膨胀着，“越来越多”。我与这个世界并无仇恨，我们呼唤过“愿被迫害者不会成为迫害者”（犹太诗人萨克斯语），但这声音对沉重的世界而言显得多么孱弱乏力，“三十二次，我穿上这个世界，／但它对我还是不合适。／它穿着太重了”。我在内省，试图找到苦难际遇的根源，然而“三十二次，我检查着这份记录，／没有找到任何错误”。究竟是什么莫须有的罪愆，使我的民族怀揣西奈山的砂土，遭到一次次流亡、杀戮、奥斯维辛毒气室的命运？那些死去的犹太同胞，你们悲惨的声音在何处尖鸣？苦难的历史似乎已翻过一页，但它留给人心灵的伤痕却是永难愈合的，“开始讲故事，／却不允许我结束”。正如诗人在一次访谈中所言：“倘若没有生活的艰辛，就不会有诗人了。”（钟志清《诗人阿米亥》）

作为所罗门王的子孙，“我一直随身携带／我父亲的特征”，但是，灾难的岁月已渐渐磨损了他的光芒，“许多我已经在路上丢掉”，“我的嘴中长出杂草”。这是诗人的自省。在一个“好事越长越小”的时代，我们软弱的内心是否也开始动摇，变得俯仰从风，左右随俗了呢？“我眼睛中的光线”，与春天的树木一起开花；唯愿我的心能够在任何“季节”里开花，而不仅指望外在的“春天”。

诗人对犹太教法典《塔木德经》是心怀敬意的，因为它积淀着本民族的精神文化真义。但他希望那些注经者能够真实地恢复神学文本产生的具体历史情境，从而超越我们此在的生存局限，消除误解，达到准确恰当的释义。这对一个民族挽留其历史和精神史记忆至关重要。当剥除了那些后人在释义中强加的未曾明确的“隐义”之后，真正的历史或许会水落石出：犹太民族是伟大、智慧、顽强的民族，诗人以我的“造像”，写出了一个民族的历史命运——“我依旧是一则寓言，／没有机会成为它的含义。／我站在敌人的眼前，没有伪装，／手里拿着过时的地图，／面对不断强大、壁垒森严的抵抗，／我孤军奋战，得不到赞誉，／在这浩瀚的沙漠中。”

英国桂冠诗人塔特·休斯说，阿米亥的诗即使在写个人时，也“听上去越来越像一个民族深沉的伴唱”。这首诗正是如此。诗人借着对个人命运的表述，也完成了对整个犹太民族命运的思考。他的诗是融经验性与教诲性，抒情性与陈述性，感性与智性于一体的，这种综合的心灵表述方式，会给我们很大启发。而需要昭告读者的是，考虑到读者理解的难点，我在导读中更多涉及了此诗中“社会性”“民族性”的一面，至于其明确的“个人性”，我愿意留给读者自行去解读。

短诗一束

今天，我的儿子

今天，我的儿子在伦敦
一家咖啡馆里卖玫瑰花儿。
他走近前来，
我和快活的朋友们正坐在桌前。

他的头发灰白。他比我年迈。
但他是我的儿子。
他说也许
我认识他。
他曾是我的父亲。

我的心在他的胸中碎裂。

情　歌

阴郁，对阳台上一个女人感到厌倦：
“跟我在一起。”道路像人一样死去；
静静地或突然地断裂。
跟我在一起。我想成为你。
在这灼热的国度里，
言语必须有凉荫。

我的灵魂

一场大战正在激烈进行，为了我的嘴
不变得僵硬，我的颚

不变得像保险柜
沉重的铁门，这样，我的生命
就不会被叫作“先行死亡”

像风中一张报纸缠挂在栅栏上，
我的灵魂缠挂在我身上。
风一旦停息，我的灵魂便会飘落。

没有人把希望

没有人把希望放在我身上。

别人的梦在我面前都关闭：

我不在梦里。

甚至房间里的声间
也是荒凉的征象，就像蜘蛛网。

身体的孤寂
空旷得容得下好几个身体。

现在，他们正从搁板上取下
彼此的爱。直到搁板空空。

于是，开始了外层空间。

（傅浩　译）

［导读］

阿米亥曾以一个“人物隐喻”，表达了他对诗人这一角色的认识：“他被迫去看荆棘丛中的不公正，去看山上的火。在一间屋子里的三四个人当中，有一位总是站在窗前，黑发罩着他的思绪。他的后面是声音，而他的前面是词语……”(《在一间屋子里的三四个人当中》)。对诗人而言，写作绝不是自我遣兴，而是对生存和生命的追问、揭示、批判、命名。诗人的使命召唤他“被迫”去关注生存的境况，生存的重量使那些严肃的诗人别无选择地选择了“介入”的美学。这四首短诗构思精巧，语境透明，短小简劲。在现实经验中，又间以超现实主义的神秘感和哲理性，可称为“尺水兴波”的佳作。

《今天，我的儿子》以现实与超现实结合的方式，写在伦敦一家咖啡馆遇到的一个卖花人。“他的头发灰白。他比我年迈。／但他是我的儿子。／他说也许／我认识他。／他曾是我的父亲。”诗中的“儿子”或“父亲”，究竟何种身份是“正确”的？他是我的幻影还是一个具体的人？或许我同时是“我和他者”，一个是现实的我，一个是记忆的“他”？诗人以富于超现实乃至魔幻式的玄思，为读者留下了深沉、丰富而紧张的思索空间：古往今来犹太民族的苦难流亡命运，以类似于“永劫轮回”的方式，代代流传。正如昆德拉在耶路撒冷文学奖致答辞中所言：“那些伟大的犹太先人，长期流亡国外，他们所着眼的欧洲也因而是超越国界的……我说，以色列这块小小的土地，这个失而复得的家园，才是欧洲真正的心脏。这是个奇异的心脏，长在母体之外。”（《人们一思索，上帝就发笑》）最后，诗人以“我的心在他的胸中碎裂”，既表达了他自觉的种族文化归属感，又表达了他对历史苦难永志不忘的心情。

《情歌》是在阴郁的生存中几乎被“耗尽”的爱情之歌。我们与其谈它的凝练、深挚，莫如谈它内在的无奈和反讽的喜剧性。浪漫主义诗人华兹华斯曾为爱情高歌：“哦，爱情，你是奇妙的精灵，你来得多么迅疾！多么清新！”而现代社会，爱情不再是人生的巨大赐福，而成为阴郁、孤独的人们用来“避心灵之难”的地方。在“道路像人一样死去；／静静地或突然地断裂”之时，一个我感到厌倦的女人向我发出了爱的信息，后来我也与她一样，需要抚慰、互怜。爱情消逝了它具有的罗曼司性质，竟成为人心灵的求救信号：“在这灼热的国度里／言语必须有凉荫”，这里的喜剧性奇异地给我们带来了一丝沉痛。

《我的灵魂》写了个体生命内部激烈的自我盘诘与争辩。我们每个人都同时是“另一个人”，时刻处于一场内心自我对话之中。在现代条件下讨论“自我”，必将之作为分裂的同义语对待。我在追问自己生命的价值，“一场大战正在激烈进行”，我永不会放弃以自己的理性去攻打自己感性的特洛伊城。只有如此，我才能葆有生命的活力，灵魂的自觉，而不是浑浑噩噩，虽生犹死。这样做是痛苦的，但一个深刻的人乐于付出这痛苦的代价。有如疾风中“一张报纸缠挂在栅栏上，／我的灵魂缠挂在我身上。／风一旦停息，我的灵魂便会飘落”，诗人认为，这种生命中无法承受之轻，比起沉重来，是更难忍受的。

《没有人把希望》写了现代人的彼此隔膜，木讷，心灵的漂泊与空虚感，带有浓郁的冷嘲风格。人与人应是互相信任、彼此沟通的，然而生存的现实却正好相反，“没有人把希望放在我身上”。那么，我又怎样呢？情况比之别人也好不到哪儿去，“我”耽于孤寂的自我之中，在别人对我封闭心灵之门时，我也以同样的方式来回敬了别人。如果说人的灵魂是一所房子的话，那么这样的房子因缺乏爱的阳光朗照和理解的清风吹拂，不唯形体，就连它的声音也成为“荒凉的征象，就像蜘蛛网”。而面对这日甚一日秘密地加剧着的人生危局，人们似乎“见惯不惊”了，“现在，他们正从搁板上取下 / 彼此的爱。直到搁板空空”——人们的孤寂正由于“彼此的爱”的减少；而在爱心已然减少中再一次“取下”爱心直到使之“空空”，这难道不是贫乏中的自我再剥夺吗？人们疯了吗？要从一条可怜的牛身上剥下两张皮？最后一句使冷嘲达到极点，“于是，开始了外层空间”。人，真是可赞又可悲的动物，他们能登上月球，能遥测永远无法涉足的星座并为之命名，但就是无法解决好地球上的事情，使人与人心灵沟通；无法真实而深入地直面自己的“内宇宙”，“内空间”。诗人的笔意是沉痛的，但又不乏谐谑的弦外之音；他写出了生存的荒诞，但没有利用道德优势使自己置身其外占有审判者的地位，他在短短十行中同时完成了社会批判性与自审的主题。

阿米亥就是自己所言的那个“站在窗前”被迫去看生存的阴郁、人性的异化的沉思者。“他的前面是词语”，他要用精审的语象为生存和生命做出见证。他的词是手术刀，而不是孩子们游戏的木剑；我们在他冷峻的反讽中，亦不难体味他那颗甚至可以说是温柔感伤的博大的爱心。这几首小诗都写得饱满而灵动，但它们却是从内心深处涌上来的经验，而非妙手可著的。正如诗人对“灵感”的理解：“灵感，就好比你已经在心中存有某种东西，但是需要外界刺激你才会产生奇想。你看到了某种意象，它能够将其他的东西带到你眼前。就像我诗中所写的，成千上万的人都见过苹果落地，但只有牛顿将现象上升为哲学与科学的高度，发现了万有引力定律。”（转引自钟志清《诗人阿米亥》）

丹·帕吉斯

丹·帕吉斯（Dan Pagis，1930—1986）是当代著名犹太诗人，生于罗马尼亚布科维纳的一个日耳曼化的犹太家庭。“二战”期间曾被关入纳粹集中营，留下惨痛的历史记忆。1946 年定居以色列，完成中学、大学学业，大学期间发表了一些诗作，引起重视。毕业后做过教师。1956 年移居耶路撒冷，在获得希伯莱大学博士学位后留校任教，担任希伯莱大学中世纪希伯莱文学教授。他还曾应邀在美国哈佛大学和加利福尼亚大学执教，讲授希伯莱文学。

帕吉斯的诗歌有象征主义和超现实主义的影响，注重经由个人命运完成对人的生存和生命经验的深度挖掘，措辞简洁而冷峻，想象丰富，跳跃性较大。批评界认为，他的诗歌是有“历史记忆”的诗歌，诗人以深刻的历史想象力，写出了犹太文化传统和犹太人民在“二战”期间所遭受的肉体和心灵的巨大苦难。诗人善于设置出一个个完整的“情境”，在情境中展开他的沉思、追问，使具体的情境上升为更深刻的“寓言”。由此，他的诗在智性和感性，经验和超验的平衡上均令人满意。

帕吉斯的主要诗集是《影子日晷》（1959），《迟到的闲散》（1964），《变形》（1970），《大脑》（1975），《十二张脸》（1981）等。

自　传

我死于第一次打击并被埋葬在
原野的岩石中间。
渡鸦教我的父母
怎样处理我。

如果我的家庭著名，
声望对我没有一点用。
我的兄弟发明了谋杀，
我的父亲发明了悲伤，
我发明了沉默。

后来知名的事件发生了。
我们的发明被完善。一件发明通往另一件，
秩序被给予。有那些以他们自己的方式去谋杀，
以他们自己的方式去悲伤的人。

我不会对读者提起
可以考虑的姓名，
既然细节最初令人惊恐
尽管它们最终是一个枪孔：

你可以死去一次，两次，甚至三次，
但是你不能死去一千次。

我能。
我的地下密室四通八达。

当该隐开始在大地的脸上繁殖，
我开始在大地的腹部繁殖，
而我的力量远比他的力量还大。
他的大批部队背弃他而转向我，
即使这样也只是半次报复。

（董继平　译）

［导读］

这首诗名为“自传”，实际上写的是犹太民族的历史“履历”，可称为一个民族的“自传”。诗中暗喻的内容虽与犹太民族的史书记载和《圣经·旧约》有关，但诗人不是在记述历史，他要写的是人的“心灵史”。

我们知道，犹太民族（古称希伯莱人）的形成，始于亚伯拉罕率其部落自迦勒底的吾珥迁居迦南。犹太人的名称，即来自亚伯拉罕的曾孙犹大。公元前 13 世纪时，他们曾在巴勒斯坦居住。公元前 11 世纪建立以色列—犹太王国，创犹太教，奉耶和华为唯一真神。约公元前 935 年王国分裂，北部为以色列王国，公元前 722 年并入亚述；南部为犹太王国，公元前 586 年为巴比伦所灭，后重建，公元前 63 年又为罗马所吞并。公元 66—70 年和 131—135 年，犹太人两次掀起反罗马大起义，起义被镇压后绝大部分被赶出住地。散入欧洲的犹太人受到迫害和残杀，也有与当地民族相结合的。此后，巴勒斯坦一直是阿拉伯人的聚居地。近代以来，散居世界各地的犹太人，多已改用所在地语言，并取得定居国国籍，但仍旧保持着犹太教习俗。19 世纪末，欧洲各国一些有影响的犹太人发起了“犹太复国主义运动”，以重建一个由法律所保障的犹太人国家为目的，号召犹太人从世界各地回到巴勒斯坦。在第二次世界大战中，犹太人惨遭德国法西斯杀害多达 600 万人。1948 年 5 月 4 日，由犹太移民组成的“以色列国”终于成立。

犹太民族的历史命运是悲惨的。古犹太人经历了艰辛的迁徙，建立国家，创造了自己灿烂的文化。后来，他们的子孙又经历了内部分裂，异族的吞并，反抗异族压迫的大起义，但终被征服、驱赶到欧洲各地。特别是在第二次世界大战中，犹太人更受尽屈辱、杀戮，他们的命运，成为20世纪人类历史上最悲惨的遭际之一。所以，诗人说“我不会对读者提起／可以考虑的姓名，／既然细节最初令人惊恐／尽管它们最终是一个枪孔”。所谓“不会提起姓名”，一是说，如此悲惨的往事是不堪回首的；二是说，犹太人的遭际已广为世人所知，“我发明了沉默”是因为它已毋庸直接点出了。

诚然，任何民族都有自己的骄傲史与屈辱史，抗争史与苦难史。但是，犹太民族的历史更多是被屈辱与苦难裹挟的，“你可以死去一次，两次，甚至三次，／但是你不能死去一千次。／我能。／我的地下密室四通八达”。诗人写出了一个四处藏匿和流亡的民族，一个屡次被埋葬的民族，一个与无枝可栖的渡鸦为伴的民族；虽然它的“家庭著名”但“声望对我没有一点用”。诗人就这样以冷峻的笔调，在瞬间涉过了一个种族古往今来所历尽的沧桑，令人思之震悚，闻之泪滚。

然而，帕吉斯又不仅仅是一个种族主义者，他所占据的是一个更为广阔的和平主义、人道主义立场。在诗人看来，犹太教经典《旧约全书》中“该隐杀弟”的故事是饶有深意的。按照圣经旧约的说法，“这是人类历史上的第一桩凶杀案”。该隐是亚当夏娃的长子，其弟名叫亚伯。该隐因上帝看不中自己的供物（粮食），而选择了亚伯的供物（羊），嫉恨之心顿起，使他杀死了弟弟亚伯。上帝望着这悲惨的发生在兄弟之间的杀戮，看到大地上到处是仇恨和暴行，很后悔自己造出了人类。他判定该隐有罪，宣布他流落他乡，到处漂泊，生计艰难。但令人沉思的是，上帝在惩戒了该隐之后又说：“凡杀死该隐的，也必定遭报七倍。”从文化心理原型上考察，这与其说是“上帝”的旨意，不如说是人类针对自己的弱点所预设的道义诫命。圣经中的意识实际上是人将自我意识的“神学”对象化。人类认识到，以牙还牙，以眼还眼，到头来只是恐怖和暴力的不断轮回。不管出于何种原因，以暴力易取的统治必定要靠暴力维持。诗人说“我的兄弟发明了谋杀”，既是指宗教传说中的该隐杀弟和历史上犹太民族内部的彼此仇杀与分裂；同时也是指在整个人类世界所发生的一切战争、流血、暴力统治。这是多么丑恶的“发明”！然而，“我们的发明被完善。／……秩序被给予。有那些以他们自己的方式去谋杀，／以他们自己的方式去悲伤的人”。

在苦难的历史结束的时候，诗人赞美了和平、平等、正义、理性和建设的力量。作为这个曾被杀戮，受尽颠连和屈辱，隐身于“地下密室”偷生的民族中的一员，诗人呼吁人类不要再次成为“该隐”的传人，“当该隐开始在大地的脸上繁殖，／我开始在大地的腹部繁殖，／而我的力量远比他的力量还大。／他的大批部队背弃他而转向我”。这或许只算得上是对邪恶的“半次报复”，“而不是对毒药的毒药的判决”（帕吉斯语），“上帝”，不，人类的良心，喜欢这样做。

这首诗，如盐溶水般地运用了犹太民族的历史记载和宗教典籍。但诗人深知“诗有别材”，他将这些历史与宗教“知识”转化成了诗与思所需要的“心灵感受力”。这是一种“化大为小”，“化宏为细”的美学，它追求的不是语境的繁富，而是心灵在简约中的博大穿透力。在这里，我们看到的不再是耳熟能详的历史与宗教本身，而是诗与思双重的犀利闪光。

故　事

我曾经阅读一个关于一只
有一天会衰老的蚱蜢的故事，
一个在黄昏时被一只蝙蝠
吞食的绿色的冒险者。

就在这之后那智慧的猫头鹰
给予一次安慰性的演讲：
蝙蝠也有维生的权利，
有很多蚱蜢仍然留了下来。

就在这之后末尾
来临：空白的一页。

如今已经过去四十年。
我仍然俯在那空白的一页上学习，
我没有力气
去合上那本书。

（董继平　译）

［导读］

这首诗乍一看让我们想起了中国“螳螂捕蝉，黄雀在后”的寓言故事。但与后者深为不同的是，中国寓言表达的是目光短浅的小人（螳螂），一心图谋侵害别人，却不知道又有更凶的人（黄雀）在算计他。而此诗中的“智慧的猫头鹰”与“黄雀”的区别在于，它是凶残者的帮凶，它的“智慧”是更为阴险、狡诈、无耻的。这是一则社会寓言，我们在解读时应按其社会学含义进入。

当蝙蝠快意地吞食了蚱蜢之后，猫头鹰出现了，这是一只深得“社会达尔文主义”真传的猫头鹰，它将生物学中“适者生存，弱肉强食，优胜劣汰”的道理，变成了社会学中的歪理邪说，且运用得十分到家。它说“蝙蝠也有维生的权利 / 有很多蚱蜢仍然留了下来”，它实际上是为强者吞噬弱者作张本，为“社会不平等原则”找堂皇的根据。这样一来，人类中的善良、理性、平等、正义都要让位于“铁与血”的强权了。这种论调，今天我们在德国“新纳粹”的蠢动和日本极右翼势力赞颂所谓“圣战”的叫嚷中，听得还少吗？

帕吉斯在另一首诗中也写到了这些无耻的猫头鹰的“安慰性”叫嚷：“一切事物都将会一段接一段／被还原到它的位置上／尖叫回到喉咙里／金牙回到口香糖／恐怖，烟回到锡制烟囱并且更远地回到／骨头的空洞中／而你们将已经被皮肉覆盖并且你们将生活／看吧，你们将要回到你们的生活／坐在起居室里，阅读晚报”(《赔款协定草案》)。然而，君不见恐怖的尖叫至今还盘桓在幸存者的心中！纳粹奥斯维辛毒气室和焚尸炉的烟囱，仍然在震悚着幸存者和一切有良知者的心！这一切都不能也无法被遗忘！诗人是生存的报警者，他提醒人们要永远记住人类历史上最恐怖最悲惨的一幕，要警惕形形色色的“猫头鹰”们涂改历史、掩盖罪恶真相，制造“空白的一页”，从而为人类带来更大的隐患：“如今已经过去四十年。／我仍然俯在那空白的一页上学习，／我没有力气／去合上那本书。”人呵，但愿你们也不要合上那本书……

帕吉斯的诗歌的确是“有历史记忆”的诗歌。早年被关进纳粹集中营的经历，是他冷峻而痛苦的“诗泉”之一。阿多尔诺曾说过：“奥斯维辛之后写诗是野蛮的。在奥斯维辛集中营之后，任何漂亮的空话，甚至神学的空话都失去了权利，除非它经历一场变化。”阿多尔诺批判的是那些丧失历史记忆的“漂亮空话”的诗作，它越漂亮就越野蛮。而帕吉斯的诗却是“经历了一场变化”的警世之作，它带给人们沉痛的历史记忆和对当下及未来生存的思索。

达莉亚·拉维考维赤

达莉亚·拉维考维赤（Dahlia Ravikovitch，1936—？）生于特拉维夫郊区，童年时代在农场度过。青年时代曾去军队服役，后就读于耶路撒冷希伯莱大学英国文学专业。毕业后做过记者和中学教师。除诗歌创作广有影响外，拉维考维赤还是知名小说家，儿童文学作家，并翻译过叶芝和艾略特的诗作。

批评界一般认为，拉维考维赤的诗风接近自白派诗人洛厄尔、塞克斯顿和象征主义诗人叶芝。她能将个人经验及隐秘的生活情态直率地带进诗歌，造成其高度个人性；另一方面她也注重历史意象、宗教隐喻和神话原型人物，以跨越个人经验的界限而获取普遍意义。像自白派诗人塞克斯顿那样，她处理了个体生命体验中的极端状态——孤寂、失落、绝望、精神崩溃等，甚至带有阴冷的敏感和创痛。她说“我告诉过你，礁石会意外地裂碎。人也是如此。”她善于以敏感细腻的笔触描写在强烈的创造冲动与静默的柔弱之间痛苦挣扎的女性经验。

拉维考维赤的主要诗集是《一只橘子的爱》（1959），《严冬》（1964），《火焰的衣服》（1976），《真正的爱》（1987）等。诗人曾获数种文学奖，包括贝阿里克奖。

画　像

她整日坐在屋内。
她总阅读报纸。
（怎么，你不这样做吗？）
她从不做自己喜欢干的事。
许多东西总是碍手碍脚。
她想要香子兰，许多香子兰，
给她些香子兰。

她在冬天很冷，真的很冷，
比其他人更加难堪。
她瑟缩一团但仍手脚冰凉。
她想要香子兰。

她并非昨天降生，如果
那是你考虑的问题。
她不是第一次感到寒冷。
这也不是第一个冬天。

事实上夏天也不那么美好。
她只是不情愿地阅读报纸。
严冬中没有加热器她会纹丝不动。
有时得到些额外营养。
她没有向你乞求过吗?

你会加以否认。
她想要香子兰。

如果你仔细观察，她
还穿着一件格子花呢裙。
她喜欢格子花呢裙因为这挺花哨。
你瞧她一眼就会发笑。
这十分荒谬滑稽。
甚至她有时也感到有趣。
她经历了难以忍受的冬天，
充满暴风雨的夏天，
你会忍俊不禁。
称她为含羞草，
没有翅膀的鸟，
称呼她你喜欢的名字。
她总是包裹起自己，
而且几乎窒息，
有时是格子花呢裙和其他布料。
既然憋闷何苦仍要裹住自己？

这些事情很复杂。
冬天寒冷，夏天
是无法忍受的酷热，
总不是你想要的那种。
顺便说一句，别忘了，
她想要香子兰。
现在她甚至要哭了。
给她些香子兰吧。

（张沤　译）

[导读]

情爱、婚姻与家庭，是女诗人较多处理的主题。与传统女性不同的是，拉维考维赤很少去写它们的温馨可人，和女性在爱情与婚姻中的安适心态。作为深受当代世界范围内女性主义浪潮及美国自白派诗歌影响的诗人，她以冷峻的心态，清醒的意志和睿智的穿透力，揭示了男权文化统治下的婚姻与家庭对女性精神的压抑、改写乃至涂擦。但是，作为东方女性，她又与塞克斯顿及普拉斯的诗歌有着细微的差异。这体现在，后者是以“辉煌的痛苦和神圣的嚎叫”，写出现代女性的个人隐私，灵肉剧痛，“歇斯底里”，乃至自杀冲动；而拉维考维赤却写出了东方女性在隐忍中的战栗感，细腻孤寂地闪烁的屈辱，自舔伤口的沉痛与无告。

《画像》是对一个知识女性精神和行为的自白式表述。“她整日坐在屋内。／她总阅读报纸”，一个被男权文化幽闭同时又患“自闭症”的女性形象如在目前。婚姻和家庭生活，是如此令人感到苍白与无奈。虽然与传统女性凄婉的悲剧生活史相比，她的境况稍稍有些改观，但是，从骨子里说，现代女性仍未摆脱男权中心制的陷阱——前后二种境况只是不同半径的同心圆。男人自以为女人的灵魂是简单的、感性的、恋家的、受动性的，是比男性低一等的“第二性”，他们从不去关心女性的尊严、经验和渴望是什么。他们竟是以豢养“含羞草”“没有翅膀的鸟儿”——“屋里的安琪儿”的心态，来对待一个有血有肉、有尊严、有意志、有知识、有抱负的个体生命！

有谁关心过，这个用格子花呢裙“总是包裹起自己，／而且几乎窒息”的女人，“她只是在不情愿地阅读报纸”？有谁在意她的心“经历了难以忍受的冬天，／充满暴风雨的夏天”？有谁重视过她无数次微薄的企求，“她想要香子兰，许多香子兰，／给她些香子兰”！而现在，“她甚至要哭了”，健忘的男人呵，“她没有向你乞求过吗？／你会加以否认。／她想要香子兰”。

“香子兰”是贯穿全诗的核心复现语象。在上下文语境的压力下，它每一次出现都带着更多一些的情感隐喻负荷（有如普拉斯笔下的“罂粟花”，塞克斯顿笔下的“洞穴”），它代表诗人个体生命中对独立、自由、健康、生长、清洁精神的向往。此外，也因着这个语象复现的频率如此之高、之急迫，更反衬出了女性被忽视、被压抑的命运。它有如一声声萦回的、固执的叹息，搅得我们的心灵不安、倾斜，让我们沉痛地思考如何重建平等的两性新秩序，以及这一使命的艰难程度与焦迫性……

诗人还写过一首著名的短诗《机械玩偶》，她通过一个“玩偶”（娜拉的姐妹）揭示了女性被赏玩，被“修理”，被异化，最终又被抛弃的命运。这里抄出，供您对读：

那一夜，我是一个机械玩偶，
我旋转又旋转，向右又向左，
我脸冲地倒下，摔成两半，
他们竭尽所能试图修理我，

所以我再次成为一个正常的玩偶。
此后，我的举止沉稳而有礼貌，
但是我已变成一个不同的品种：
一根线系挂着的一根受伤的树枝。

于是，我去到舞会上跳舞，
可是他们撇下我与猫狗做伴，
尽管我的舞步合拍而有节奏，

我有蓝色的眼睛和金色的头发、
色彩如园中繁花般的衣裙
和草帽上的樱桃饰物。

厨房里的灰姑娘

灰姑娘在下边的厨房里
度过她最好的时光。
她的心意空闲着，
如果你想这样认为的话。
她双手按在太阳穴上，
她的头发上溅满油腻。
她在心里扬帆航向莫测的
远方——
她熟知而无须称呼其名的情感。

她垂下眼睛看她的围裙，
满是斑点和污渍，
知道这里和那里之间
有着多么遥远的距离，
如果一个人总能知道这么一回事。
她知道：无论什么，现在一开始，
在时间中就没有终结，
在时间中就没有定点。

她在自己周围画一个圆圈，
为自己做一个标志，
全在她心里，当然。
她看见那两位穿着她们最漂亮的衣服出门，

优雅、光艳、滴沥着香水，
她们的脖子伸得长长的。
她并不真的想处在她们的位置上。
她的想象中充满珍宝——
无限，
无形。

她喉咙里有一道火焰的小溪，
心脏病态地猛跳。
她远离所有别的人，
哭泣，发烧，
随时准备
终止生活。

她的眼光异常远大，
仿佛她是在火星——战神之星——上。
她握紧拳头说：
我要出去战斗！

于是她沉入睡眠。

（傅浩　译）

［导读］

美国著名女权主义批评家苏珊·古芭和桑德拉·吉尔伯特曾写过一部影响深远的著作《阁楼上的疯女人》(1979)。在此书的第十章，她们分析了小说《简爱》中的几个形象。而所谓“阁楼上的疯女人”，是指罗切斯特的妻子伯莎。她们认为，男主人公罗切斯特是权力的中心，他为了金钱、名声、地位和欲望而娶伯莎为妻。在发现她患有精神病后，便永远将她禁锢在桑菲尔德堡的阁楼里。罗切斯特是男权中心的形象代表。而伯莎最后一把火将桑菲尔德堡烧掉，则象征着女性反抗男权统治的愿望，这愿望甚至也是“另一面的简爱”的潜在愿望。

按照批评家所启示的隐喻性线索，我们也可以说，每个自觉的女性都直接或潜在地感到自己带着一条“疯狂”的影子，她们感到了有形和无形的囚禁——阴沉的男性文化霸权对妇女的精神束缚和毒害，以及觉悟的女性的身心痛苦、愤怒和抗争——而有这种感受绝不应诬之为什么“疯狂”，而恰恰是对自己的生存境况真正的神清志明。

如果说伯莎是被囚禁在“阁楼上的疯女人”，那么这首诗则为我们写出了一个被囚禁在“厨房里的灰姑娘”——不，“厨房里的疯姑娘”！这个姑娘被限制在狭小的灶台边，“她双手按在太阳穴上，／她的头发上溅满油腻”，“她的围裙，／满是斑点和污渍”，“她在自己周围画一个圆圈”。蒙昧的男权制度认为，她在“度过她最好的时光。／她的心意空闲着”。殊不知无论作为童话中的“灰姑娘”，还是这一个现代的“灰姑娘”，都有着纯洁美丽的心灵，对人生和外面的世界的渴望，对实现生命价值的顽强意志，“她的眼光异常远大”。

厨房里的灰姑娘，“她在心里扬帆航向莫测的／远方”。远方是指哪里？——是指追求理想与创造的生活，这是她每日都在渴望的；“远方”是“她熟知而无须称呼其名的情感”呵！这位灰姑娘不仅理想高远，而且有自尊自强的精神深度。她亦深知许多“走出去”的女性其命运也未见得比自己更好。她看见那些没有独立的精神，而一味去追求“优雅、光艳、滴沥着香水”的女人，不期然中是按照男性对女性的误导、欲望来装扮自己的，它又阴险地将女性定位于现代玩偶的取悦位置；而“她并不真的想处在她们的位置上”。

这位“灰姑娘”看到在现实与心灵之间竟有如此浩大的距离，面对一切有形与无形的“囚禁”，她感到了刻骨的无告、伤心与疲惫。她就要被“囚禁与冲破囚禁”这反向撕扯的力量折磨得“疯”掉了：“她喉咙里有一道火焰的小溪，／心脏病态地猛跳。／她远离所有别的人，／哭泣，发烧，／随时准备／终止生活。”

拉维考维赤忠实于本真的女性经验，她没有模仿某些女权理论那样简单地、居高临下地挥舞臂膀去为女性“指路”。她知道，女性解放的道路是艰辛而漫长的，而真实地展示妇女的处境和心态，质疑由男权制导的女性“默默奉献的天使”的神话，或许在当下的历史语境中，是更为求实而有效的反抗策略。基于这一理念，诗人笔下“厨房里的灰姑娘”是个被噬心矛盾缠身的女性。诗人以意识流式的结构，表现了在她身上的自强冲动与宿命感，男权批判与女性自省，坚强与犹豫，“我要出去战斗”和“于是她沉入睡眠”，如此等等互否力量的复杂纠结，使我们更真切地认识了女性生存的现实和心灵的剧烈冲突。这是一道“火焰与溪流”的争辩与轮回，拉维考维赤之“诗与思”的魅力正在于此。

图书在版编目（CIP）数据

当代外国诗佳作导读：上下 / 陈超著．-- 北京：作家出版社，2025. 1. --（陈超诗文全编）. -- ISBN 978-7-5212-3058-1

Ⅰ. I106.2-53

中国国家版本馆 CIP 数据核字第 2024YG5404 号

陈超诗文全编：当代外国诗佳作导读（上下）

作　　者：陈　超
主　　编：唐晓渡
责任编辑：秦　悦
装帧设计：薛　怡
出版发行：作家出版社有限公司
社　　址：北京农展馆南里 10 号　　　**邮　　编：**100125
电话传真：86-10-65067186（发行中心）
86-10-65004079（总编室）
E-mail:zuojia @ zuojia.net.cn
http://www.zuojiachubanshe.com
印　　刷：北京华联印刷有限公司
成品尺寸：152 × 230
字　　数：975 千
印　　张：65.75
版　　次：2025 年 1 月第 1 版
印　　次：2025 年 1 月第 1 次印刷
ISBN　978-7-5212-3058-1
定　　价：198.00 元